THE ART OF FANTASY, SCI-FI AND STEAMPUNK
HIROSHI UNNO

ファンタジーとSF・スチームパンクの世界

解説★監修
海野 弘

PIE

CONTENTS

The Art of Fantasy, Sci-fi and Steampunk
©2017 Hiroshi Unno / PIE International

PIE International Inc.
2-32-4 Minami-Otsuka, Toshima-ku, Tokyo 170-0005 JAPAN
international@pie.co.jp
http://www.pie.co.jp/english

ISBN978-4-7562-4975-3 (Outside Japan)
Printed in Japan

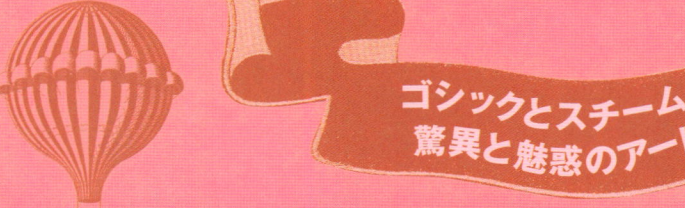

WORLDS OF WONDERS
TWO MAGICAL ART WORLDS:
FROM GOTHIC TO STEAMPUNK

ゴシックとスチームパンク
驚異と魅惑のアート世界

ゴシックからスチームパンクへ
魔法のアート世界を開く

ゴシックとスチームパンク、この2つのことばが気になっている。この2つのことばは、あやしげな、一時的な流行現象、ファッド（気まぐれなはやり）と見られていた。しかしそれは広がりを見せ、想像力を刺激しつづけ、現代文化を解読するキーワードではないかと思えるようになった。

まずゴシックは、ヨーロッパ中世後期の様式の名であったが、ゴスロリなどのファッション現象を生み出しつつ、文学、美術、音楽などにわたる文化をくくることばとして、ますます広範囲に使われるようになった。ゴシックまたはゴスの研究はとどまることを知らない。

スチームパンクは、SFの一変種、逆SFとして出発し、マニアックなゲテモノと見られたが、ポップ・アートとして、意外なほどの広がりを見せ、マイナーからメジャーへと流れ出そうとしている。

そして注目すべきは、最新の研究では、2つのことばは混ざりあい、つながりはじめていることだ。私はふと、この2つのことばによって、19世紀から現代までの200年あまりの近代文化の歴史を解読してみたいと思った。それによって、これまでつながっていなかったアートの流れをとらえ、新しい美術史を書けるのではないだろうか。

なぜそれが可能なのだろうか。ゴシック様式が復活するのは、18世紀末から19世紀はじめの〈ゴシック・リヴァイヴァル〉においてである。13世紀末から15世紀にかけての中世の様式が、当時の現代（19世紀）に折り返される。そして〈スチームパンク〉は今（21世紀）を19世紀（ヴィクトリア朝）に向かって折り返す。するとヴィクトリア朝時代において、ゴシックとスチームパンクが接し、連続的になるのだ。

そのことは19世紀末、その中心となるヴィクトリア朝において、ゴシックとスチームパンクが出合っており、現代の私たちはスチームパンクによってヴィクトリア朝につながっており、そこでゴシックにもつながっているということだ。

スチームパンクとはなにか、といえば、現代とヴィクトリア朝を重ねることであり、それは、単なるノスタルジーではなく、実は現代とは、過去を重ねたものであり、そのような、重層化した時代を通して私たちは現代を考え、未来へ踏み出していくのだ。

そしてゴシック・リヴァイヴァルというのは、過去の時代様式を現代に重ねるという方法を意識的に使うようになった、1つのはじまりなのである。それ以来、私たちは〈様式〉を意識し、〈様式〉を選べるようになった。過去の様式の研究、その集成、複製化が19世紀に可能になり、各時代の様式の歴史、また世界中の様式を集めて、複製することが、

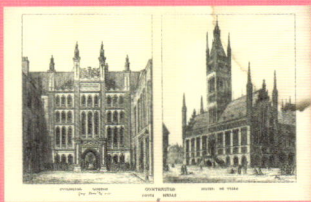

fig.1
書籍『対比（コントラスツ）』
オーガスタス・ウェルビー・ノースモア・ピュージン著
1836年

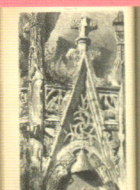

fig.2
書籍『建築の七灯』
ジョン・ラスキン著
1849年

写真メディアなどによってできるようになった。

　19世紀から、過去の様式を重ねて今を見る、という時代となった。それによって19世紀は私たちの近代社会のはじまりであり、私たちは現代の中に重層化されたいくつものヴィジョンを見ることができるようになり、また複数のヴィジョンを1つに凝縮することができるようになった。

　そのようなゴシックからスチームパンクにいたる、過去の様式を重ねて見るという方法論によって19世紀からのアートの歴史を書いてみたいと思う。まずはじめに、ゴシックとスチームパンクがどのようなものであるかを、簡単に説明しておくことにしよう。

　ゴシック様式はルネサンス以来、過去のものとして忘れられていたが、18世紀末から古物趣味が盛んになるとともに、貴族のディレッタント趣味としてゴシック・リヴァイヴァルがはじまる。ゴシック風の家に住み、ゴシック風の小説を書いたホレース・ウォルポールなどがはしりである。

　アンティーク（骨董品）蒐集とゴシック・リヴァイヴァルは重なっている。古物を飾った家で生活することは、過去の時代と今を重ねることだからだ。ゴシック・リヴァイヴァルは建築と文学の分野で盛んになる。

　貴族趣味にとどまっていたゴシック・リヴァイヴァルは、19世紀半ばから新しい領域に入ってゆく。そのパイオニアだったのはオーガスタス・ウェルビー・ピュージンである。ピュージンは中世の家具づくりを学んだ。そして英国国会議事堂の細部を設計した。これはゴシック・リヴァイヴァルの大きな一歩であった。

　1836年、ピュージンは24歳で『対比（コントラスツ）』〈fig.1〉というゴシック建築のガイドブックを書いた。ゴシックを他の様式と比較しながら、それがいかに機能的で、精神的にも正しいデザインであるかを理論化し、また図示した。この本によってゴシックはデザインとして、多くの人が使えるようなものとなった。つまりゴシック様式を現在に重ねることができるようになったのである。

　それは現代社会（19世紀）への批判であった。工業社会に向かう英国の生活はさまざまな矛盾を抱えていた。ゴシック様式のすすめは、中世の共同体の正しい生活にもどれと訴えていたのである。

　ジョン・ラスキンもゴシック的社会主義を唱えた〈fig.2〉。中世の職人の共同体へもどれという呼びかけはラファエル前派の画家たちを引き寄せ、ウィリアム・モリスのアーツ・アンド・クラフツ運動〈fig.3〉へとつながってゆくのである。

　中世にもどれ、というモリスのアピールによるアーツ・アンド・クラフツ運動から、アール・ヌーヴォー、そしてモダン・デザインがあらわれる。ここで注目すべきなのは、過去のゴシック様式の現在への重ね合わせは、単なる復古趣味ではなく、そこから、未来への新しい方向が生み出されてくることだ。19世紀以来、過去をふりかえり、その様式を重ねてみることで、新しい方向が準備されてくるのだ。ゴシック・リヴァイヴァルはその出発点であった。

　もう1つのスチームパンクは、20世紀末からあらわれた新しいことばだ。まずそれはパンクの一変種として登場した。パンクは腐った木のことで、腐敗したものを意味した。それは、不良や落ちこぼれの若者のこととなった。1970年代、イギリスは不況に沈み、若者は不満を爆発させようとしていた。そのはけ口がロック・バンドのセックス・ピストルズ〈fig.4〉であった。ニューヨークではラモーンズ〈fig.5〉があらわれた。彼らはパンク・ロックといわれた。

　セックス・ピストルズはショッキングだった。破れたコスチュームで、身体にピンを刺し、ツバを吐き、観客をののしっ

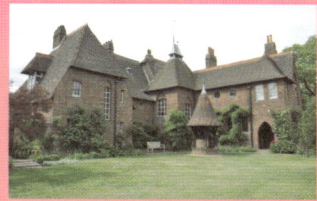

fig.3
レッド・ハウスの外観と中庭、井戸。
1859年、フィリップ・ウェッブの設計により
建てられたウィリアム・モリスの自宅兼工房。

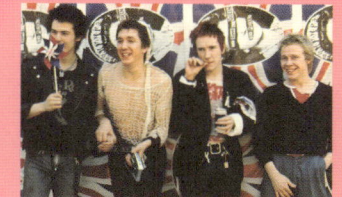

fig.4
セックス・ピストルズ

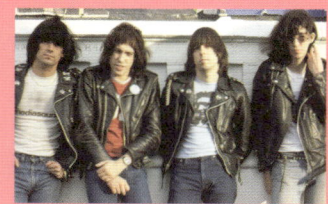

fig.5
ラモーンズ

た。しかし〈パンク〉は奇妙なセンセーションを起こし、社会現象となった。

　〈パンク〉は腐ることであった。それは19世紀末の〈デカダンス（頽廃）〉と通じていたのである。〈パンク〉は20世紀末現象であり、第2の〈世紀末デカダンス〉であったといえるだろう。

　〈パンク〉は　ロック・ミュージックから、カウンターカルチャー全体へと波及する。それはファッションとなり、また他のジャンルの腐敗現象にも〈パンク〉の名がつけられる。それはSF小説にも広がり、未来のコンピュータ社会の戯画である〈サイバーパンク〉が生まれる。ウィリアム・ギブスンの『ニューロマンサー』が書かれる。

　SFが電子ネットワークの世界に出た時、時空の枠組みがはずれたようである。過去から現在、そして未来へという一方的な時空系列が破壊され、未来へ向かう旅が過去にワープし、現在と過去・未来が入り混じる、折衷的、ハイブリッドな世界が出現する。〈サイバーパンク〉からさらにその変種〈スチームパンク〉が生まれる。アメリカSF界のジェームズ・ブレイロック、ティム・パワーズ、K・W・ジーターなどが最初のスチームパンク派といわれ、ジーターが1987年に〈スチームパンク〉と称したといわれている。

　〈スチームパンク〉は、スチーム（蒸気）機関の時代、ヴィクトリア朝へと折り返された世界である。ウィリアム・ギブスンとブルース・スターリングの共著『ディファレンス・エンジン』（1990）はそれを見事に書いている。

　〈スチームパンク〉は直接的にはSF文学からはじまっているが、その起源は、パンク・ロック（音楽）にある。そしてその最もポピュラーな領域はヴィジュアルな世界である。おそらく電脳空間という見えない世界において、見えるものへの激しい欲求のあらわれではないだろうか。現代はあらゆるものがブラックボックス化され、見えなくなっていく時代だ。それだからこそ、見える過去、ヴィクトリア朝へ回帰していくのだ。蒸気機関という圧倒的な存在感こそスチームパンクの象徴なのだ。

　工場、煙突、機械、歯車、時計仕掛けなどへの偏愛も、見える機械、見える内部構造へのあこがれを示している。それらにもどりたいと思うのは、現代社会への強い不満を反映している。

　SFが見えない未来から見える過去へと逆転したことは興味深い。なぜなら、もどってゆくヴィクトリア朝こそ、SFが誕生した時代であるからだ。ジュール・ヴェルヌ（P174-203）、H・G・ウェルズ（P204-207）が未来小説を書いた。私たちはヴェルヌなどが予想した未来の時にいる。そのことは、現代とヴィクトリア朝が円環的になっているということだ。

　私たちは現在からヴィクトリア朝にタイム・トラベルをする。そしてヴィクトリア朝からあらためて未来である私たちの現在を見るのだ。私たちは現在の社会に不満である。ヴィクトリア朝から現在にいたる歴史的な道はどこかまちがっているのだ。別な道はなかっただろうか。科学の発達も、私たちを幸福にはしていない。どこでまちがったのか。もう一度、ヴィクトリア朝からやり直さなければならない。

　蒸気機関車と時計などへの機械フリークとともに、スチームパンクの特徴であるのはDIY（ドゥ・イット・ユアセルフ、手づくり）である。機械と手の分裂はヴィクトリア朝の産業革命にはじまり、現在では決定的に離れてしまった。だがヴィクトリア朝の機械は、まだ手づくりの改良を許容するのだ。機械と手の矛盾を和解へともたらすことはできるだろうか。

　〈スチームパンク〉はヴィクトリア朝にもどることで、〈ゴシック〉に出合った。それによって、2つのキーワードがつながり、1つの歴史となった。ヴィクトリア朝は、それ以前の世界とそれ以後の世界を結びつけたのである。

　〈ゴシック〉と〈スチームパンク〉の出合いによる変化の1つは、〈女性〉が1つの位置を獲得するようになったことである。ヴィクトリア朝は男性中心社会であり、〈ゴシック〉も〈スチームパンク〉もはじめは〈女性〉を意識していない。

　しかし、ヴィクトリア朝は、女性と子どもが存在を示しはじめた時期であり、ゴシック文学においても、ラドクリフ夫人、ブロンテ姉妹、メアリー・シェリーなどの女性作家が重要な仕事をするようになった。

　〈スチームパンク〉は、機械、金属などのハードでごつごつした世界のおたくとして出発するが、ヴィクトリア朝での〈ゴシック〉との接触のうちに、女性的な要素をとり入れ、〈ゴシック〉と融合してゆく。

　そのきっかけは1970年代のフェミニズムの運動、そして日本とゴシックの接触によるゴスロリ・ファッションの刺激であった。その一例は、ヘンリー・ウィンチェスター『スチームパンク ——ファンタジー・アート、ファッション、フィクション、映画』（未訳、2014）である。女性を主役としたスチームパンクのイメージ・アルバムで、ゴスロリとスチームパンク

の合体をはっきり示している。

　〈ゴシック〉と〈スチームパンク〉を結ぶことで、ヴィクトリア朝と現代を循環する輪を考えてみた。それによってヴィクトリア朝から現代にいたる文化史のこれまで見えなかった流れをたどってみたい。それによって、ヴィクトリア朝以来、私たちが現在に過去の時代を重ね、蒸気機関車の車輪のように過去との間をぐるぐると循環しながら、進んできたことがわかるだろう。

驚異と幻想の美術史
ロマン主義の地下の流れ

　ヴィクトリア朝から現代までの新しい美術史のために、ゴシックとスチームパンクをヴィクトリア朝に折り返し、結びつけた時、両者をつなぐ流れが見えてきたような気がした。それは〈ロマン主義〉という流れである。

　ロマン主義は美術辞典風にいえば、18世紀末から19世紀前半、1820年代から40年代を中心にフランス、イギリス、ドイツなどで興った美術である。しかし、ゴシック、バロック、または印象派、キュビスムなどのような特定の様式、形を持たず、表現は多様である。それは象徴主義などと似ている。つまり外面の形態ではなく、内面の感性によってくくられたコンセプトである。

　したがって、ロマン主義はある時代の特定の様式としてとらえにくい。最初は19世紀前半の傾向とされてきた〈ロマン主義〉は、20世紀後半から新しく解釈されるようになり、19世紀全体の大きな流れであり、現代にまでとどくのではないかと思われる意味が見出されてきた。

　その1つのきっかけはマリオ・プラーツの『肉体と死と悪魔──ロマンティック・アゴニー』(1966、訳本は1994)である。ここでプラーツはロマン主義を拡張し、19世紀末のデカダンティスムまでを含むものとした。これによって、象徴主義は、ロマン主義の後期として連続的にとらえることができるようになった。

　私は〈ゴシック〉と〈スチームパンク〉の地下にロマン主義の流れがあり、両者を通底していると思っている。両者を結ぶにはロマン主義を知らなければならないし、逆に、〈ゴシック〉と〈スチームパンク〉によって、ロマン主義を新しく読むことができるのだ。私自身、これまで美術史の一時期としてしか見ていなかったロマン主義が、〈ゴシック〉と〈スチームパンク〉を重ねることで、おどろくほど興味深く浮かんでくるのを感じた。

　ロマン主義は危機のアートである。それはフランス革命の激動を反映して成立した。ロマンティックはクラシック(古典主義)と対比される。クラシックは秩序立った、安定したスタイルであり、ロマンティックは、秩序を逸脱し、不安定で、革命や反乱にあこがれる心情を持っている。

　フランス革命とナポレオン戦争の後、ヨーロッパ諸国は、それぞれ国民国家に向かい、ナショナリズム(民族主義)を高める。ロマン主義もナショナリズムに関わる。そのために、ロマン主義も諸国に分裂し、フランス、イギリス、ドイツなどのロマン主義はそれぞれ大きくちがっている。

　20世紀に入るとロマン主義は、ナショナリズムにとらわれ、特にドイツ・ロマン主義はナチズムと結びついたとして、第2次世界大戦後は美術史ではタブーとなった。

　マリオ・プラーツの本は、そのようなロマン主義のタブーを解禁した美術史の新しい時点を示していたのである。そのようなロマン主義再評価は、1970年代のフェミニズム運動、アール・ヌーヴォー・リヴァイヴァル、パンクなどのカウンターカルチャー現象と無縁ではなかったのである。それらの背景を意識しながら、フランス、イギリス、ドイツのロマン主義について触れておくことにしよう。

　まずはじめにドイツのノヴァーリスによるロマン化、ロマン主義のとらえ方をあげておく。〈ゴシック〉、〈スチームパンク〉を考えるにも役立つだろう。

　ノヴァーリスによれば、ロマン化というのは卑俗なものに高邁な意味を与えることだ。さらに、平凡なものに神秘的な姿を、既知のものに未知の尊厳を、有限のものに無限の様相を与えることだ、という。つまり、平凡で日常的なもの

に高貴で神秘的なヴェールを掛け、魔術的な幻想をくり広げるのだ。ゴシックが少女を魔女に変え、スチームパンクが蒸気機関車を金属の神に変えるのは、ロマン主義的メタモルフォーシス（変容）ではないだろうか。

フランス・ロマン主義

　フランス文学史では1820年から50年くらいまでロマン主義の時代としている。ヴィクトル・ユーゴー、アルフレッド・ド・ヴィニー、アルフレッド・ド・ミュッセ、アレクサンドル・デュマ・ペール、ジェラール・ド・ネルヴァルなどが詩と演劇において旧派への激しい戦いをくり広げた。1848年の7月革命以後は社会主義的傾向を強める。社会的現実派と幻想的象徴派にロマン主義が分裂したとも見ることができる。

　美術においては、ナポレオン時代、ダヴィッド〈fig.6〉のネオクラシック（新古典主義）があまり強力だったため、ロマン主義は、イギリスやドイツに比べておくれてはじまり、クールベ（P77）などのリアリズムの登場とともにかすんでしまったといわれ、フランス・ロマン主義美術は、あまり評価されてこなかった。しかしそこにはドラクロワ（P56-58）とジェリコー（P54-55）というすばらしい画家がおり、また、ロマン主義を広い意味でとらえると、クールベなどのリアリズム派にもロマン主義が見出されるようになり、〈フランス・ロマン主義〉美術の再評価がはじまっている。

　ドラクロワやジェリコーが描いたのは物語、ドラマのある絵であった。フランス革命、ナポレオン戦争という激動の中で、惨劇や大災害が起こり、残酷で、おそろしいスペクタクルがくり広げられていた。ダヴィッドの新古典主義の凍りついたような静的なシーンではなく、絶叫や悲鳴が聞こえてきそうなダイナミックなシーンをドラクロワやジェリコーは表現しようとした。

　シャルル・ボードレールは『ロマン派芸術論』で、ドラクロワの作品のすべては「悲嘆と虐殺と燃え上がる火だ」とまでいっている。確かにドラクロワは〈虐殺〉をしばしば描いた。「キオス島の虐殺」（1842）〈fig.7〉、「サルダナパロスの死」（1827、P57）などである。彼は革命や戦争の体験はなかった。虐殺シーンはすべて、本で読んで想像したものだったという。

　ドラクロワはダンテ、シェイクスピア、ゲーテ、スコットなどを愛読した。彼の表現スタイルはバロック的であったが、その絵の物語は中世ゴシック趣味と関わりが深い。

　文学性（物語性）とともに、ドラクロワのテーマのもう1つの柱は〈異国趣味〉である。1832年、彼はモロッコ旅行をする。それまでの異国趣味は文学の中で読んだものであったが、モロッコ旅行以来、リアルな異国風景、風俗が描かれるようになる。

　異国への旅、冒険はロマン主義の大きな要素である。旅において出合う驚異や珍奇なものの博覧会において、ジェリコーやドラクロワなどフランス・ロマン派の絵画のカタストロフィ・シーンは〈スチームパンク〉と出合っている。

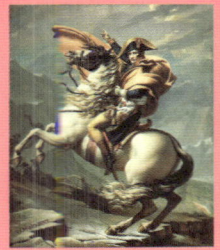

fig.6
「サン=ベルナール峠からアルプスを越えるボナパルト」
ジャック=ルイ・ダヴィッド画
1801年

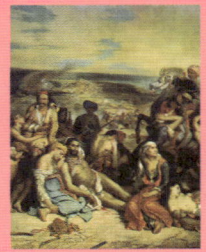

fig.7
「キオス島の虐殺」
ウジェーヌ・ドラクロワ画
1842年

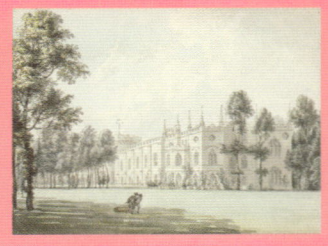

fig.8
「南東からのストロベリー・ヒル・ハウス」
ポール・サンドビー画
1769年頃

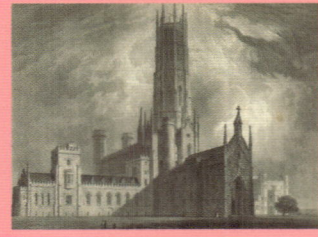

fig.9
「フォントヒル僧院の北側と西側の外観」
T・ハイム、Z・マーティン画
1823年

イギリス・ロマン主義

　イギリスはロマン主義の出発点である。なぜならそこではゴシック・リヴァイヴァルとロマン主義がほとんど重なっているからだ。ロマン主義は無限にあこがれ、まなざしをおどろかせ、おののかせるようなヴィジョンを求めた。〈崇高（サブライム）〉、〈絵画的（ピクチャレスク）〉がキーワードである。〈崇高〉は圧倒的な大自然を前にした小さな人間の尊敬の感情である。そして〈絵画的〉は、絵のように美しい光景といったいい方が示しているように、〈崇高〉なヴィジョンの現実化で、〈崇高〉な風景を描いた絵であったり、〈崇高〉を空間化した庭であったりする。〈崇高〉と〈美〉をつなぐのが〈絵画的（ピクチャレスク）〉である。〈絵画的〉は完結し、静止したものであってはならない。無限にあこがれ、流動的で、変化してゆく。それは未完結で、動きつづけるのだ。

　ロマン派の画家は、壮大で絵画的な風景画を描いた。その起源となったのは、ホレース・ウォルポールのストロベリー・ヒル・ハウス〈fig.8〉、ウィリアム・ベックフォードのフォントヒルの館〈fig.9〉や庭で展開されたゴシック・リヴァイヴァルであった。それはトマス・グレイの詩、ゴシックのホラー小説、ウォルター・スコットの中世騎士物語などで語られた。

　ウィリアム・ブレイク（P30-37）、ターナー（P42-45）、コンスタブル〈fig.10〉などからはじまるイギリス・ロマン主義美術はあまりに多様であるが、ここではそこでユニークな位置を占めるジョン・マーティン（P46-49）に触れておこう。

　ジョン・マーティンがロンドンにやってきた19世紀初頭は、ネオクラシックが全盛であった。しかしマーティンは、ゴシックに魅せられ、ラドクリフ夫人の『ユードルフォの神秘』、ベックフォード『ヴァテック』などのゴシック・ホラー小説などからイメージを得て、ロマン主義の〈崇高〉のテーマを見出す。

　マーティンは〈崇高〉の画家といわれたほど壮大で、息をのむような光景を描きつづけた。1854年に彼が没すると、〈崇高〉の絵画の時代が終わった。嵐、火山の噴火、大火事などによって巨大な建造物が崩壊し、この世の終わりかと思われる光景があらわれる。発掘による考古学的資料など最新の知識を駆使しながら、マーティンは〈ゴシック・ロマンティシズム〉のシンボルとなる。

　マーティンとともに〈崇高〉の絵画の時代は去り、ミレー〈fig.11〉、ロセッティ〈fig.12〉などの新しいロマン主義の時代になる。ロマン主義を19世紀前半のものとするかつての美術史とちがって、ロマン主義の概念はより広げられ、ラファエル前派、唯美主義、世紀末象徴主義までも含むものとされるようになった。

　そのようなゴシック・ロマン主義というとらえ方によって、孤立していたジョン・マーティンの〈崇高〉のヴィジョンが甦ってくる。

ドイツ・ロマン主義

　ドイツにおいてロマン主義は極限に達する。それは禁じられたタブーの領域に踏み込んでしまい、黒いロマン派として闇に沈むのである。ドイツ・ロマン主義とはどのようなものだろうか。ハインリヒ・ハイネの『ドイツ・ロマン派』（山崎

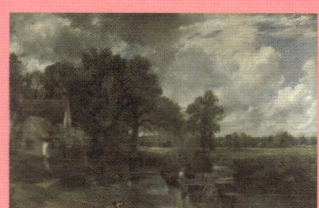

fig.10
「乾草車」
ジョン・コンスタブル画
1821年

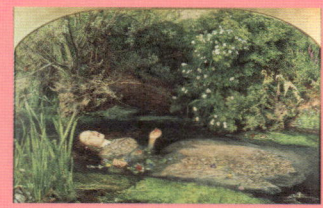

fig.11
「オフィーリア」
ジョン・エヴァレット・ミレー画
1851-52年

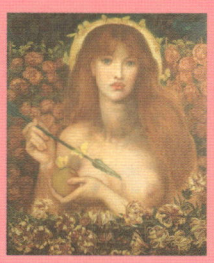

fig.12
「ウェヌス・ウェルティコルディア」
ダンテ・ゲイブリエル・ロセッティ画
1864-68年

章三訳 未来社 1965）を読んでみよう。ハイネが1832年から1833年にかけて書いた論文集である。

「ところで、ドイツにおけるロマン派とは何であったか。

これは、中世の詩歌、絵画、建築のうちに、つまり芸術と生活のうちに現れていた中世の詩の復活にほかならなかった。しかしこの詩はキリスト教から生じたものであり、キリストの血から咲き出た受難の花であった。私は、われわれがドイツで受難の花と名づけられているあの憂鬱な花が、フランスでも名をもっているか、そしてまたその花がドイツと同じように、民間伝説によってあのように神秘的な由来のものとされているかどうかは知らない。」

ドイツ・ロマン主義がまさにゴシック・リヴァイヴァルであったことがわかる。ハイネは、フランスと比較している。受難の花によって象徴されるように、厳しく、メランコリックであり、ラテン的な明るさを持つフランス・ロマン主義に対して、ドイツ・ロマン主義は、まじめで、重苦しい。哲学的であり、政治的で、ドイツのナショナリズムに深く関わっている。

フランス革命とナポレオン戦争の時、ドイツ・ロマン派は「ドイツ諸国の政府や秘密結社のもくろみと手を取りあってむすんだ。」とハイネはいっている。18世紀末のドイツの秘密結社「バラ十字団」や「啓明結社」がドイツ・ロマン派とつながっていたことを示している。ロマン主義の特徴の1つとして〈結社性〉をあげておこう。特にドイツ・ロマン派はその傾向が強いのである。

ドイツ・ロマン派はそのゲルマン民族主義的傾向のうちに、ヒトラーのナチズムとの関わりを疑われ、第2次世界大戦後、正面からあつかわれなかった。しかしようやくリュトガー・ザフランスキー『ロマン主義 ──あるドイツ的な事件』（2007、訳本は2010）などで、現代にいたる歴史が語られるようになった。

カスパー・ダーヴィト・フリードリヒ（P62-65）、フィリップ・オットー・ルンゲ（P66-69）というドイツ・ロマン主義美術の2つの星も、19世紀のヨーロッパ幻想美術の流れの中で再評価され、そのユニークなヴィジョンに、〈スチームパンク〉ののぞき眼鏡を向け、現代を投影できるようになったのである。

機械と異国趣味
万国博覧会オン・パレード

スチーム・ショック

ジェームズ・ワットの発明したワット式回転蒸気機関（スチーム・エンジン）〈fig.13〉は時代に衝撃を与えた。水と火でつくられる蒸気は、神秘的で万能の動力（パワー）のように思われ、〈エネルギー〉という概念を生み出すのである。

ワットは1782年に最初の回転蒸気機関をつくり、改良を加えて、1800年頃までに完成させた。ロンドン科学博物館にある1800年頃につくられた蒸気機関を見ると、枠組みは木で、金属のシリンダーを囲んでいる。ピストン、シリンダー、ポンプ、歯車、フライホイール（はずみ車）など、機械フリークをわくわくさせる原始的な機械の魅力が輝いている。

ワットの時代まで、機械は大工、鍛冶屋、鋳物師、水車大工などが部品をつくっていたが、ワットは工場で製作するようになり、機械工業がつくられる。蒸気機関は職人仕事から工場生産への過渡期に生まれたのである。

おそらく、だからこそ、この時代の機械が郷愁を誘うのだろう。機械でありながら、手づくり感があふれている。そのことが〈スチームパンク〉の蒸気機関へのこだわりを説明してくれるだろう。私は〈スチームパンク〉を機械と手という両極の座標によってとらえてみたい（P24図表参照）。

ヴィクトリア朝において、産業革命による機械化、工業化の方向に対して、手づくりの方向も復活する。ウィリアム・モリスのアーツ・アンド・クラフツ運動もそこにつながっている。それだから、ヴィクトリア朝のさまざまな機械は、機械のハードな魅力とともに手づくりのソフトな魅力を放っているのだ。

現代のメカニズムは人間のスケールを超え、ブラックボックス化し、見えなくなっている。それだからこそ、ヴィクトリ

ア朝の原始的機械にもどって、そこからやり直してみたいのだ。なぜなら、私たちはどうやらまちがった道に迷いこんでいるようだから。

ワット自身、半分職人で半分エンジニアであったらしい。彼の機械は手づくり感にあふれ、なんでも手もとにあるものを利用している。彼が改良をつづけた蒸気機関の1つにはパイプを閉じるのに妻の指ぬきが使われている。

新しいことをするには、そのための材料や道具があらかじめそろっているわけではないから、なんでもそのあたりにあるものを使って、自分で組み立てるしかない。設計図はないのだ。文化人類学者レヴィ゠ストロースは、ありあわせのもので、なにかをつくり出すことを〈ブリコラージュ〉といった。フランス語で手仕事、日曜大工のことだ。このことばはモダン・アートの〈コラージュ〉を連想させる。さまざまなものを寄せ集めて作品をつくることだ。アッサンブラージュ（集積）ともいう。また写真においては〈モンタージュ〉という。それらの方法は20世紀のキュビスム、ロシア・アヴァンギャルド、シュルレアリスムなどで使われる。

モダン・アートにおける〈コラージュ〉、〈モンタージュ〉の方法の起源は、19世紀の〈ゴシック・リヴァイヴァル〉にあるのではないか。〈ゴシック〉から〈スチームパンク〉への美術史を書きながら私はそれに気がついた。古い時代を今に重ねるという〈リヴァイヴァル〉の方法によってモダン・アートの歴史が開幕するのではないか。〈コラージュ〉、〈モンタージュ〉がその復活なのだ。〈ゴシック・リヴァイヴァル〉はそのはじまりであり、〈スチームパンク〉はその方法の再発見、ふりかえりなのではないだろうか。

ロンドンのウェストミンスター寺院にあるワットの墓には、「人間の力を増大させた」と刻まれている。ヴィクトリア朝には人間と蒸気機関を直接結びつけようとした機械がつくられた。キャロライン・ロッチフォードの『偉大なるヴィクトリア朝の発明 —— 新発明と産業革命』（未訳、2014）には、〈スチーム・マン〉（蒸気人間）が出てくる〈fig.14〉。1893年にカナダのジョージ・ムーア教授が考案した、蒸気で動くロボットである。中世騎士のようなコスチュームで葉巻をくわえ、そこから白い煙を吐いている。鋼鉄と錫（すず）で体はできている。実際に動いたかどうかわからない。ある日、スチーム・マンは教授のところから出ていってもどらなかったという。

アンソン・ラビンバック『ヒューマン・モーター ——エネルギー、疲労、そしてモダニティの起源』（未訳、1990）は、蒸気機関の発明によって、人間をモーター（動力機）として考え、人間社会もモーターとしてとらえるようになったとしている。人間はもともとエンジンを内蔵したスチーム・マンなのだ。それは人間と機械との循環運動、相互変身をあらわしている。蒸気機関は、機械としての人間、ロボットへの夢をかきたてる。

蒸気機関は人間と機械を接近させる。人間のような機械、機械のような人間がつくられるだろうか。ロボット＝人造人間の発想はメアリー・シェリーの『フランケンシュタイン』（P237）からリラダンの『未来のイヴ』にいたる夢を生み出すが、しばしばそれは悪夢へと落ちてゆく。

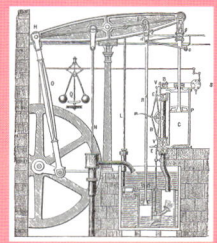

fig.13
ワットとボールトンが設計した
回転蒸気機関のデザイン画
1784年

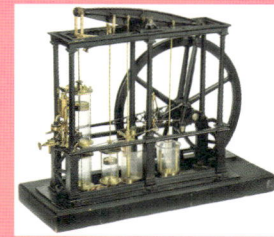

ワット式回転蒸気機関の模型

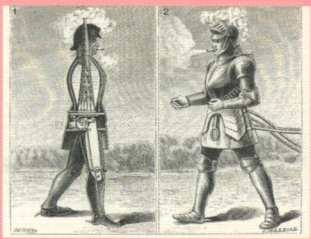

fig.14
「スチーム・マン」
ジョージ・ムーア画
1891-93年

機械とレジャーの大博覧会

　19世紀には世界のあらゆるものを一堂に集めて展示する万国博覧会が開かれた。それは世界の縮図であり、時代を映す鏡であった。過去のもの、外国のものをかき集めて重ね合わせるという、この時代にはじまった方法のまとめであった。

　万国博覧会のはしりが、1851年にロンドンで開かれた博覧会であった（P97-99）。「この催しは、娯楽が目的の啓発と、啓発が目的の娯楽を同じ屋根の下で組みあわせんとする（それこそまさしく19世紀特有のやり方だ）、都会的かつ国際的な流行を作り出した。」（L・C・B・シーマン『ヴィクトリア時代のロンドン』社本時子・三ツ星堅三訳　創元社 1987）

　つまり、各国の珍物、奇物や美術品から工業機械までが展示された。ヴィクトリア朝のレディたちが機械を珍しそうに見物に行ったのである。

　会場はハイド・パークの南側で、クリスタル・パレス（水晶宮）といわれたガラスと鉄骨の展覧会場が建てられた。石や木の代わりにガラスと鉄による大きな空間が出現した。5月から10月まで開かれ、600万人以上が入場した。

　展示されたのは製造工具や建築・造船などの道具、大砲、そして蒸気で走る消防自動車、医療用具、時計などから楽器、織物、帽子、コルセット、台所用具までであった。

　ロンドン博の大成功をきっかけに、19世紀には世界中で博覧会が開かれた。世紀末になると1889年のパリ博（P102-105）、1900年のパリ博（P106-109）が有名である。

　博覧会ブームは、パノラマやジオラマといった現実的な見世物、そして百貨店などの流行につながる。時空をこえて、さまざまなものを集め、くっつけたり重ねたりする。そのようなコラージュ（集積）は、いろんなものを見たい、珍しいもの、センセーショナルなものをあれこれ見たいという都市生活者の欲望に応じるものであった。

ジュール・ヴェルヌの世界をのぞく

　〈スチームパンク〉はヴィクトリア朝へタイム・スリップする。そこでシャーロック・ホームズやオスカー・ワイルドに出会う。そこではジュール・ヴェルヌやH・G・ウェルズが未来世界を語っていた。ヴェルヌの『海底二万里』（1871、P178-181）を読むと巨大な鋼鉄のクジラに出会う。それは実はネモ艦長の潜水艦であった。動力は電気であるという。1871年に、2万里も潜航しつづける電気による潜水艦をヴェルヌは考えていたのである。私たちは原子力潜水艦が深海を航行している現代からジュール・ヴェルヌの時代にもどっていく。そして、ネモのノーチラス号からあらためて、現在をふりかえってみるのだ。

　〈スチームパンク〉はそのような時空の循環に魅せられている。なぜそのように時空をさまよい、過去にもどり、それを今に重ねるのか。おそらくそれは今が見えないからだ。

　ジュール・ヴェルヌの世界は1つの博覧会として見ることができる。19世紀の博覧会の2つの見せ場は、最新の機械技術と異国趣味（エキゾティシズム）であった。ヨーロッパの外の、アフリカ、オリエント、中国、日本、太平洋、北と南のアメリカなどの、見たことのない驚異の旅をパノラマのようにヴェルヌは見せてくれる。『八十日間世界一周』（P184）でのインドなどの珍風俗、『十五少年漂流記』（P182-183）の〈漂流〉や〈冒険〉はロマンティックな〈スチームパンク〉のアイテムとなるだろう。

　私たちはヴェルヌが空想した未来の地点にいる。そこでは珍しい秘境も砂漠のような味気ないものとなっている。だがヴェルヌの時代にもどっていくと、私たちの想像力は復活し、ヴェルヌの地点から驚異の未来を見ることができるのだ。ヴェルヌやウェルズの時代、ヴィクトリア朝にもどって、私たちはまた驚異の旅をはじめる。マルセル・プルーストが〈失われた時〉にもどって、それを見出そうとしたことの意味が、〈ゴシック〉から〈スチームパンク〉への旅のうちに語られているのだ。

　ヴェルヌやウェルズが予想した未来の時をすでに過ぎてしまった今に私たちはいる。〈驚異〉はすでに後方だ。それだからこそ私たちは19世紀にもどり、あらためてヴェルヌとともに新しい旅に出なければならないのだ。

ミッドナイト・ロンドン・ホラー館

　都市には表通りができると裏通りができる。明るい昼の世界の下にアンダーワールドができる。つまり都市は二重化であり、2つの世界の重ね合わせでできている。大都市であり、表通りが明るくにぎやかなほどアンダーワールドは深く暗い。私はそんな都市のアンダーワールドにずっと魅せられてきた。ヴィクトリア朝のロンドンは巨大な都市になった。18世紀のはじめにロンドンにガス灯がつき、通りは明るくなった。それまでは、それぞれの家で、門灯にろうそくを日暮れから11時までつけることになっていた。

　深夜はまっ暗であったから、外出にはたいまつを持っていかなければならなかった。次に石油ランプが使われる。しかし、それほど明るくはなかった。1802年にソーホーに見本としてガス灯が立てられ〈fig.15〉、1814年頃から本格的にガス灯が普及していった。

　ガス灯の発達とともにロンドンのナイトライフがはじまった。市民は真夜中まで街をふらふらと歩きまわるようになった。それとともにあやしげなアンダーワールドが広がり、強盗、殺人、売春などの事件が増えた。注目すべきなのは、そのような事件を大衆が熱狂的に知りたがったことである。印刷技術が発達し、ジャーナリズムが発達し、センセーショナルな記事を売りまくった。殺人、大惨事などショッキングであるほど人々がとびついた。ペニー・ブラッドという、血まみれなニュースを伝える三文新聞が人気を集めた〈fig.16〉。

　ジョージ・オーウェルはヴィクトリア朝を〈殺人黄金時代〉といったそうである。殺人が多かったから殺人のニュースがくわしく伝えられたのか、殺人のニュースが好まれたから多く伝えられたのかわからないが、人々は殺人のニュースに熱狂した。

　R・D・オールティック『ヴィクトリア朝の緋色の研究』（村田靖子訳 国書刊行会 1994）はヴィクトリア朝の殺人事件とそれに人々がいかに反応したかを明らかにしている。
「殺人が大衆娯楽、つまり見るスポーツとして制度化されたのはヴィクトリア朝初期、もしくはその直前のことだった。」（同書）

　ちょうどガス灯がつき出した頃から、殺人のニュースが大衆娯楽になっていくのである。ガス灯というスポット・ライトが殺人事件を浮かび上がらせるのだろうか。

　オールティックによると殺人とその報道が特に多くなるのは1860年代からという。そして1888年、ロンドンの殺人で最も有名な「切り裂きジャック」事件が起こる（P224-225）。ロンドンのイースト・エンドで5人の娼婦が次々と殺される。そして犯人はついに見つからなかった。

　それ以来、現在まで100年以上にもわたって犯人さがしがつづき、「ファイナル・ソリューション（最終解決）」と題する本があきることなくつづいている。切り裂きジャック（ジャック・ザ・リッパー）にとり憑かれた人々を〈リッパロロジスト〉と

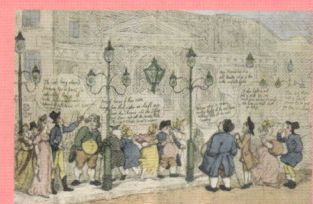

fig.15
「ロンドンでガス灯に驚く通行人たち」
トーマス・ローランドソン画
1809年

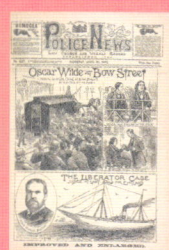

fig.16
新聞『イラストレイテド・
ポリス・ニュース』に
掲載された
オスカー・ワイルドの
敗訴・投獄の記事。
1895年

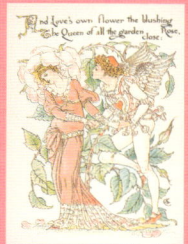

fig.17
絵本『ハーメルンの笛吹き』
ケイト・グリーナウェイ画
1888年

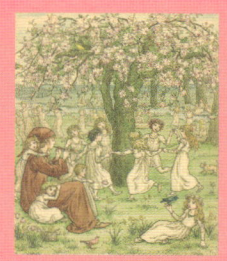

fig.18
絵本『花の饗宴—花の仮面劇』
ウォルター・クレイン画
1889年

いうのだそうである。

　このようなヴィクトリア朝の殺人黄金時代の中で探偵小説が誕生し、ロンドンの世紀末にシャーロック・ホームズが登場するのである。

　そして探偵小説の源泉としては、『オトラントの城』、『ユードルフォの秘密』、『フランケンシュタイン』などのゴシック・ロマンス、ホラー小説などの流れがある。それはアメリカのエドガー・アラン・ポー（P227-229）などを経由して、コナン・ドイルのホームズものに達する（P230-233）。ホームズのロンドンには〈ゴシック〉の影が落ちているのである。また切り裂きジャック・フリーク、〈リッパロロジスト〉から現代の〈スチームパンク〉、その変種のスプラッタ・パンクなどへの流れを見ることができる。

ファンタジーの夜、妖精が目覚める

　ゴシックの夕闇がヴィクトリア朝にかかると、妖精が目覚める。19世紀はグリムとアンデルセンの時代だ。忘れられていた民謡、おとぎ話が採集され、甦る。そして子どもたちのために童話として語り直される。ジェームズ・バリーの『ピーター・パン』P258-265はそのいい例である。『ピーター・パン』（新潮文庫）の解説で訳者の本多顕彰は次のように書いている。「この物語には、子供だけが持つ豊かな想像と、子供だけが持つ鋭い観察があります。バリーという人は子供になりきれる人です。もう1つこの物語で目立っていることは、女の子の心がよく描いてあることです。時に、女の立場から男を見るところがじつにうまく書かれています。」

　バリーはロマン主義の影響を受けた。彼は母にはげまされて物語を書いた。女性の気持ちがわかるのはそのせいかもしれない。

　この解説が見事に指摘したように、『ピーター・パン』は、子どもと女性に向けて妖精物語を語ったのである。ヴィクトリア朝に君臨する大英帝国は男性中心の社会であった。〈ゴシック〉における中世の甲冑（かっちゅう）のメタリックな光、〈スチームパンク〉における蒸気機関車の砲弾的、男根的ともいえる金属の存在感にヴィクトリア朝の男らしさを反映しているかに思われる。

　しかしそこには妖精的なロマン主義が、子どもと女性のための想像力の水脈をあふれさせるのだ。

　19世紀にロンドンやパリなどの大都市は夜の世界を解禁した。そこには2つの夜があった　1つは、赤い灯がまたたく快楽とスリリングな事件、犯罪がうごめく夜であり、もう1つは、妖精が踊る幻想の夜である。夜の下に、ロンドンのイースト・エンドには切り裂きジャックが、ハイド・パークにはピーター・パンがいたのである。

　男性的な金属の甲冑に包まれた〈ゴシック〉と〈スチームパンク〉は、ロマン主義によって女性的想像力を注入されることによって、その重いよろいをはずし、流動的で、両性的な相貌を見せるようになる。

　そのような〈ゴシック〉の新しい見方は、1970年代のフェミニズムの中ではじまる。19世紀の男性的偏見がつくり出したとされる〈ファム・ファタール（宿命の女）〉が、男性社会の中の女性の反抗と目覚めとして再解釈される。ゴシック・ロマンスのラドクリフ夫人、メアリー・シェリー、そしてブロンテ姉妹、ジェーン・オースティンなどの女性作家たち、男性社会の異端、〈屋根裏の狂女〉たちが見直されることで、これまでの男性中心社会というヴィクトリア朝の世界像は大きく変わりつつある。

　19世紀末に、ジャポニスム（日本趣味）は閉鎖的なヨーロッパの枠組みを解き放つのに大きな役割を果たした。20世紀後半には2度目のジャポニスムの波が、〈ゴシック〉や〈パンク〉を襲い、〈ゴスロリ〉のようなカウンターカルチャー・ファッションをつくり出した。それは、〈ゴシック〉と女性の関係に衝撃を与えた。これまでの美術史はジェンダーとエロスの問題を避けてきたが、〈ゴシック〉の侵入はそれをおびやかした。

　ヴィクトリア朝にはおびただしい妖精文学が発生し、ケイト・グリーナウェイ〈fig.17〉やウォルター・クレイン〈fig.18〉の妖精絵本が子どもと女性たちに愛された。ファンタジーの夜をアリスやピーター・パンが徘徊していたのである。

　そのようなヴィクトリア朝の妖精たちを、現代の夜を徘徊するゴスロリの少女たちと重ねることはできないだろうか。

もしできるなら、ゴシック・ロマン主義の地下水は現代まで達しており、ふと地上にあふれ出してくるのだ。

ハッピー・ゴシックにようこそ

〈ゴシック〉と〈スチームパンク〉の間にロマン主義の回路を開き、19世紀から現代にいたる光景を一望のもとに眺め渡したい、というのがこの本の目的である。それは不可能な妄想であるかもしれないが、中世を現代にまき散らしてみたいと思ったゴシック・リヴァイヴァルに魅せられた人々もやはりそのように夢見たのではないだろうか。

妄想をおそれず、その旅を楽しむことにしよう。それは〈ハッピー・ゴシック・ツアー〉とでも呼べる旅なのだ。ハッピー・ゴシックの世界をめぐっていくために1つの地図をつくってみた。まだ不明な部分も多く、未知のところは想像の怪物で埋めた古代中世の地図のようだが、それもまた楽しんでもらうことにしよう。

P24の図表で、まず〈ゴシック〉と〈スチームパンク〉を上下の極に置く。これは中世から現代へという時間軸にもなっている。次に横軸には〈手〉と〈機械〉を両極として置く。

〈ゴシック〉と〈スチームパンク〉の間がヴィクトリア朝を中心とする19世紀の時代だ。この上に、中世から〈ゴシック〉が折り返され、現代から〈スチームパンク〉が折り返される。

この4極によって4つの領域に分けられる。左上から反時計まわりにI、II、III、IVの領域としよう。

Iは〈ゴシック〉と〈手〉の極にはさまれている。〈手〉は手仕事、手工芸（ハンドクラフト）などに関わる。ここには、芸術や文学が入る。ゴシック・リヴァイヴァルはここを中心とする。ホレース・ウォルポールのゴシック・ロマンスにはじまり、ホラー小説、世紀末デカダンスのオスカー・ワイルドの文学の流れがある。美術においては、ラファエル前派からアール・ヌーヴォーにいたる流れがあるが、私はそれらをつなぐロマン主義美術をとりあげることにした。それによって〈ゴシック〉から〈スチームパンク〉までを貫通する流れをたどることができる。

IIは〈手〉と〈スチームパンク〉にはさまれた領域である。ここでは大都市のロンドンを中心とするヴィクトリア朝の世界をあつかう。シャーロック・ホームズのロンドンなど探偵小説の舞台であり、都市の夜、アンダーワールドが開かれる。それはまた、空想的、幻想的なファンタジーの世界である。フランケンシュタイン、ドラキュラなどの怪物がうごめき、妖精が踊る。ファッション、エロス、ジェンダーなどの諸現象などもここに入るだろう。

IIIは〈スチームパンク〉と〈機械〉にはさまれている。産業革命によってさまざまな〈機械〉が発明される。ここは〈スチームパンク〉の主な舞台である。蒸気機関車から時計仕掛けまで、〈機械〉という金属製の怪物が暴れまわる。中世の騎士の甲冑姿と鋼鉄のロボットがぶつかりあう。

IVは〈ゴシック〉と〈機械〉にはさまれている。ここでは、産業革命と帝国主義によってあらわれた〈異国趣味（エキゾティシズム）〉をあつかう。冒険・探検旅行から観光旅行によるアフリカ、アメリカ、インド、中国、日本、太平洋にいたる、熱帯、太平洋などへの鉄道、船、自動車、自転車などの近代的な交通機関。そして、ホテルやレストランなどの旅の装置。

世界中の珍奇で驚異的な風景や風俗が紹介される。この図の直交軸の交点のまわりに広がるのは〈万国博覧会〉である。〈ゴシック〉から〈スチームパンク〉までのすべてが集められ、重ねられる。ヴィクトリア朝が発明した〈万博〉は、世界を一挙に見渡すための機械だったのである。

このような図をつくりながら感じる楽しさは、19世紀という過去にタイム・スリップしてホームズやジュール・ヴェルヌの世界をのぞき、彼らとともに未来を、つまり私たちのいる現代を見返すことになっていくことだ。つまり私たちは今とヴィクトリア朝の間をぐるぐると往復しているのだ。

そのように、現代と過去を往復し、重ねながら、未来へ向かっていくという方法は、19世紀はじめに、ゴシック・リヴァイヴァルによってはじめられた1つの発明だったのではないだろうか。その方法を可能にするために、写真をはじめとする複製技術が開発されてきた。さらに、過去を、そして彼方の異国を想像する〈ロマン主義〉が発明され、異文化としての過去や異文化を重ね、その重層的なスクリーンのうちに未来を透視するようになった。

私たちはアリスのように、鏡を通り抜けて、不思議な国に旅をする。ハッピー・ゴシックにようこそ！

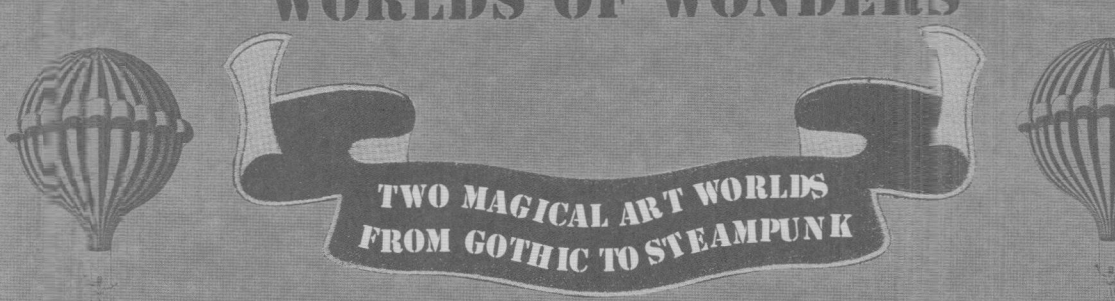

"Gothic," "steampunk": these two terms are disturbing. There is something illegitimate about them. They point to what appeared to be temporary trends or transient fads. But, fads though they may be, they are expanding and continue to stir the imagination. They could, perhaps, be key words for decoding contemporary culture.

"Gothic" was a term applied to styles characteristic of the European late Middle Ages. Later it came to be applied, in Japan, to what is called Gothic Lolita fashion and spread widely in discussions of literature, art, and music. Research on Gothic or Goth phenomena is ongoing.

Steampunk began as a deviant form of science fiction, a genre that rebelled against established conventions. At first it was seen as an inferior type produced by maniacs. Then, unexpectedly, it spread widely in pop art; it ceased to be a minor offshoot and instead became mainstream.

What deserves further notice are the results of the latest research, in which we see the trends designated by "Goth" and "Steampunk" mingling and forming new connections. It suddenly occurred to me that one could use these two terms to decode the nearly two-century long history of modern culture from the nineteenth century to the present. By demonstrating connections between what had seemed to be two independent streams of art, perhaps I could write a new chapter in the history of art.

What makes this possible? The Gothic Revival, a renewed interest in Gothic styles, took place between the end of the eighteenth and the start of the nineteenth centuries. The result was an overlap in styles between those of the late Middle Ages (late thirteenth through fifteenth centuries) and what was then the contemporary nineteenth century. Steampunk created a similar overlap between the present, the twenty-first century, and the Victorian Era during the nineteenth century. The Victorian Era thus became the period in which Gothic and Steampunk intersect and become linked to each other.

Thus, the late nineteenth century, especially the Victorian Era, became the imagined period in which Gothic and Steampunk styles encounter each other and the ties that link us today via Steampunk to the Victorians also becomes ties with the Gothic.

In what we call Steampunk, the present and the Victorian Era overlap. There is more at stake here than nostalgia. The present is an accumulation of pasts, in a multilayered temporal structure through which we think about the present and begin to explore the future.

The Gothic Revival was the first deliberate experiment in consciously borrowing and putting together styles. Since then, style is now a conscious choice; we get to choose our preferred styles. During the nineteenth century, photography made it possible to study, collect and reproduce earlier styles from different eras and all around the world. It is, thus, since the nineteenth century that we have seen new combinations of earlier styles. It is the nineteenth century in which modern society began and we begin to see visions in which past and present are overlapped and to condense multiple visions into one.

My aim is to write, in this way, a history of art since the nineteenth century using a methodology that examines overlaps with previous styles to trace the path from Gothic to Steampunk. First, however, let me simply explain what Gothic and Steampunk are.

Since the Renaissance, Gothic styles had been regarded as things from the past and largely forgotten. Then, starting in the eighteenth century, as interest in antiques flourished the Gothic Revival began as a dilettante's hobby among the aristocracy. Among the early precursors of this trend was Horace Walpole, who lived in a Gothic Revival residence and wrote Gothic novels.

Gothic Revival overlapped with interest in collecting antiques. In homes decorated with antiques, past and present intersected. Gothic Revival flourished in both architecture and literature.

Gothic Revival had been confined to an aristocratic hobby. Then in the mid-nineteenth century it broke new ground. The pioneer was Augustus Charles Pugin, who studied how Medieval furniture was made and later designed the details of Westminster Palace, where the British Parliament meets. This marked an enormous step forward for Gothic Revival.

In 1836, Pugin published *Contrasts; Or, a Parallel Between the Noble Edifices of the Fourteenth and Fifteenth Centuries and Similar Buildings of the Present Day*, a guide to Gothic architecture. Comparing Gothic with other styles, he argued that Gothic architecture embodies correct design both functionally and spiritually and sketched its principles. With the publication of this book

Gothic design became something that many people could use. In other words, Gothic and contemporary styles overlapped.

This movement was a critique of contemporary society. The process by which England became an industrial society embodied all sorts of contradictions. Adoption of Gothic styles became associated with advocacy of a return to communal ways of life attributed to the Middle Ages.

John Ruskin advocated Gothic Socialism. His advocacy drew the Pre-Raphaelites to the Medieval craftsmen's guild system and pointed the way to William Morris' Arts and Crafts Movement.

The appeal of Morris' call to return to the Middle Ages can be seen not only in the Arts and Crafts Movement but also in Art Nouveau and Modern Design. The point I wish to emphasize here is, once again, the way in which the past embodied in Gothic styles overlapped with contemporary styles. More than simply an interest in returning to the past, the Gothic Revival envisioned a new direction for the future. Since the nineteenth century there have been many attempts to lay the foundations for new directions by looking to the past. Gothic Revival is where this tendency began.

Our second key word "Steampunk" appeared as a new term at the end of the twentieth century. At first it was seen as a variety of Punk. "Punk" originally referred to rotten wood. It later referred to all sorts of rotten things, including in particular delinquent and dropout youth. During the 1970s, as England sank into recession, young people's dissatisfaction exploded. One outlet for their rage was the rock band Sex Pistols. Then in New York, the Ramones appeared. Their music was labeled Punk Rock.

Sex Pistols were shocking. They wore loser costumes, stuck pins in their bodies, cursed and spit at their audiences. But Punk became more than a strange sensation, a genuine social phenomenon.

"Punk" means rotten. Here we see links with fin de siècle Decadence at the end of the nineteenth century. Punk appeared at the end of the twentieth century and might, thus, be called a second example of fin de siècle Decadence.

The influence of Punk spread from rock music to the whole of the counterculture. As it became fashionable, the label "Punk" was attached to other forms of rottenness. It then spread to science-fiction (SF) novels. "Cyberpunk" fiction set in a near-future computerized society appeared. William Gibson wrote *Neuromancer*.

With the arrival of SF in cybersapce, the spatiotemporal framework crumpled. The one-way past-to-present-to-future timeline was disrupted. As authors' journeys to the future warped, present, past and future were jumbled, and blended, hybrid worlds appeared. A step beyond Cyberpunk, Steampunk emerged. In American SF, the first cluster of Steampunk authors to appear included James Blaylock, Tim Powers, and K.W. Jeter. It was Jeter who labeled the new movement "Steampunk, in 1987."

Steampunk returns to the era of steam engines, a Victorian world. One particularly striking example is *The Difference Engine* by William Gibson and Bruce Sterling (1990).

Steampunk emerged directly from SF, but its origin was in Punk Rock music. Its most popular manifestations have been in the world of visual art. We might say that in an invisible world of cyberspace, a strong desire for visible things appeared. In our contemporary world, more and more things are black boxed and become invisible. It is precisely for this reason that we have seen a return to the Victorian era, a visible past. The overwhelming presence of steam engines has become Steampunk's hallmark.

Here we see the preference for factories, smokestacks, machines, gears and clockwork, a desire for visible machines with visible internal apparatus. If we dig a bit deeper we can see reflected in these symbols a strong dissatisfaction with contemporary society.

It is deeply interesting how SF has shifted from invisible futures to a visible past. Why? Because the Victorian Era to which Steampunk returned was the period in which SF was born. That was when Jules Verne and H.G. Wells wrote novels set in the future. We now live in the future imagined by Verne. A full circle now connects our contemporary world to the Victorian Era.

We time-travel from the present to visit the Victorian Era. From a Victorian standpoint we look ahead to the present day. We are unhappy with contemporary society. The path that leads from the Victorian Era to the present now seems an historic mistake. Couldn't there have been a better way? The development of science has not made us happier. There must have been some mistake. We must once again start over in the Victorian Era and correct that mistake.

Besides machine freaks in love with Steampunk's steam engines and clockwork, we must also mention DIY (Do It Yourself, handmade). The separation of machine and hands began with the Victorian Era's industrial revolution. Now machine and hands are decisively separated. Victorian machines still left room for handmade improvements. Is there now a way to reconcile the contradiction between machine and hand?

Returning to the Victorian Era, Steampunk encounters Gothic. This encounter links our two key words, which both become part of the same history. The Victorian Era connected the pre- and post-Victorian worlds.

One transformation resulting from the encounter of Gothic and Steampunk is the position accorded to women. Victorian Era society was male-oriented. At first, then, both Gothic and Steampunk were oblivious to women.

The Victorian Era was, however, the period in which the presence of women and children was first acknowledged. Gothic literature includes important works by female authors including Ann Radcliffe, the Bronte sisters, and Mary Shelley.

Steampunk begins with fanatics obsessed by a world of clattering metal and machinery, but when it encounters Gothic in the Victorian era, it begins to incorporate feminine elements and eventually merges with Gothic.

The opportunity for this transformation was the Feminist movement of the 1970s, then the stimulus provided by Goth-Lolita fashion emerging from Japan's contact with Gothic. One example is Henry Winchester's *Steampunk: Fantasy Art, Fashion, Fiction & The Movies (Gothic Dreams)* (2014). In this album of Steampunk images, women play a central role. Here we see a clear fusion of Gothic-Lolita and Steampunk.

In this way, I have examined the circular loop between the Victorian era and the present by linking Gothic and Steampunk. What I would like to shed light on is a heretofore unnoticed steam of cultural history from the Victorian era to our contemporary world. By doing so, we can better understand how, since Victorian times, we have overlapped past and present, cycled between them, and have moved forward, just lias the wheels of a steam engine cycle and move forward.

THE ART HISTORY OF SHOCK AND ILLUSION
ROMANTICISM'S UNDERGROUND

To write a new art history from the Victorian Era to the present, I decided to return to the Victorian overlap and intersection of Gothic and Steampunk and trace the trend that connected them. That trend was Romanticism.

If we define Romanticism in the terms provided by dictionaries of art history, we see it as a movement in art that lasted from the end of the eighteenth century through the early nineteenth century, and peaked in France, England, and Germany from the 1820s through the 1840s. It covers, however, a wide range of expression, unlike Gothic, Baroque, Impressionism and Cubism, which have particular styles or forms. In this respect it resembles Symbolism. The underlying concept is that what matters is the inner feeling instead of the outward appearance of the art.

It is, thus, difficult to pick out one particular style as characteristic of the Romantic Era. At first "Romanticism" denoted tendencies in art in the early nineteenth century. Then in the latter half of the twentieth century, a new interpretation appeared. Now Romanticism was seen as a great movement spanning the whole of the nineteenth century and continuing into the twentieth.

One reason was the publication of Mario Praz's *La carne, la morte, e il diavolo nella letteratura romantica* (Flesh, Death, and the Devil in Romantic Literature, 1956). In this work, Praz expanded the scope of Romanticism to include fin de siècle Decadence at the end of the nineteenth century. That led to Symbolism being see as a continuation of late Romanticism.

Romanticism underlies both Gothic and Steampunk. To understand their connection it is first necessary to understand Romanticism. Conversely, examining Gothic and Steampunk yields a new reading of Romanticism. I personally have found that Romanticism, perceived until now as a mere period in the history of art, becomes more fascinating by overlapping Gothic and Steampunk.

Romanticism was art inspired by crisis. It's establishment reflected the shock of the French Revolution. The Romantic opposed itself to the Classic. The Classic imposed order and a stable, fixed style. In contrast, the Romantic fled from order, embraced instability, and was filled with rebellious and revolutionary feeling.

Following the French Revolution and the Napoleonic Wars, European nations turned to ethnic nationalism. Nationalist fervor increased. Romanticism and nationalism were closely connected. For this reason Romanticism differed widely from one nation to another. French, English, and German Romanticism were all different.

At the start of the twentieth century, Romanticism was captured by nationalism. In Germany, Romanticism became entangled with Naziism and thus taboo in post-WWII art history.

Mario Praz's book marked the start of a new era in art history in which Romanticism was liberated from this taboo. This reassessment of Romanticism was not disconnected from other cultural phenomena of the time: 1970s feminism, the revival of Art Nouveau, Punk and other counterculture movements. Let us keep this background in mind as we briefly touch on French, English, and German Romanticism.

First, let's consider the German poet Novalis. Could he be helpful in thinking about Gothic and Steampunk?

According to Novalis, Romanticizing assigns noble meanings to vulgar things. It makes the ordinary mysterious, finds wisdom in respecting the unknown, attributes infinite aspects to limited things. In other words, it casts a veil of mysterious glamour on ordinary, everyday things by unfolding magical illusions. Are not the ways in which the Gothic transforms young women into witches and Steampunk transforms the steam engine into a metal god examples of Romantic metamorphoses.

FRENCH ROMANTICISM

In histories of French literature, The Romantic Period lasts from 1820 to around 1850. Authors including Victor Hugo, Alfred de Vigny, Alfred de Musset, Alexandre Dumas, and Gérard de Nerval launched a furious attack on classic forms of poetry and theater. Then, after the July revolution in 1848, the Socialist tendency became stronger. Romanticism split into Social Realist and Symbolist factions.

In art, David's Neo-Classicism dominated the Napoleonic Era. Romanticism thus came later to France than it did to England and Germany, and its arrival was obscured by the appearance of Courbet's Realism. For these reasons, Romanticism was not held in as high regard as it was in other countries. That said, Delacroix and Géricault were outstanding Romantic artists and, if taken in a broad sense, Romanticism also included Courbet's Realism. The history of French Romanticism is now being reassessed from this perspective.

Delacroix and Géricault produced paintings full of story and drama. It was the period in which we find on full display tragedies, disasters, and cruel, terrifying spectacles from the French Revolution and Napoleonic Wars. Unlike the still, frozen moments of David's New-Classicism. Delacroix and Géricault tried to express dynamic scenes in which we can hear the shrieks and screams.

In *L'art Romantique*, his writing about the Romantics, Charles Baudelaire described Delacroix's paintings as fiery depictions of hardships, massacres, and blazing fires. Delacroix did, in fact, frequently paint atrocities, for example, *The Massacre at Chios* (1842) or *The Death of Sardanapalus* (1827). He himself had not experienced revolution or war; imagined these scenes after reading about massacres in books.

Delacroix loved to read Dante, Shakespeare, Goethe, and Scott. His style was Baroque but in the stories depicted in his paintings we see a deep interest in Medieval Gothic material.

Besides their literary, storytelling qualities, Delacroix's paintings show us that interest in foreign countries was another major theme. In 1832, Delacroix traveled to Morocco. Before this trip his interest in foreign countries was fueled by what he read. After this trip he began to paint realistic foreign scenes and customs.

Exploration and travel to foreign countries were major elements in Romanticism. Exhibitions were held to display strange and rare things discovered during travel. In the scenes of catastrophe painted by Géricault, Delacroix and other Romantic painters, we encounter Steampunk.

ENGLISH ROMANTICISM

England was where Romanticism began. Why? Because in England Romanticism and the Gothic Revival almost precisely overlapped. Romanticism longed for limitless aspiration and demanded startling and shocking visions. "Sublime" and "picturesque" were its key words. "Sublime" described the awestruck respect of human beings feeling small when confronted with the overwhelming scale of nature. "Picturesque" described beautiful scenes like those depicted in paintings. The sublime was the realization of vision, in landscape paintings or the transformations of space in gardens. The picturesque connected the sublime and the beautiful. The picturesque was never completely finished or still. It embodied boundless aspiration, fluidity and transformation. Its incompleteness allowed movement to continue.

Romantic artists painted enormous paintings of landscapes. The origins of this tendency lay in the Gothic Revival exemplified by Horace Walpole's Strawberry Hill House and William Beckford's Fonthill Abbey and Garden, in the poetry of Thomas Gray, Gothic horror stories, and Walter Scott's epic tales of medieval knights.

English Romanticism takes many forms in the work of William Blake, Turner and Constable. Here I touch on John Martin, who occupied a unique position.

When John Martin arrived in London at the start of the nineteenth century, Neo-Classicism was in full flower. Martin, however, was drawn to the Gothic, in such works as Ann Radcliffe's *The Mysteries of Udolpho* and Beckford's Gothic horror novel *Vathek*. He took images from these works and made the Romantic sublime his theme.

As a painter of the sublime, Martin painted breathtaking landscapes on an immense scale. When he died in 1854, the era of paintings that attempted to capture the sublime came to an end. His paintings are filled with storms, fire-belching volcanoes, and immense fires evoking the end of the world. Martin's free use of the latest archeological discoveries made him a symbol of "Gothic Romanticism."

With Martin's death the era of painting the sublime came to an end. Romanticism entered a new era in the work of Millet and Rossetti. In contrast to previous art history which confined Romanticism to the first half of the nineteenth century, its definition was expanded to include the Pre-Raphaelites, Aestheticism, and fin de siècle Symbolism.

It is this understanding of Gothic Romanticism that allows us to resurrect John Martin's lonely vision of the sublime.

GERMAN ROMANTICISM

It was in Germany that Romanticism reached its peak. Dark Romanticism shrouded in gloom entered forbidden, taboo domains. But what after all was German Romanticism? Let's read Heinrich Heine's *German Romanticism* (Japanese translation by Yamazaki Shôho, Miraisha, 1965) and see. This work is a collection of essays written between 1832 and 1833.

In it Heine asks the question what is German Romanticism? He describes Romanticism as a revival of interest in medieval poetry visible in medieval songs, paintings and architecture or, in other words, art and everyday life. The poetry was a product of Christianity, a flower that blossomed from the blood of Christ shed during his agony. That flower of melancholy is called the flower of s—fering in Germany. I do not know whether in France, too, it has a name, or it is believed to be o a mysterious origin, as in folktales.

German Romanticism was, no doubt about it, an aspect of Gothic Revival. Heine compared it with F ach Romanticism. Using the flowers born of Christ's agony as a symbol, he found its origins in s—vere melancholy. In contrast to French Romanticism, which had a lively Latin character, German R—manticism was serious and gloomy. Both philosophically and politically, Germany Romanticism was c osely tied to German nationalism.

Heine said that during the French Revolution and Napoleonic Wars German Romantics worked hand-i hand with the German states and secret societies to advance their programs. At the end of the e eteenth century Romantics were involved with the Rosicrucians and Illuminati. Forming a sociations was one of Romanticism's distinctive features, and this tendency was especially s ong among German Romantics.

Because of German Romantics tendency to embrace German tribalism, they were accused of ties to H tler's Nazism.   Thus, after WWII, they were not discussed directly. It was only with the p blication of Rüdiger Safranski's *Romanticism: A German Affair* (2007) that they began to be spoken o in contemporary history.

Casper David Friedrich and Philipp Otto Runge, the two stars of German Romantic art, have been r evaluated and come to be seen as part of nineteenth century European Fantastic Art. Their unique v sion provides a lens through which we can catch glimpses of Steampunk that are projected into c temporary art today.

MACHINES AND EXOTICISM
WORLD EXPOSITIONS ON PARADE

STEAM SHOCK

James Watt's invention of the Watt rotary steam engine was a stunning development for his times. His linking fire and water through steam was seen as creating a mysterious almighty source of power and gave birth to the concept of energy.

Watt produced his first rotary steam engine in 1782 and then steadily improved it, completing his work on the engine in about 1800.   When we examine the 1800 engine displayed at the British Museum, we see a wooden frame holding metal cylinders. This primitive machine is fascinating to machinery freaks entranced by pistons, cylinders, pumps, gears, and flywheels.

Prior to Watt's invention, machinery was constructed of parts made by carpenters, blacksmiths, casters, and carpenters expert in constructing water wheels. By manufacturing his engines in a factory, Watt created the machinery industry. Steam engines marked the transition from craft to factory.

It may be for this reason that machines from this period evoke nostalgia. While these are machines, they are filled with handmade feeling. This nostalgia may explain Steampunk's obsession with steam-powered machinery. Let us examine more closely where Steampunk is positioned in relation to the extremes of machine and handmade manufacturing (see diagram).

During the Victorian Era handicraft revived in opposition to the Industrial Revolution's mechanization and industrialization. William Morris' Arts and Crafts Movement embodied this tendency. Thus Victorian machines often combine the appeal of mechanical hardware with the appeal of handicraft software.

Today's mechanisms transcend human scale, becoming black boxes whose interiors are invisible. That is what drives the impulse to return to the Victorian Era's primitive machines and start over.   Why? Because we feel lost, having taking the wrong path.

Watt himself was half craftsmen, half engineer. His machines are filled with handmade feeling, made with whatever materials were close at hand. To cap the pipes used in his constantly improved steam engine, he used his wife's thimbles.

Because, when trying something new, the right materials and tools may not be available, inventors use whatever is handy. They can only assemble what is available to them. They have no plans. The cultural anthropologist Claude Lévi-Strauss called the resulting assemblages "bricolage."   In French this term means handmade, everyday DIY. It also evokes the modern art technique called "collage."   Since all sorts of things are thrown together, it is also call "assemblage," or in photography "montage." During the twentieth century these techniques were employed in Cubism, the Russian Avant-Garde, and Surrealist art.

If we look for the source of modern art's collages or montages, we need look no further than the nineteenth century's Gothic Revival. It was while writing art history that I noticed this direct connection from Gothic to Steampunk. By using revival as a technique to overlap past and present eras, modern art raised the curtain on a new form of art.   Collage and montage brought this tendency back to life. As we review the past, we can see that Gothic Revival was the starting point for this approach that Steampunk rediscovered.

On the statue that marks Watt's grave at Westminster Abbey in London are carved the words "increased the power of Man."   The Victorian Era created opportunities for direct connection between humanity and the steam engine. In Caroline Rochford's *Great Victorian Inventions: Novel*

Contrivances and Industrial Revolutions (2014), the term "steam man" appears. In 1893 Canadian professor George Moore proposed a steam-powered robot. White smoke spewed from the body, which appeared to be dressed in a medieval knight's armor. The body was made of steel and tin. Whether it actually moved, we do not know. One day, the tale is, the steam man left the professor and never came back.

Anson Rabinbach's *The Human Motor: Energy, Fatigue and the Origins of Modernity* (1990) examines the invention of the steam engine from a perspective that sees human beings and society as motors (sources of energy). Here we see humanity conceived as Steam Man, powered by an internal motor. Man and machine operate in a continuous cycle, interacting with one transformed into the other. Steam-powered machinery suggested the possibility of mechanical humans, foreshadowing the dreams of robots.

In steam engines, man and machine are in close contact. This suggest the possibility of making humanoid machines or mechanical humans. The idea that the robot is an artificial human can be traced to Mary Shelley's *Frankenstein* and Auguste Villiers de l'Isle-Adam's *Tomorrow's Eve* and frequently becomes the stuff of nightmares.

MACHINES AND LEISURE AT THE GREAT EXPOSITIONS

During the nineteenth century, World Expositions brought together all sorts of things under a single roof. These expositions were miniatures of the world, mirrors reflecting their times. In them things from the past and things from foreign countries were assembled and shown together in an unprecedented manner.

The World Expositions began with the Exposition in London in 1851. In L.C. B. Seaman's *Victorian London* (1987, Sogensha, translated by Shamoto Tokiko and Mitsuboshi Kenzô), that exposition is described as a place where fun was educational and education fun (an approach characteristic of the nineteenth century), in a confluence of urban and international trends.

Nations displayed everything from rarities and eccentricities to art and industrial machinery. To Victorian ladies the machines were themselves rarities worth seeing.

The location was Hyde Park where the Crystal Palace, a glass and iron frame exhibition hall was constructed. Use of glass and steel instead of stone and wood made it possible to create an immense space. The exhibition was open from May to October and attracted more than six million visitors.

Items on display included manufacturing and construction machinery, shipbuilding tools, cannons, plus steam-powered fire engines, medical devices, clocks, textile machinery, musical instruments, hats, corsets, and kitchenware.

Following the London Exposition's huge success, expositions were held around the world throughout the nineteenth century. Among the most famous were those in Paris in 1889 and 1900.

The exposition boom was connected with the creation of panoramas, georamas, and other visual displays, and the popularity of department stores. Transcending time and space, they brought together a rich variety of things, combined and overlapped. Collage came to exemplify the city dweller's insatiable desire to see all sorts of things, both rare and sensational.

A PEEK AT JULES VERNE'S WORLD

Steampunk travels in time back to the Victorian Era. There we encounter Sherlock Holmes and Oscar Wilde. There Jules Verne and H.G. Wells talked about the future. In Jules Verne's *Twenty Thousand Leagues Under the Sea* (1871), we encounter a gigantic steel whale, the submarine commanded by Captain Nemo. It is powered by electricity. In 1871, Verne was already imagining an electrically powered submarine that could travel twenty thousand leagues under the sea. From the present, when nuclear power submarines travel deep in the sea, we go back to the days of Jules Verne. We then look back to the present from Nemo's *Nautilus*.

The writers of steampunk are fascinated with the way in which we can cycle through time and space in this way. Why does it invite us to roam through time and space and return to a past overlapped with the present? Because the present is not visible to us. The world of Jules Verne can be seen as an exposition. The nineteenth century exposition was a place both to see the latest machinery and to indulge exoticism. Like a panorama, Verne shows us a world outside Europe, a world of strange and exciting things from Africa, the Orient, China, Japan, the Pacific, North and South America. In *Around the World in Eighty Days*, we discover strange customs found in India. The "drifting" and "adventure" in *Two Years' Vacation* become standard items in Romantic Steampunk.

We find ourselves in the future imagined by Verne. Here exotic lands of Mystery have become insipid. But in Verne's own era, our imaginations revive. Standing in Verne's shoes we can once again see a surprising future. We return to the Victorian era, the time of Verne and Wells, we return to the Victorian Era, where we can still begin surprising journeys. The meanings Marcel Proust sought by going back to "temps perdu" (times past, in *Remembrance of Things Past*) is told in the journey from Gothic to Steampunk.

In the times in which we live, the futures envisioned by Verne and Wells are already past. The surprise is behind us. That is why we must return to the nineteenth century and begin a new journey with Jules Verne.

MIDNIGHT HORRORS IN LONDON

Cities have both main streets and back alleys. The bright side of the world conceals a dark underworld. In cities there are always these two layers, where two world overlap. In big cities, the more the main streets are lively and brightly lit, the darker the underworld. I have always been fascinated by that urban underworld. Victorian London was a gigantic city. When gas lamps were installed starting in the eighteenth century, streets became brighter. Until then, all households kept their door lamps lit from sunset to 11:00 p.m.

In the darkness of the late night, no one went out without carrying a torch. Later, they used oil lamps. But neither torches nor lamps shed much light. Then, in 1802 the first example of a gas lamp was erected in Soho. Installation of gas lamps became widespread starting in 1814.

As gas lamps spread, night life also spread throughout London. Residents of the city began strolling in its streets until late into the night. At the same time, however, a threatening underworld developed. Cases of crime, murder and prostitution increased. Particularly noteworthy is the keen interest that people took in these incidents. Printing technology developed. Journalism developed. Sensational stories became bestsellers. Murders, disasters, the more shocking the story the more people they attracted. Penny dreadfuls filled with bloody tales became popular.

George Orwell called the Victorian Era "the golden age of murder." Whether this was because there were more people killed, because more news about murders was published, or more stories were published because news about murders was popular is uncertain. But people were crazy for news about murders.

In *Victorian Studies in Scarlet* (1988, *Kokushokan*, trans. by Murata Yasuaki), R. D. Altick documents public response to murders during the Victorian Era. He writes that murders were popular entertainment during or just before the early Victorian period and became institutionalized as a form of spectator sport.

Just around the time that gas lamps appeared news about murders became a form of mass entertainment. Stories about murders appeared in the spotlight provided by gas lamps.

According to Altick, news stories about murders started to increase in the 1860s. Then in 1888, Jack the Ripper became London's most famous murderer. Five prostitutes were murdered serially in London's East End, but the murderer was never found.

Since then, for more than a century, the search for the murderer's identity has continued, and numerous books have claimed to provide the final solution. People enthralled by Jack the Ripper have come to be known as "Ripperologists."

It was during the Victorian Era's golden age of murders that the detective story was born. Fin de siècle London was the setting in which Sherlock Holmes appeared.

The origins of the detective story can be traced to such Gothic Romance Horror Novels as *The Castle of Otranto, The Mysteries of Udolpho*, and *Frankenstein*. Their influence reaches Holmes via American author Edgar Allen Poe, who influenced Sir Arthur Conan Doyle. Holmes' London is shrouded in Gothic gloom. The impact of Jack the Ripper can be seen Steampunk or its subcategory, Splatterpunk.

FAIRIES AWAKEN IN FANTASY'S NIGHT

In the Gothic twilight of the Victorian Era, fairies awaken. The nineteenth century was the time of Grimm and Andersen, who collected forgotten folk stories and nursery tales, which they revived and retold as stories for children. The introduction to the Japanese version of J.M.Barrie's *Peter Pan*, by Honda Akira, praises this work as filled with rich imagination and sharp insight that only children possess. Barrie truly understood children and his grasp of girls' emotions was especially good. The way in which he describes boys from the girls' point of view is superb.

Barrie was influenced by Romanticism. He wrote these stories with his mother's encouragement. That may have been why he understood women's feelings so well.

As this introduction explains so well, *Peter Pan* was a fairy tale for children and women. The Victorian Era saw the British Empire at its peak. British society was male dominated. The Gothic gleam of metal armor from the Middle Ages and the overwhelming presence of metal, almost phallic, in steam locomotives in Steampunk both reflect the concept of manliness in the Victorian Era.   In the fairyland of Romanticism, however, we discover an underground stream of imagination working on behalf of women and children.

During the nineteenth century, in big cities like London and Paris, restraints on the night were eased. There were now two nights. One was the night of scarlet lanterns, the night of brief pleasures and thrilling events, the creepy, crime-filled night. The other was the night of fantasy in which fairies danced. Under cover of night, Jack the Ripper prowled the East End, but in Hyde Park there was Peter Pan.

Into Gothic and Steampunk worlds enveloped in masculine armor, Romanticism adds feminine imagination. Stripped of their heavy armor, they become more fluid and take on the character of life in a student dorm.

This new Gothic sensibility emerges during the feminist movement of the 1970s. The women as femme fatale, conceived to appeal to men's biases at the end of the nineteenth century is reinterpreted as women resist and awaken to their position in a male-dominated society. Ann

Radcliffe, the author of Gothic romances; Mary Shelley; the Bronte sisters, Jane Austen and other female authors who were nonconformists in the male-dominated society and were among "the madwomen in the attic" were reinterpreted, and the image of male-dominated Victorian Era has undergone a major transformation.

At the end of the nineteenth century, Japonisme played a major role in freeing a closed Europe from the framework that confined it. In the second half of the twentieth century, a new wave of Japonisme attacked both Gothic and Punk and produced the counterculture fashion known as Gothic Lolita. This trend delivered a powerful blow to the previous relationship between Gothic and women. Earlier art history had avoided issues of gender and Eros, but with the Gothic invasion those biases were dispelled.

The Victorian Era gave birth to endless examples of fairy literature. Fairy picture books by Kate Greenway and Walter Crain were adored by children and women. Theirs is the night of fantasy in which Alice and Peter Pan roam. Can we then not see in today's Goth Lolita girls an overlap in which Victorian Era fairies now roam our nights? If this analysis is correct, the underground current of Gothic Romanticism has reached and resurfaced in our world today.

HAPPY GOTHIC, WELCOME

The purpose of this book is to open a new circuit in which Romanticism forms the connection between Gothic and Steampunk to get a full view from the nineteenth century to the present day. That may be an impossibly wild idea. But I wonder: Didn't those people, attracted by the Gothic Revival and wanted to scatter the fragments of the Middle Ages to the present, feel the same way I did? Let us be bold and enjoy the trip. We can call our trip the Happy Gothic Tour. Here I have sketched a map of the Happy Gothic World. Many parts remain unclear. As in medieval maps, monsters may lurk in unknown regions. But that just adds to the fun (p.24).

First, Gothic and Steampunk occupy opposite poles. They define the temporal dimension that connects the Middle Ages with today. On a second dimension, the polar opposites are hand and machine.

Centered in the space between Gothic and Steampunk, we find the nineteenth century, in particular the Victorian Era. Here is where Gothic from the Middle Ages loops back and meets Steampunk, looping back from the present.

These four poles define four zones. Starting at the upper left, we number them I, II, III, and IV.

Zone 1 is between the Gothic and Hand poles. Hand relates to handwork and handicraft. Here we place art and text. This is where the Gothic Revival is centered. It begins with Horace Walpole's Gothic romances, horror stories, fin de siècle Decadence, for example, and the literature produced by Oscar Wilde. In the arts Pre-Raphaelites to Art Nouveau may belong to this zone, but I propose to place Romanticism here as well. Thus we are able to trace an unbroken connection between Gothic and Steampunk.

Zone II is where Hand and Steampunk are dominant. Here Victorian London occupies the center of the zone. Sherlock Holmes' London is the stage on which detective stories appear. In the urban night, an underworld appears. There is, however, another imaginary, fantastic world. Here fairies dance and monsters like Frankenstein and Dracula roam. Fashion, Eros, and Gender appear.

Zone III is where Steampunk and Machine come together. During the Industrial Revolution, a wide range of machines were invented. This is Steampunk's primary stage. From steam-powered vehicles to clockwork, monsters called Machines run wild. Medieval armor and steel robots go head to head.

Zone IV is where Gothic and Machine come together. Here we find the exoticism fostered by the Industrial Revolution and Imperialism. Adventure and exploration are transformed into tourism in Africa, the Americas, India, China, Japan and Oceania. Modern transportation in the form of railroads, ships, automobiles and bicycles reaches the tropics and the Pacific. Hotels and restaurants accommodate tourists.

Here we introduce rare and thrilling scenes and customs from around the world. Around the intersection of the orthogonal axis are the World Expositions. In the expositions, everything from Gothic to Steampunk is assembled, intersects and overlaps. The exposition was a Victorian invention, a machine for seeing the whole world at a glance.

The fun we have in creating this map includes time travel to the nineteenth century where we glimpse the world of Verne and Wells. Their futures offer new perspectives on our world today. We find ourselves traveling around and around, back and forth between the Victorian Era and the present.

As we travel back and forth between present and past, while experiencing their overlap we also have a way to travel into our future. Wasn't this method invented in the early nineteenth century by the Gothic Revival? What makes this method possible is technologies of reproduction, starting with photography. Romanticism invented this way of imaging both past and alien countries, treating the past as a foreign culture and foreign cultures as overlaps of past and exotic present. Through this multilayered screen we can see the future.

Like Alice, we have fallen through a looking glass and travel in Wonderland. Welcome to Happy Gothic!

ゴシックとスチームパンクの世界
THE WORLD OF GOTHIC AND STEAMPUNK

中世

ゴシック

ゴシック・リヴァイヴァル

芸術

ロマン主義→P30-74　　リアリズム→P76-82　　世紀末象徴主義→P84-89

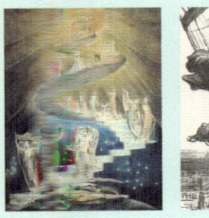 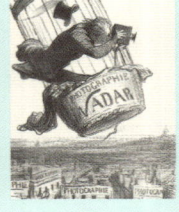 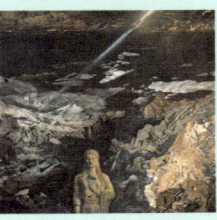

異国趣味（エキゾティシズム）
探検、冒険
オリエンタル、トロピカル、エキゾティック、ジャポン
植民地、新大陸、アフリカ、アジア、インド、タヒチ

万国博覧会→P96-109
ガラス・鉄の建築→温室・植物園→クリスタル・パレス（水晶宮）

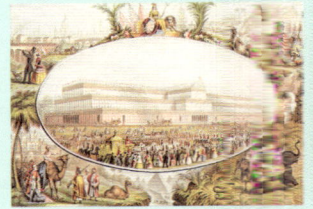 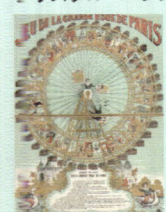

文学

ゴシック・ノベル
ホレース・ウォルポール『オトラント城奇譚』
ウィリアム・トマス・ベックフォード『ヴァテック』
メアリー・シェリー『フランケンシュタイン』→P237

手
手仕事、手工芸
（ハンドクラフト）

Ⅰ　Ⅳ

…… 夜の世界 …… ‖ …… 昼の世界 ……

Ⅱ　Ⅲ

機械
科学、産業、
都市

アンダーワールド

ホラー小説、探偵小説
エドガー・アラン・ポー→P227-229
アーサー・コナン・ドイル→P230-233
アガサ・クリスティ→P234-235

怪物・怪人
切り裂きジャック
→P224-225　　　フランケンシュタイン→P237　　ドラキュラ→P240

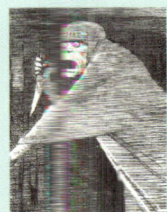 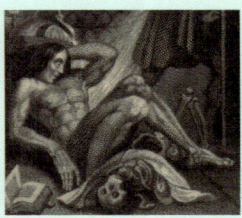 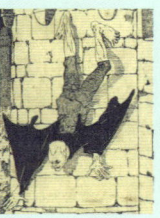

機械
機関車、乗り物、発明→P110-125

遊園地
遊園地、サーカス→P132-137

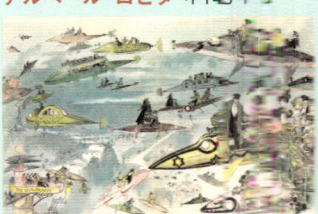 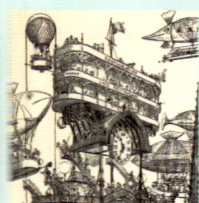

SFの世界

アルベール・ロビダ→P148-173

ファンタジーの世界

妖精＝ファンタジー
妖精→P230-285　　アリス→P251-257　　ピーター・パン→P258-265

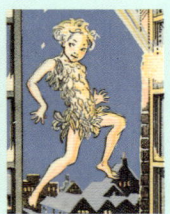 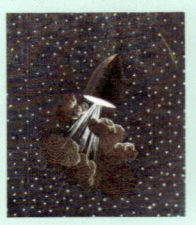 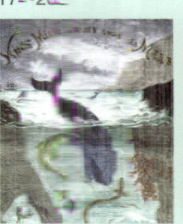 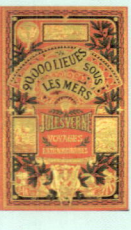

ジュール・ヴェルヌ→P174-209

スチームパンク

現代

CHAPTER 1

ゴシック・ロマン主義の美術史
ゴシック・リヴァイヴァルから
ロマン主義へ

GOTHIC AND ROMANTICISM
IN
ART HISTORY

FROM GOTHIC REVIVAL TO ROMANTICISM

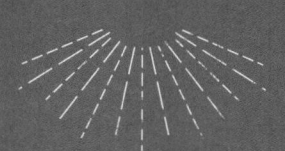

ゴシック・ロマン主義の美術史
ゴシック・リヴァイヴァルからロマン主義へ

GOTHIC AND ROMANTICISM
IN ART HISTORY
FROM GOTHIC REVIVAL
TO ROMANTICISM

　C・M・バウラは『ロマン主義と想像力』でロマン主義の特徴として〈想像力〉をあげている。19世紀になぜ〈想像力〉が重視されるようになったのだろうか。この時代に〈自我〉が重視されるようになったことに関係があるだろう。個人とか私が自立してきた。それまで神や王の命令で動いたり考えてきた〈私〉が自発的にそうするようになった。〈想像力〉とは〈私〉の独自な〈想像力〉ということなのである。

　19世紀以来、私たちは自分の〈想像力〉を自由に駆使できるようになった。それが〈ロマン主義〉なのである。私の個人的な想像力であるから多様である。もちろん、その幻想には神話や歴史といった共通のテーマがあるが、それが、私のものとして自由に変化させられる。

　〈ロマン主義〉は19世紀前半、特に1830年代を中心とするスタイルと美術史ではされてきたが、20世紀の後半から、〈私の想像力〉として、多様な表現をまとめ、現代にもつづいているスタイルとして大きくとらえ直されるようになった。

　〈ロマン主義〉の面白さは千変万化する多様性である。1人1人のちがった幻想を楽しむことができるとともに、民族別、国別の特性を持っているイギリス、フランス、ドイツのロマン主義はそれぞれなんとちがっていることだろう。

　〈ロマン主義〉は中世趣味（ゴシック・リヴァイヴァル）や崇高なる自然への信仰などの特徴を持っている。しかしそれは、18世紀末から19世紀にかけての産業革命、都市化・工業化のまっただ中で生まれているのだ。〈ロマン主義〉こそ、ゴシック・リヴァイヴァルとスチームパンク（機械のユートピア）をつなぐ環なのだ。

　イギリス・ロマン派は中世と産業革命という両極の間を激しく揺れ動いている。そのことを典型的に示しているのは、ジョゼフ・マロード・ウィリアム・ターナーの「雨、蒸気、スピード──グレート・ウェスタン鉄道」（1844、P44-45）で

ある。雨に煙る薄明から蒸気機関車があらわれる。左手にはテムズ川にかか
るメイデンヘッドへの橋が見える。光と水の画家であったターナーは、鉄道や
鉄橋も大好きだったという。川にはボートが描かれ、その右に白い斑点が見え
る。それは、単なる波の光かもしれないが、ターナーは水の妖精を描いたのだ、
といわれる。そして、蒸気機関車の前方には、線路を横切るウサギが描かれて
いるのだが、ぼんやりしていて、よく見えない。

　ともかく、ハイスピードで走る蒸気機関車の絵を幻想的な雲や光で包み、そ
こに妖精やウサギを描き込んだターナーこそ、スチームパンクの巨匠といえる
のではないだろうか。

　イギリス・ロマン派は、詩の世界と関連が深い。ウィリアム・ブレイク（P30-
37）は詩と絵の両方にまたがった幻視者である。ヨハン・ハインリヒ・フュース
リー（P38-41）やジョン・マーティン（P46-49）は、ゴシック中世の廃墟と物語
への想像をかきたてる。イギリス・ロマン派はホラー小説、ホラー映画、ヴィク
トリアン・ゴシックなどの源泉となった。

　・フランスでは、クラシック（古典主義）の伝統が強く、ネオクラシックが全盛
だったため、ロマン主義は、フランス革命後の、反体制的な反抗者としてあら
われた。ロマン主義は、長髪でひげをはやしたアウトロー、ボヘミアンという
〈芸術家〉像を生み出した。反社会的で、孤独で、しばしば狂気に憑かれるアー
ティストというのはロマン主義がつくり出した〈芸術家〉なのである。フランス・
ロマン派は社会的抗議、モラルからの自由を求めた。

　ドイツ・ロマン派は、美術史の中で孤立している。イギリス、フランスに比べ
て、おくれて出発したドイツは、まだ宗教から解放されていず、ドイツ・ロマン派
は宗教性、ドイツの民族主義を色濃く残し、特異なヴィジョンをつくり出した。

　ドイツ・ロマン派は北方のプロテスタント系と南方のカトリック系に分かれ
る。前者としてカスパー・ダーヴィト・フリードリヒ（P62-65）、フィリップ・オッ
トー・ルンゲ（P66-69）がいる。バルト海沿岸の出身で、宗教的、神秘的な、北
方的光が射している絵を描いた。フランス・ロマン派の激情とはちがう静寂の
世界である。

　カトリック系のドイツ・ロマン派としては、ローマで活動したナザレ派のオー
ヴァーベックなどがいる。

　新大陸アメリカでも、ややおくれてロマン派があらわれた。ハドソン・リ
ヴァー派といわれるトマス・コール（P71）、デュラントなどである。その他にも、
孤立して、不思議な光景を描いたユニークなロマン派たちがいる。

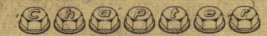

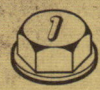

GOTHIC AND ROMANTICISM IN ART HISTORY FROM GOTHIC REVIVAL TO ROMANTICISM

In *The Romantic Imagination*, C.M. (Maurice) Browa asserts that imagination is Romanticism's distinctive feature. But why did the nineteenth century place so much weight on imagination? The answer may lie in the emphasis given to "self." Individuals were asserting their independence. Instead of seeing themselves as following divine or royal commands, individuals discovered the "I" or ego and acting autonomously. Imagination was how the self discovered itself.

Since the nineteenth century, we have become free to use our imaginations as we like. That is because of Romanticism. Since we each possess our own imagination, we are diverse. Of course, the dreams and fantasies our imaginations develop share themes rooted in myth and history; but these are transformed as we make them our own.

Romanticism is referred to, in art history, as a style mainly active in the first half of the nineteenth century, centering the 1830s. Yet from the latter half of the twentieth century, "my powers of imagination" has been the artistic concept behind a vareity of styles and continues today to be perceived as a major stylistic inspiration.

The fascination of Romanticism lies in its infinite capacity for transformation. It not only allows us to enjoy each individual's illusions; it also points to ethnic and national differences: English, French and German Romanticism each went its own way.

Two of Romanticism's distinctive features were Gothic Revival and a belief in the sublimity of nature. These tendencies appeared, however, in the context of the Industrial Revolution, urbanization, and industrialization that began in the late eighteenth century and continued throughout the nineteenth. That is the environment in which we find Romanticism connecting Gothic Revival and Steampunk.

The English Romantics oscillated back and forth between the twin poles of the Middle Ages and the Industrial

Revolution. A classic example is J. M. W. Turner's *Rain, Steam and Speed — The Great Western Railway* (1844). Rain is falling in a smoke-filled twilight. A steam engine appears. On the left, Maidenhead Bridge, which crosses the Thames River, is faintly visible. Turner, an artist who painted light and water, loved railways and steel bridges. In this painting, he has depicted a boat on the river. To its right, there is a white speck. It might be only a light in the distance, but what Turner painted, it is said, was a water sprite. He also painted a rabbit crossing the rails in front of the train, but the image is so indistinct it is barely visible.

The image of the steam locomotive traveling at high speed is enveloped in an illusory landscape filled with clouds and light, with Turner's addition of the sprite and the rabbit. Shouldn't we call this a Steampunk masterpiece?

The relationship between the English Romantics and the world of poetry was a deep one. William Blake was a visionary who combined both poetry and painting in his work. Henry Fuseli and John Martin turned their imaginations to Gothic ruins and stories. The English Romantics were the source of the horror novel, the horror painting, and Victorian Gothic.

In France, the Classic tradition was strong and Neo-Classicism thrived. Thus, Romanticism surfaced, after the French Revolution, in the form of rebellion against established institutions. Here is where the image of the artist as a long-haired, mustached outlaw and bohemian was born. Romanticism also created the image of the artist as antisocial, isolated, and frequently insane. The French Romantics resisted society's demands and sought freedom from conventional morality.

In art history, the German Romantics are an isolated case. Compared with England and France, Romanticism emerged late in Germany. Because it was not yet liberated from Judeo-Christian traditions, German Romanticism had a strongly religious quality. It created its own unique vision, deeply colored with German ethnic chauvinism.

The German Romantics were split between the Protestants from the north of Germany and the Catholics from the south. Among the former were Casper David Friedrich and Philipp Otto Runge. Born on the Baltic seacoast, both produced paintings saturated with a religious, mystical, northern light. Compared with the passion and fury of the French Romantics, their world was still and tranquil.

The German Romantic Catholics included the Nazarenes, exemplified by Johann Friedrich Overbeck.

Romanticism was also late to appear in the New World. In America, we find the Hudson River School, whose members included Thomas Cole and Asher Brown Durand. Other unique Romantics also emerged, isolated artists who depicted mysterious views.

ROMANTICISM

イギリス・ロマン派 01

ウィリアム・ブレイク

WILLIAM BLAKE

イギリス 1757-1827

詩人であり画家であったが、文学界からも美術界からも孤立し、認められなかった。しかし詩と絵の結びつきは、ロマン派の詩人を刺激し、またラファエル前派によって中世的幻想が再評価された。さらにその挿絵の曲線はアール・ヌーヴォー・スタイルの源泉となった。その『予言書』と呼ばれる作品群が出版されたのは1926年になってからであり、20世紀になってからブレイクは甦り、〈ブレイク・ルネサンス〉といわれた。

ブレイクは家が貧しく、美術学校に行けなかったので、版画師の徒弟となった。1778年、21歳の時、王立アカデミーで学ぼうとしたが、アカデミーに合わず、油絵画家の道をあきらめ、詩と絵を総合した絵入り詩集という独自の世界をつくった。

ブレイクの絵入り詩集は、大きく、叙情詩集と預言書群に分かれる。前者には『無垢と経験の歌』があり、後者には、『ミルトン』、『神曲』、『ヨブ記』などが入る。

ブレイクが幻想的、象徴的な絵に転換するのは1789年であったといわれる。それまで油絵の複製として使われてきた版画に独立した新しい意味を与え、想像力を思いきり展開させた。それは中世の彩飾写本の自由な曲線の復活であり、ことばとイメージの融合であった。そのイメージは、未来的・予言的となり、19世紀のロマン派、おとぎ話絵本の先駆となった。

ブレイクにはロマン主義の原点がある。19世紀のロマン主義を呼び出すとともに、ロマン主義的想像力が常に失われることなく、いつの時代にもその水脈をほとばしらせるものであることを支えてくれる。プロの画家ではないといわれたブレイクのアマチュア的、非アカデミー的なヴィジョンは現代の〈スチームパンク〉でも甦ってくる。

Although he was a poet and a painter, Blake was isolated in both the literary and art worlds, acknowledged in neither. However, the connections between his poems and paintings inspired the Romantic poets, and the Pre-Raphaelites took another positive look at his use of androgynous fantasy. Blake enjoyed a revival in the 20th century during what was called the Blake Renaissance. Blake's amateurish, unacademic vision persists through modern steampunk as well.

「ヤコブの夢」 JACOB'S DREAM （次ページ）

ウィリアム・ブレイク画 William Blake / 1799-1806年頃 / イギリス、大英博物館蔵

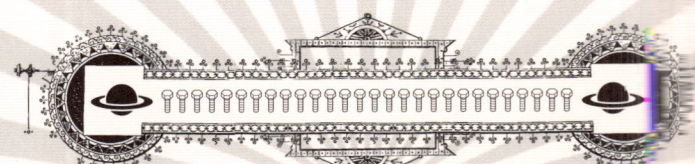
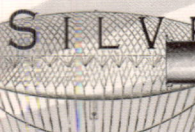

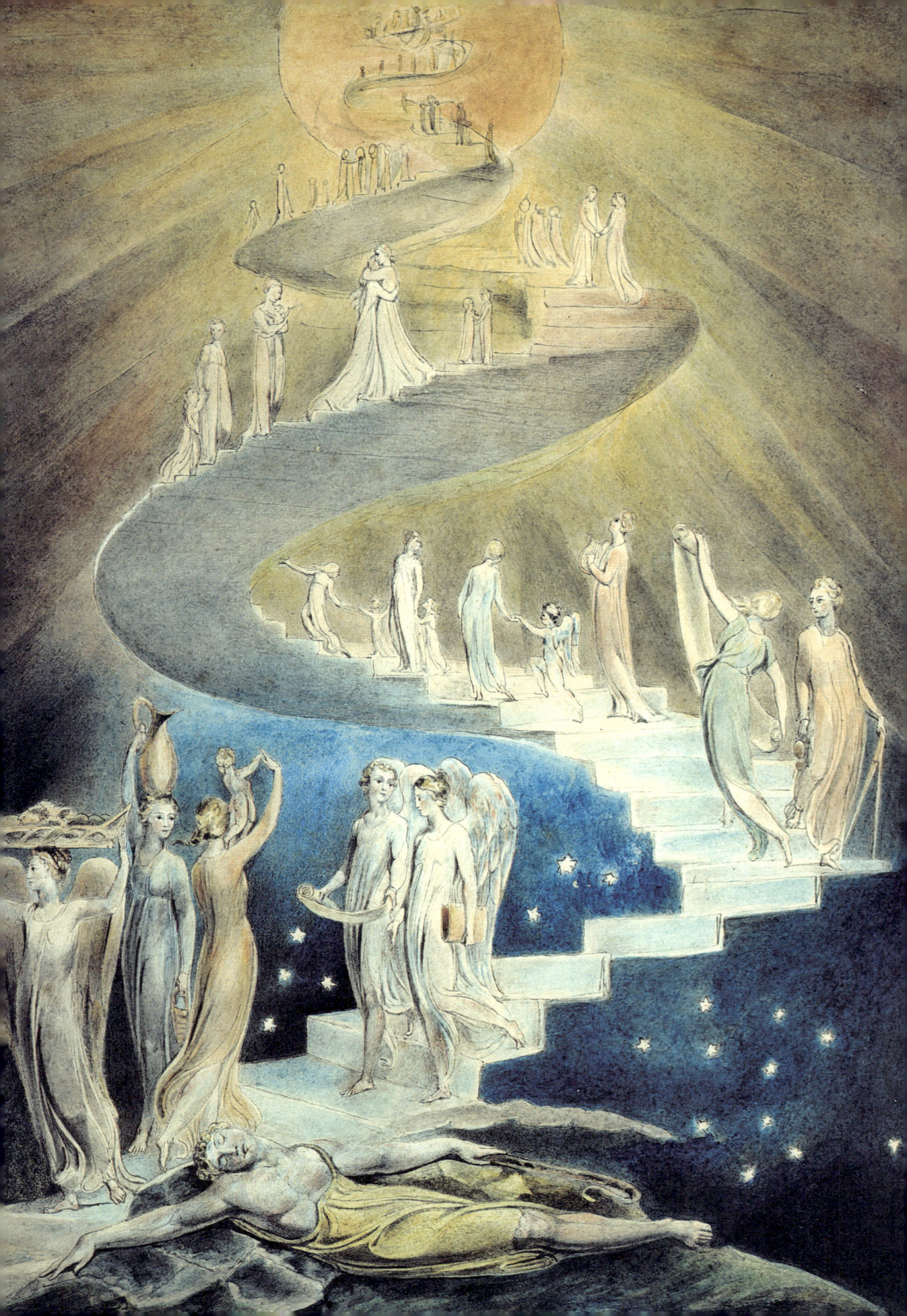

ILLUSTRATIONS FOR "LA DIVINA COMMEDIA"

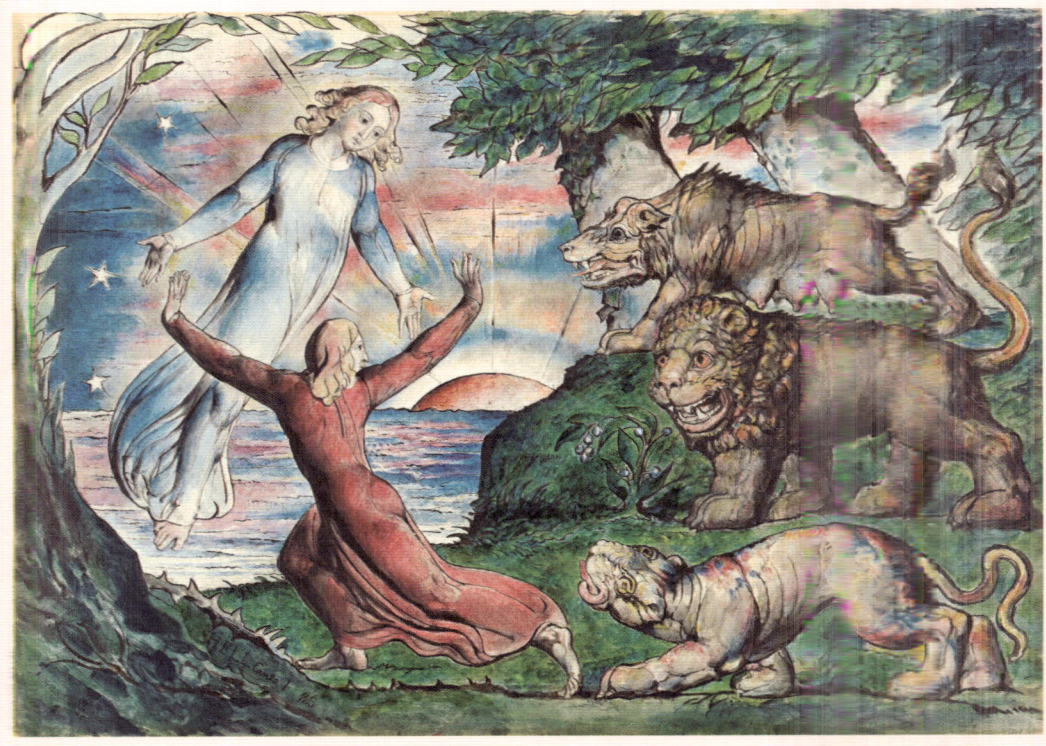

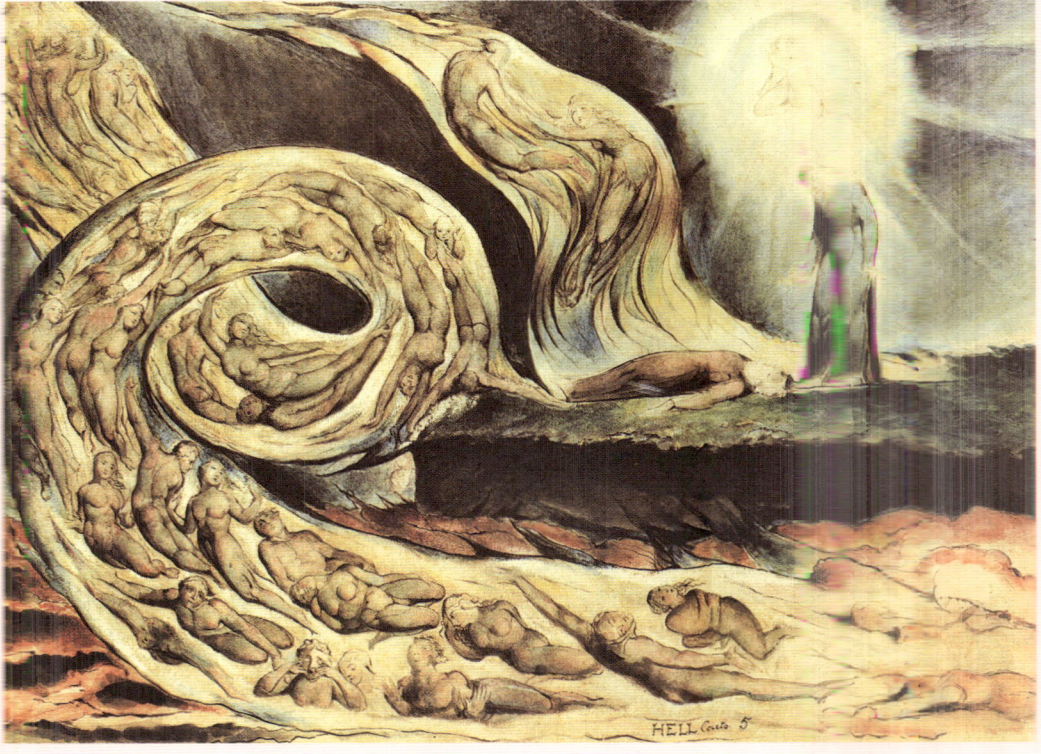

前ページの階段のシーンはバーン＝ジョーンズの「黄金の階段」に引き継がれる。ブレイクは晩年、ほとんどダンテの
『神曲』の挿絵に捧げた。そのために100枚以上の水彩画を描いたが、そのうち6枚しか版画にできなかった。
実はダンテの思想は反キリスト教的だとして気に入らなかったが、その華麗なイメージはブレイクを刺激したらしい。

『神曲』への挿絵 ／ ウィリアム・ブレイク画 William Blake
上段：1824-27年 / Alamy/PPS通信社　下段：1824年 / イギリス、バーミンガム美術館蔵

ILLUSTRATIONS FOR "LA DIVINA COMMEDIA"

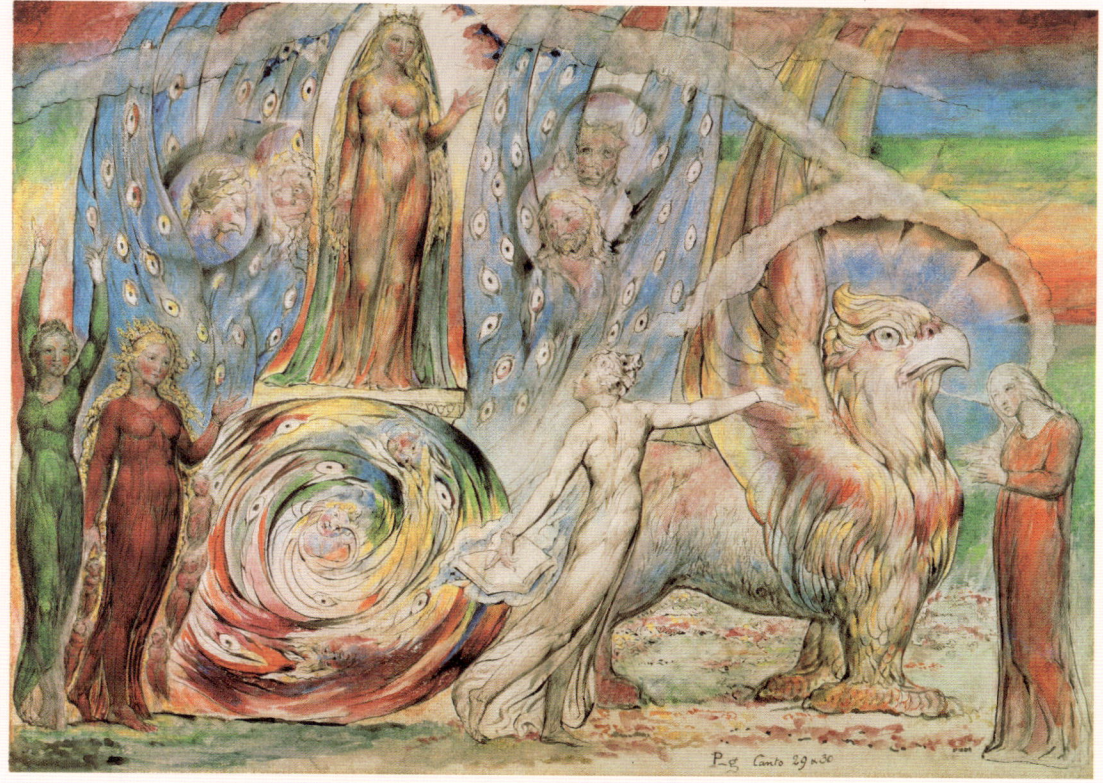

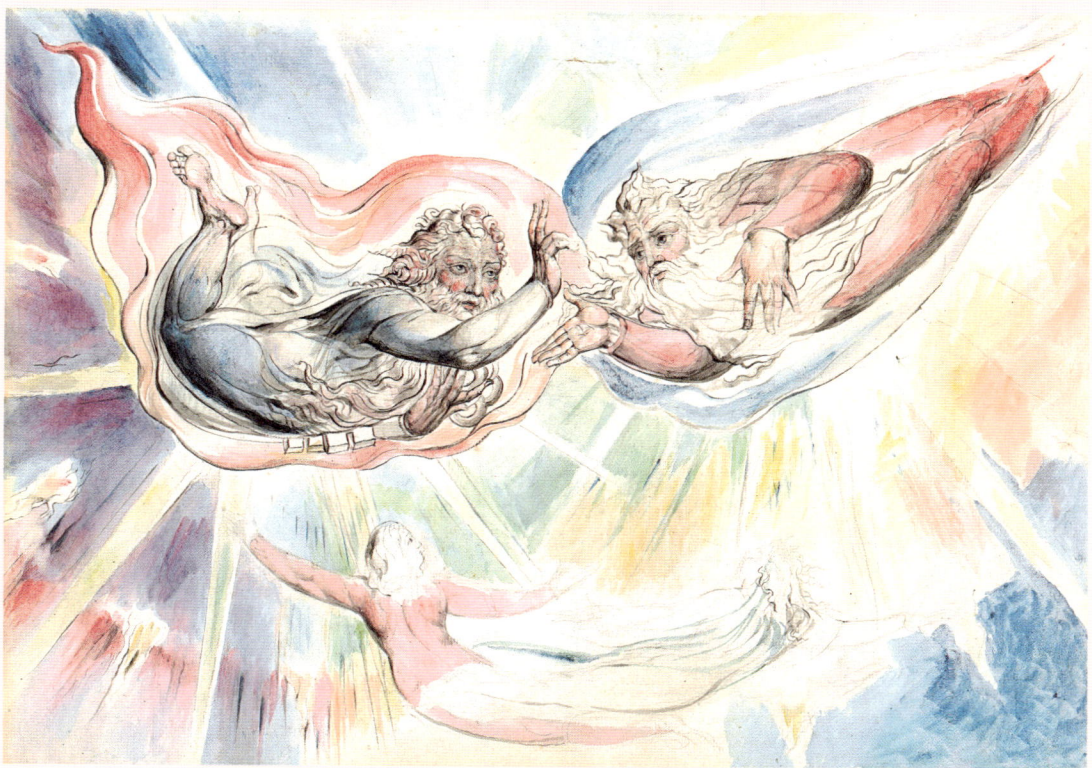

上段の怪鳥グリフォンが引く車上に立つのはベアトリーチェである。彼女は、中央に立つ裸の
男ダンテを導いている。円を描くアラベスク曲線がアール・ヌーヴォーにつながってゆく。

『神曲』への挿絵 / ウィリアム・ブレイク画 William Blake / 1824-27年 / 上段：Lessing/PPS通信社、下段：Alamy/PPS通信社

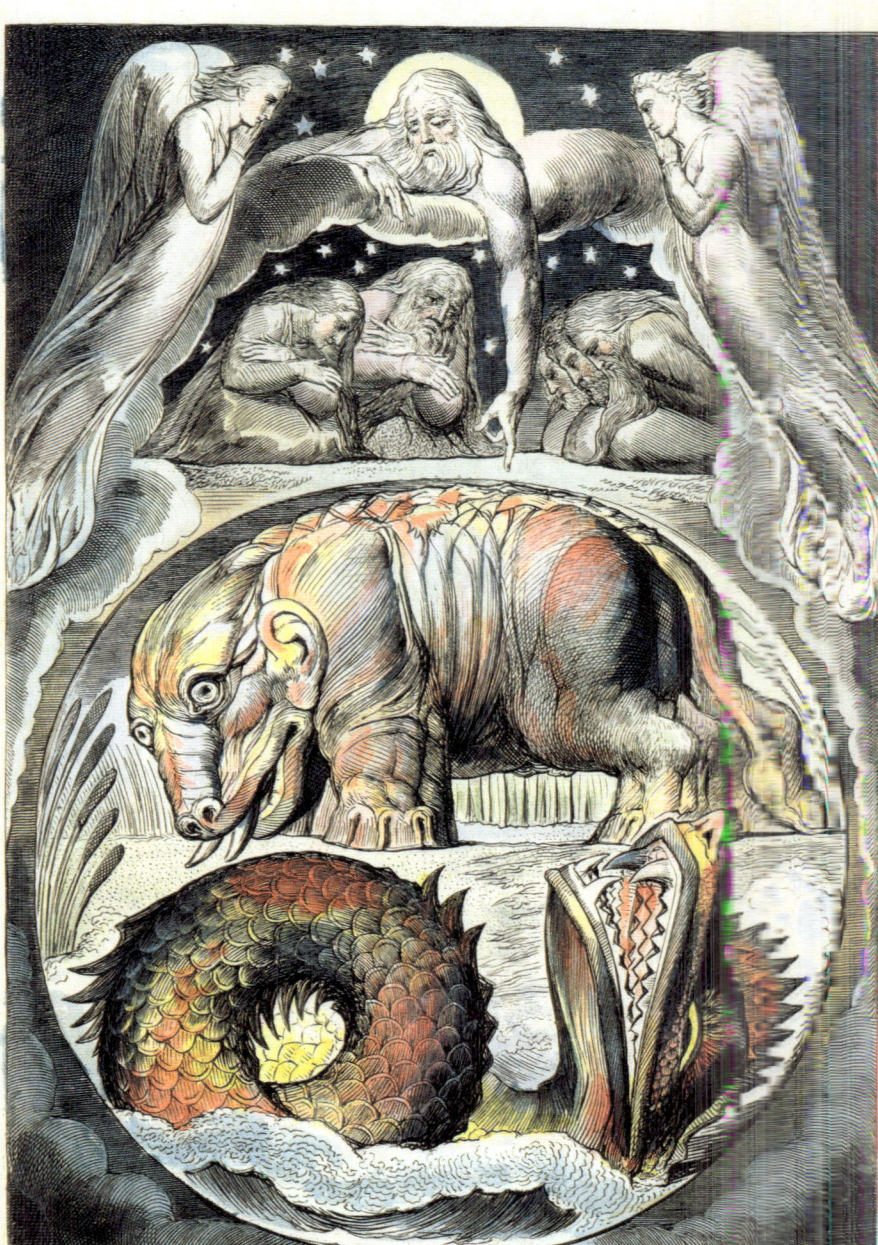

Can any understand the spreadings of the Clouds
the noise of his Tabernacle

Also by watering he wearieth the thick cloud by his counsels
He scattereth the bright cloud also it is turned about

Of Behemoth he saith. He is the chief of the ways of God
Of Leviathan he saith. He is King over all the Children of Pride

Behold now Behemoth which I made with thee

W Blake inven't & sculp

London Published as the Act directs March 8. 1825 by Will Blake N3 Fountain Court Strand

Proof

ILLUSTRATIONS FOR "BOOK OF JOB"

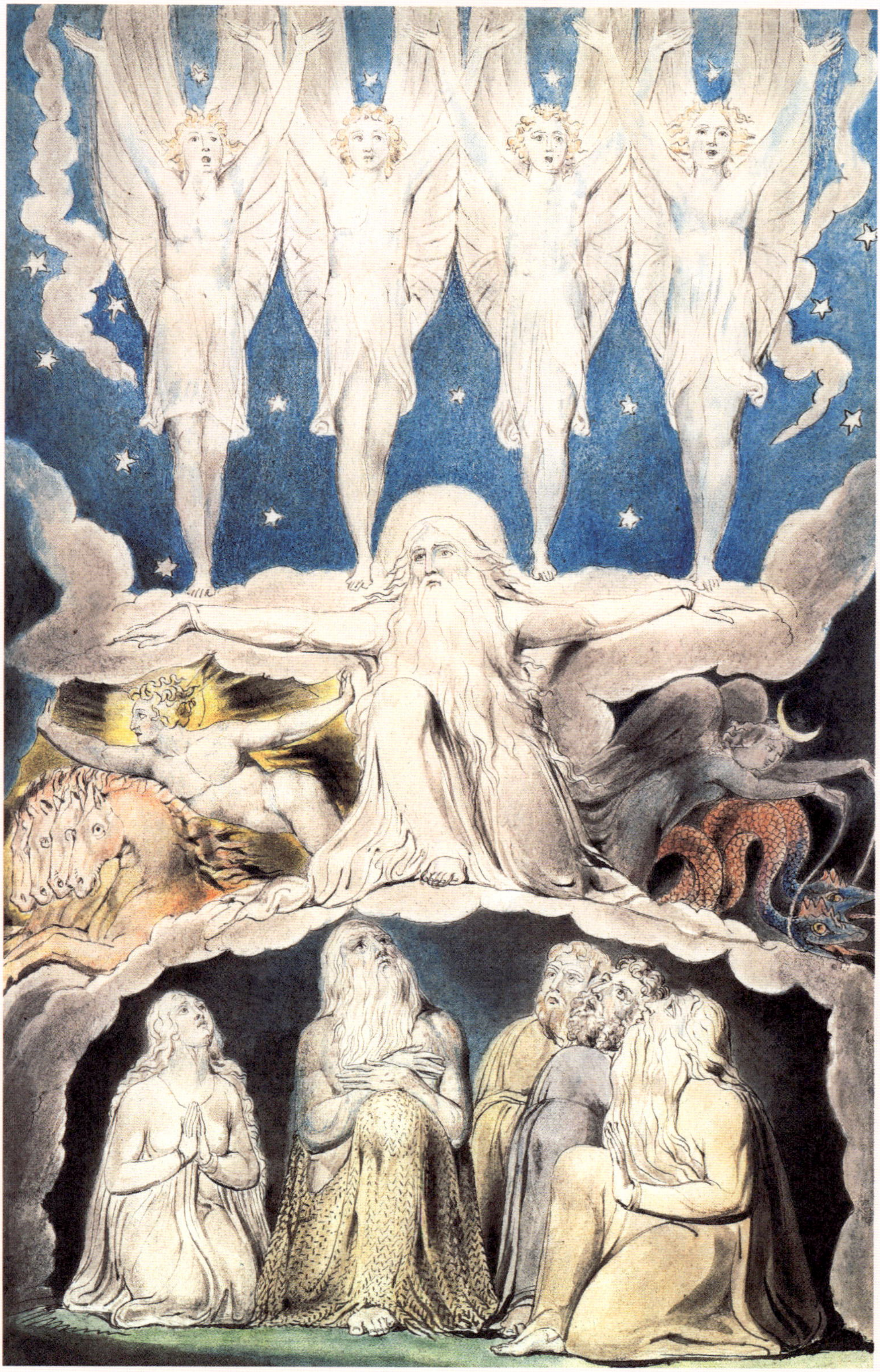

前ページも上も旧約聖書「ヨブ記」の挿絵である。神はヨブに試練を与える。ヨブはついにうらみ言をいうが、神はヨブの考えもおよばないほどの世界の意味を示す。神は陸の怪物ベヒモスと海の怪物レヴィアタンをつくった（前ページ）。そして曙の天使が歌う朝をつくった（上）。

『ヨブ記』への挿絵 / ウィリアム・ブレイク画 William Blake / P34：1805年 / Bridgeman Images/PPS通信社
P35：1804-07年頃 / アメリカ、モルガン・ライブラリー蔵

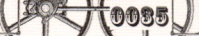

CHRIST IN THE SEPULCHRE

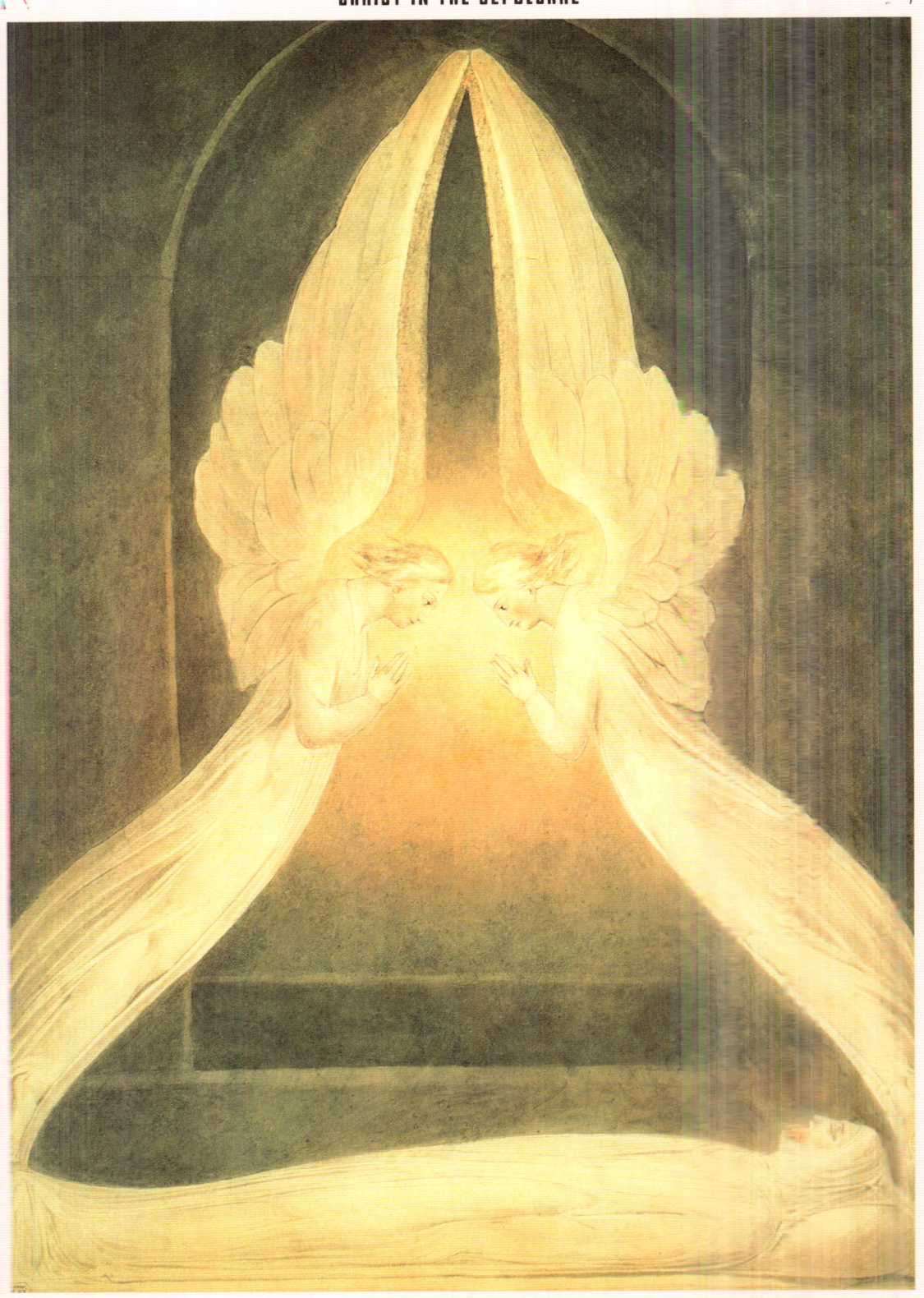

聖書のための挿絵の1枚。死せるキリストの上に2人の天使がシンメトリックに立っている。 三期ゴシックの
建築装飾などからのポーズである。ブレイクのデザイン的な構図は、モダン・デザインに表現を与えた

ウィリアム・ブレイク画 William Blake ／ 1805年頃 ／ イギリス、ヴィクトリア＆アルバート美術館蔵

THE FALL OF MAN

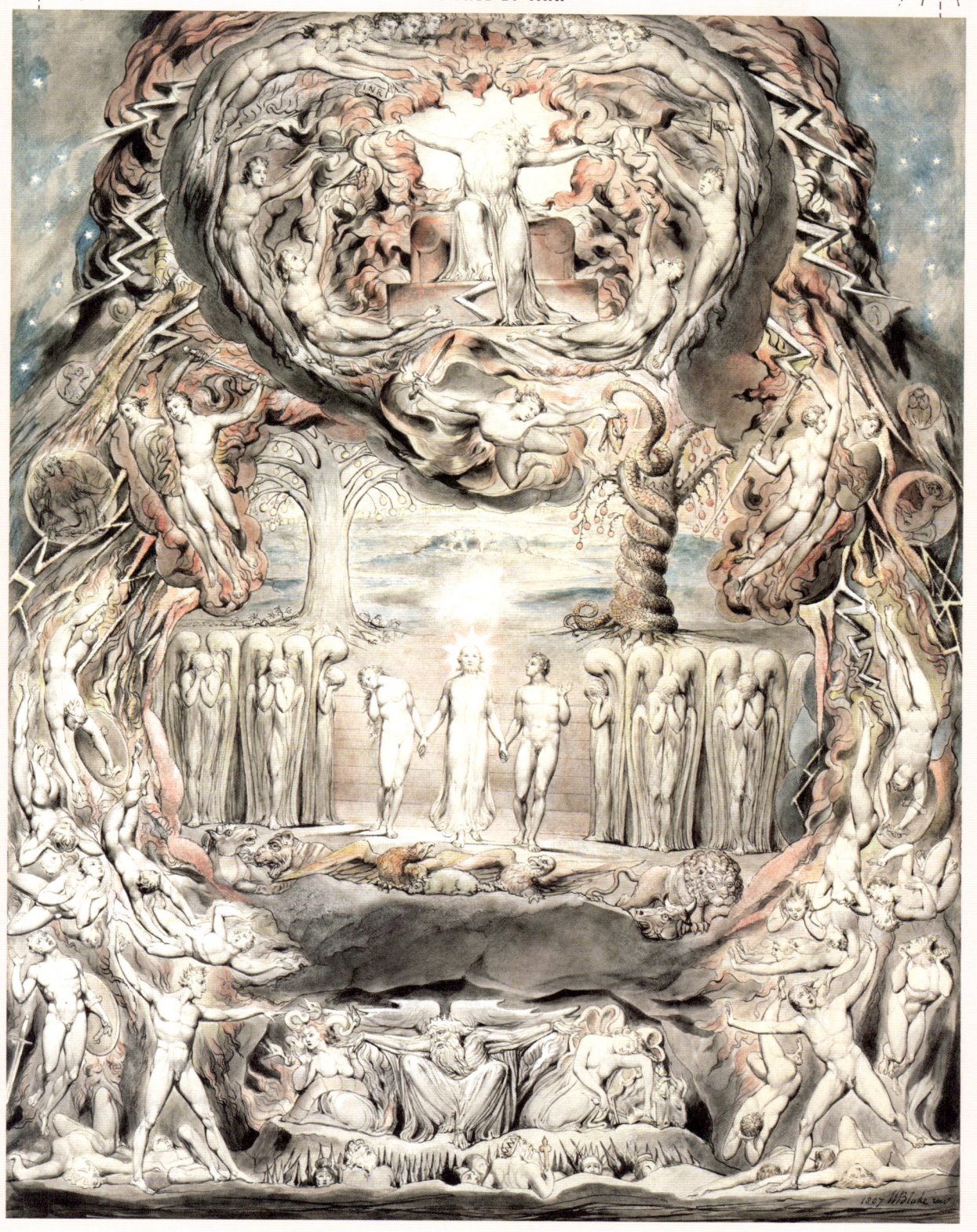

聖書の「最後の審判」のシーンである。ブレイクはミケランジェロの「最後の審判」に魅せられて、
このテーマでいくつか描いている。〈内臓的〉ともいえるようなS字状のアラベスクの分割による構図である。

ウィリアム・ブレイク画 William Blake ／ 1807年 ／ イギリス、ヴィクトリア&アルバート美術館蔵 ／ Heritage/PPS通信社

ROMANTICISM

ヨハン・ハインリヒ・フュースリー

JOHANN HEINRICH FÜSSLI

イギリス 1741-1825

スイスのチューリッヒに生まれ、ヨハン・ハインリヒ・フュースリーといったが、1764年にイギリスに渡り、ヘンリー・フュースリーを名乗った。美術史家であり、ドイツ文学の訳者でもあったが、イギリスの画家レイノルズのすすめで画家となった。それからローマやヴェネツィアに行って絵を学んだ。

チューリッヒにもどったが、チューリッヒの娘と結婚できず、失恋の結果、1778年から本格的にイギリスに行き、イギリスの画家となったといわれる。ちょうどイギリスではゴシック趣味がはじまり、シェイクスピア・リヴァイヴァルの時代だったので、彼はシェイクスピアの挿絵で知られるようになる。

1878年からブレイクと交流する。どちらも、シェイクスピア、ダンテ、ミルトンなどへの文学趣味に興味があった。

女性革命家メアリー・ウルストンクラフトと親しくなり、フランス革命に共感する。二人は愛し合ったが、フュースリー夫人が反対する。フュースリーはシェイクスピアの挿絵を集めた「シェイクスピア・ギャラリー」に対して、ミルトンへの挿絵による「ミルトン・ギャラリー」をつくる。

フュースリーは理論家でもあり、ロイヤル・アカデミーの美術教授となった。ブレイクと対照的である。ブレイクの自由奔放で、特にグロテスクともいえるような想像力をフュースリーは行きすぎと感じた。2人に親しくなったが、やがて離れていったようである。

そのように見ると、フュースリーの代表作として知られている「悪夢」（次ページ、P40）は彼の全体の作品の中では異例で、異様に見える。ベッドから落ちそうに寝ている女の胸に悪魔が乗っている。そして不気味な馬の頭がのぞいている。「悪夢」は英語でナイトメアといい、メアは雌馬という意味もある。この絵はフュースリーとしては例外的な作品である。

Füssli was a theoretician and a professor of painting at the Royal Academy—the complete opposite of Blake. Looking at him through that lens, however, you'll see that Füssli's signature work *Nightmare* is the most distinct and eccentric painting he created. It depicts a demon sitting on a woman's chest while an unsettling horse's head is visible in the background. "Mare," of course, also carries the meaning of "female horse." This picture stands apart from the rest of Füssli's works.

「悪夢」 THE NIGHTMARE （次ページ）

ヨハン・ハインリヒ・フュースリー画 Johann Heinrich Füssli / 1790-91年 / ドイツ、ゲーテ・ハウス蔵 / SuperStock/アフロ

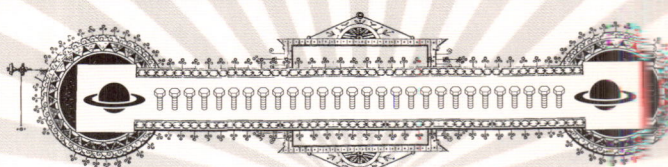

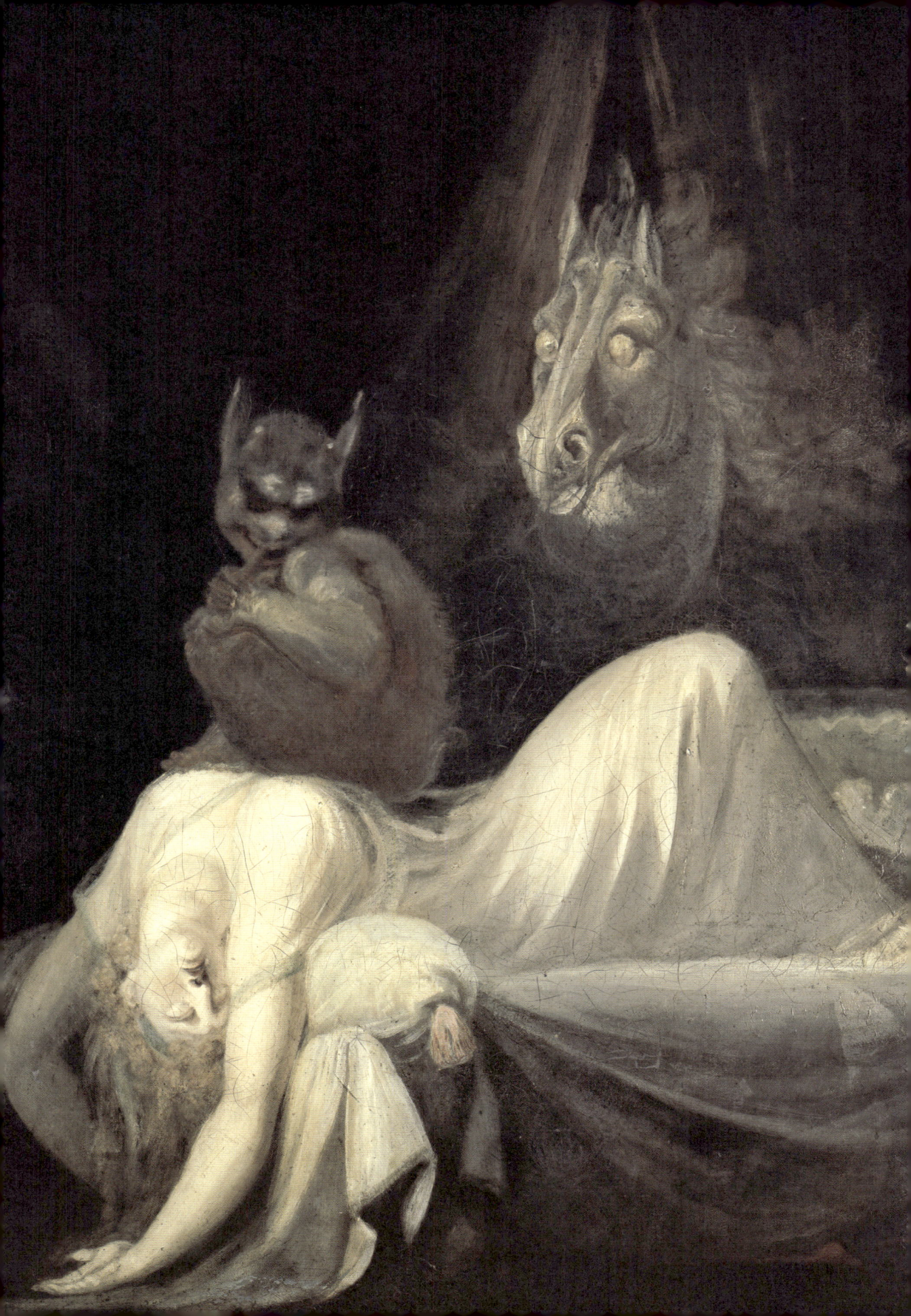

悪夢

THE NIGHTMARE

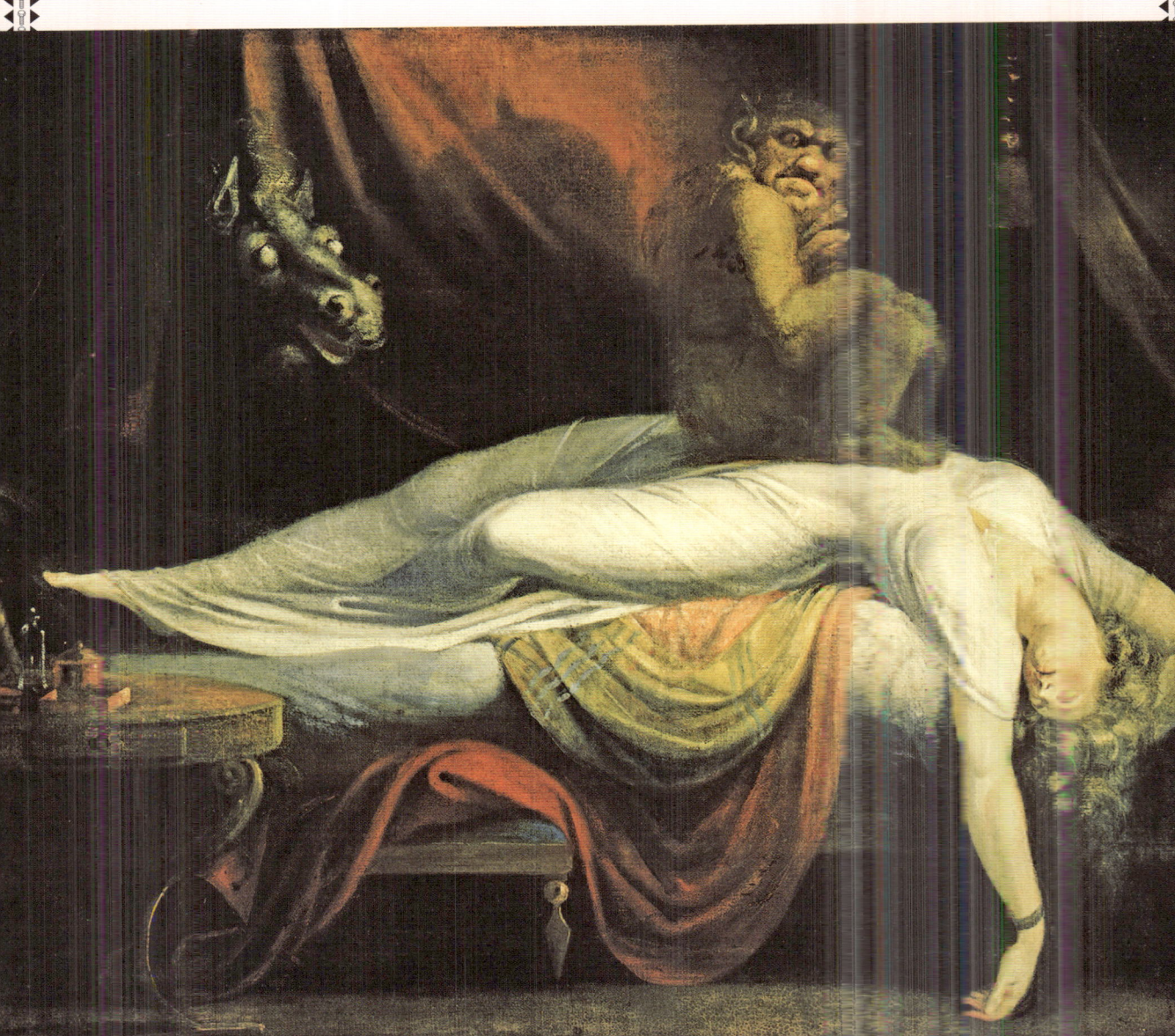

なんでこんなに恐い絵を描いたのか。1つの話が伝えられている。チューリッヒでフュースリーはアンナ・ランドル・という娘に出会い、深く愛したが、彼女の両親の反対で結婚できなかった。ロンドンでこの絵を描いた。はじめ、猿に乗られた女が悪夢を見ているのかと思ったが、そうではなく、この猿が見ている悪夢なのだ。醜い猿は彼自身であり、美しい女の上でおそ■■でふるえているのだ。

ヨハン・ハインリヒ・フュースリー画 Johann Heinrich Füssli / 1790-91年 / アメリカ、デトロイト美行■■ / PPS ■■

THE SHEPHERD'S DREAM / THE THREE WITCHES

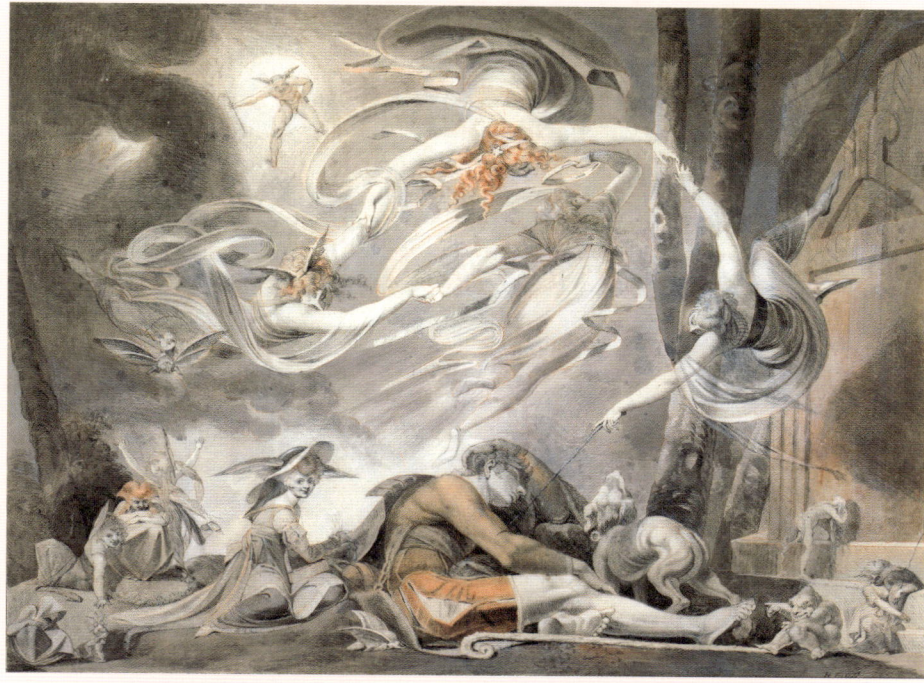

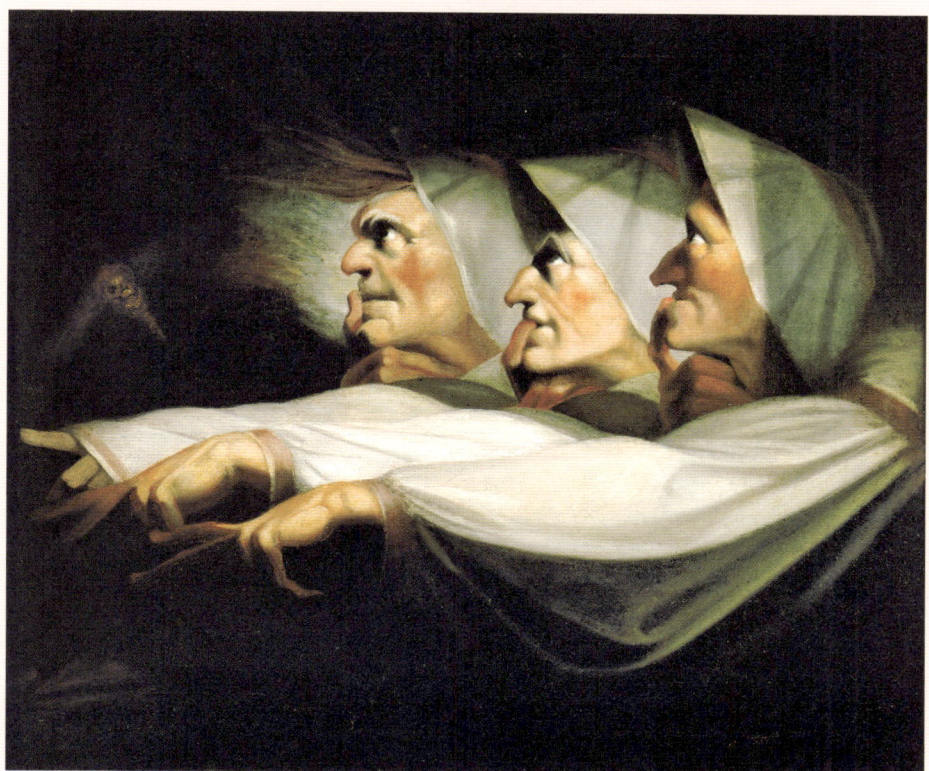

上段はミルトンの『失楽園』の挿絵で、地獄の万魔殿（パンデモニウム）の床に男や女が座っている。それに戯れるように、上空で小さな妖精、小悪魔たちが渦を巻いて乱舞している。下段はシェイクスピアの『マクベス』のシーンである。2人の武将マクベスとバンクォーが旅をしていると荒野で3人の魔女に会う。彼女たちは、マクベスは王になり、バンクォーは子孫が栄えるという予言をする。片手の人指し指を突出し、もう一方の指を口に当てているポーズがすごい。

ヨハン・ハインリヒ・フュースリー画 Johann Heinrich Füssli　上段：1786年 / オーストリア、アルベルティーナ美術館蔵 / Alamy./PPS通信社
下段：1783年 / イギリス、ロイヤル・シェイクスピア・カンパニー蔵 / Lessing/PPS通信社

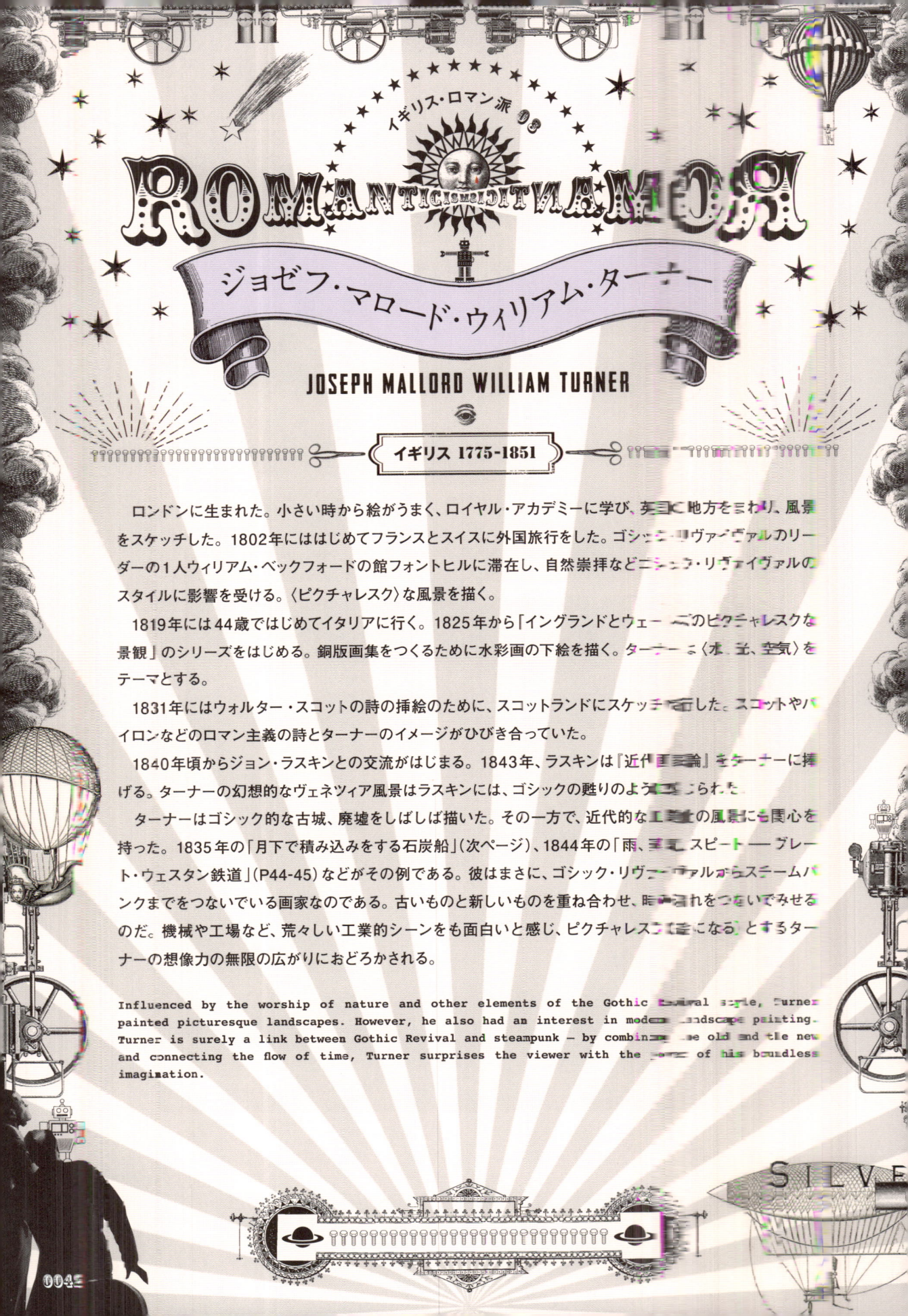

ROMANTICISM

イギリス・ロマン派の③

ジョゼフ・マロード・ウィリアム・ターナー

JOSEPH MALLORD WILLIAM TURNER

イギリス 1775-1851

ロンドンに生まれた。小さい時から絵がうまく、ロイヤル・アカデミーに学び、英国に地方をまわり、風景をスケッチした。1802年にははじめてフランスとスイスに外国旅行をした。ゴシック・リヴァイヴァルのリーダーの1人ウィリアム・ベックフォードの館フォントヒルに滞在し、自然崇拝などゴシック・リヴァイヴァルのスタイルに影響を受ける。〈ピクチャレスク〉な風景を描く。

1819年には44歳ではじめてイタリアに行く。1825年から「イングランドとウェールズのピクチャレスクな景観」のシリーズをはじめる。銅版画集をつくるために水彩画の下絵を描く。ターナーは〈水、光、空気〉をテーマとする。

1831年にはウォルター・スコットの詩の挿絵のために、スコットランドにスケッチに行した。スコットやバイロンなどのロマン主義の詩とターナーのイメージがひびき合っていた。

1840年頃からジョン・ラスキンとの交流がはじまる。1843年、ラスキンは『近代画論』をターナーに捧げる。ターナーの幻想的なヴェネツィア風景はラスキンには、ゴシックの甦りのように感じられた。

ターナーはゴシック的な古城、廃墟をしばしば描いた。その一方で、近代的な工業の風景にも関心を持った。1835年の「月下で積み込みをする石炭船」(次ページ)、1844年の「雨、蒸気、スピード――グレート・ウェスタン鉄道」(P44-45)などがその例である。彼はまさに、ゴシック・リヴァイヴァルからスチームパンクまでをつないでいる画家なのである。古いものと新しいものを重ね合わせ、時の流れをつないでみせるのだ。機械や工場など、荒々しい工業的シーンも面白いと感じ、ピクチャレスクになるとするターナーの想像力の無限の広がりにおどろかされる。

Influenced by the worship of nature and other elements of the Gothic Revival style, Turner painted picturesque landscapes. However, he also had an interest in modern landscape painting. Turner is surely a link between Gothic Revival and steampunk — by combining the old and the new and connecting the flow of time, Turner surprises the viewer with the power of his boundless imagination.

SILVE

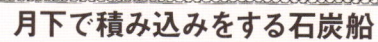

月下で積み込みをする石炭船

KEELMEN HEAVING IN COALS BY MOONLIGHT

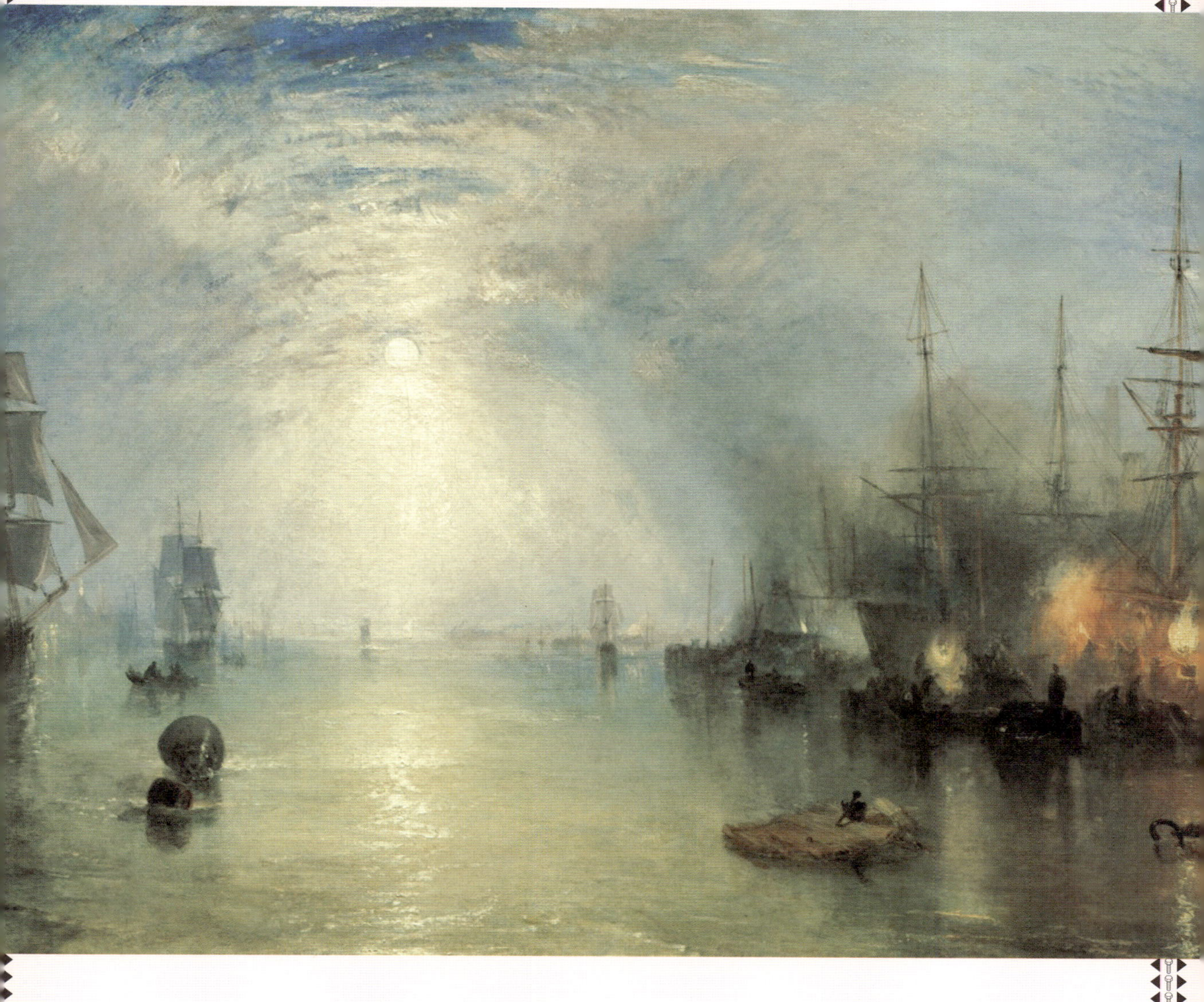

蒸気機関のための石炭を積み込んでいるという産業革命まっただ中の工業シーンである。
ターナーはそれをなんとロマンティックに描いていることだろうか。雲をきらめかせる月光が幻想的である。

ジョゼフ・マロード・ウィリアム・ターナー画 Joseph Mallord William Turner / 1835年 / アメリカ、ナショナル・ギャラリー・オブ・アート蔵

RAIN, STEAM AND SPEED - THE GREAT WESTERN RAILWAY

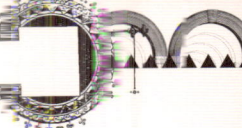

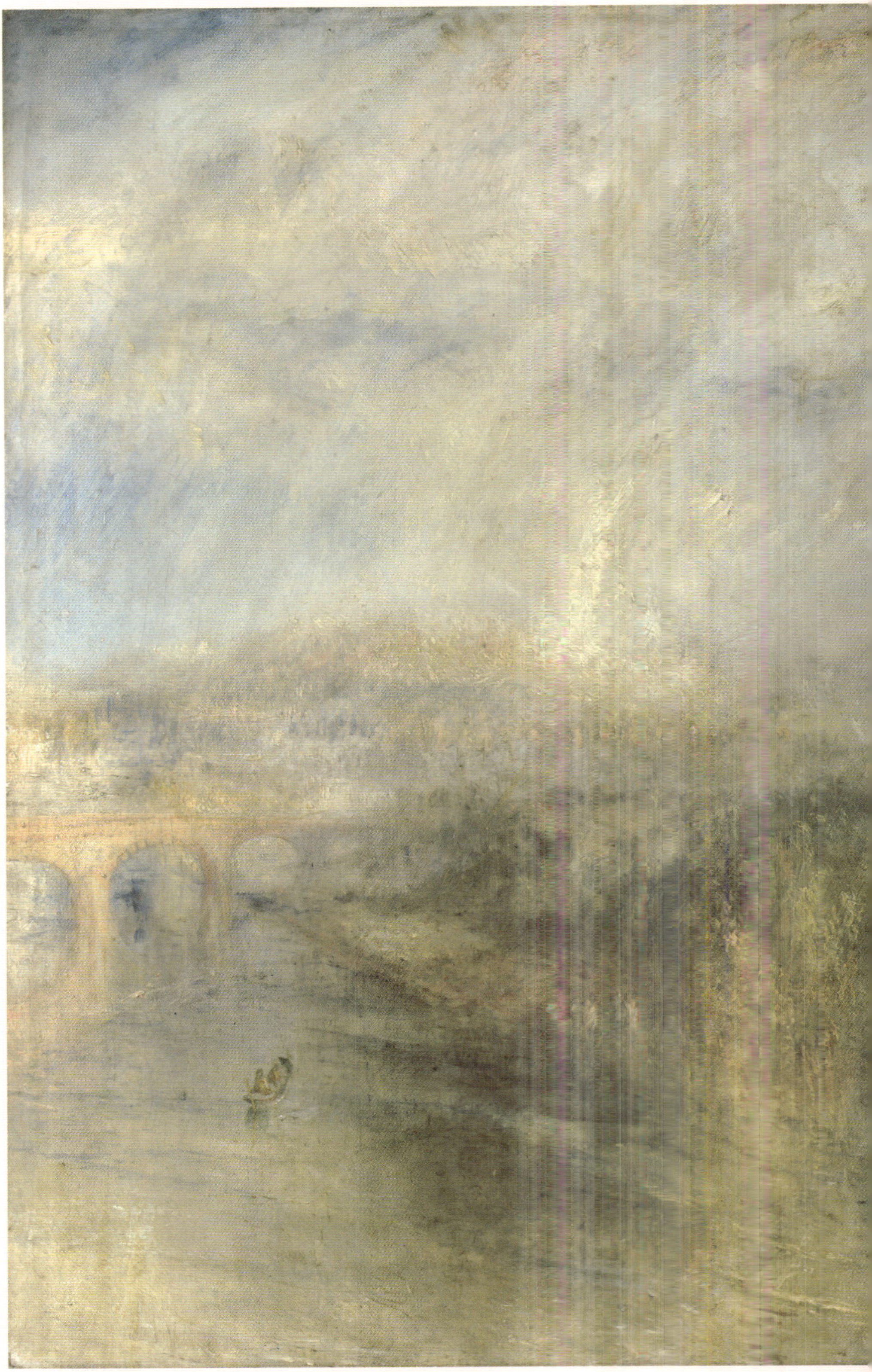

ロンドンの郊外を蒸気機関車が走っている。ターナーのロマン的想像力は、スチームも雨にけむる風景の中に溶かし込んでいる。そして列車の前に白いウサギ、川辺に白い妖精のような幻影を描くといういたずらを見せている。

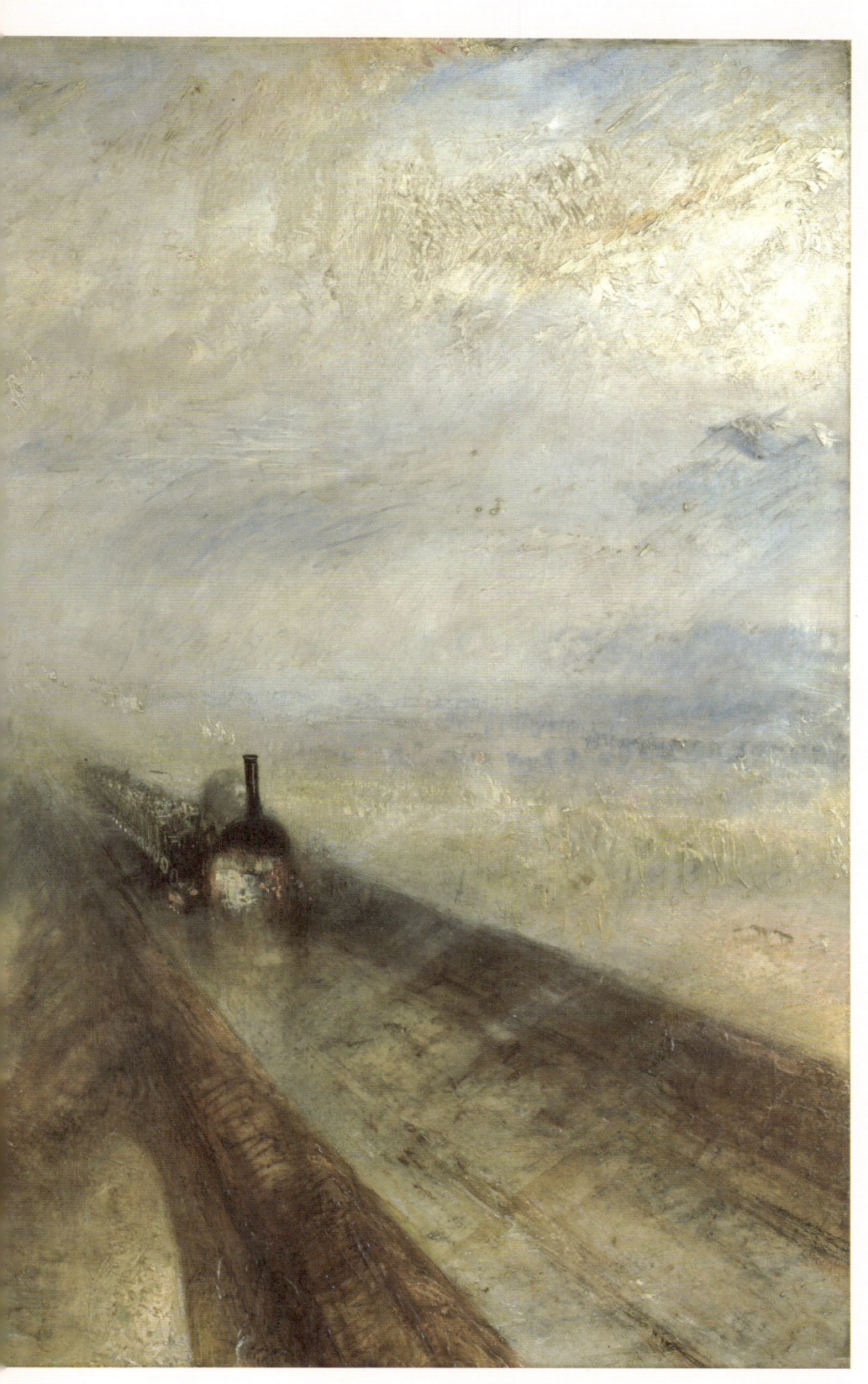

ジョゼフ・マロード・ウィリアム・ターナー画 Joseph Mallorc William Turner / 1844年 / イギリス、ナショナル・ギャラリー蔵

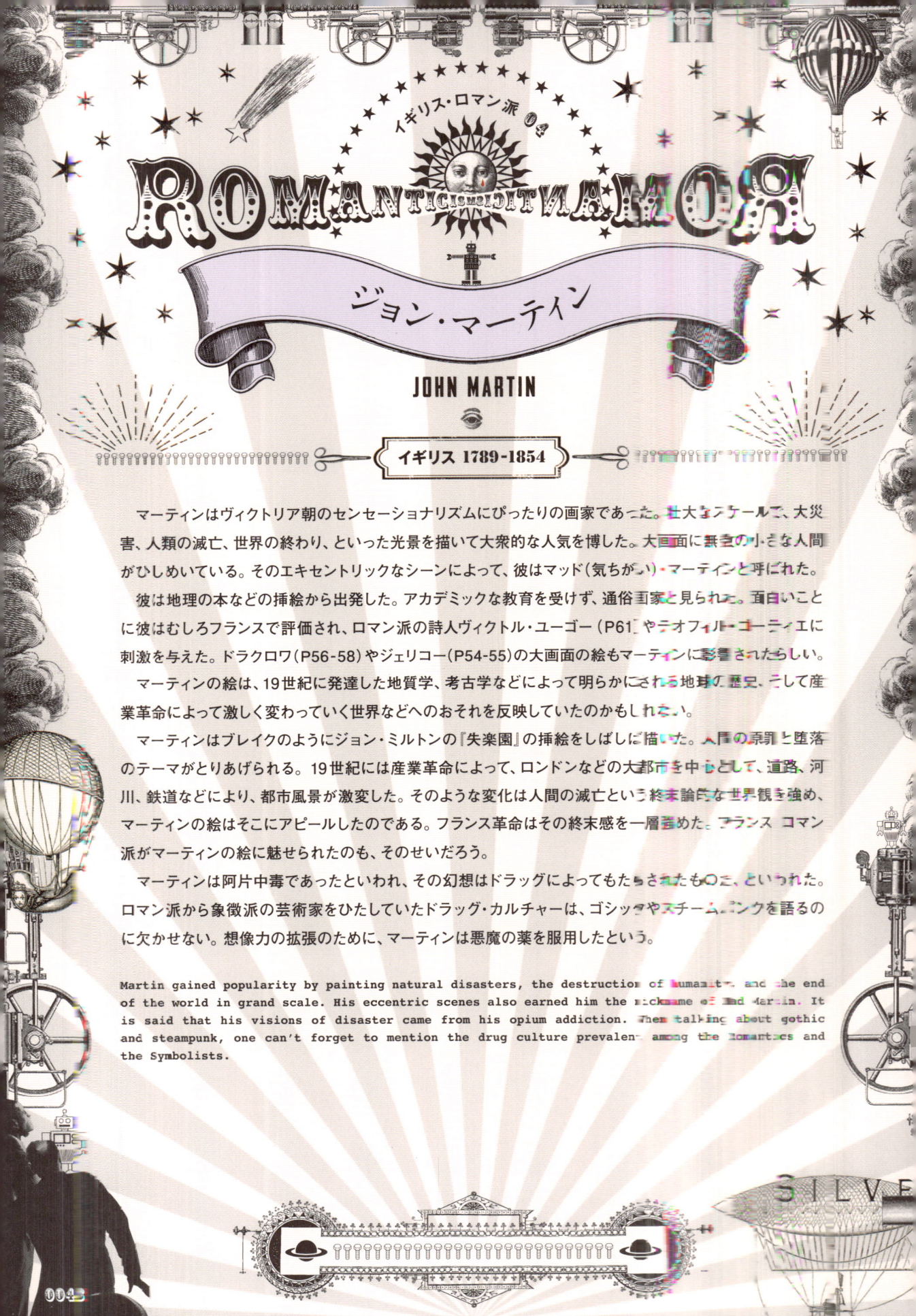

ROMANTICISM

イギリス・ロマン派 の 4

ジョン・マーティン

JOHN MARTIN

イギリス 1789-1854

　マーティンはヴィクトリア朝のセンセーショナリズムにぴったりの画家であった。壮大なスケールで、大災害、人類の滅亡、世界の終わり、といった光景を描いて大衆的な人気を博した。大画面に無数の小さな人間がひしめいている。そのエキセントリックなシーンによって、彼はマッド（気ちがい）・マーティンと呼ばれた。

　彼は地理の本などの挿絵から出発した。アカデミックな教育を受けず、通俗画家と見られた。面白いことに彼はむしろフランスで評価され、ロマン派の詩人ヴィクトル・ユーゴー（P61）やテオフィル・ゴーティエに刺激を与えた。ドラクロワ（P56-58）やジェリコー（P54-55）の大画面の絵もマーティンに影響されたらしい。

　マーティンの絵は、19世紀に発達した地質学、考古学などによって明らかにされる地球の歴史、そして産業革命によって激しく変わっていく世界などへのおそれを反映していたのかもしれない。

　マーティンはブレイクのようにジョン・ミルトンの『失楽園』の挿絵をしばしば描いた。人間の原罪と堕落のテーマがとりあげられる。19世紀には産業革命によって、ロンドンなどの大都市を中心として、道路、河川、鉄道などにより、都市風景が激変した。そのような変化は人間の滅亡という終末論的な世界観を強め、マーティンの絵はそこにアピールしたのである。フランス革命はその終末感を一層高めた。フランス・ロマン派がマーティンの絵に魅せられたのも、そのせいだろう。

　マーティンは阿片中毒であったといわれ、その幻想はドラッグによってもたらされたもの、といわれた。ロマン派から象徴派の芸術家をひたしていたドラッグ・カルチャーは、ゴシックやスチームパンクを語るのに欠かせない。想像力の拡張のために、マーティンは悪魔の薬を服用したという。

Martin gained popularity by painting natural disasters, the destruction of humanity and the end of the world in grand scale. His eccentric scenes also earned him the nickname of Mad Martin. It is said that his visions of disaster came from his opium addiction. When talking about gothic and steampunk, one can't forget to mention the drug culture prevalent among the Romantics and the Symbolists.

PANDEMONIUM / THE GREAT DAY OF HIS WRATH

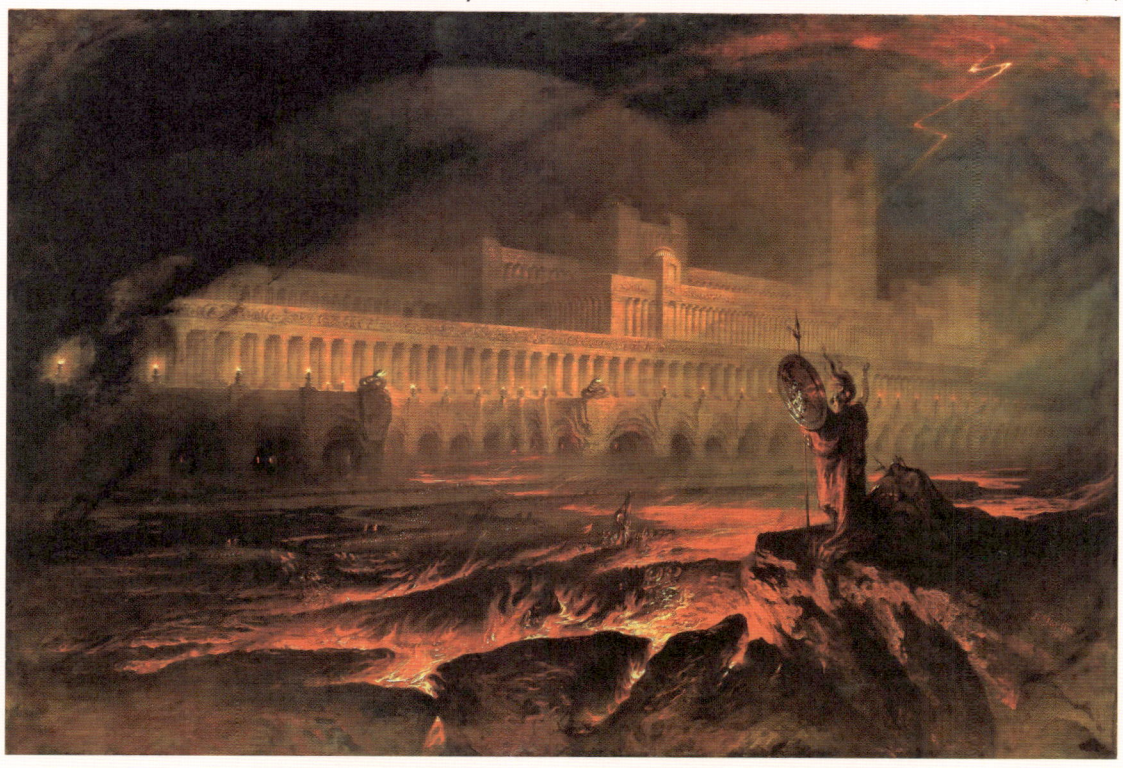

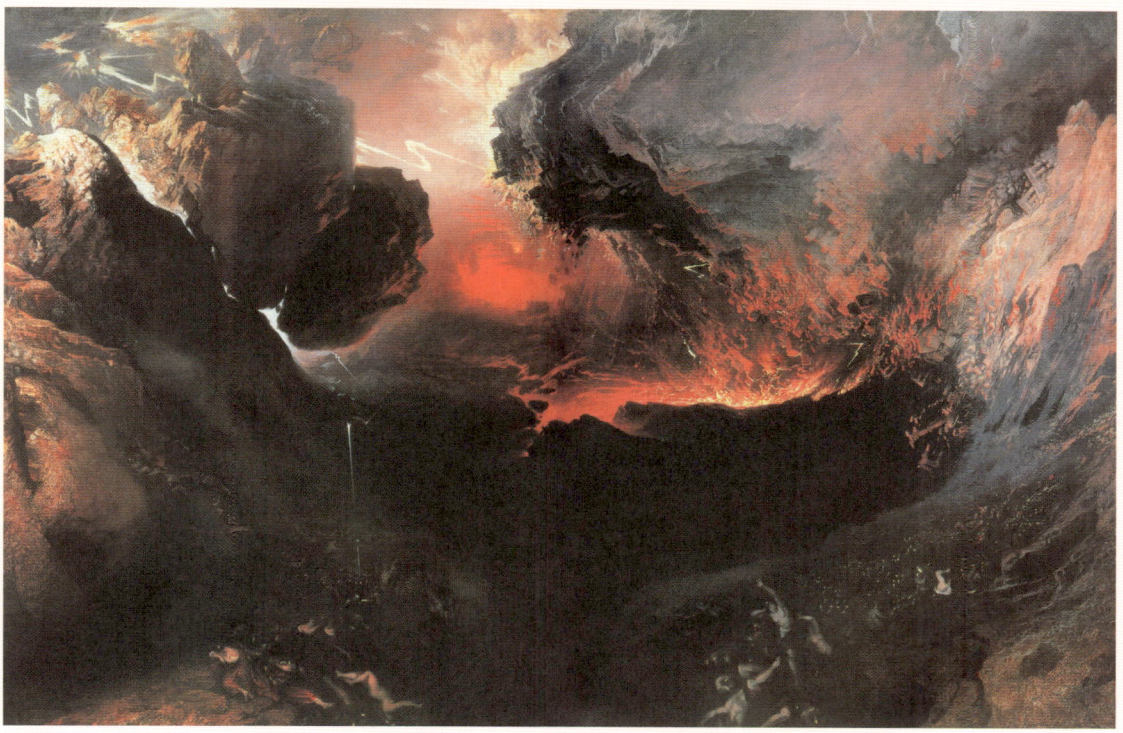

上段はミルトンの『失楽園』の挿絵である。パンデモニウムは地獄の悪魔の宮殿で、あらゆる魔物がうごめいている。
溶岩流ような火の川が流れ、その岸辺に壮大で空虚な建物が建っている。魔王が岩の上に立ち、悪魔たちを指揮している。
下段は最後の審判、世界の終末のテーマである。人類は滅亡する。画家はその光景を見ている最後の人間である。
世界の終わりの最後の人間というのはロマン主義者の好きなイメージであった。

ジョン・マーティン画 John Martin　上段：1841年／フランス、ルーヴル美術館蔵／ALBUM/アフロ　下段：1852年／イギリス、テート・ギャラリー蔵

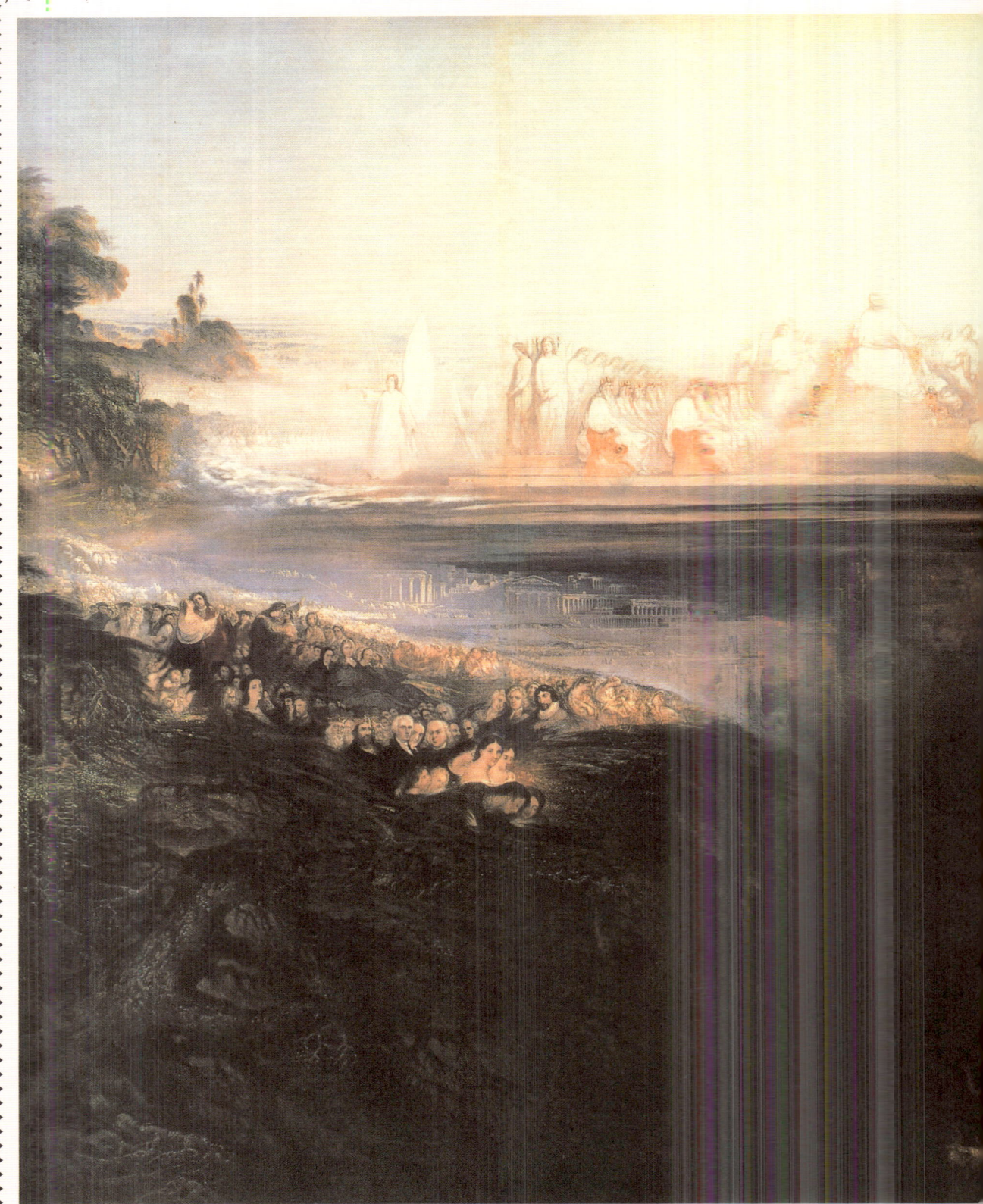

晩年の、マーティンのテーマの総まとめのような作品である。上方では天使が悪魔と戦っている。
その下に都市が沈み、手前に多くの人の顔が見える。聖書の物語であるが、マーティンは現代の世界の終末として描いている。

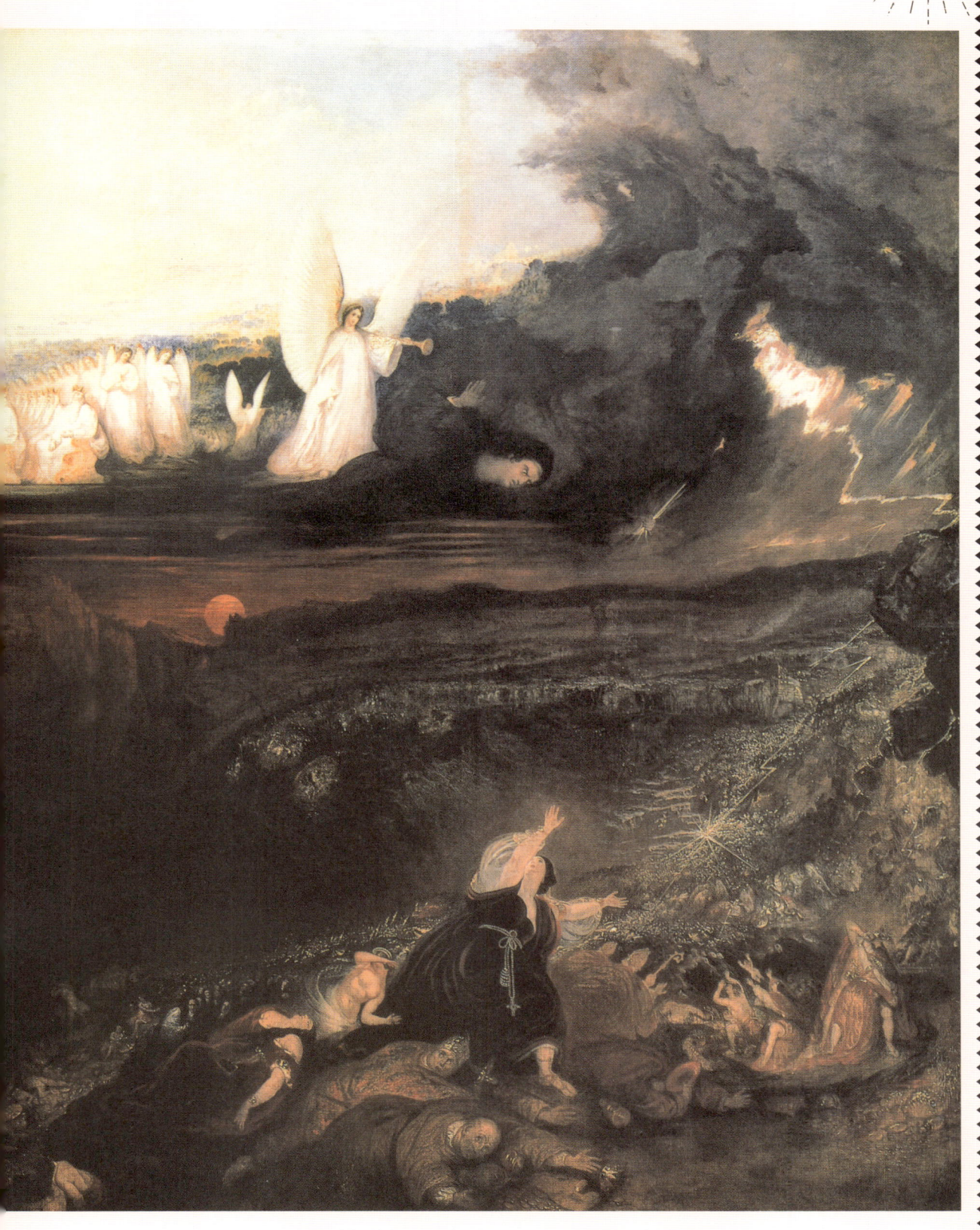

ジョン・マーティン画 John Martin ／ 1852年 ／ イギリス、テート・ギャラリー蔵

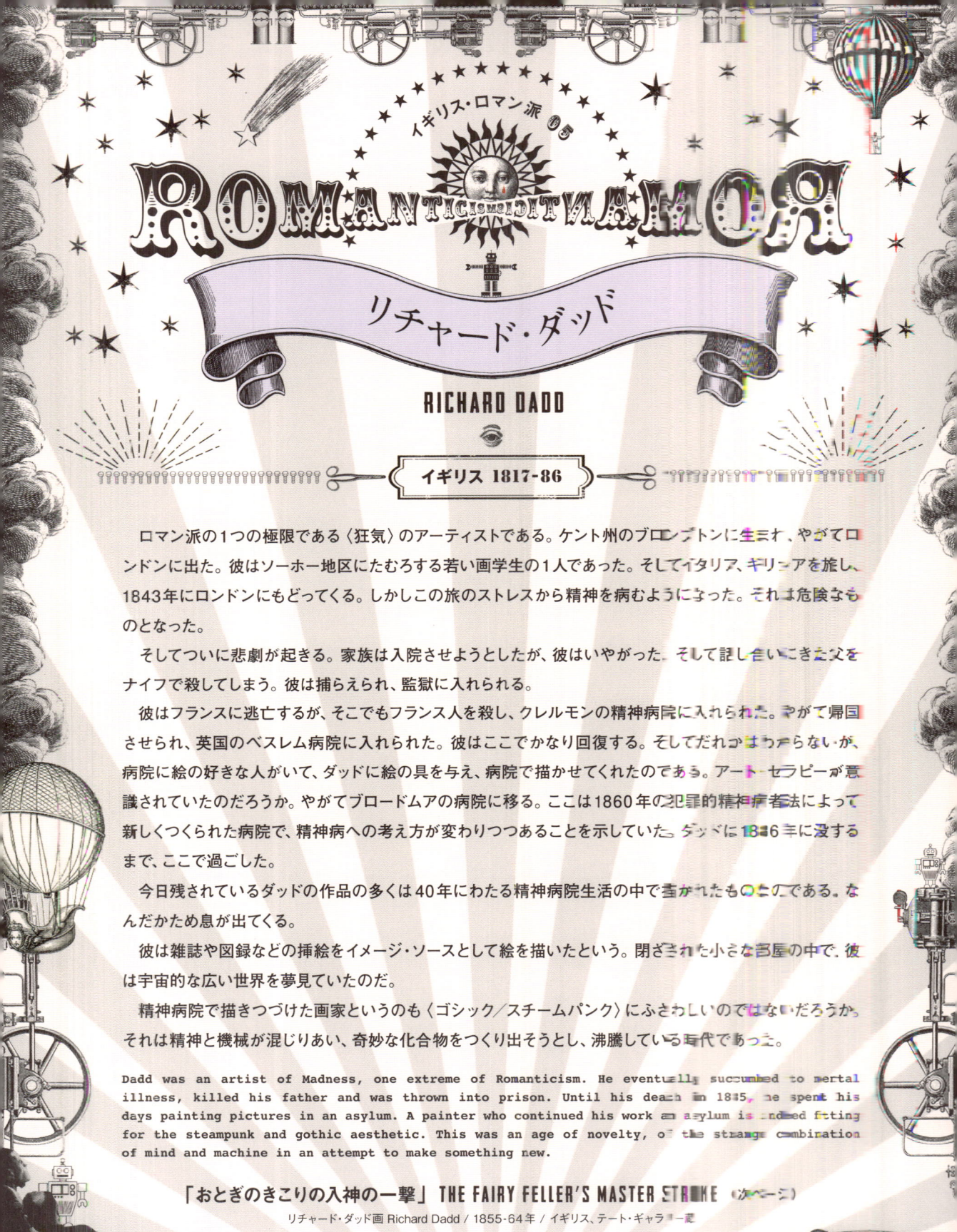

ROMANTICISM DITVAMOR

イギリス・ロマン派 05

リチャード・ダッド

RICHARD DADD

イギリス 1817-86

ロマン派の1つの極限である〈狂気〉のアーティストである。ケント州のブロンプトンに生まれ、やがてロンドンに出た。彼はソーホー地区にたむろする若い画学生の1人であった。そしてイタリア、ギリシアを旅し、1843年にロンドンにもどってくる。しかしこの旅のストレスから精神を病むようになった。それは危険なものとなった。

そしてついに悲劇が起きる。家族は入院させようとしたが、彼はいやがった。そして話し合いにきた父をナイフで殺してしまう。彼は捕らえられ、監獄に入れられる。

彼はフランスに逃亡するが、そこでもフランス人を殺し、クレルモンの精神病院に入れられた。やがて帰国させられ、英国のベスレム病院に入れられた。彼はここでかなり回復する。そしてだれかはわからないが、病院に絵の好きな人がいて、ダッドに絵の具を与え、病院で描かせてくれたのである。アート・セラピーが意識されていたのだろうか。やがてブロードムアの病院に移る。ここは1860年の犯罪的精神病者法によって新しくつくられた病院で、精神病への考え方が変わりつつあることを示していた。ダッドは1886年に没するまで、ここで過ごした。

今日残されているダッドの作品の多くは40年にわたる精神病院生活の中で書かれたものなのである。なんだかため息が出てくる。

彼は雑誌や図録などの挿絵をイメージ・ソースとして絵を描いたという。閉ざされた小さな部屋の中で、彼は宇宙的な広い世界を夢見ていたのだ。

精神病院で描きつづけた画家というのも〈ゴシック／スチームパンク〉にふさわしいのではないだろうか。それは精神と機械が混じりあい、奇妙な化合物をつくり出そうとし、沸騰している時代であった。

Dadd was an artist of Madness, one extreme of Romanticism. He eventually succumbed to mental illness, killed his father and was thrown into prison. Until his death in 1885, he spent his days painting pictures in an asylum. A painter who continued his work an asylum is indeed fitting for the steampunk and gothic aesthetic. This was an age of novelty, of the strange combination of mind and machine in an attempt to make something new.

「おとぎのきこりの入神の一撃」 THE FAIRY FELLER'S MASTER STROKE （次ページ）

リチャード・ダッド画 Richard Dadd / 1855-64年 / イギリス、テート・ギャラリー蔵

SILVE

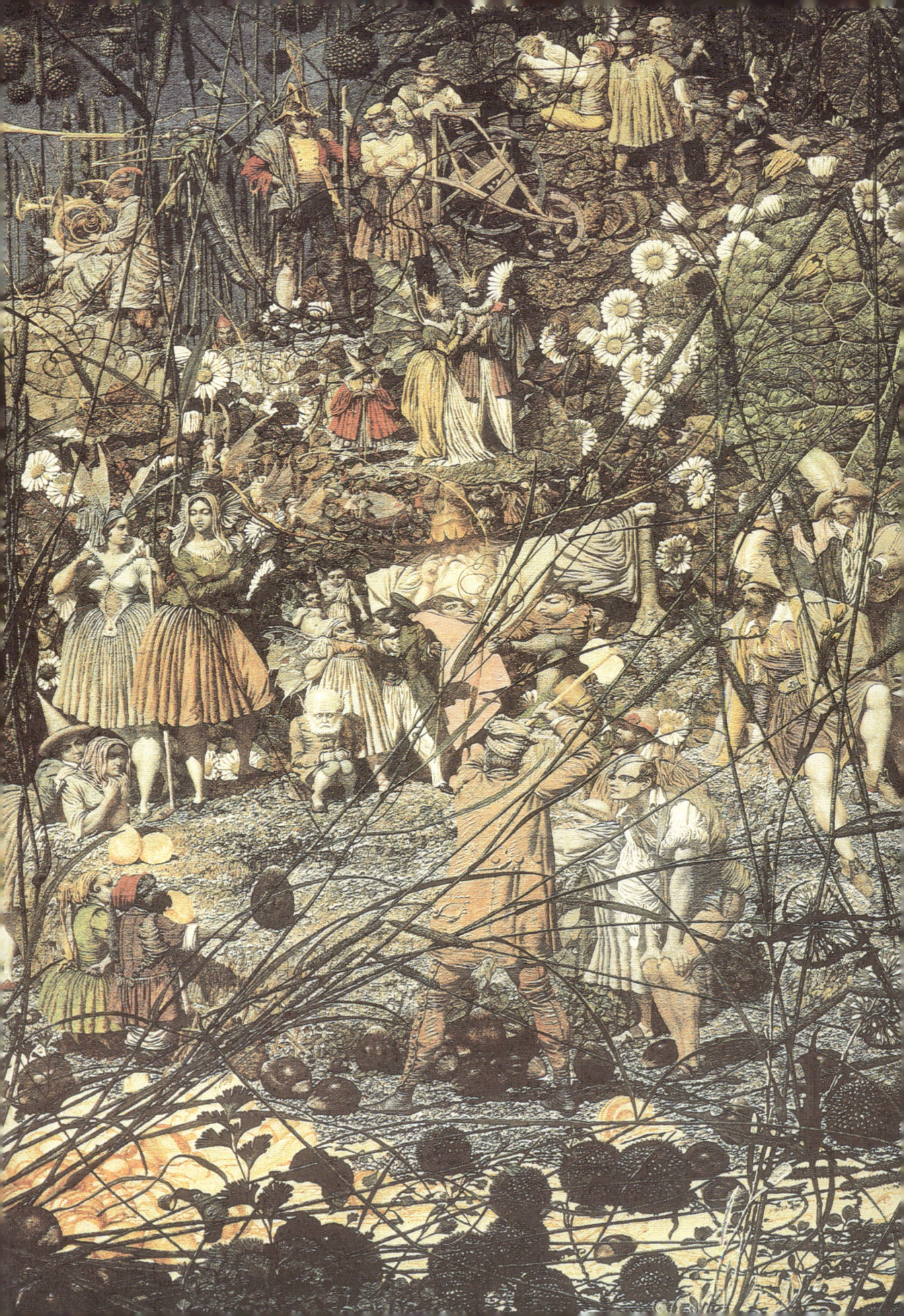

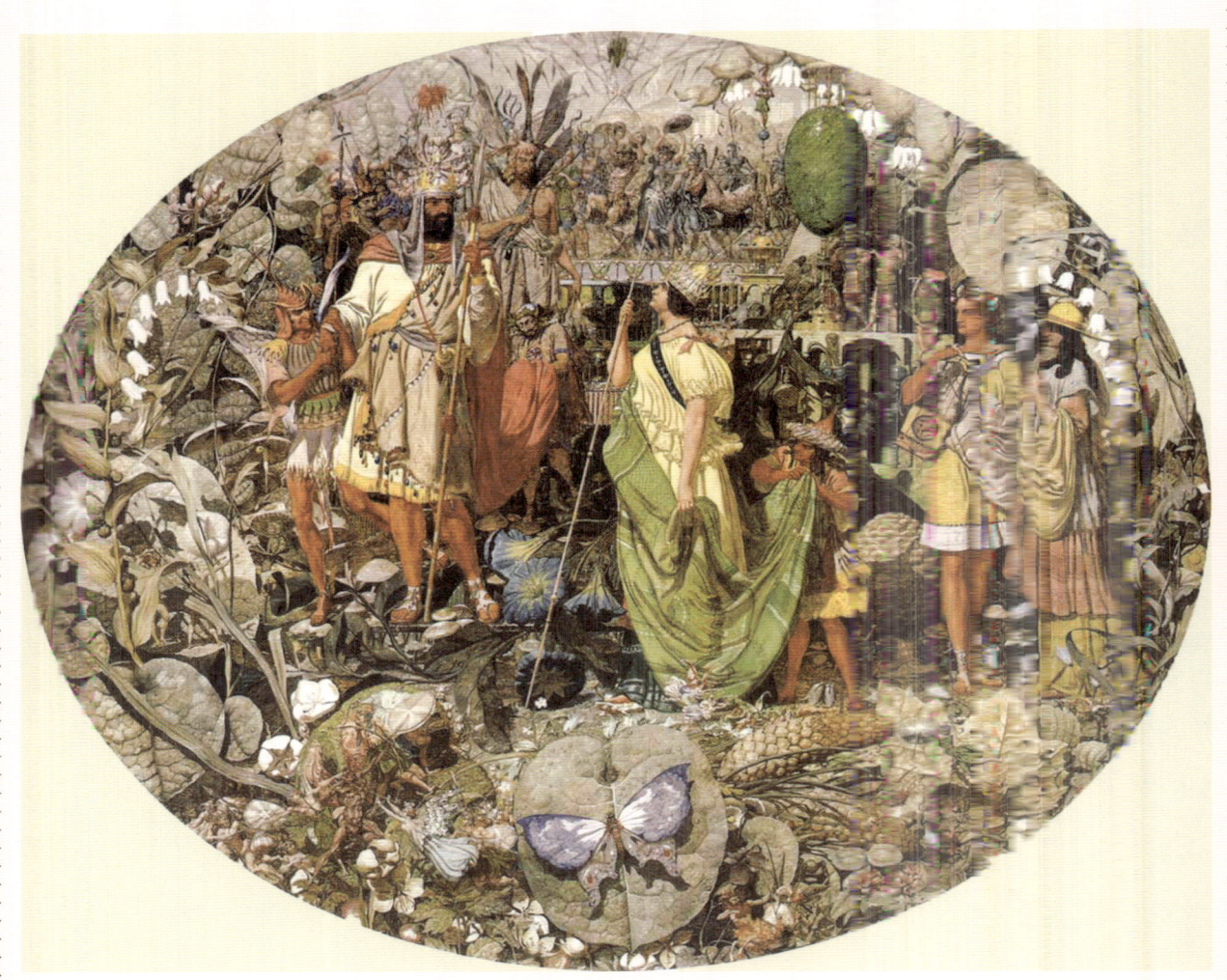

前ページの絵のもとになったおとぎ話はわかっていない。妖精のきこりが巨木を切り倒し、それを大勢の
妖精たちが見ている。手前に草の長い茎が交叉し、幾何学的な三角形などをつくり、不思議な効果を出している。
上はシェイクスピアの『真夏の夜の夢』のシーンである。オーベロンとティターニアが言い争っている。
森の中であるが、なんと奇怪な腐蝕した葉に埋まっていることだろう。ダッドはあらゆる空間をきっしりと埋めつくしている。

リチャード・ダッド画 Richard Dadd / 1854-58年 / 個人蔵 / Alamy/PPS通信社

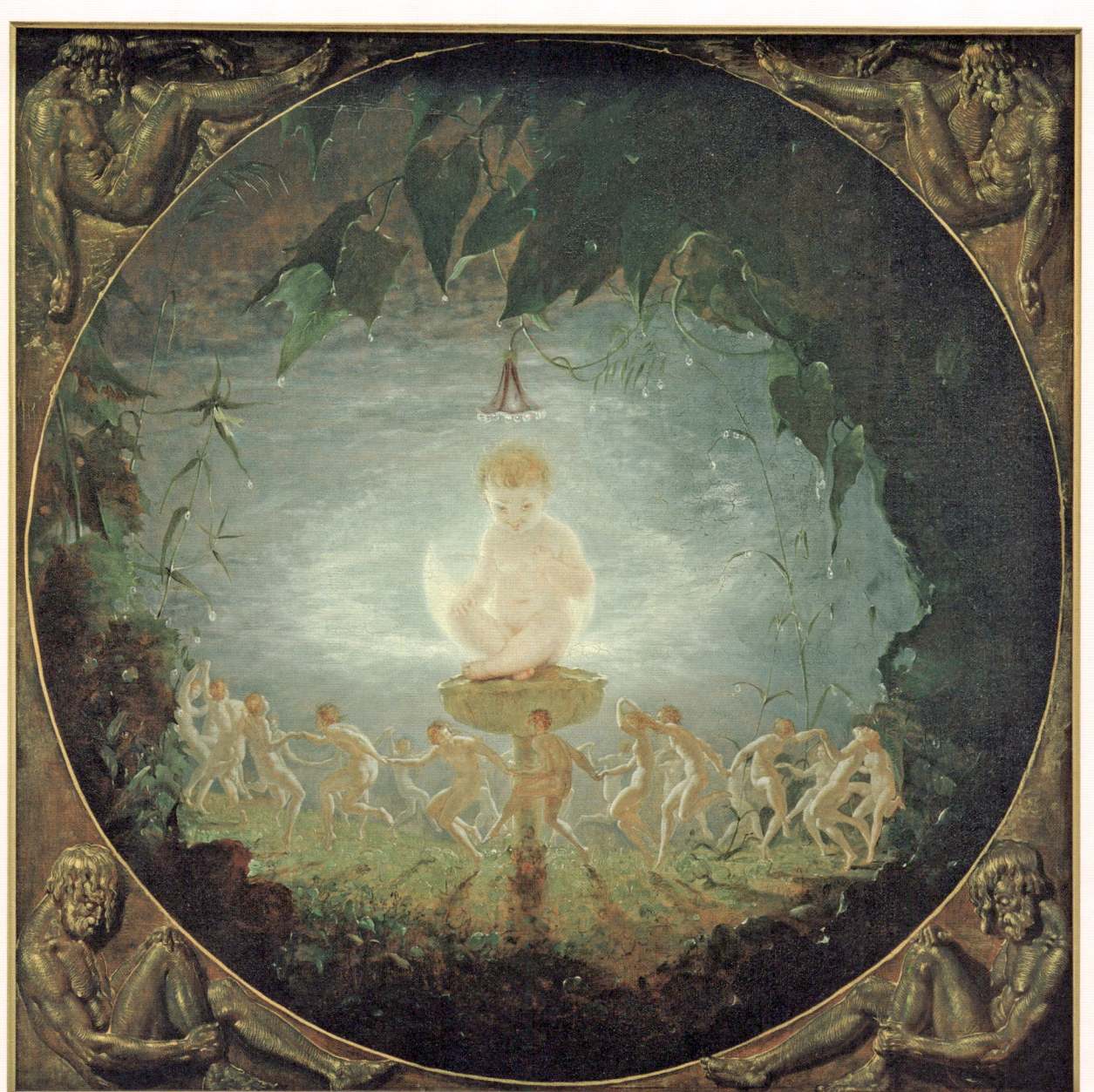

入院する前の、物語の挿絵を描きはじめた頃の作品。シェイクスピアの『真夏の夜の夢』をモチーフとして絵をいくつか描いている。
円形の構図が面白い。まわりを黒い葉が囲み、中央に妖精パックが、裸の男の子の姿をしている。まわりで妖精のダンスが踊られている。

リチャード・ダッド画 Richard Dadd ／ 1841年頃 ／ 個人蔵 ／ akg-images/PPS通信社

ROMANTICISM

テオドール・ジェリコー

THÉODORE GÉRICAULT

フランス 1791-1824

　ドラクロワ（P56-58）がフランス革命後のロマン派だったとすれば、ジェリコーは革命の名残を体験したロマン派であった。社会の不正への激しい怒りを持ちつづけ、戦いつづけ、33歳で死んだ。嵐のような生涯で、ドラクロワとは正反対であった。画家一筋であったドラクロワに対し、彼はナポレオン失墜後は、国王の近衛騎士隊に入った。しかしその後、フリーメイソンに入り、王党派から離れ、自由主義や革命思想にひかれるようになる。ちなみにロマン派の多くがフリーメイソンであった。

　さらに彼はおじの若い妻アレクサンドリーヌ＝モデスト・カリエルに恋してしまい、家実の反対でパリにいられなくなり、イタリアに逃れた。イタリアではミケランジェロなどに多くの刺激を受ける。

　しかしアレクサンドリーヌと別れることができず、子どもが生まれる。そのような精神的ストレスの中で彼は「メデューズ号の筏」（次ページ上段）という大作を描くことにする。

　フリゲート艦メデューズ号は400名の乗員、乗客を乗せてセネガルに向かうが、アフリカ沿岸で座礁する。ボートが足りず、149名が筏に乗せられて逃れる。12日の漂流の後、発見された時は、15名しか生存者はいなかった。食べ物がほとんどなかったので、人々は争い、殺し合って人間を食べたといわれる。その事実を海軍省はひたかくしにしていたが、新聞のニュースで暴露された。

　ジェリコーは極限状態に置かれた人間の姿を描こうとした。この絵は大評判になり、スキャンダルになった。政府によってかくされた事件の絵としてセンセーショナルに報道された。

　そのために、この名作は国家に買い上げられなかった。不幸はつづき、ジェリコーは落馬による傷が悪化して、33歳の生涯を終えた。

Géricault was a Romantic who experienced a revolution. Enraged at the injustices of society, he fought them and died young. While suffering from dire mental stress, he painted his most well-known work, *The Raft of the Medusa*. It was reported sensationally as a painting of a tragic incident that had been covered up by the government. The government didn't buy this powerful work of art, causing Géricault's misfortunes to continue, culminating in him succumbing to his wounds from falling off his horse and died at the age of 33.

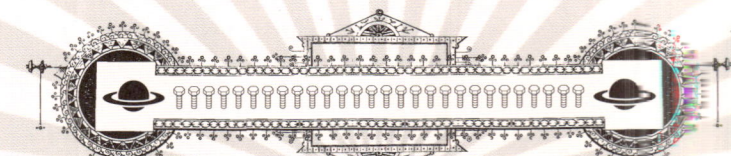

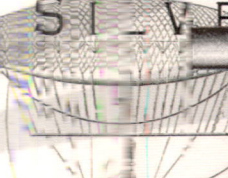

THE RAFT OF THE MEDUSA / THE CROUPS

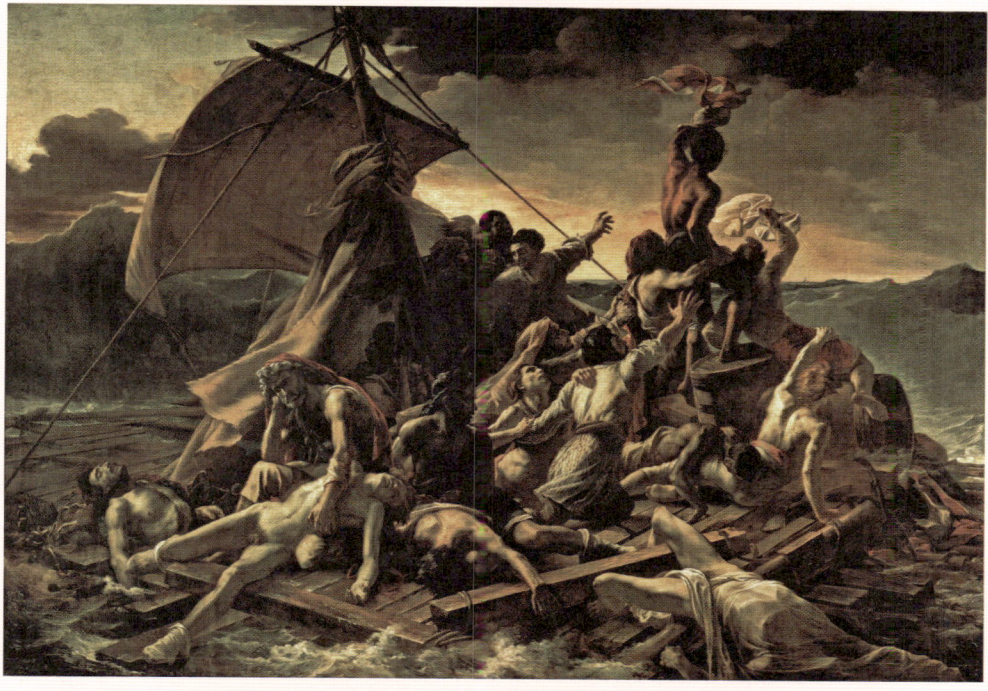

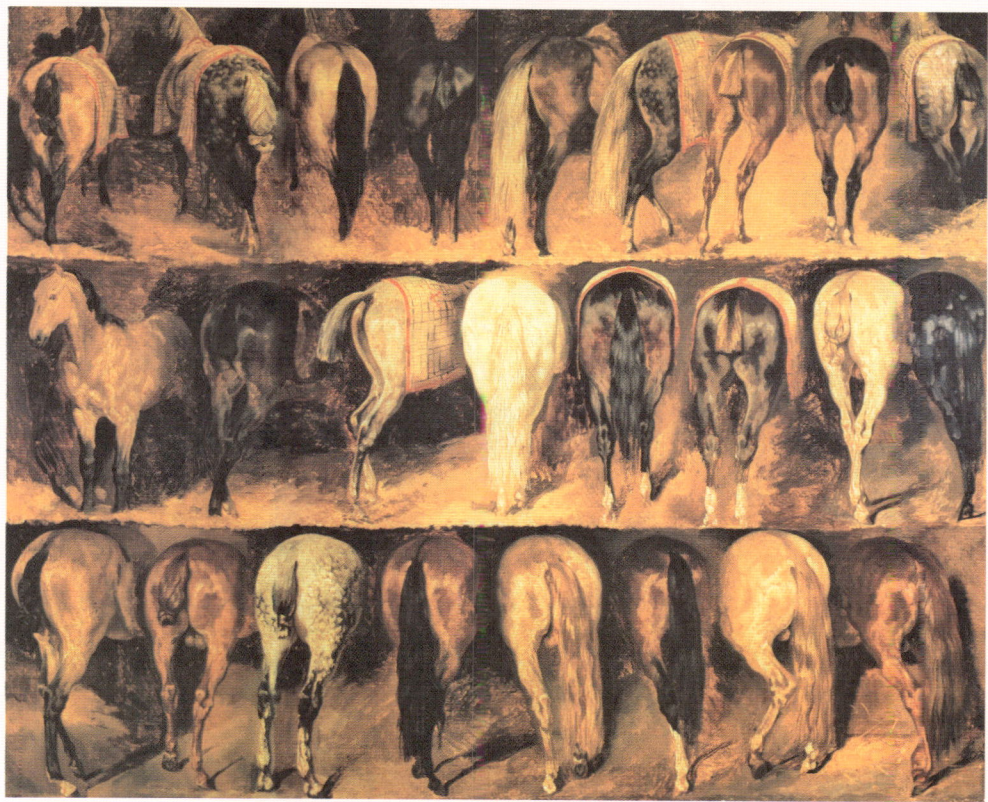

上段は代表作である。はじめ「難破の情景」の題でサロンに出されたが、だれもがメデューズ号の筏とわかって、大騒ぎになった。
しかしこの絵はニュース的なテーマを超えて、人間的な悲劇としてこのシーンを描かれている。
ジェリコーは馬がよほど好きだったらしい（下段）。おびただしい馬の絵を描いている。小さい時から馬が好きで、近衛騎士隊に入ったのも
その延長である。これは馬の尻ばかりを描いた珍しい絵である。しかしその馬好きが仇になり、落馬がもとで亡くなるのである。

テオドール・ジェリコー画 Théodore Géricault　上段：1813-19年 / フランス、ルーヴル美術館蔵蔵　下段：1813年頃 / 個人蔵

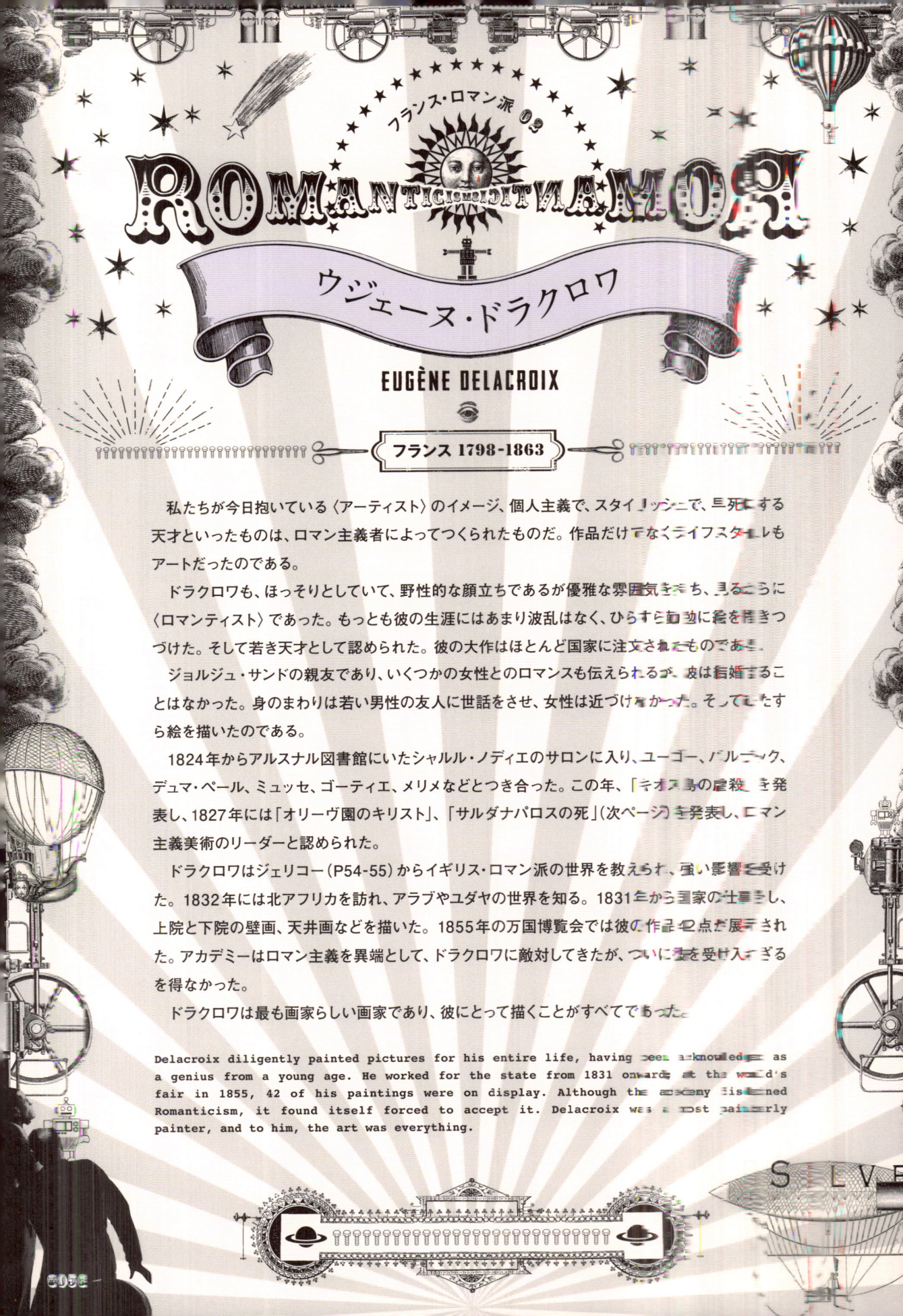

ROMANTICISM ET AMOR

フランス・ロマン派の2

ウジェーヌ・ドラクロワ

EUGÈNE DELACROIX

フランス 1798-1863

私たちが今日抱いている〈アーティスト〉のイメージ、個人主義で、スタイ□ッシュで、□死□する天才といったものは、ロマン主義者によってつくられたものだ。作品だけ□なく□イフスタ□ルもアートだったのである。

ドラクロワも、ほっそりとしていて、野性的な顔立ちであるが優雅な雰囲気を□ち、□る□うに〈ロマンティスト〉であった。もっとも彼の生涯にはあまり波乱はなく、ひらす□□□に絵を□きつづけた。そして若き天才として認められた。彼の大作はほとんど国家に注文され□ものであ□。

ジョルジュ・サンドの親友であり、いくつかの女性とのロマンスも伝えら□る□、□は□婚することはなかった。身のまわりは若い男性の友人に世話をさせ、女性は近づけ□かった。そして□□たすら絵を描いたのである。

1824年からアルスナル図書館にいたシャルル・ノディエのサロンに入り、ユーゴー、バル□ーク、デュマ・ペール、ミュッセ、ゴーティエ、メリメなどとつき合った。この年、「□オス島の□殺」を発表し、1827年には「オリーヴ園のキリスト」、「サルダナパロスの死」（次ページ）を発表し、□マン主義美術のリーダーと認められた。

ドラクロワはジェリコー（P54-55）からイギリス・ロマン派の世界を教えられ、□い影響□受けた。1832年には北アフリカを訪れ、アラブやユダヤの世界を知る。1831□から国家の□□し、上院と下院の壁画、天井画などを描いた。1855年の万国博覧会では彼の□作□2点が展□された。アカデミーはロマン主義を異端として、ドラクロワに敵対してきたが、ついに□を受□入□□るを得なかった。

ドラクロワは最も画家らしい画家であり、彼にとって描くことがすべてで□った□

Delacroix diligently painted pictures for his entire life, having □een a□knowled□ as a genius from a young age. He worked for the state from 1831 onwar□ □t the w□□d's fair in 1855, 42 of his paintings were on display. Although the a□□□□y □is□ned Romanticism, it found itself forced to accept it. Delacroix wa□ □ □ost □ain□rly painter, and to him, the art was everything.

サルダナパロスの死

THE DEATH OF SARDANAPALUS

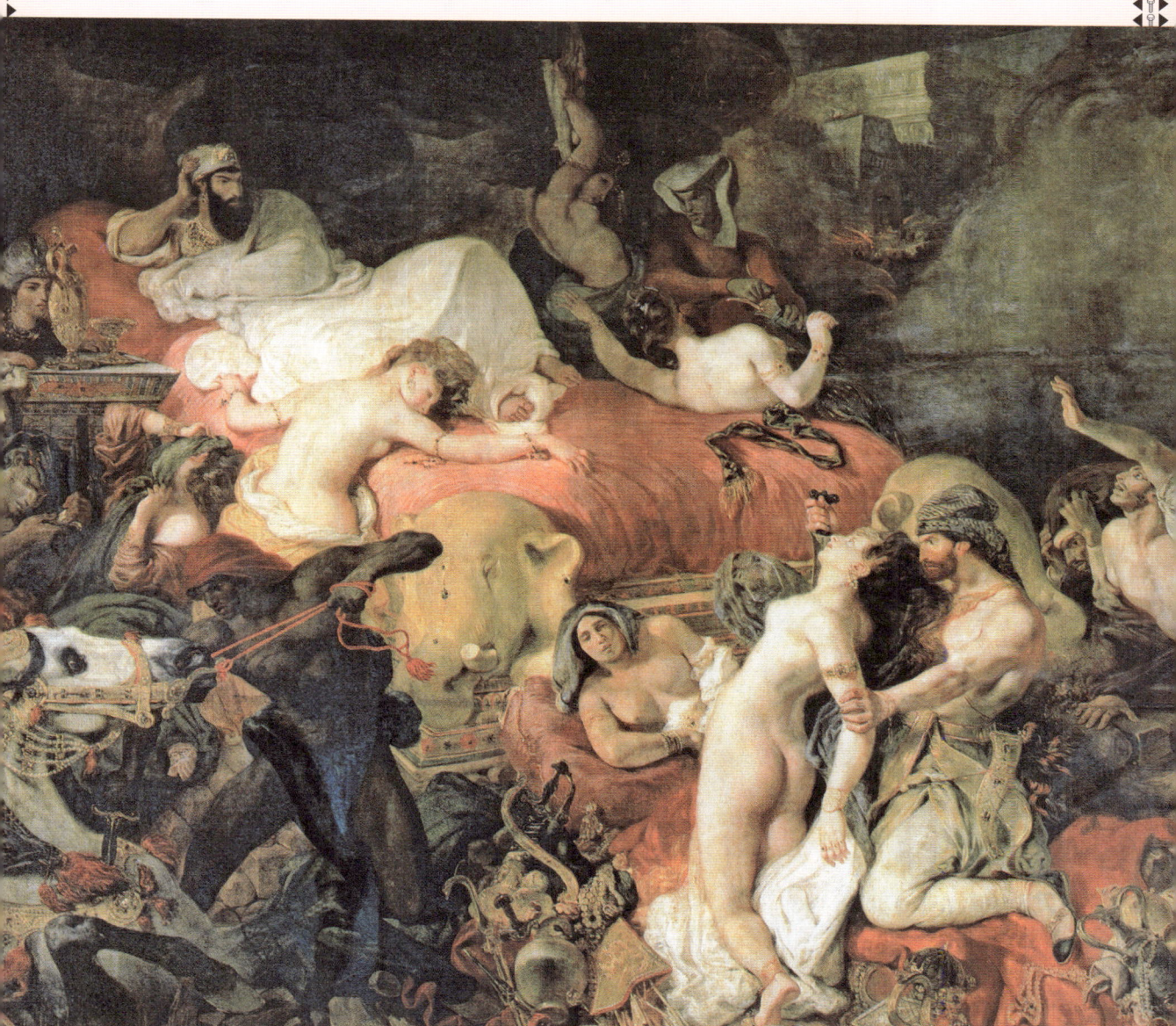

サルダナパロスは紀元前7世紀末の、アッシリア第2王朝の最後の王である。バイロンの劇詩をもとにしているが、このシーンはまったくドラクロワの想像である。王朝の終わりを悟った王は、自分の愛したものすべて、愛人から馬、子犬までを殺させる。その光景を左上の王がじっと見ている。ドラクロワは王をロマンティストとして描いている。

ウジェーヌ・ドラクロワ画 Eugène Delacroix / 1827-28年 / フランス、ルーヴル美術館蔵

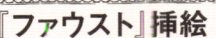

......De temps en temps j'aime á voir le vieux Pere.
Et je me garde bien de lui rompre en lisiere......

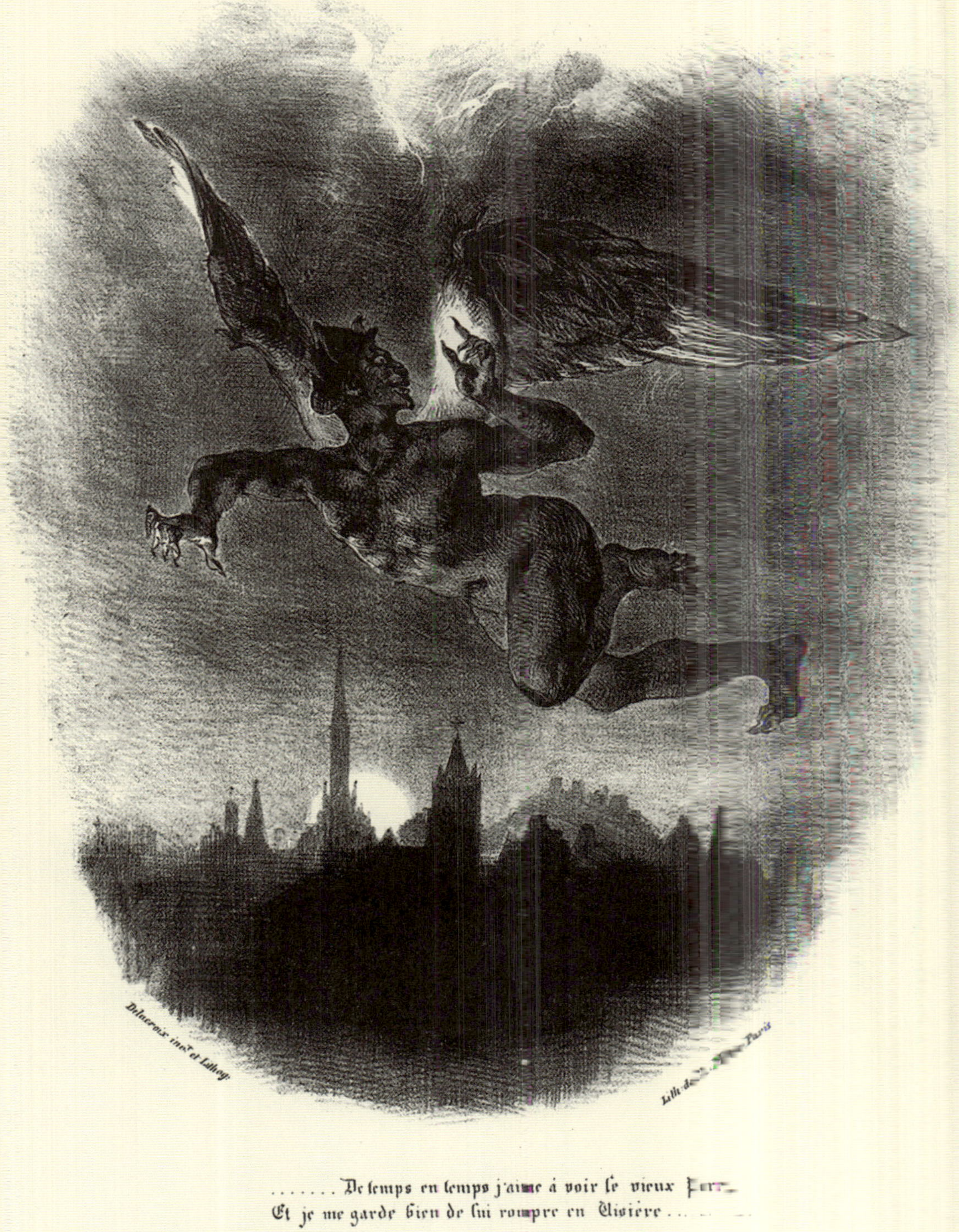

フランス・ロマン派にとって、イギリスとドイツの文学は重要なイメージ・ソースであった。……はスタール夫人を通して
フランスに紹介された。『ファウスト』のゴシック趣味がドラクロワを刺激し、リトグラフによるシリーズがつくられた。

ウジェーヌ・ドラクロワ画 Eugène Delacroix / 1828年 / 個人蔵 / Heritage/P……

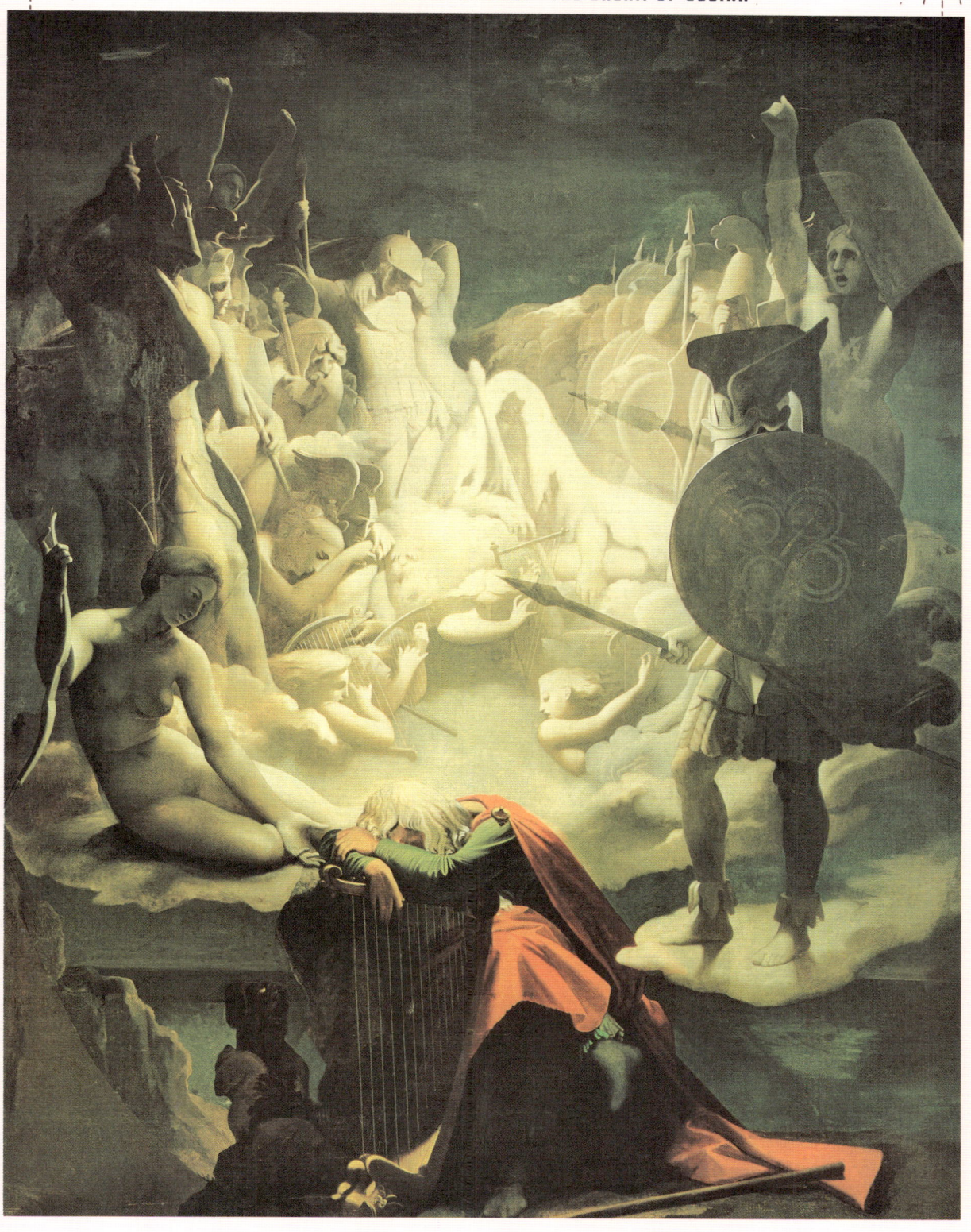

『オシアン』を愛読したナポレオンは、イタリアのクイリナーレ宮の彼の寝室の天井画として、アングルに
「オシアンの夢」を注文する。それが完成したのはやっと1813年になってからで、その翌年、ナポレオンは退位した。
オシアンが眠っている。その上方に彼の夢が広がっている。夢の中の人物は半透明で、互いに重なり合っている。

ドミニク・アングル画 Jean-Auguste-Dominique Ingres ／ 1813年 ／ フランス、アングル美術館蔵

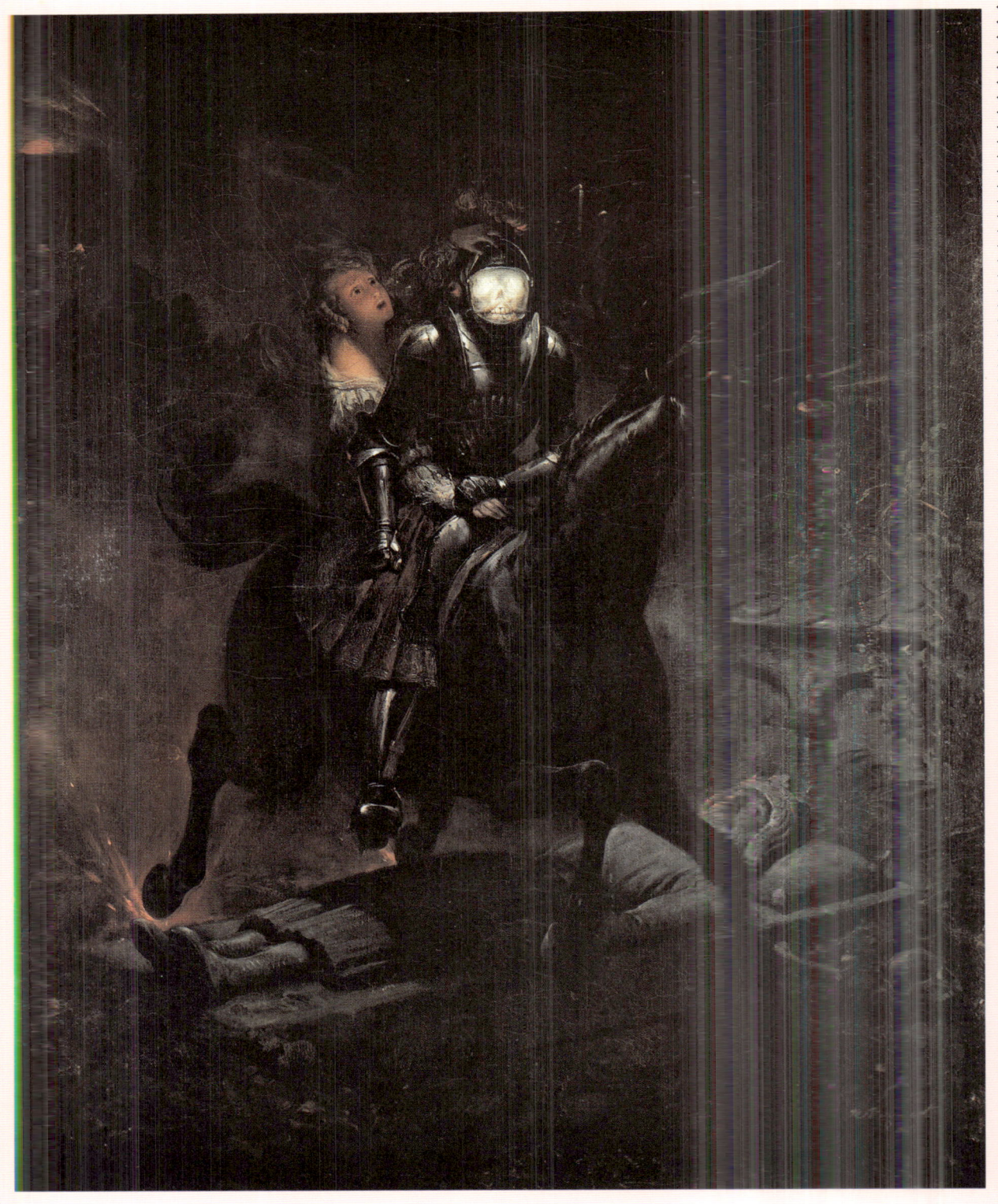

『レノーレ』はドイツの詩人ゴットフリート・アウグスト・ビュルガーの作品で、シューベルトに作曲で知られる。
スタール夫人によって紹介された。レノーレは戦争に行ってもどってこない婚約者をまちわびている。
深夜、黒いよろいを着て、黒い馬に乗ったウィルヘルムがやってくる。レノーレを黒い馬で……へときらっ……ゆく。

オーラス・ヴェルネ画 Horace Vernet / 1839年 / フランス、ナント美術館蔵

VICTOR HUGO: "MARINE TERRACE WITH INITIALS"

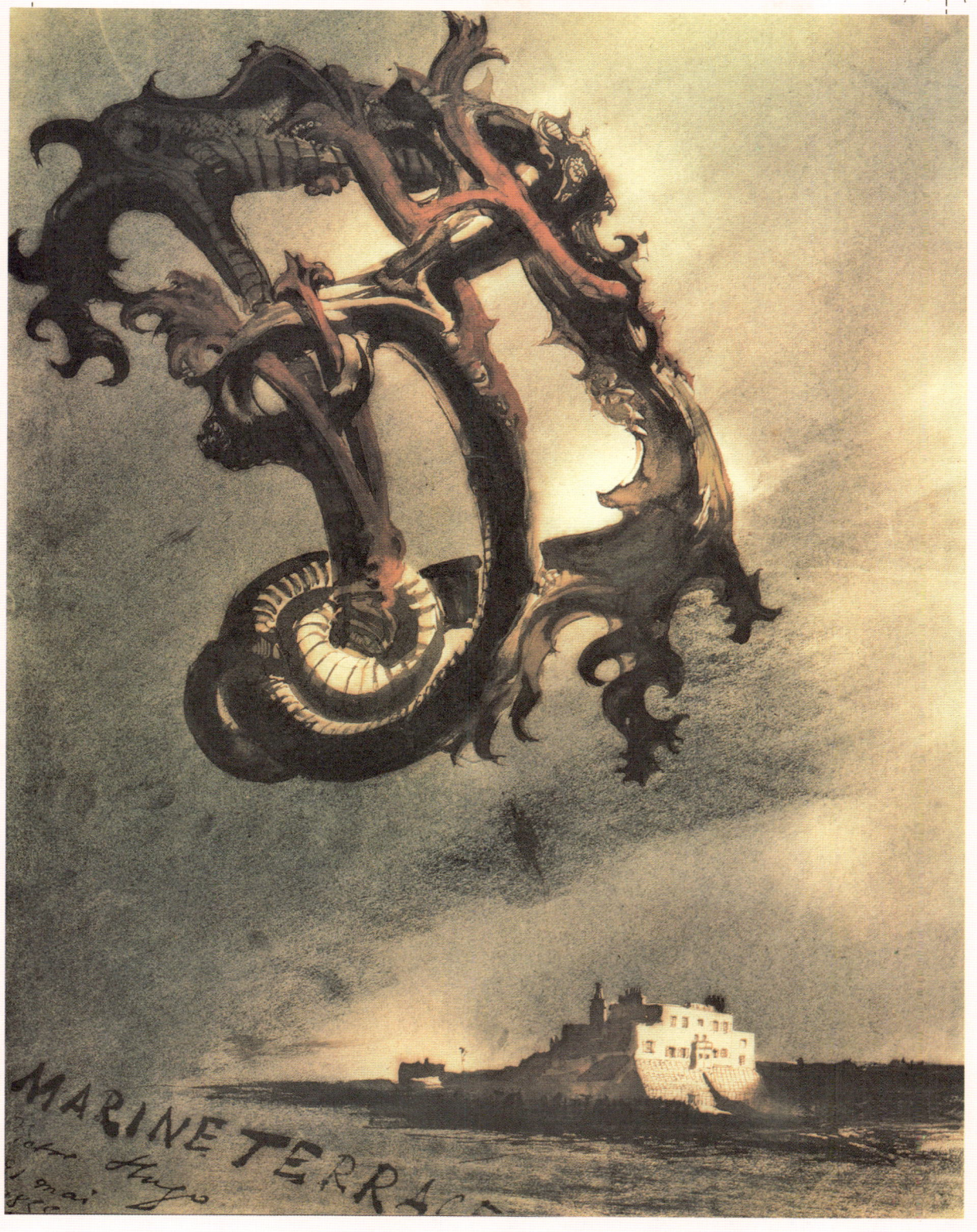

詩人・作家として知られるユーゴーは、見事な画家でもあった。彼はルイ・ナポレオン（ナポレオン3世）のクーデターに反対し、国外に追放された。1852-55年までイギリス海峡のジャージー島に住んだ。愛人のジュリエット・ドゥルーエと一緒であった。この絵の下にはジャージー島の家が見える。空に浮かぶのは2人のイニシャルを組み合わせたグロテスク文様である。

ヴィクトル・ユーゴー画 Horace Vernet ／ 1855年 ／ 個人蔵

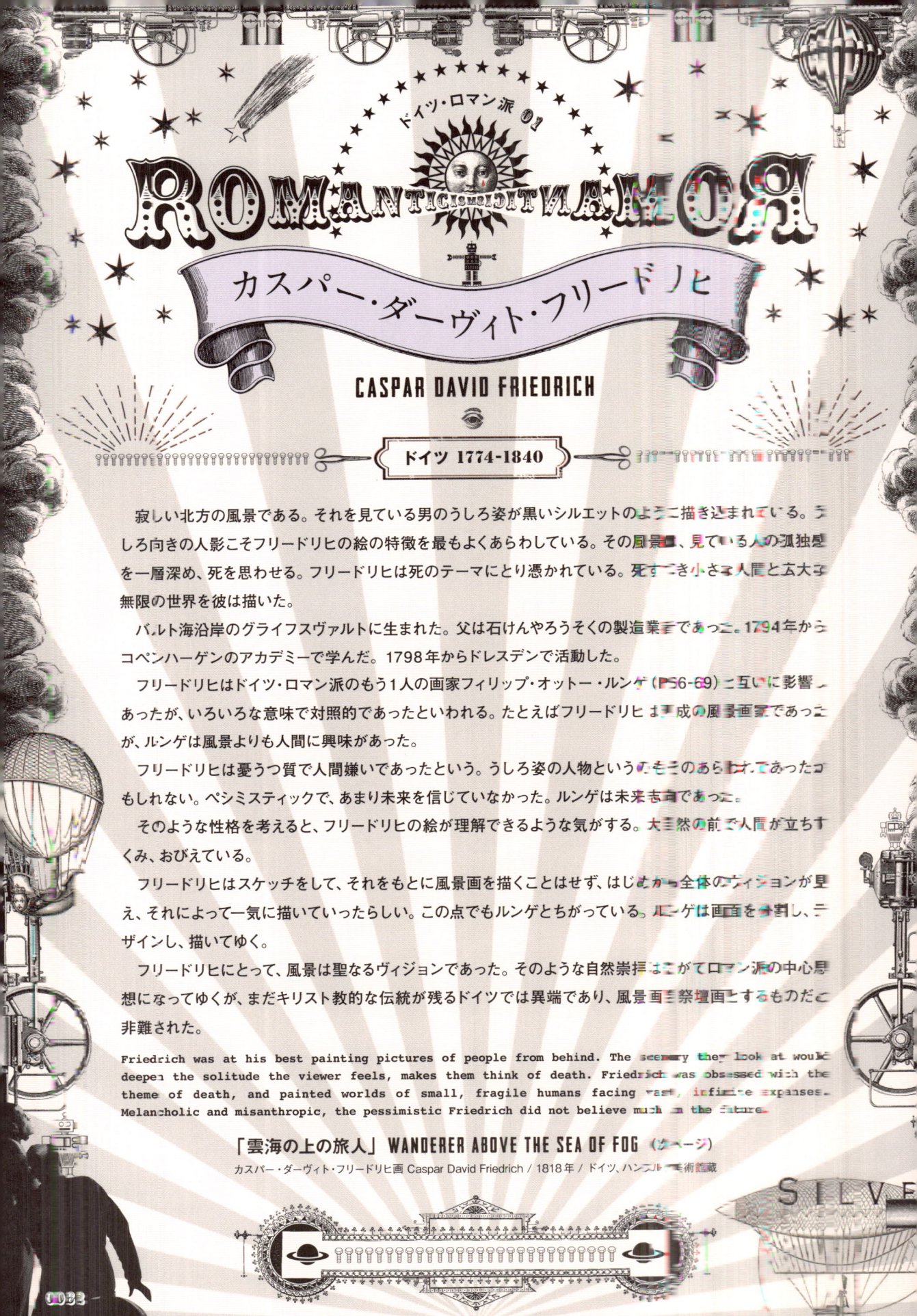

ROMANTICISM

ドイツ・ロマン派 01

カスパー・ダーヴィト・フリードリヒ

CASPAR DAVID FRIEDRICH

ドイツ 1774-1840

　寂しい北方の風景である。それを見ている男のうしろ姿が黒いシルエットのように描き込まれている。うしろ向きの人影こそフリードリヒの絵の特徴を最もよくあらわしている。その風景は、見ている人の孤独感を一層深め、死を思わせる。フリードリヒは死のテーマにとり憑かれている。死すべき小さな人間と広大な無限の世界を彼は描いた。

　バルト海沿岸のグライフスヴァルトに生まれた。父は石けんやろうそくの製造業であった。1794年からコペンハーゲンのアカデミーで学んだ。1798年からドレスデンで活動した。

　フリードリヒはドイツ・ロマン派のもう1人の画家フィリップ・オットー・ルンゲ（P56-69）と互いに影響しあったが、いろいろな意味で対照的であったといわれる。たとえばフリードリヒは生成の風景画家であったが、ルンゲは風景よりも人間に興味があった。

　フリードリヒは憂うつ質で人間嫌いであったという。うしろ姿の人物というのもそのあらわれであったのかもしれない。ペシミスティックで、あまり未来を信じていなかった。ルンゲは未来志向であった。

　そのような性格を考えると、フリードリヒの絵が理解できるような気がする。大自然の前で人間が立ちすくみ、おびえている。

　フリードリヒはスケッチをして、それをもとに風景画を描くことはせず、はじめから全体のヴィジョンが見え、それによって一気に描いていったらしい。この点でもルンゲとちがっている。ルンゲは画面を分割し、デザインし、描いてゆく。

　フリードリヒにとって、風景は聖なるヴィジョンであった。そのような自然崇拝はやがてロマン派の中心思想になってゆくが、まだキリスト教的な伝統が残るドイツでは異端であり、風景画を祭壇画とするものだと非難された。

Friedrich was at his best painting pictures of people from behind. The scenery they look at would deepen the solitude the viewer feels, makes them think of death. Friedrich was obsessed with the theme of death, and painted worlds of small, fragile humans facing vast, infinite expanses. Melancholic and misanthropic, the pessimistic Friedrich did not believe much in the future.

「雲海の上の旅人」WANDERER ABOVE THE SEA OF FOG （次ページ）

カスパー・ダーヴィト・フリードリヒ画 Caspar David Friedrich / 1818年 / ドイツ、ハンブルク美術館蔵

SILVE

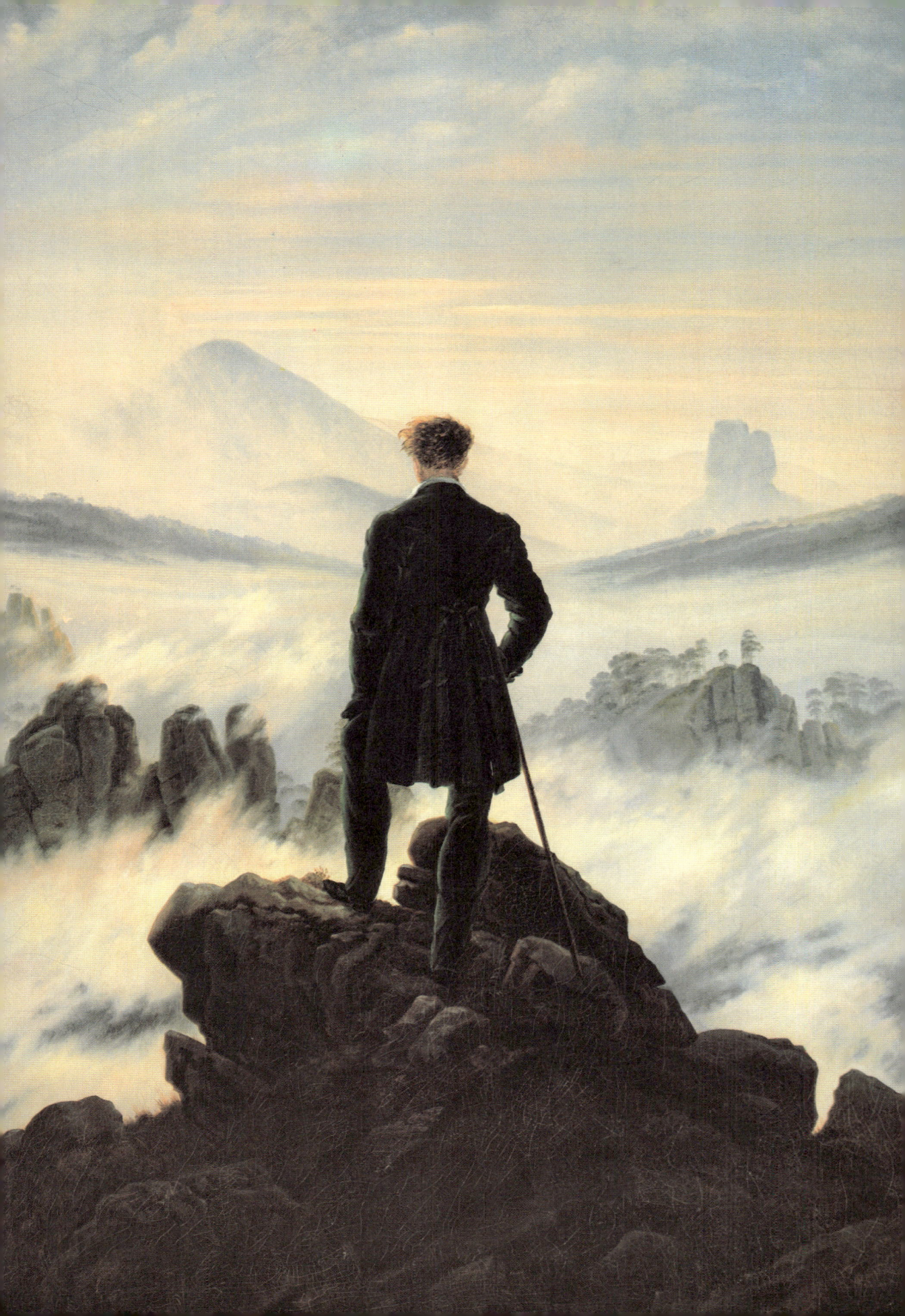

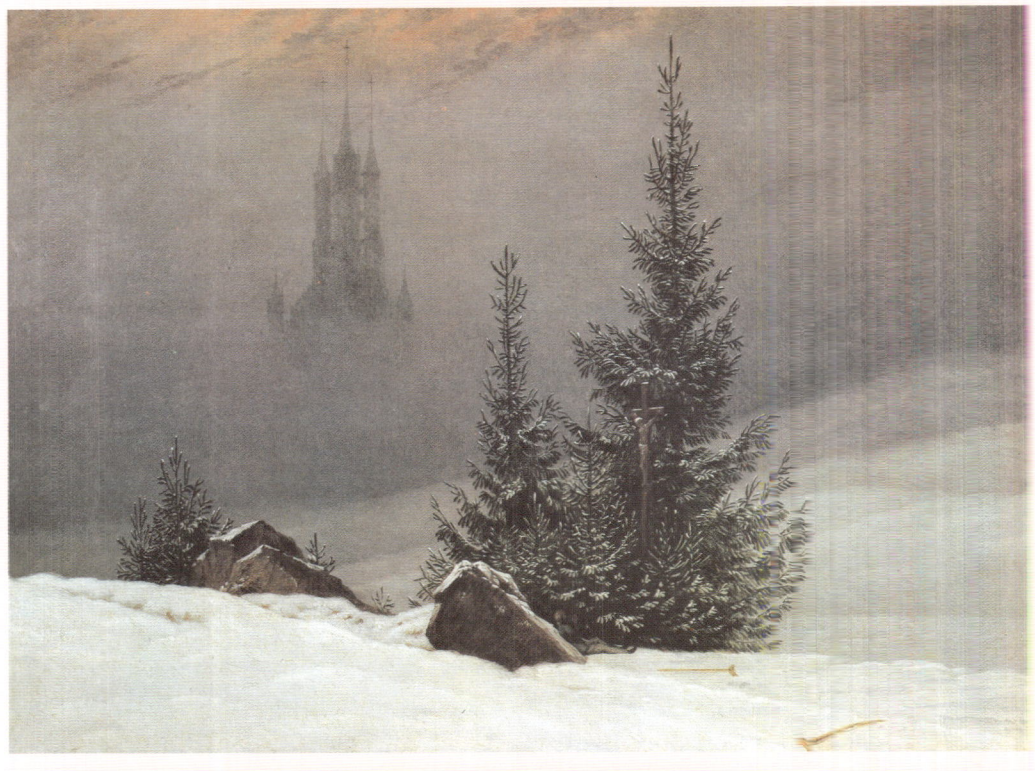

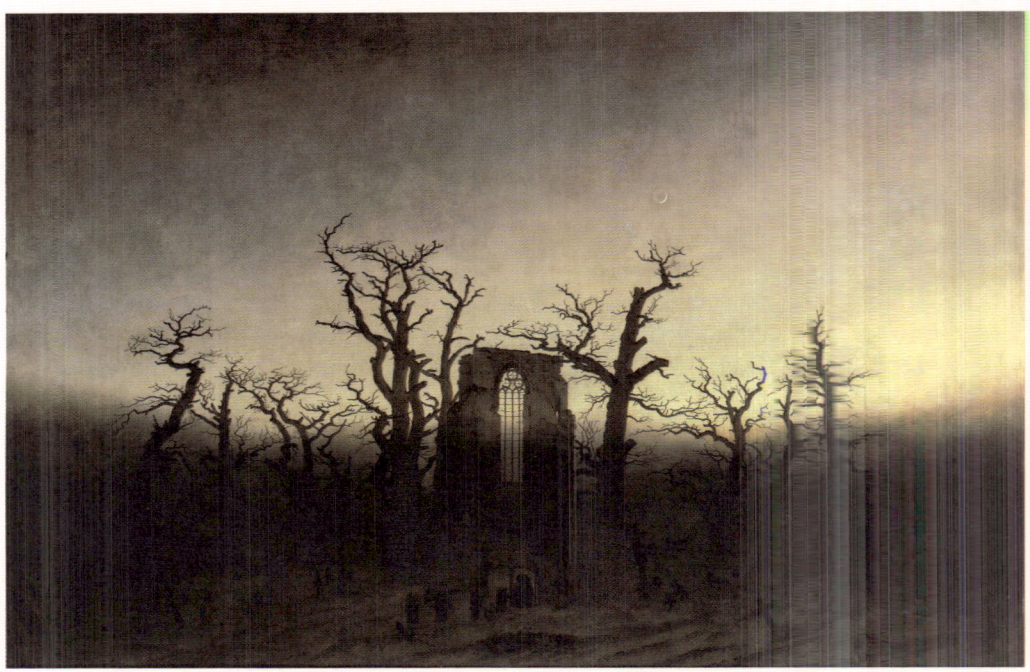

前ページは〈うしろ姿〉の画家フリードリヒの代表作である。霧に包まれた山の岩に見ている。
その背中とともに私たちはこの風景を見ている。男の表情はわからない。孤独な影が見ている私たちを寂しくする。
上段の冬の風景、雪景色もフリードリヒの得意のテーマである。雪が降り積もり、岩や木がつづいている。
彼方にゴシック風の教会がぼんやりと浮かんでいる。夜明けであろうか上空に赤みがさしてきている。
下段は壊れた修道院の門へ、黒衣の僧の行列が向かう。死者を送る葬列である。廃墟の彼方にまばらに木が並んでいる。夜が明けようとしているようだ。死の世界がフリードリヒをとらえている。

カスパー・ダーヴィト・フリードリヒ画 Caspar David Friedrich　上段：1811年／ドイツ、文化史・美術史美術館蔵　下段：1809～10年／ドイツ、旧国立美術館蔵

CHALK CLIFFS ON RUGEN

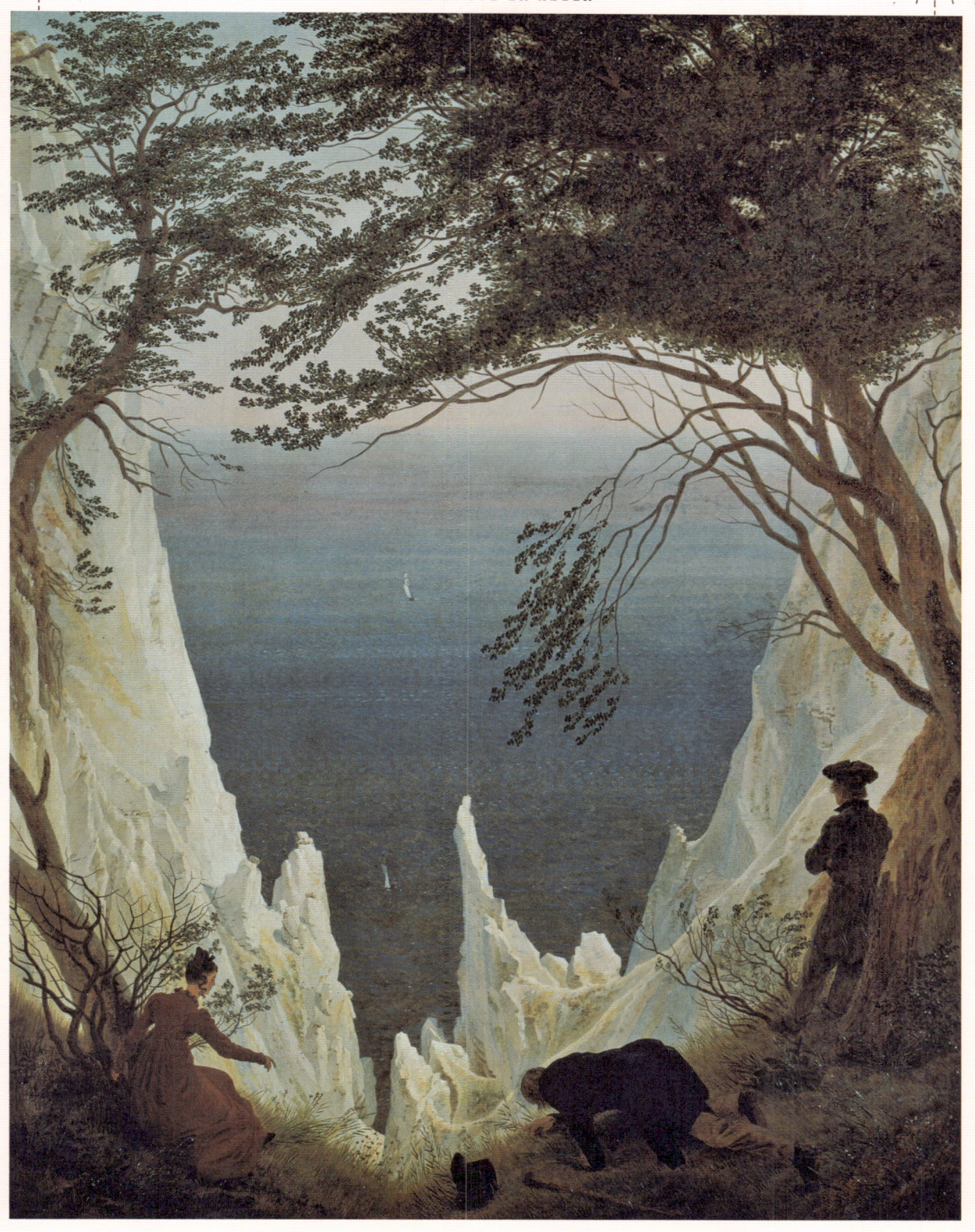

リューゲン島はバルト海沿岸である。この島の風景をフリードリヒは数十点描いている。白亜（石灰石）の断崖による渓谷が、別世界の光景に見える。ここにもうしろ姿の男女が描かれている。特に男の黒い影がひときわ孤独感を誘う。

カスパー・ダーヴィト・フリードリヒ画 Caspar David Friedrich ／ 1818-19年 ／ スイス、オスカー・ラインハルト美術館蔵 ／ Artothek／アフロ

ROMANTICISM DIVA AMOR

ドイツ・ロマン派 02

フィリップ・オットー・ルンゲ

PHILIPP OTTO RUNGE

ドイツ 1777-1810

バルト海沿岸のヴォルガストに生まれる。商人になるはずであったが、絵が好きで、1799年からコペンハーゲン・アカデミーに学んだ。フリードリヒ（P62-65）より5年後である。1801年にドレスデンに行く。やがてここでフリードリヒと知り合う。1804年にハンブルクに行く。ここで兄の仕事を手伝い、そのため絵の制作はしばしば中断された。そして1810年に道半ばにして没した。もう少し生きて作品を残してほしかったと惜しまれる。

ルンゲにとって芸術は最終目的ではなかった。悲観的なフリードリヒと反対に未来を信じていた。芸術はそのための手段であった。フリードリヒのうしろ姿の男は眼前の光景を見ているだけで、決してそこに入ってはいかない。

しかし、残念なことに、制作期間が短かったため、ルンゲの作品は未完成で、断片的にしか残っていない。初期の習作の後、彼は突然、〈1日の4つの時シリーズ〉（P69）を思いついた。聖書の創世記に、神が闇から光を分かち、昼と夜をつくり、夕と朝をつくり、1日をつくったとあることから発想された。1802年末に最初のスケッチを描き、1803年に銅版で制作した。しかし1805年と1807年になってやっと公刊された。

〈1日の4つの時〉は象形文字とアラベスクを組み合わせた抽象図形、デザインのようで、それは絵画ではないという反対の声が起こる騒ぎになった。

ルンゲはその一方で肖像画を描いた。さらに聖書の物語絵を描きながら、風景画を発見してゆく。つまり線のイメージを現実化するには背景の自然がリアルでなければならない。そしてついに「朝」（次ページ）が描かれる。光と大気のロマン的風景の中に朝の子どもがいる。別世界が開示される。

もし、その先、ルンゲが生きていたら、「朝」につづく「昼」、「夕」、「夜」をどのように完成させただろう。

To Runge, the goal was not art. Unlike the pessimistic Friedrich, he believed in the future, and art was a means to achieve it. Unfortunately, however, Runge was not long for the world, leaving behind only fragmented, incomplete works. Had he lived, how would he have painted *Afternoon*, *Evening*, and *Night* to follow his *Morning*?

「朝」 THE MORNING （次ページ）

フィリップ・オットー・ルンゲ画 Philipp Otto Runge / 1808年 / ドイツ、ハンブルク美術館蔵 / 写真提供：Getty Images

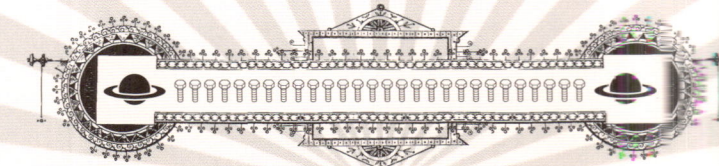

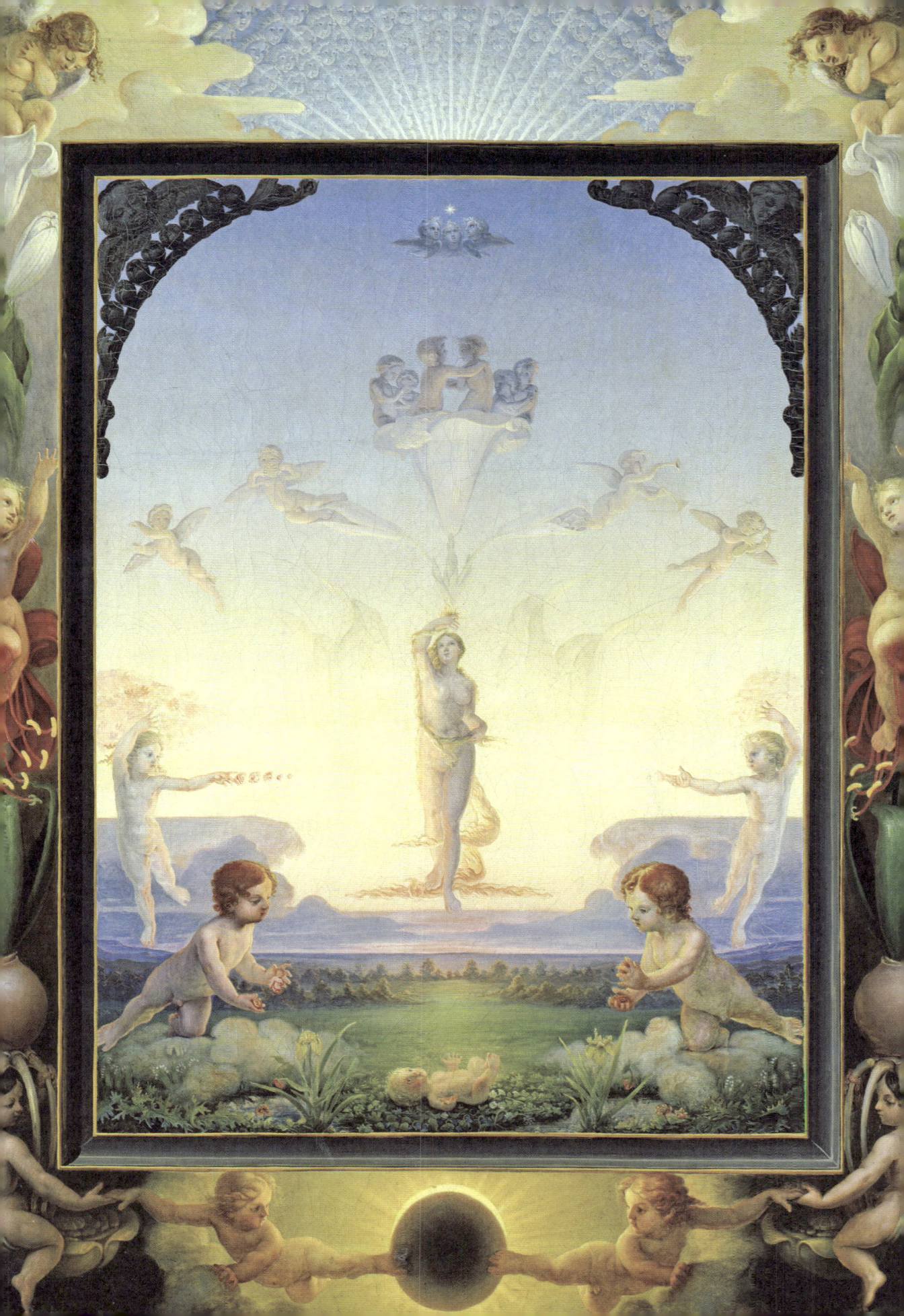

大きい朝

THE GREAT MORNING

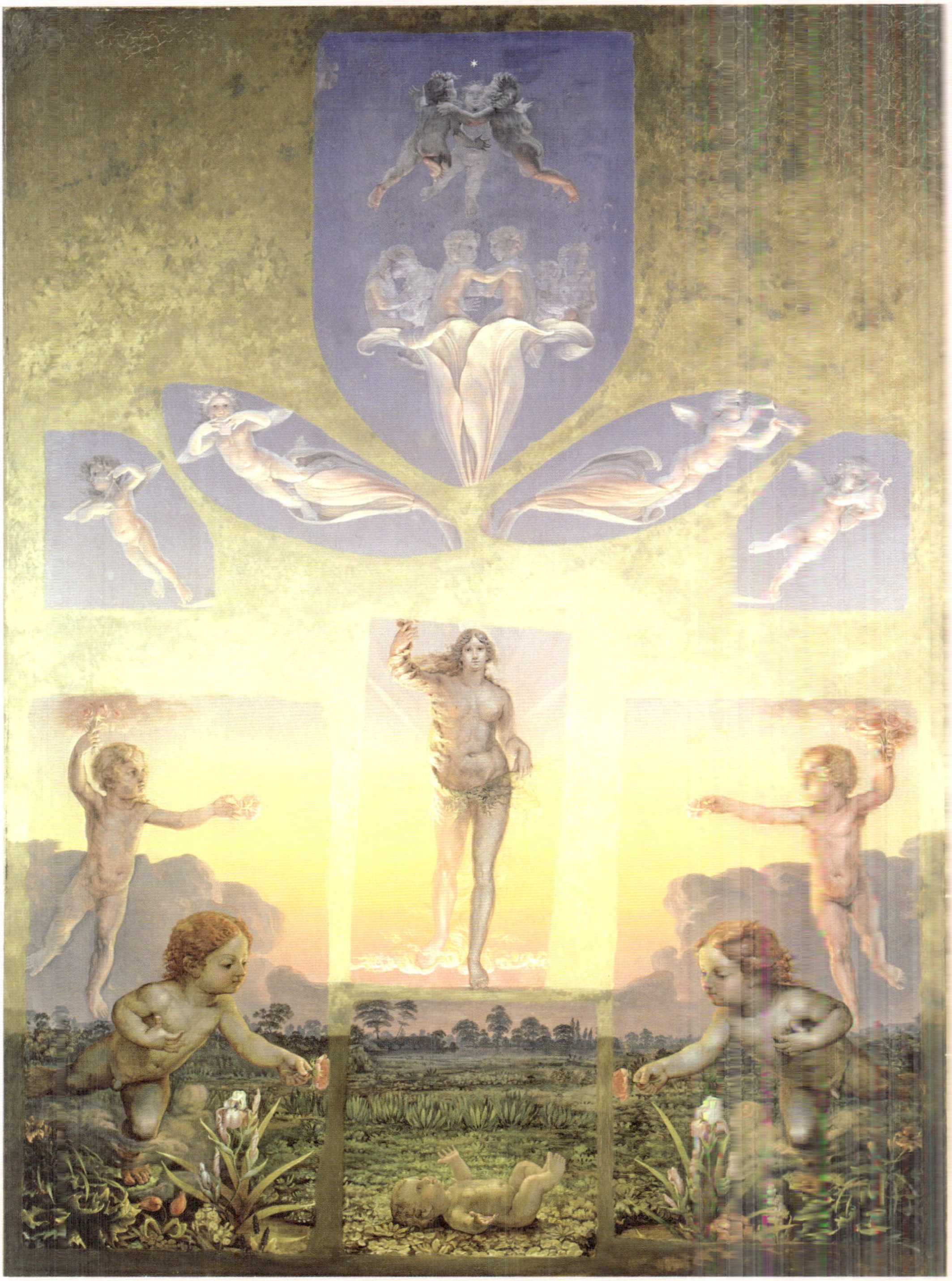

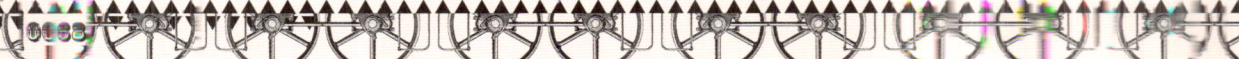

前ページの「朝」はルンゲの最高傑作である。線描であった〈1日〉シリーズ（次ページ）の「朝」が、まるで未来が今に出現したように完成される。幼子のイエスが横たわっている。2人の裸の子どもの天使が両側からあやしている。そして朝の光が射してくる。裸の女性が立ち上がる。彼女はアウローラ（曙の女神）ともウェヌスともいわれている。その上に世界を照らす光を象徴する百合の花が高くそびえている。上は「朝」につづく「大きい朝」で、ルンゲの最後の作品となった。構図は同じだが、風景描写はよりリアルになった。中央の女神のポーズもよりダイナミックになった。それでも「朝」の深みには及ばないといわれている。
風景画と宗教画の統一というドイツ・ロマン派の夢は未完のままだ。

フィリップ・オットー・ルンゲ画 Philipp Otto Runge ／ 1809-10年 ／ ドイツ、ハンブルク美術館蔵 ／ Briogenau images ／ S 通信社

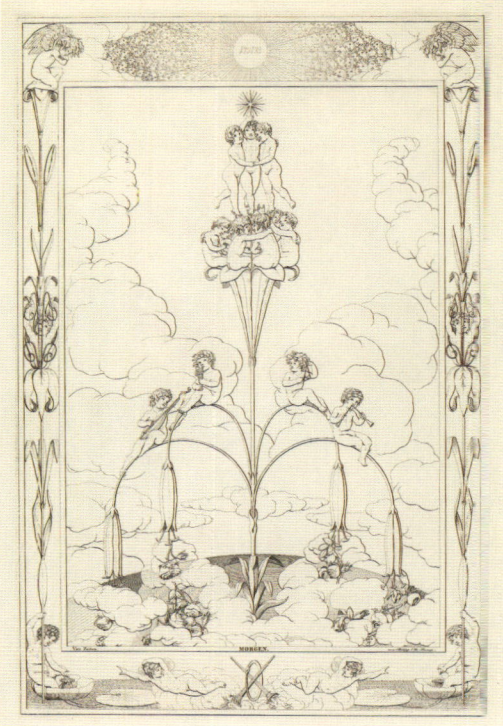
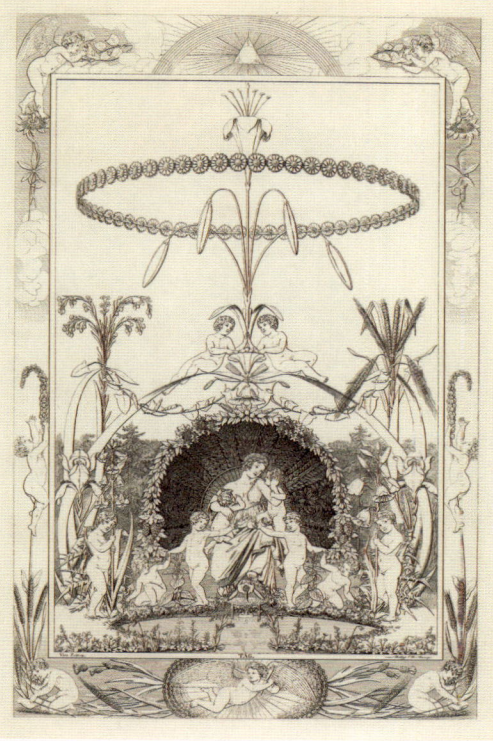
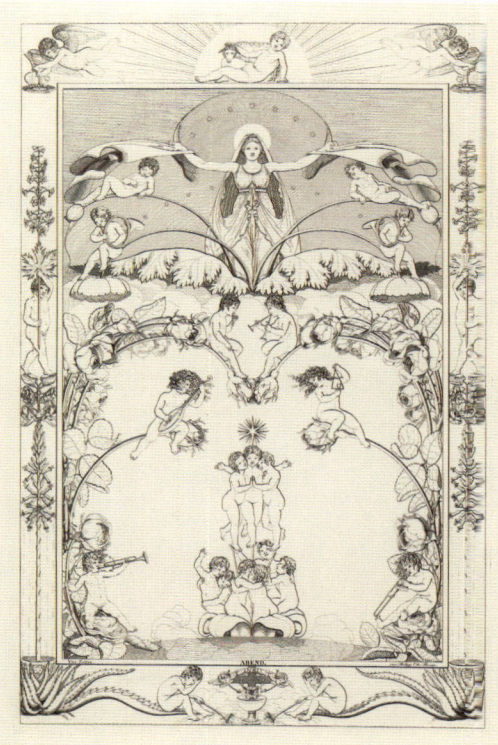
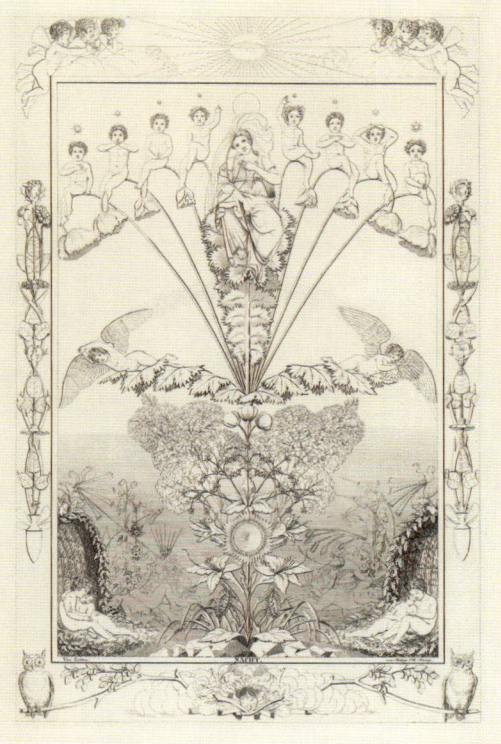

朝（上段左）、昼（上段右）、夕（下段左）、夜（下段右）の4つの時をめぐるシリーズである。ルンゲは線で描き、銅版に刻んだ。
象徴的図形が神秘的な意味を語る寓意画であった。ルンゲにとってはこれは宗教的風景画のための一種の設計図のようなもの
だったのかもしれない。彼はその背景を埋める風景画を学び、それによって彼のユートピアを幻視しようとした。

フィリップ・オットー・ルンゲ画 Philipp Otto Runge ／ 1807年 ／ アメリカ、メトロポリタン美術館蔵

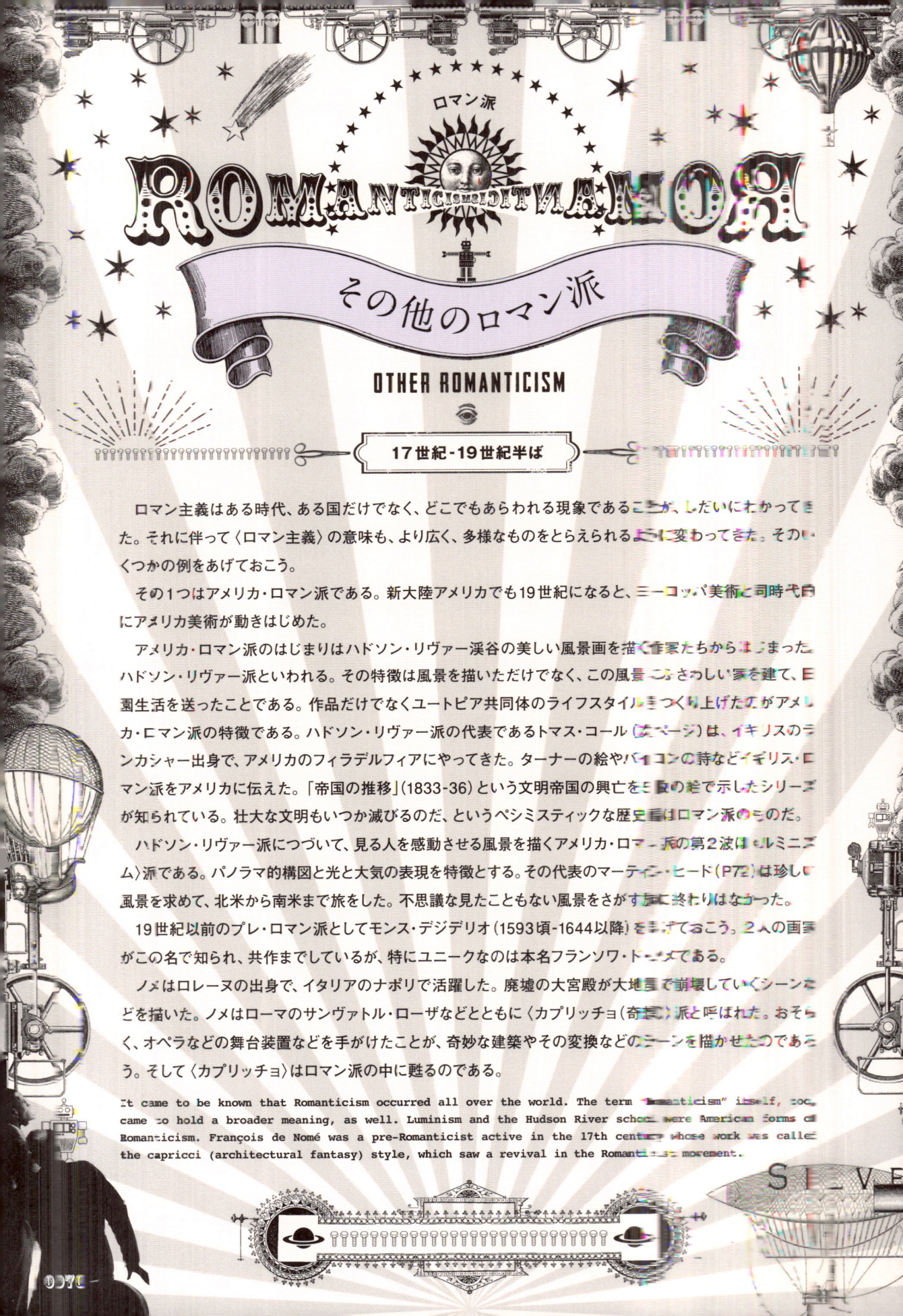

ROMANTICISM

ロマン派

その他のロマン派

OTHER ROMANTICISM

17世紀-19世紀半ば

　ロマン主義はある時代、ある国だけでなく、どこでもあらわれる現象であることが、しだいにわかってきた。それに伴って〈ロマン主義〉の意味も、より広く、多様なものをとらえられるように変わってきた。そのいくつかの例をあげておこう。

　その1つはアメリカ・ロマン派である。新大陸アメリカでも19世紀になると、ヨーロッパ美術と同時代的にアメリカ美術が動きはじめた。

　アメリカ・ロマン派のはじまりはハドソン・リヴァー渓谷の美しい風景画を描く作家たちからはじまったハドソン・リヴァー派といわれる。その特徴は風景を描いただけでなく、この風景にふさわしい家を建て、田園生活を送ったことである。作品だけでなくユートピア共同体のライフスタイルをつくり上げたのがアメリカ・ロマン派の特徴である。ハドソン・リヴァー派の代表であるトマス・コール（左ページ）は、イギリスのランカシャー出身で、アメリカのフィラデルフィアにやってきた。ターナーの絵やバイロンの詩などイギリス・ロマン派をアメリカに伝えた。「帝国の推移」(1833-36) という文明帝国の興亡を5段の絵で示したシリーズが知られている。壮大な文明もいつか滅びるのだ、というペシミスティックな歴史観はロマン派のものだ。

　ハドソン・リヴァー派につづいて、見る人を感動させる風景を描くアメリカ・ロマン派の第2波は〈ルミニズム〉派である。パノラマ的構図と光と大気の表現を特徴とする。その代表のマーティン・ヒード (P72) は珍しい風景を求めて、北米から南米まで旅をした。不思議な見たこともない風景をさがす旅に終わりはなかった。

　19世紀以前のプレ・ロマン派としてモンス・デジデリオ (1593頃-1644以降) を挙げておこう。2人の画家がこの名で知られ、共作までしているが、特にユニークなのは本名フランソワ・ド・ノメである。

　ノメはロレーヌの出身で、イタリアのナポリで活躍した。廃墟の大宮殿が大地震で崩壊していくシーンなどを描いた。ノメはローマのサンヴァトル・ローザなどとともに〈カプリッチョ（奇想）〉派と呼ばれた。おそらく、オペラなどの舞台装置などを手がけたことが、奇妙な建築やその変換などのシーンを描かせたのであろう。そして〈カプリッチョ〉はロマン派の中に甦るのである。

It came to be known that Romanticism occurred all over the world. The term "Romanticism" itself, too, came to hold a broader meaning, as well. Luminism and the Hudson River school were American forms of Romanticism. François de Nomé was a pre-Romanticist active in the 17th century whose work was called the capricci (architectural fantasy) style, which saw a revival in the Romanticist movement.

THOMAS COLE: "THE COURSE OF EMPIRE - DESTRUCTION" / "EXPULSION - MOON AND FIRELIGHT"

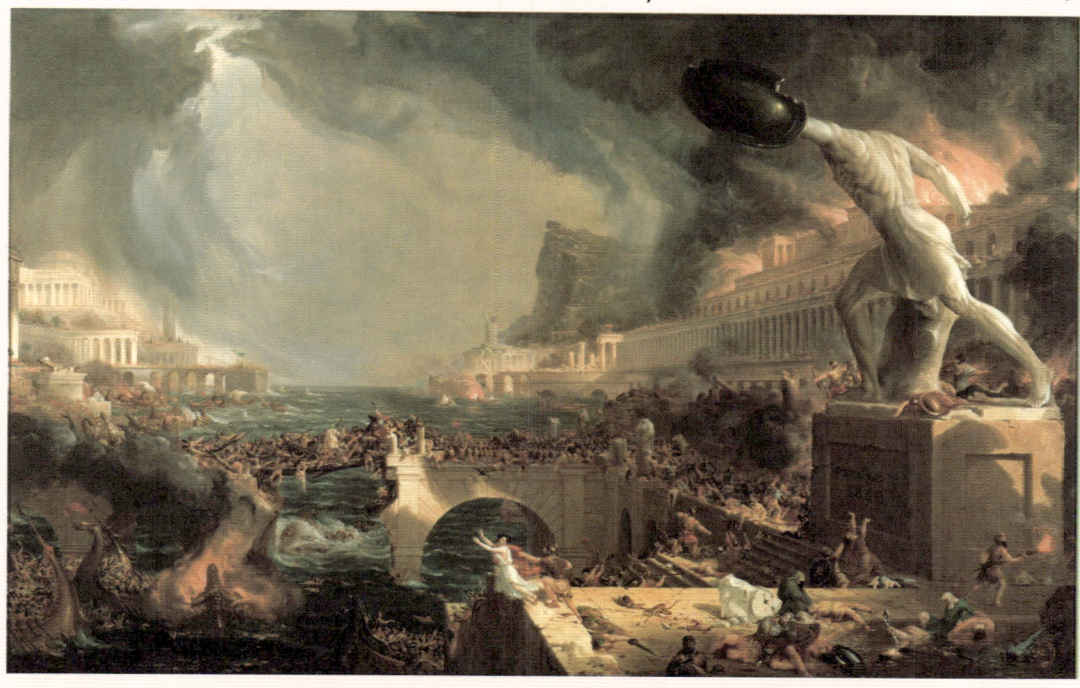

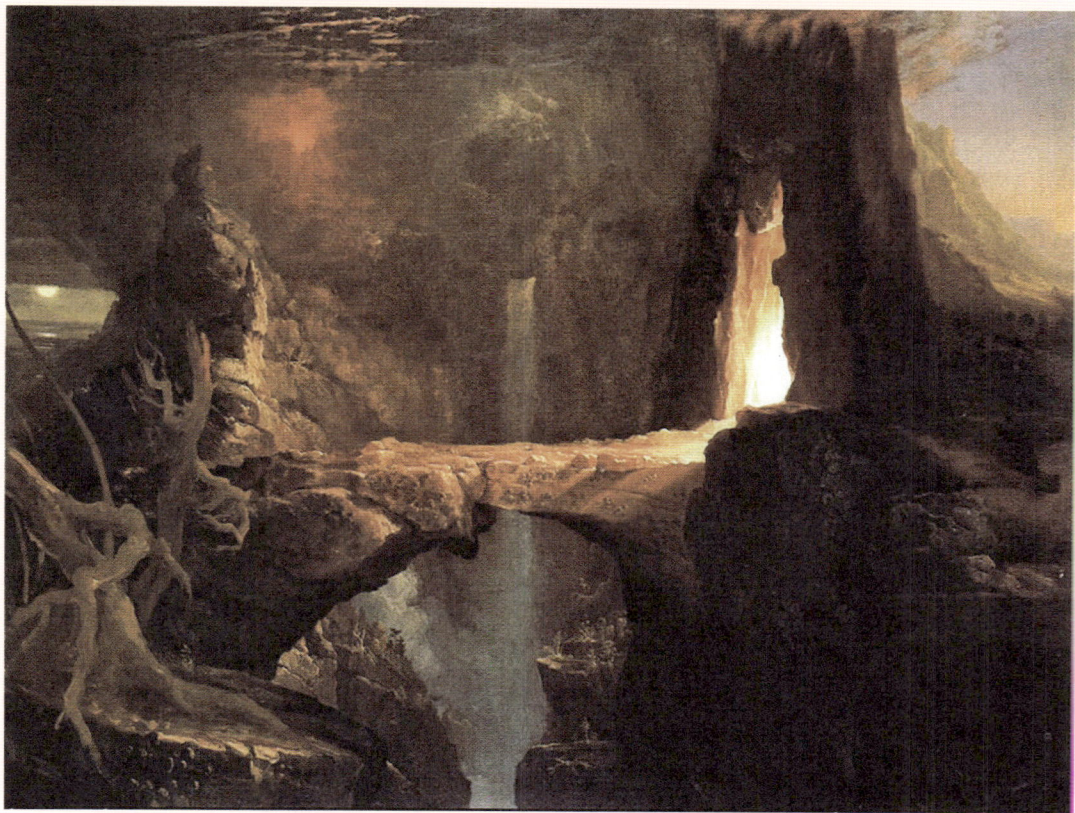

上段は「帝国の推移」シリーズの4枚目。「繁栄」の次の段階である。大宮殿は燃えている。中で人々は逃げまどっている。繁栄におごる
アメリカへの警告が込められているという。下段は「楽園追放」という聖書のテーマの習作である。闇の中で右手に光っているのは
楽園への道である。中央には落ちそうなあやうい石橋がある。完成作では光の中から追い出されたアダムとイヴが描かれている。

トマス・コール画 Thomas Cole　上段：1836年／アメリカ、ニューヨーク歴史協会蔵／Alamy/PPS通信社
下段：1828年頃／スペイン、ティッセン＝ボルネミッサ美術館蔵／Alamy/PPS通信社

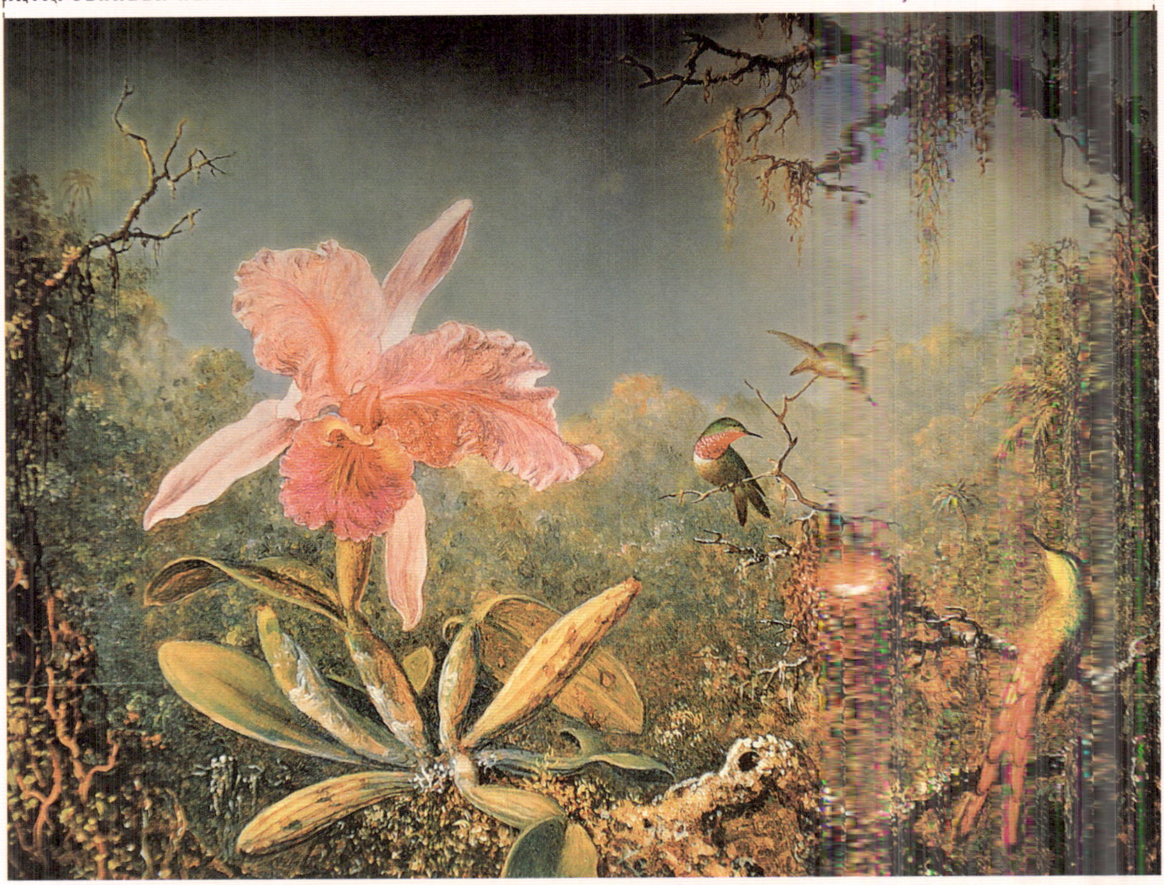

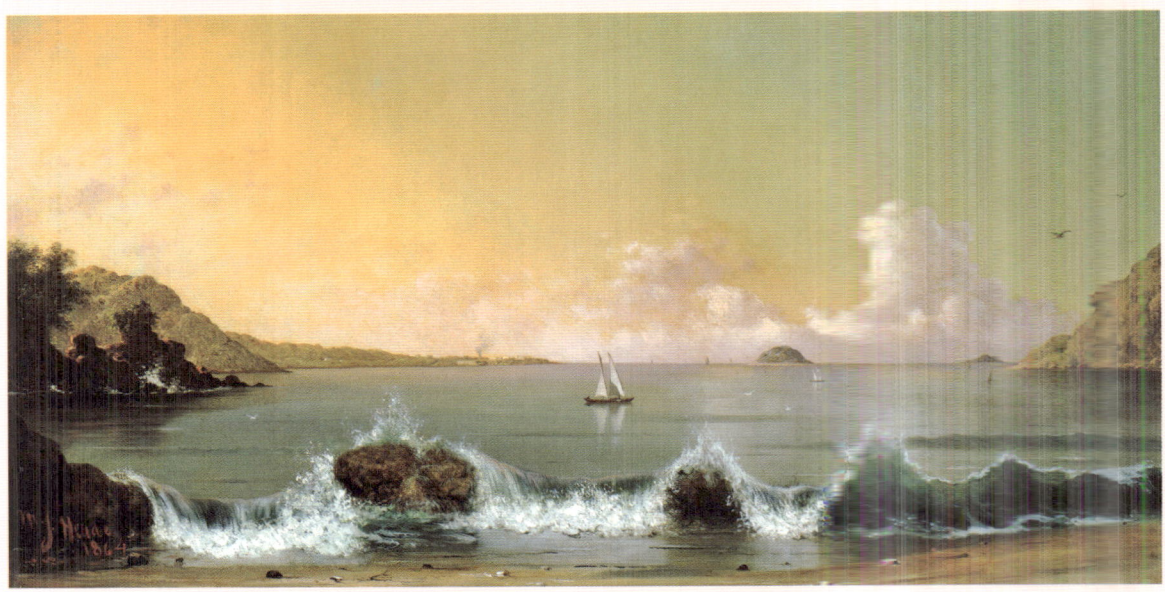

ヒードは落ち着かず、いつもあちこちと旅行し、さまよっていた。上段の作品もロマン派と異国趣味の結びつきを示している。珍しい熱帯の花と鳥を求め、その極彩色な姿を描き、さらに珍しいものを求めてさまよう。下段にこの世ではないような景色、雲、水、波のハーモニーがつくり出すパノラマ的風景である。かつては頭の中で考えられて、理想風景を求めて、ロマン派は世界の果てまで旅するようになった。旅と想像の風景が出会う地を旅してゆく。

マーティン・ジョンソン・ヒード画 Martin Johnson Heade　上段：1871年／アメリカ、ナショナル・ギャラリー・オブ・アート蔵／Alamy／PPS通信社
下段：1864年／アメリカ、ナショナル・ギャラリー・オブ・アート蔵

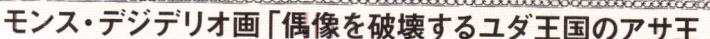

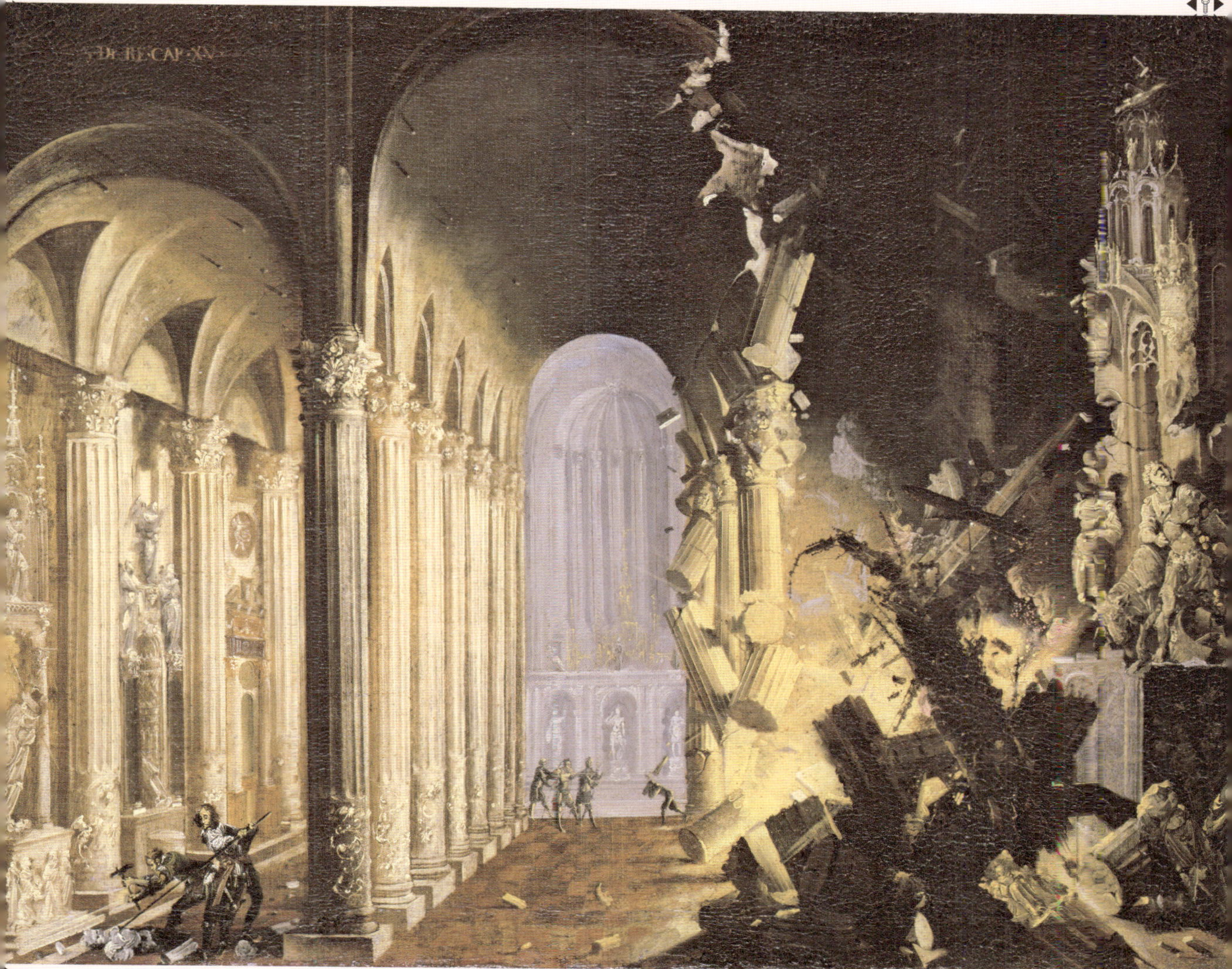

旧約聖書の「列王記」に出てくるユダヤ王アサは信心深い人で、エルサレムの神殿にあったあやしげな像を破壊したという。
プリアーポスは男根である。人間は小さく神殿は大きい。人間が壊しているというより、彫刻や柱が自ら崩れ落ちているかのようだ。

モンス・デジデリオ画 Monsù Desiderio（フランソワ・ド・ノメ François de Nomé）／ 17世紀 ／ イギリス、フィッツウィリアム美術館蔵 ／ Bridgeman Images/PPS通信社

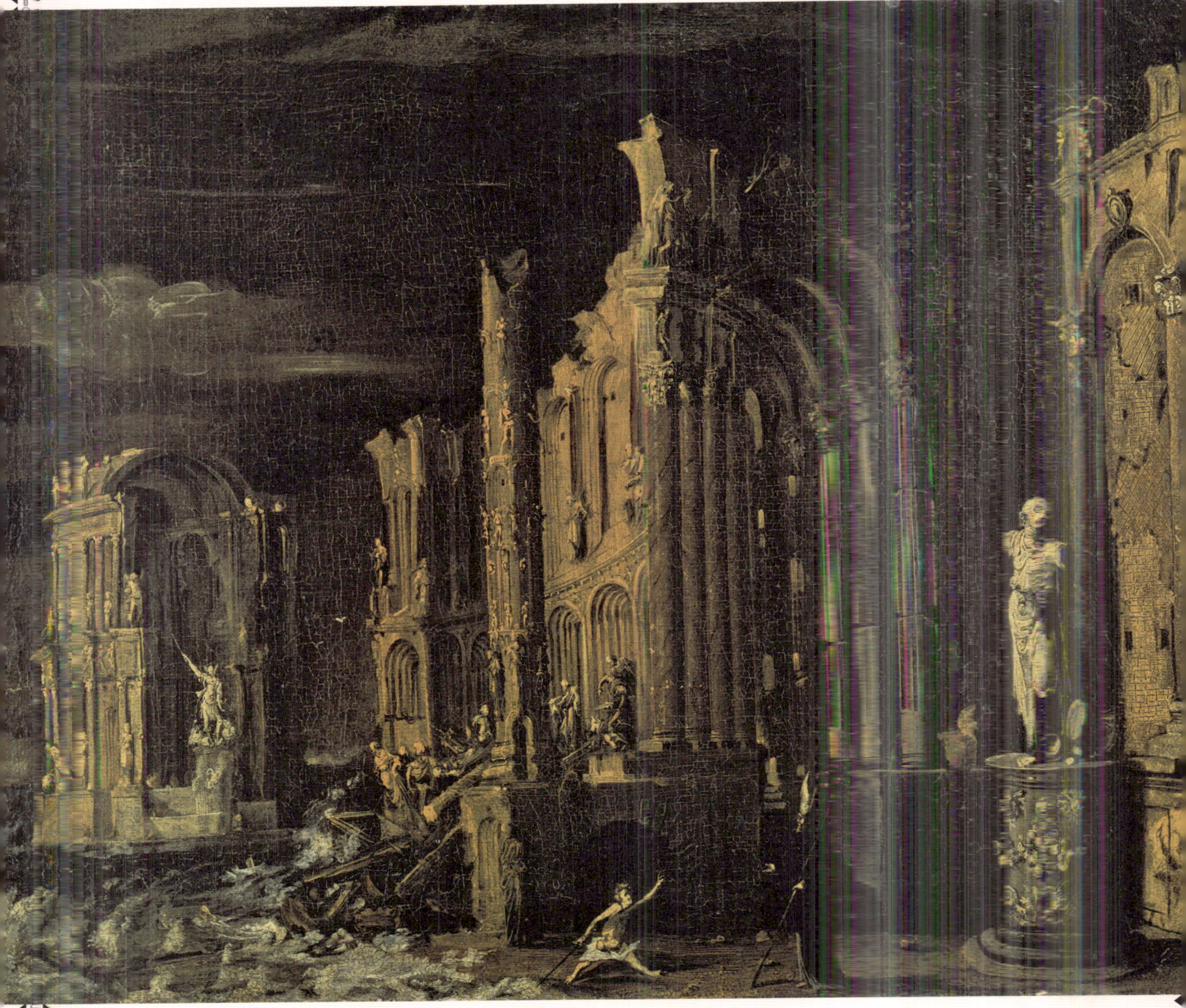

実はモンス・デジデリオのもう1人ディディエ・バラの作品であるらしい。同じコレーヌ出身で、しばしば一緒に仕事をしていたらしいので、ややこしい。暗いバックに浮かぶ壮麗な建築、ドラマティックな小さな人間たちなど、2人は共通している。聖ヤヌアリウスはナポリの守護聖人で、その殉教シーン。

モンス・デジデリオ画 Monsù Desiderio（ディディエ・バラ Didier Barra）／17世紀初頭／個人蔵 othek／アフロ

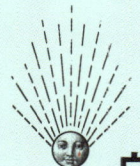

ヴィクトリア期の女性作家 ── 屋根裏の狂女たち
THE FEMALE WRITERS OF THE VICTORIAN ERA

　ヴィクトリア期に一般女性も詩や小説を書きはじめる。ジェーン・オースティンの『高慢と偏見』、エミリー・ブロンテの『嵐が丘』、シャーロット・ブロンテの『ジェーン・エア』などは世界文学全集の常連である。しかしそのつつましい書き出しにもかかわらず、ゴシック的なこわさを秘めている。たとえば『ジェーン・エア』は、孤児である娘ジェーンがロチェスター家の家庭教師になり、恋愛と冒険の末、めでたく結ばれるシンデレラ・ストーリーなどと粗筋にあるが、ロチェスター家の3階に黒い扉があり、ジェーンはそこにロチェスターの秘密の妻、狂えるバーサが閉じこめられているのを知ってしまうのだ。

　サンドラ・ギルバート、スーザン・グーバーの『屋根裏の狂女 ── ブロンテと共に』（山田晴子、薗田美和子訳　朝日出版社　1986）は、ヴィクトリア朝の女性作家の作品には〈屋根裏の狂女〉がひそんでいるといっている。その共通のテーマは「幽閉と逃亡のイメージ、従順な自己に代わって、社会に背を向けた狂気の分身が行動するという幻想、凍った外界の景色と、火と燃える内部によって示される身体の不快さの比喩」である。

　ヴィクトリア期の女性はあまりに家父長制に抑圧されていたために、狂気の分身をつくって、社会に抵抗していたというのだ。『ジェーン・エア』に出てくる屋根裏の狂女もそのような分身であった。

　ヴィクトリア期の女性は拒食症、広場恐怖症、閉所恐怖症に悩まされていたという。そのような病的な感性によって、分身をつくり出し、それをフランケンシュタインのような怪物にまで育てていたのだ。

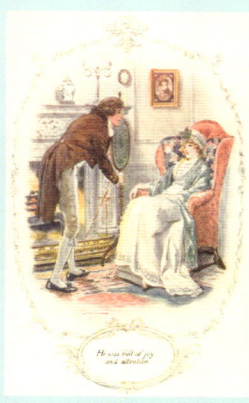

『高慢と偏見』
ジェーン・オースティン著
C・E・ブロック画 / 1907年

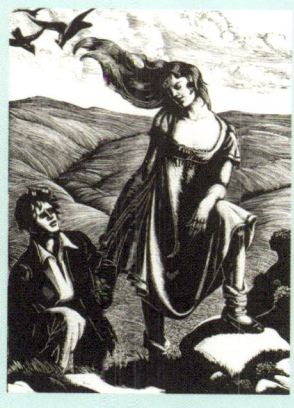

『嵐が丘』
エミリー・ブロンテ著
クレア・レイトン画 / 1931年

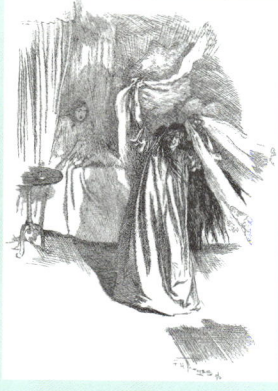

『ジェーン・エア』のバーサ
シャーロット・ブロンテ著
F・H・タウンゼント画 / 1847年

REALISM リアリズム

リアリズム

REALISM

　リアリズムは19世紀半ば、ギュスターヴ・クールベ（次ページ）などにおいてはじまるといえる。現実をそのまま描写しようとするリアリズムは、しばしば幻想的なロマン主義とは正反対なものと見られる。しかし両者はともにアカデミズムから拒否されている。公式的なアカデミーは、決まったテーマを決まったスタイルで描くことを要求した。

　反アカデミーという視点からロマン主義とリアリズムには多くの共通点がある。まず、絵に描く価値を認められなかったテーマがとりあげられるようになった。19世紀に産業革命によって時代が変化し、古さと新しさのずれや矛盾が目立つようになった。クールベやドーミエ（P78）の絵には、そのようなずれが引き起こす驚異や笑いが表現されている。

　リアリズムは、ナショナリズムと深く関係している。キリスト教によって大きく統制されてきた時代が変わり、リアル（現実）なものは、それぞれの国民性によってちがうかもしれない。自分の民族の歴史的な起源を知りたいという関心が強まった。それによって民族的リアリズムが生まれた。

　19世紀に最も豊かな民族的リアリズムを開花させたのはロシアのリアリズムであった。イリヤ・レーピン（P81）がその中心であった。彼はペレドヴィージュニク（移動派）に参加し、アカデミーで展示ができない作品を集めて、地方で巡回展を開いたのである。ロシアの風俗や歴史の見直し、ロシア・リアリズムはいかにもロシア的で、ユーラシア的な作品を生み出した。

　リアリズムは、あまりに真に迫って、超現実となり、幻想性へと逆転してゆく。

Starting halfway through the 19th century, Realism, an art style that attempts to capture reality as closely as possible, has deep connections to nationalism. As the age drifted away from Christianity's rule, interest in earthly reality and the origins of one's people grew stronger. This was the birth of an ethnic realism. Realism itself, however, in its search for the real, eventually gave way to Surrealism, taking on more of the fantastic.

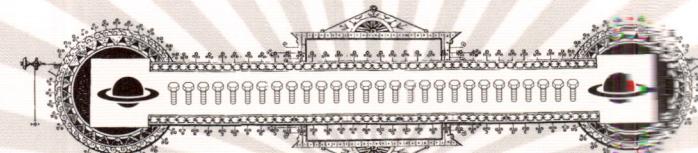

GUSTAVE COURBET: "FIREMEN RUNNING TO A BLAZE"

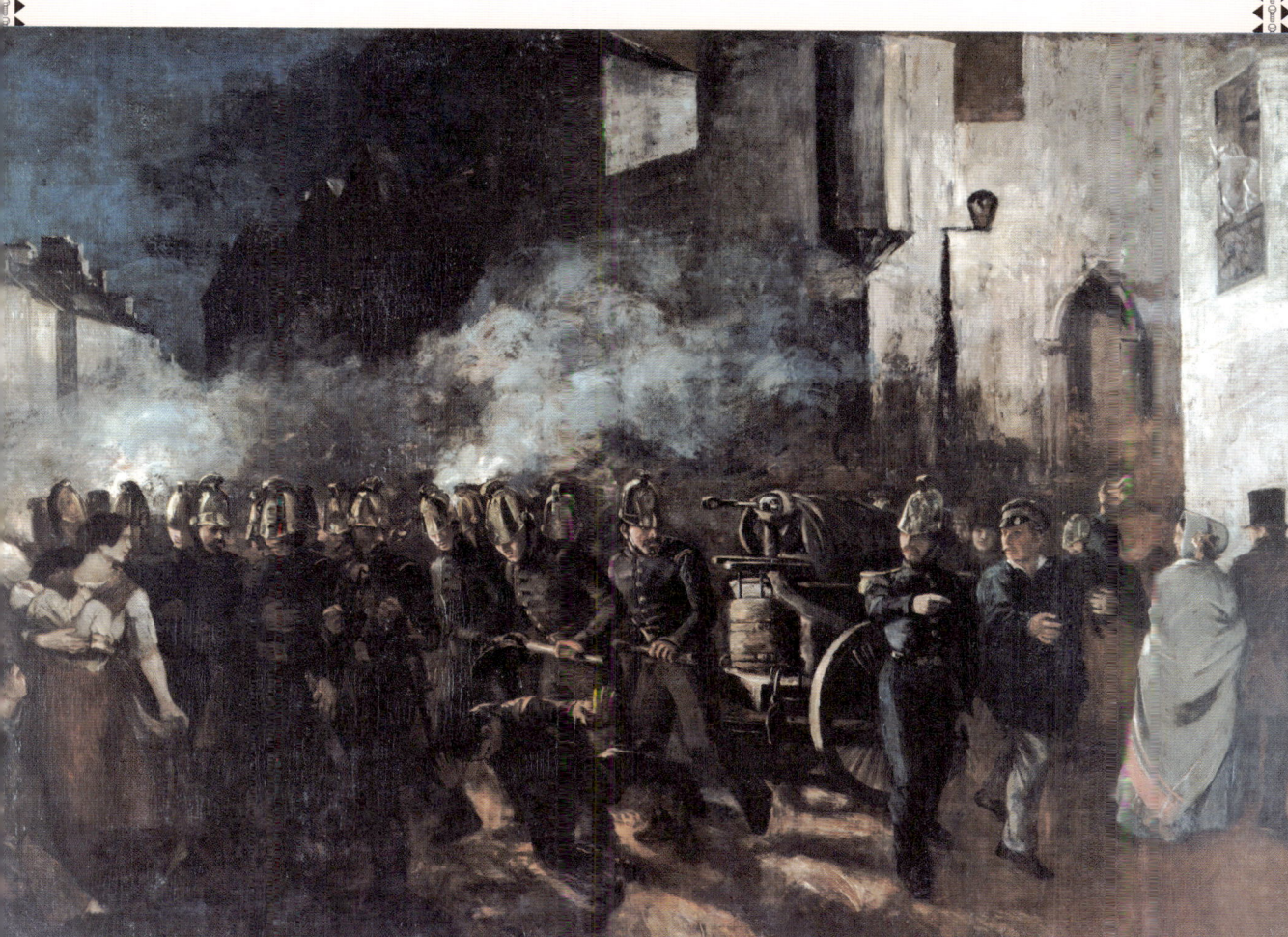

大都市となったパリでは火事が名物となる。金属性の放水器とかっこいい制服の消防隊が出動する。
クールベは新しい都市の、新しい事件、それまで描かれなかったテーマを描き、スキャンダルとなった。

ギュスターヴ・クールベ画 Gustave Courbet / 1851年 / フランス、パリ市立プティ・パレ美術館蔵

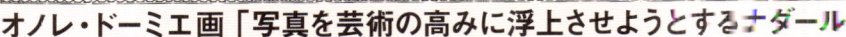

HONORÉ DAUMIER: "NADAR, RAISING PHOTOGRAPHY TO THE HEIGHT OF ART"

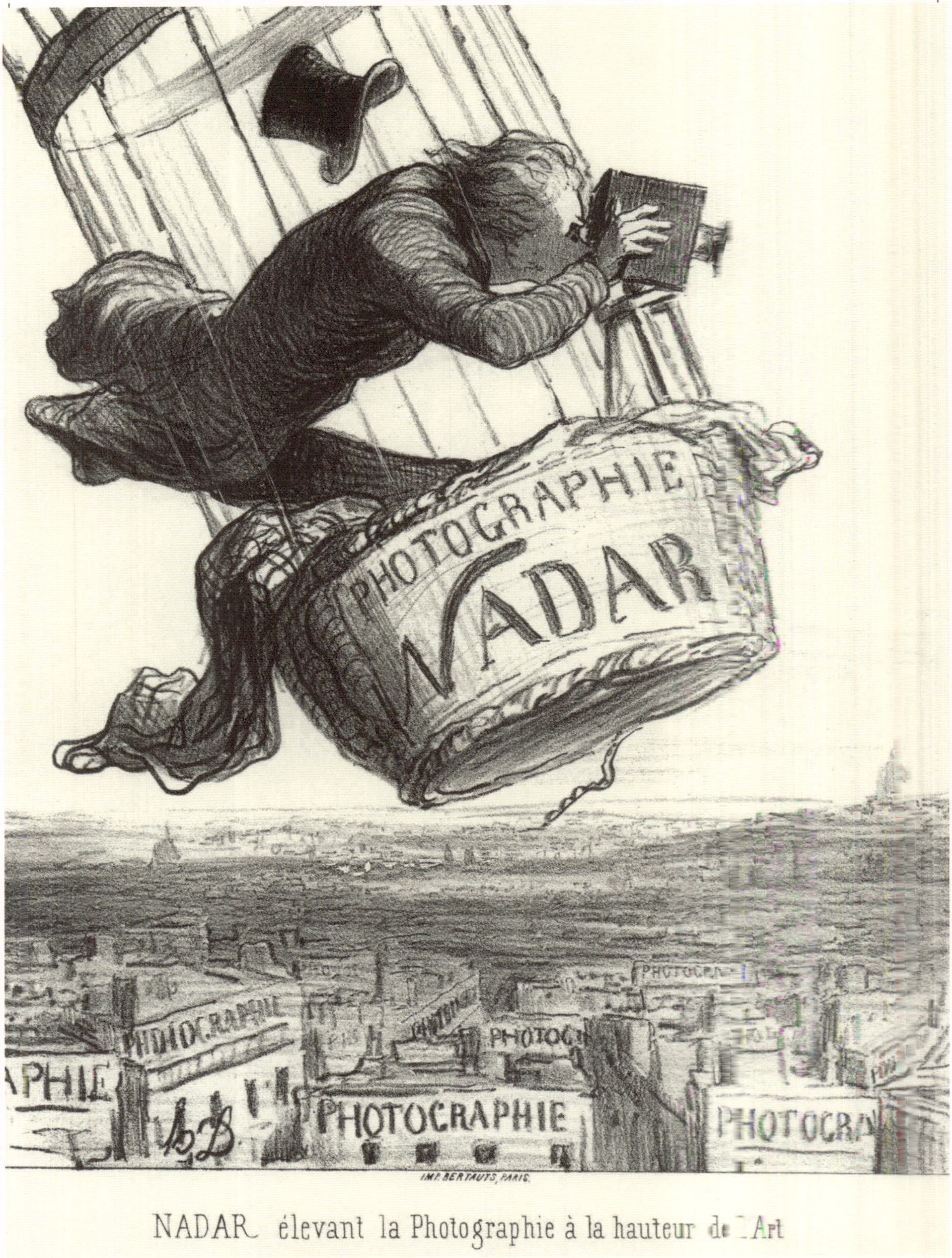

NADAR élevant la Photographie à la hauteur de l'Art

1830年頃の写真の発明は、ゴシック、スチームパンクに大きな影響を与えた。
気球と写真を結びつけたドーミエは、スチームパンカーの先駆者であったかもしれない。

オノレ・ドーミエ画 Honoré Daumier / 1862年 / アメリカ、ブルックリン美術館蔵

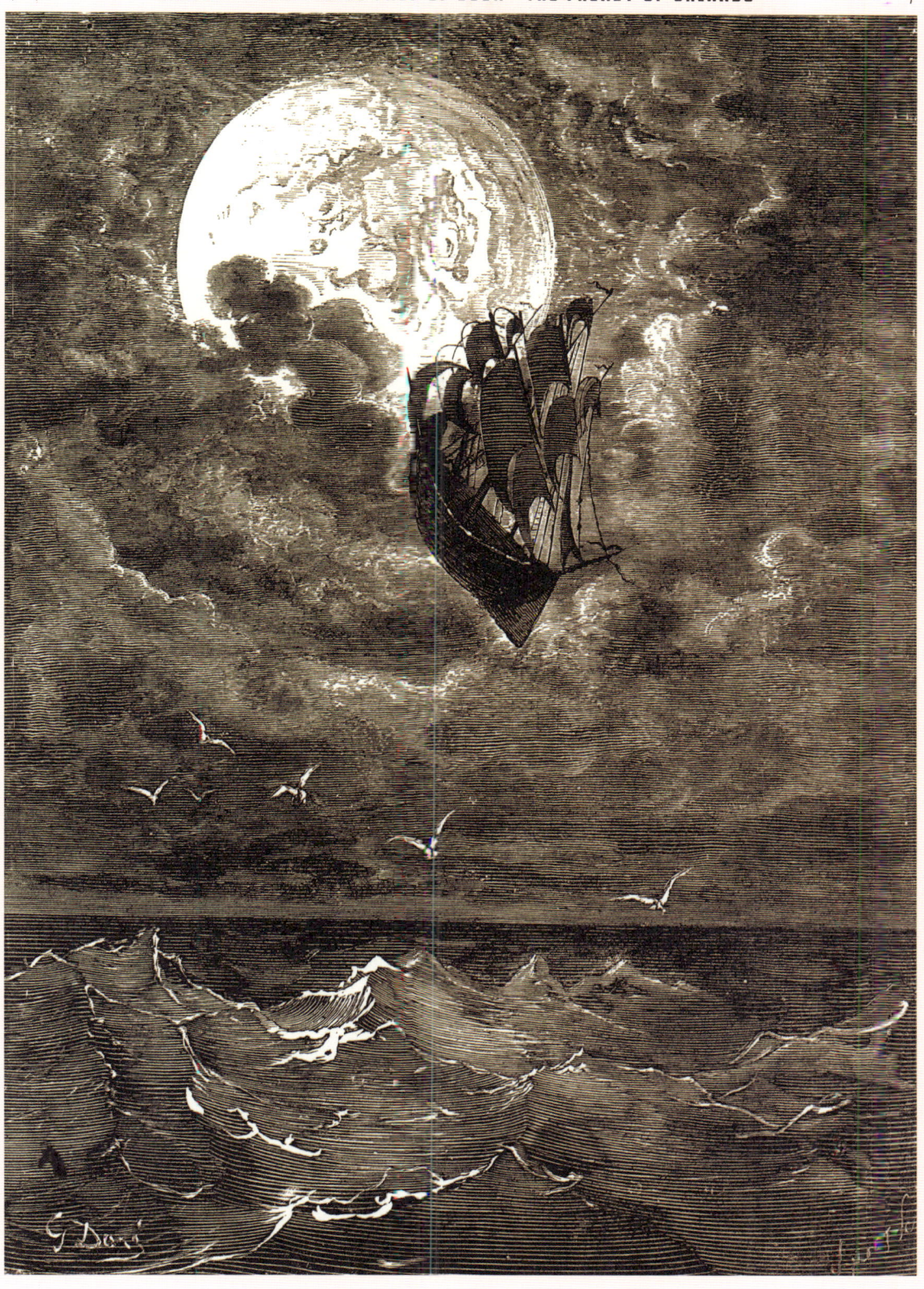

『狂えるオルランド』の挿絵。16世紀のイタリア詩人には月はこんなふうには見えなかった。しかし19世紀の天文学者の発達とともに、こんな月を描いてみせた。しかし空飛ぶ帆船のような月世界旅行のアンティークさがおかしい。

ギュスターヴ・ドレ画 Gustave Doré / 1868年頃 / 個人蔵 / PPS通信社

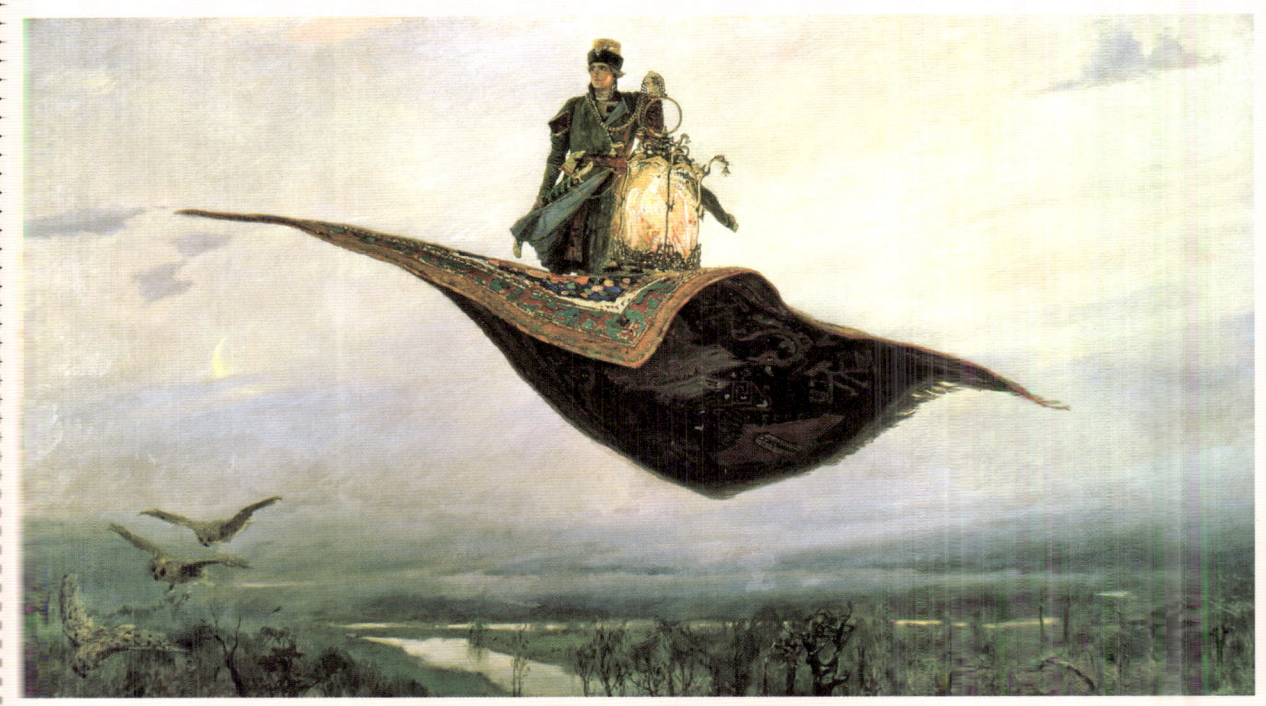

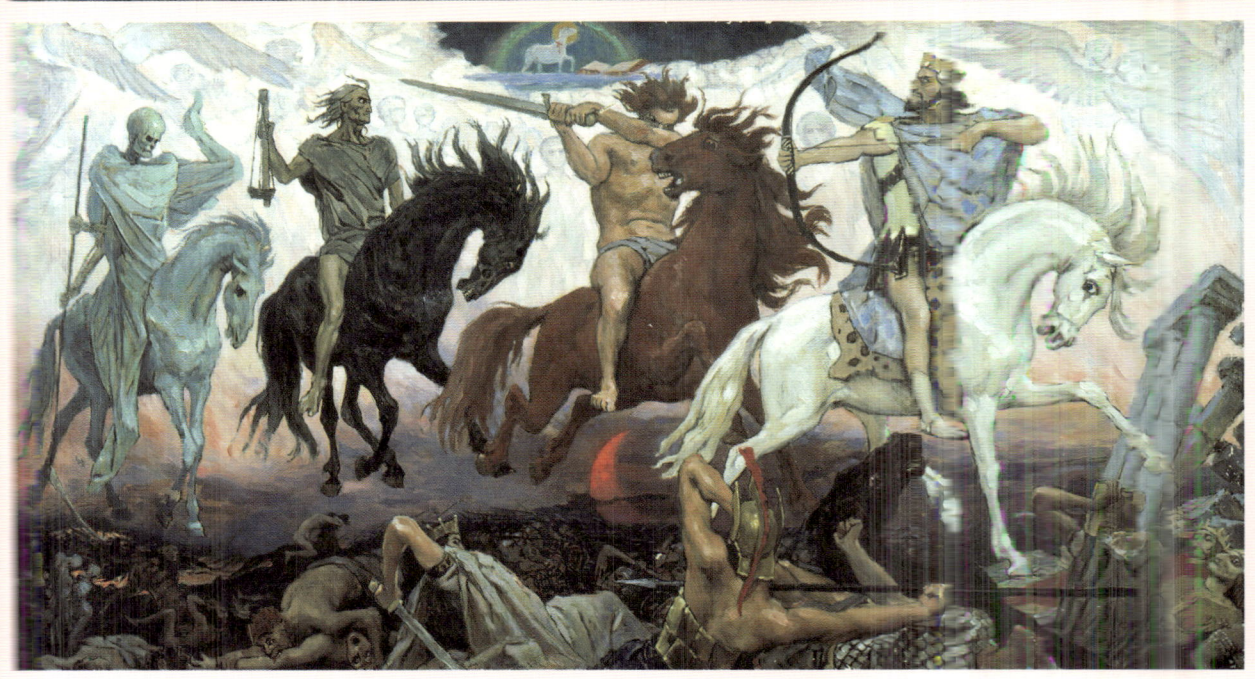

上段はアラビアン・ナイトの物語である。中央アジアの上空をカーペットに乗った王子が金の鳥籠を持っている。王子の服装は
中央ロシア風で、ヨーロッパの挿絵よりきまっている。リアリズムとおとぎ話のファンタジーはヴァスネツォフの中で見事に統合されている。
下段は黙示録にあわられる4頭の黒馬に乗った悪霊たちのシーンである。ロシアの世紀末は世界終末幻想に憑かれていた。

ヴィクトル・ヴァスネツォフ画 Viktor Vasnetsov　上段：1880年／ロシア、ニジニ・ノヴゴロド州立美術館蔵　下段：1887年／ロシア、宗教史博物館蔵

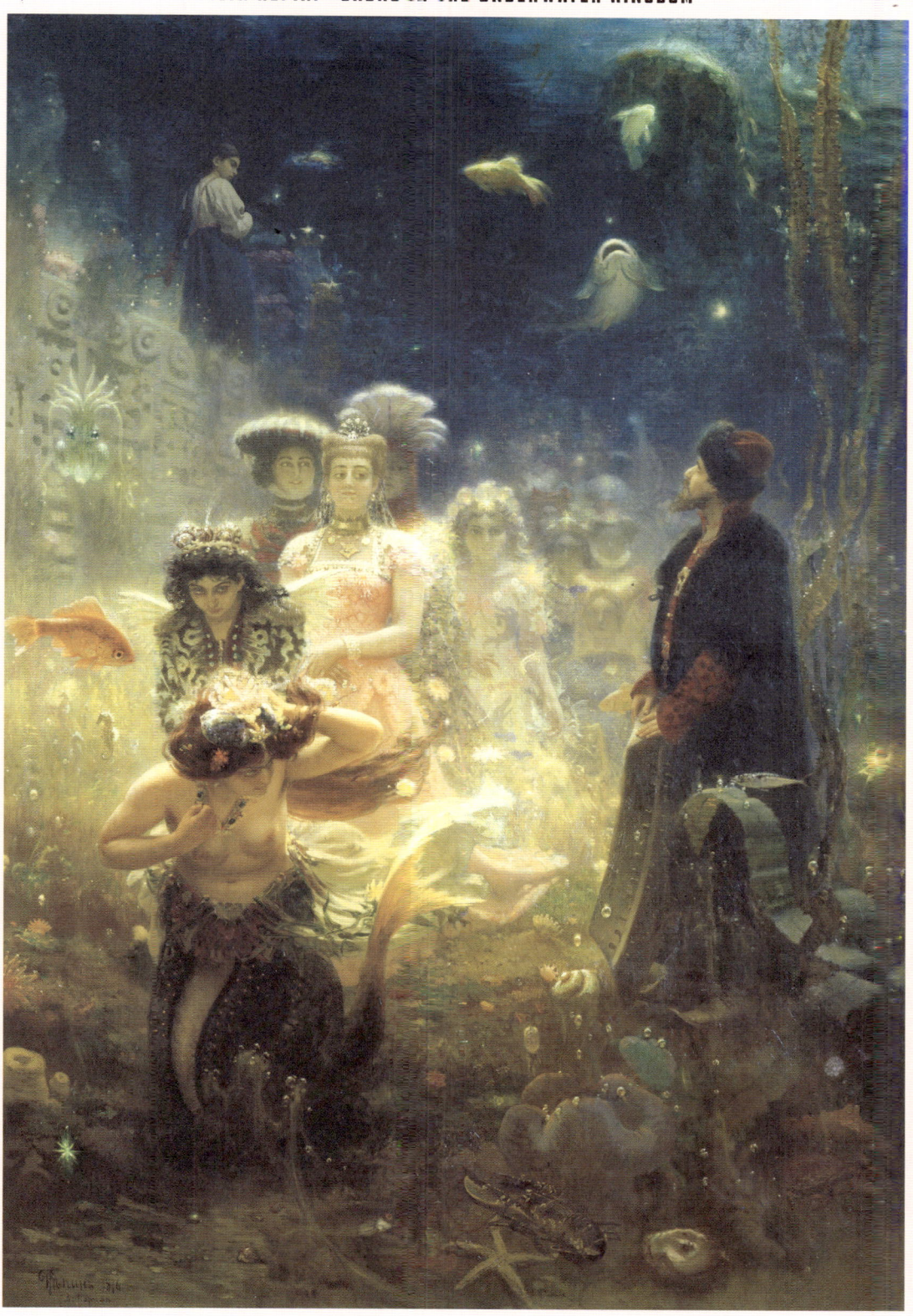

ロシアのリアリズムはロシアの民族的世界を浮かび上がらせる。ロシアの民話をもとにプーシキンが語り直し、リムスキー＝コルサコフが オペラ化した《サトコ》をレーピンも描いている。文学、絵画、音楽がつながりあって多重的なところが、スチームパンクとひびきあう。

イリヤ・レーピン画 Ilya Repin ／ 1876年 ／ ロシア、ロシア美術館蔵 ／ Alamy/PPS通信社

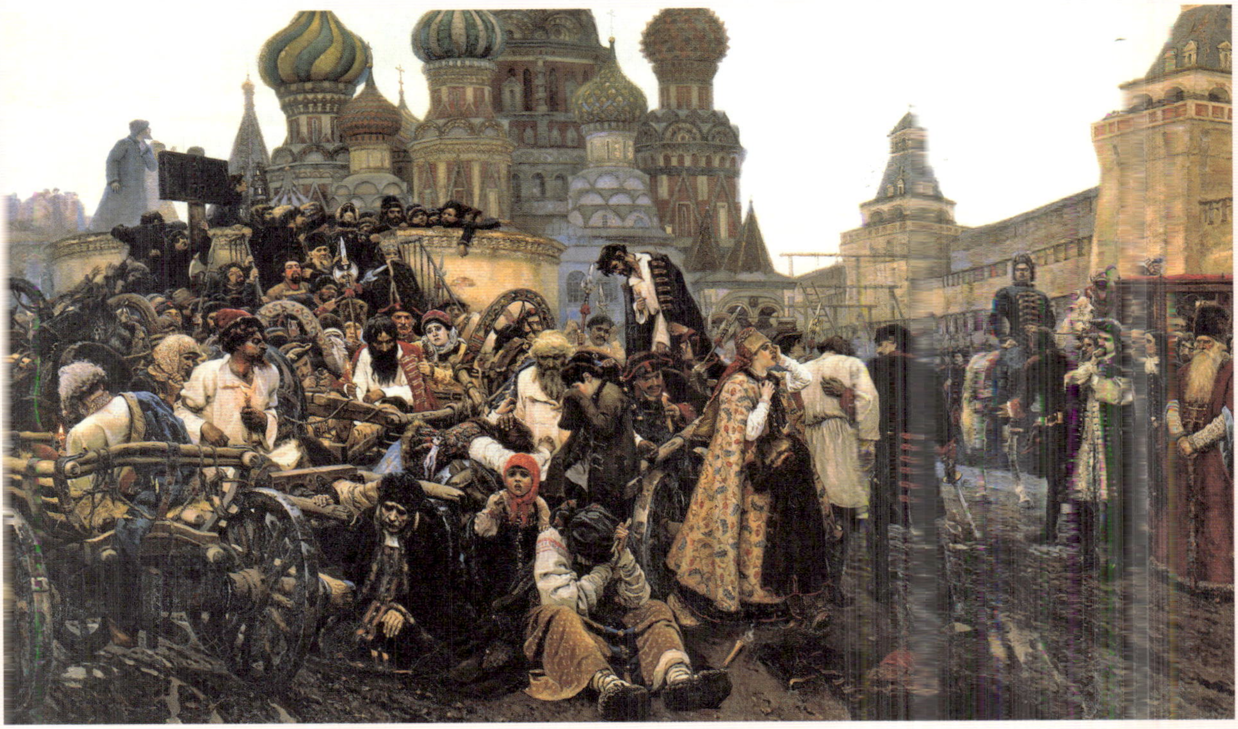

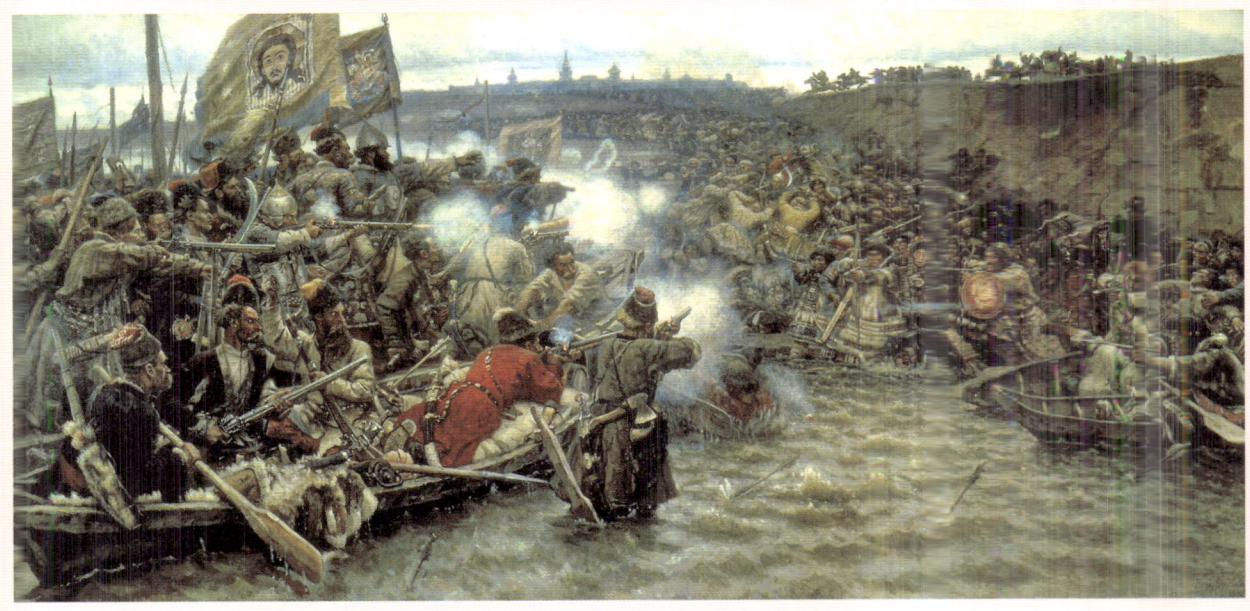

上段は皇帝に対する反乱として、ストレリツィ（射撃大隊）が逮捕され、モスクワの広場で処刑されるシーン。
ロシアのリアリズムでは歴史画とおとぎ話の世界が混じりあっている。

ワシリー・スリコフ画 Vasily Surikov　上段：1881年 / ロシア、トレチャコフ美術館蔵　下段：1895年 / ロシア、ロシア美術館蔵

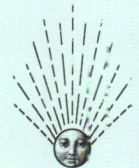

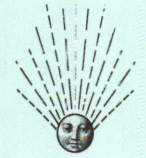

幻灯、幻影、幻想 ── 光学の魔術
MAGIC LANTERN
THE ART OF ILLUSION

　幻灯は17世紀に発明され、マジック・ランタンといわれた。しかし19世紀末になるまで一般化しなかった。19世紀末から幻灯は普及する。電気という強い光源が得られたので、離れたところから投影できるようになったからである。それまで、幻灯機はスクリーンの近く、観客の前に置かれていたが、観客の後方から投影するようになった。そのため講演などの説明画を映すために使われるようになった。

　19世紀にはマジックに科学がとり入れられた。幻灯は幻影（イリュージョン）を出現させた。フランスのマジシャン、ジャン・ワジェーヌ・ロベール＝ウーダンは〈近代マジックの父〉といわれているが、幻灯によるトリックや機械仕掛けのロボットなどを使い、1845年にパリにロベール＝ウーダン劇場を開き、幻灯を使った光学的なマジックの実験場となった。ちなみにアメリカの魔術師〈フーディーニ〉はウーダンをもじった名である。

　ウーダン劇場は、1888年にジョルジュ・メリエスの所有となる。メリエスはルイ・リュミエールなどがつくり出した動く絵、シネマトグラフの商業性にいちはやく注目し、見世物としての映画の父となった。

　メリエスは、19世紀末がとり憑かれていた〈幻想（ファンタジー）〉趣味に気づいていた。〈幻想〉は商売になる。シネマはその最高のメディアになるだろう。科学と幻想の結びつきこそ、現代にふさわしいスペクタクルになるだろう。

　メリエスは映像の二重露出、モンタージュをつくった最初の人といわれる。それはカメラの故障によって生み出された映像で、男が女になったりした。その変身や二重映像の面白さをメリエスは意図的に行うようになり、〈スチームパンク〉を先取りしていたのである。

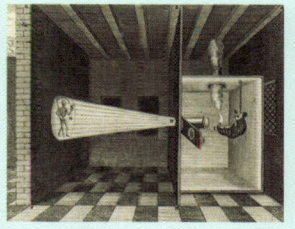

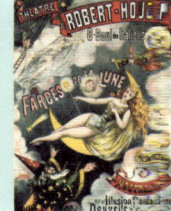

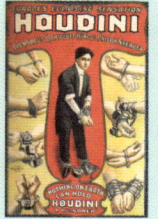

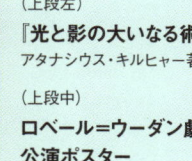

（上段左）
『光と影の大いなる術』のマジック・ランタン
アタナシウス・キルヒャー著 / 1671年版

（上段中）
ロベール＝ウーダン劇場の
公演ポスター

（上段右）
フーディーニの公演ポスター

（下段左）
リュミエール兄弟のシネマトグラフのポスター

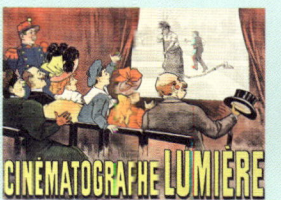

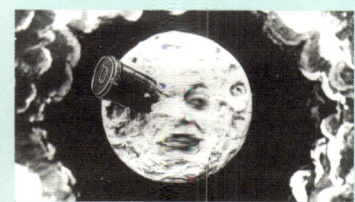

（下段右）
映画「月世界旅行」
監督・脚本：ジョルジュ・メリエス
原作：ジュール・ヴェルヌ / 1902年

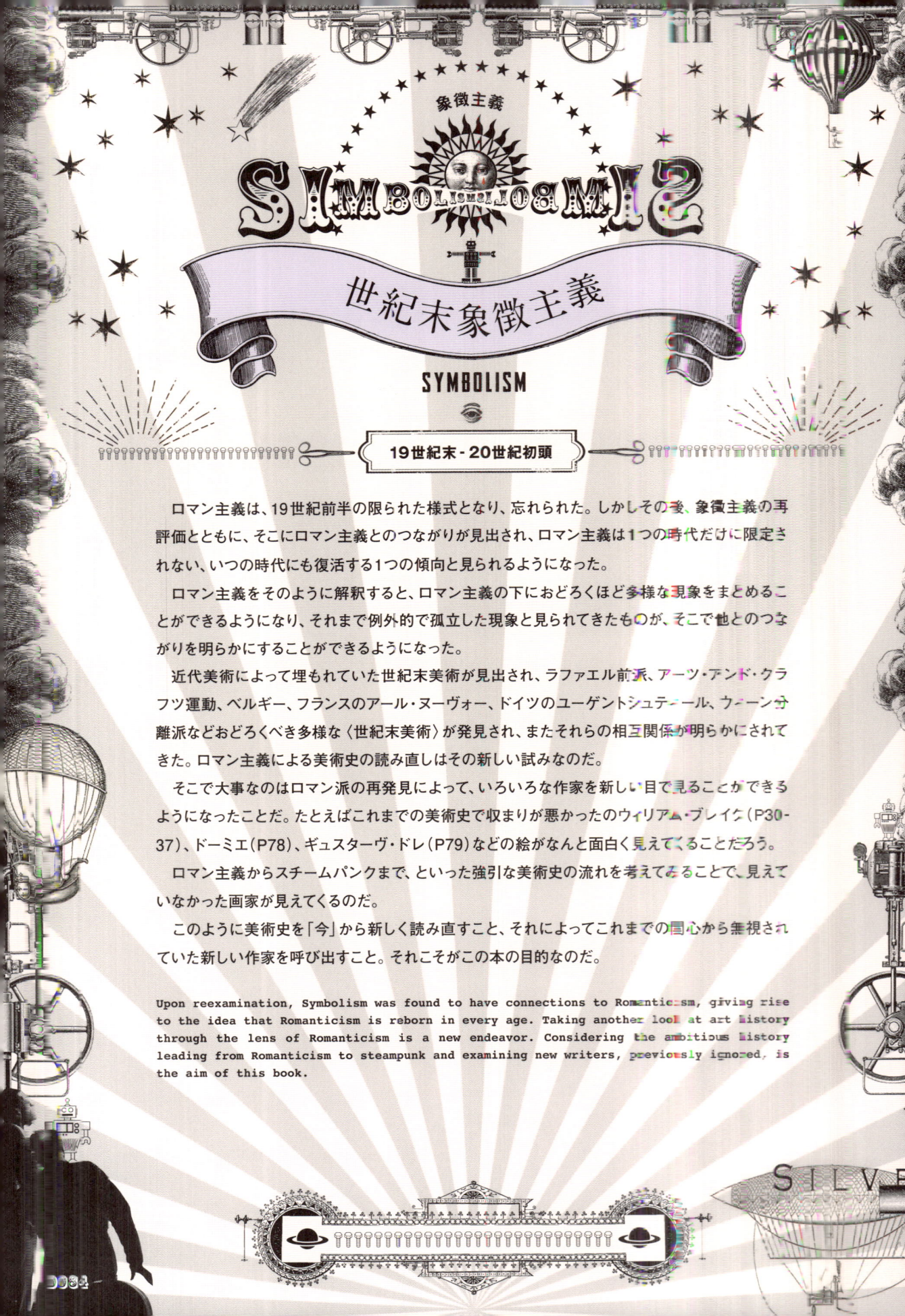

象徴主義

SYMBOLISM 2

世紀末象徴主義

SYMBOLISM

19世紀末 - 20世紀初頭

　ロマン主義は、19世紀前半の限られた様式となり、忘れられた。しかしその後、象徴主義の再評価とともに、そこにロマン主義とのつながりが見出され、ロマン主義は1つの時代だけに限定されない、いつの時代にも復活する1つの傾向と見られるようになった。

　ロマン主義をそのように解釈すると、ロマン主義の下におどろくほど多様な現象をまとめることができるようになり、それまで例外的で孤立した現象と見られてきたものが、そこで他とのつながりを明らかにすることができるようになった。

　近代美術によって埋もれていた世紀末美術が見出され、ラファエル前派、アーツ・アンド・クラフツ運動、ベルギー、フランスのアール・ヌーヴォー、ドイツのユーゲントシュティール、ウィーン分離派などおどろくべき多様な〈世紀末美術〉が発見され、またそれらの相互関係が明らかにされてきた。ロマン主義による美術史の読み直しはその新しい試みなのだ。

　そこで大事なのはロマン派の再発見によって、いろいろな作家を新しい目で見ることができるようになったことだ。たとえばこれまでの美術史で収まりが悪かったのウィリアム・ブレイク（P30-37）、ドーミエ（P78）、ギュスターヴ・ドレ（P79）などの絵がなんと面白く見えてくることだろう。

　ロマン主義からスチームパンクまで、といった強引な美術史の流れを考えてみることで、見えていなかった画家が見えてくるのだ。

　このように美術史を「今」から新しく読み直すこと、それによってこれまでの図心から無視されていた新しい作家を呼び出すこと。それこそがこの本の目的なのだ。

Upon reexamination, Symbolism was found to have connections to Romanticism, giving rise to the idea that Romanticism is reborn in every age. Taking another look at art history through the lens of Romanticism is a new endeavor. Considering the ambitious history leading from Romanticism to steampunk and examining new writers, previously ignored, is the aim of this book.

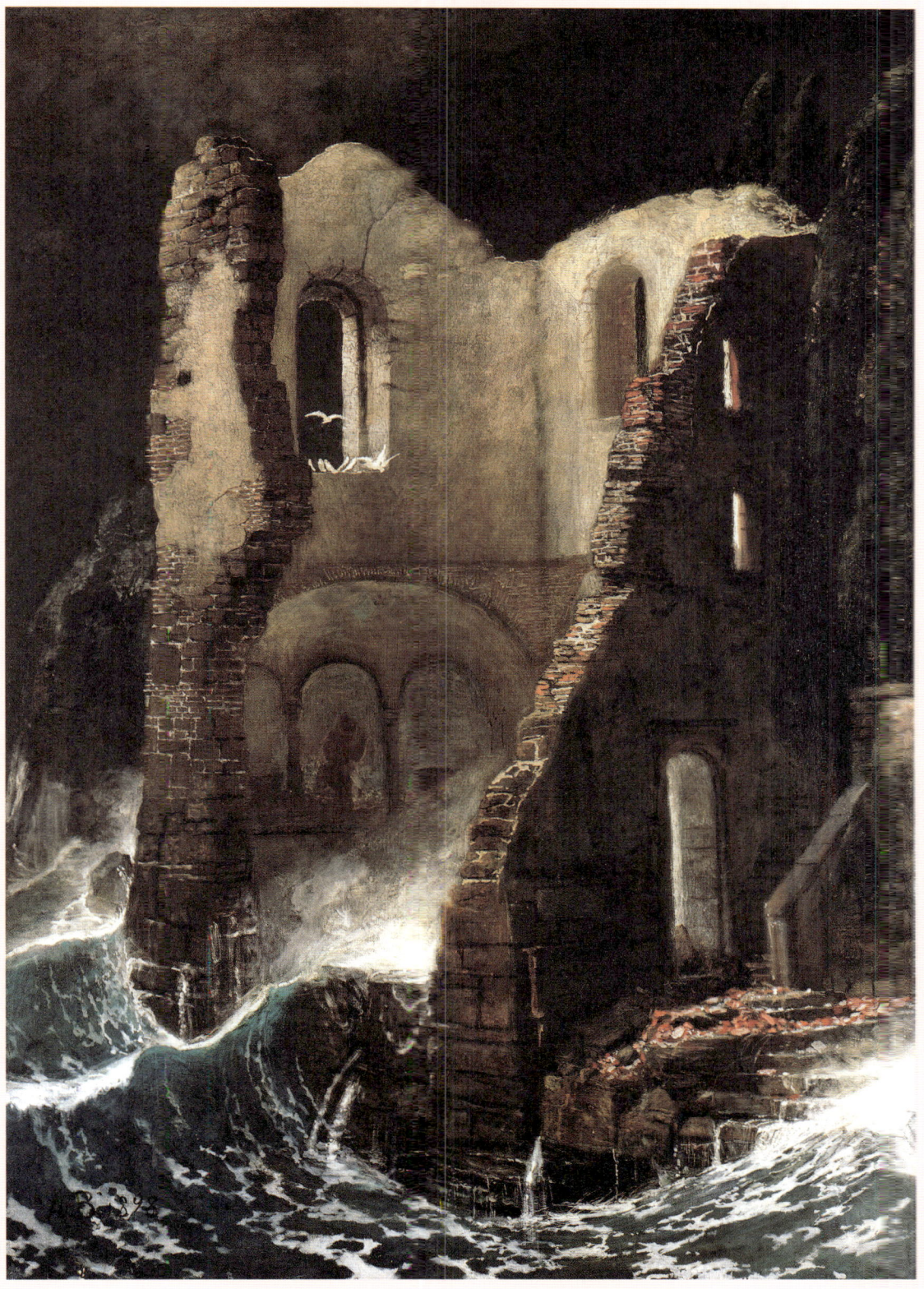

島の教会なのだろう。嵐の波が打ち寄せ、すでに廃墟のようだ。
ライン川かドナウ川のほとりだろうか。ベックリンの古城は舞台装置のようにも見える。

アルノルト・ベックリン画 Arnold Böcklin / 1898年 / 個人蔵 / Artothek/アフロ

WALTER CRANE: "NEPTUNE'S HORSES"

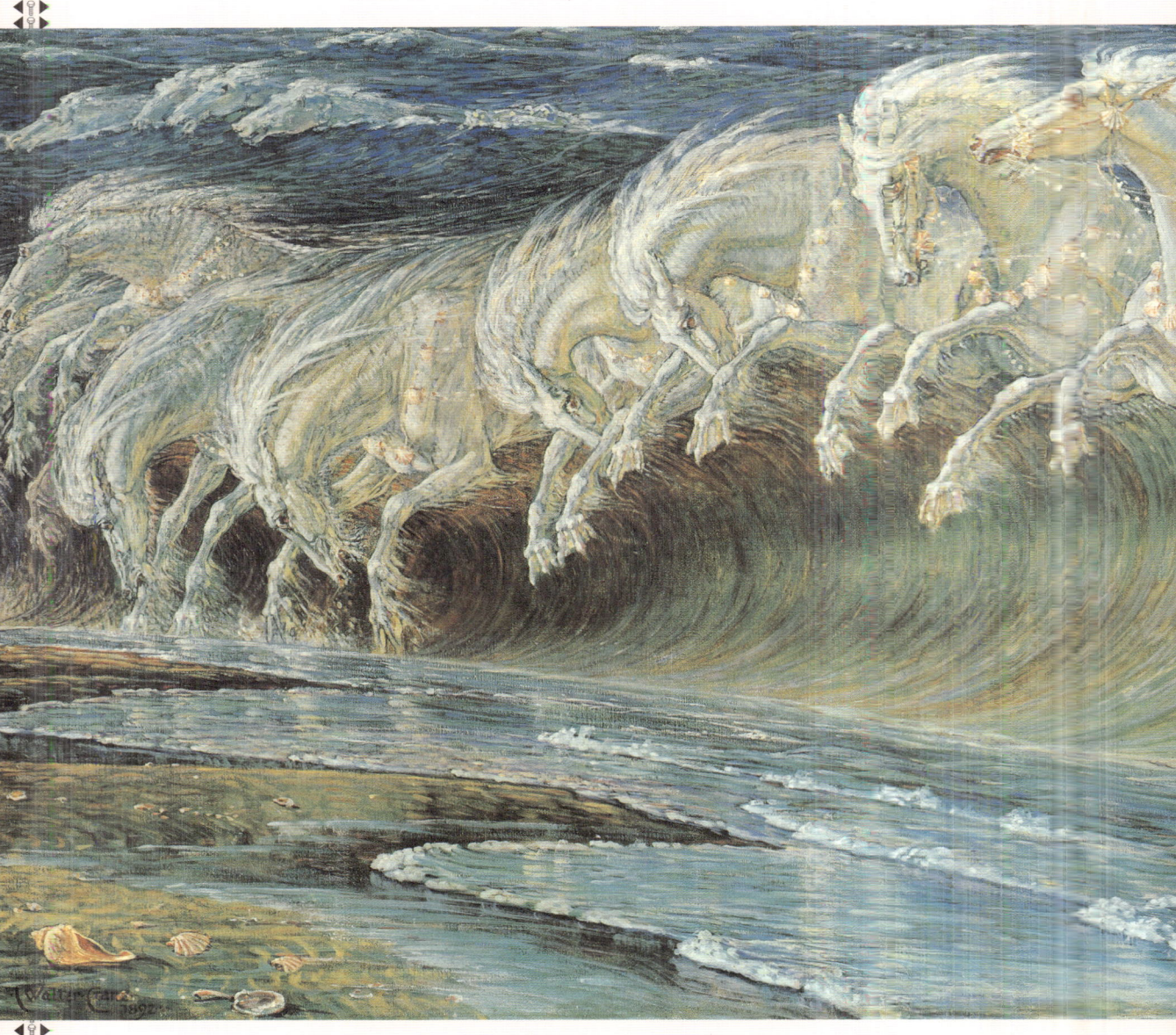

押し寄せる波とネプチューンの疾走する馬群と見られるが、１頭の馬の連続写真のようでもある。
この時代に馬はどのように走っているかを連続写真で撮影する試みがあったからである。

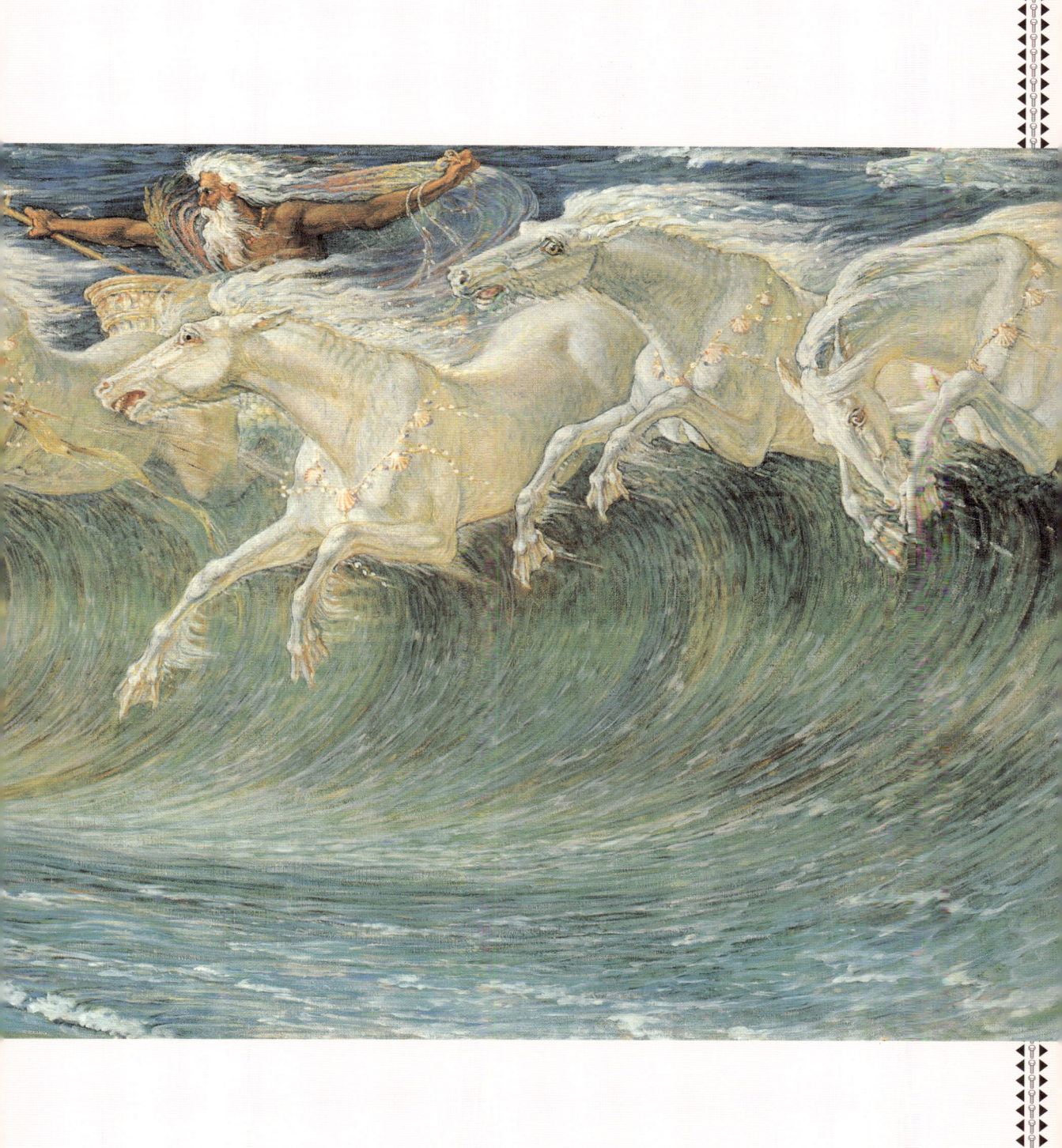

ウォルター・クレイン画 Walter Crane / 1892年 / ドイツ、ノイエ・ピナコーテク蔵

FRANTISEK KUPKA: "BABYLON" / "JAZZ HOT"

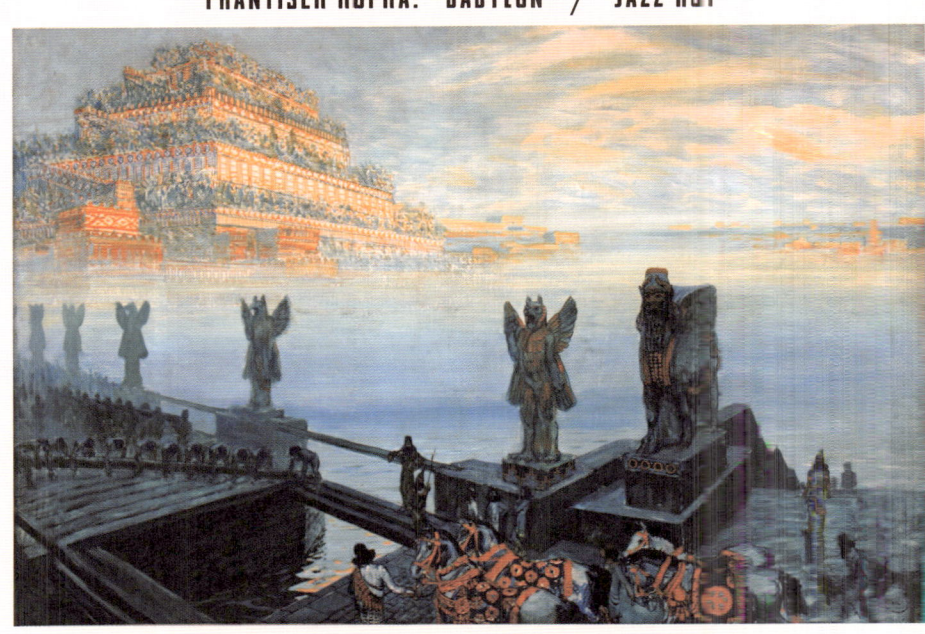

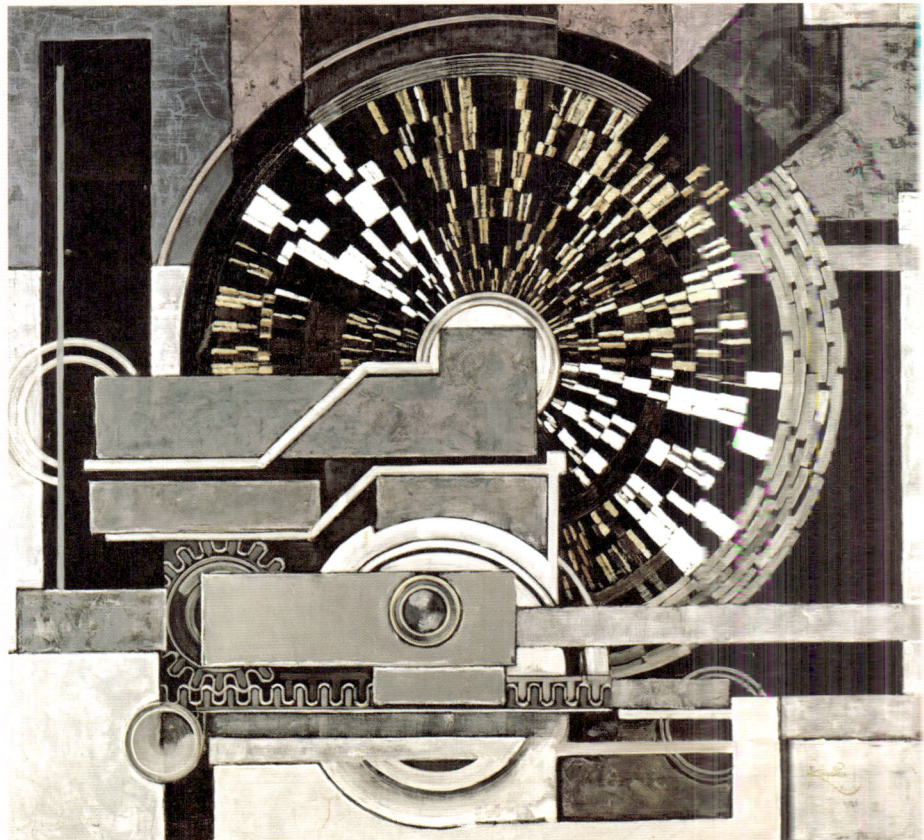

クプカは不思議な画家だ。怪奇な幻想画を描き、抽象絵画の先駆者でもあった。上段は壮麗な都バビロンの想像図である。
手前はセミラミス女王がつくらせたという庭園である。まわりに奇怪な彫像の柱が建てられ、セミラーミデという。
下段は「ジャズ・ホット」。1930年代にヨーロッパの芸術家はヒトラーに追われ、アメリカに避難する。彼らはニューヨークでジャズを知る。
クプカは歯車やシャフトなどを構成した不思議な機械でジャズを表現しようとした。クプカのスチームパンク作品である。

フランチシェク・クプカ画 František Kupka　上段：1906年／チェコ、プラハ国立美術館蔵／Heritage/FPS通信社
下段：1930-32年／フランス、ポンピドゥー・センター蔵／Rue des Archives /Ta/FPS通信社

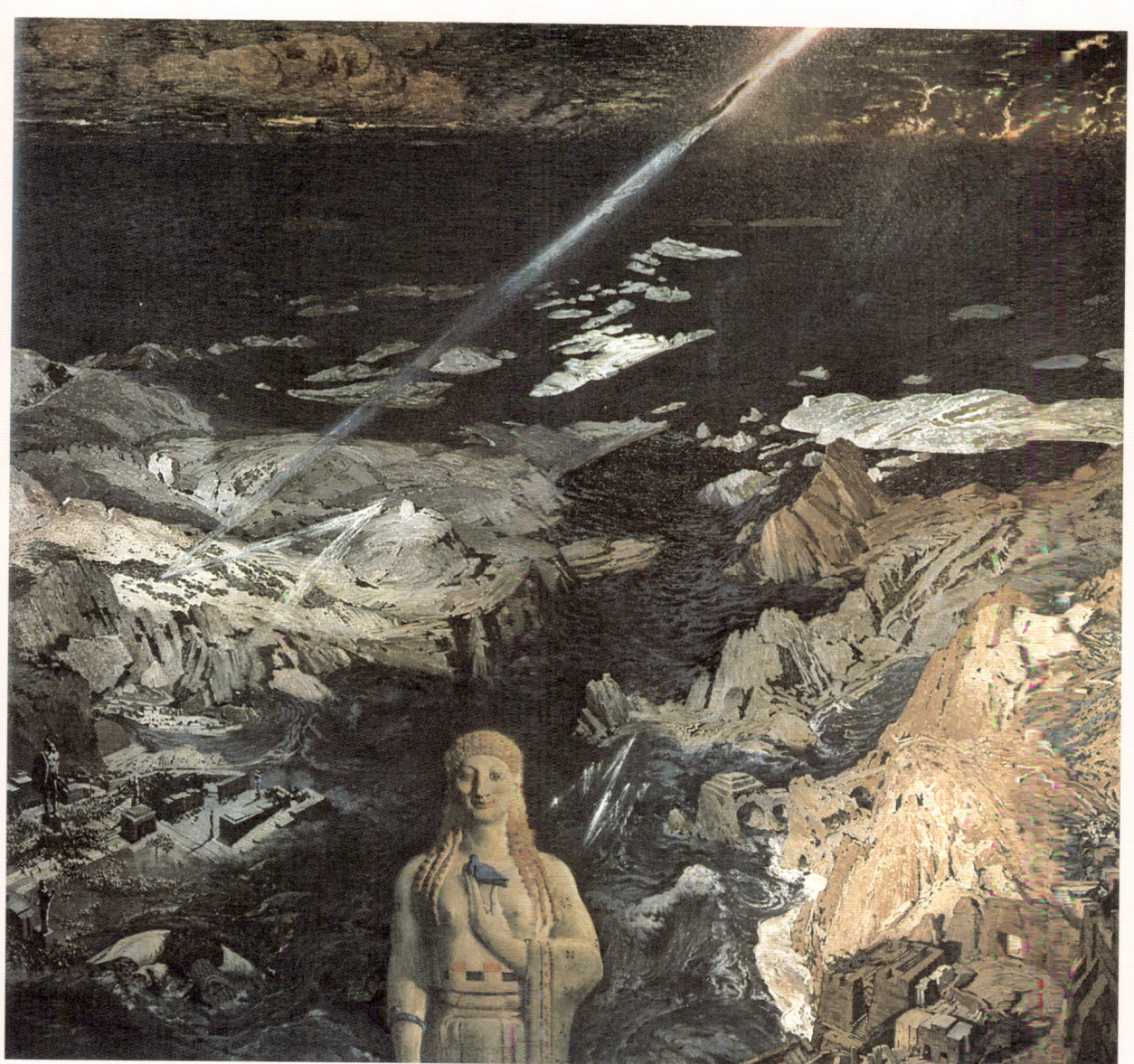

バクストの作品としても孤立していて、なぜ彼がこんな絵を描いたのかわからない。世紀末の画家をつき動かした終末感、
黙示録思想の影響だろうか。1905年から1917年までロシアをおびやかした〈ロシア革命〉の予告だろうか。

レオン・バクスト画 Léon Bakst / 1908年 / ロシア、ロシア美術館蔵 / Lessing/PPS通信社

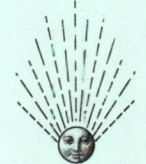  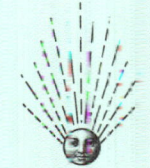

③ 金属フリーク

METAL FREAK

　〈スチームパンク〉は金属的なもの、鉱物、硬いもの、冷たくピカピカしているものにとり憑かれている。〈スチームパンク〉はマニアックで、まだ一般に認知されていない。たとえば、都立中央図書館で〈スチームパンク〉の資料がどこにあるか調べたら、なんと工芸の部の〈金工〉のところに入っていて思わず笑ったことがある。〈サイバーパンク〉の小道具である金属ガジェットの印象が強いのである。

　そのようなメタリックなものへの偏愛は、ゴシックの甲冑（かっちゅう）、そしてヴィクトリア朝の蒸気機関車やその他の機械などへのフェティシズムに結びついている。それは肉体というやわらかいものと鋼鉄の硬いものとの衝突である。パンク・ロックバンドのセックス・ピストルズは、身体に安全ピンを挿し、ピアスやアクセサリーなどの金属品で身体をおおった。

　〈スチームパンク〉のメタル趣味は、ロボット玩具と結びつく。変身し、合体するロボットといえば「トランスフォーマー」シリーズが思い浮かぶ。これは日本でつくられたロボット玩具をきっかけに、アメリカでアニメ化、コミックス化がなされ、長大なシリーズとなった。

　そのようなアニメ、コミックスなどの視覚化と結びついて、〈スチームパンク〉は巨大な現象となったのである。

　もう1つ気になるのは、ロックの1ジャンルであるヘヴィ・メタルである。1970年、ブラック・サバスの「黒い安息日」にはじまったというヘヴィ・メタルについてここで語るスペースはないが、「ヘヴィ・メタル・サンダー──世界を揺るがしたアルバム・カバー」（2006）を見ると、〈スチームパンク〉がヘヴィ・メタと深く関わっていることを感じさせる。

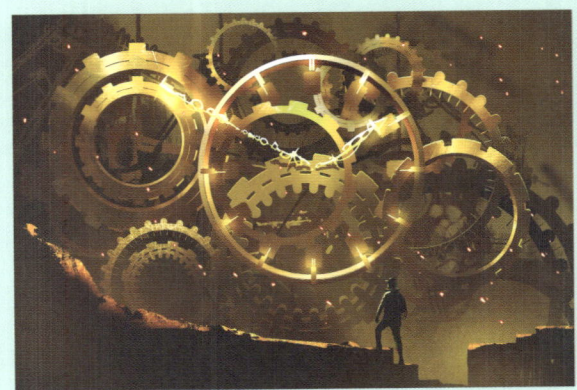

スチームパンクのヴィジュアル・イメージ
写真提供：Getty Images

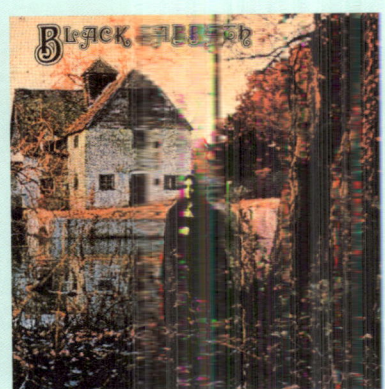

ブラック・サバスのデビュー・アルバム
「Black Sabbath（黒い安息日）」

CHAPTER 2

ヴィクトリア・ワンダーランドと
SF・スチームパンクのはじまり

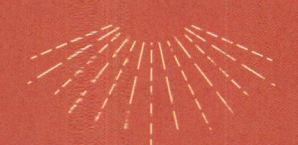

THE VICTORIAN WONDERLAND
AND
THE ORIGINS OF SCI-FI AND STEAMPUNK

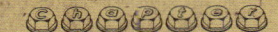

ヴィクトリア・ワンダーランドと
SF・スチームパンクのはじまり

THE VICTORIAN WONDERLAND AND THE ORIGINS OF SCI-FI AND STEAMPUNK

　19世紀はさまざまな発明、異国の奇物の発見がなされた〈驚異の世紀〉であった。そして、それらの世界中の〈驚異〉を伝えるメディアが発達し、人々は芝居でも見るように、〈驚異〉のニュースに夢中になった、〈驚異〉がニュースを盛り上げた。かつて〈驚異〉は選ばれた一部の人のものであった。ニュースは〈驚異〉をすべての人が見られるものとした。〈万博〉こそその象徴なのである。世界中の珍しいものがそこに集まっている。最新の科学技術もそこにそろっている。

　〈アンティーク（骨董）〉が魔術的意味を持つようになったのも19世紀である。ディケンズの『骨董屋』やバルザックの『従兄ポンス』などには、この時代にできた骨董品の世界がくわしく書かれている。ほとんど価値がなかったアンティーク（古物）が突然、貴重な骨董品に変身する。

　19世紀には、あまりに新しい発明が登場する。その代表が蒸気機関（スチームエンジン）であった。マシンやエンジンが新しい想像力を刺激する。そのように強烈な新しさが変化の驚異をもたらしたので、逆に失われるものへの郷愁として〈古物趣味〉つまりアンティークを呼び出したのかもしれない。

　さてこのような、新しさと古さ、機械とアンティークの両極が激しく垂れ動いた19世紀、その中心となるヴィクトリア女王の時代（1837-19■■）はヴィクトリア期として、さまざまな意味でリヴァイヴァルしている。〈スチームパンク〉というのもその1つと見ることができる。

　しかしそのようなヴィクトリア朝ブームというのも、そんなに古くからのものではない。ヴィクトリア朝は大英帝国の黄金時代で、英国は世界の大半を握り、大量のイギリス製品を世界中に売った。

　19世紀は終わり、ヴィクトリア朝も過ぎ去った。では、あの時代の新品はど

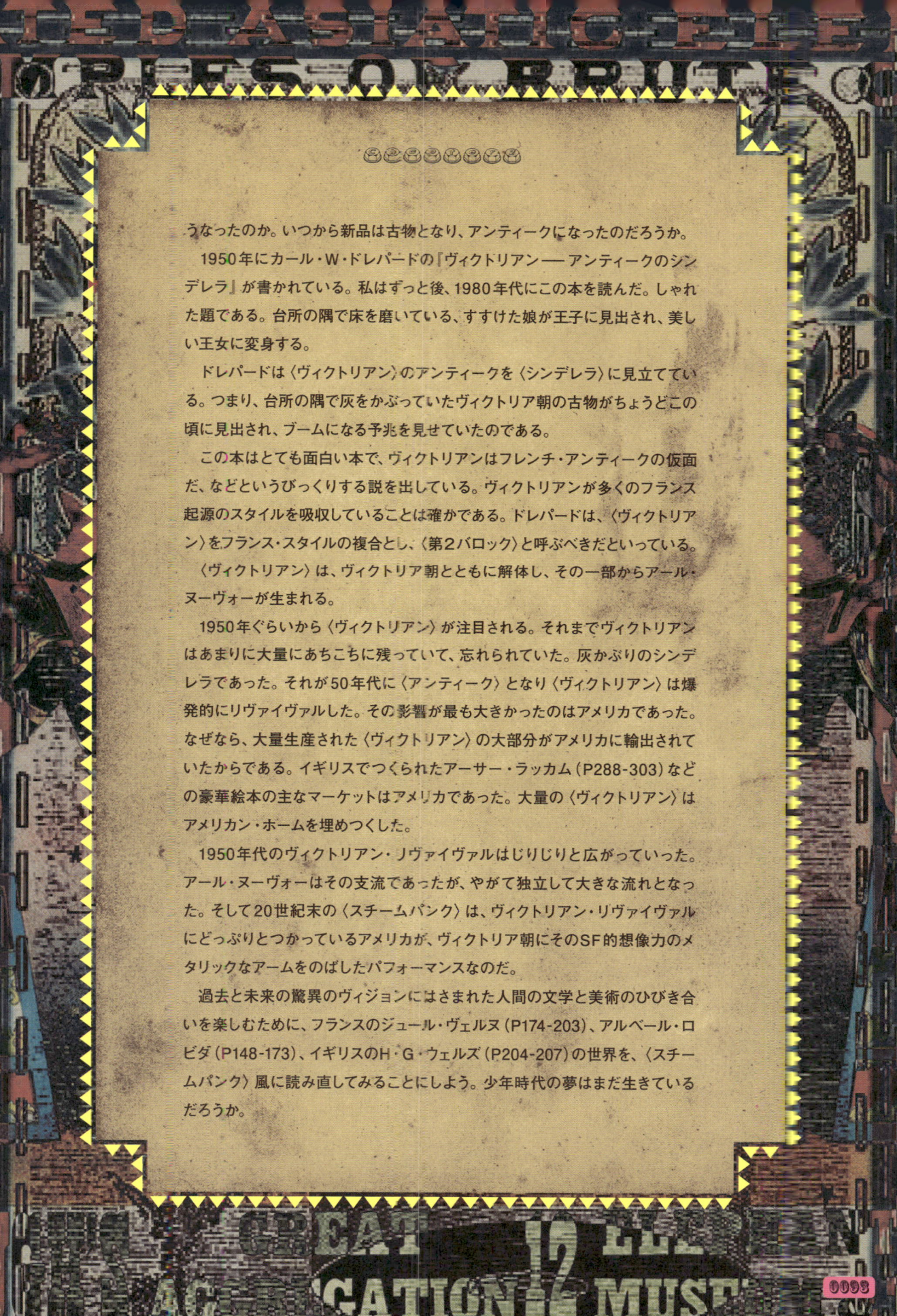

うなったのか。いつから新品は古物となり、アンティークになったのだろうか。

1950年にカール・W・ドレパードの『ヴィクトリアン――アンティークのシンデレラ』が書かれている。私はずっと後、1980年代にこの本を読んだ。しゃれた題である。台所の隅で床を磨いている、すすけた娘が王子に見出され、美しい王女に変身する。

ドレパードは〈ヴィクトリアン〉のアンティークを〈シンデレラ〉に見立てている。つまり、台所の隅で灰をかぶっていたヴィクトリア朝の古物がちょうどこの頃に見出され、ブームになる予兆を見せていたのである。

この本はとても面白い本で、ヴィクトリアンはフレンチ・アンティークの仮面だ、などというびっくりする説を出している。ヴィクトリアンが多くのフランス起源のスタイルを吸収していることは確かである。ドレパードは、〈ヴィクトリアン〉をフランス・スタイルの複合とし、〈第2バロック〉と呼ぶべきだといっている。

〈ヴィクトリアン〉は、ヴィクトリア朝とともに解体し、その一部からアール・ヌーヴォーが生まれる。

1950年ぐらいから〈ヴィクトリアン〉が注目される。それまでヴィクトリアンはあまりに大量にあちこちに残っていて、忘れられていた。灰かぶりのシンデレラであった。それが50年代に〈アンティーク〉となり〈ヴィクトリアン〉は爆発的にリヴァイヴァルした。その影響が最も大きかったのはアメリカであった。なぜなら、大量生産された〈ヴィクトリアン〉の大部分がアメリカに輸出されていたからである。イギリスでつくられたアーサー・ラッカム（P288-303）などの豪華絵本の主なマーケットはアメリカであった。大量の〈ヴィクトリアン〉はアメリカン・ホームを埋めつくした。

1950年代のヴィクトリアン・リヴァイヴァルはじりじりと広がっていった。アール・ヌーヴォーはその支流であったが、やがて独立して大きな流れとなった。そして20世紀末の〈スチームパンク〉は、ヴィクトリアン・リヴァイヴァルにどっぷりとつかっているアメリカが、ヴィクトリア朝にそのSF的想像力のメタリックなアームをのばしたパフォーマンスなのだ。

過去と未来の驚異のヴィジョンにはさまれた人間の文学と美術のひびき合いを楽しむために、フランスのジュール・ヴェルヌ（P174-203）、アルベール・ロビダ（P148-173）、イギリスのH・G・ウェルズ（P204-207）の世界を、〈スチームパンク〉風に読み直してみることにしよう。少年時代の夢はまだ生きているだろうか。

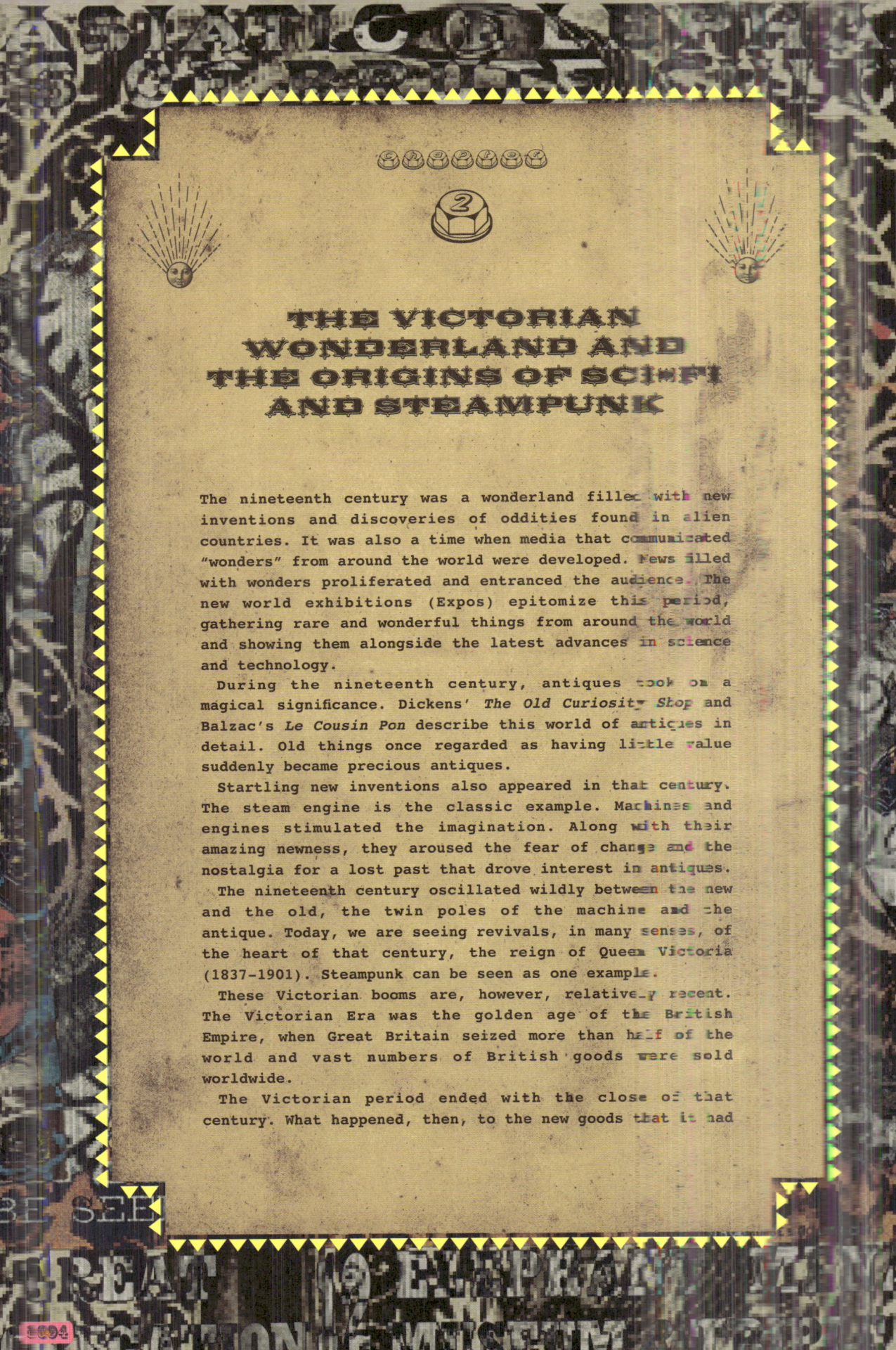

② THE VICTORIAN WONDERLAND AND THE ORIGINS OF SCI-FI AND STEAMPUNK

The nineteenth century was a wonderland filled with new inventions and discoveries of oddities found in alien countries. It was also a time when media that communicated "wonders" from around the world were developed. News filled with wonders proliferated and entranced the audience. The new world exhibitions (Expos) epitomize this period, gathering rare and wonderful things from around the world and showing them alongside the latest advances in science and technology.

During the nineteenth century, antiques took on a magical significance. Dickens' *The Old Curiosity Shop* and Balzac's *Le Cousin Pon* describe this world of antiques in detail. Old things once regarded as having little value suddenly became precious antiques.

Startling new inventions also appeared in that century. The steam engine is the classic example. Machines and engines stimulated the imagination. Along with their amazing newness, they aroused the fear of change and the nostalgia for a lost past that drove interest in antiques.

The nineteenth century oscillated wildly between the new and the old, the twin poles of the machine and the antique. Today, we are seeing revivals, in many senses, of the heart of that century, the reign of Queen Victoria (1837–1901). Steampunk can be seen as one example.

These Victorian booms are, however, relatively recent. The Victorian Era was the golden age of the British Empire, when Great Britain seized more than half of the world and vast numbers of British goods were sold worldwide.

The Victorian period ended with the close of that century. What happened, then, to the new goods that it had

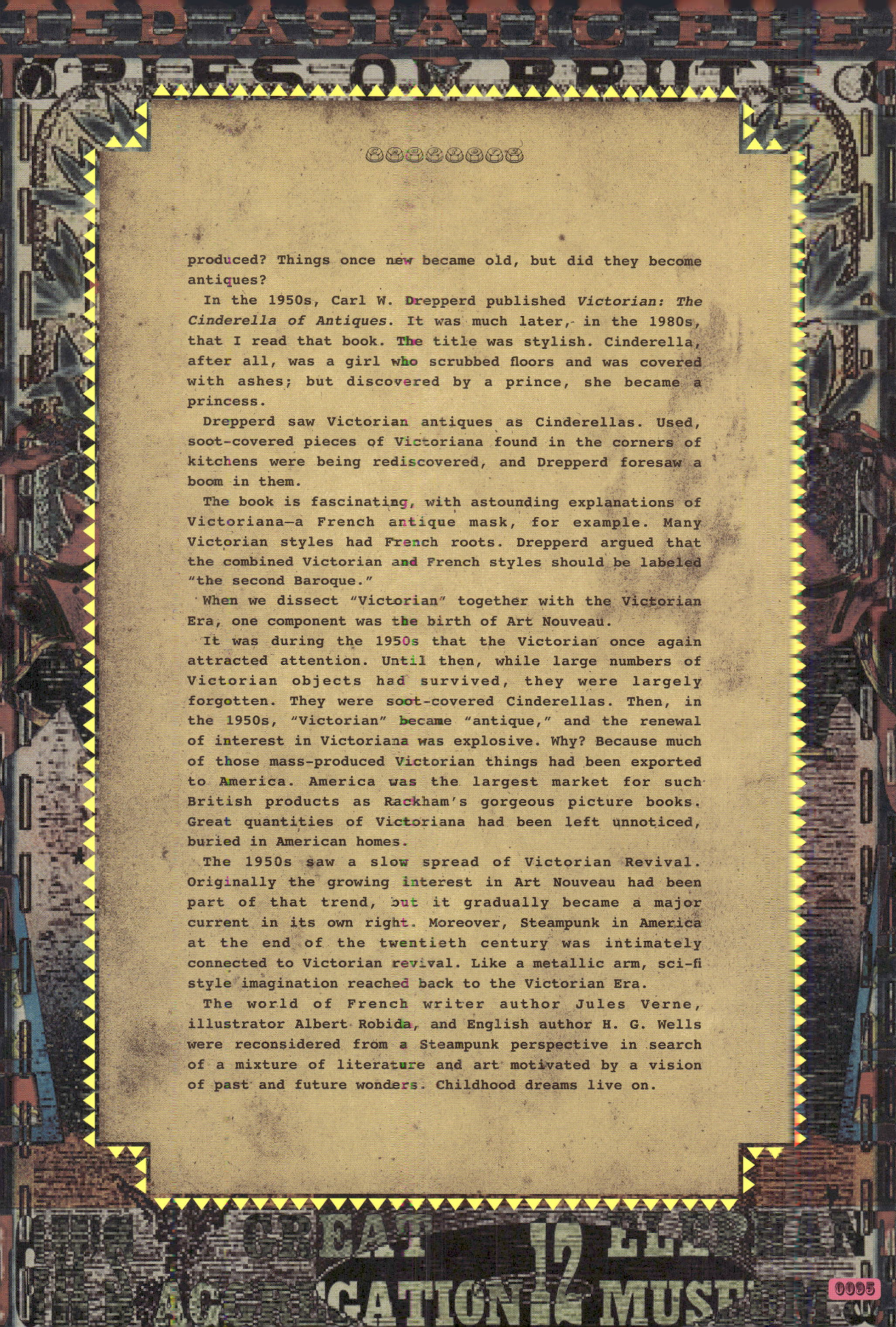

produced? Things once new became old, but did they become antiques?

In the 1950s, Carl W. Drepperd published *Victorian: The Cinderella of Antiques*. It was much later, in the 1980s, that I read that book. The title was stylish. Cinderella, after all, was a girl who scrubbed floors and was covered with ashes; but discovered by a prince, she became a princess.

Drepperd saw Victorian antiques as Cinderellas. Used, soot-covered pieces of Victoriana found in the corners of kitchens were being rediscovered, and Drepperd foresaw a boom in them.

The book is fascinating, with astounding explanations of Victoriana—a French antique mask, for example. Many Victorian styles had French roots. Drepperd argued that the combined Victorian and French styles should be labeled "the second Baroque."

When we dissect "Victorian" together with the Victorian Era, one component was the birth of Art Nouveau.

It was during the 1950s that the Victorian once again attracted attention. Until then, while large numbers of Victorian objects had survived, they were largely forgotten. They were soot-covered Cinderellas. Then, in the 1950s, "Victorian" became "antique," and the renewal of interest in Victoriana was explosive. Why? Because much of those mass-produced Victorian things had been exported to America. America was the largest market for such British products as Rackham's gorgeous picture books. Great quantities of Victoriana had been left unnoticed, buried in American homes.

The 1950s saw a slow spread of Victorian Revival. Originally the growing interest in Art Nouveau had been part of that trend, but it gradually became a major current in its own right. Moreover, Steampunk in America at the end of the twentieth century was intimately connected to Victorian revival. Like a metallic arm, sci-fi style imagination reached back to the Victorian Era.

The world of French writer author Jules Verne, illustrator Albert Robida, and English author H. G. Wells were reconsidered from a Steampunk perspective in search of a mixture of literature and art motivated by a vision of past and future wonders. Childhood dreams live on.

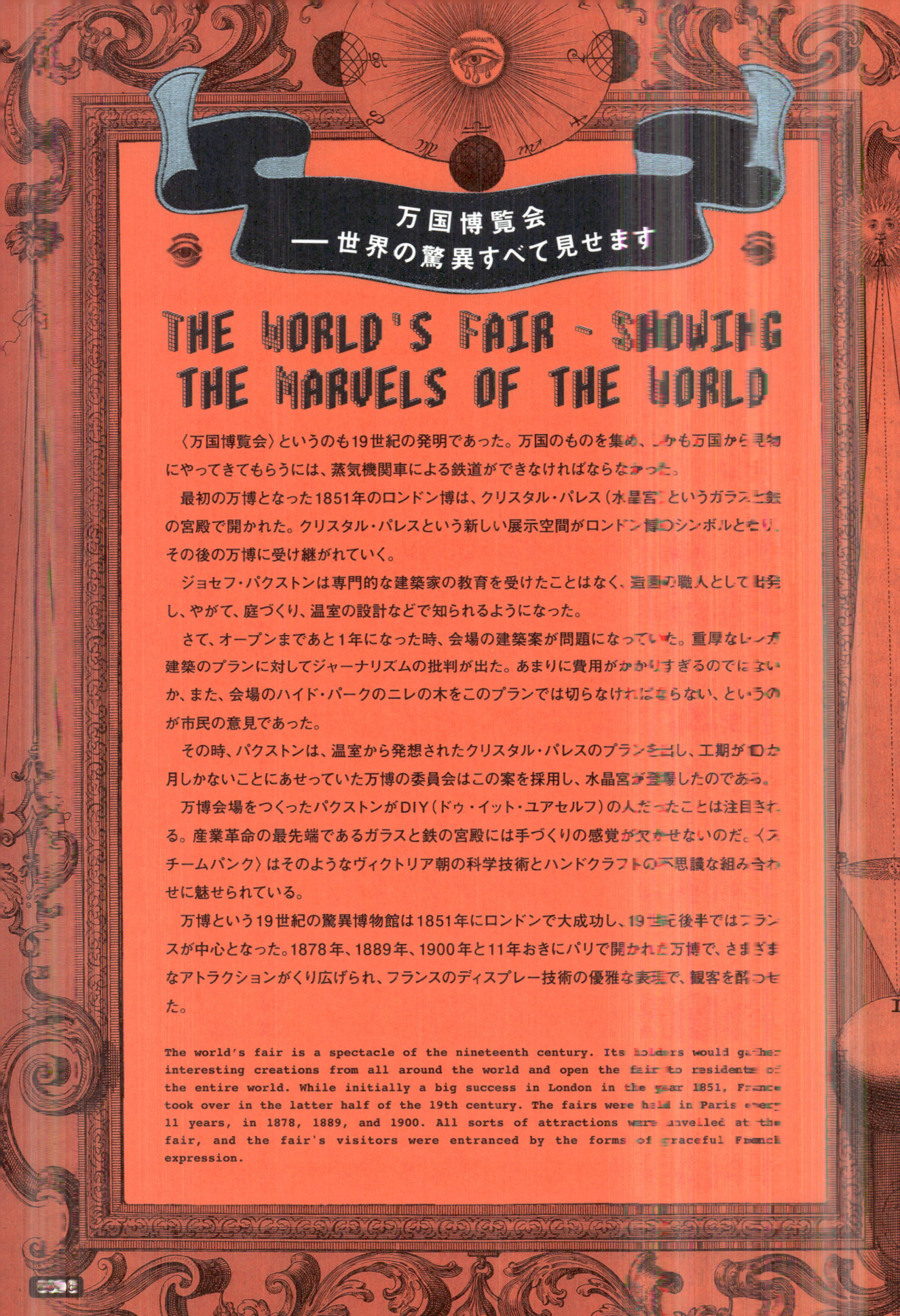

万国博覧会
――世界の驚異すべて見せます

THE WORLD'S FAIR - SHOWING THE MARVELS OF THE WORLD

〈万国博覧会〉というのも19世紀の発明であった。万国のものを集め、しかも万国から見物にやってきてもらうには、蒸気機関車による鉄道ができなければならなかった。

最初の万博となった1851年のロンドン博は、クリスタル・パレス（水晶宮）というガラスと鉄の宮殿で開かれた。クリスタル・パレスという新しい展示空間がロンドン博のシンボルとなり、その後の万博に受け継がれていく。

ジョセフ・パクストンは専門的な建築家の教育を受けたことはなく、造園の職人として出発し、やがて、庭づくり、温室の設計などで知られるようになった。

さて、オープンまであと1年になった時、会場の建築案が問題になっていた。重厚なレンガ建築のプランに対してジャーナリズムの批判が出た。あまりに費用がかかりすぎるのではないか、また、会場のハイド・パークのニレの木をこのプランでは切らなければならない、というのが市民の意見であった。

その時、パクストンは、温室から発想されたクリスタル・パレスのプランを出し、工期が10か月しかないことにあせっていた万博の委員会はこの案を採用し、水晶宮が登場したのである。

万博会場をつくったパクストンがDIY（ドゥ・イット・ユアセルフ）の人だったことは注目される。産業革命の最先端であるガラスと鉄の宮殿には手づくりの感覚が欠かせないのだ。〈スチームパンク〉はそのようなヴィクトリア朝の科学技術とハンドクラフトの不思議な組み合わせに魅せられている。

万博という19世紀の驚異博物館は1851年にロンドンで大成功し、19世紀後半ではフランスが中心となった。1878年、1889年、1900年と11年おきにパリで開かれた万博で、さまざまなアトラクションがくり広げられ、フランスのディスプレー技術の優雅な表現で、観客を酔わせた。

The world's fair is a spectacle of the nineteenth century. Its holders would gather interesting creations from all around the world and open the fair to residents of the entire world. While initially a big success in London in the year 1851, France took over in the latter half of the 19th century. The fairs were held in Paris every 11 years, in 1878, 1889, and 1900. All sorts of attractions were unveiled at the fair, and the fair's visitors were entranced by the forms of graceful French expression.

WORLD'S FAIR

1851年ロンドン万国博覧会

THE GREAT EXHIBITION

イギリス 1851

　ロンドン博はヴィクトリア朝最大のイベントとなった。

「この催しは、娯楽が目的の啓発と、啓発が目的の娯楽を同じ屋根の下で組みあわせんとする（それこそまさしく19世紀特有のやり方だ）、都会的かつ国際的な流行を作り出した。」

（L・C・B・シーマン『ヴィクトリア時代のロンドン』社本時子・三ツ星堅三訳　創元社 1987）

　啓発と娯楽が結びつけられる。19世紀的方法である。それによって、教育はより一般化、大衆化した。またヴィクトリア朝のストイックなモラルでは娯楽には快楽のうしろめたさがつきまとっていたが、娯楽は啓発・啓蒙と結びつくことで、その罪悪感を脱し、大いに繁栄した。万博はそれにふさわしい仕掛けであったのである。

　クリスタル・パレスはヴィクトリア朝のミクロコスム（小宇宙）、ミニアチュールであるといわれる。ロンドン博が終わった時、クリスタル・パレスは解体されることになった。しかしその建物が惜しまれ、シドナムの公園に移し、そこで再建築されることになった。そしてクリスタル・パレスは1936年に焼けるまで、そこで1851年のロンドン博の思い出を見せていた。

　1851年のロンドン博は、万国博覧会の時代を華やかに開幕させた。不思議なことに、それ以降のロンドン博はあまりうまくいかなくなった。代わってパリが万博の都市となる。

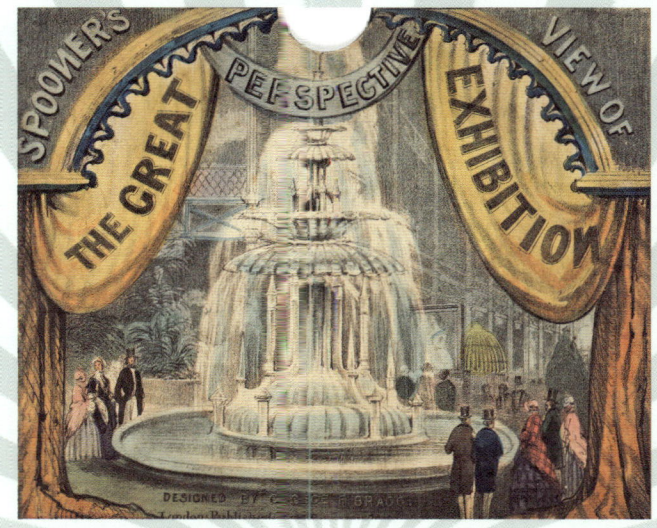

ロンドン万博の
折りたたみ式
のぞきからくり
カードのケース
ジョージ・F・ブラップ作
1851年
写真提供：Getty Images

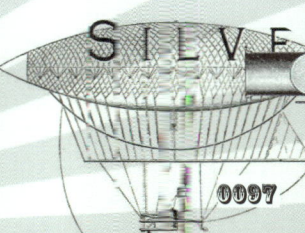

THE GREAT EXHIBITION

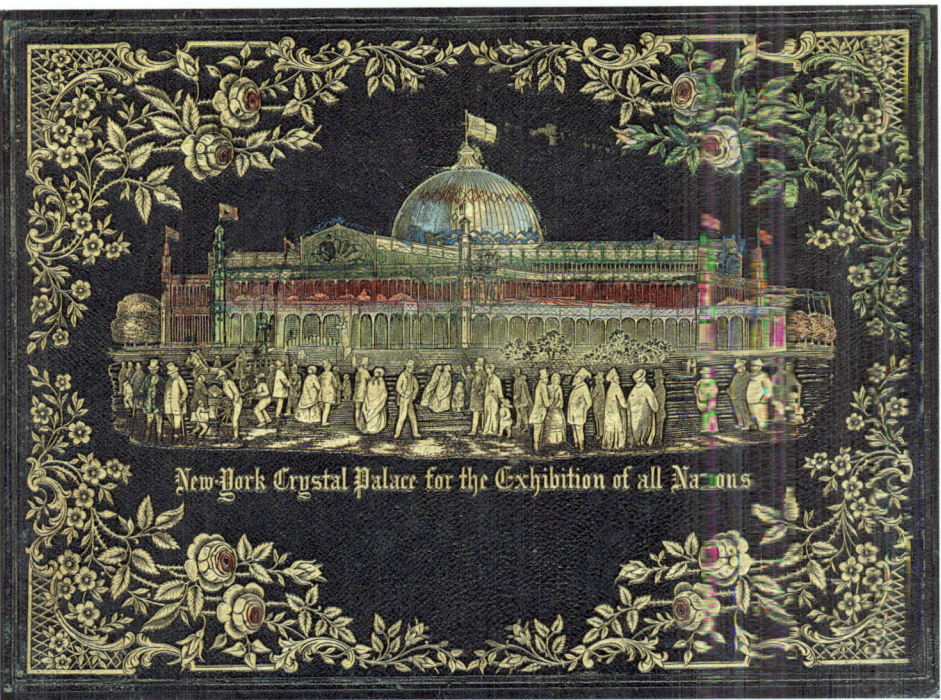

New York Crystal Palace for the Exhibition of all Nations

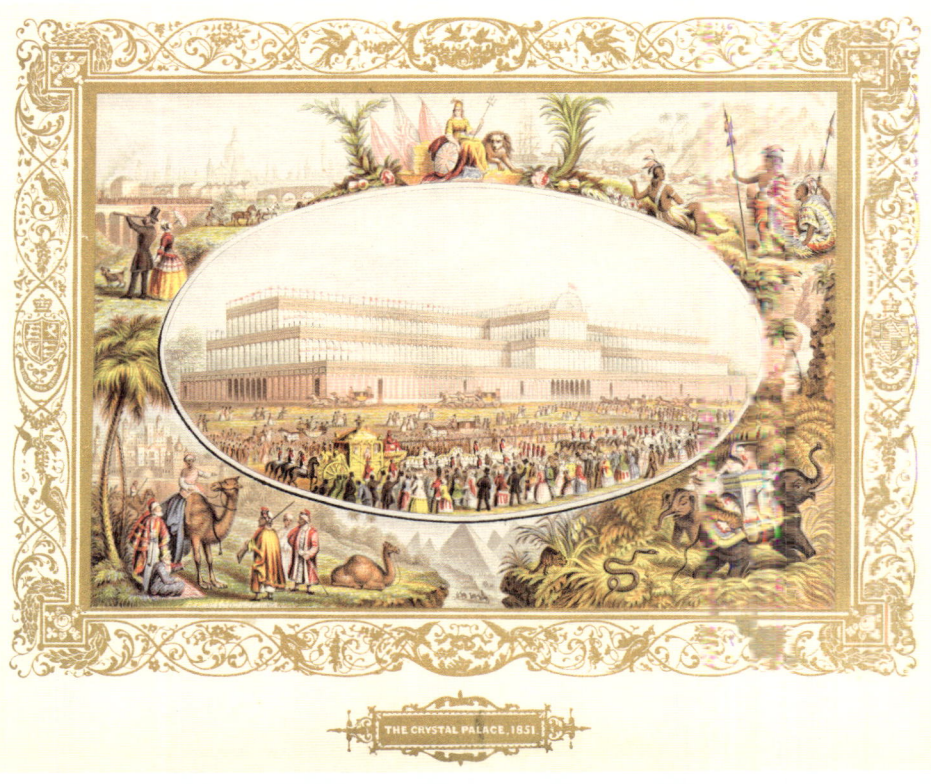

THE CRYSTAL PALACE, 1851

ロンドン博では記念品、カード、玩具などがつくられた。ロンドン博をきっかけに、パノラマ、ジオラマ、のぞきからくり、幻灯など
光学的見世物がはやった。前ページは、ロンドン博のシーンを見せるのぞきからくりで、ジョージ・ブラッグ作である。噴水が描かれている。
ロンドン博ではそのための記念グッズもつくられた。下段のカードにはクリスタル・パレスとその前を走るヴィクトリア女王の馬車、
群衆といったオープニングのシーンが描かれている。まわりにはエジプト、アジア、アフリカの生活がくり広げられている。

上下段：クリスタル・パレスの外観 ／ 1851年 ／ 写真提供：Getty Images

THE GREAT EXHIBITION

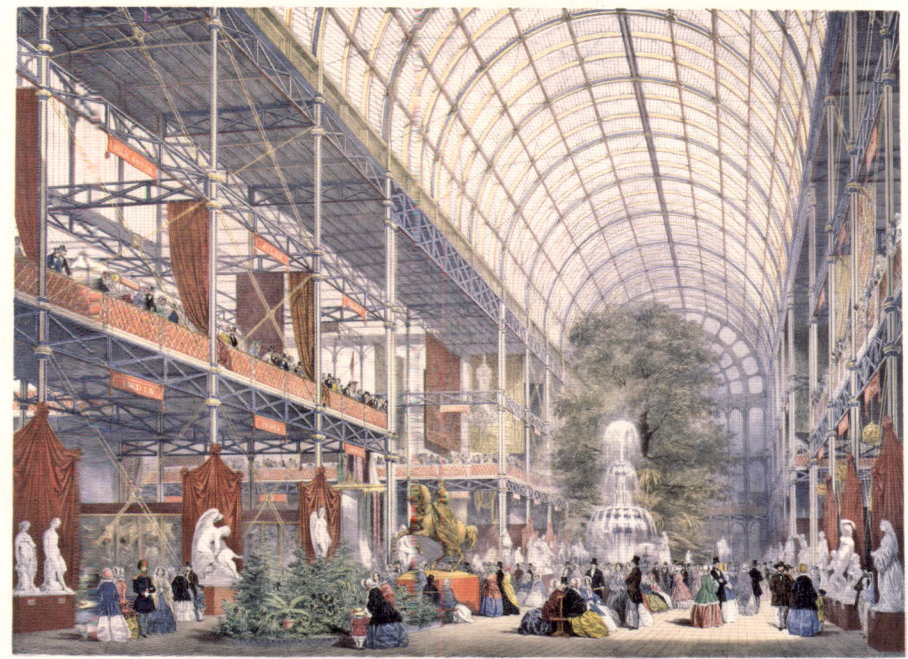

THE GREAT INDUSTRIAL EXHIBITION OF 1851.

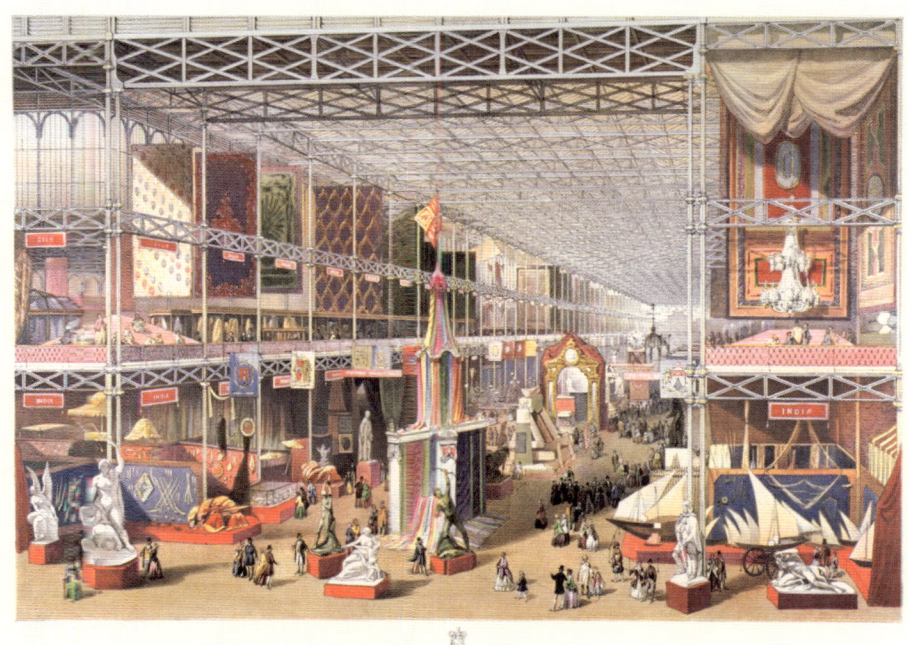

上段は、半円状のガラス・ドームからまぶしい光が落ちてくる。巨大な温室である。ここは中心部のホールで、噴水があり、その奥にニレの木がそっくりとり込まれている。これは切るはずであったが、植物愛好家の反対で、パクストンはしぶしぶ、ガラス・ホールにとり込んだという。下段は、半円ドームの回廊と直交した回廊で、天井は平らである。ここはロンドン博の主役、英国の産物を華やかに見せる英国部のパノラマである。しかし、古くさいと批判を浴び、ウィリアム・モリスなどのモダン・デザイン運動のきっかけとなった。

上下段：クリスタル・パレスの内観 ／ ディキンソン兄弟画 Dickinson Brothers ／ 1851年 ／ 写真提供：Getty Images

WORLD'S FAIR

1878年パリ万国博覧会

EXPOSITION UNIVERSELLE DE PARIS 1878

フランス 1878

　万博をめぐるイギリスとフランスの微妙な関係は興味をそそる。博覧会はむしろフランス的なものであったといわれる。しかしそれはまだフランス本国とその植民地の枠にとどまっていた。

　ロンドンが博覧会を開こうとした時、それ以前に開かれていたフランスの国内博覧会を参考にしたという。そして1851年のロンドン博で大成功した。それはフランスをいくらか嫉妬させたらしい。もともと博覧会はフランス人が得意だ、ぜひイギリス人からとりもどさなければならないという気持ちが高まった。

　1878年のパリは、パリ万博の黄金時代のはじまりであった。この万博の呼び物はアンリ・ジファールの気球であった。巨大な気球がパリの空にゆったり浮遊している。人々はそんな光景をはじめて見た。ロンドン博とパリ博（1878）の大きなちがいは、ロンドン博はいくら大きくても、ガラスに閉じこめられたインテリアの世界であったのに対し、パリ博は野外的でパリの街にあふれ出していたことである。パリ博は万博と都市（パリ）をうまく組み合わせて、よりダイナミックな万博を演出した。

　19世紀末は完全なパリ博の時代であった。パリはロンドンから博覧会をとりもどしたのである。

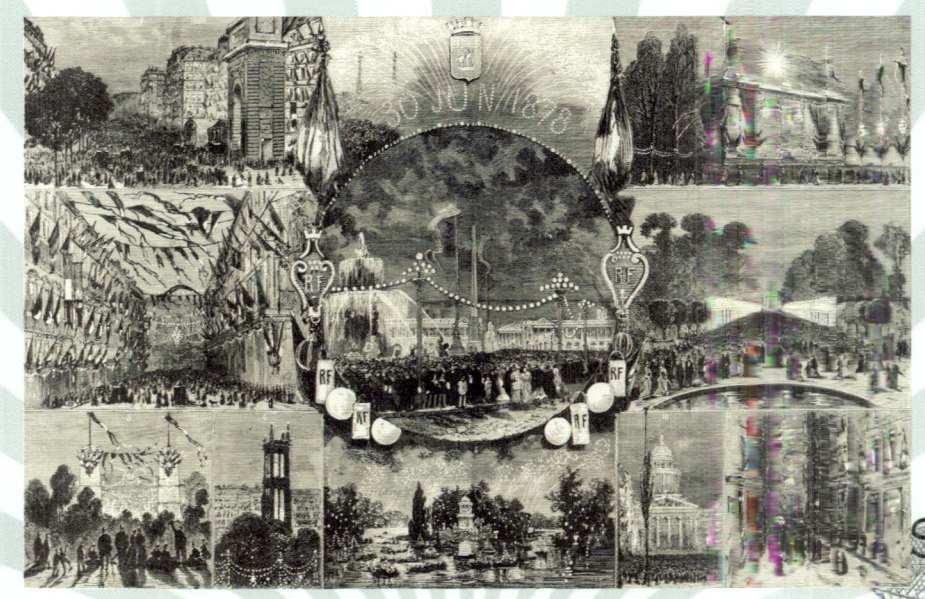

1878年6月30日の共和国を讃える祝祭
『1878年パリ万国博覧会』挿絵／1879年／アートハーベスト蔵

EXPOSITION UNIVERSELLE DE PARIS 1878

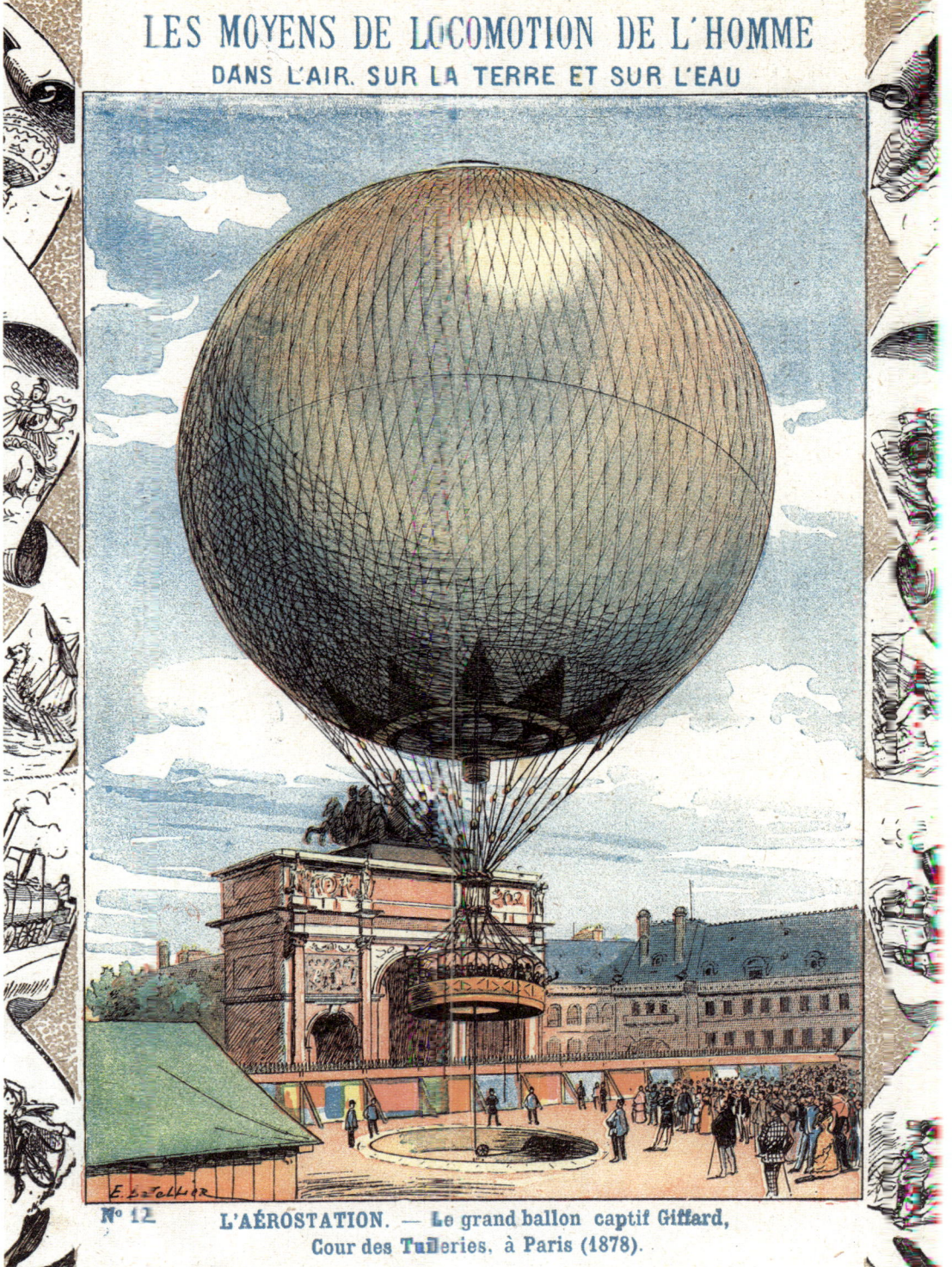

LES MOYENS DE LOCOMOTION DE L'HOMME

DANS L'AIR, SUR LA TERRE ET SUR L'EAU

N° 12　L'AÉROSTATION. — Le grand ballon captif Giffard,
Cour des Tuileries, à Paris (1878).

アンリ・ジファールの気球は1878年パリ博のシンボルであった。テュイルリー宮殿に気球のステーションがつくられ、
毎日、多くの観光客を乗せてパリの空中散歩をした。気球のイメージはルドンなどの幻想画にまで影響を与えた。
いよいよパリ万博がオープンした。この日は会場だけでなく、パリ的にイルミネーションを飾り、博覧会を祝ったらしい（前ページ）。
夜の部が中心であったので、美しい夜景がちりばめられている。19世紀後半、パリの夜は輝きはじめていた。

アンリ・ジファールの気球／1878年／写真提供：Getty Images

WORLD'S FAIR & EXPO

1889年パリ万国博覧会

EXPOSITION UNIVERSELLE DE PARIS 1889

フランス 1889

1878年から11年たって開かれた1889年のパリ万博は、おそらく最も有名な万博だろう。シンボル・タワーであるエッフェル塔は今もパリのモニュメントである。その会場を見渡すと、セーヌ川に沿った広大な土地を占めている。ロンドン博（1851、P97-99）がハイド・パークを会場とし、この公園をこえてロンドン市内に流れ込んでいくことはなかったことを思うと、パリ万博が都市といかに溶けあっていたかわかる。

この万博で重要なことは、1889年はフランス革命100周年であったことである。革命記念祭と万国博覧会が重ねられ、このパリ万博は異様な盛り上がりを見せた。

この万博のオープンに向けて、エッフェル塔が天に立ち上っていく過程をパリ人は毎日見ることができた。科学技術が日々成長していくのだ、とそれは語っていた。

エッフェル塔はその後のパリ万博でもずっと屹立しつづけ、今にいたっている。

1889年のパリ万博でギュスターヴ・エッフェルとトーマス・エジソンが出会っている。エッフェル塔と電気が主役なのである。エッフェルとエジソンは、人間ばなれしたマッド・サイエンティストたちである。パリ万博は彼らの遊び場であり、そこはスチームパンカーたちの楽園であった。エッフェル塔はスチームパンクの最も強力なアイコンの1つなのである。

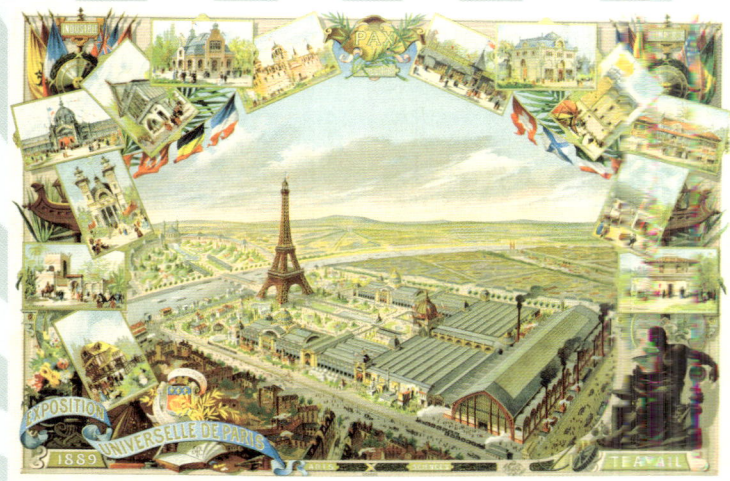

1889年パリ万国博覧会のポスター
1889年 / 写真提供：Getty Images

1889年パリ万国博覧会

EXPOSITION UNIVERSELLE DE PARIS 1889

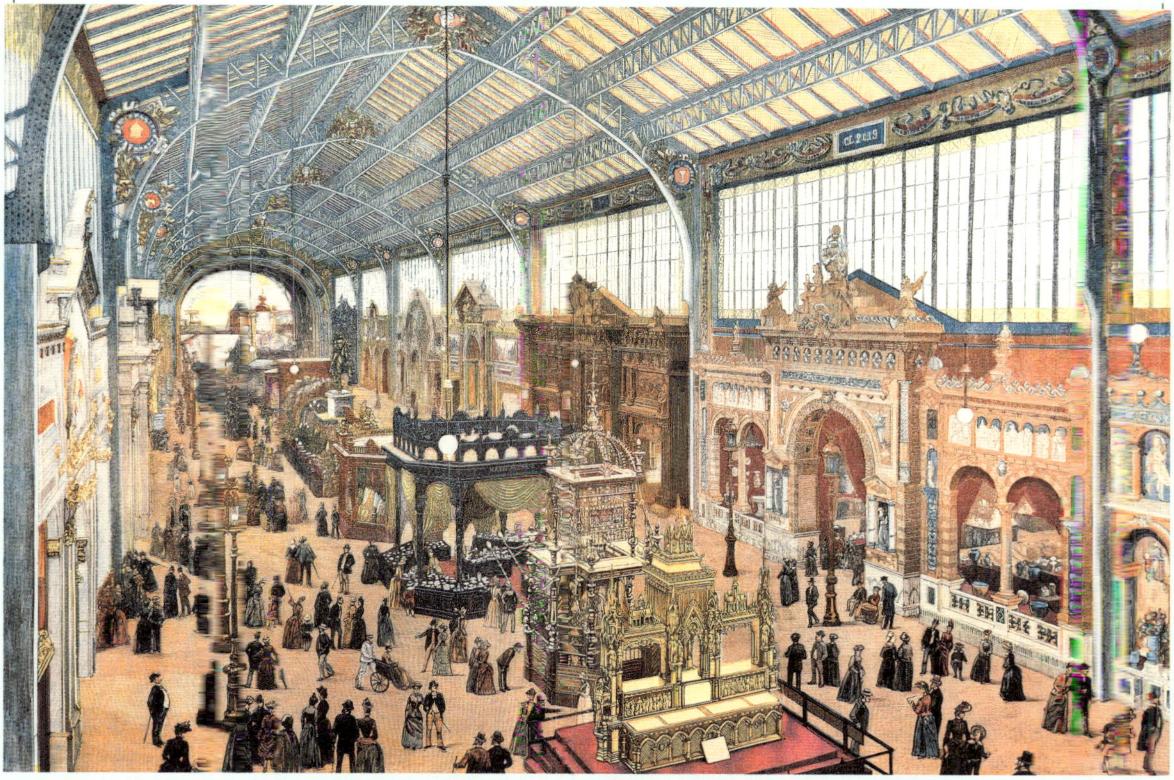

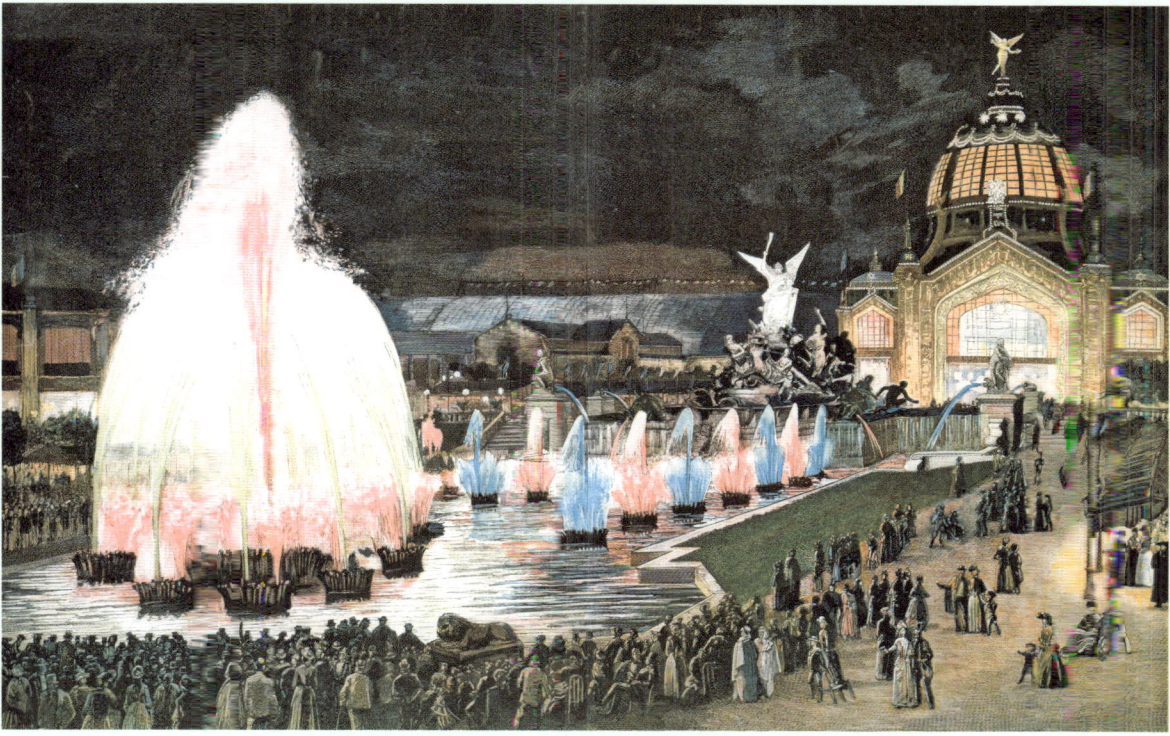

上段は美術工芸品のギャラリーである。優雅な貴婦人たちが会場を散策しているのが見える。
パリ博の主役は電気の光であった（下段）。イルミネーションによって、それまでの博覧会とは比較にならないほど
華麗な照明演出が発達した。水、噴水機械、電飾によって、幻想的な夜の万国博覧会が浮かび上がる。

上下段：1889年パリ万国博覧会の内部（上段）と水宮噴水 / 1889年 / 写真提供：Getty Images

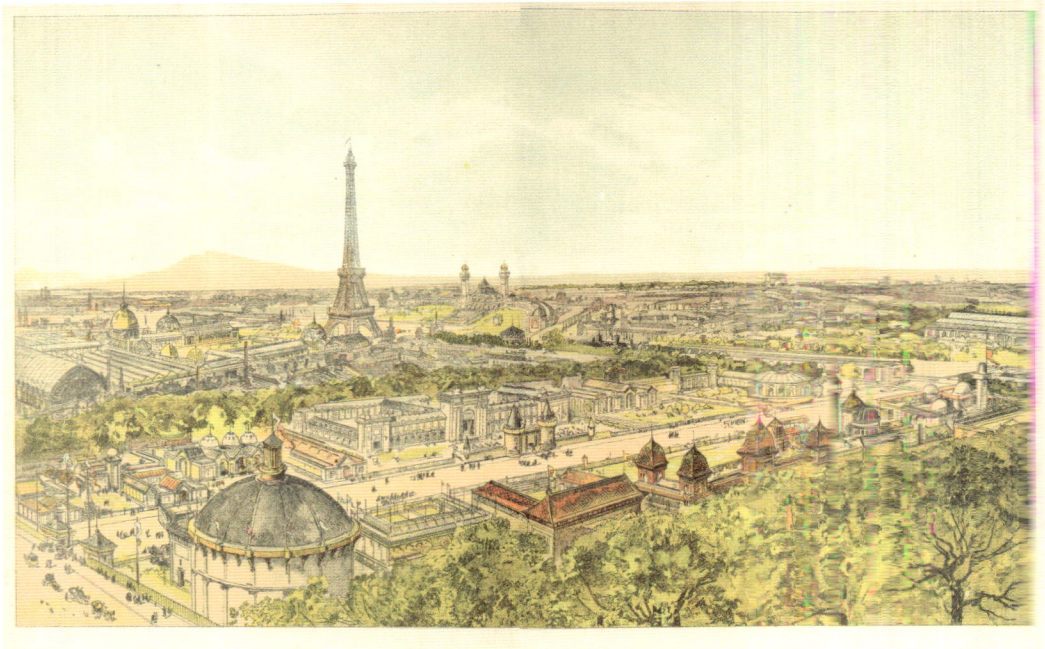

VUE GÉNÉRALE DE L'EXPOSITION UNIVERSELLE, PRISE DE L'ESPLANADE DES INVALIDES.

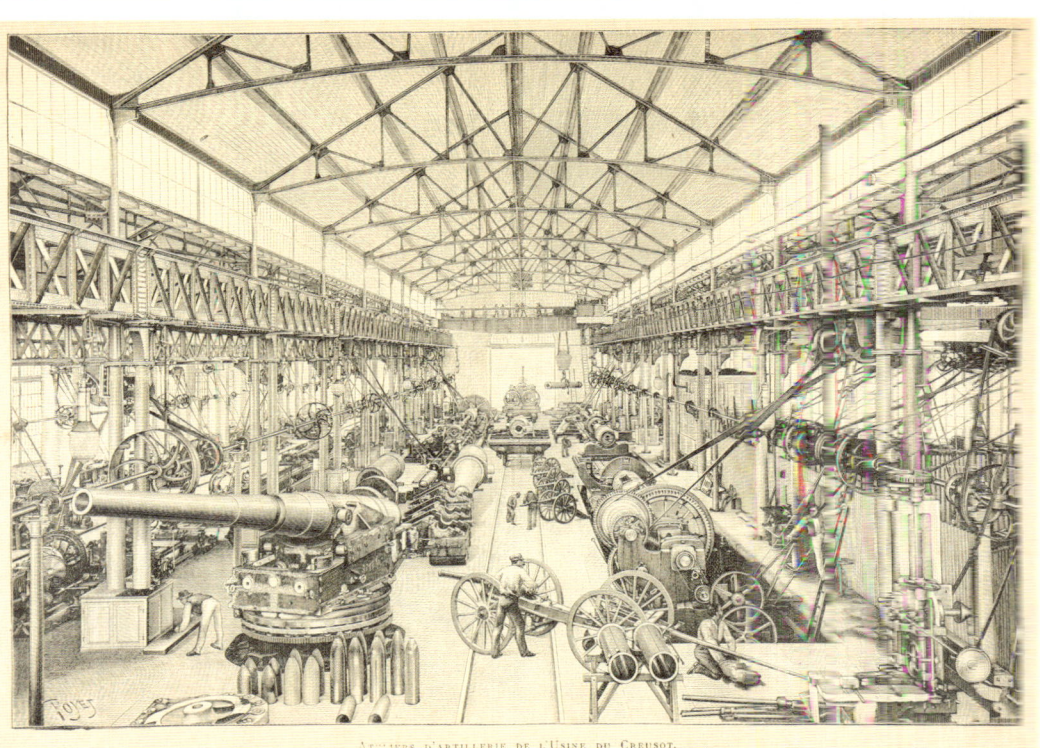

ATELIERS D'ARTILLERIE DE L'USINE DU CREUSOT.

万国博覧会は1つの町として設計されるようになった。エッフェル塔を中心とした万博区はパリみやげとして
世界中に配布され、パリのイメージは世界で共有された。万博は複製化され、イメージ化されたのである。
会場内は鉄骨とガラスの大回廊がつくられた。その最大のものは「機械のギャラリー」と呼ばれた（下段）。
また、気球に代わって、最新の乗り物として、飛行船がこのパリ博に登場した（次ページ）。浮遊するだけでなく、
プロペラつきで自由に飛行する。気球と飛行機との中間の、飛行船ののんびりしたイメージは、白世紀にふさわしい。

P104-105：『1889年パリ万国博覧会』挿絵 / 1889年 / アートハーベスト蔵

L'EXPOSITION DE PARIS
DE 1889

Prix du numéro : 50 centimes.	Journal hebdomadaire. — 28 décembre 1889.	Prix du numéro : 50 centimes.
40 NUMÉROS. — PARIS ET DÉPARTEMENTS : 20 FR.	N° 65	40 NUMÉROS. — PARIS ET DÉPARTEMENTS : 20 FR.
Adresser les mandats à l'ordre de l'Administrateur.	BUREAUX : 8, RUE SAINT-JOSEPH. — PARIS	Adresser les mandats à l'ordre de l'Administrateur.

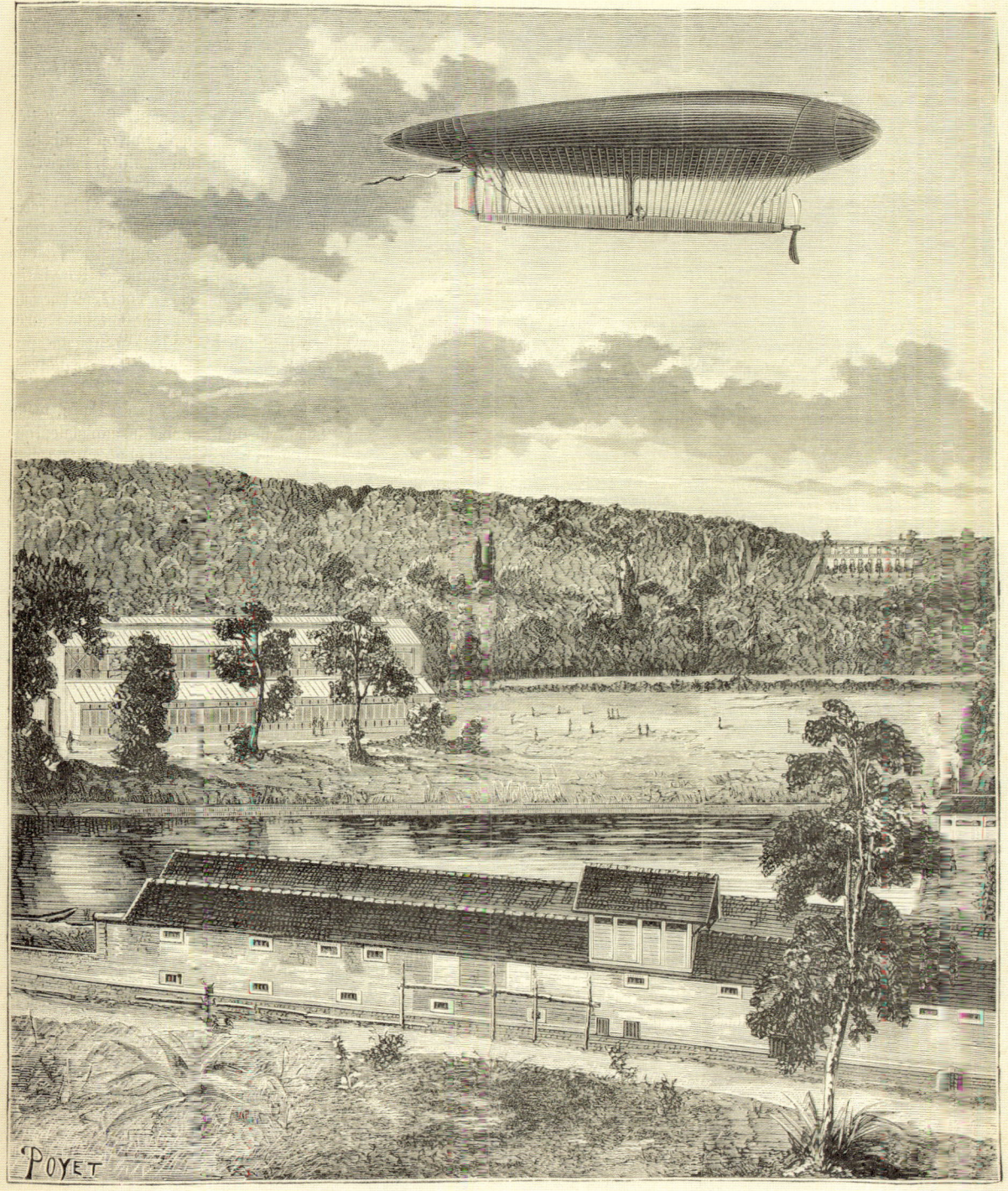

POYET

LE NOUVEL AÉROSTAT DIRIGEABLE DE MM. RENARD ET KREBS, EXPOSÉ A L'ESPLANADE DES INVALIDES.

WORLD'S FAIRS

1900年パリ万国博覧会

EXPOSITION UNIVERSELLE DE PARIS 1900

フランス 1900

1889年のパリ万博は華やかにフランス革命100年を祝った。それから11年目の1900年にまたパリ万博が開かれた。

1900年のパリ万博にはちょっと微妙なところがあった。1900年というのは、19世紀の終わりなのだろうか、それとも20世紀のはじまりなのだろうか。どちらもといえないあいまいさがこの万博につきまとっている。

1900年博はアール・ヌーヴォー・スタイルがその会場を飾ったことで知られている。実はこのパリ博にずっと忘れられていたのである。1889年のパリ博があまりに有名であったのに対して、1900年のパリ博にあいまいのうちに忘れられてしまった。しかし1970年代から爆発的にリヴァイヴァルされたアール・ヌーヴォーによって、そのメイン・ステージであった1900年のパリ博の記憶が甦ってきたのであった。

1900年のパリ博は、古いものの終わりでもあり新しいもののはじまりでもあるという二重性によって重要なのだ。古いものが終わり、新しいものがはじまる。

この博覧会では日本人が参加しているのも忘れてはならない。川上貞奴である。彼女は夫の音二郎と一座を組んでパリ興行をし、パリ博の時にロイ・フラー劇場に出演し、そのカブキ・ショーはパリ万博の大きな話題となった。

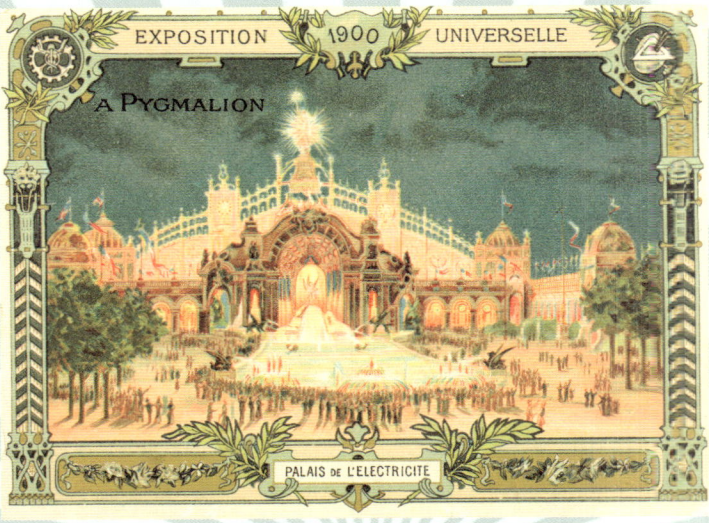

1900年パリ万国博覧会の電気館のポストカード
1900年
アート・ハーベスト蔵

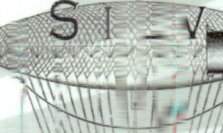

EXPOSITION UNIVERSELLE DE PARIS 1900

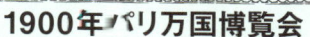

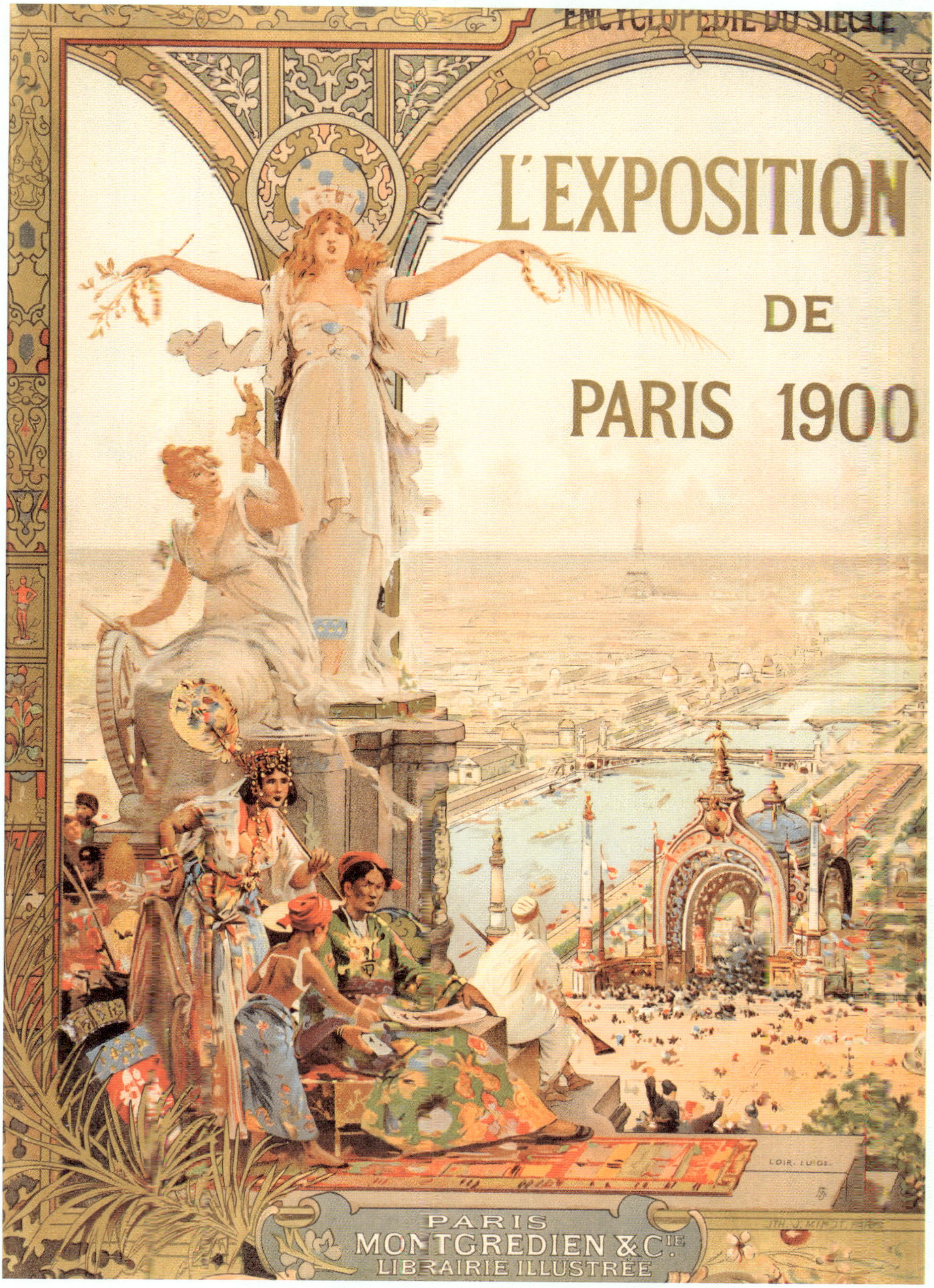

1900年パリ博のポスターである。右下に会場入口の門が見える。その背後にセーヌ川が見え、その向こう側がメイン会場である。彼方にエッフェル塔が立っている。手前にオリエントの人たちが待機していて、国際的な雰囲気が伝わってくる。

1900年パリ万国博覧会のポスター / 1900年 / 写真提供：Getty Images

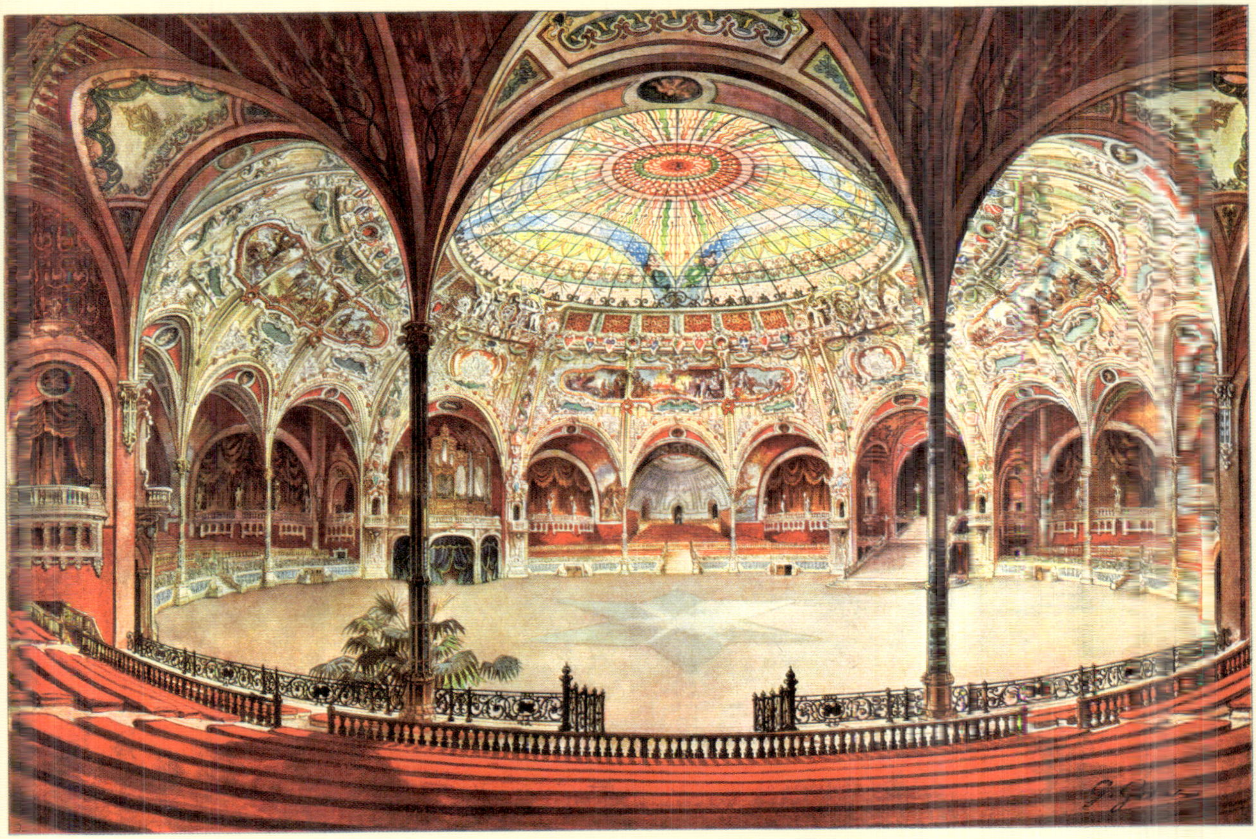

Weltausstellung zu Paris: Der große Festsaal im Elektrizitätspalast.

Nach einem Aquarell von G. Garen.

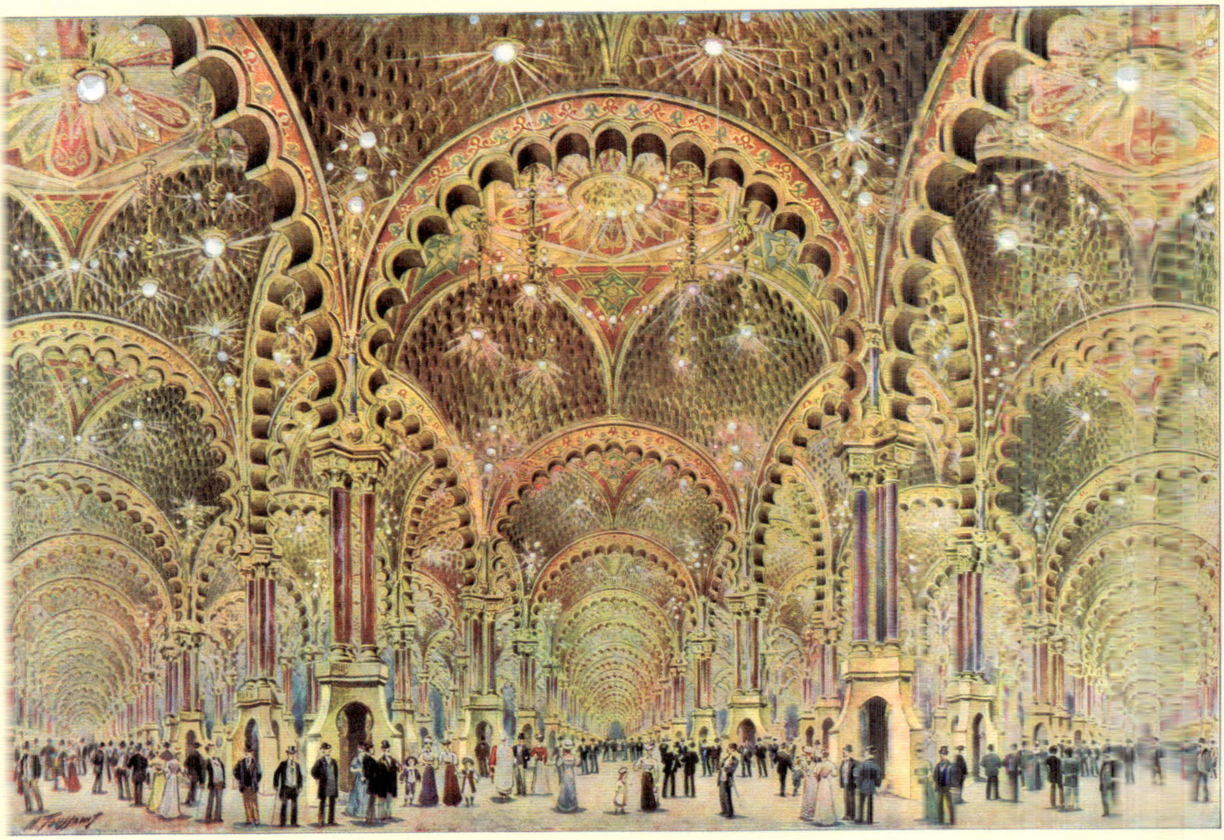

Weltausstellung zu Paris: Illusions-Saal im Elektricitäts-Palast.

Nach einem Aquarell von H. Toussaint.

EXPOSITION UNIVERSELLE DE PARIS 1900

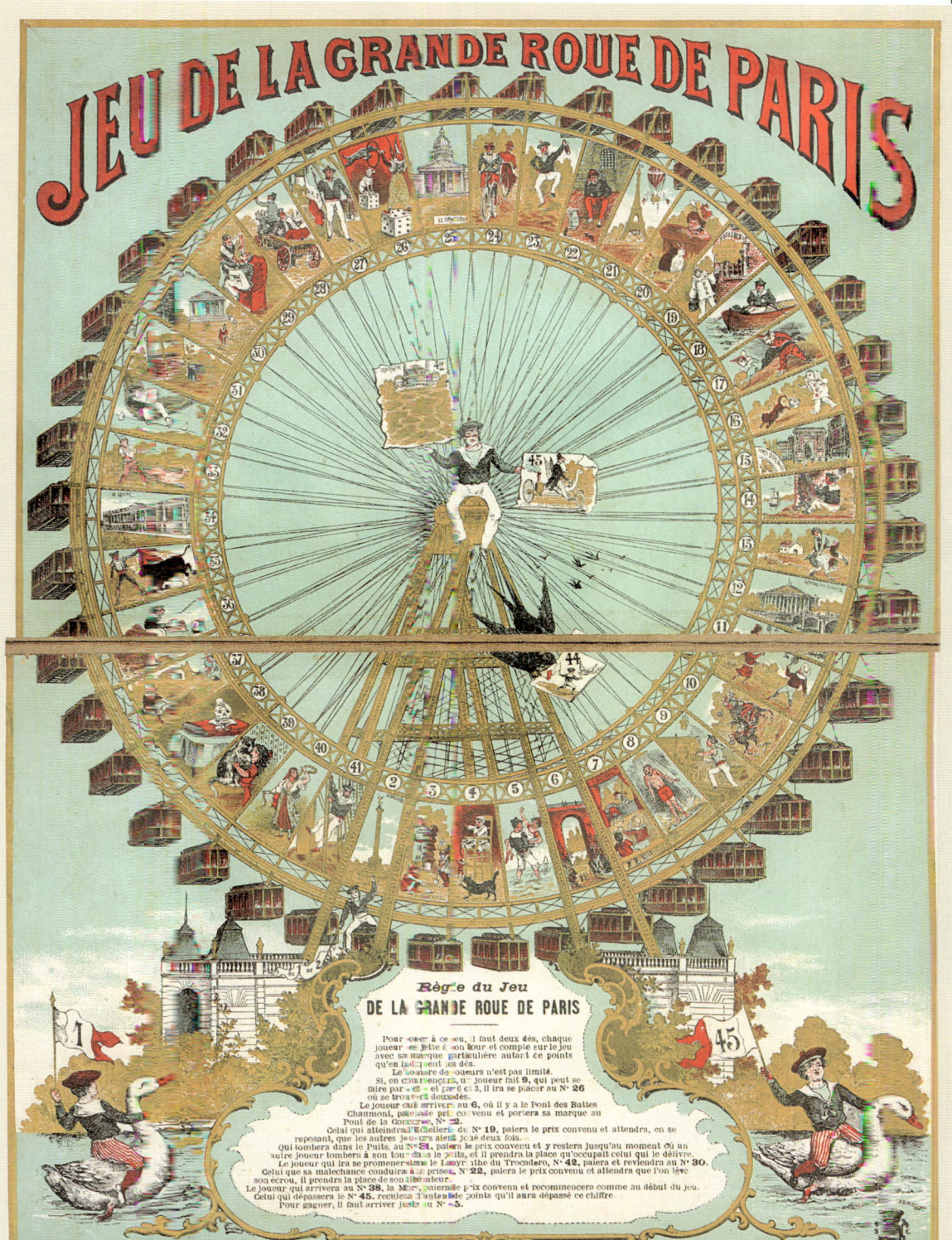

この博覧会の最も華やかな建物は電気館(前ページ)であった。イスラム風の装飾的な建築に電飾がちりばめられ、内部のドームはイスラムのモスクのように、複雑なアラベスクが展開され、イルミネーションのアラベスクが星のようにきらめいていた。

P108上下段：1900年パリ万国博覧会の電気館 / 1900年 / 写真提供　Getty images、P109：観覧車「グランド・ルー・ド・パリ」のゲーム・ボード / アートアーベスト蔵

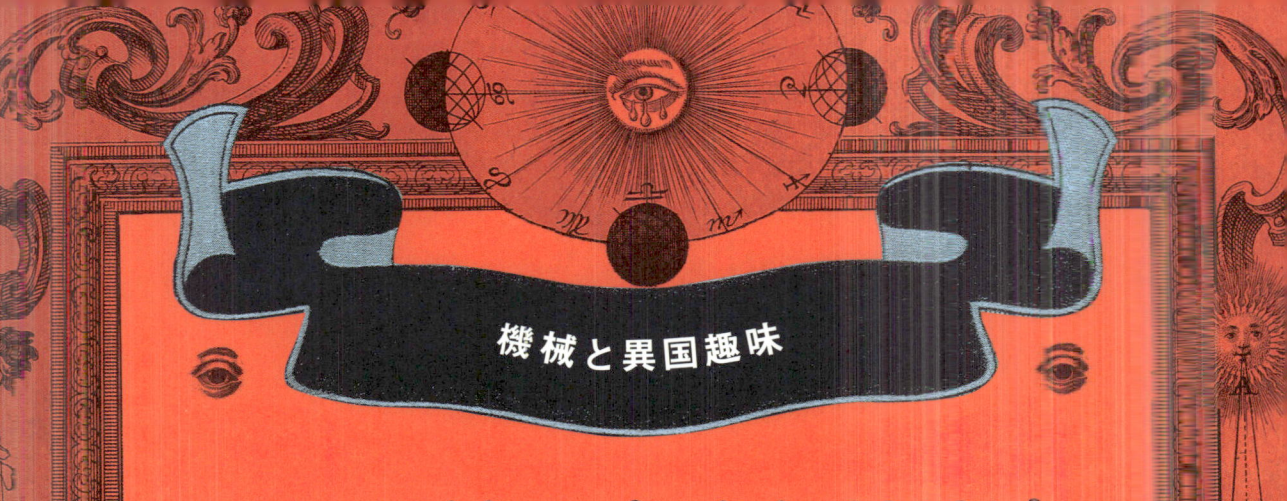

MACHINES AND EXOTICISM

　19世紀は強烈なヴィジョンが登場した時代であった。視覚は一挙に拡大され、私たちのまなざしを爆発的に混乱させた。まず圧倒的な印象を与えたのが蒸気機関車であった。巨大な鉄の砲弾のようなかたまりと歯車、シリンダー、シャフトなどの〈機械〉のイコノロジーの典型である。

　〈機械〉についてはだれでもなんとなくわかるが、〈機械〉とはなにかとなるとわからなくなる。まず〈機械（マシン）〉は〈人間（ヒューマン）〉に対立するものだ。人間を超える異物、他者なのである。しかしそれは、〈人間〉とはなにかを考えさせる。19世紀にあらわれた〈機械〉は人間に立ちふさがり、ある意味で人間の鏡となった。

　18世紀末からスチーム・エンジン（蒸気機関）、スピニング・ジェニー（ジェニー紡績機）、ウィーヴィング・マシン（自動織機）が発明された。機械が人間に代わるというおそれから、ラッダイトという機械に反対し、破壊する運動が1811-16年に起きた。この時代から人間は機械との関係を意識した。1830年頃から〈マシン・エイジ〉がはっきりと登場してくる。

　蒸気機関車、蒸気船さらに電動機などの〈機械〉の発明は、遠方の外国への旅、未知なる大陸への冒険を急激に活発化させる。異国趣味、驚異の旅の時代がはじまる。それまで一部の人のものであった異国趣味は一挙に大衆化され、だれでも楽しめるものとなる。〈機械〉、科学技術は、〈異国趣味〉のためのメディアとなる。人々は鉄道や汽船であちこち出かけ、珍奇な風景をめぐり、それをカメラで撮影する。

　〈機械〉と〈異国趣味〉は、何重もの時を混ぜ、重ね合わせることを可能にし、カレイドスコープ（万華鏡）のような目くらまし装置となった。

The nineteenth century was an age of powerful vision. Creations appealing to the visual sense were widely expanded, bringing an explosive confusion to our sight. With many machines such as the steam engine being invented at the end of the eignteenth century, the machine age took center stage. Furthermore, the invention of machines brought more adventures and trips to foreign lands. The combination of machines and fascinations with all things foreign made possible the conglomeration of different eras.

GREAT INVENTION WIZARD

乗り物機械

TRANSPORT

19世紀前半

19世紀の人々がまず魅せられたのは乗り物機械であった。それは人々をあっという間に遠方に運び、さらには空にまで連れてゆく。それはまさに夢のマシンであった。新しい乗り物機械の中でも〈蒸気機関車（スチーム・ロコモーティヴ）〉の与えた衝撃については語りつくせないほどだ。

〈蒸気機関車〉はおそらくヴィクトリア朝の人々が見た最初の、美しい機械であった。機械と美は対立的なものと見られた。初期の機械は不格好で醜い。しかし1830年代にあらわれる〈蒸気機関車〉において、人は機械の美しさを発見した。

〈蒸気機関車〉には魔術的な魅力がある。おどろくべきことに、その影響は現代までつづいていて、多くの熱狂的な鉄道ファンが活動し、それどころかヴィクトリア朝の〈蒸気機関車〉にもどろうとする〈スチームパンク〉という現象を呼び出した。

なぜ現代に〈蒸気機関車〉のイメージに憑かれているのだろうか。おそらく、美しい機械、人間的な機械にもどりたいという夢を見せてくれるからではないだろうか。

その他のヴィクトリア朝の乗り物機械、船、気球、飛行船、初期飛行機、また自転車などにいたるまで、どこかゆったりした、想像力をかきたてるところがある。

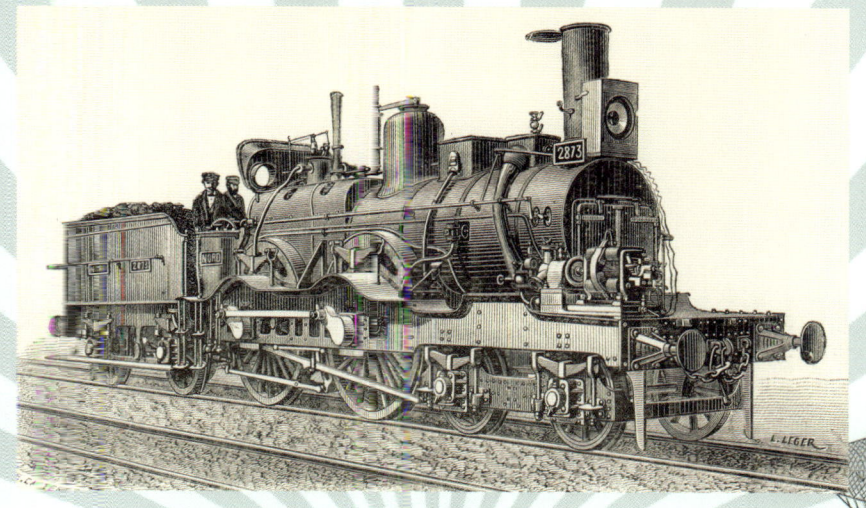

蒸気機関車
『新しい科学の征服』挿絵／レイ・フィギエ著／1884年／アートハーベスト蔵

STEAM LOCOMOTIVE

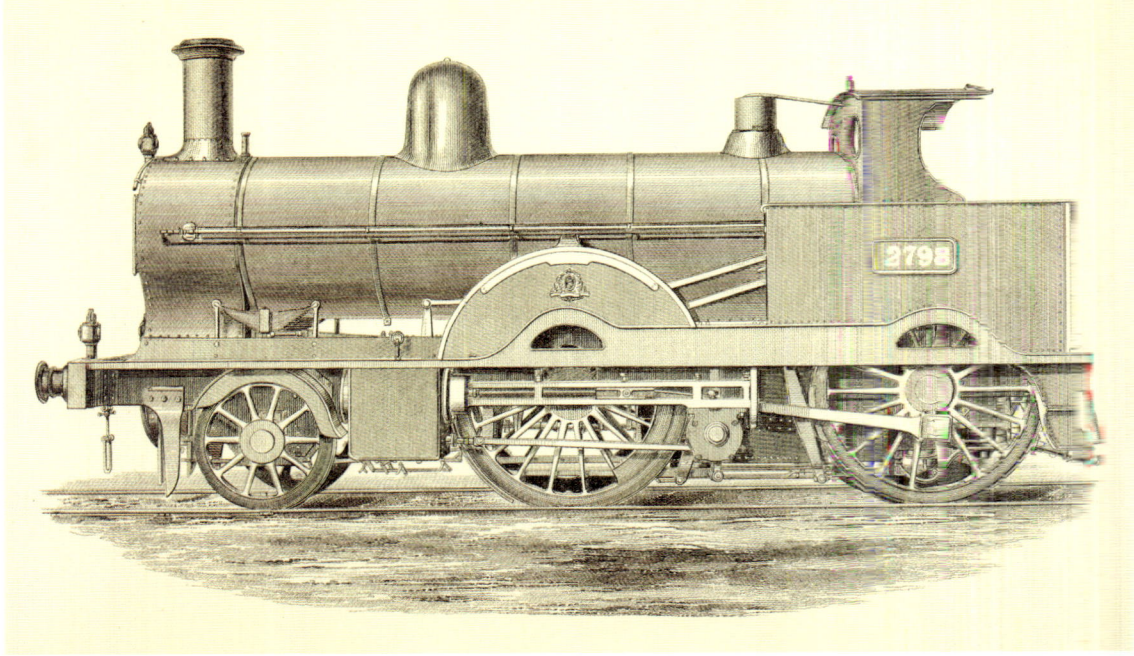

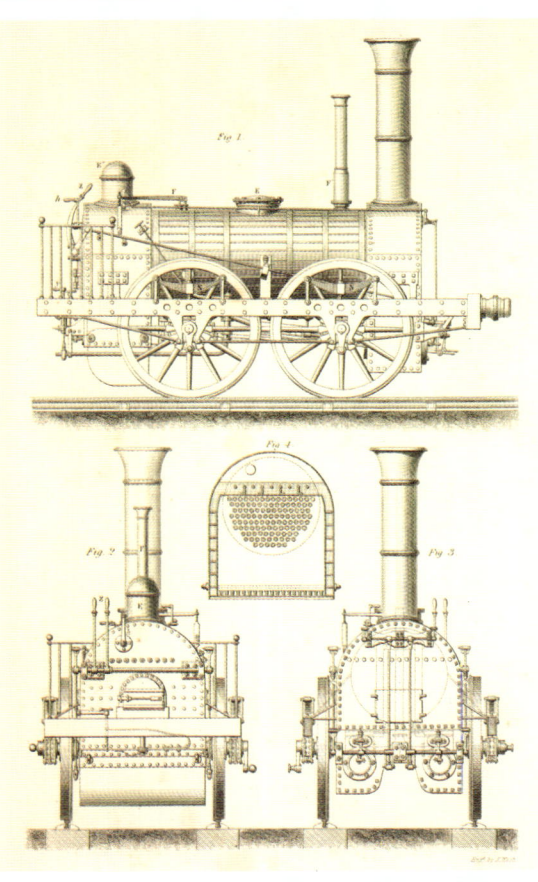

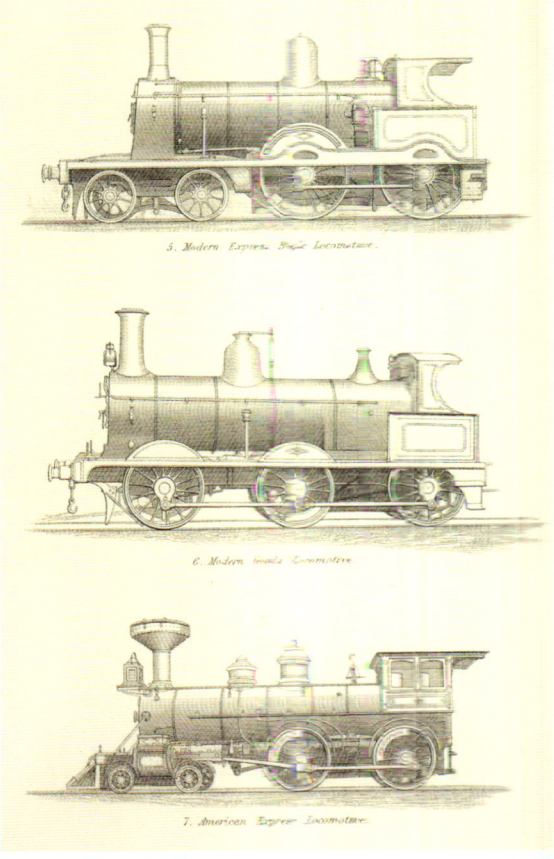

ボイラーと煙突、三連の車輪という基本パターンが無限に展開されている。鉄道マニアによると、
機関車は地方ごとに独特のスタイルを持つという。機関車を中心にした無数の鉄道画が描かれている。

上段・下段2点：『ナショナル・エンサイクロペディア』挿絵／1800-84年／アートハーベスト蔵

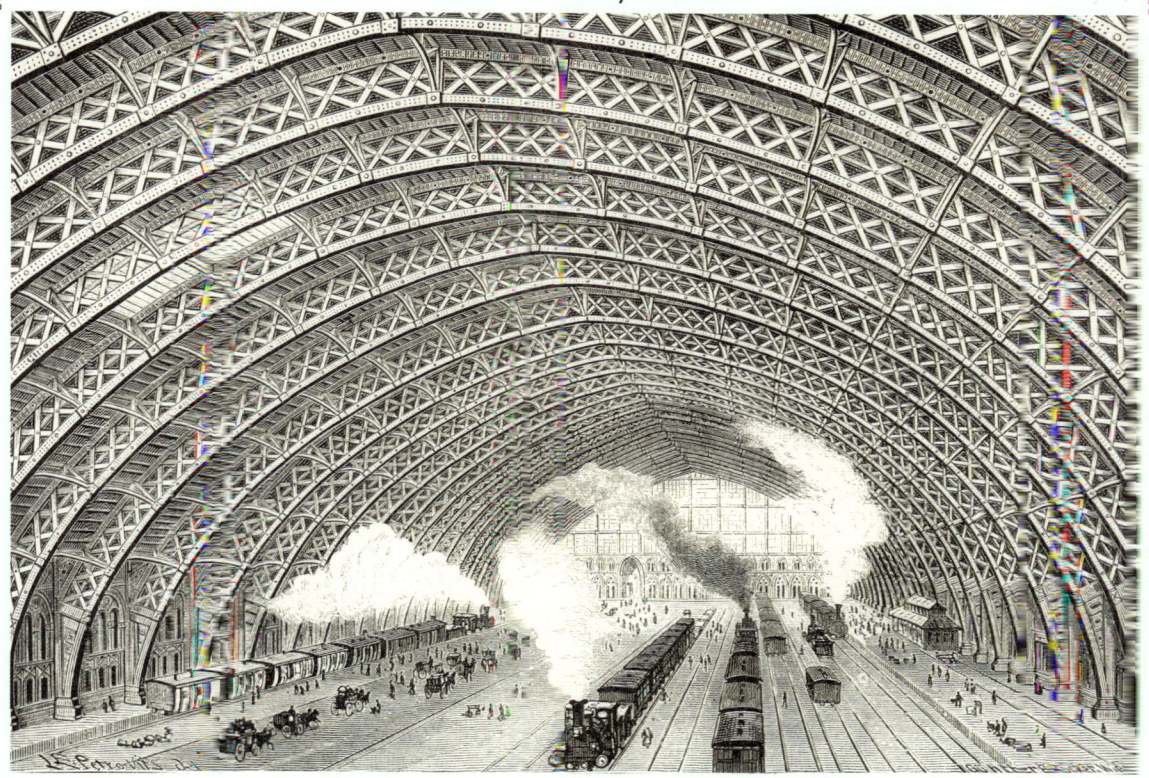

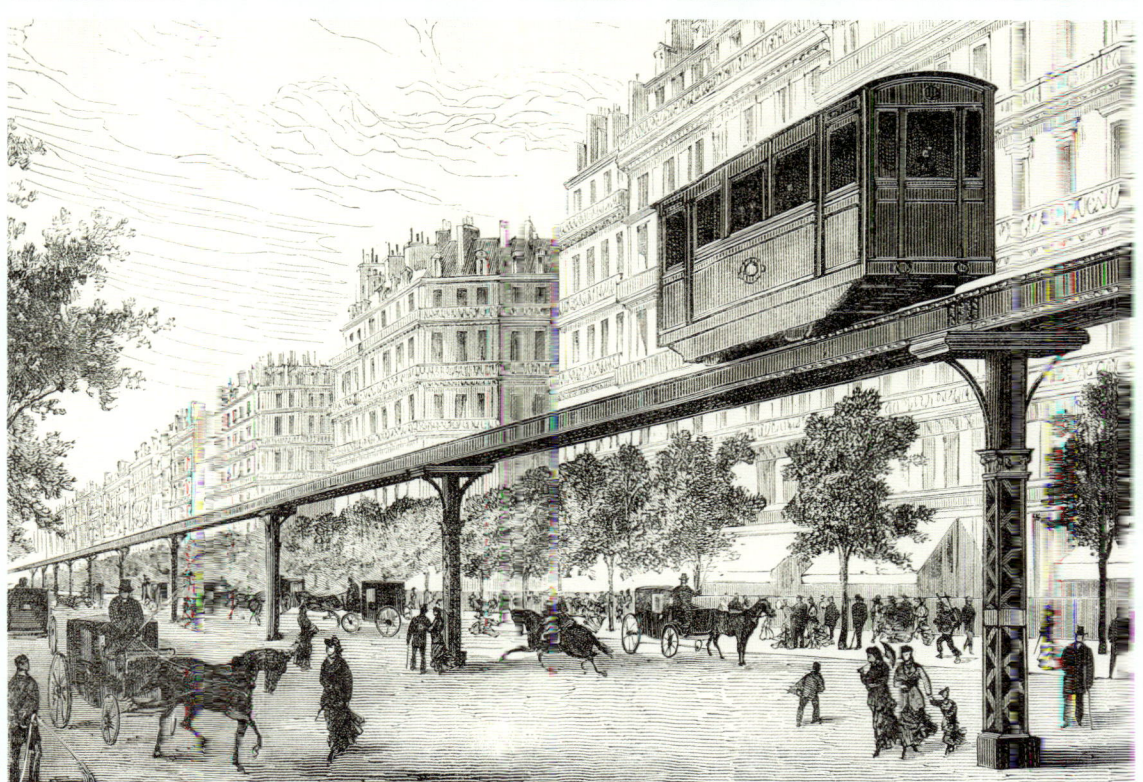

蒸気機関車に長い車輪がつながれ、レールの上を走る。
煙を吐く機関車がまず主役であったが、しだいにそれに連なる客車のトレインの姿によって、鉄道の美学が完成する。

上下段：『新しい科学の征服』挿絵／ルイ・フィギエ著／1884年／アートハーベスト蔵

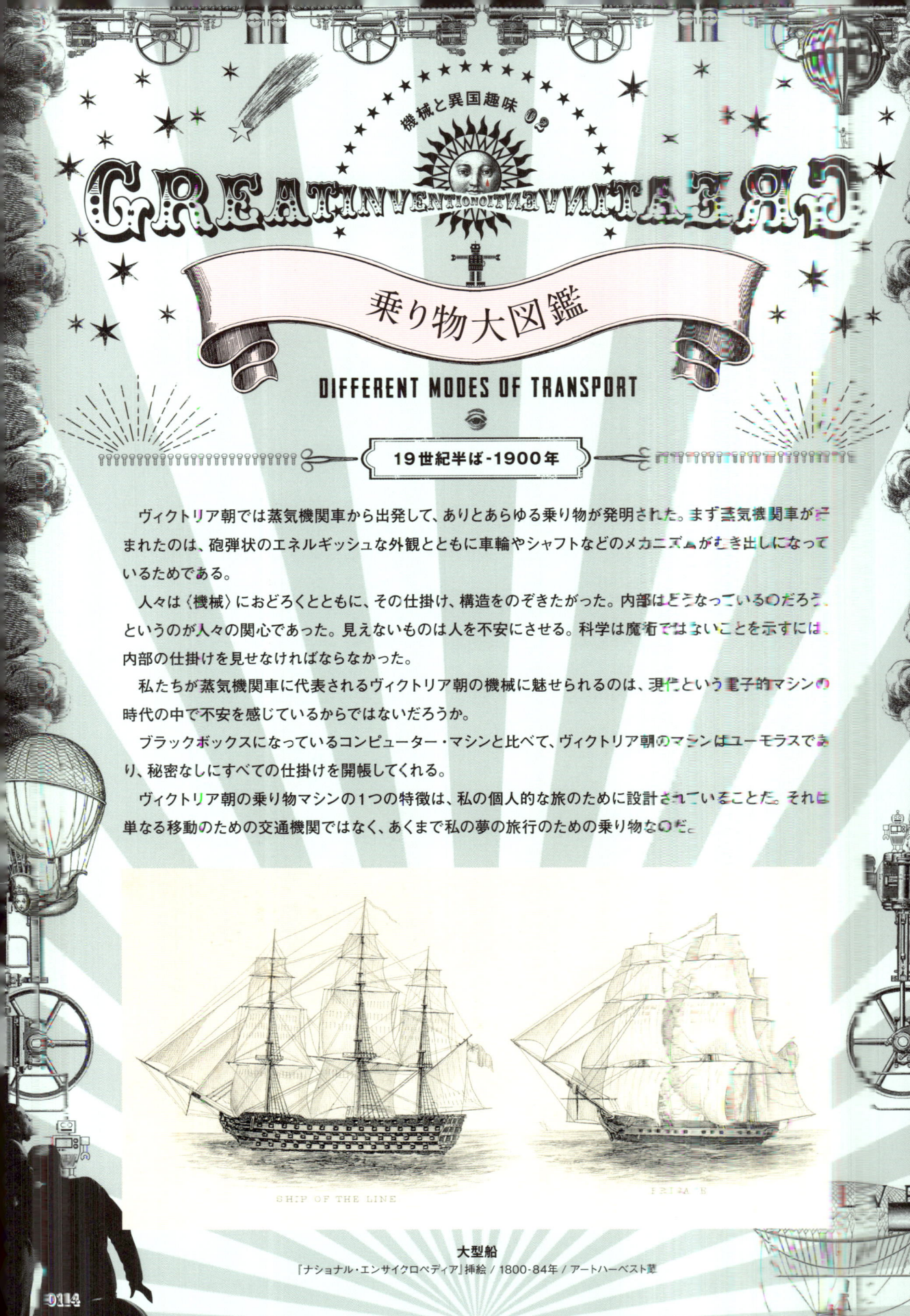

機械と異国趣味 02

GREAT INVENTION VEHICLE

乗り物大図鑑

DIFFERENT MODES OF TRANSPORT

19世紀半ば-1900年

　ヴィクトリア朝では蒸気機関車から出発して、ありとあらゆる乗り物が発明された。まず蒸気機関車が生まれたのは、砲弾状のエネルギッシュな外観とともに車輪やシャフトなどのメカニズムがむき出しになっているためである。

　人々は〈機械〉におどろくとともに、その仕掛け、構造をのぞきたがった。内部はどうなっているのだろうというのが人々の関心であった。見えないものは人を不安にさせる。科学は魔術ではないことを示すには、内部の仕掛けを見せなければならなかった。

　私たちが蒸気機関車に代表されるヴィクトリア朝の機械に魅せられるのは、現代という電子的マシンの時代の中で不安を感じているからではないだろうか。

　ブラックボックスになっているコンピューター・マシンと比べて、ヴィクトリア朝のマシンはユーモラスであり、秘密なしにすべての仕掛けを開帳してくれる。

　ヴィクトリア朝の乗り物マシンの1つの特徴は、私の個人的な旅のために設計されていることだ。それは単なる移動のための交通機関ではなく、あくまで私の夢の旅行のための乗り物なのだ。

SHIP OF THE LINE

FRIGATE

大型船
『ナショナル・エンサイクロペディア』挿絵 / 1800-84年 / アートハーベスト蔵

SCREW STEAM SHIP OF WAR / SALOON STEAMER

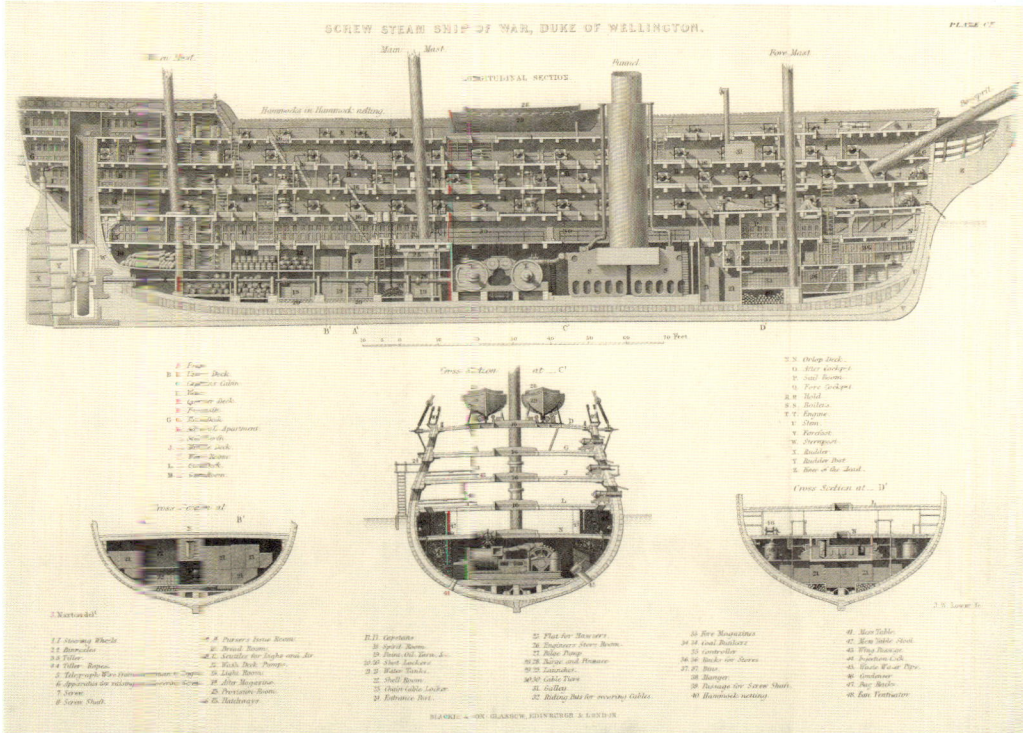

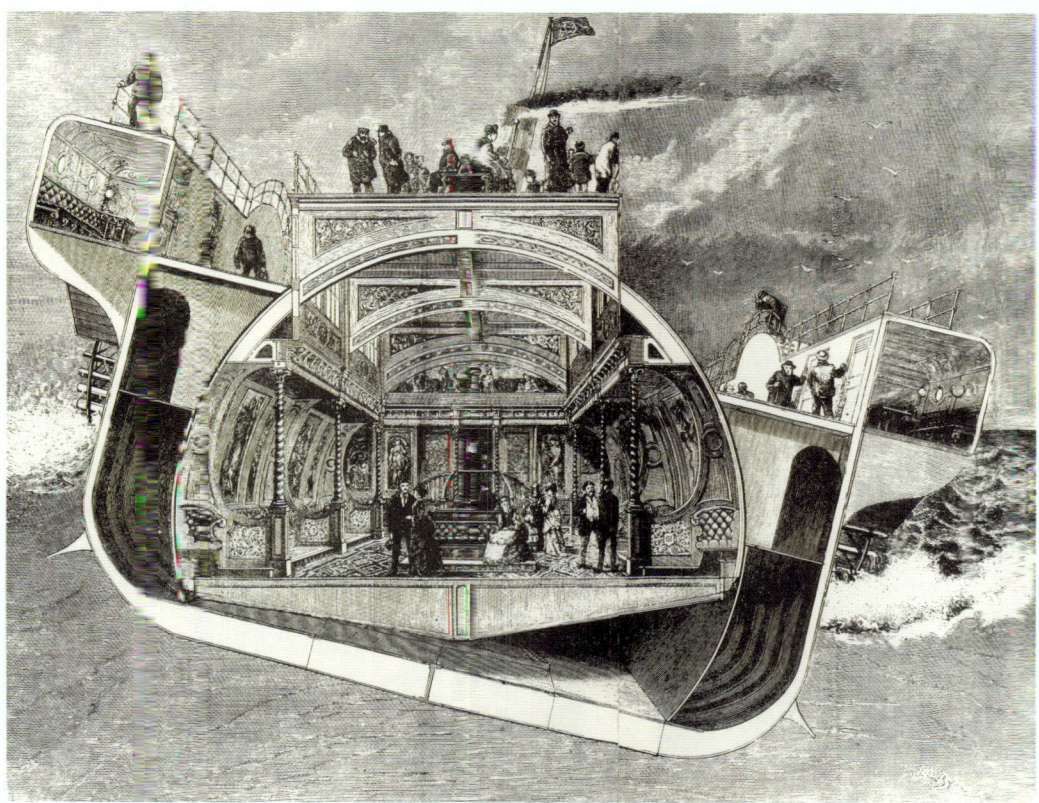

汽車は、長い車両をつなぐトレインのながめをつくり出したが、蒸気船は大型化し、何階ものビルを浮かべた、
水上宮殿のような豪華客船へと発達していった。その内部も断面図としてすべて見られる。

上段：『ナショナル・エンサイクロペディア』挿絵／1800-84年／アートハーベスト蔵、下段：雑誌『ザ・グラフィック』挿絵／1874年／個人蔵

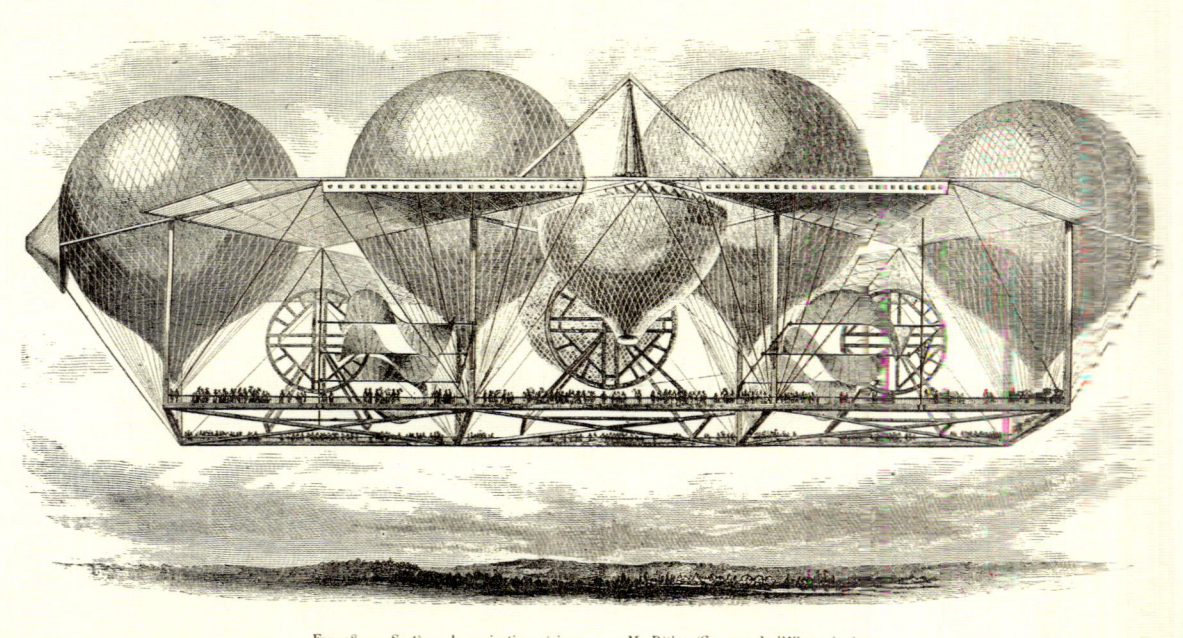

Fig. 98. — Système de navigation aérienne, par M. Pétin. (Gravure de l'*Illustration*.)

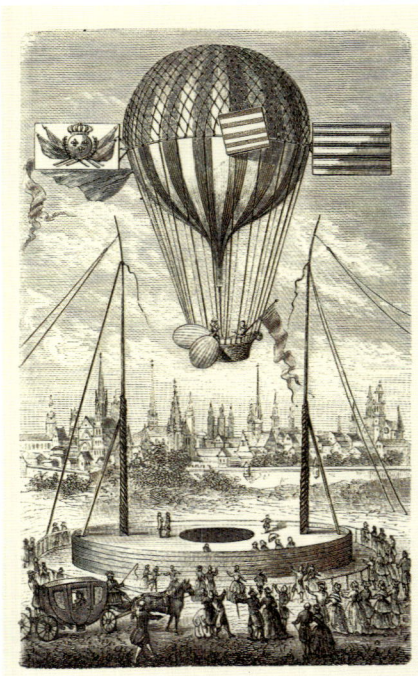

Expérience à Dijon (1784)

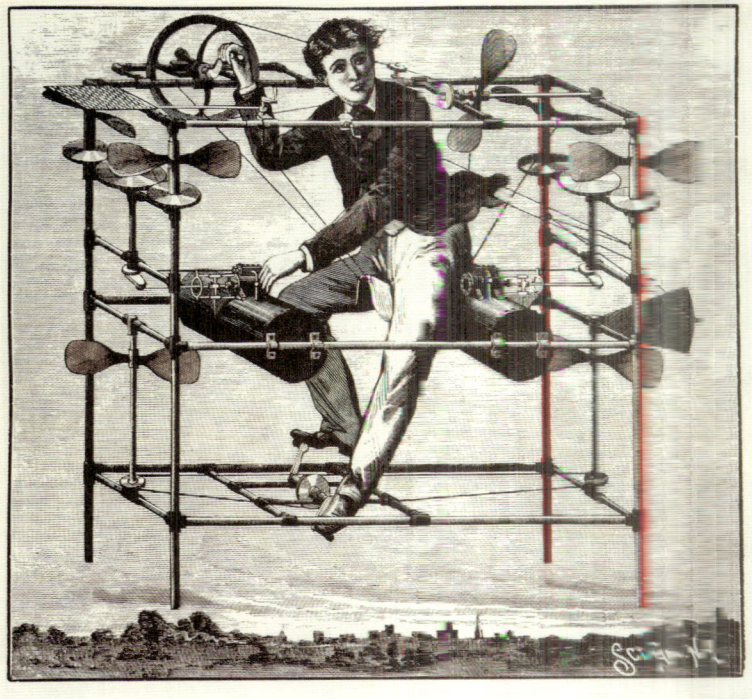

気球、飛行船、飛行機と19世紀は一気に飛行マシンを発明し、人類はついに空を飛んだ。
なんとか飛びたいという夢のためにヴィクトリア朝がくり広げた想像力のさまざまに思わず笑いがこぼれてくる。

上段：『飛行法』挿絵／ジョセフ・レコルニュ著／1887年／アートハーベスト蔵
下段左：『バルーン』挿絵／フルジャンス・マリオン著／1881年／アートハーベスト蔵
下段右：雑誌『サイエンティフィック・アメリカン』挿絵／1885年／個人蔵

TRICYCLE - EARLY FORMS OF CYCLES

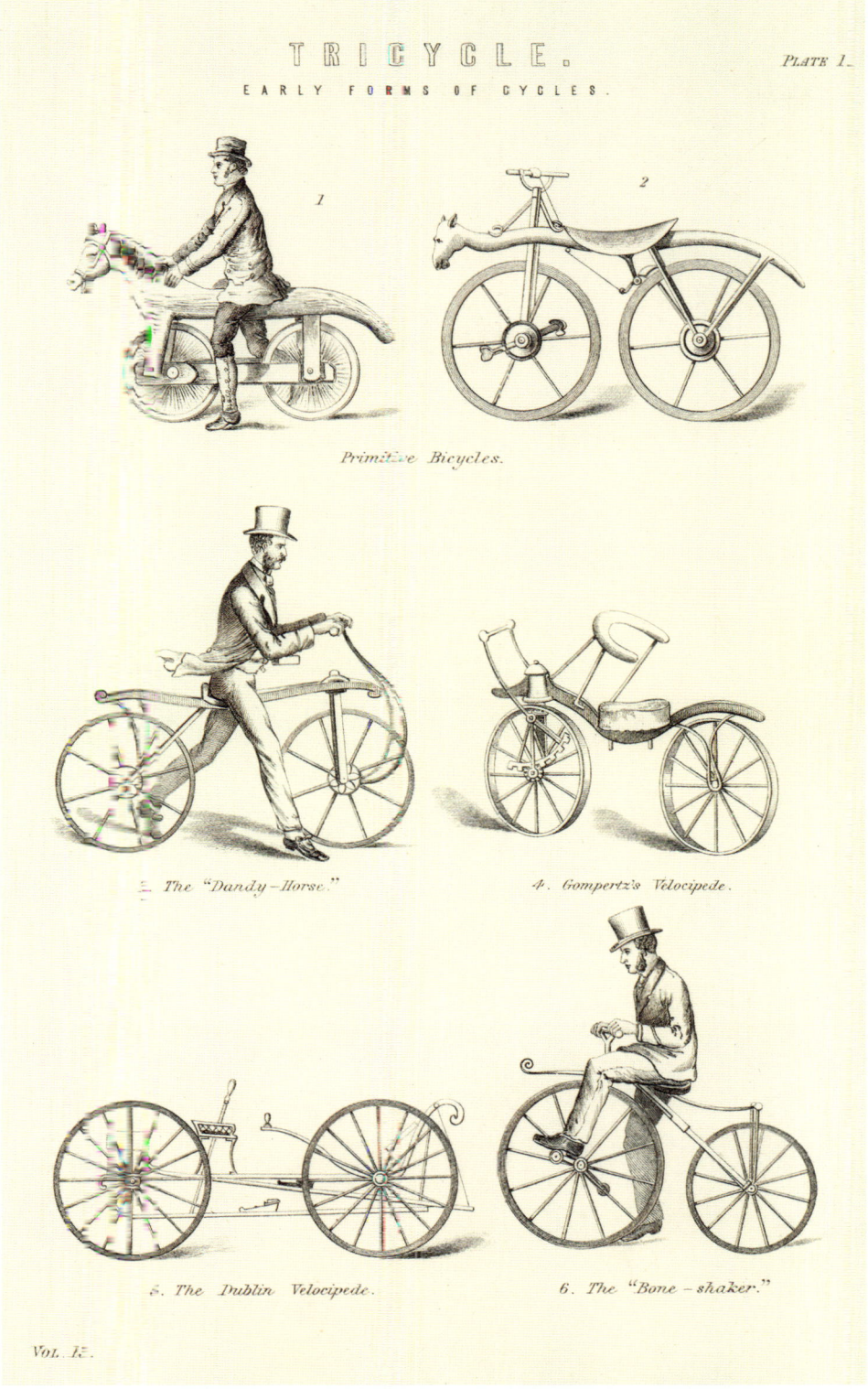

前輪と後輪の二輪車に人がまたがってこぐ自転車は19世紀のはじめにあらわれる。
初期はこれにつけて、蹴って進んだが、やがてペダルをこぐようになった。19世紀末にはローヴァーという、
安全で旅ができるような自転車がつくられ、サイクリング・ブームとなる。機械であり人力というのが〈スチームパンク〉である。

『ナショナル・エンサイクロペディア』手絵 / 1800-84年 / 写真提供：Getty Images

GREAT INVENTIONS

発明大図鑑

THE GREAT INVENTIONS

19世紀後半

　ヴィクトリア朝にはなんだか面白いように次から次へと発明が行われた。その中にはかなりトンデモ発明もあった。まだ科学技術は草創期にあって、専門家とアマチュアの差はそれほど大きなものでなく、アマチュアが大発明をする可能性が残っていた。

　19世紀前半は、蒸気機関車に代表されるハード・メタルのマシンの時代である。

　19世紀後半は、光と電気の時代である。まず写真という光学的なマシンの発明によって、複製メディアが発達する。すべてが視覚化される、見える時代がはじまる。人々はすべてを見たいと願う。見えないものになにものでもない。過去も可視化される。〈ゴシック〉も〈スチームパンク〉も過去を見えるものとし、今に重ねることで可能になる。

　19世紀後半の最大の発明は電気である。電気は動力源となるとともに光を発生させる。世紀末の電車の発明は、蒸気機関車に独占されてきた鉄道に大きなライヴァルをもたらした。そして電気の光は、大都市を明るく照らし、ナイト・ライフをもたらした。

　一方、発明は、兵器や爆弾などの破壊的マシンをもたらし、世界大戦の危機が世界をおびやかすようになった。

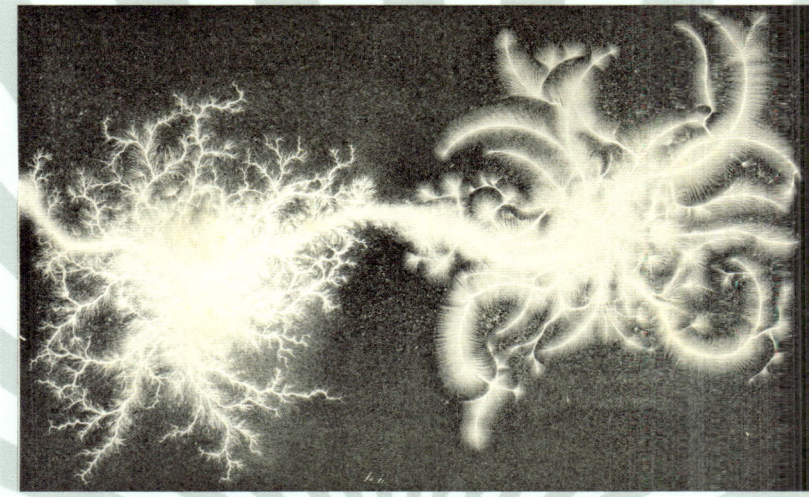

電気花火
『電気を通じて』挿絵 / ダリー・ジョルジュ著 / 1901年 / アートハーベスト蔵

白熱電灯

INCANDESCENT LAMP

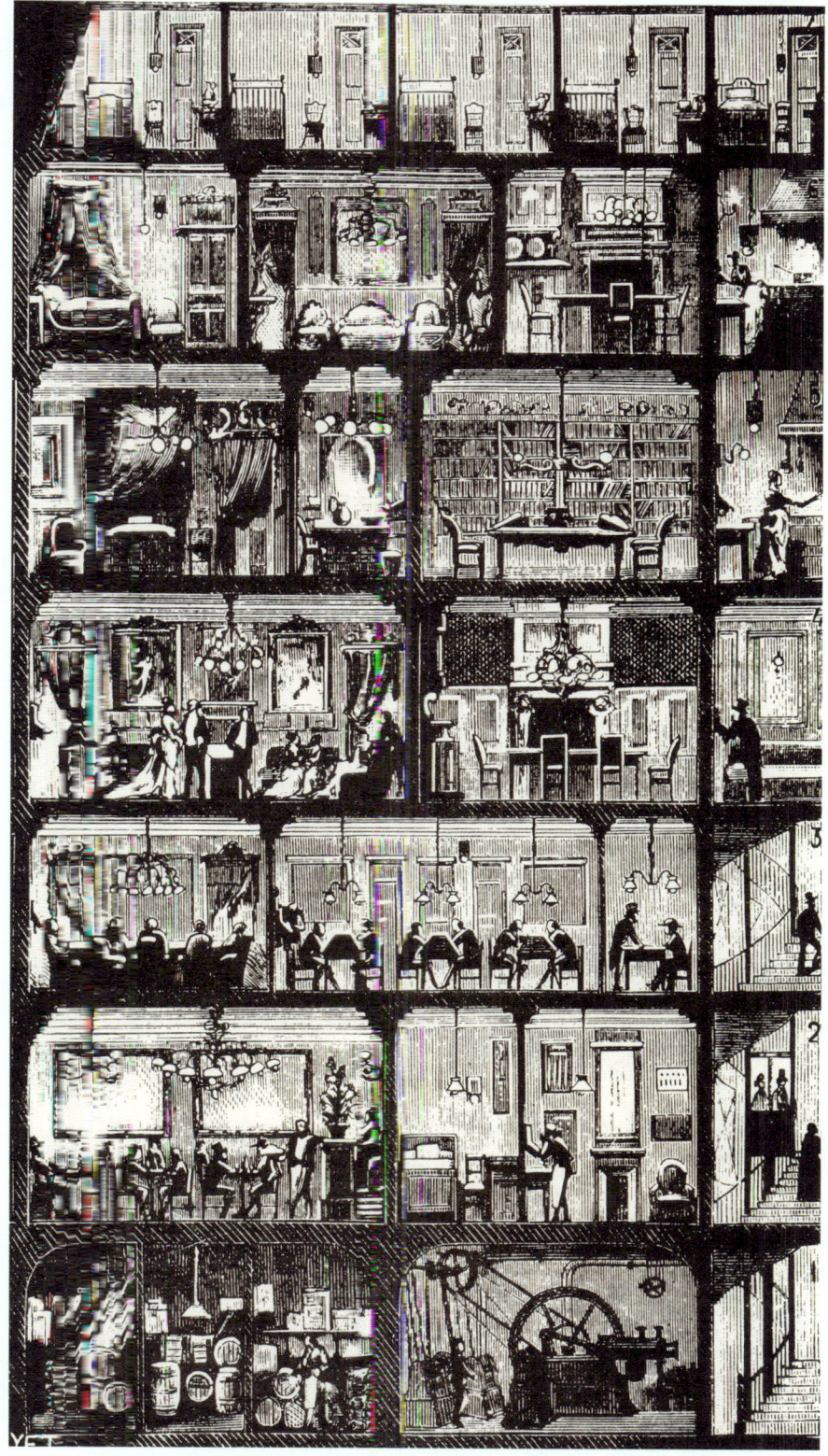

自然電灯によって□□□□全体が明るく照明されている。地下に発電機があり、そこから上の6つの階に電気が送られている。
ヴィクトリア朝が大好きな断面図で、すべての階をのぞくことができる。

白熱電灯と電動リフトのある建物 ／ 雑誌『デ・ナツール』挿絵 ／ 1885年 ／ 個人蔵

舞台照明／サーチライト

STAGE LIGHTING / ELECTRIC SEARCHLIGHT

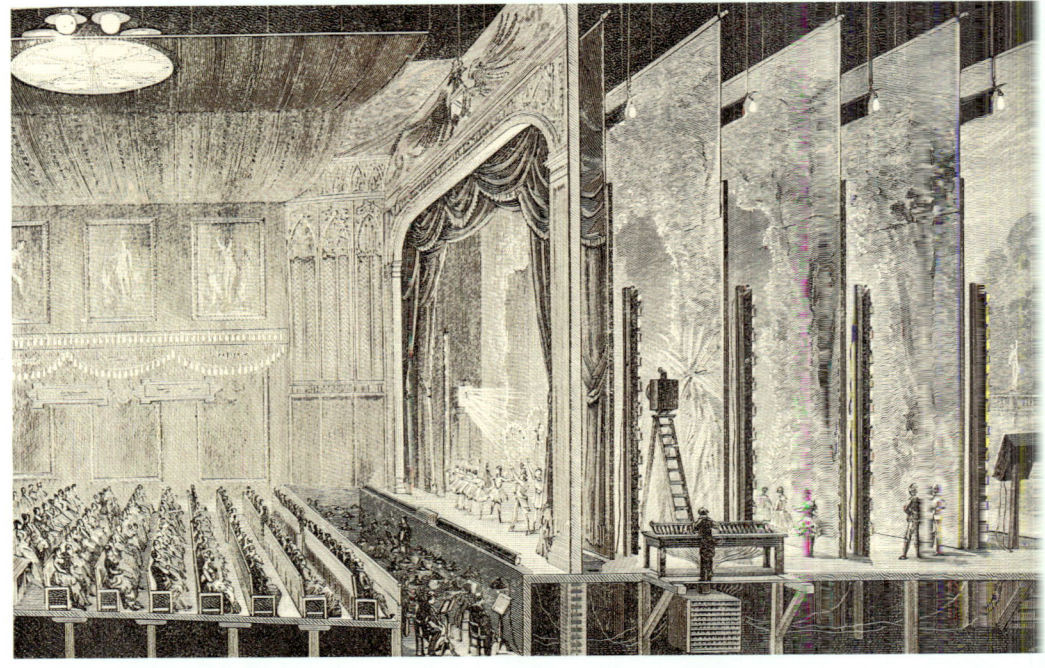

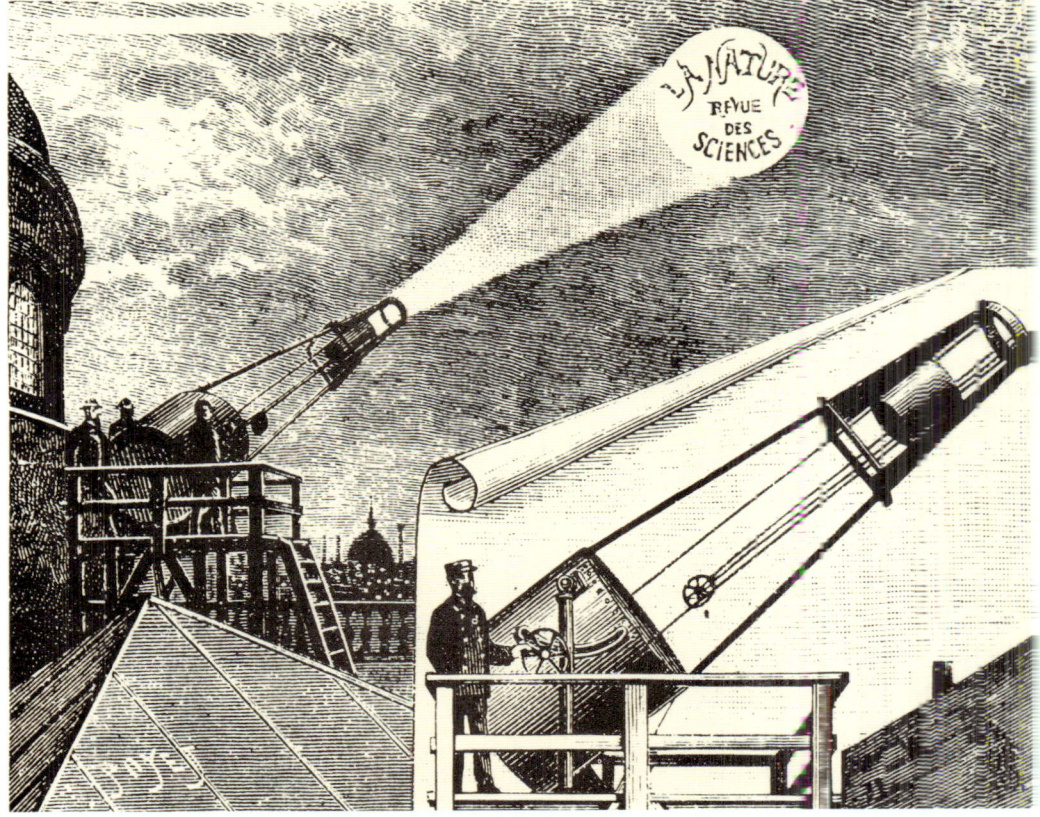

電気の光で、遠くまでとどく強力な照明が可能になった。電気光によって遠方との光通信も可能となった。
遠くまで光が届く電気灯は灯台だけでなく軍事用サーチライトしても開発された（下段）。
望遠鏡とサーチライトは関連していて、光を一点に集中させる技術によって、やがて電子望遠鏡へと発達してゆく。

上段：『新しい科学の征服』挿絵／ルイ・フィギエ著／1884年／アートハーベスト蔵
下段：軍事用サーチライトによる広告の雲上映写／雑誌『デ・ナツール』挿絵／1894年／個人蔵

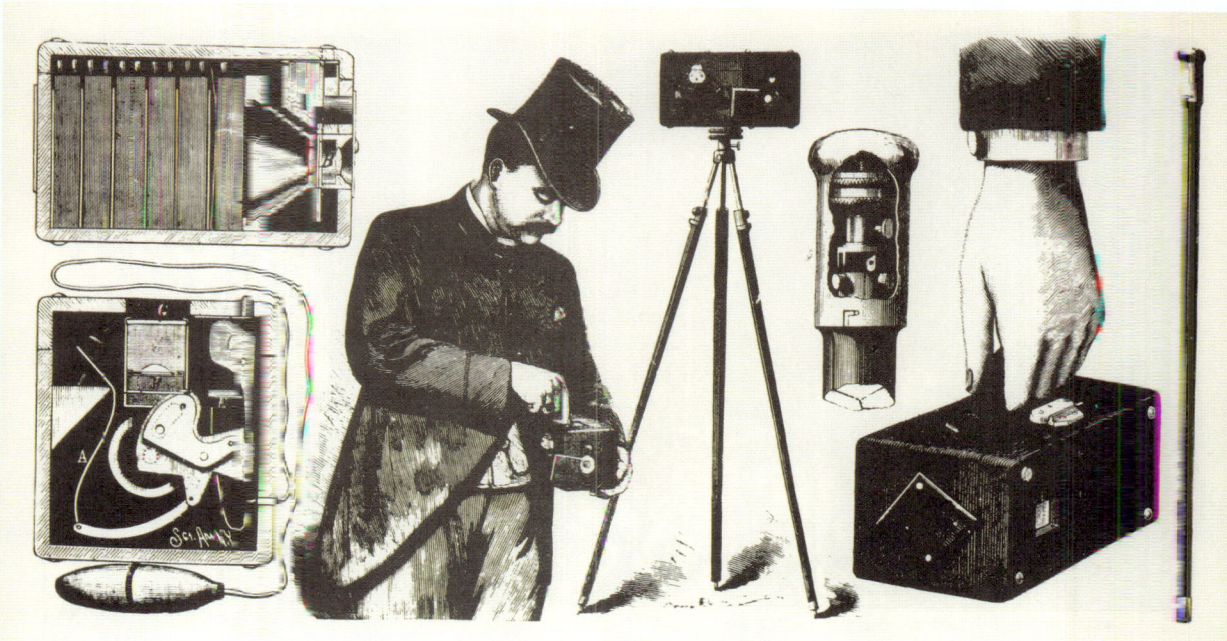

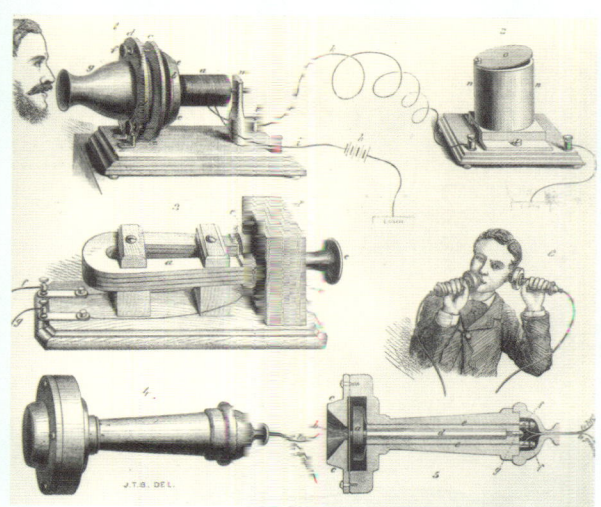

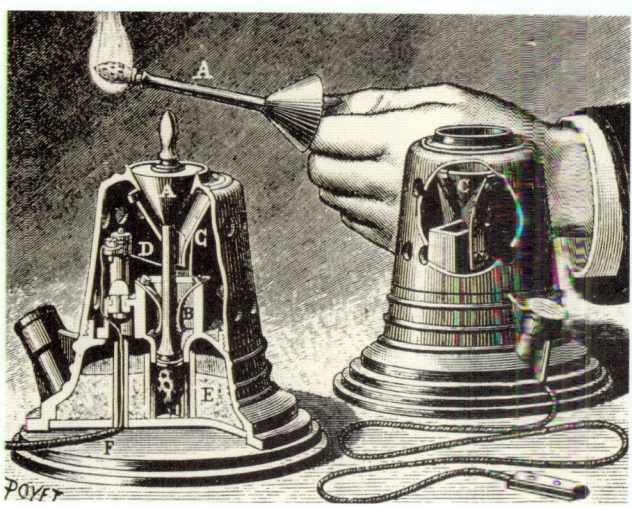

ヴィクトリアン・インヴェンション（ヴィクトリア朝発明）というと、手づくりの、時にはナンセンスで非実用的な
マシンが浮かんでくる。それらはマシンというより、手づくりのアート・オブジェクトのようだ。
19世紀には科学的な構造図、説明図が発達した。アート図とサイエンス図は一見別々であるが、
19世紀の非実用図を今見ると、アートとしてもなかなか面白い。メタリックなオブジェもスチームパンクである。

上段：パーセルの携帯用カメラと三脚 ／ 雑誌『デ・ナツール』挿絵 ／ 1887年 ／ 個人蔵
下段左：アレクサンダー・グラハム・ベルの電話 ／ 新聞『イラストレイテド・ロンドン・ニュース』挿絵 ／ 1877年 ／ 個人蔵
下段右：デロスタルの電気マッチ ／ 雑誌『デ・ナツール』挿絵 ／ 1893年 ／ 個人蔵

GREAT INVENTION OF THE VICTORIANS

宇宙への旅

JOURNEY INTO SPACE

19世紀後半

　科学の発達は、蒸気機関車など日常生活に関わる発明だけでなく、天文学や地球科学、海洋学など、宇宙の世界、海底の世界、秘境探検などへと向かった。ヴィクトリア朝は宇宙への目覚めがはじまった時代であった。未知なる世界、見えない世界をのぞきたい、という夢にとり憑かれた。

　かつてはガリレオが地球が動いていると語ることを禁じられた。19世紀は、その神の世界を天体望遠鏡でのぞき、宇宙のからくりをあからさまにしたいと望むことが可能となった時代であった。

　天文学がこれほど大衆化したことはなかった。ジュール・ヴェルヌは『月世界旅行』（P175-177）、『海底二万里』（P178-181）で、月や海底を見てきたように語った。

　ヴィクトリア朝の面白さは、科学的な天文学と、ギリシア神話の星座図が一緒に見られていたことである。神話と天文学を重ねて見ることができるというのが、ヴィクトリア朝の特徴であり、それこそがスチームパンクを含む今日のヴィクトリア朝への偏愛をかきたてるのだ。

　ヴィクトリア朝の宇宙ファンタジーはまるでカレイドスコープのように千変万化する。19世紀にはじめて、人々は宇宙を自由に見ることができるようになったのだ。

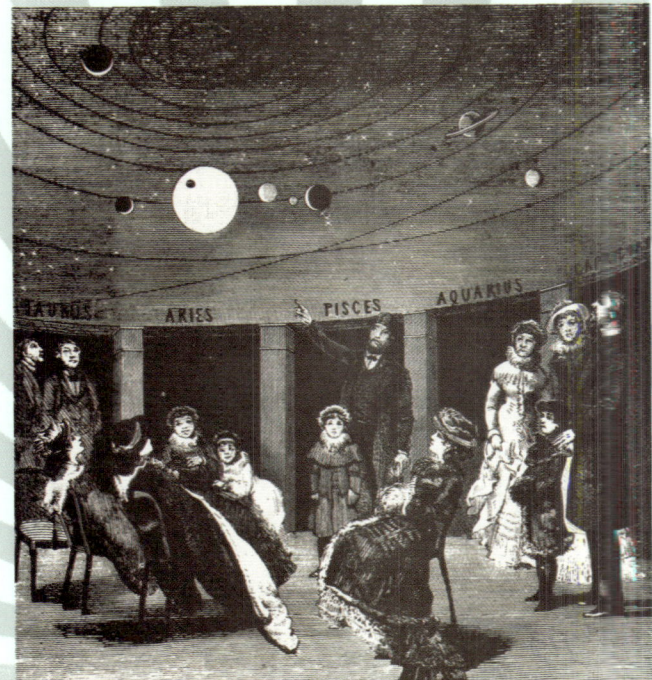

パリの新式
プラネタリウム
雑誌『サイエンティ
フィック・アメリカン』掲載
1880年
個人蔵

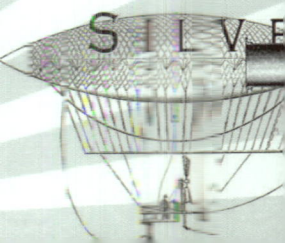

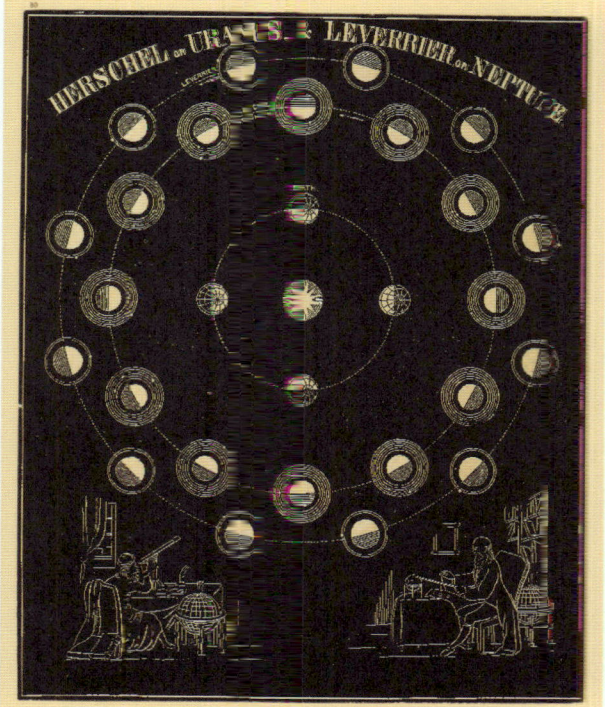

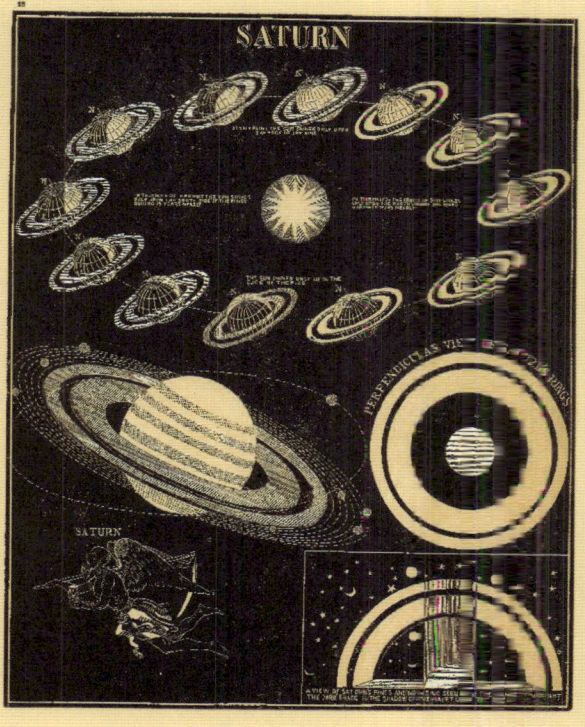

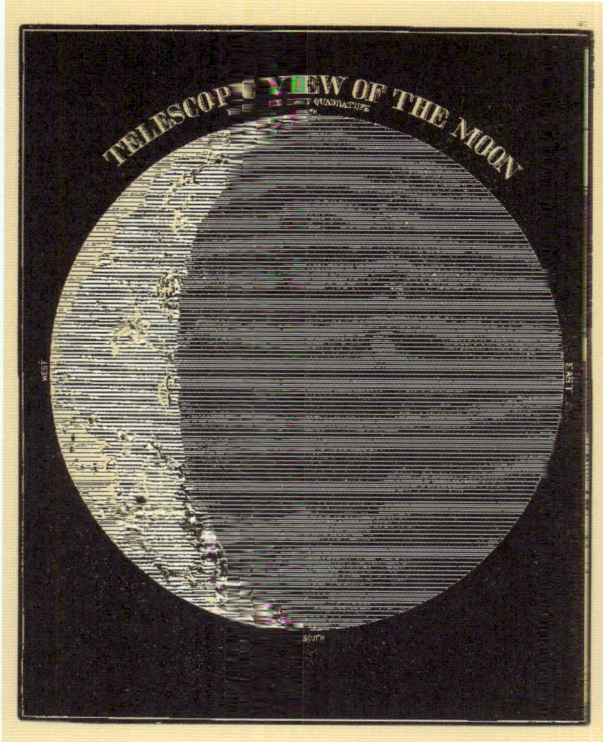

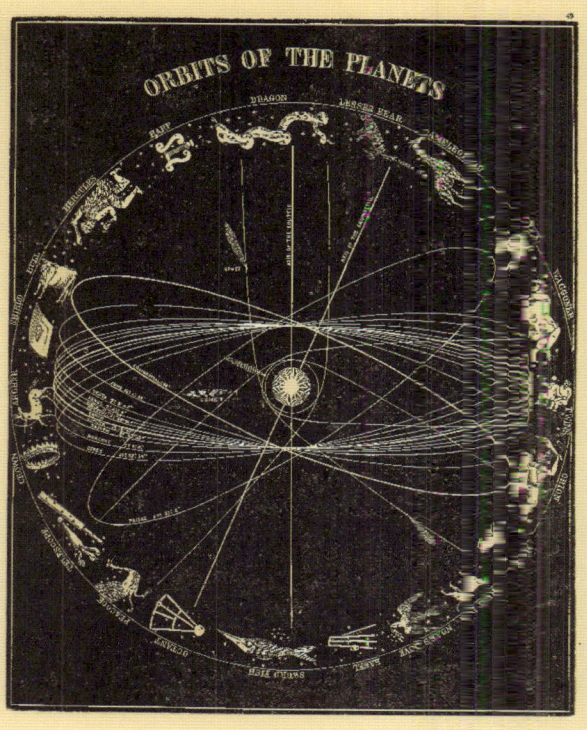

1880年には宇宙の姿を一般の人たちに見せるプラネタリウムが開かれる(前ページ)。社交界の貴婦人たちも星の運行を見守る。天文学もエンターテインメントになり、サロンに入ってきた。19世紀は〈パノラマ〉の世紀ともいわれる。すべてを見えるものにしたいという欲求が〈パノラマ〉というディスプレー装置をつくり出した。宇宙図、星座図も〈パノラマ〉の人気テーマであった。

『スミスのイラスト天文学』挿絵 / アサ・スミス著 / 1885年刊 / アメリカ、アメリカ議会図書館蔵

ASTRONOMY

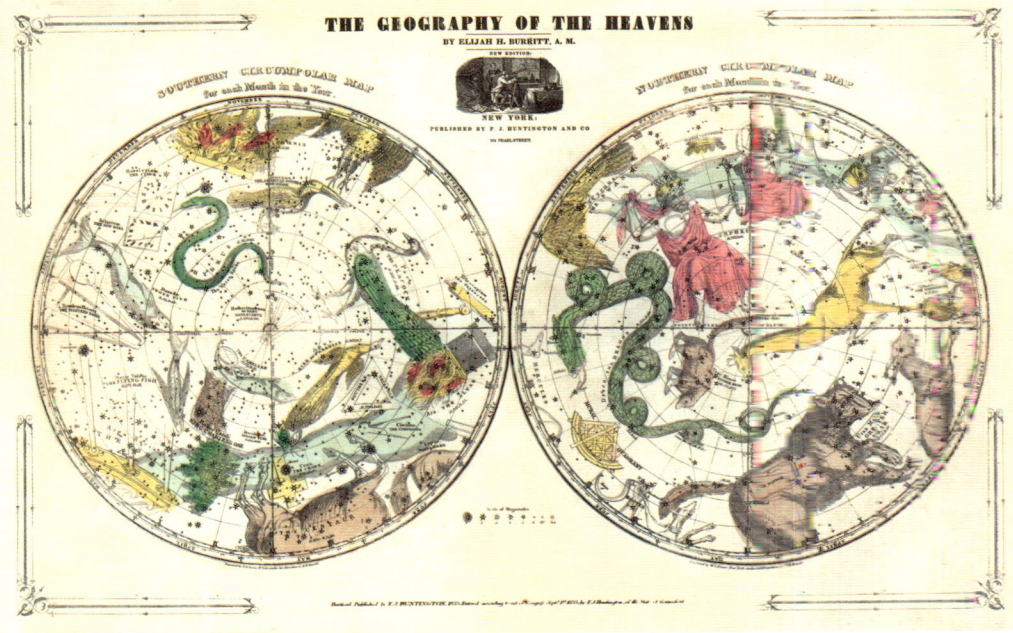

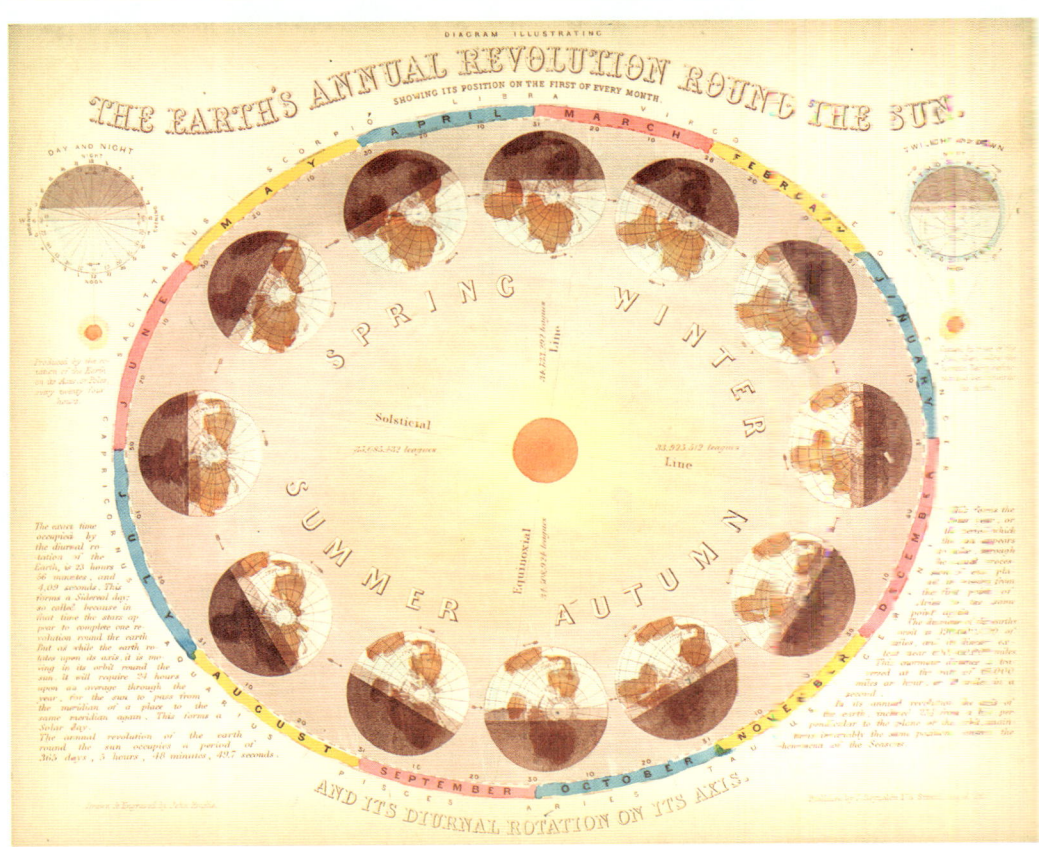

上段は太陽からその惑星がどのくらい離れているかを示す図。1851年のロンドン博の頃に、このような天文学を説明する
チャートが出されていた。科学図であるが、星の絵が美しい。下段は太陽をめぐる地球の1年のめぐりを図示している。
古代のゾディアック（12宮をめぐる黄道）は神話的なものであるが、その枠を使いながら、現代の天文学による1年のめぐりを見せている。

上段：バリット星図 / イライジャー・H・バリット作 / 1835年 / 写真提供：Getty Images
下段：地球の公転周期図 / ジョン・エムスリー作 / 1851年 / 写真提供：Getty Images

GEOGRAPHY

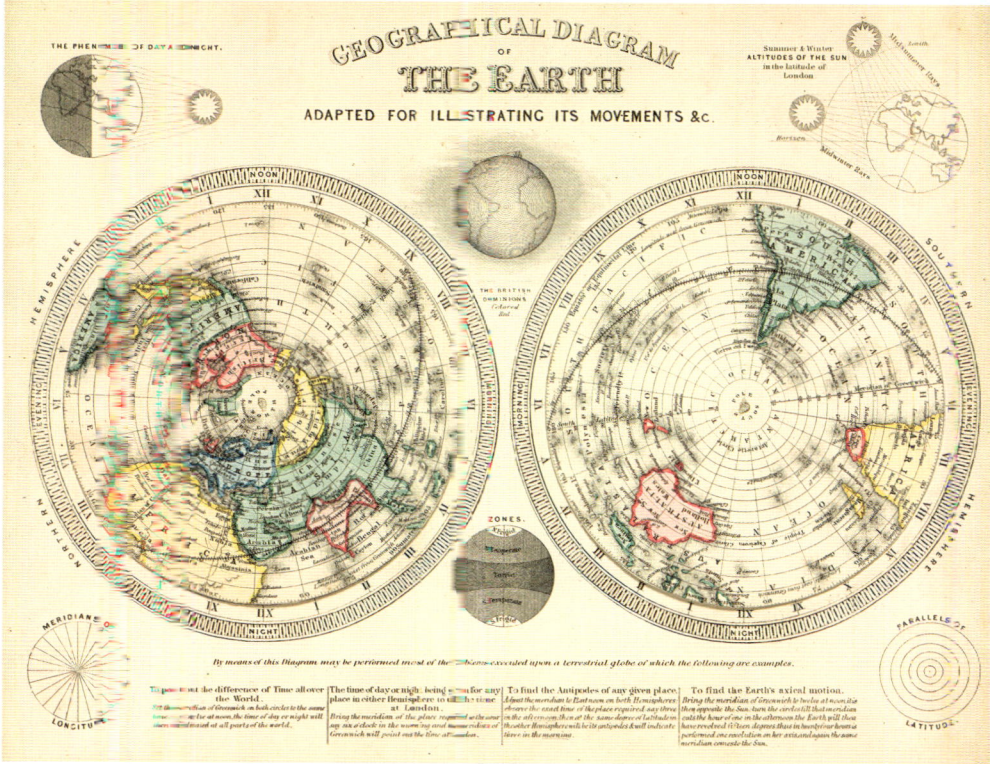

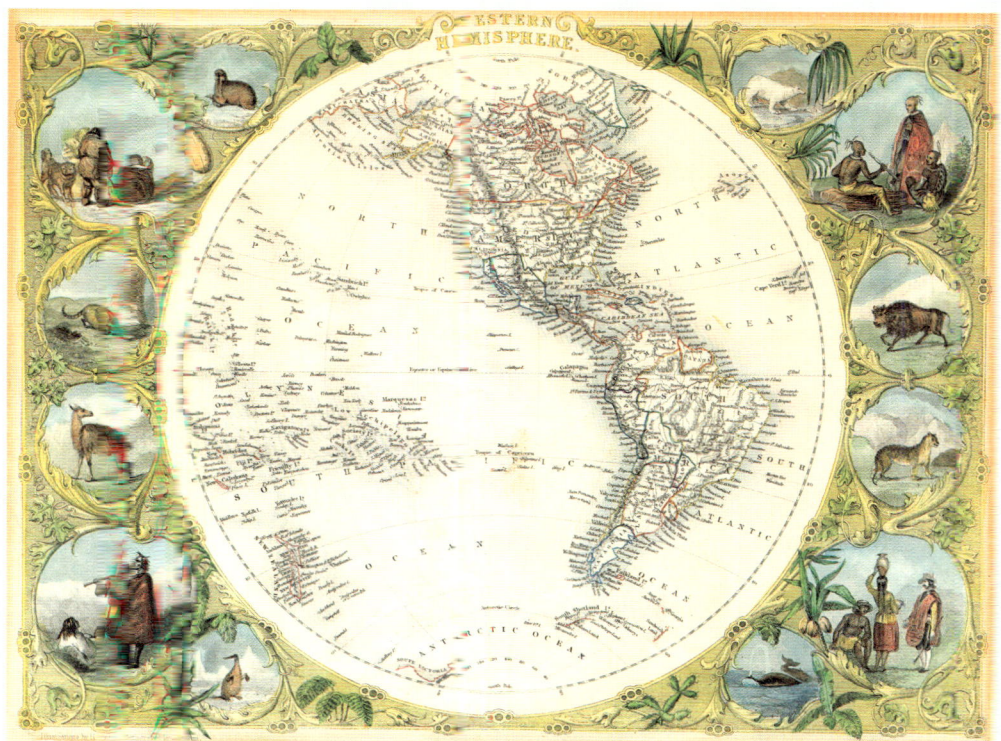

19世紀は新しい地球図を求めた。私たちの世界は全体としてどのように見えるのか。未知の部分を残した中世の地区に対して19世紀は世界を一望の下に明快に見えるものとした。私たちはこの時つくられた世界イメージによって地球を見ている。

上段：地球の公転周期図と地図 / 1846年 / 写真提供：Getty Images

下段：地球の西半球の地図 / ジョン タリス作 / 1850年 / 写真提供：Getty Images

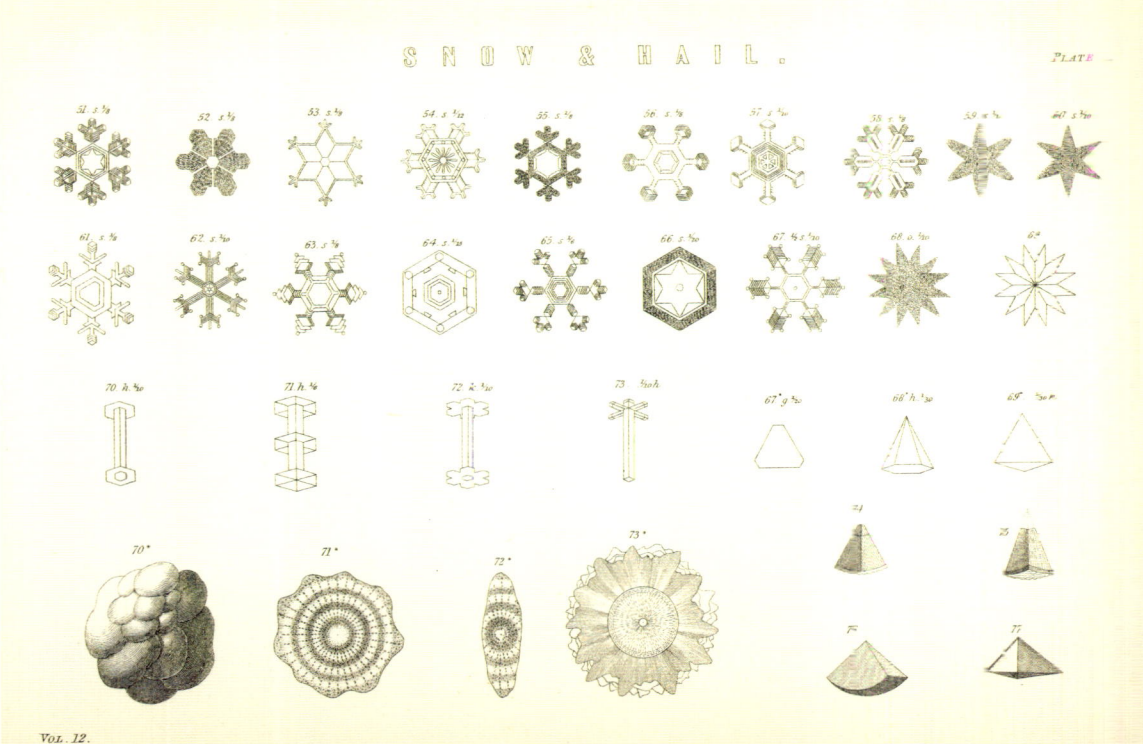

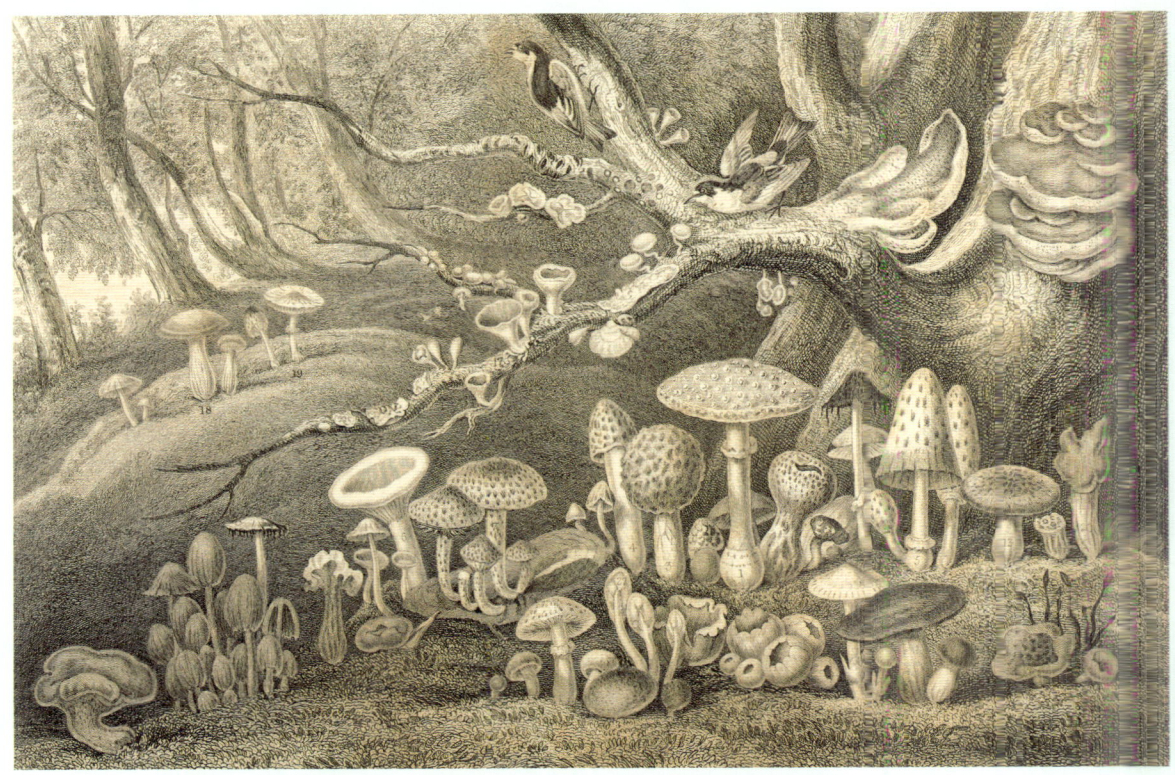

集めて、まとめて、分離し、その全体を見せることが19世紀の〈パノラマ〉の目線であった。さまざまな種類が見たい、
その全体像が見たい、というのが19世紀のこだわりであった。雪の結晶はどのくらい変種があるのだろうか。

上段：雪の結晶と雹（ひょう）、下段：菌類あるいはキノコ／『ナショナル・エンサイクロペディア』挿絵／1800-34年／アートハーベスト蔵

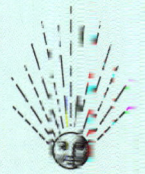
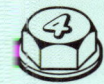
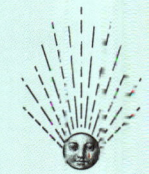

マッド・サイエンティスト
MAD SCIENTIST

　マッド サイエンティストは〈スチームパンク〉のお気に入りのテーマである。ヴィクトリア朝には科学は悪魔の業であり、科学者は狂っているのではないかと思われた。メアリー・シェリーのフランケンシュタイン博士（P237）、スティーヴンソンのジキル博士（P239）など、科学者の物語が書かれた。つまりヴィクトリア期では文学と科学が出合っていたのである。

　モネット・ヴァカンというフランスの精神分析学者が『メアリー・シェリーとフランケンシュタイン』（辻由美訳 パピルス 1991）という本を書いている。彼女はまだ18歳でこの小説を書いた。

　ヴァカンは、『フランケンシュタイン』が人工生殖、つまり性的関係なしに人間をつくる話であることにおどろく。それは現在の遺伝子操作を予告しているかのようだ。この物語は、現代のスタップ細胞事件の時、あらためてなまなましく甦ってくる。

　この時代の科学者を代表するようなトーマス・エジソンもかなりマッドであった。彼はブラヴァツキー夫人の神知学や心霊術に関心を持っていた。電気の世界は霊の世界でもあったのである。

　そしてアルベルト・アインシュタインは舌を出した魔法使いのような写真で知られ、マッド・サイエンティストにふさわしい。彼は〈天才〉としてまつり上げられ、その私生活は隠されている。少しずつは公開されているが、まだ一部である。

　アインシュタインはハエも殺せないほどやさしい平和主義者であったのに、人類を滅亡させるほどの原子爆弾をつくることに同意した。彼の方程式は、現実化され、J・ロバート・オッペンハイマーのプロジェクトによって、1945年、ニューメキシコで最初の原子爆弾が火の玉になって空に上ったのである。

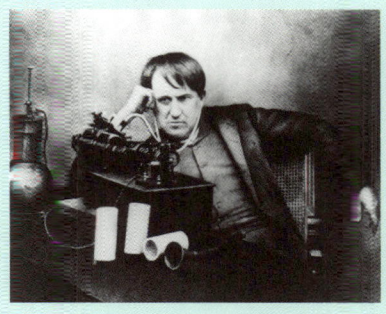
トーマス・エジソンの初期蓄音機

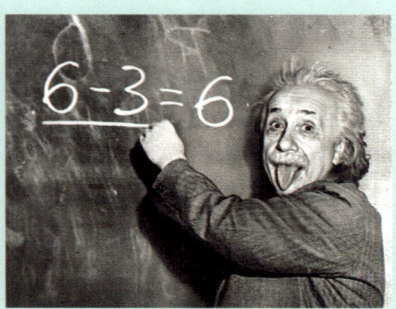
アルベルト・アインシュタイン

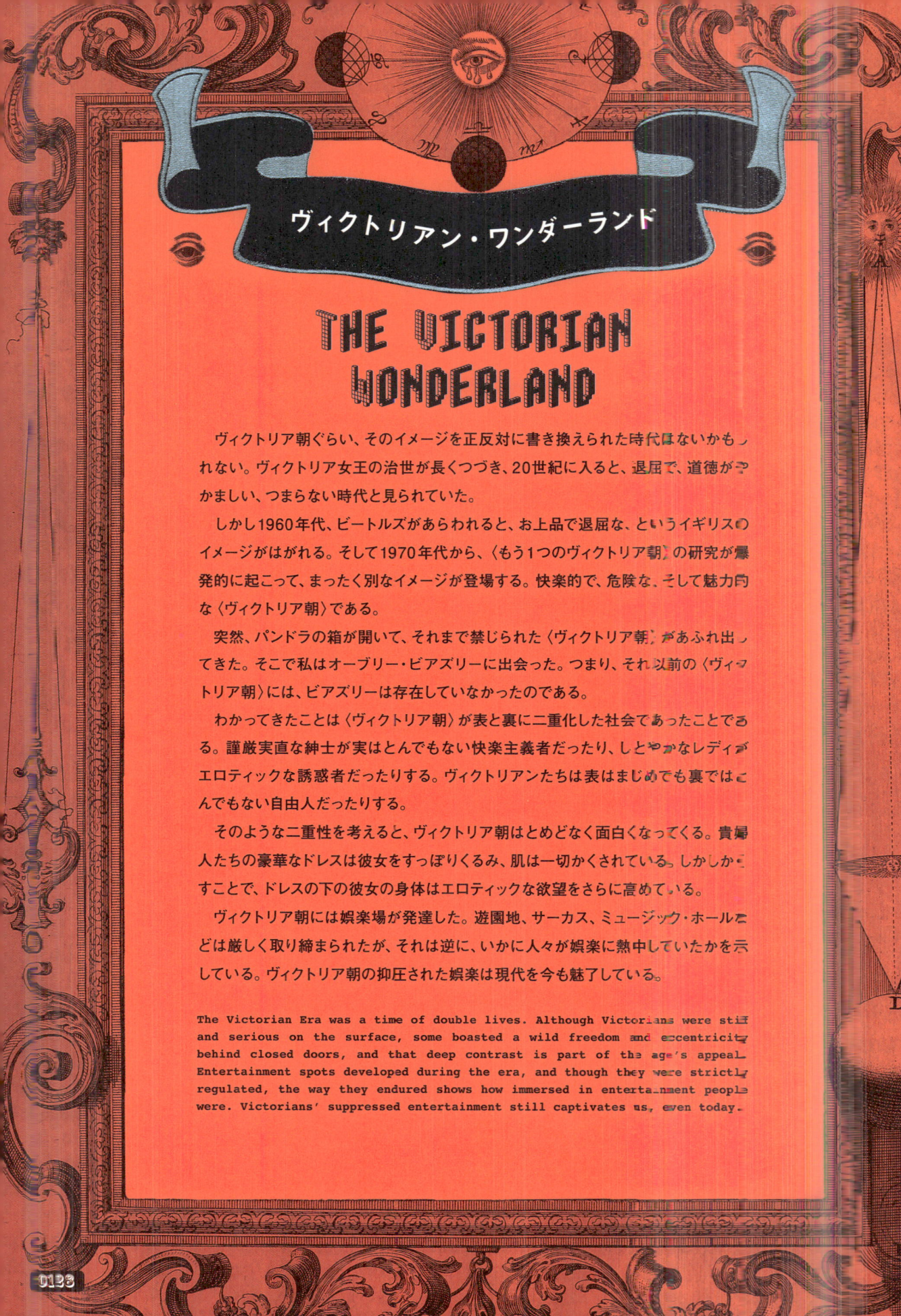

ヴィクトリアン・ワンダーランド

THE VICTORIAN WONDERLAND

　ヴィクトリア朝ぐらい、そのイメージを正反対に書き換えられた時代はないかもしれない。ヴィクトリア女王の治世が長くつづき、20世紀に入ると、退屈で、道徳がやかましい、つまらない時代と見られていた。

　しかし1960年代、ビートルズがあらわれると、お上品で退屈な、というイギリスのイメージがはがれる。そして1970年代から、〈もう1つのヴィクトリア朝〉の研究が爆発的に起こって、まったく別なイメージが登場する。快楽的で、危険な、そして魅力的な〈ヴィクトリア朝〉である。

　突然、パンドラの箱が開いて、それまで禁じられた〈ヴィクトリア朝〉があふれ出てきた。そこで私はオーブリー・ビアズリーに出会った。つまり、それ以前の〈ヴィクトリア朝〉には、ビアズリーは存在していなかったのである。

　わかってきたことは〈ヴィクトリア朝〉が表と裏に二重化した社会であったことである。謹厳実直な紳士が実はとんでもない快楽主義者だったり、しとやかなレディがエロティックな誘惑者だったりする。ヴィクトリアンたちは表はまじめでも裏ではとんでもない自由人だったりする。

　そのような二重性を考えると、ヴィクトリア朝はとめどなく面白くなってくる。貴婦人たちの豪華なドレスは彼女をすっぽりくるみ、肌は一切かくされている。しかしかくすことで、ドレスの下の彼女の身体はエロティックな欲望をさらに高めている。

　ヴィクトリア朝には娯楽場が発達した。遊園地、サーカス、ミュージック・ホールなどは厳しく取り締まられたが、それは逆に、いかに人々が娯楽に熱中していたかを示している。ヴィクトリア朝の抑圧された娯楽は現代を今も魅了している。

The Victorian Era was a time of double lives. Although Victorians were stiff and serious on the surface, some boasted a wild freedom and eccentricity behind closed doors, and that deep contrast is part of the age's appeal. Entertainment spots developed during the era, and though they were strictly regulated, the way they endured shows how immersed in entertainment people were. Victorians' suppressed entertainment still captivates us, even today.

VICTORIAN

ヴィクトリアン・ワンダーランド 01

VICTORIAN AGE & MACHINA

ヴィクトリア朝ファッション

VICTORIAN FASHION

〈19世紀前半-20世紀初頭〉

　ヴィクトリア女王が即位した1837年から、女らしいファッションの時代がはじまる。クリノリン（針金などでできたフレーム）によってスカートがふくらまされる。ウエストラインはそれ以前は高かったのだが、自然に位置まで下りてくる。ふくらんだ長いスカートは床に達し、脚はまったくかくされる。

　袖もふくらんでバルーン・スリーヴといわれる、ロマンティックなドレスが好まれる。女性はいつまでも清らかで、世の汚れに染まってはいけない。ヴィクトリア朝の少女趣味がファッションをおおっている。

　1840年代から女性はコルセットというよろいをドレスの下につける。コルセットは、女性の自然な身体をメカニックに変形させる装置であり、まさにヴィクトリア朝のマシンなのである。コルセットによって、女性はドレスの中のどこにいるのかわからなくなってしまう。

　ヴィクトリア朝では、女性もまた二重化されてしまう。ヴィクトリアン・ファッションは、表と裏との微妙なトリックから生まれる幻影なのである。

　コルセットをつけ、その上に硬い馬の毛などでふくらまされたスカートをはいた女性が華やかにロンドンのサロンをねり歩き、男たちはそのスカートの下がどうなっているのだろうと想像していた。

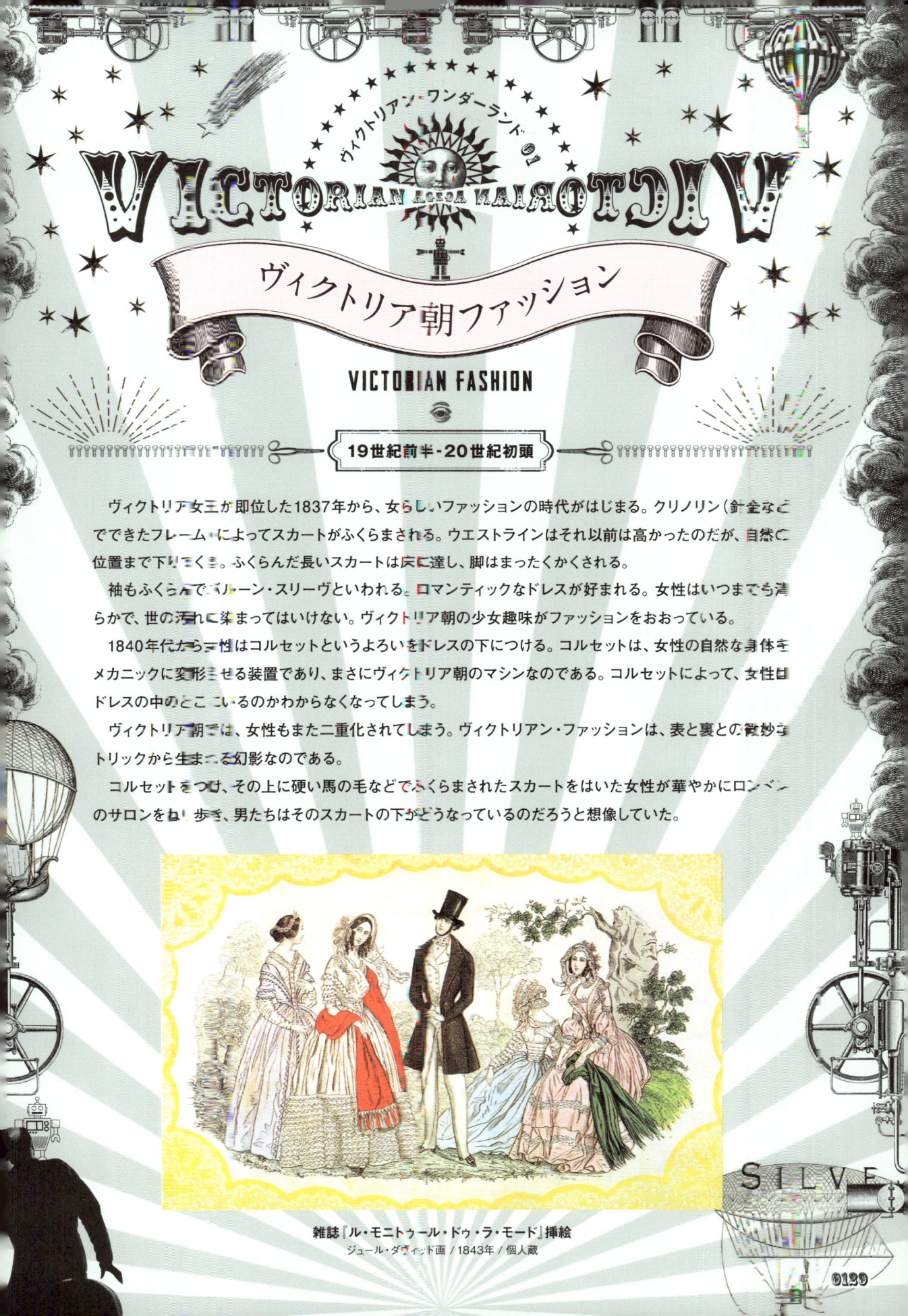

雑誌『ル・モニトゥール・ドゥ・ラ・モード』挿絵
ジュール・ダヴィッド画 / 1843年 / 個人蔵

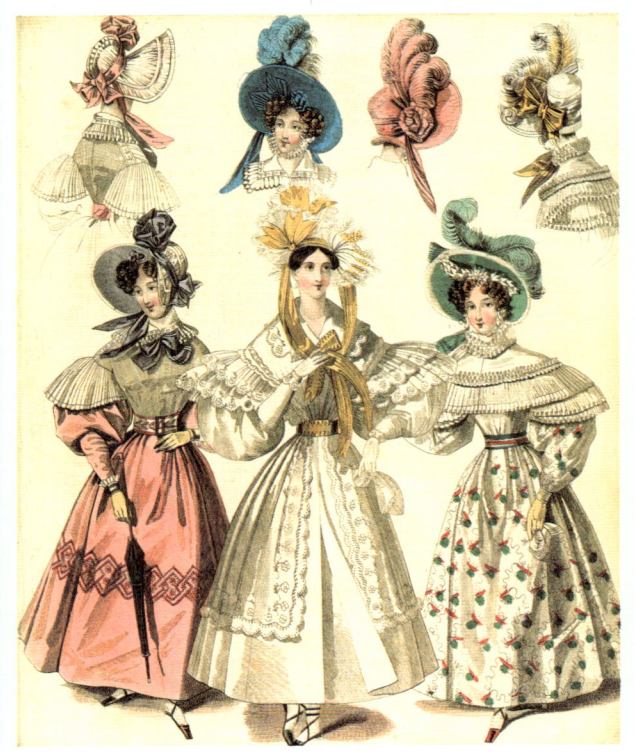

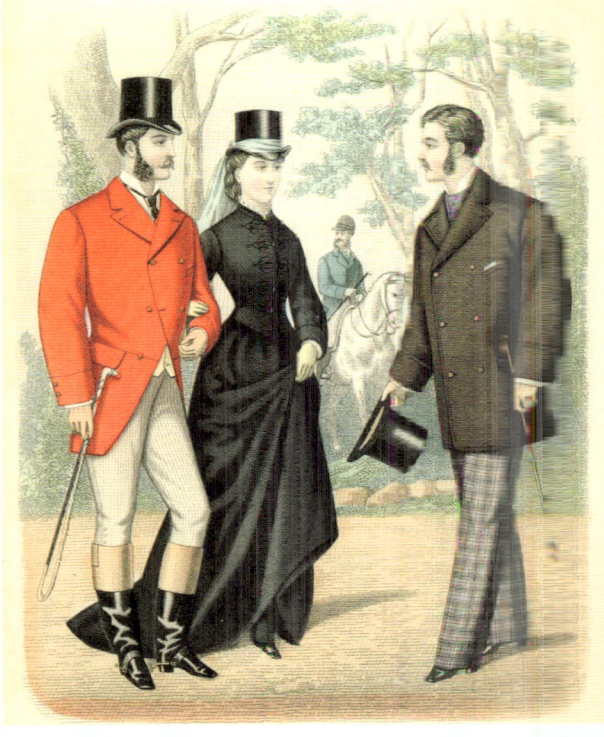

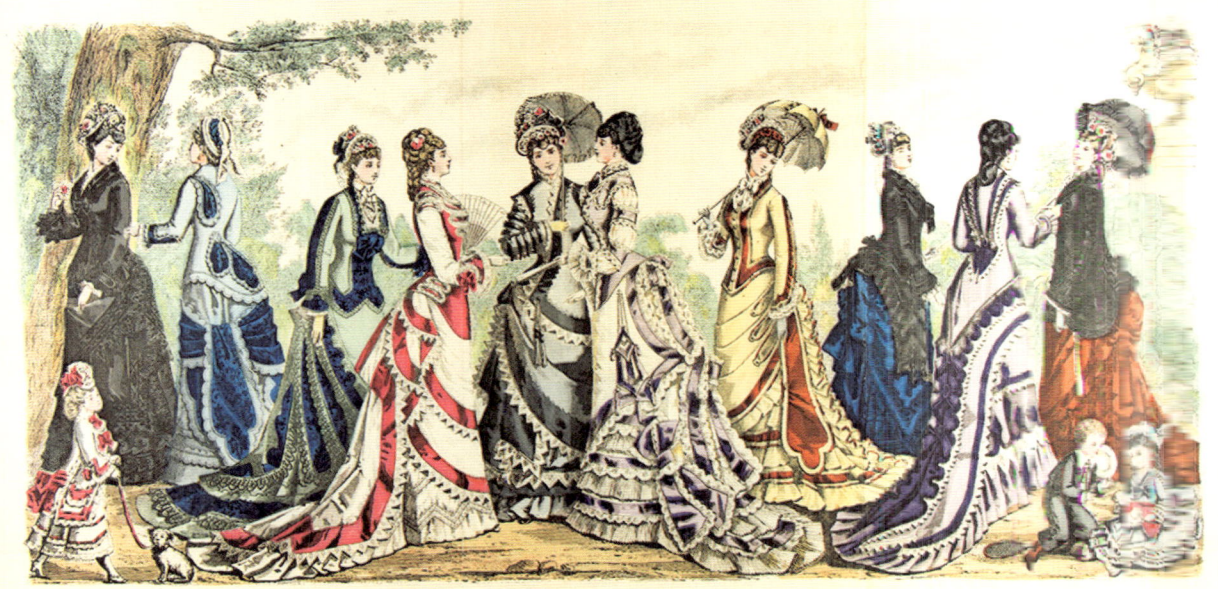

上段左の1830-40年頃のドレスはコルセットがつけられ、ウエストはぎゅっと締めらる。帽子に非常に派手で大きい。
しかしスカートはまだそれほどふくらまず、ちらりと足が見えている。そしてロマンティックなファッションだ。
下段の1870年代のスカートは大きく後方にふくらんでいる。ホブル・スカートという。髪は小さくまとめられ、帽子も小さいので、
ドレスの大きさ、高さに対して頭は小さく見える。スカートは地をひきずる程長く、全体として優雅な貴婦人の雰囲気がつくられている。

上段左：1830-40年代のロンドン、パリの最新ファッション / ジュール・ダヴィッド画 / 1843年 / 写真提供：Getty Images
上段右：雑誌『ジェントルマンズ・マガジン・オブ・ファッション』挿絵 / 1876年 / 個人蔵
下段：雑誌『ヤング・レディース・ジャーナル』挿絵 / 1876年刊 / カナダ、クイーンズ大学蔵

VICTORIAN CHILDREN

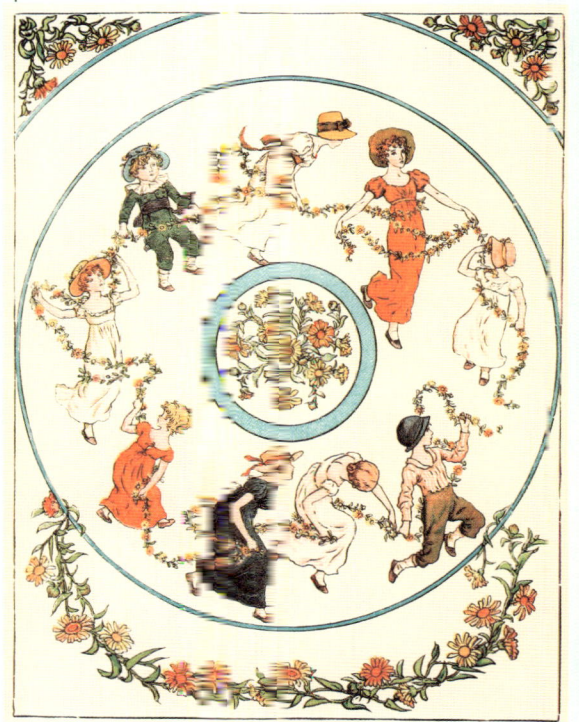

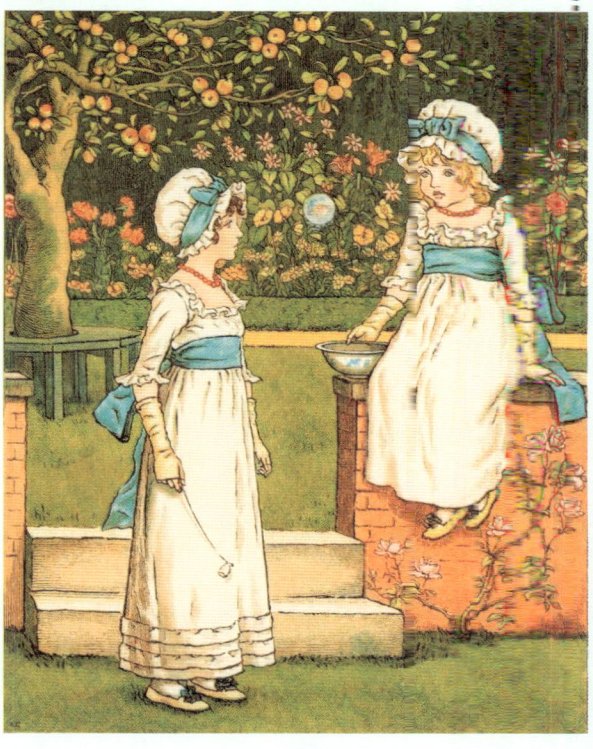

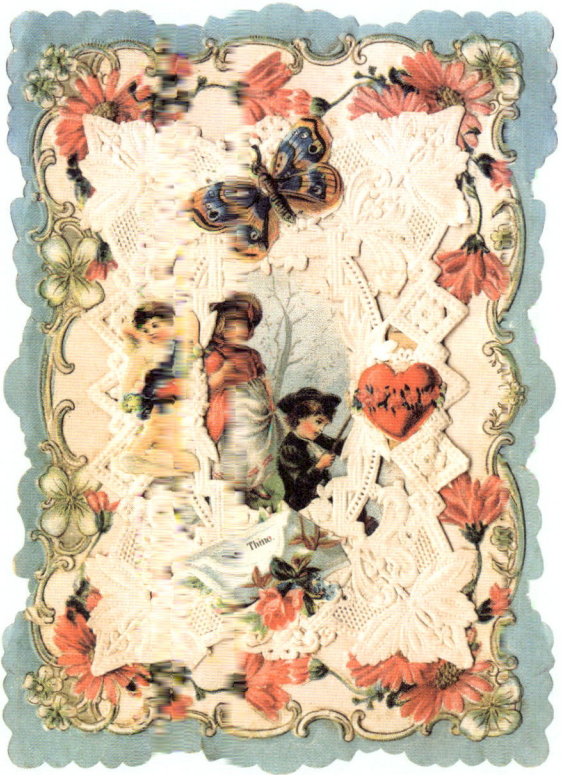

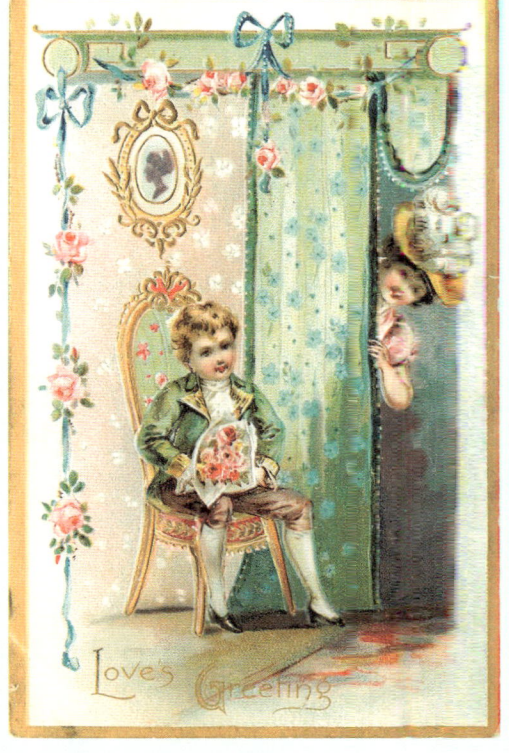

ヴィクトリア朝は子どもに特別な関心を払った。子どもの絵本、子ども服、子どもの玩具などがつくられた。
子どもの文学が考えられ、J・M・バリーの『ピーター・パン』やルイス・キャロルの『アリス』が書かれた。

上段左：『マリーゴールド・ガーデン』挿絵 / ケイト・グリーナウェイ画 / 1885年 / 個人蔵

上段右：『若い子どもの遊び』挿絵 / ケイト・グリーナウェイ画 / ウィリアム・アリンガム著 / 1887年 / 個人蔵、下段2点：ヴィクトリア期のポストカード

VICTORIAN ヴィクトリアン・ワンダーランド WONDERLAND

遊園地

PLEASURE GARDEN

18世紀からプレジャー・ガーデンが開かれた。しかし19世紀になると古い遊園地は時代おくれになってしまったらしい。風紀が乱れた、あやしい場所になっていたからだ。それに代わってミュージック・ホールなどの新しいエンターテインメントがはやった。「パノラマ」、「ジオラマ」などの視覚的・光学的な見世物もはやった。

19世紀には次々と新奇なアトラクションが生まれて人気を集めた。しかしはやりすたりも激しく、すぐにあきられた。移動式の臨時の遊園地が巡回することが多かった。万国博覧会というのも時日限定の遊園地だったといえるかもしれない。

一方、キュー植物園のような科学的遊園地もあった。キューもはじめは遊園地であったが、やがて植物のための科学センターとなった。それは研究機関であるとともに植物愛好家の遊園地ともなった。

19世紀は18世紀の古いエンターテインメントがリニューアルされて、新しいメカニックな装置を導入した時代であった。たとえばロンドンのサーカスではフィリップ・アストリーが1769年にウェストミンスター橋にオープンした曲馬団はごく小規模のものであったが、何度も火事になり、そのたびに大きくなって、19世紀には大がかりなスペクタクル《ガリヴァー旅行記》を公演するほどの大サーカスとなっていた。

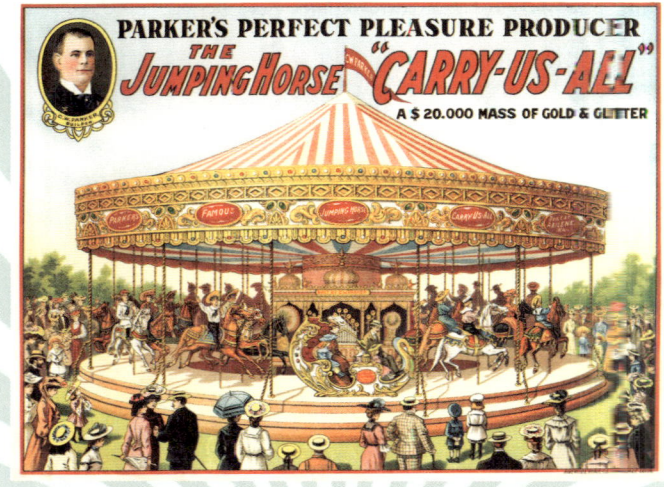

C・W・パーカー社の回転木馬「キャリー・アス・オール」のポスター
写真提供：Getty Images

PLEASURE GARDEN

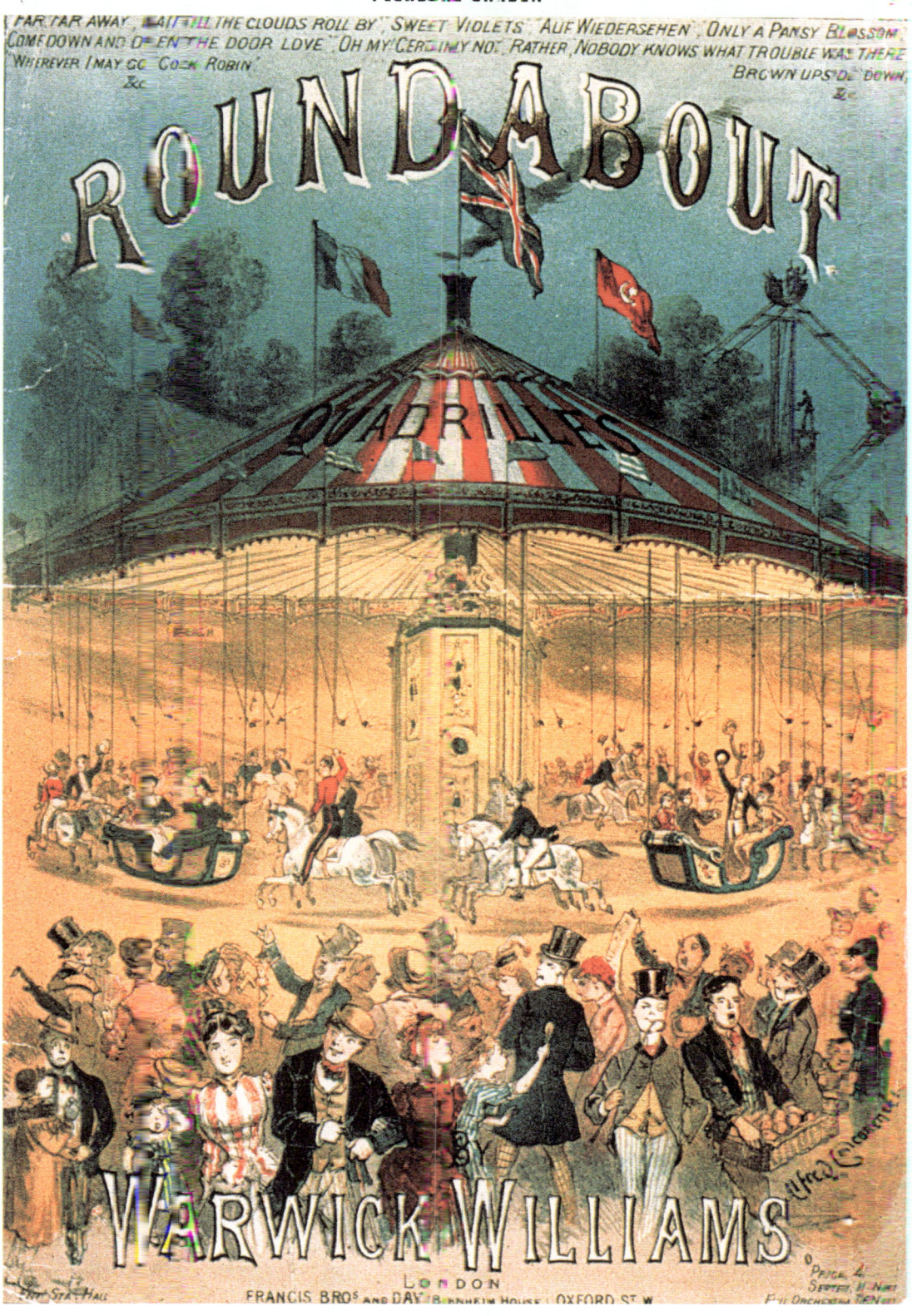

遊園地にも電気仕掛けのアトラクションが導入される。回転木馬が人気を集める。まばゆい電飾の中をまわってゆく木馬に楽しい音楽とともに家族を楽しませた。電気で動く馬というヴィクトリア朝の楽しいマシンである。

1870年代音楽の楽譜表紙 / 1885年 / 写真提供：Getty Images

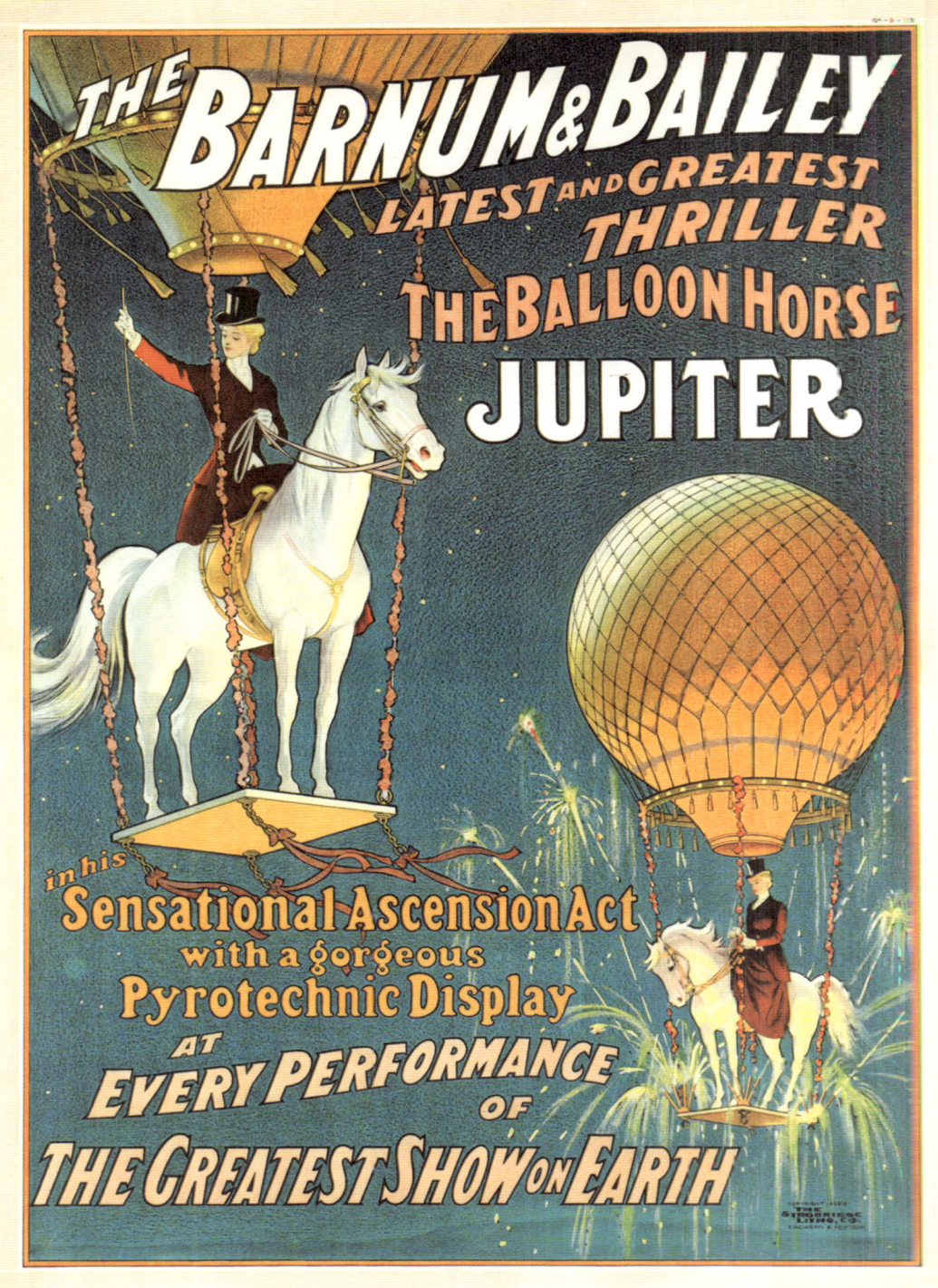

サーカスの黄金時代とサーカス・ポスターの時代は重なっている。19世紀後半、リトグラフによるカラーのポスターがつくられた。さまざまなモチーフを自由に組み合わせ、鮮やかに彩色するサーカス・ポスターは、失われたサーカス団を思い出させる。

P134：バーナム＆ベイリー・サーカスのポスター／1909年／Alamy/PPS通信社
P135上段左：「ヌーヴォー・サーク（新しいサーカス）」ポスター／1889年／Bridgeman Images/PFS通信社
P135上段右：「グランド・サーカス ワールド・フェア」ポスター／19世紀後半／写真提供：Getty Images
P135下段左：「リングリング・ブラザーズ・ワールド・グレイテスト・ショー」ポスター／1900年頃／写真提供：Getty Images
P135下段右：パントマイム喜劇《パン屋の夢》ポスター／1908年／個人蔵

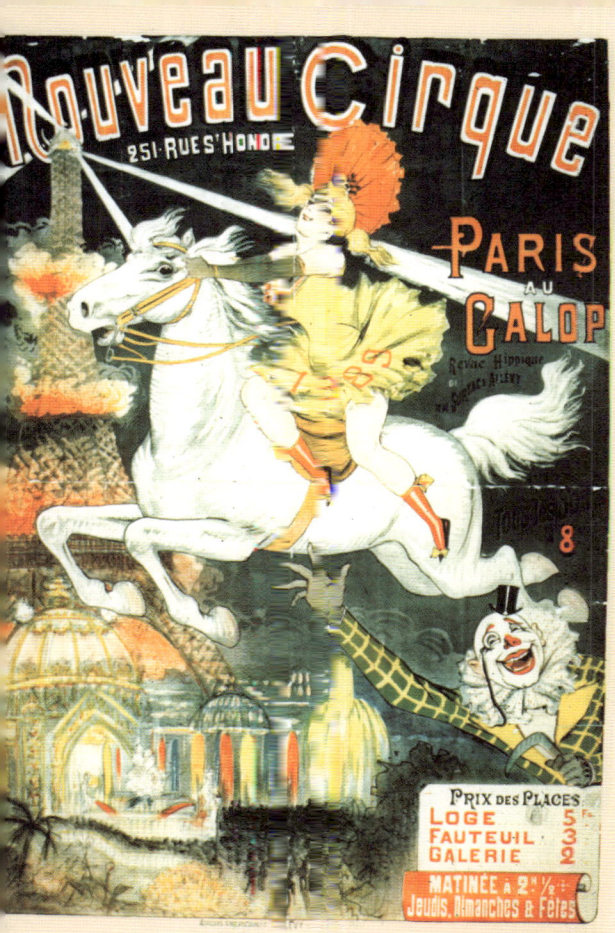

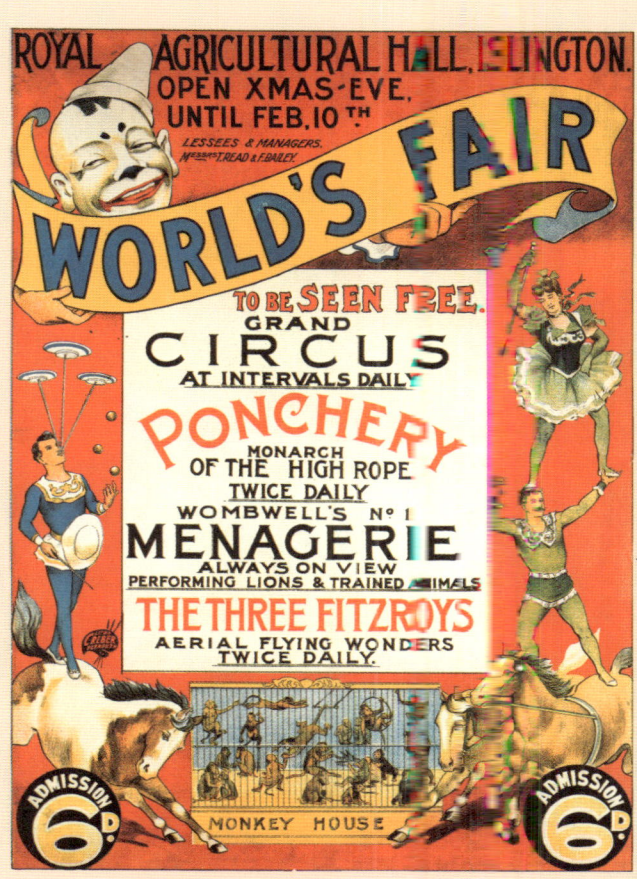

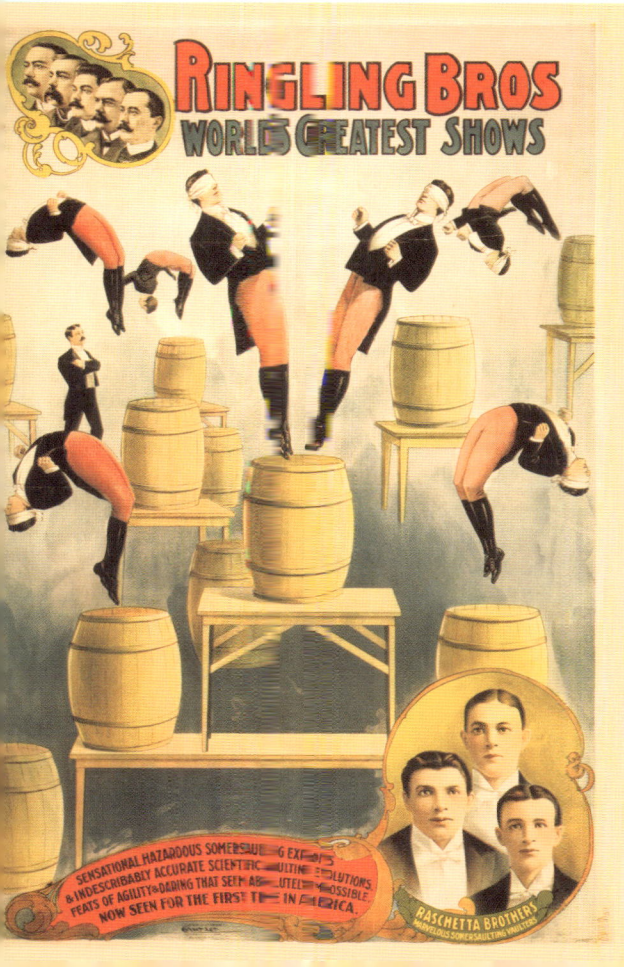

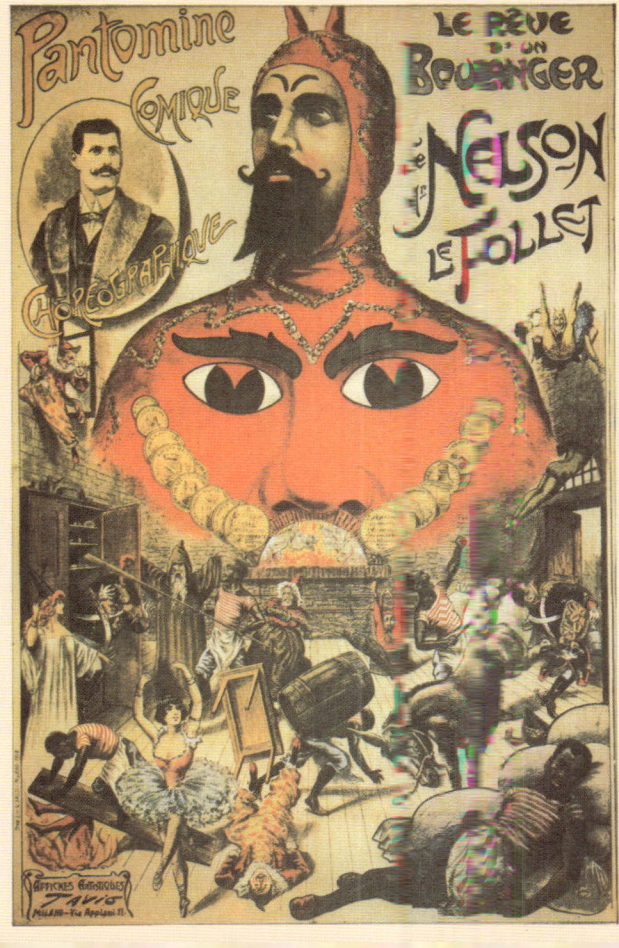

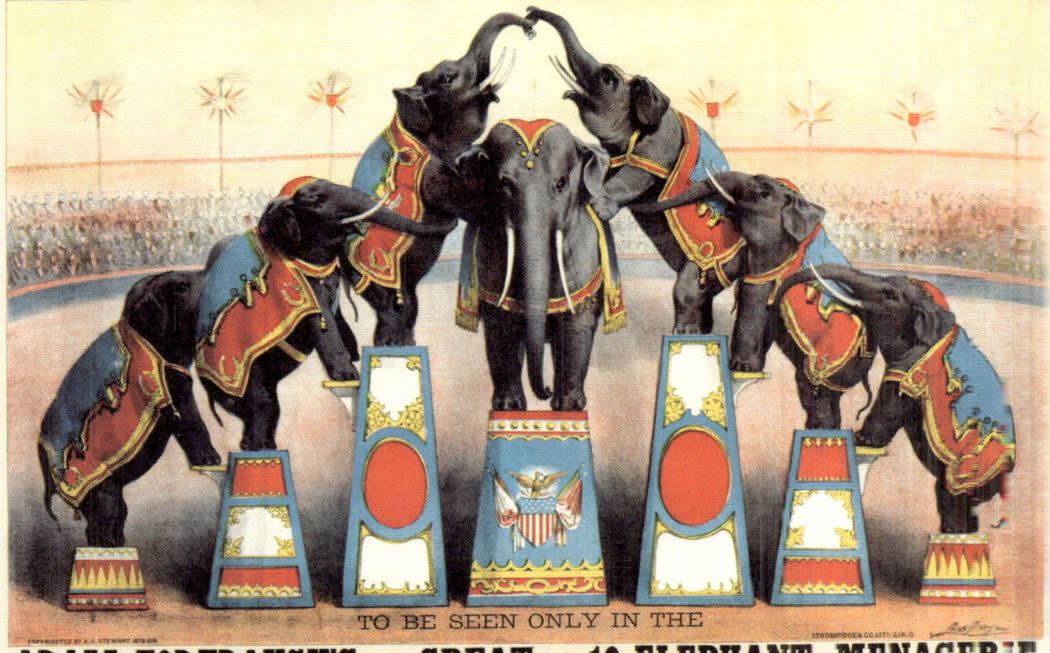

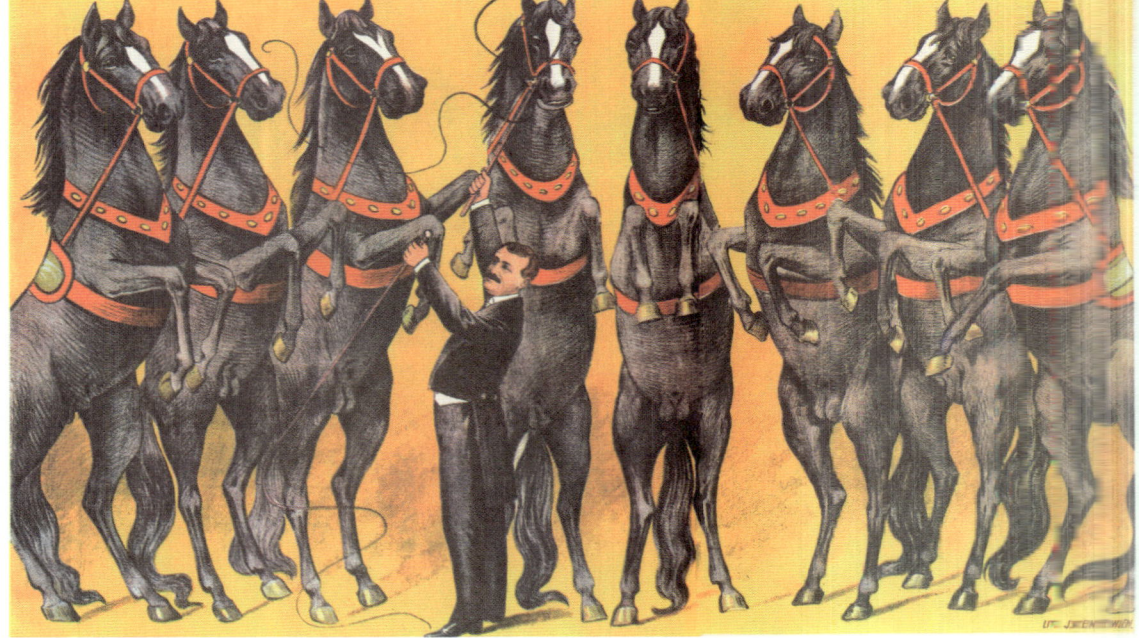

P136上段：アダム・フォレパウの大サーカス団のポスター / 19世紀後半 / 写真提供：Getty Images、P136下段：ベケ▷ウ・サーカスのポスター / 1920年 / 三人蔵
P137上段左：デュロフ・サーカスのポスター / 1920年 / 写真提供：Getty Images、P137上段右：「ヴェランドス犬猫サーカス」ポスター / 写真提供：Getty Images
P137下段：コスミー・サーカスのポスター / 1900年頃 / 写真提供：Getty Images

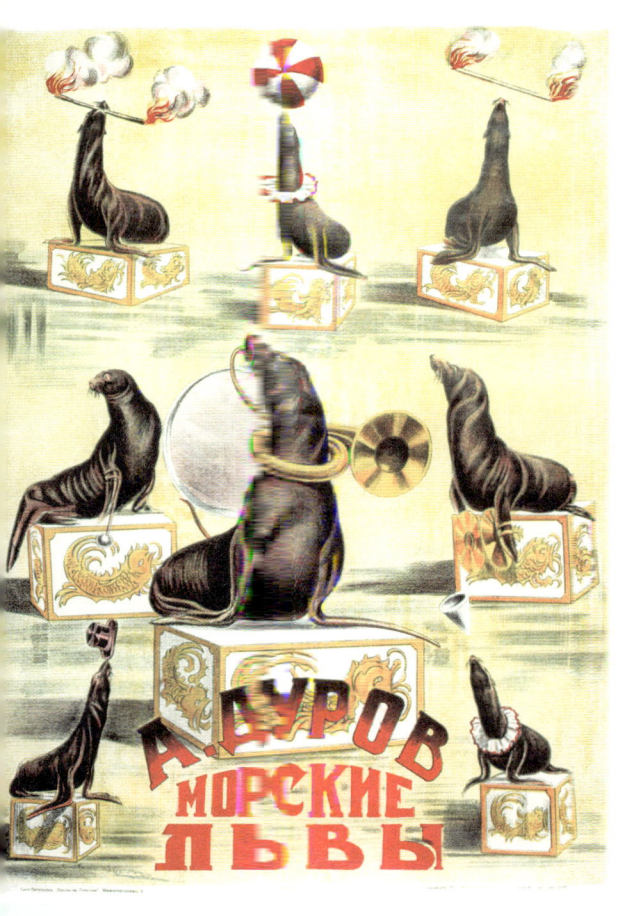

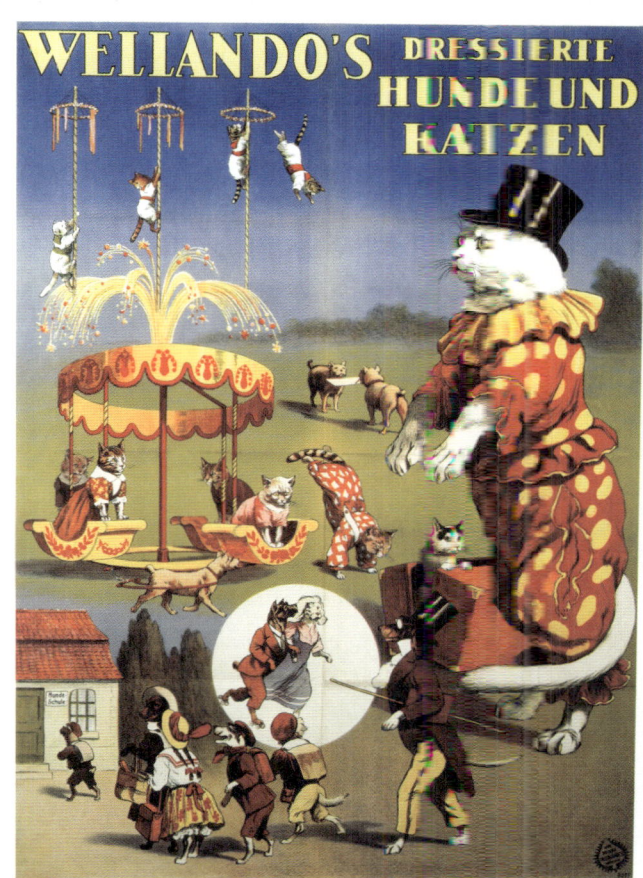

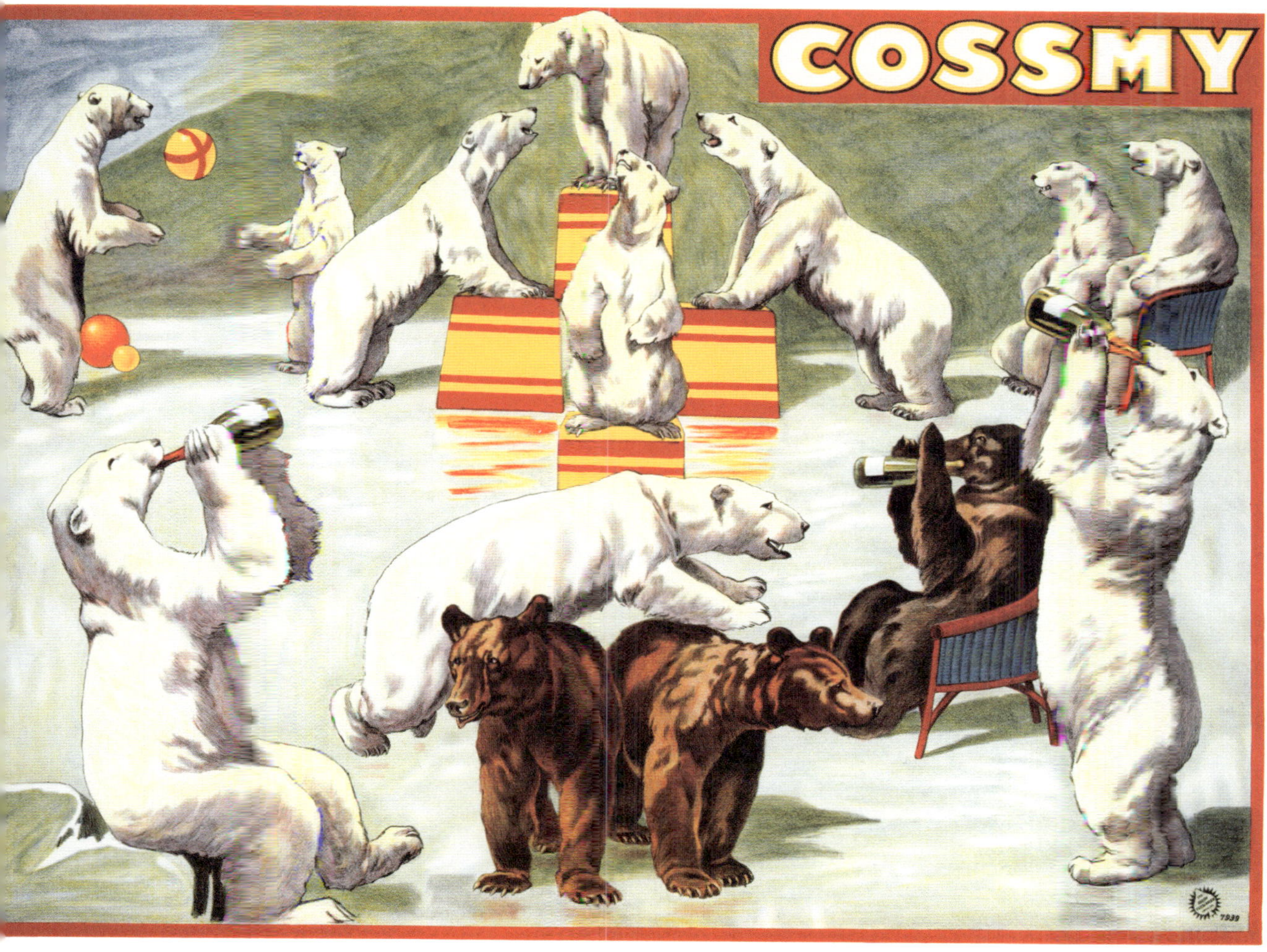

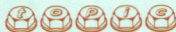

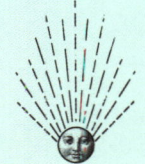  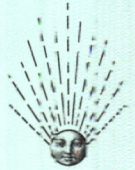

スチームパンク文学 ── ゴシック＋SF

STEAMPUNK BOOKS
GOTHIC + SCI-FI

　〈スチームパンク〉文学はマッド・ヴィクトリアン・ファンタジーなどといわれている。レトロ・ブームの中で仮想ヴィクトリア朝を舞台とするファンタジーである。『ゴシック百科事典』（未訳、2015）によれば、〈スチームパンク〉は〈ゴシック〉のインターネット時代の新しい展開であり、文学だけでなく、映画、音楽、ファッション、ビデオゲームにまで広がっている。それは、SFと合体したハイブリッドな〈ゴシック〉であり、特にヴィクトリア朝とそれにつづくエドワード朝へのノスタルジックな気持ちを持ち、蒸気機関と時計仕掛けが好きである。

　〈スチームパンク〉は、アレイスター・クロウリーの〈黄金の夜明け〉のようなヴィクトリアン・ゴシック・オカルティズムとジュール・ヴェルヌ（P174-203）、H・G・ウェルズ（P204-207）のプレSFをブレンドしている。

　〈スチームパンク〉はSFの〈サイバーパンク〉を直接の起源としている。ウィリアム・ギブスンとブルース・スターリング共著の『ディファレンス・エンジン』（1990）などである。

　〈スチームパンク〉の名は、1987年、K・W・ジーターが〈サイバーパンク〉をもじってつけたといわれる。ジーターとジェイムズ・P・ブレイロック、ティム・パワーズのグループがヴィクトリア朝ファンタジーを書き出していた。ジーターの『悪魔の機械』（1987）、ブレイロックの『ホムンクルス』（1986）、パワーズの『アヌビスの門』（1983）などがその例である。

　〈スチームパンク〉は一時的はやりと思われたが、ヴィジュアルなメディアに結びついて、21世紀に入ってむしろ大きな広がりを見せてる。そして〈ゴシック〉へと統合されてゆくのである。

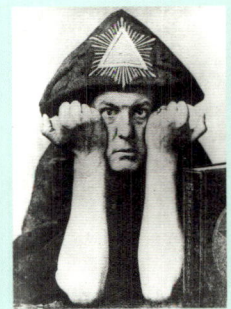 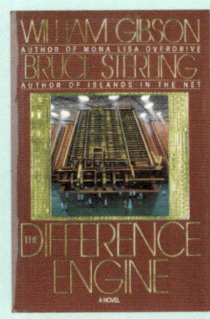 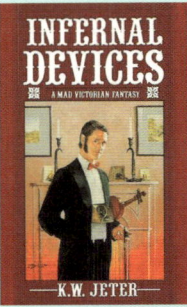 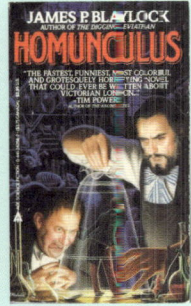 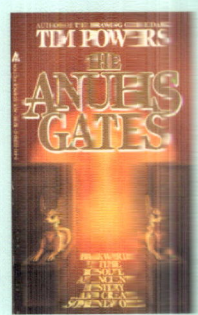

アレイスター・
クロウリー

『ディファレンス・エンジン』
ウィリアム・ギブスン、
ブルース・スターリング著／1990年

『悪魔の機械』
K・W・ジーター著
1987年

『ホムンクルス』
ジェイムズ・P・ブレイロック著
1986年

『アヌビスの門』
ティム・パワーズ著
1983年

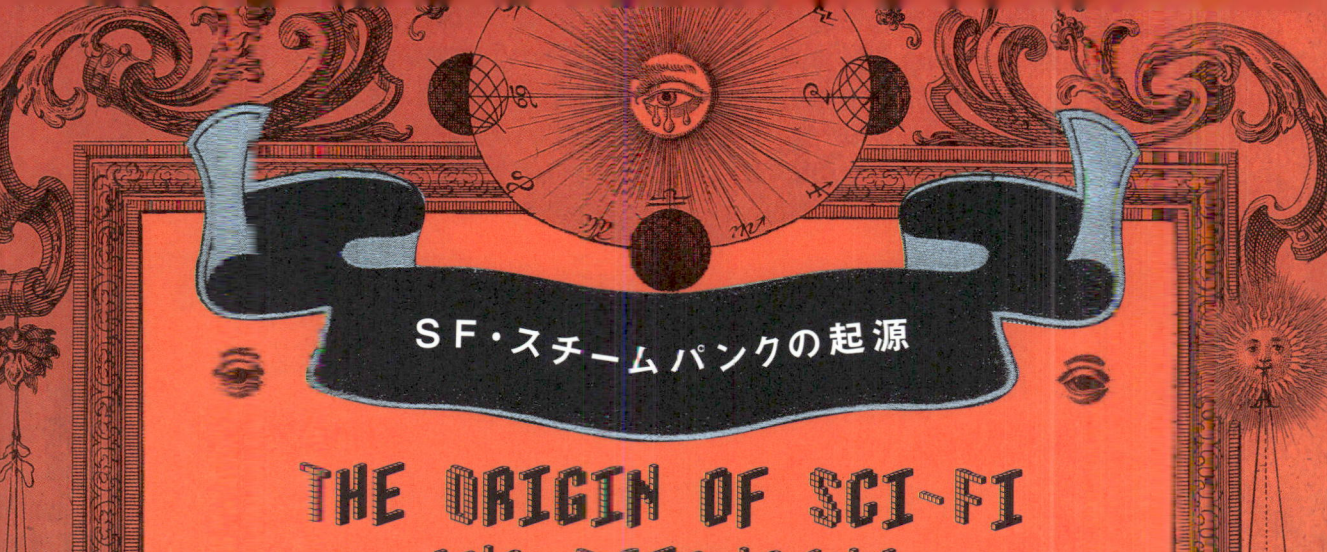

SF・スチームパンクの起源

THE ORIGIN OF SCI-FI AND STEAMPUNK

　未来を幻想しつづけたSFは、20世紀末に、100年前の過去へと反転する逆SFともいえる〈スチームパンク〉を生み出した。SFとスチームパンクのちがいは、SFが未来への一方交通であるのに対し、スチームパンクは、現在と過去の往復の時にあることである。

　〈スチームパンク〉が一時的な現象に終わらなかったのは、現代にいきなりあらわれたのではなく、それが回帰するヴィクトリア朝に起源を持っているからである。私は19世紀の〈ゴシック・リヴァイヴァル〉こそ〈スチームパンク〉の原点であると考えている。

　100年前にタイムスリップする。するとそこにはもう、100年後の私たちを重ねて、不思議な世界をつくり出しているアーティストがいたのだ。私たちは彼らの幻想の中にとり込まれていたのだ。つまり、100年前の彼らの想像の中に私は自分を見つけることができ、そこから100年後の今を見ているのだ。

　それだからこそ、過去の幻想は今も面白い。なぜなら、それは今の私をつくっているからだ。ここでは、スチームパンクの4人の先駆者をあげておこう。J・J・グランヴィル（P140-147）、アルベール・ロビダ（P148-173）、ジュール・ヴェルヌ（P174-203）、H・G・ウェルズ（P204-207）だ。グランヴィルは画家、ヴェルヌとウェルズは作家。ロビダは画家であり作家である。現代の〈スチームパンク〉はSF小説からはじまり、視覚世界に拡大した。19世紀末の〈スチームパンク〉も空想諷刺小説からはじまり、視覚世界に広がった。ことばとイメージがその境界をこえて、混ざりあう。ヴェルヌやウェルズの物語の驚異は見えること、パノラマ化を求められる。珍しいものを見たい、というのが人々の欲求であり、夢なのだ。

At the end of the twentieth century, science fiction, a genre that imagined the future, gave birth to a different kind of science fiction—one that reimagined the world a hundred years ago: Steampunk. While science fiction only looks towards the future, steampunk goes between the present and past. One hundred years ago, there were pioneers who created fantastic worlds, just as we do, one hundred years later.

STEAMPUNK

J・J・グランヴィル

J. J. GRANDVILLE

フランス 1803-47

　ナンシーで生まれ、父は挿絵画家であった。父に絵を学んだが、人間の顔を描く〇が好きだった。1825年、パリに出る。挿絵の仕事をしながら、従兄がオペラ=コミック座の支配人だったので、その縁で舞台デザインを手がける。

　絵入り新聞がはやり、そのための政治諷刺画を描くようになる。19世紀は諷刺画〇時代であった。ジャーナリズムの発達、大衆的読者の登場などによって支えられた。そこではさまざまな人間の表情、身ぶりなどが描写された。人間のすべてへの好奇心に諷刺画がこたえた。

　諷刺は今の人間への批判である。したがって、その人の過去や未来が持ち込まれる。諷刺画は人間を超えてしまい、人間と動物や植物を重ねてしまう。諷刺画はふつうの人間をデフォルメし、ついに別世界へと逸脱してしまう。

　グランヴィルは『ラ・カリカチュール』、『ル・シャリヴァリ』などの絵入り新聞で、ニュース的な諷刺画を描きつづけ、「カリカチュールの王」とまでいわれるようになる。そして『ガリヴァー旅行記』（P276）、『ロビンソン・クルーソー』などの挿絵を描いた。

　彼はやがて動物や花を人間として描く世界に入ってゆく。諷刺画の方法によって、あらゆるものを人間に重ねることができるのだ。

　そこから生まれたのが『もう1つの世界』（1844、P141-145）である。おそらくグランヴィルの作品で最もオカルト的、〈スチームパンク〉的な世界だろう。彼はここで、だれかの本の挿絵でになく、自分の想像力の自由な飛翔を試みた。

　だが彼はしだいに狂気にとらわれるようになり、1847年に精神病院で没した。死後、『フルール・アニメ（生ける花）』、『レ・ゼトワール（星々）』（P146-147）が出された。人は花となり、星となった。

『もう1つの世界』挿絵 （次ページ）
INSIDE PAGE OF BOOK "UN AUTRE MONDE (ANOTHER WORLD)"
J・J・グランヴィル画 J. J. Grandville ／ タクシル・ドロール著 ／ 1884年 ／ アートハーベス蔵

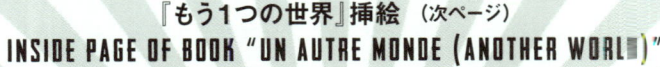
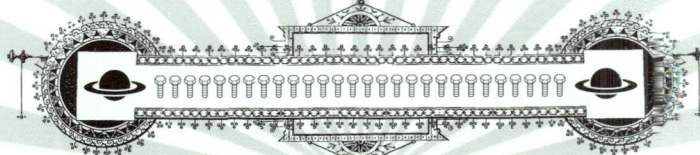
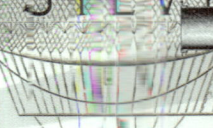

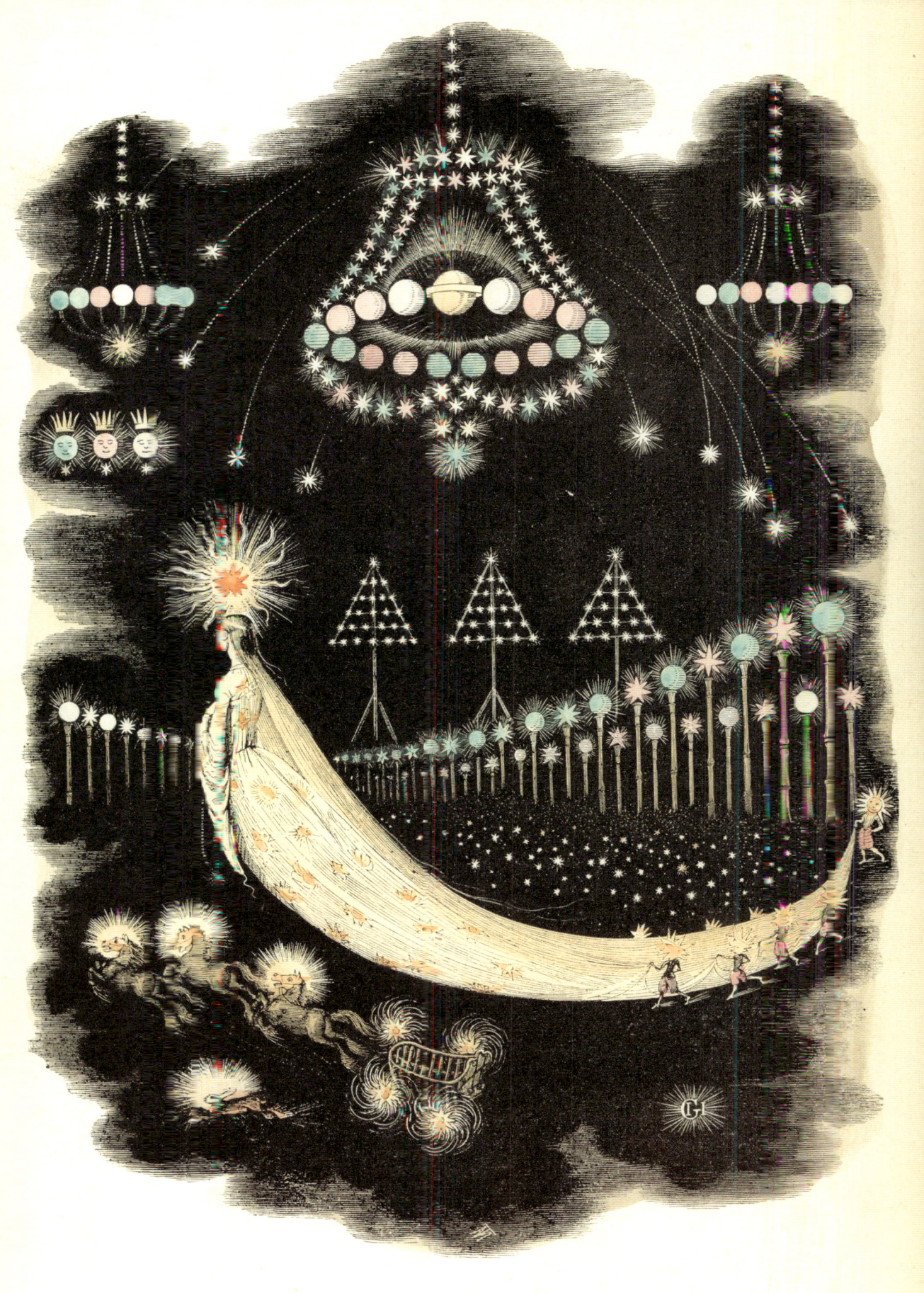

PÉRÉGRINATIONS D'UNE COMÈTE.

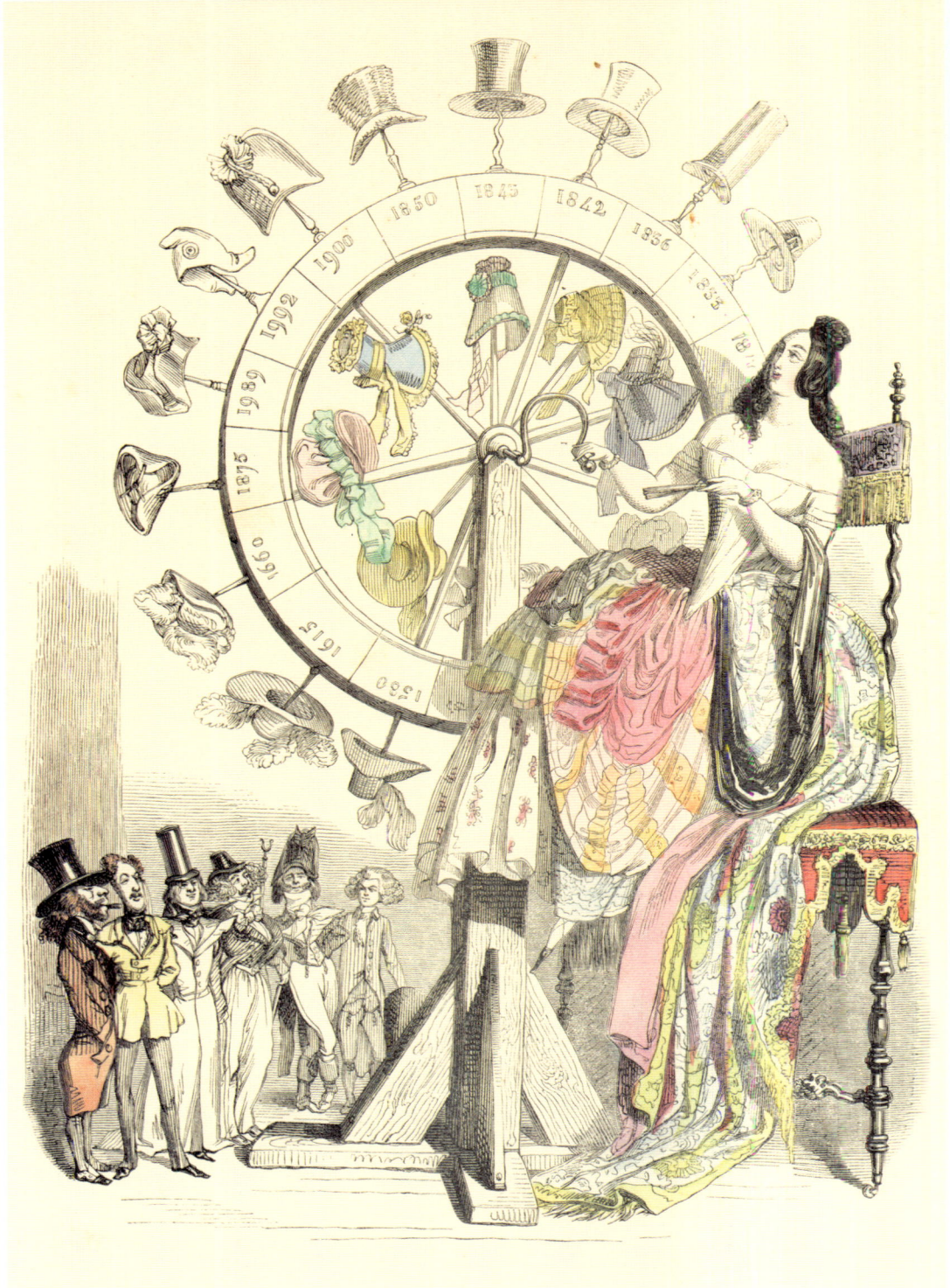

グランヴィルが自分の想像力を好きなようにくり広げようとした作品である。そのあまりに奇想天外のイメージに、
当時まったく理解されず、2巻の予定が1巻しか出せなかった。次ページは虹の女神で、虹を扇に広げた形にしている。
『もう1つの世界』は、空、地、海の3つの世界をめぐっていく空想旅行である。グランヴィルは全世界を見たいと夢見たのであった。
前ページの絵では、まるでプラネタリウムか、万博のイルミネーションのような夜空を彗星の女神が飛ぶ。

P142-143：J・J・グランヴィル画 J. J. Grandville ／ タクシル・ドロール著 ／ 1884年 ／ アートハーベスト蔵

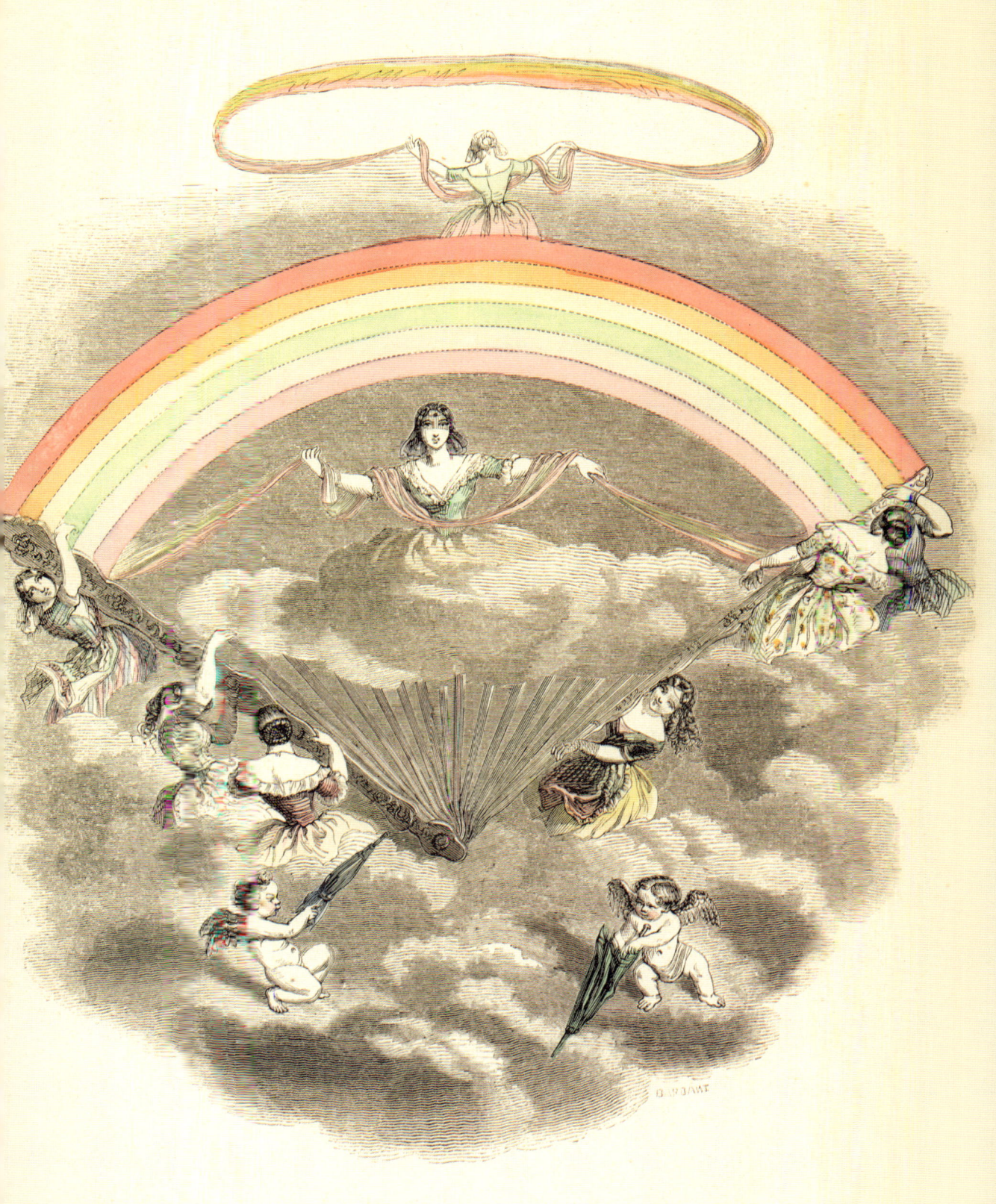

L'ÉVENTAIL D'IRIS.

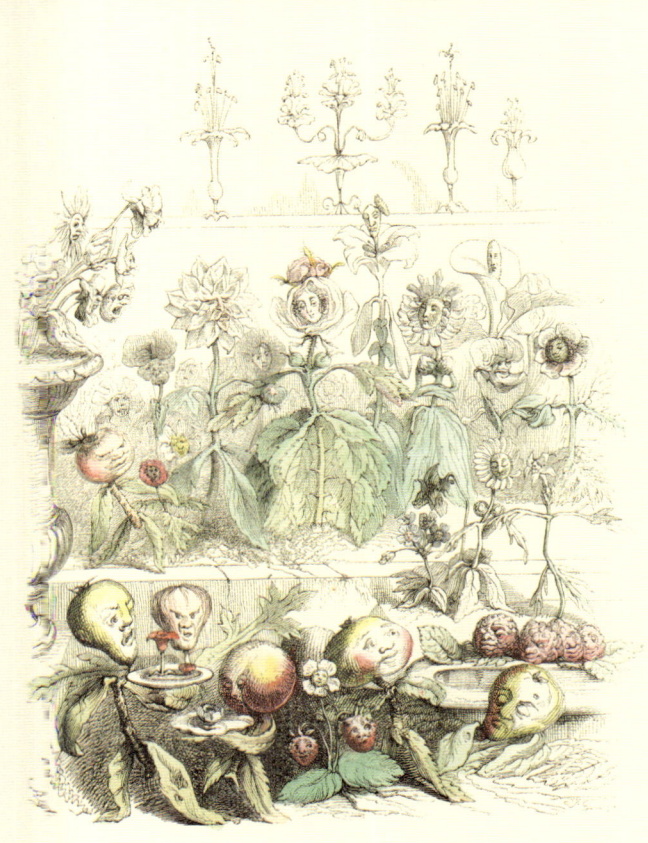

LA FÊTE DES FLEURS.

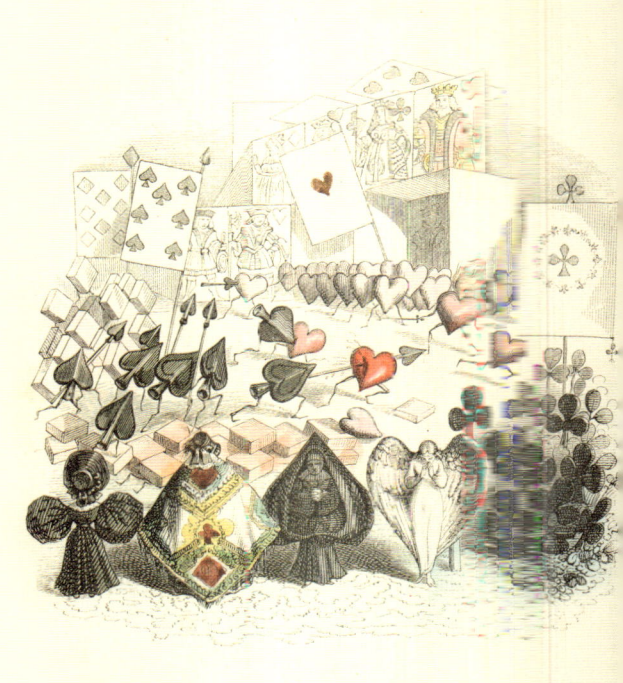

LA BATAILLE DES CARTES.

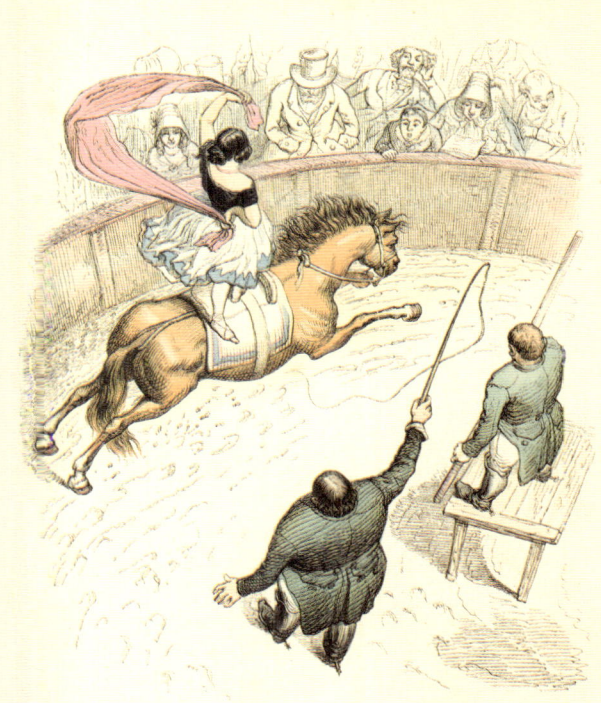

Voilà des hommes qui passent leur vie à faire mille contorsions sur la croupe
d'un cheval ; des femmes qui mettent leur gloire à sauter une cravache, à passer
à travers un cercle de papier huilé, à faire le grand écart en tunique de gaze
et en maillot couleur de chair, le tout sur les paroles suivantes : Houp ! houp ! houp !
ou : Hop ! hop ! hop ! avec accompagnement de cymbales et de grosse caisse !

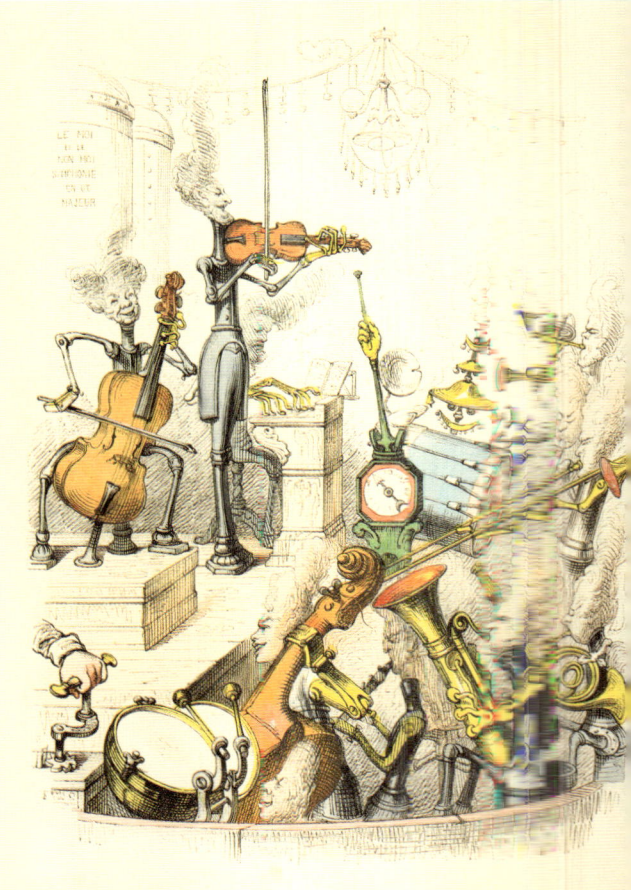

CONCERT A LA VAPEUR.

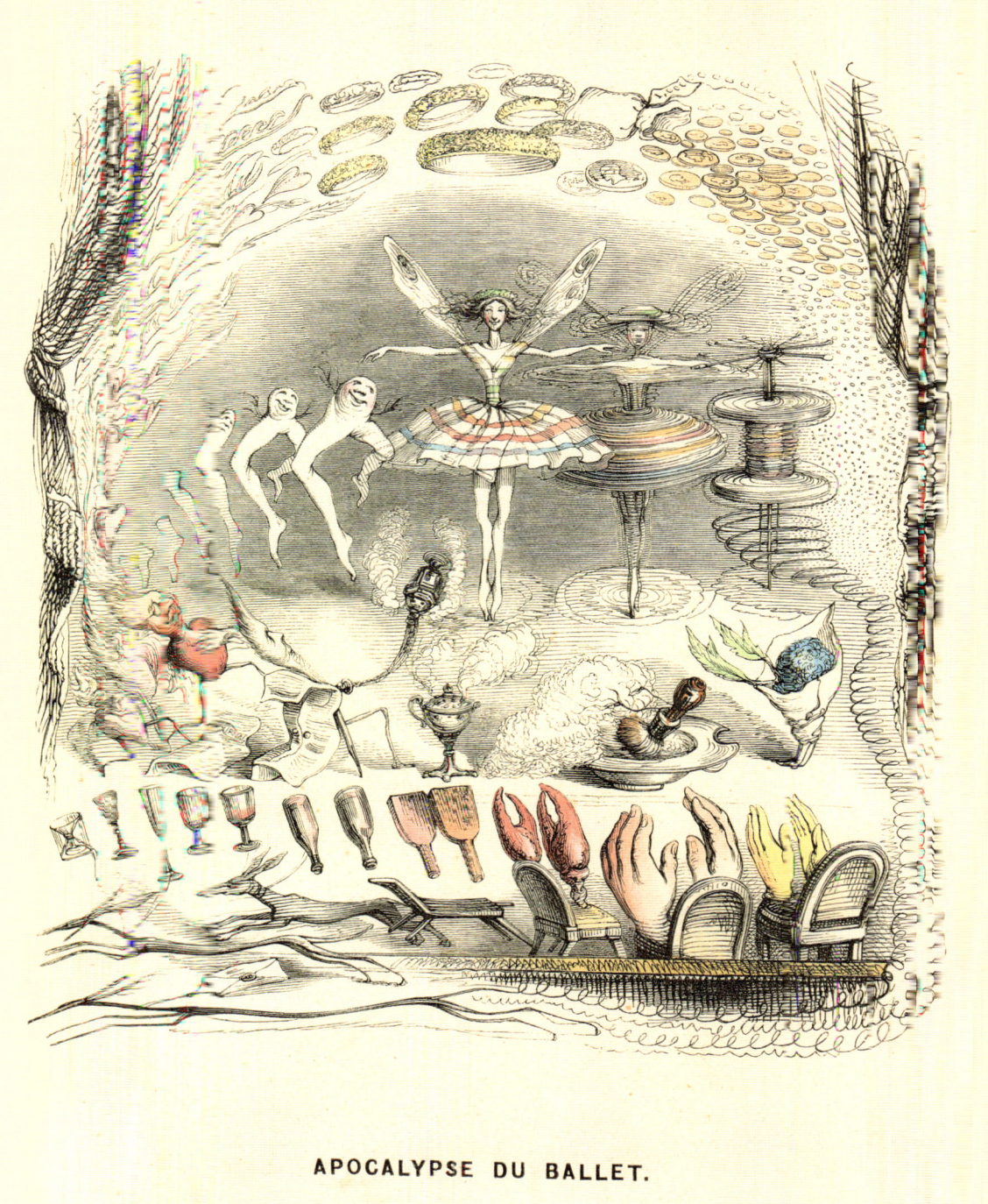

APOCALYPSE DU BALLET.

花や果物が巨人化されている。人も植物、動物も自由に入れ替わっている。グランヴィルは東洋的な神秘思想を信じていたようだ。輪廻転生の考えである。私たちはさまざまなものに生まれ変わってゆく。前ページ上段右はトランプ・カードが戦っている。ハートとスペードがぶつかっている。ルイス・キャロルの『アリス』が浮かんでくる。グランヴィルとルイス・キャロルはトランプ・カードへのゴシック的な思いを共有しているのだ。上の絵ではトンボのようなバレリーナを中心に、怪物たちが踊り、その上をコインや指輪が無数に飛んでいる。踊り子は回転し、コマになり、ついにはらせん状のコイルになってしまう。この世の終わりのバレエである。

P144-145：J・J・グランヴィル画 J. J. Grandville ／ タクシル・ドロール著 ／ 1884年 ／ アートハーベスト蔵

INSIDE PAGES OF BOOK "LES ETOILES (THE STARS)"

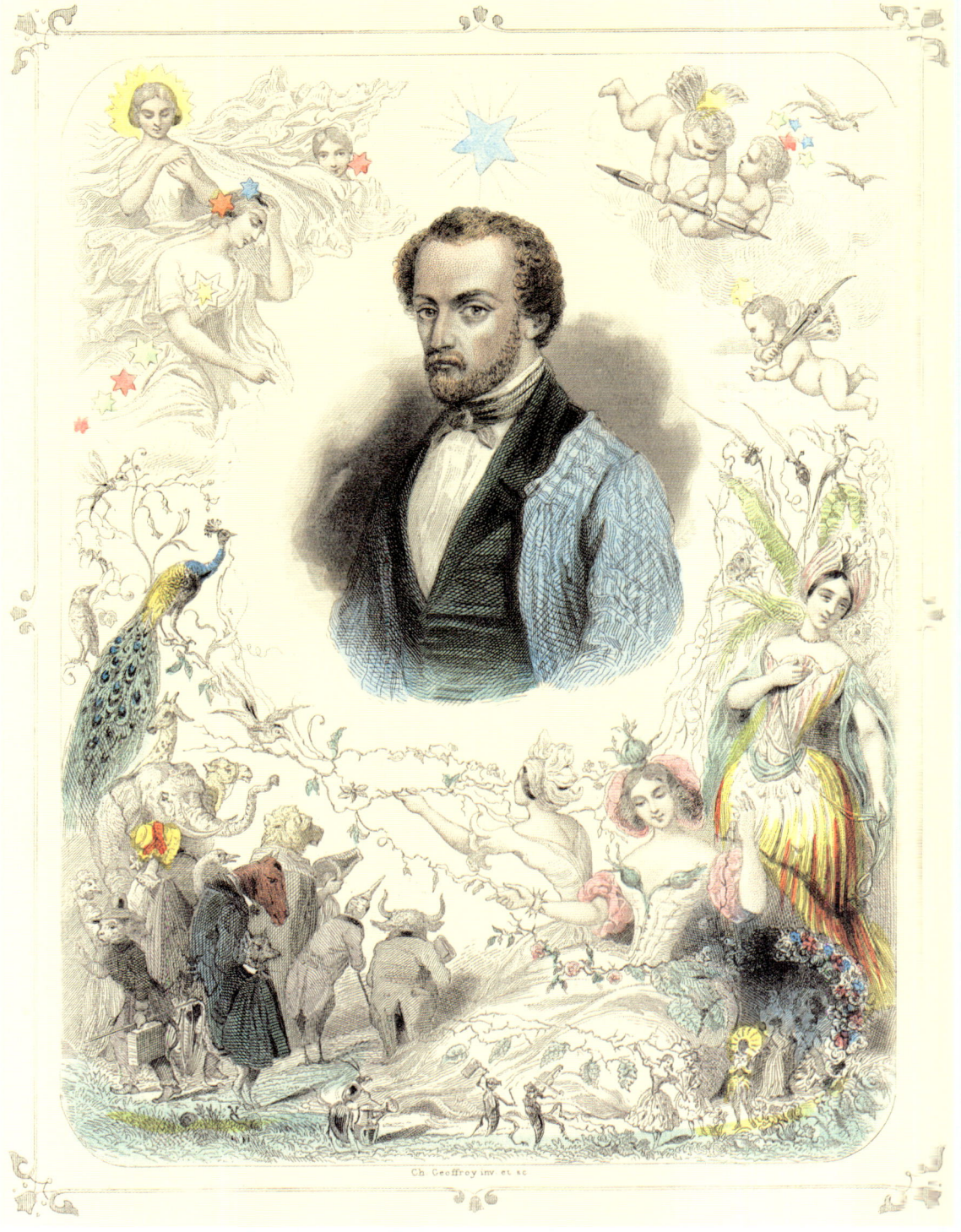

Ch. Geoffroy inv. et sc.

グランヴィルの死後、残されたスケッチをもとに、他の人が版画にして出版された。人々はグランヴィルの遺作をひたすら清純に美しく仕上げ、彼にオマージュを捧げた。上は彼の肖像である。彼はこの絵本を見ることができなかったが、まわりには美女たち孔雀まで、彼が愛したイメージがちりばめられている。次ページでは王冠のような花飾りが2人の天使によって天空に上っている。博覧会の上空のイルミネーションをほどこした気球のようでもある。

P146-147：J・J・グランヴィル画 J. J. Grandville ／ ジョセフ・メリー著（第1部）、フェリクス伯爵著（第2部）／ 1849年
P146　アートハーベスト蔵、P147：個人蔵

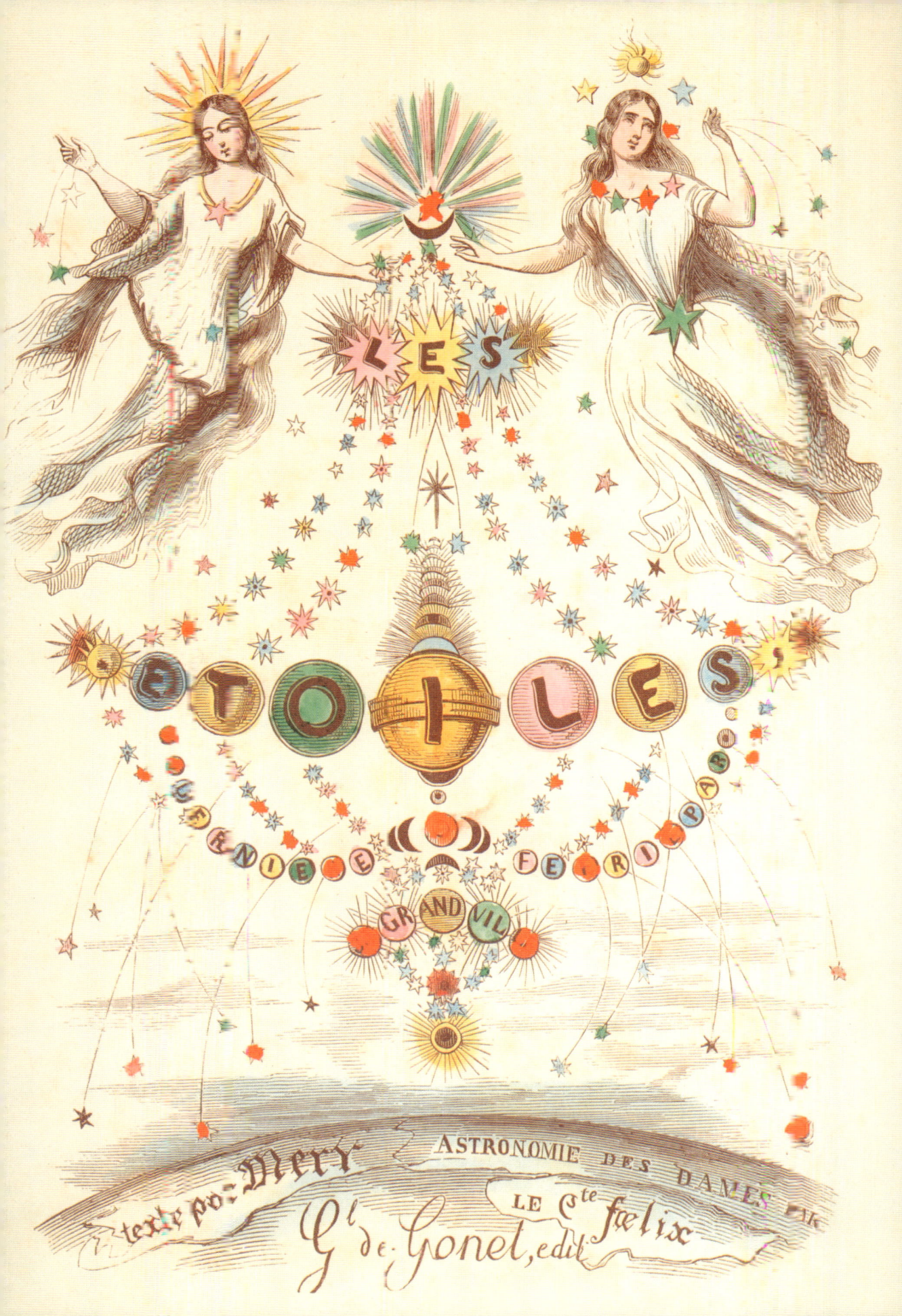

LES ETOILES

DERNIÈRE FÉERIE PAR GRANDVILLE

texte pr Méry — ASTRONOMIE DES DAMES par LE Cte fœlix

Gl de Gonet, edit

SF・スチームパンク 02

STEAMPUNK

アルベール・ロビダ

ALBERT ROBIDA

フランス 1848-1926

ロビダはグランヴィル（P140-147）が没した1847年の次の年、1848年に生まれている。グランヴィルはシャルル・フィリポンが創刊した週刊諷刺新聞『ラ・カリカチュール』で活躍したが、ロビダはシャルルの息子ウジェーヌ・フィリポンの『ラ・ジュルナル・アミュザン』で1866年に諷刺画家としてデビューした。そしてあらためて1880年に復刊された『ラ・カリカチュール』の編集長となり、12年間、絵と記事を担当した。

ロビダはグランヴィルの諷刺画の伝統を19世紀末に継承したが、その内容はかなり対照的である。グランヴィルは幻想的、神秘的であるが、ロビダは未来的で日常的である。ロビダはSF的未来を想像するが、それはきわめて今の日常生活に似ていて、そのおかしさが笑いとばされる。未来に行っても人間のおろかさはあまり変わらないのだ。

ロビダは、グランヴィルの深刻さに対して、陽気で皮肉っぽく、現代社会を諷刺している。未来についても楽天的で、あらゆる便利な発明に面白がっている。

ロビダが諷刺画家としてデビューした頃、ちょうどジュール・ヴェルヌ（P174-203）が冒険小説のシリーズで人気を集め出した。ロビダはヴェルヌにライヴァル心を燃やし、自ら冒険小説を書くことにした。それはヴェルヌも知らない国をめぐる驚異の旅として売り出された。そして代表作『20世紀』（1883、P156-161）が出される。さらに『20世紀の戦争』（1887）、『20世紀、電気の生活』（1890、P162-165）が出された。ロビダは未来ものだけでなく、古いものにも興味があり、1900年のパリ万博には〈古いパリ〉を復元したパノラマ図を出している。古いものと新しいもの、すべての世界をめぐってゆくロビダは、万国博覧会的人間であった。

雑誌『ラ・カリカチュール』挿絵（次ページ）
INSIDE PAGE OF MAGAZINE "LA CARICATURE"
アルベール・ロビダ画 Albert Robida / 1886年 / 写真提供：Getty Images

Numéro 338　　　　　　PRIX DU NUMÉRO : 40 CENTIMES　　　　19 Juin 886

A. ROBIDA

RÉDACTEUR EN CHEF

La Caricature

JOURNAL HEBDOMADAIRE

Abonnements d'un an : Paris et Départements : 20 francs. — Union postale : 24 francs. — Trois mois : 6 francs. — Bureaux : 7, rue du Croissant.

L'Embellissement de Paris par le Métropolitain, — par A. ROBIDA

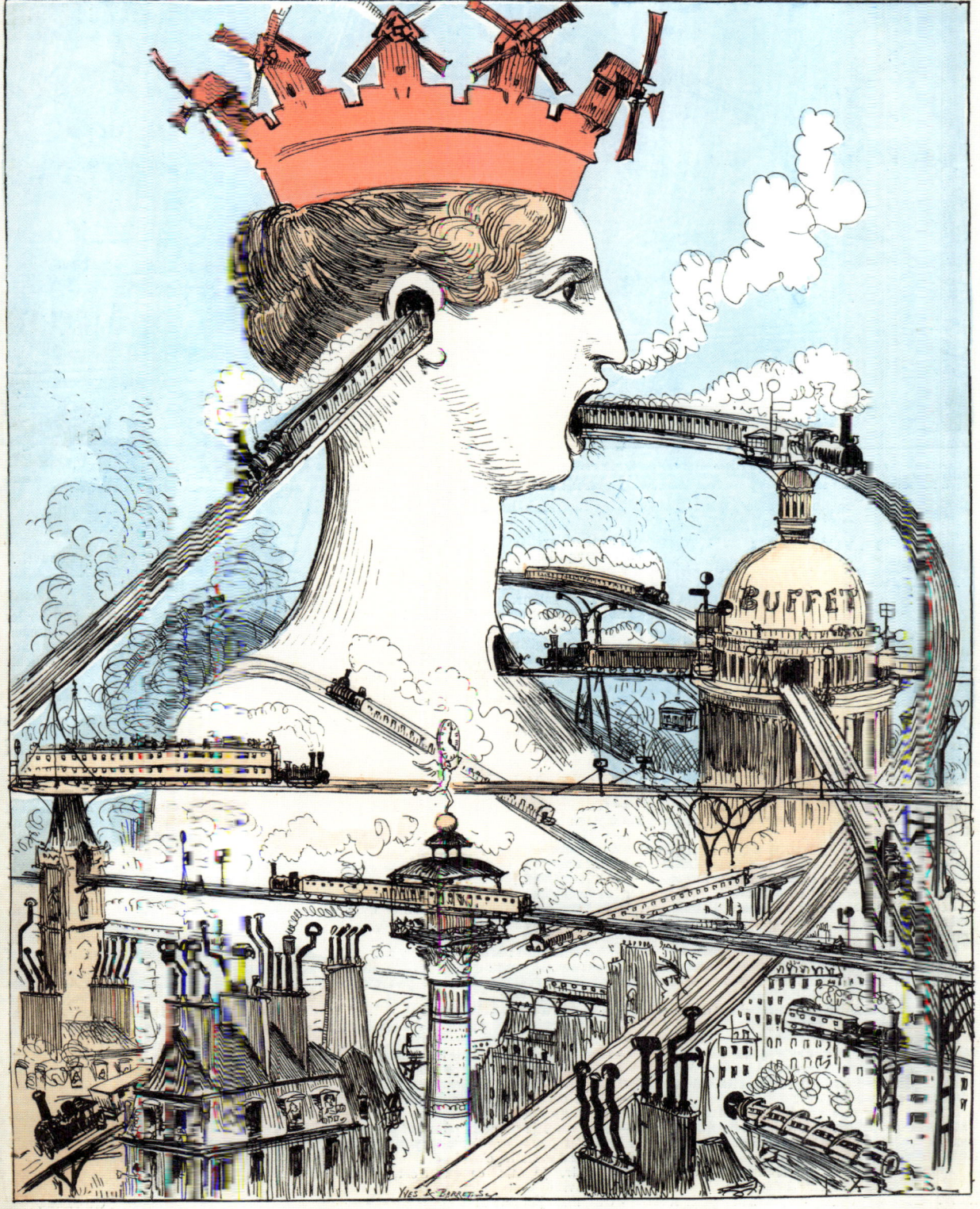

La vue de Paris ci-jointe supposée prise au moment de l'exposition de 1889, montre quels éléments de beauté le Métropolitain bien conçu, peut apporter aux perspectives de la grande ville, quelles admirables transformations il peut opérer, et enfin comment il utilise d'une façon ingénieuse et pittoresque des monuments qui jusqu'à ce jour n'ont pu servir à rien.

Numéro 1.　　　　　PRIX : 30 CENTIMES　　　　3 Janvier 1880.

La Caricature

ABONNEMENTS
an . 18 francs

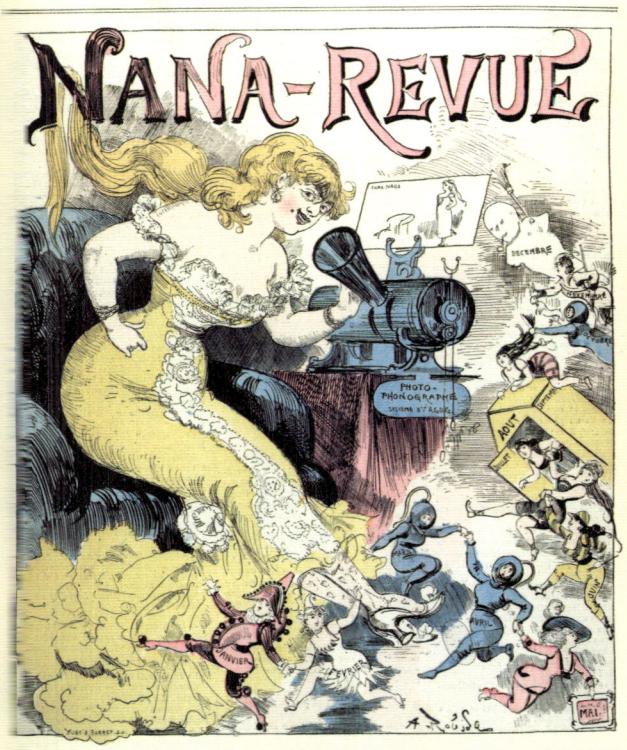

NANA-REVUE

Connaissez-vous la Société des *photo-phonographes* pour romanciers naturalistes? C'est une Société très-anonyme qui se charge de déposer secrète-ment des photo-phonographes chez les particuliers : ces instruments indiscrets recueillent tout ce qui se dit, photographient tout ce qui se fait et le re-prent aux romanciers naturalistes. Dans une soirée chez M. Émile Zola, le MAITRE a daigné faire fonctionner devant nous ses phonographes de 1879. La manivelle était tournée par les mains de la célèbre NANA, dont nous sommes heureux de donner les premiers, le portrait ressemblant. Attention! Les phonographes de M. Zola vont parler.

LA CARICATURE — Prix exceptionnel : 75 centime
Numéro 210 — 5 janvier 1884.

Almanach des
12 PÉCHÉS CAPITAUX

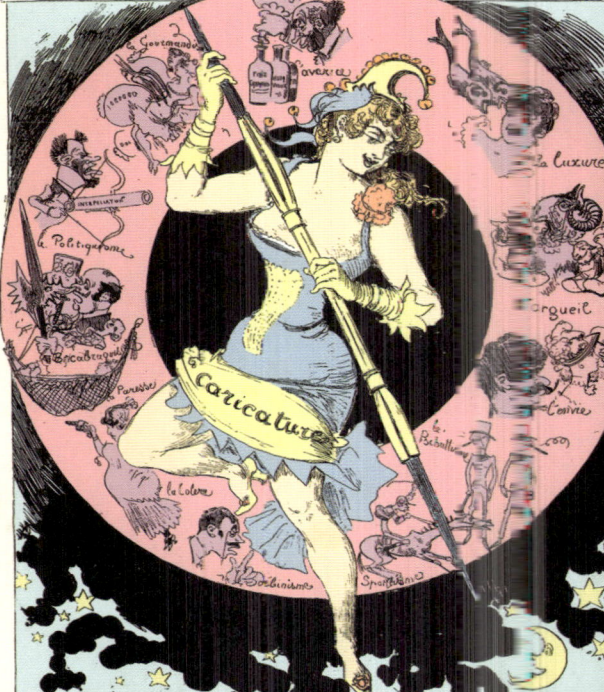

Numéro 305　　　PRIX DU NUMÉRO : 40 CENTIMES　　　31 Octobre 1885

La Caricature
A. ROBIDA
RÉDACTEUR EN CHEF

JOURNAL
HEBDOMADAIRE

Abonnements d'un an, Paris et Départements : 20 francs. — Union postale : 24 francs. — Trois mois : 6 francs. — Bureaux : 7, rue du Croissant.

L'ÉPIDÉMIE DE COLONISATION,　par A. ROBIDA

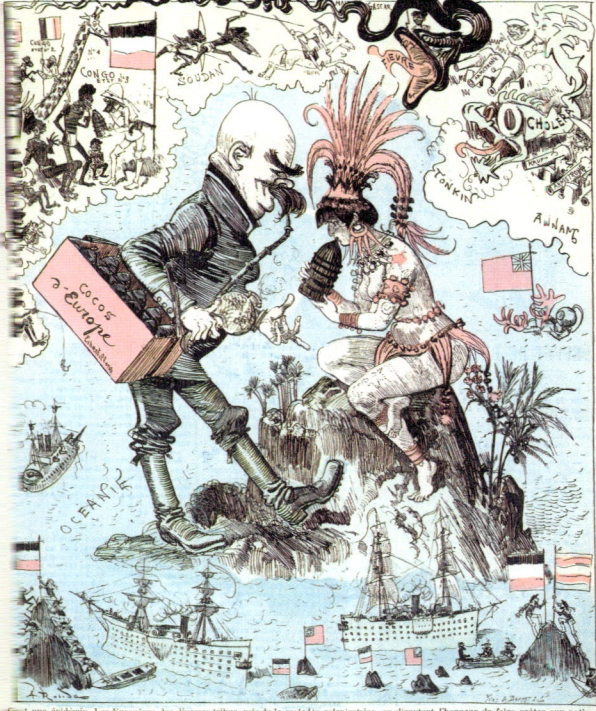

C'est une épidémie. Les Européens des diverses tribus, pris de la maladie colonisatrice, se disputent l'honneur de faire goûter aux nations incultivées, les douceurs de notre culture. On demande des continents, des archipels nouveaux, des îles et au besoin de simples îlots. Les remueurs de chaque nation sont en route et promènent à travers les Océans, les échantillons de l'industrie européenne les plus propres à séduire les bons sauvages. Par malheur, souvent la concurrence vient de passer et d'approvisionner les clients en canons, mitrailleuses et autres...

Numéro 371　　PRIX EXCEPTIONNEL DE CE NUMÉRO AVEC SUPPLÉMENT : 75 CENTIMES　　5 Février 1887

La Caricature
A. ROBIDA
RÉDACTEUR EN CHEF

JOURNAL
HEBDOMADAIRE

Abonnements d'un an : Paris et Départements : 20 francs. — Union postale : 24 francs. — Trois mois : 6 francs. — Bureaux : 7, rue du Croissant.

L'AFRIQUE

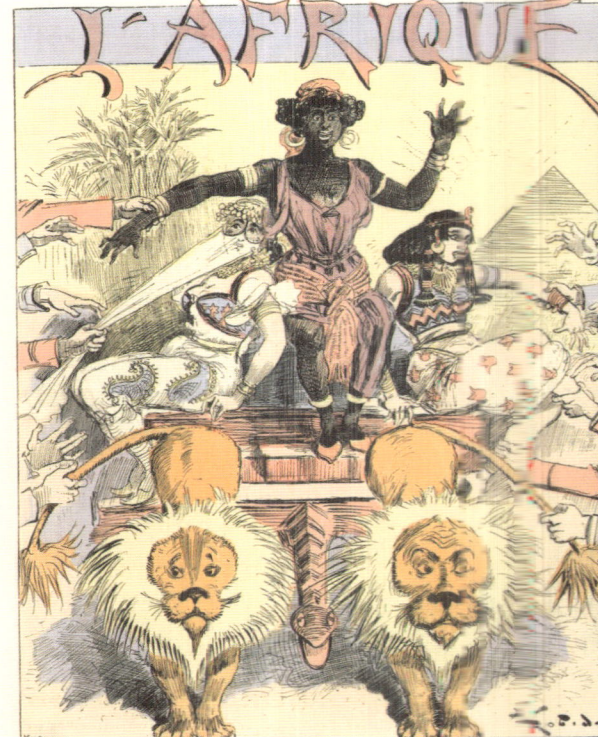

Grand déballage de nouveautés coloniales africaines, pour enlever à partager, morceaux gigantesques, tranches de Co... morceaux de toutes, portions d'Abyssinie, Soudan, Zanzibar, etc. Joli territoire gracieux, autour des lacs et plateaux pour amateurs... par le Zambèze et le Niger, terrains d'avenir très calmes sites fertiles...

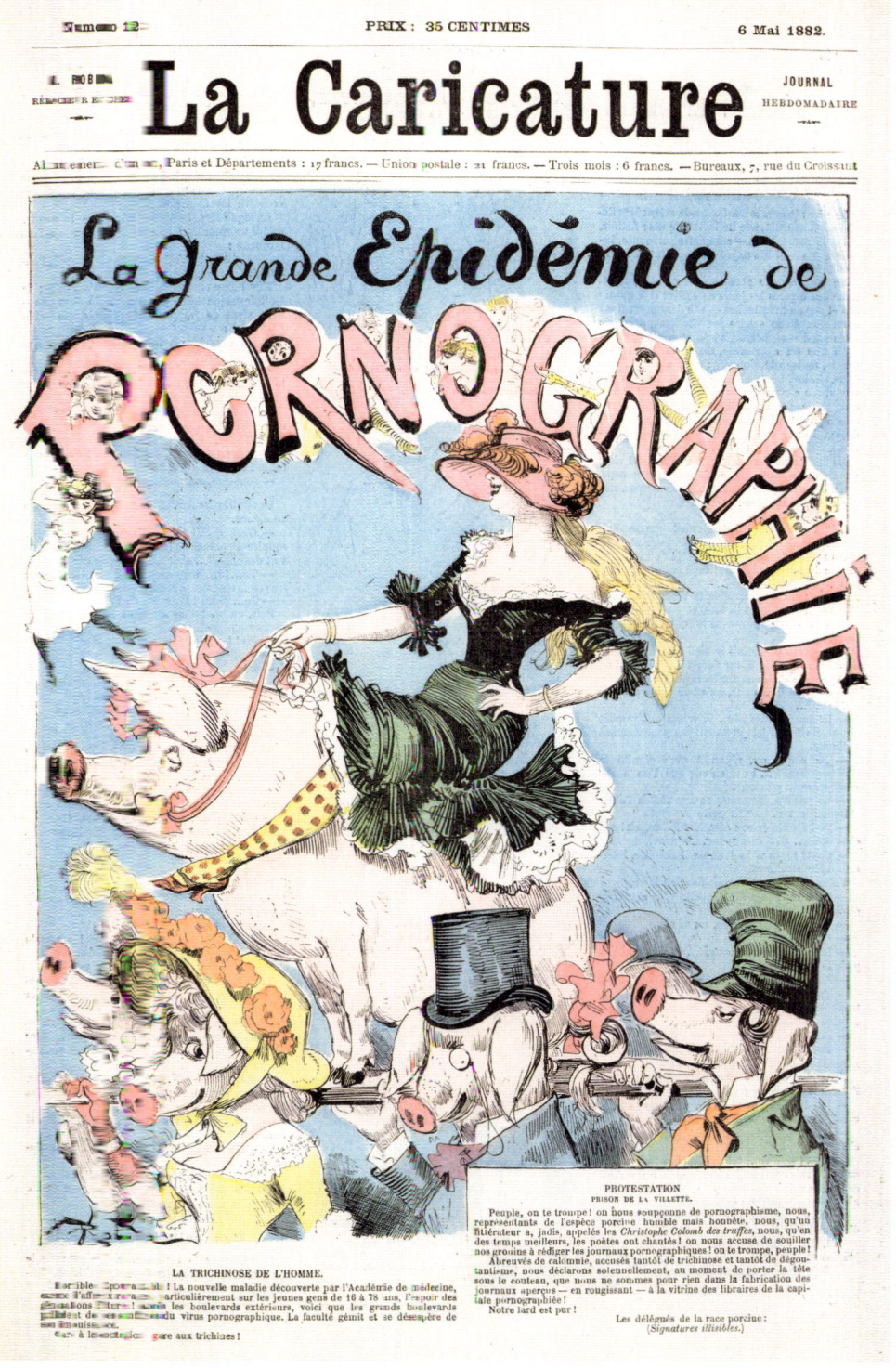

Numéro 12 — PRIX : 35 CENTIMES — 6 Mai 1882

La Caricature

JOURNAL HEBDOMADAIRE

Abonnement d'un an, Paris et Départements : 17 francs. — Union postale : 21 francs. — Trois mois : 6 francs. — Bureaux, 7, rue du Croissant.

La grande Épidémie de PORNOGRAPHIE

1880年以降12年間、コビダはこの雑誌で活躍した。P149の絵ではパリの美的改造が描かれている。高架鉄道、高架道路で立体化され、蒸気機関車が白い煙を吐いて走っている。この雑誌で古いものと新しいもののごた混ぜが楽しまれている。

アルベール・コビダ画 Albert Robida

P150上段左：1880年／Bridgeman Images/PPS通信社、P150上段右：1884年／個人蔵、P150下段左：1885年／Bridgeman Images/PPS通信社
P150下段右：1887年／個人蔵、P151：1882年／Bridgeman Images/PPS通信社、P152上段：1880年／フランス、フランス国立図書館蔵
P153上段：1882年／個人蔵、P152-153下段：1879年／個人蔵

NOUVELLE CARTE DE FRANCE, d'après les dernières découvertes des Savants et des Explorateurs, — par A. ROBIDA

Manche

Ocean

PARIS

SUISSE

ITALIE

ESPAGNE

Mer Méditerranée

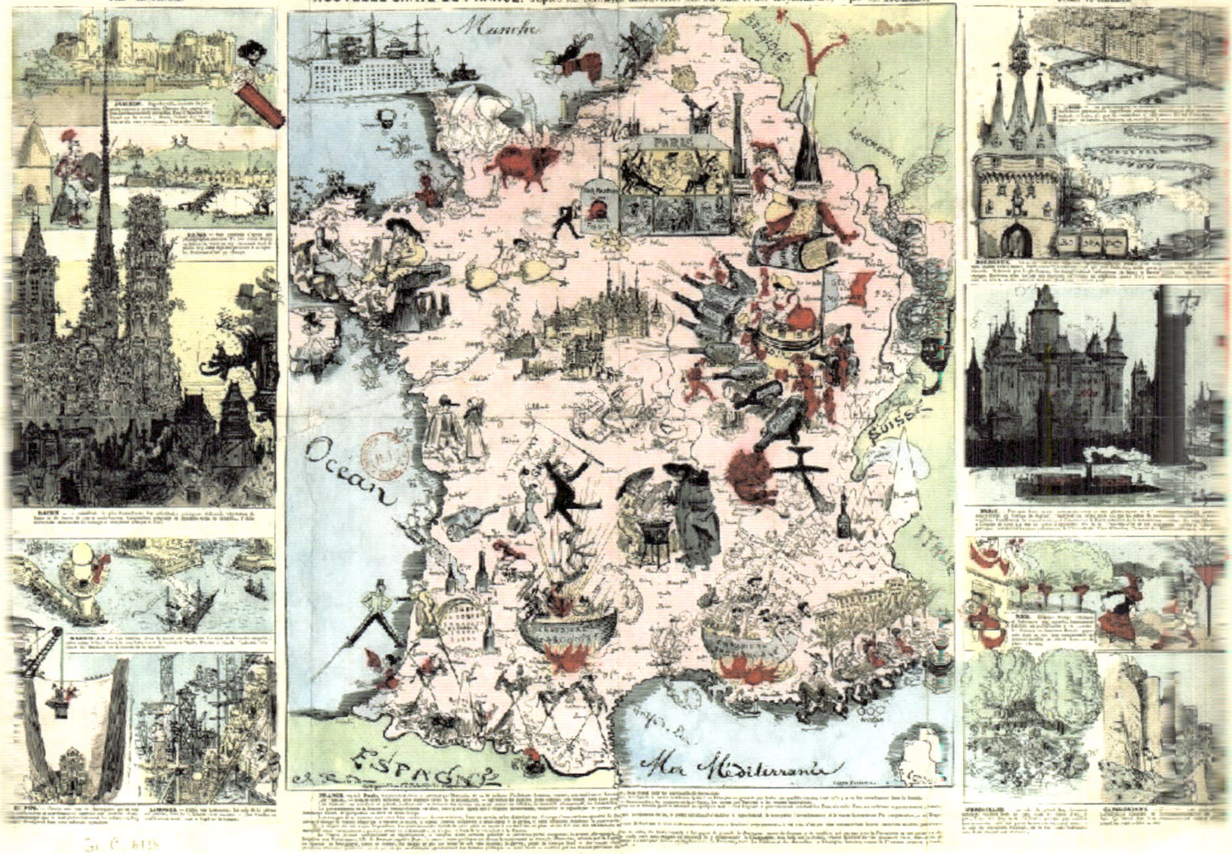

Supplément de la CARICATURE

1879! GRANDE PARADE AVEC COUPS DE TAM-TA

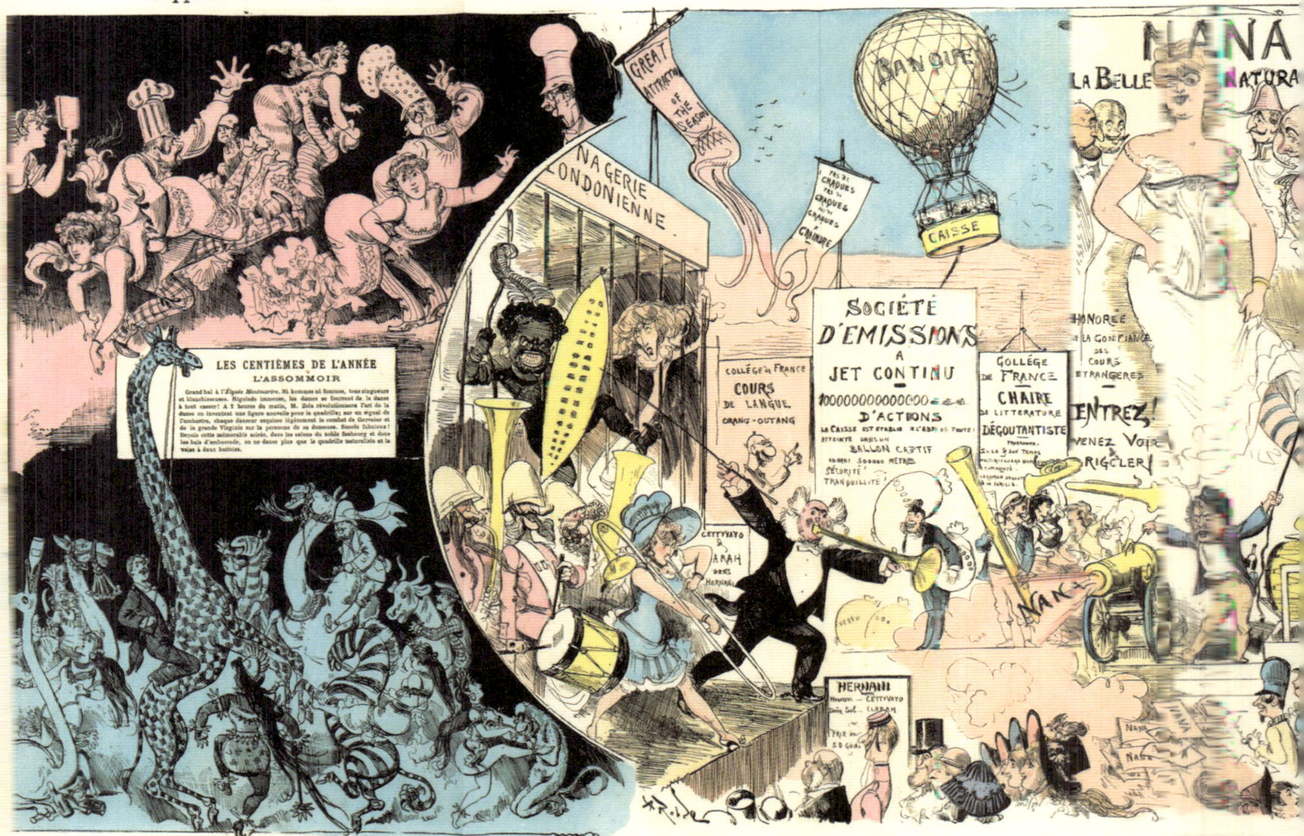

NANA
LA BELLE NATURA

MÉNAGERIE LONDONIENNE

GREAT ATTRACTION OF THE SEASON

BANQUE

CAISSE

LES CENTIÈMES DE L'ANNÉE
L'ASSOMMOIR

COLLÈGE DE FRANCE
COURS DE LANGUE
ORANG-OUTANG

SOCIÉTÉ D'ÉMISSIONS A JET CONTINU
D'ACTIONS

COLLÈGE DE FRANCE
CHAIRE DE LITTÉRATURE
DÉGOUTANTISTE

HONORÉ DE LA CONFIANCE DES COURS ÉTRANGÈRES

ENTREZ!
VENEZ VOIR
RIGOLER!

HERNANI

LE BAL DE LA VÉNUS NOIRE

GRANDE MÉNAGERIE LONDONIENNE

UNE LACUNE ENFIN COMBLÉE

ÉMISSION A JET CONTINU

Ouverture au Collège de France d'une chaire de littérature dégoutantiste

NANA

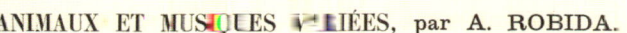

ANIMAUX ET MUSIQUES ...LIÉES, par A. ROBIDA. Supplément de la CARICATURE

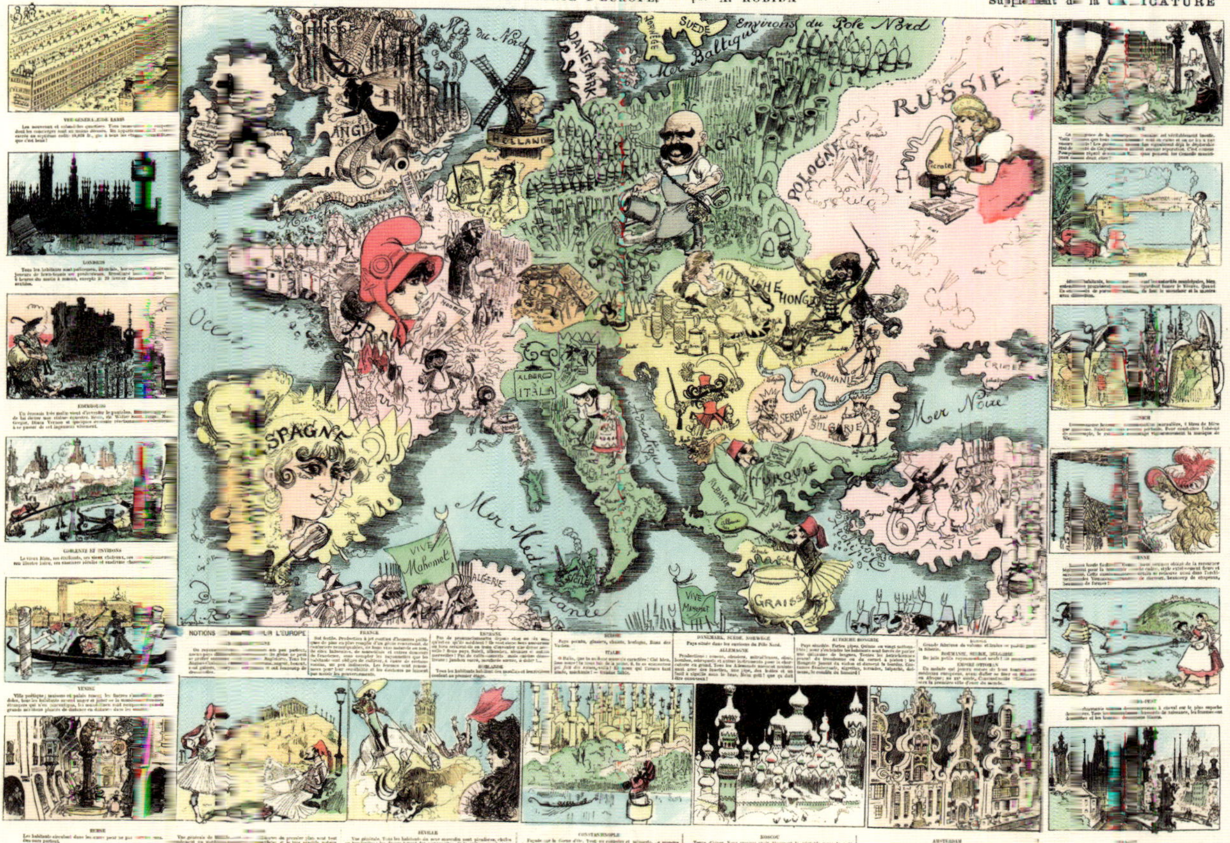

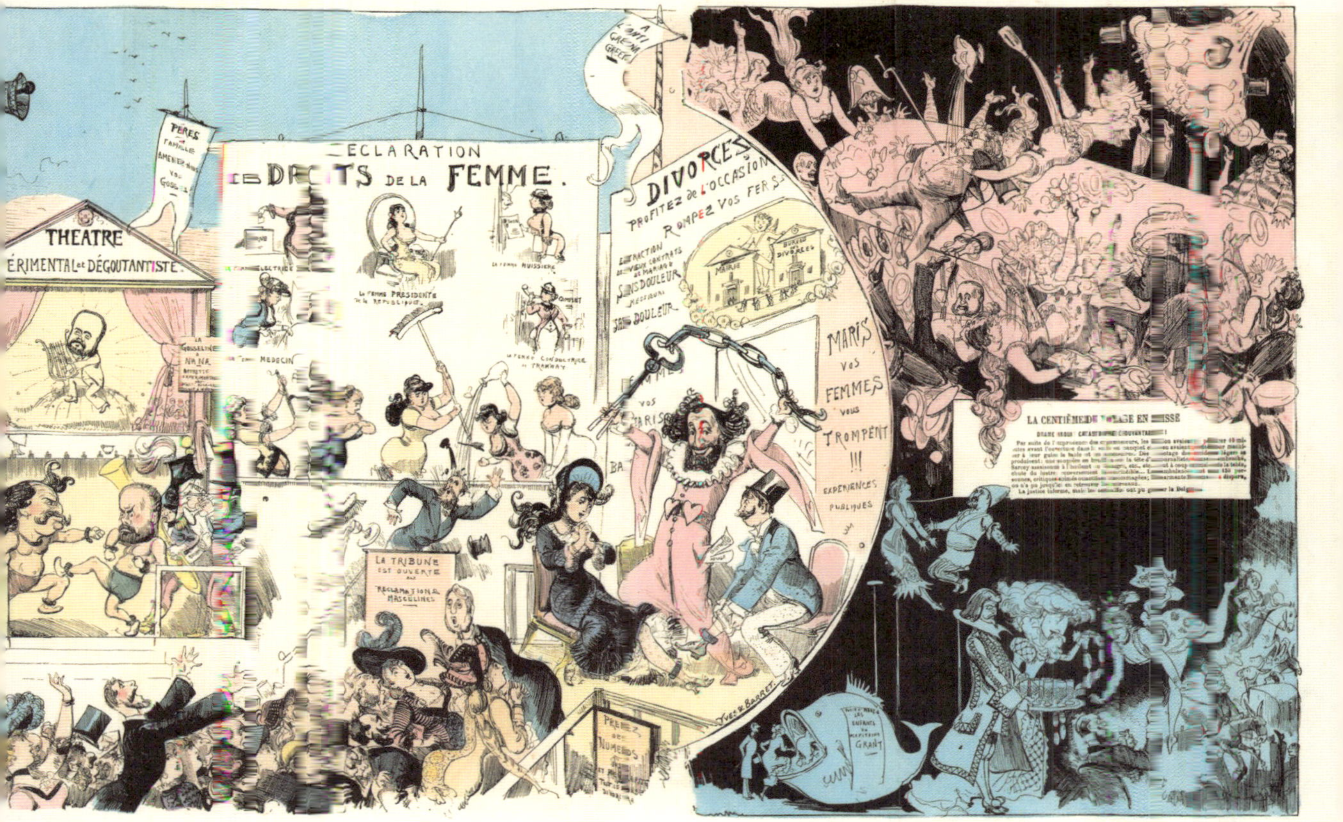

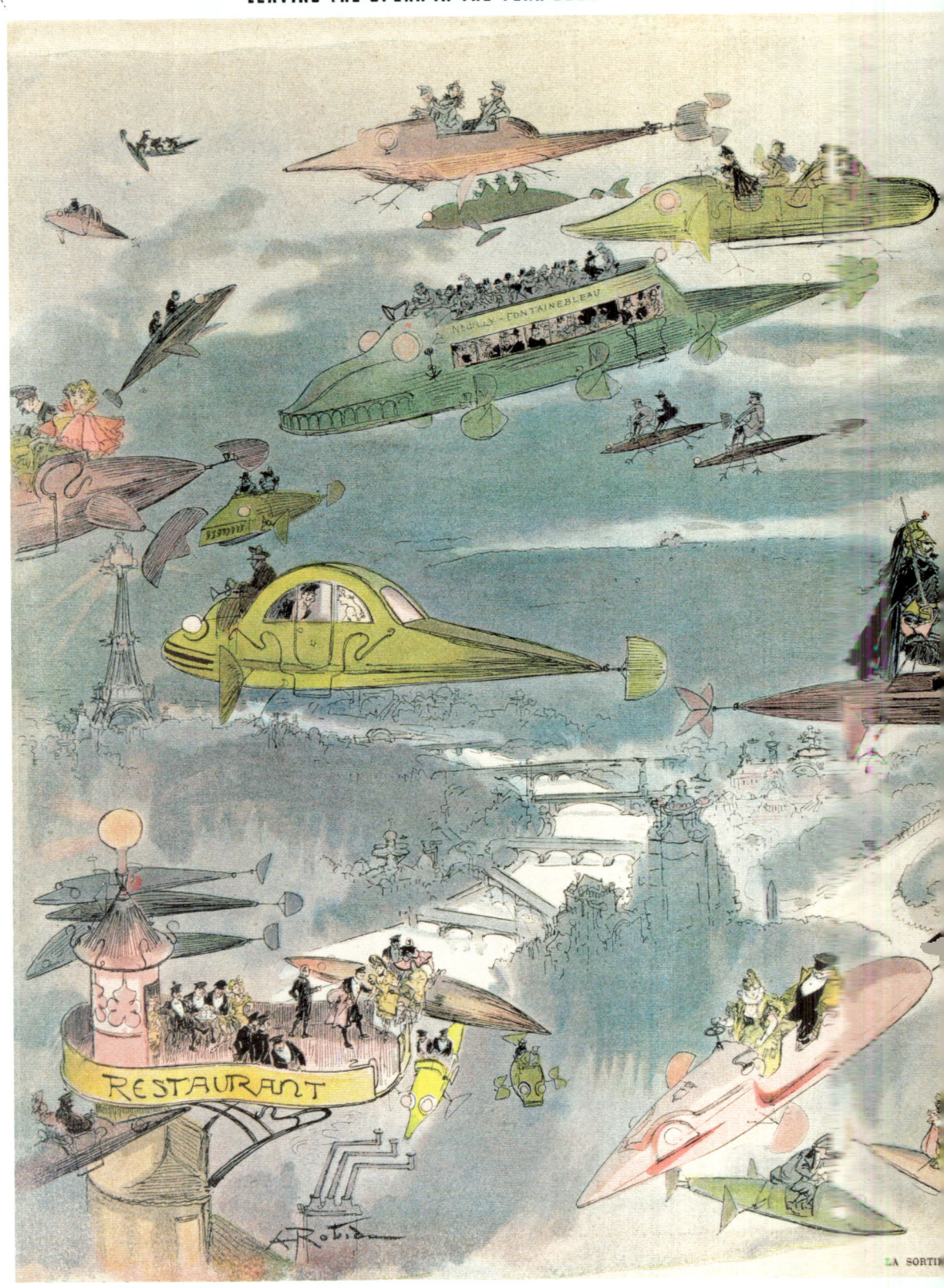

未来都市パリのオペラがはねて、人々は帰るところだ。乗り物は魚の形をしている。
右手のオペラ座の飾り階段からあらわれるレディたちが魚の乗り物でパリの空を飛ぶ。左手にはレストランがある。

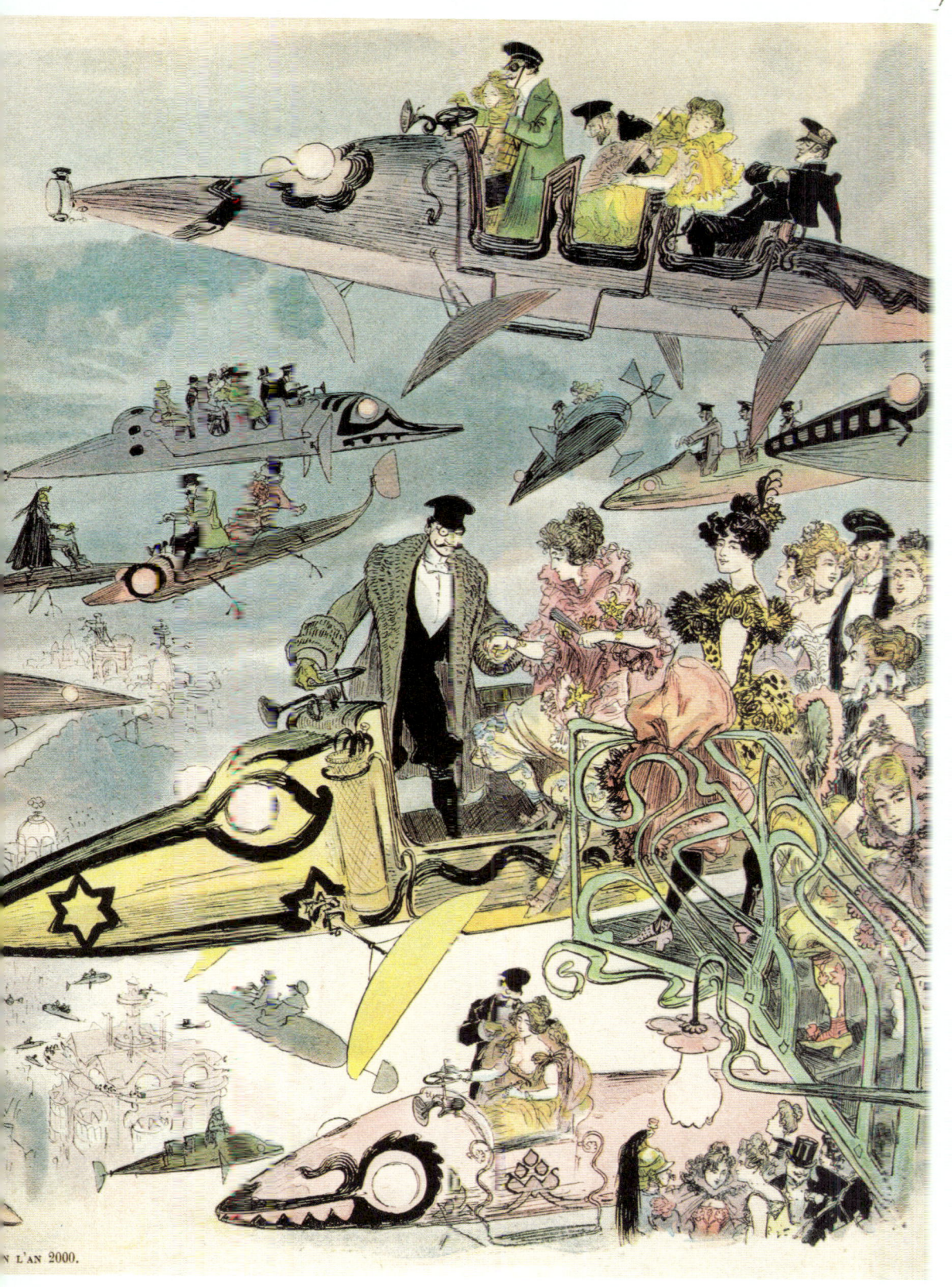

EN L'AN 2000.

アルベール・ロビダ画 Albert Robida / 1882年頃 / 個人蔵

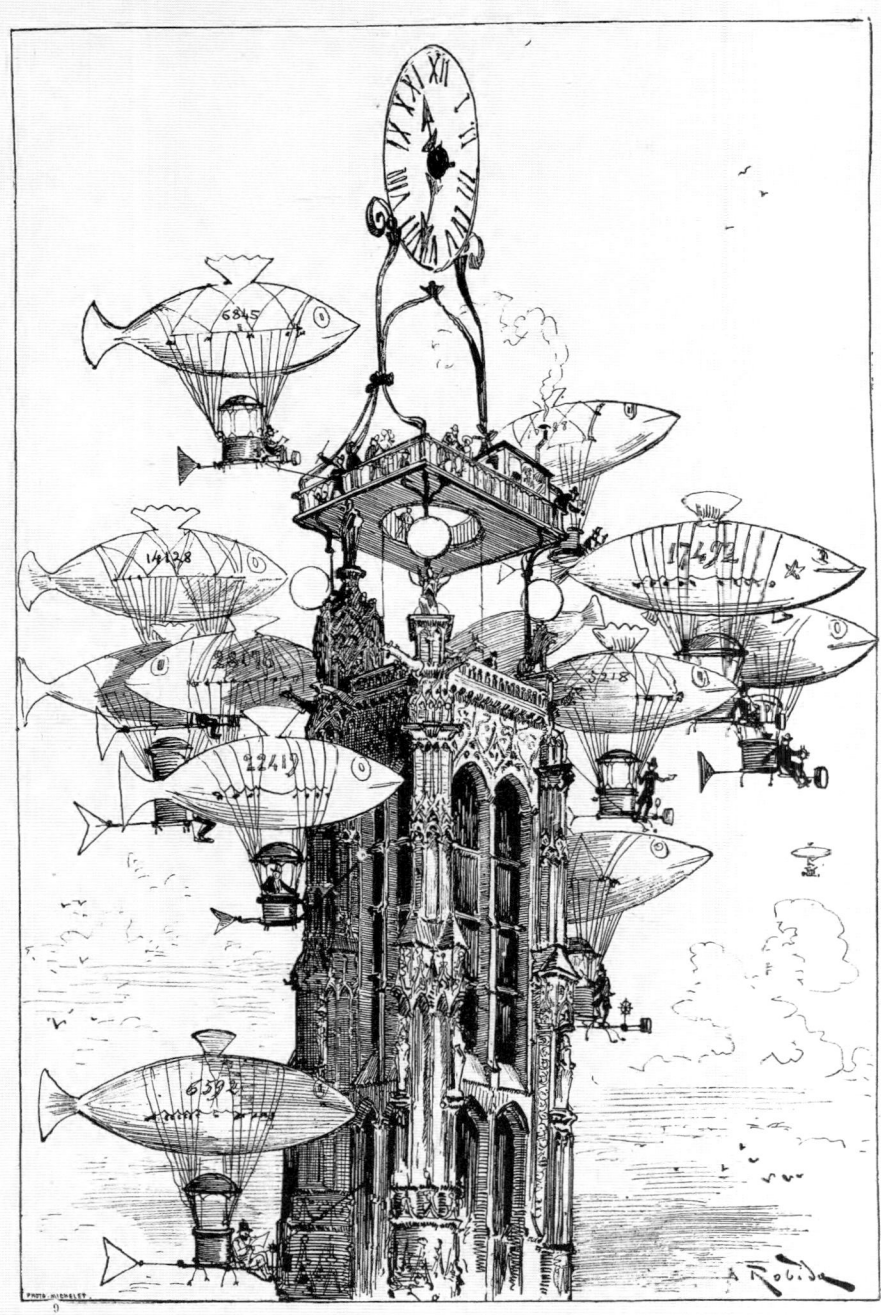

LA STATION D'AÉROCABS DE LA TOUR SAINT-JACQUES

1883年から1952年をのぞくという趣向である。田舎の女学生がパリにやってきて20世紀を楽しむのであるが、あらゆる新発■にもかかわらず、パリは〈ベル・エポック〉の未来で、19世紀と20世紀が重ねられ、まさにこれは、古くて新しい〈スチームパンク〉世界なのだ。次ページは未来の家であろうか。空中で回転し、パリを360度眺められる。しかし建物はおとぎ話のような家で、レディたちはオールド・ファッションのままで、空飛ぶ機械と暮らしている。

P156-157：アルベール・ロビダ著・画 Albert Robida / 1883年 / フランス、フランス国立図書館蔵

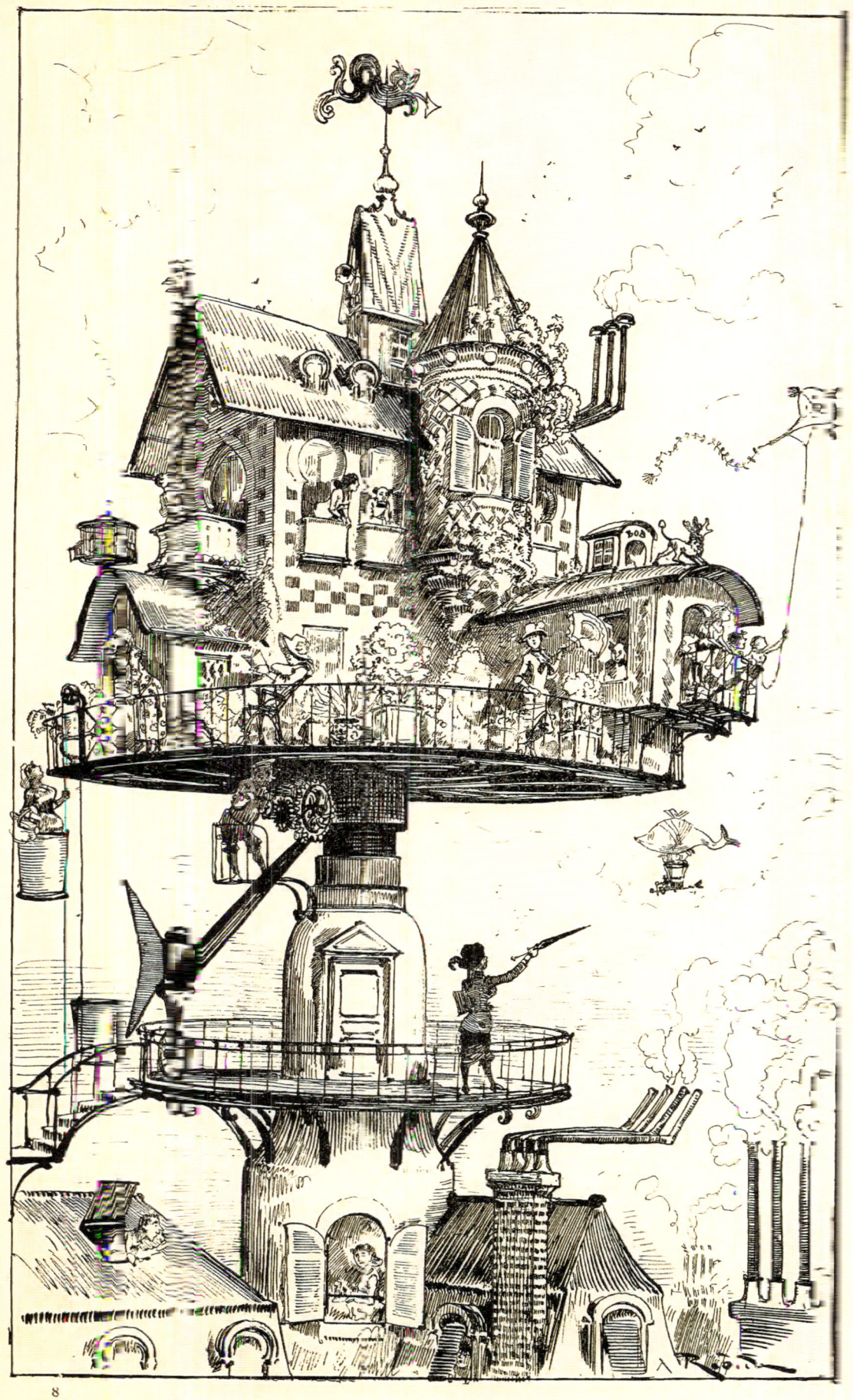

MAISON TOURNANTE AÉRIENNE

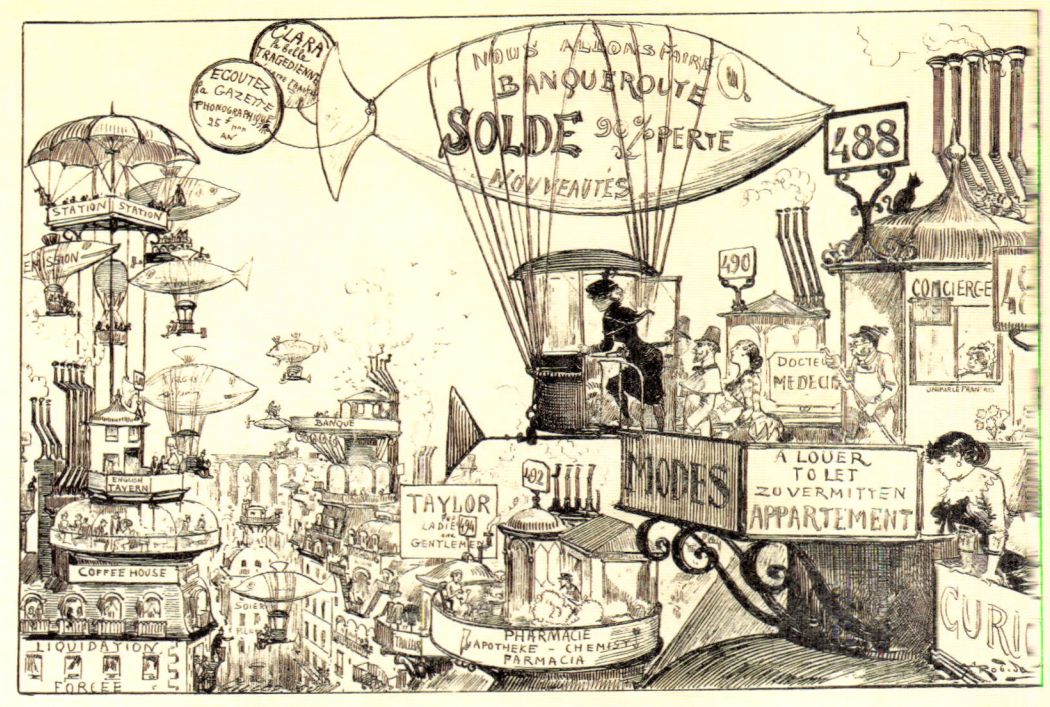

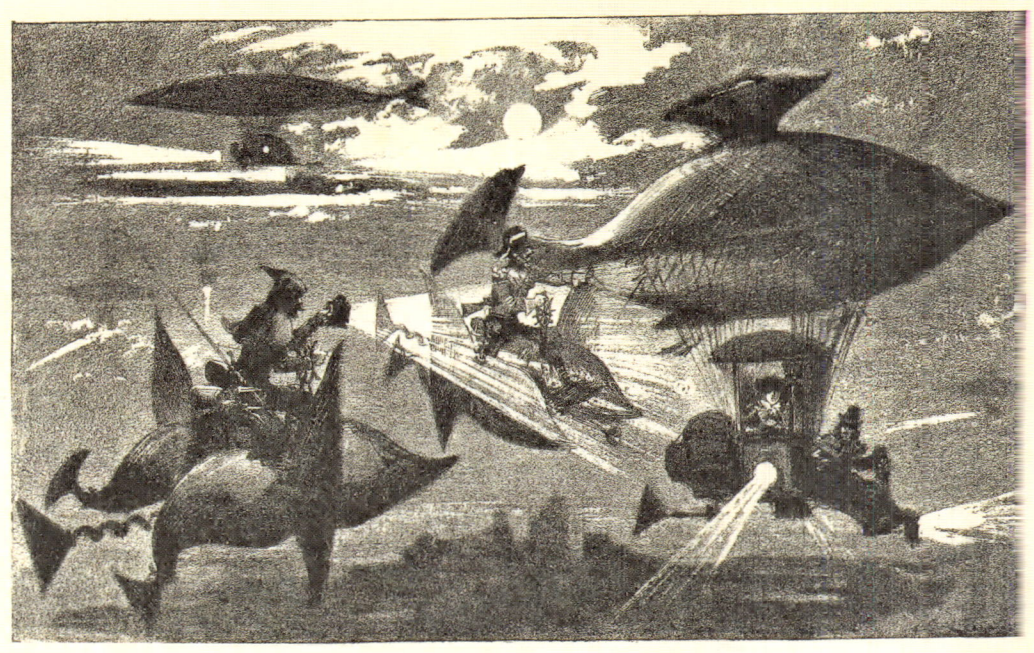

SÉCURITÉ PUBLIQUE — LA GENDARMERIE ATHMOSPHÉRIQUE

未来のパリでは空中が使われる。屋根の上から飛行船が到着する。しかしパリジャンたちの風俗は世紀末のままだ。
新発明はあるが、世は変わらない。あわてることはないのだ。次ページはゴシックの上に空の駅が継ぎ足されている。
ノートルダム寺院の上で飛行船が発着しているのだ。ロビダは未来と今をどのように貼り合わせられるかという
アクロバットを見せている。潜水艦やら飛行機やら未来の発明が世紀末のパリにあらわれる。

P158-159：アルベール・ロビダ著・画 Albert Robida / 1883年 / フランス、フランス国立図書館蔵

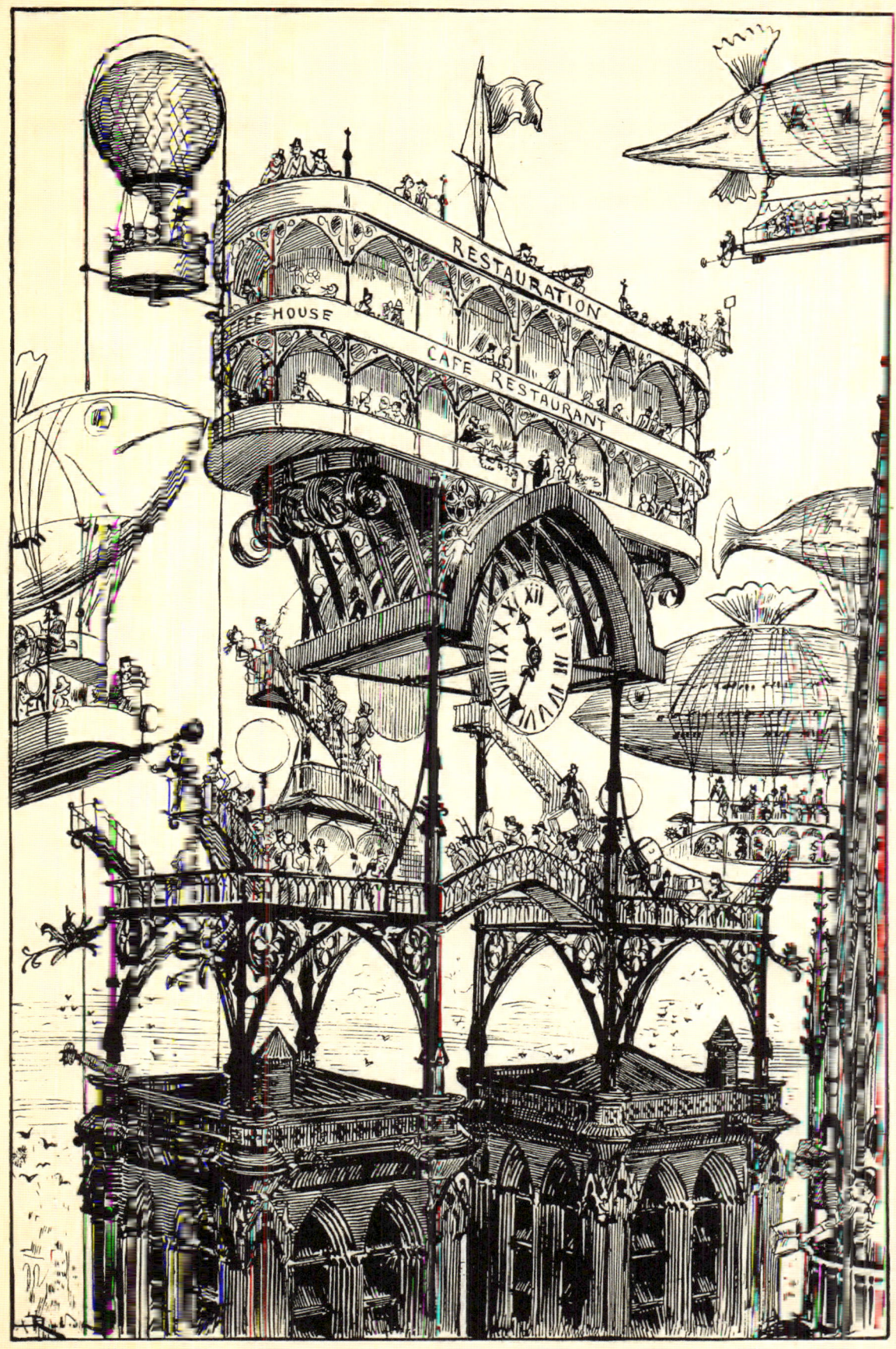

STATION CENTRALE DES AÉRONEFS A NOTRE-DAME

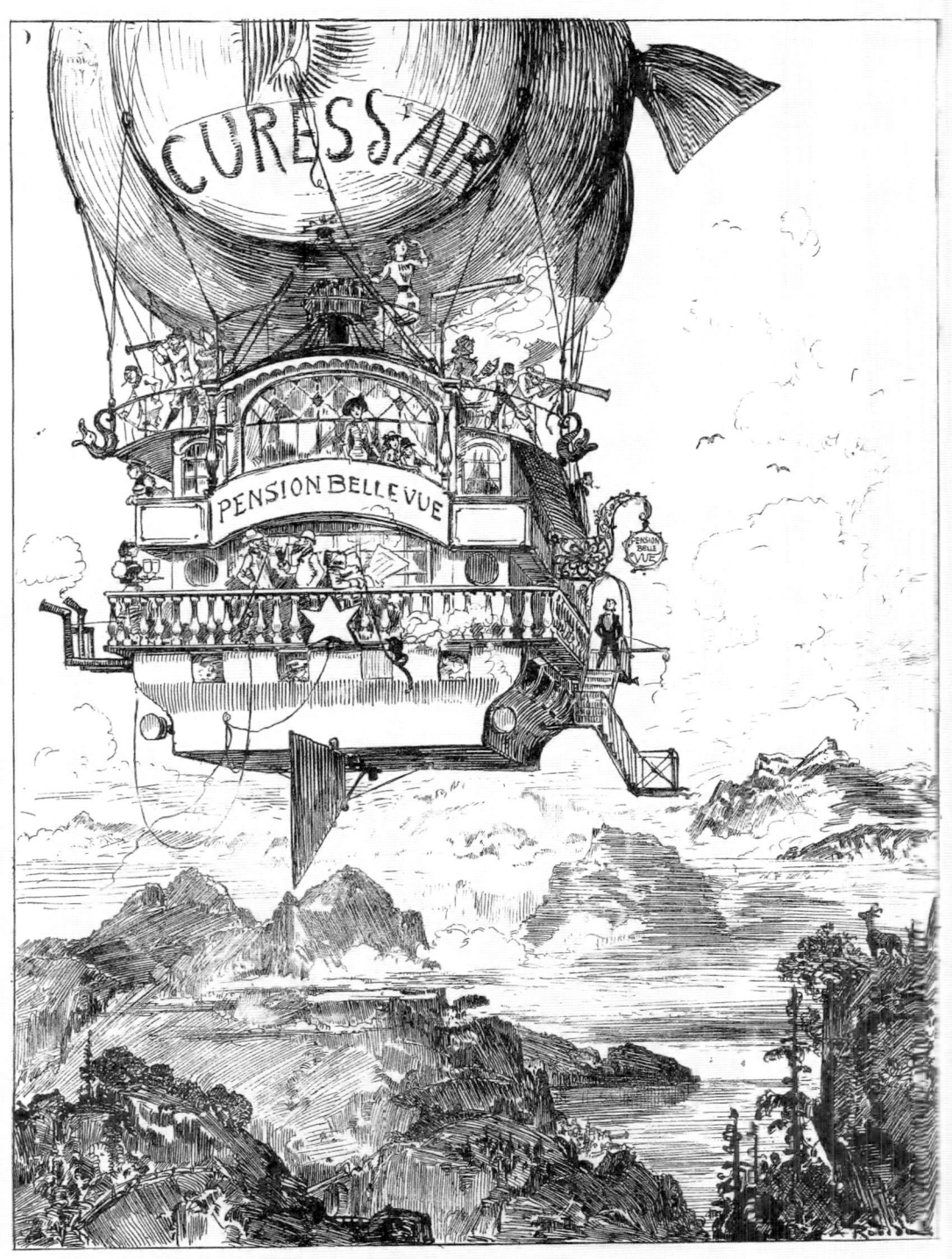

CURES D'AIR DANS LA MONTAGNE

アルプスのような山岳の美しい眺めを空に浮かぶ家から楽しんでいる。浮かぶ城。ロビダは宮崎駿のアニメ映画の
〈スチームパンク〉の源泉になっている。奇妙なようで、いつか見たようななつかしさがある。

アルベール・ロビダ 著・画 Albert Robida / 1883年 / フランス、フランス国立図書館蔵

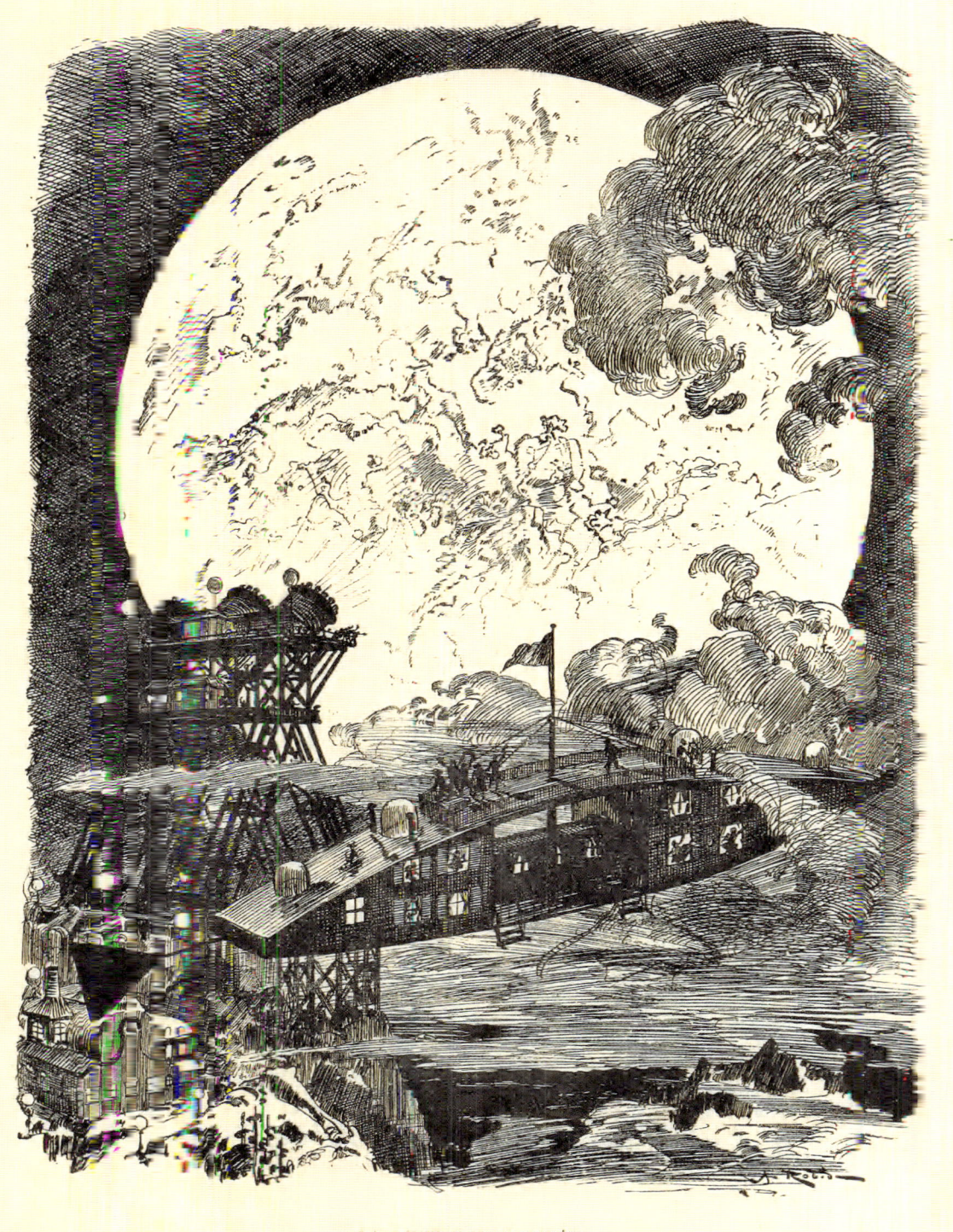

LA LUNE RAPPROCHÉE

DÉPART DE LA PREMIÈRE COMMISSION SCIENTIFIQUE ET COLONISATRICE

月面探査のために宇宙船が出発している。スペースエイジがはじまっているのだ。19世紀末は別世界が見えるようになってきた時代であった。月はこんなにも間近に見られるようになった。

アルベール・ロビダ著・画 Albert Robida / 1883年 / フランス、フランス国立図書館蔵

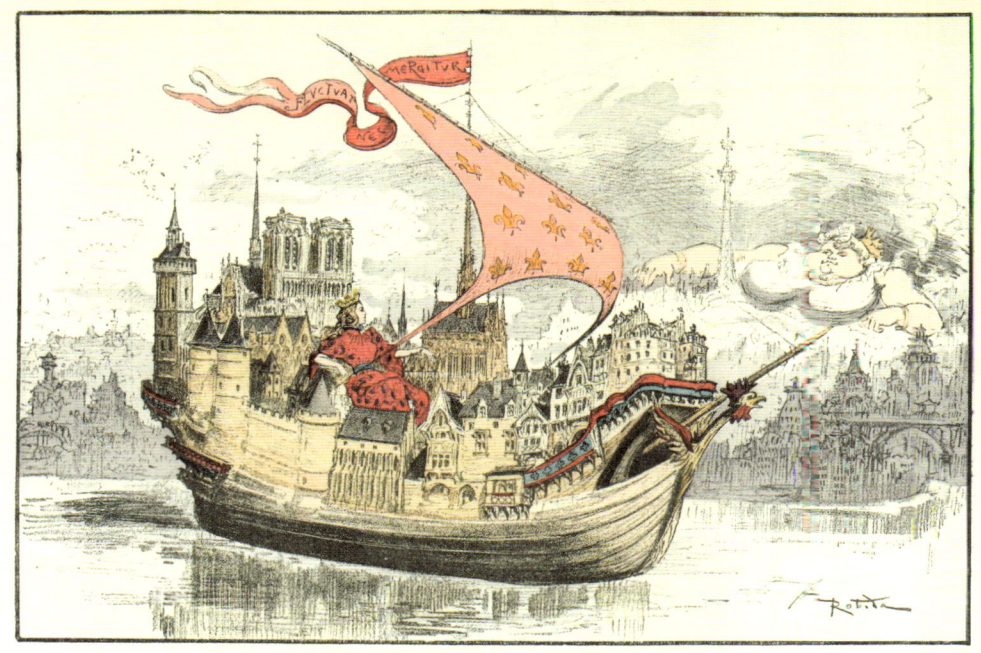

LA VIEILLE LUTÈCE ET LA NOUVELLE

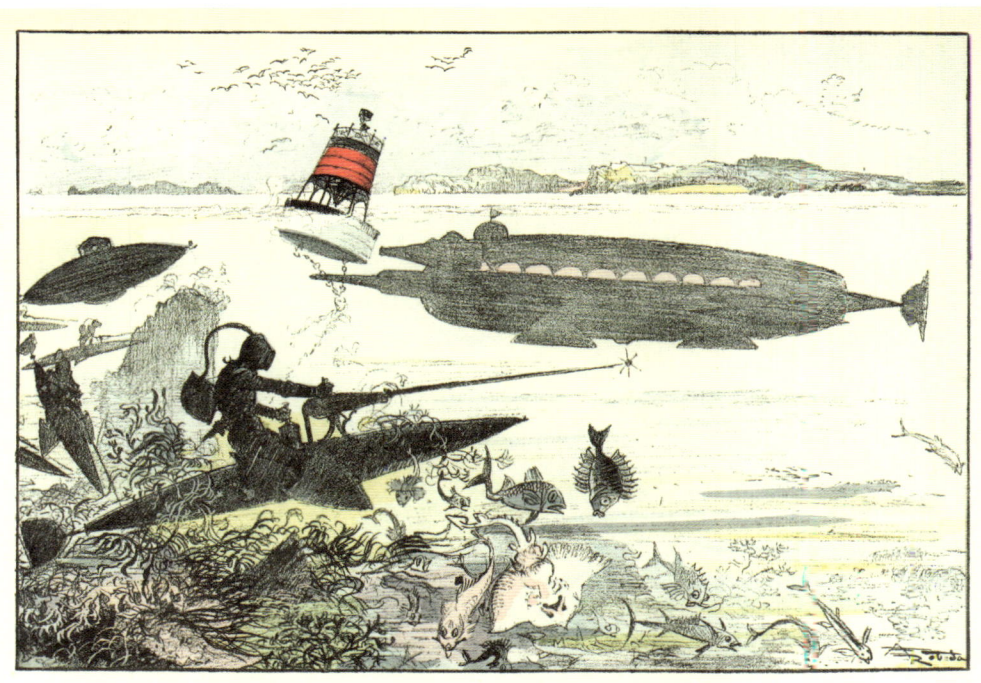

GRANDES MANŒUVRES SOUS-MARINES. — MONITOR SOUS-MARIN SURPRIS PAR LES TORPEDISTES

『20世紀』の楽しさに比べ、『20世紀、電気の生活』はやや暗くなってくる。戦争や災害などが起こり、世界が滅亡するのでにないかという不安が漂ってくる。〈ベル・エポック〉の終わりを予感しているのだろうか。上段では、リュテス（古いパリ）は肥った老女で古い街を抱いているそこに若い女が新しいパリを積んだ船でやってくる。とりかえてしまっていいのだろうか。ロビダは微妙な問いを投げかける下段の絵では黒い潜水艦がうごめき、港を破壊しようとしているようだ。のどかな未来生活を描いていたロビダはなぜ、悲観主義的な未来観に転じたのだろうか。不気味な兵器が人々をおびやかしている。

P162-163：アルベール・ロビダ著・画 Albert Robida / 1890年 / フランス、フランス国立図書館蔵

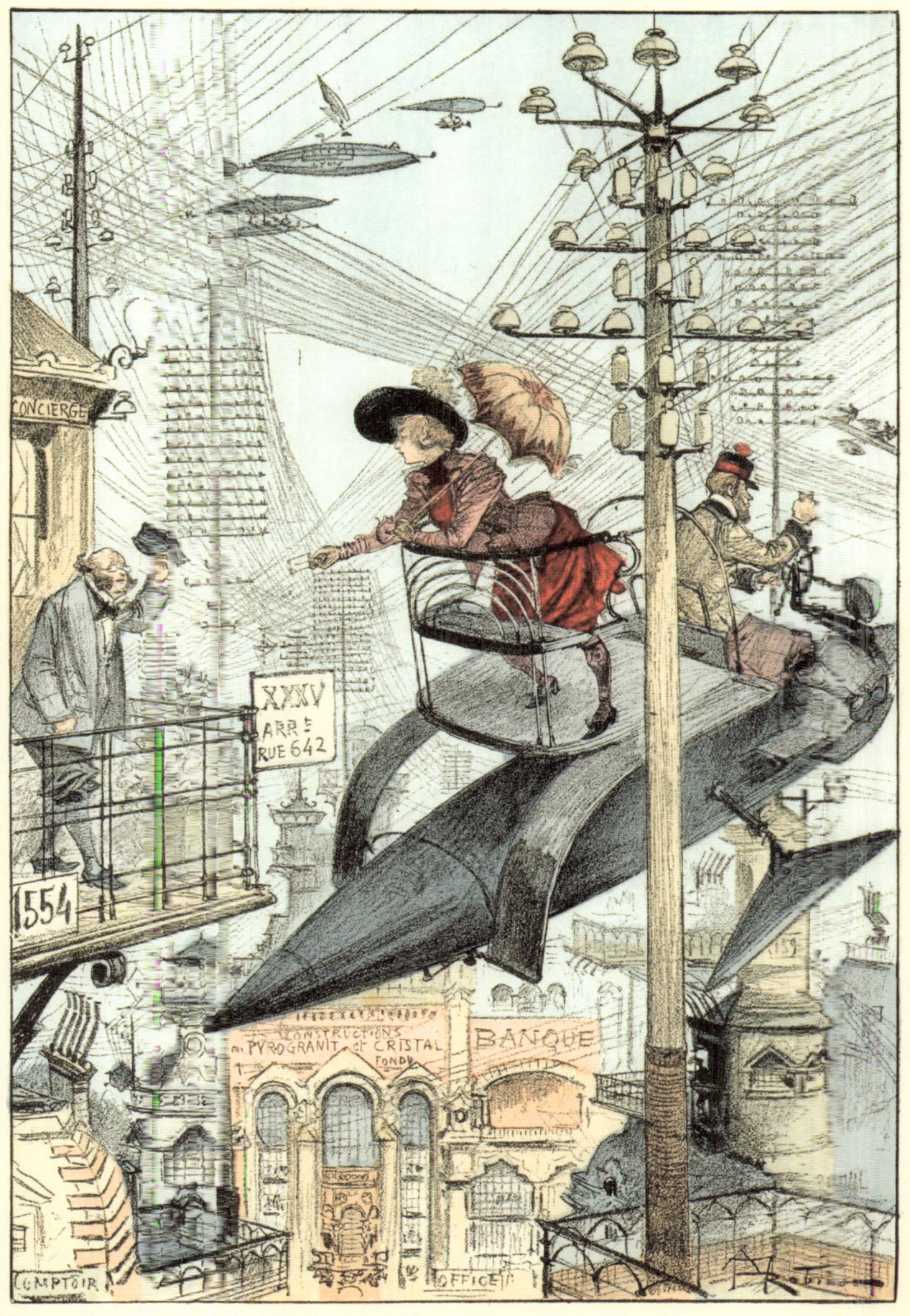

UN QUARTIER EMBROUILLÉ.

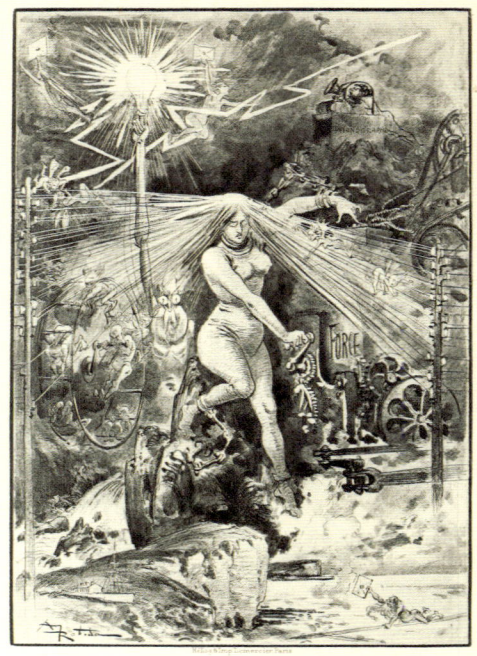

L'Électricité
(la grande Esclave)

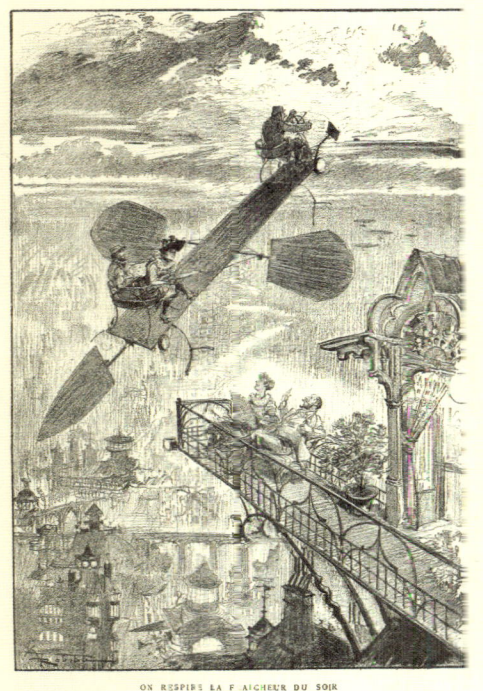

ON RESPIRE LA FRAICHEUR DU SOIR

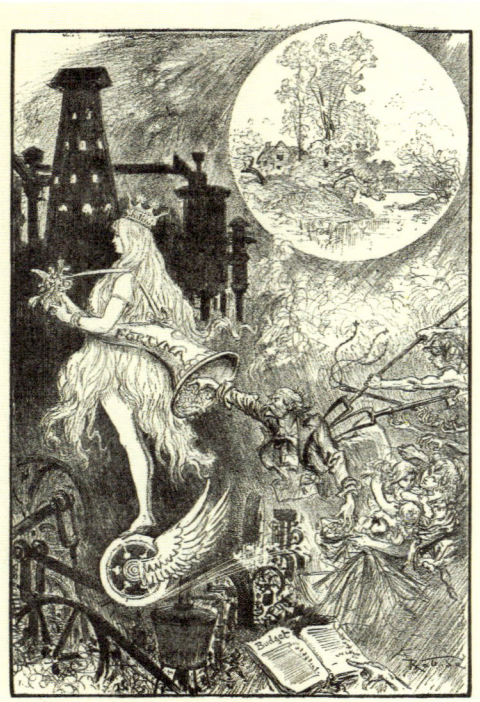

LA COURSE A L'ARGENT

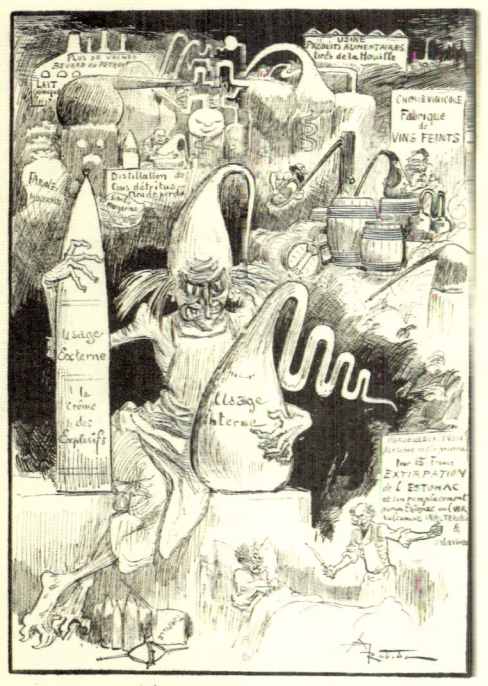

LA CHIMIE VÉNÉNEUSE, EMPOIS-NNEUSE ET SOPHISTIQUEUSE

この本では明るい科学生活は突然、不気味な魔術的な世界になってしまう。電気は魔女となり、機械な電光を放ちながら発電している。未来は中世の闇にもどってしまったかのようだ。科学は怪物になってしまった。
科学は有毒物質をつくり出し、人々をみな殺しにしようとしている。この本では20世紀の闇の世界が予告されている。

P164-165：アルベール・ロビダ著・画 Albert Robida / 1890年 / フランス、フランス国立図書館蔵

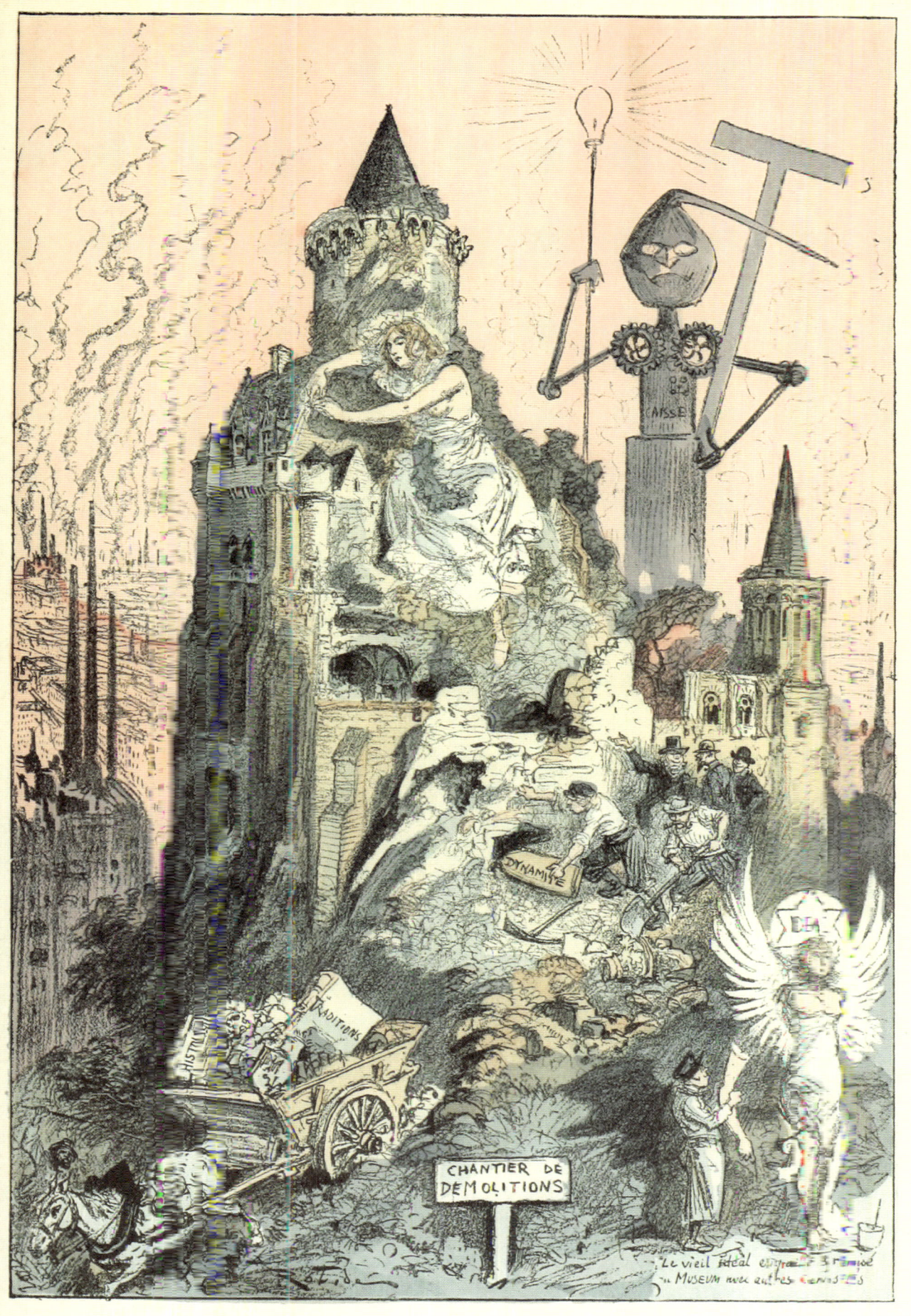

LE DÉBLAIEMENT DE L'ANCIEN MONDE

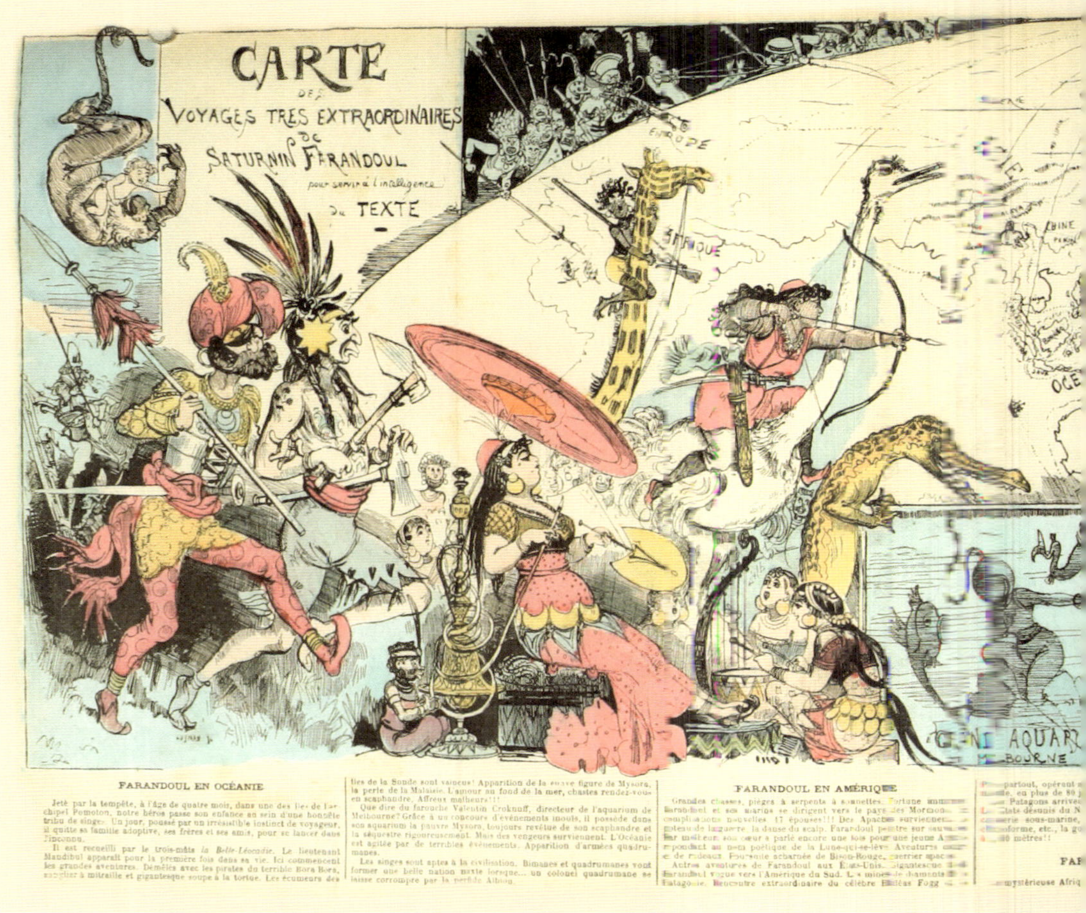

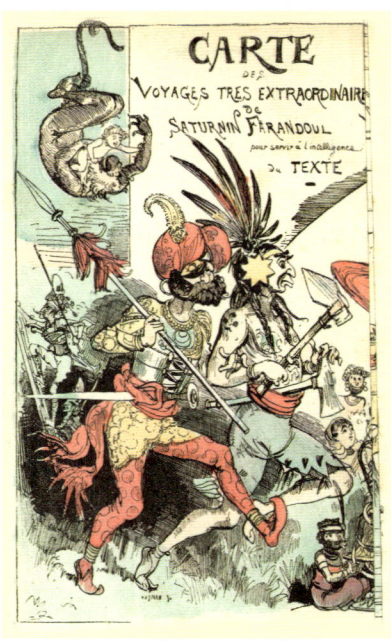

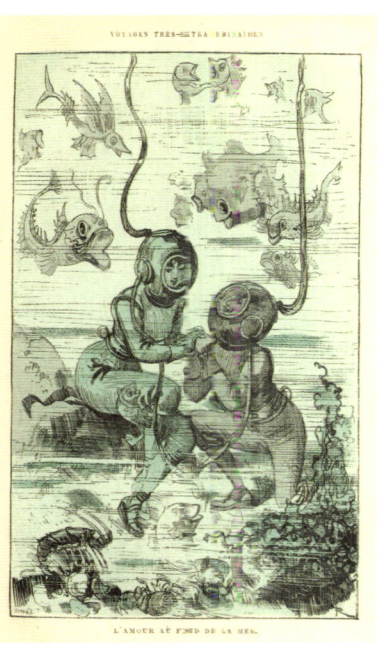

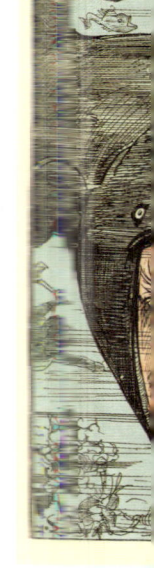

これはロビダが作家として出発した初期の作品で、ジュール・ヴェルヌの〈驚異の旅〉に
対抗して描いたものである。そして自分で挿絵をつけた。

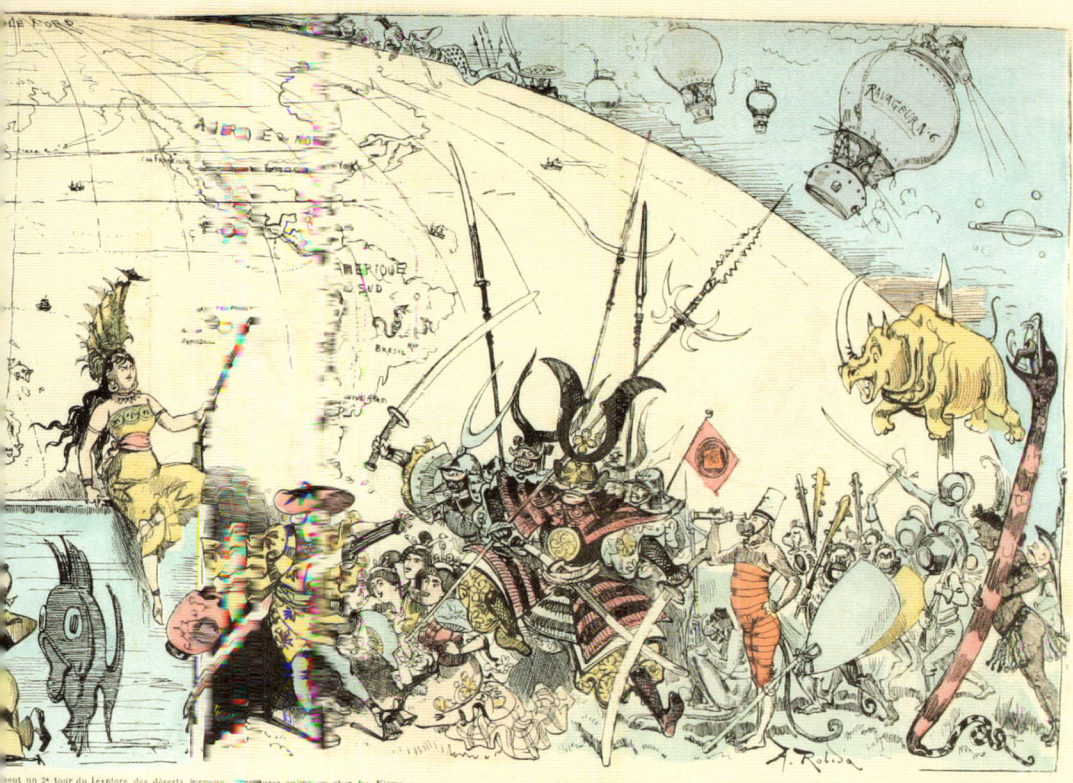

FARANDOUL EN ASIE

Saint, berceau du monde! L'Inde a-t-elle des secrets pour Farandoul? Son, plus de mystères. Salut! éléphants, rajahs et bayadères! Le rajah, le Kafir a des intentions cruelles... mais n'anticipons pas. Farandoul sillonne l'Asie dans tous les sens; les éléphants aussi ont des vices. L'ivrognerie en est un. Et les amusements du roi de Siam! Farandoul explore la Chine, pays des mandarins; ..., la perle de l'extrême orient. Là encore que de dangers pour Farandoul! Dalmas et guerriers à trois sabres s'ouvrent le ventre avec fureur.

FARANDOUL EN EUROPE ET ETC.

Connaissons-nous bien notre vieille Europe? Farandoul y poursuit le cours de ses aventures et de ses découvertes, et couronne sa carrière par une petite excursion au pôle Nord!

C'est tout un atlas qu'il faudrait pour indiquer clairement les routes suivies par Farandoul dans les cinq ou six parties du monde et même plus loin, mais nous espérons que l'intelligente de nos lecteurs supplééra aux nombreuses lacunes laissées dans notre carte, malgré toutes nos recherches et les indications de l'illusive voyageur lui-même, notre bienveillant ami.

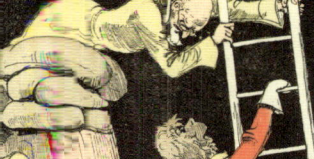

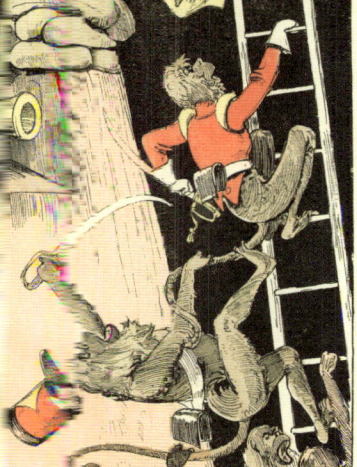

LE DERNIER DÉFENSEUR DE L'AUSTRALIE.

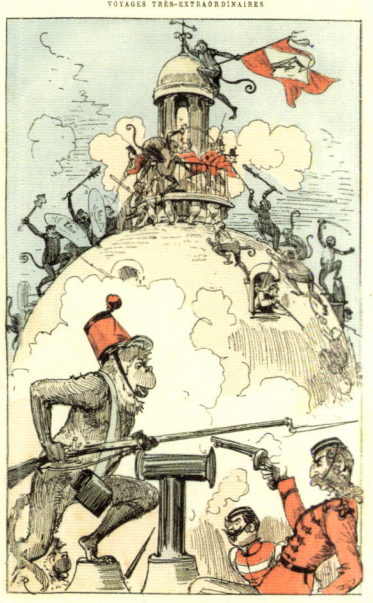

VOYAGES TRÈS-EXTRAORDINAIRES

BRILLANT FAIT D'ARMES DE L'ARMÉE QUADRUMANE.

P166-167：アルベール・ロビダ著・画 Albert Robida ／ 1879年 ／ フランス、フランス国立図書館蔵

INSIDE PAGES OF BOOK "THE EXTRAORDINARY ADVENTURES OF SATURNINO FARANDOIA" VOL. 2, 3

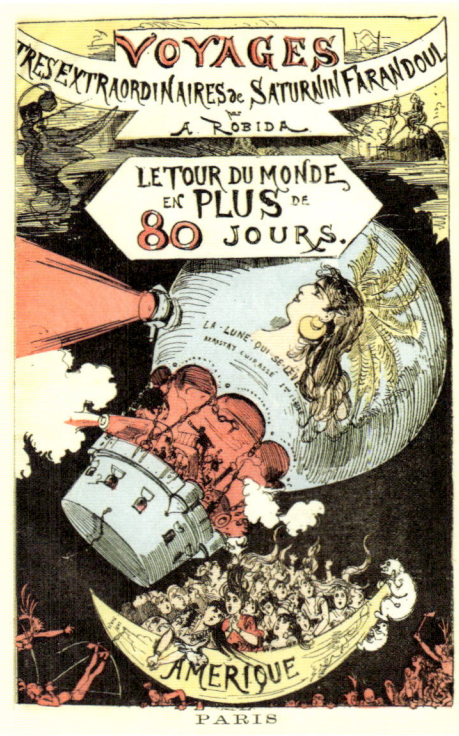
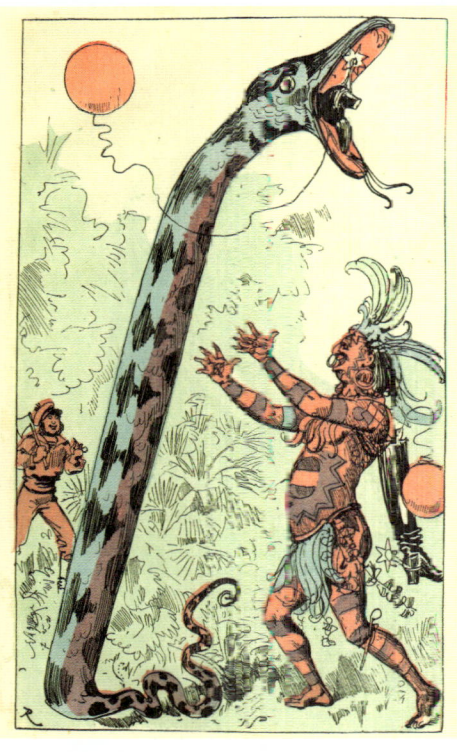

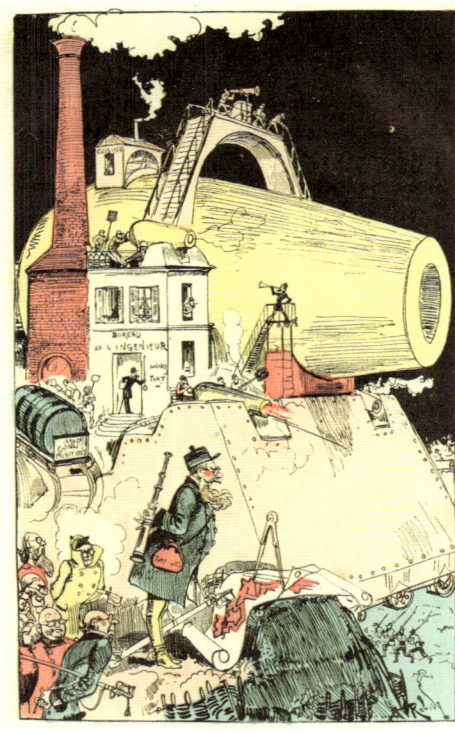
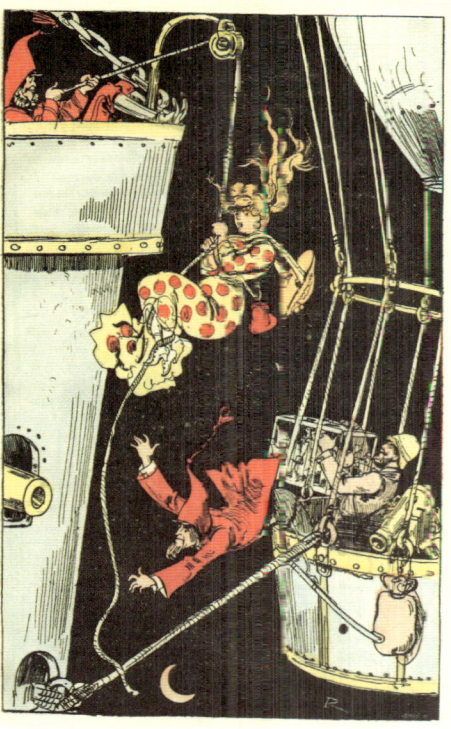

主人公が世界をめぐり、珍しい冒険をくりひろげる。ヴェルヌの『八十日間世界一周』（P184）などのパロディである。
ヴェルヌの物語の面白さには及ばないが、ロビダは画家であるから絵はすばらしく面白い。
ロビダの後期の本に比べて、この本の世界はなんと明るいことだろう。冒険をひたすら楽しみ、
遊んでいる。あらゆる知らない国に行って、珍しいものをすべて見たいという思いがあふれている。

P168-169：アルベール・ロビダ著・画 Albert Robida / 1879年 / フランス、フランス国立図書館蔵

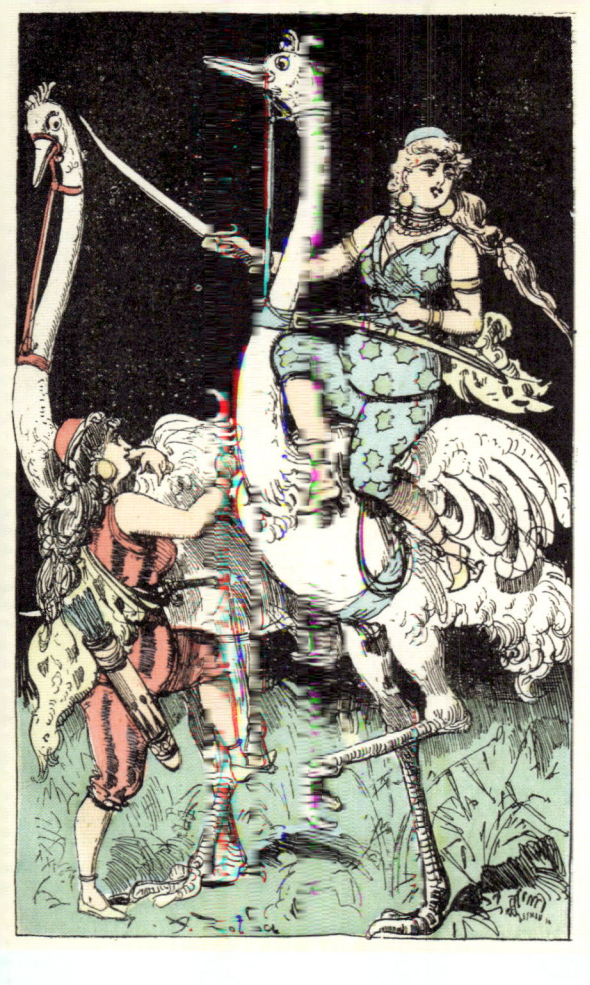
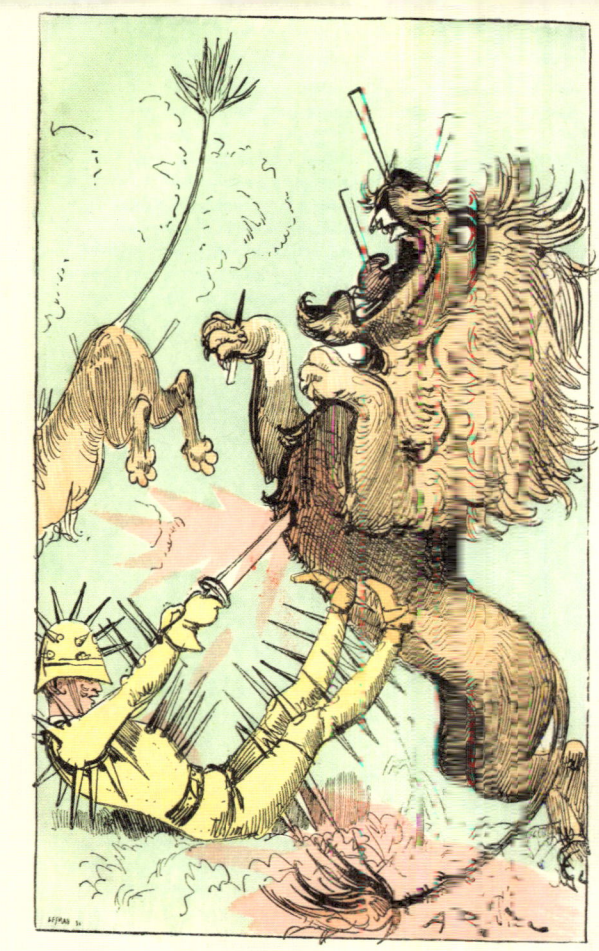
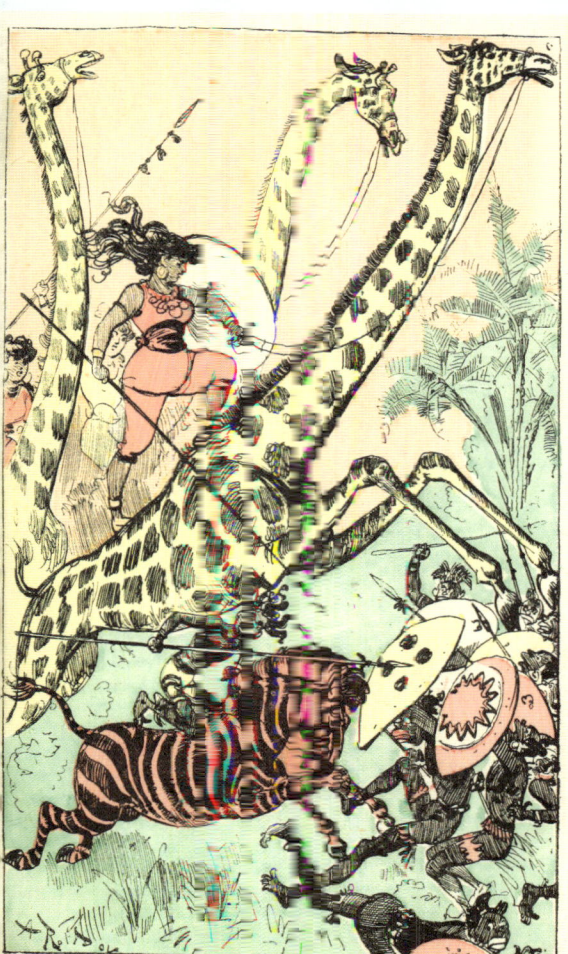
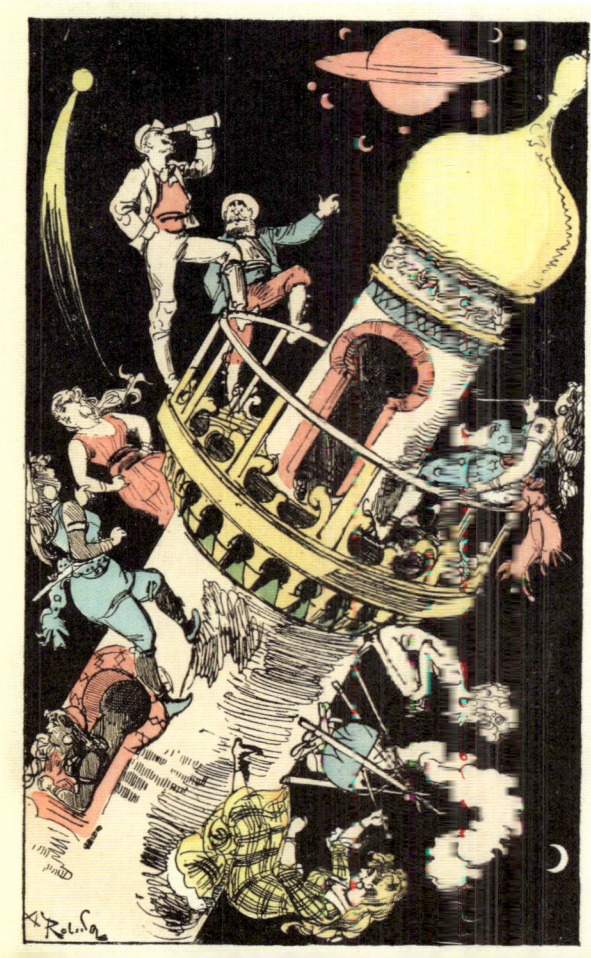

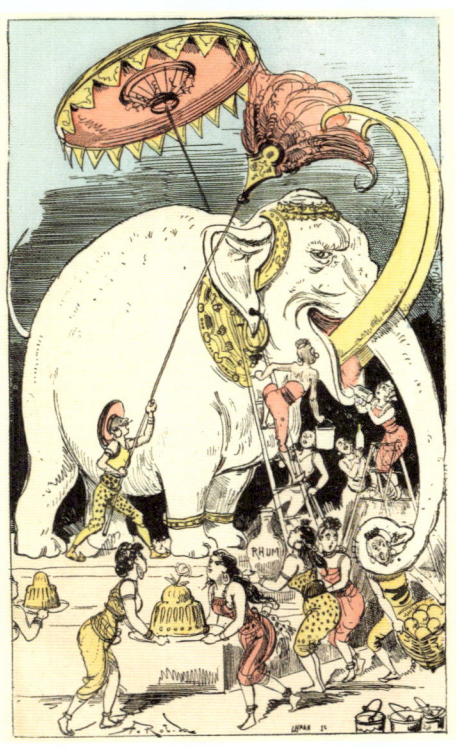
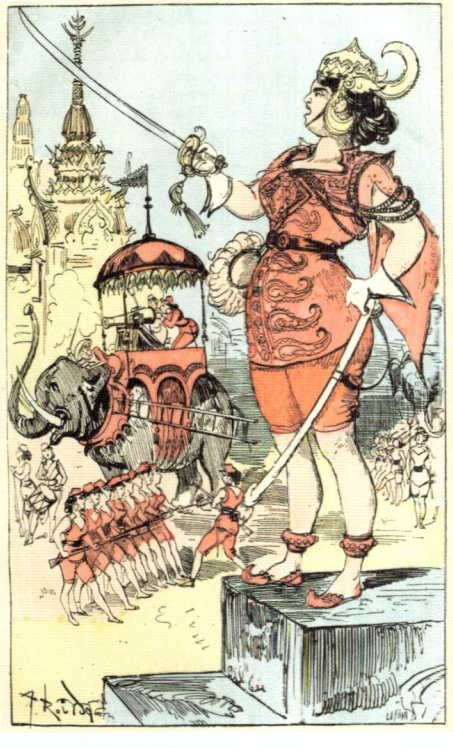
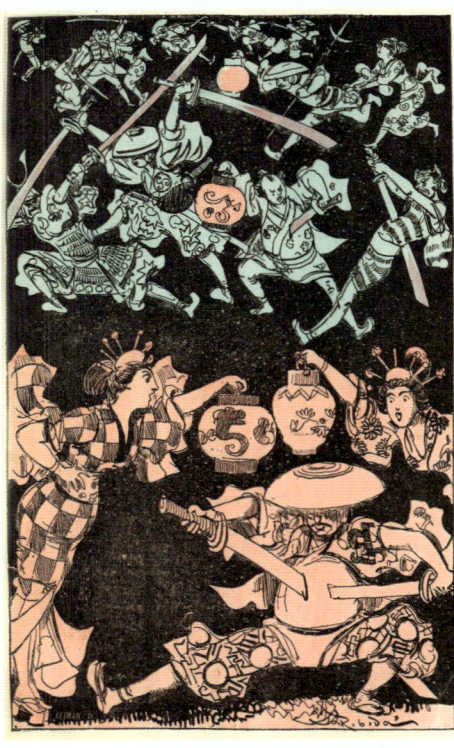
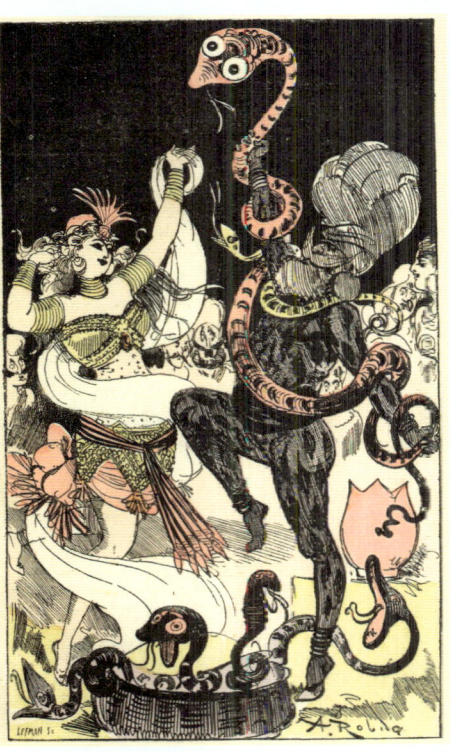

インドから日本にいたるまで、エキゾティシズムがぎっしりつめ込まれている。万博の時代そのままに、
最新のものと異国趣味は一緒につめ込まれ、私たちは今、どの時代のどこにいるのか混乱してしまう。
驚異の旅はつづき、北極の白熊の群れに襲われたりする。絵の面白さが際立っている。世界戦争の悩みがまだない、
ロビダの青春小説ともいえるこの本は、彼の作品の中でも子どもたちに最も愛された。

P170-171：アルベール・ロビダ著・画 Albert Robida ／ 1879年 ／ フランス、フランス国立図書館蔵

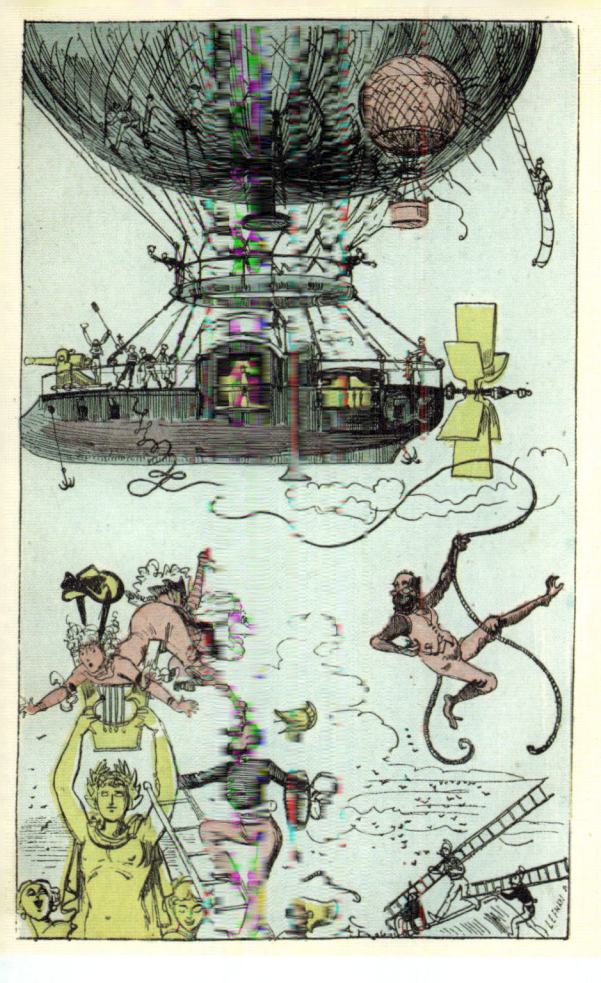

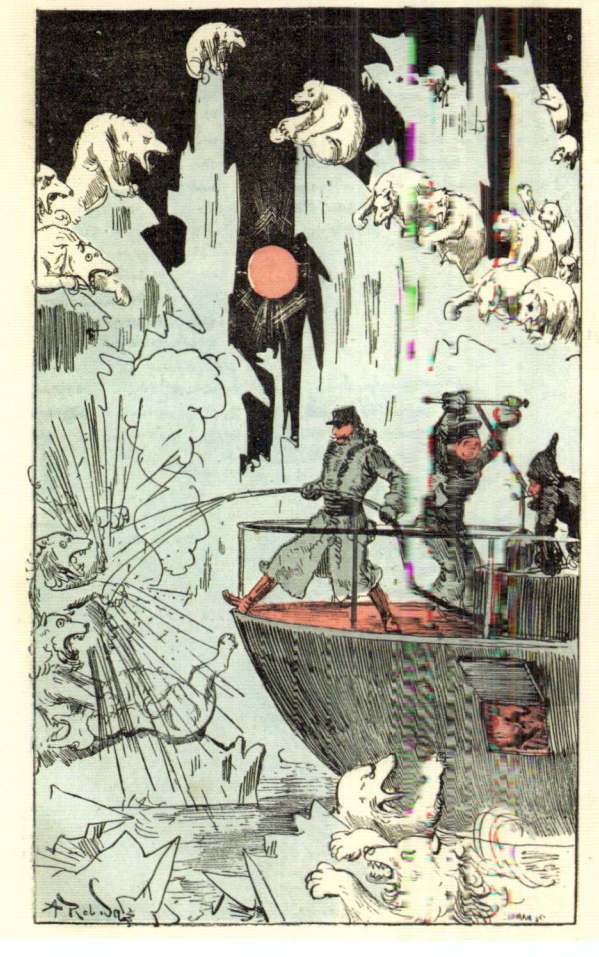

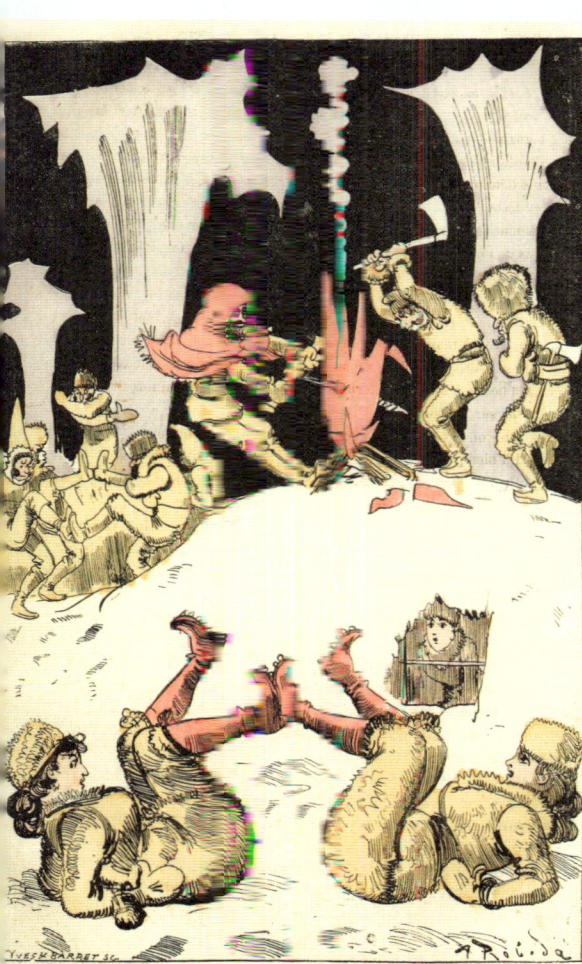

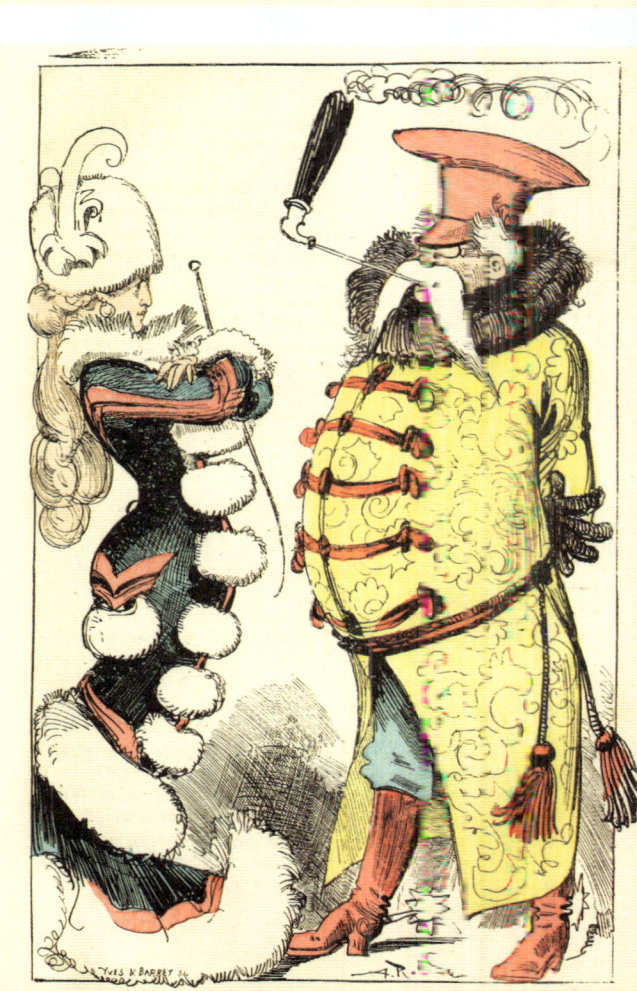

COVERS AND INSIDE PAGES OF BOOK "LES CONTES DROLATIQUES (DROLL STORIES)"

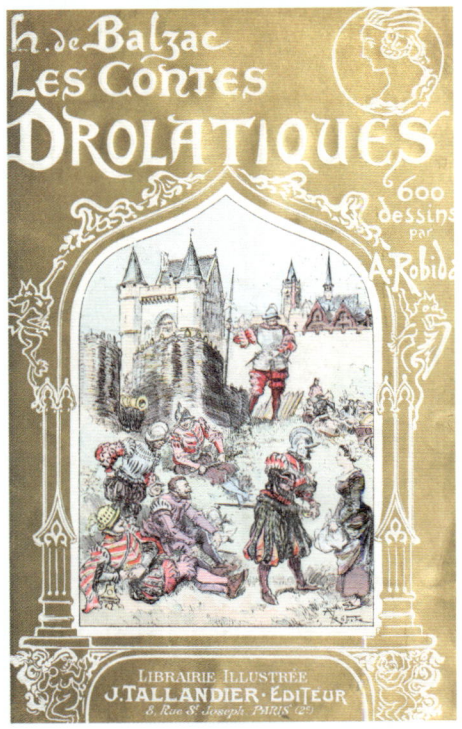

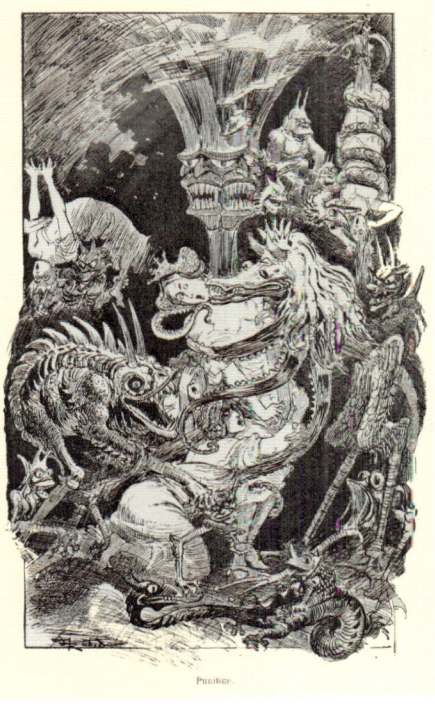

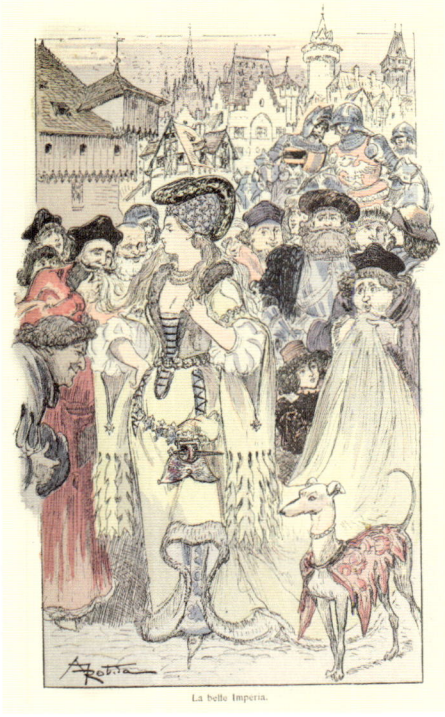

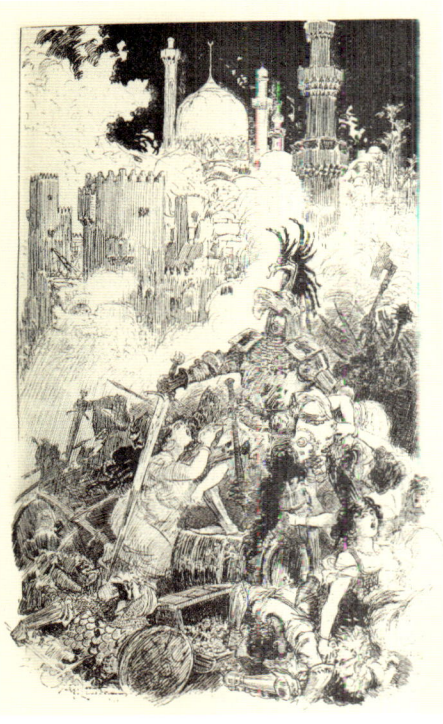

ロビダは未来物語で知られているが、その他にもさまざまな絵を描いている。ラブレー、ヴィヨン、デュマ、
シェイクスピアなどの名作の挿絵も手がけていて、その細密でユーモラスなスタイルがすばらしい。
バルザックが大作の人間喜劇の合間に書いた、ちょっとエロティックなコント集である。ロビダは、エロティックというよりは、
ファンタジーの気分が強い、不思議な国の物語として描いている。バルザックはフランスの民話、民衆が語り伝えた、
好色話を復活しようとした。ロビダもそんな民話世界に魅せられている。彼のSF的想像力もそれとつながっているのかもしれない。

P172-173：アルベール・ロビダ画 Albert Robida／オルド・バルザック著 Honoré de Balzac／1900年／フランス、フランス国立図書館蔵

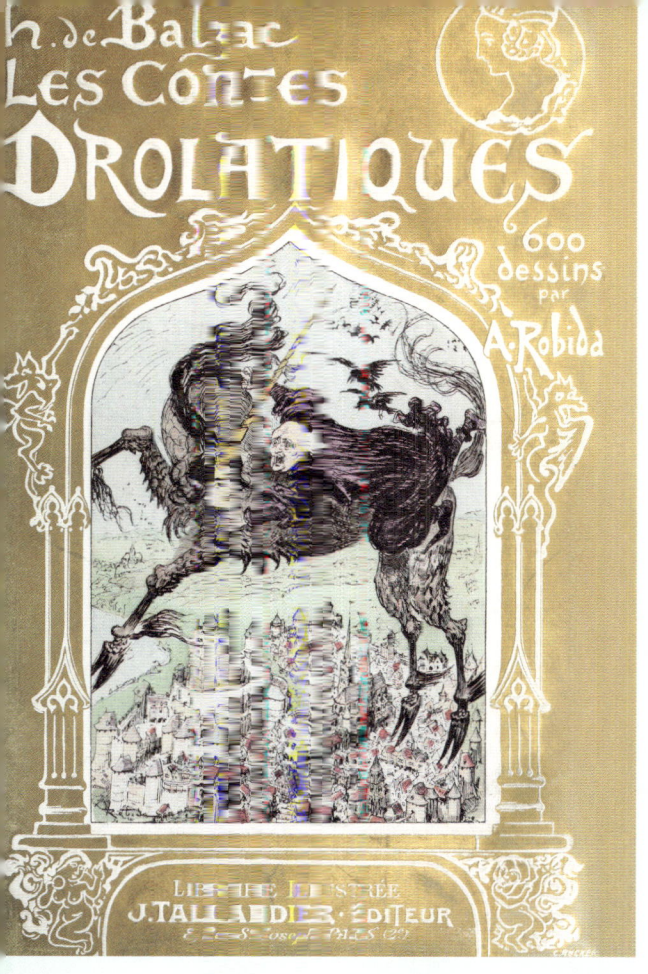

H. de Balzac
Les Contes
Drolatiques

600
dessins
par
A. Robida

LIBRAIRIE ILLUSTRÉE
J. TALLANDIER · ÉDITEUR
8 e-8 St Joseph PARIS (2e)

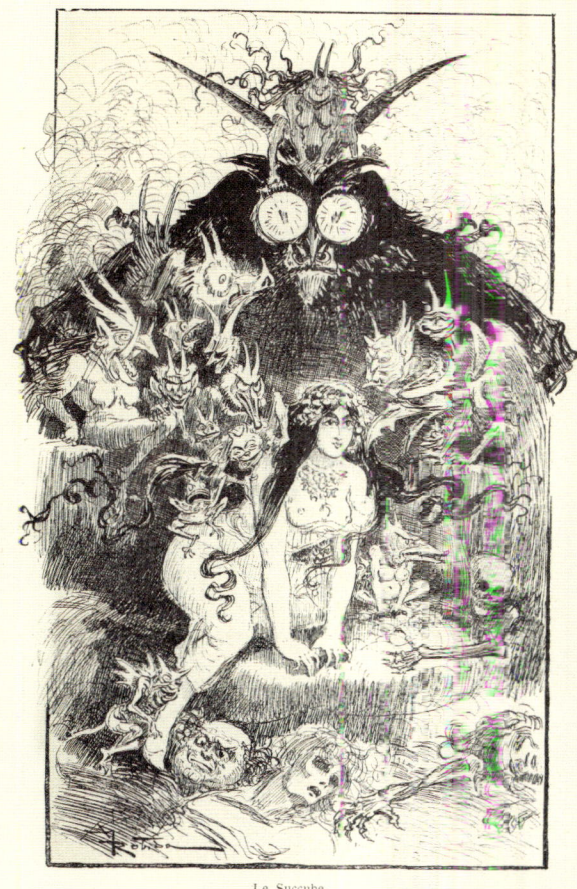

Le Succube.

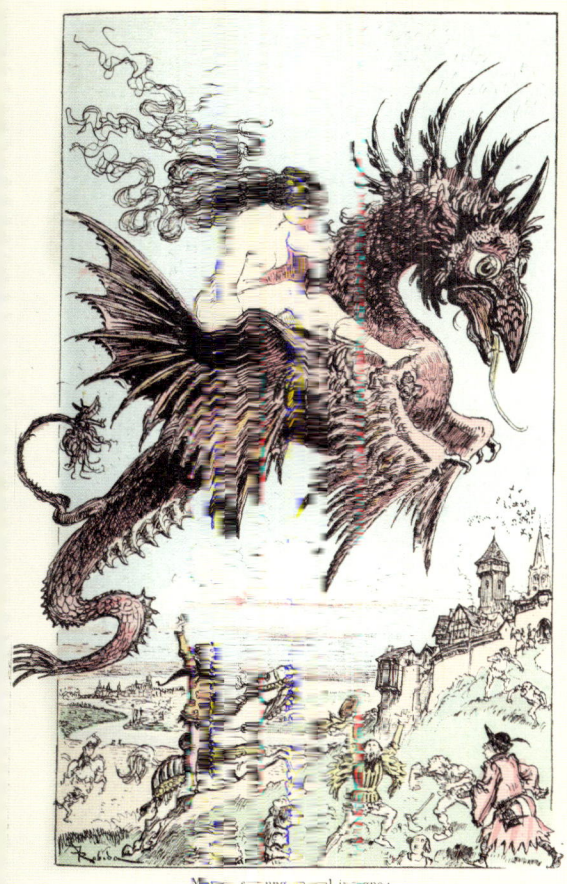

Mirouer sur ung miral incongneu.

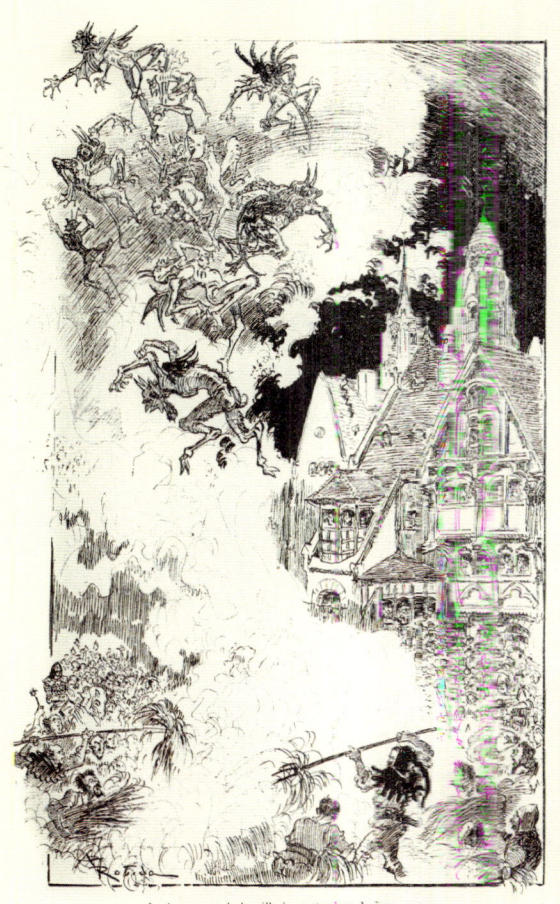

Le bourreau de la ville la gecta dans le feu.

STEAMPUNK

ジュール・ヴェルヌ

JULES VERNE

フランス 1828-1905

　ヴェルヌこそ〈スチームパンク〉の帝王である。彼は『スチームハウス』（1879-80）という物語を書いている。それは象の形をした蒸気機関車で、それに乗ってインド大陸の横断の旅をする。

　1828年、ナント市のフェイド島に生まれた。父は弁護士で、息子に継がせようと思ったが、空想好きの少年は、デフォーの『ロビンソン・クルーソー』を読みふけり、冒険旅行を夢見て家出して、連れもどされたりした。法律の勉強をし、結婚し、株式取引所員などをしたが、冒険の夢は消えなかった。

　その夢がまた燃え上がったのは、1863年、ナダールが気球で飛び、空中から写真を撮ったニュースに触れた時といわれる。ヴェルヌは編集者ジュール・エッツェルにすすめられ、科学的発明を盛り込んだ冒険小説を書いた。ナダールの気球に触発された『気球に乗って五週間』（1863、P198）である。彼はあっという間に流行作家となり、『海底二万里』（1869-70、P178-181）、『八十日間世界一周』（1873、P184）を発表する。

　さらに『神秘の島』（1874-75、P194-195）、『十五少年漂流記（二年間の休暇）』（1888、P182-183）、『月世界旅行』（1865、P175-177）、と次々に出版した。その多くは〈驚異の旅〉のシリーズとしてまとめられている。

　ヴェルヌもロビダのように、晩年になるとその世界観が暗くなってくる。19世紀末から20世紀初頭の『悪魔の発明』（P196）、『世界の支配者』（P193）などでは世界征服を企む独裁者の影がのしかかってくる。やはり19世紀の終末が迫っていたのだろうか。

　〈スチームパンク〉は、そのような世紀末の闇の前の、陽気で楽天的な科学的ユートピアとしてのヴェルヌやロビダの時代にもどろうとする。フランス文学史にも入っていなかったジュール・ヴェルヌは、没後100年の2005年の頃からようやく復活してくる。〈スチームパンク〉的想像力はやっとヴェルヌを再発見したのである。

『月世界旅行』挿絵　INSIDE PAGE OF BOOK "FROM THE EARTH TO THE MOON"（次ページ）

ジュール・ヴェルヌ著 Jules Verne／アンリ・ド・モントー画 Henri de Montaut／1865年／写真提供：Getty Images

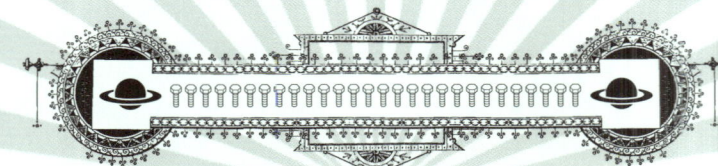

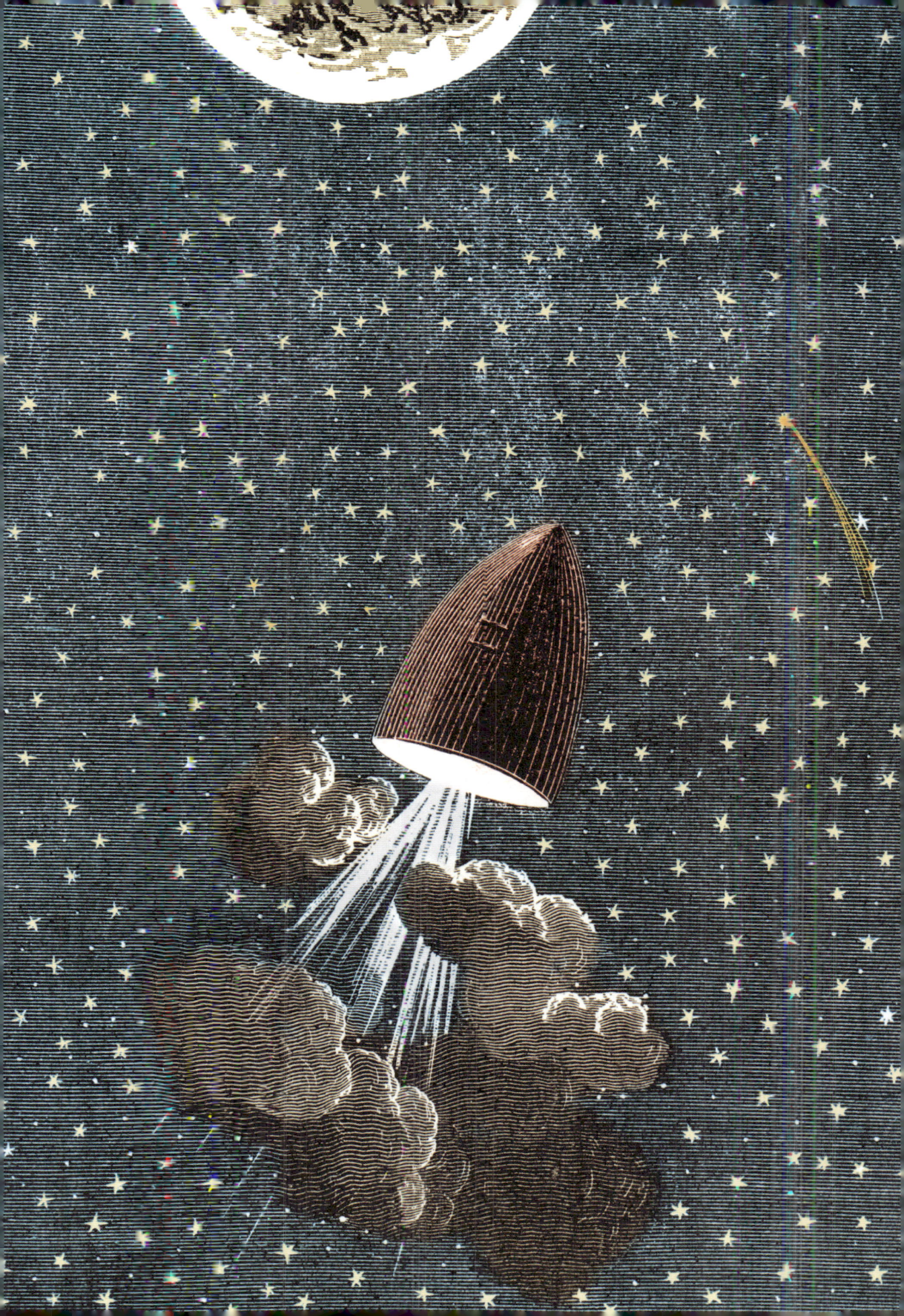

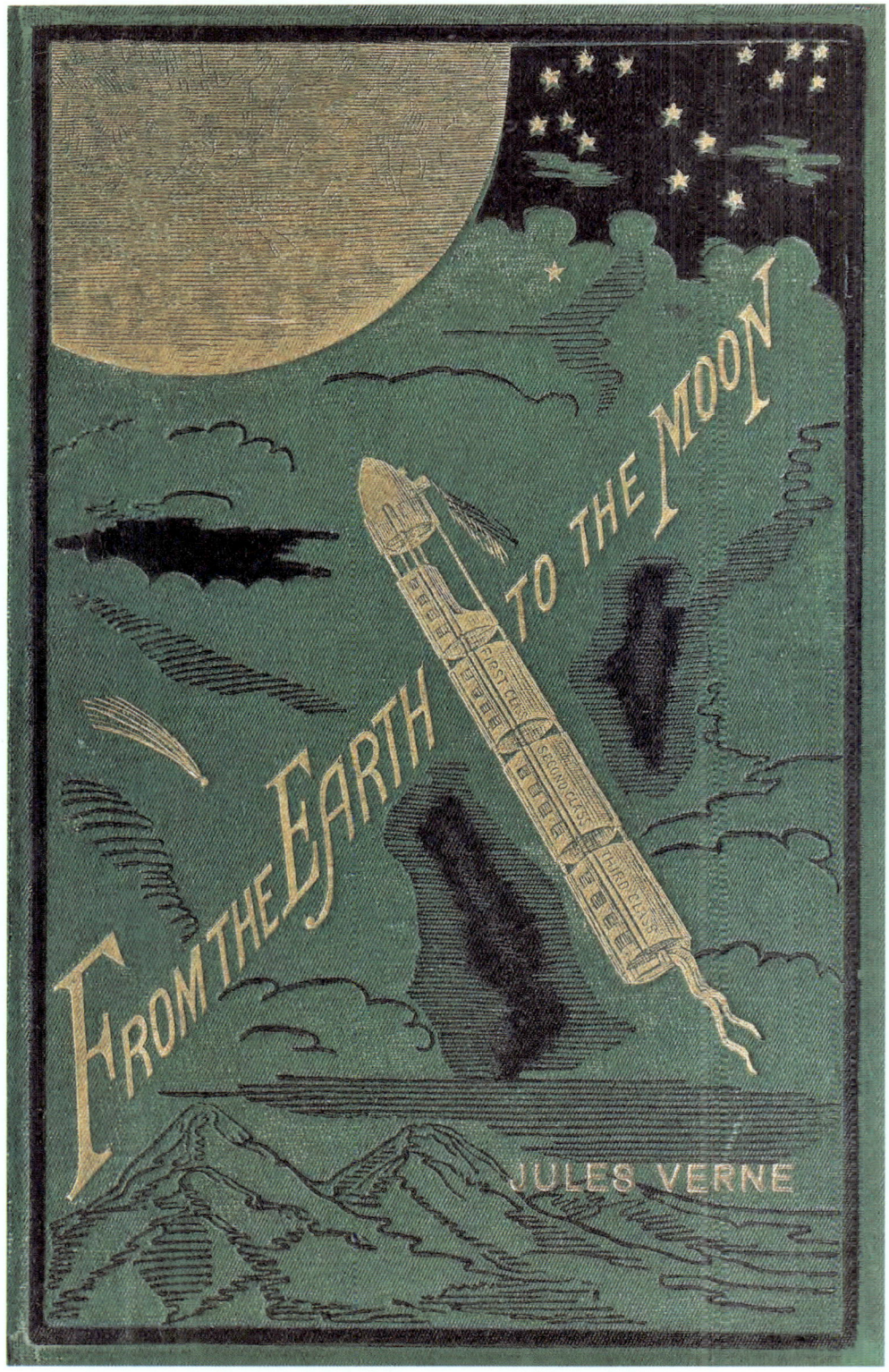

ヴェルヌは『月世界旅行』と『月世界探検』を書いている。『月世界旅行』の原題は「地球から月へ」で、月に行くまでの
いろいろな冒険が書かれている。砲弾状のロケットが月に発射される。月に着いてから話が "月世界探検" である。

ジュール・ヴェルヌ著 Jules Verne／アンリ・ド・モントー画 Henri de Montaut／1865年
P175：写真提供：Getty Images、P176-177：英語版／個人蔵

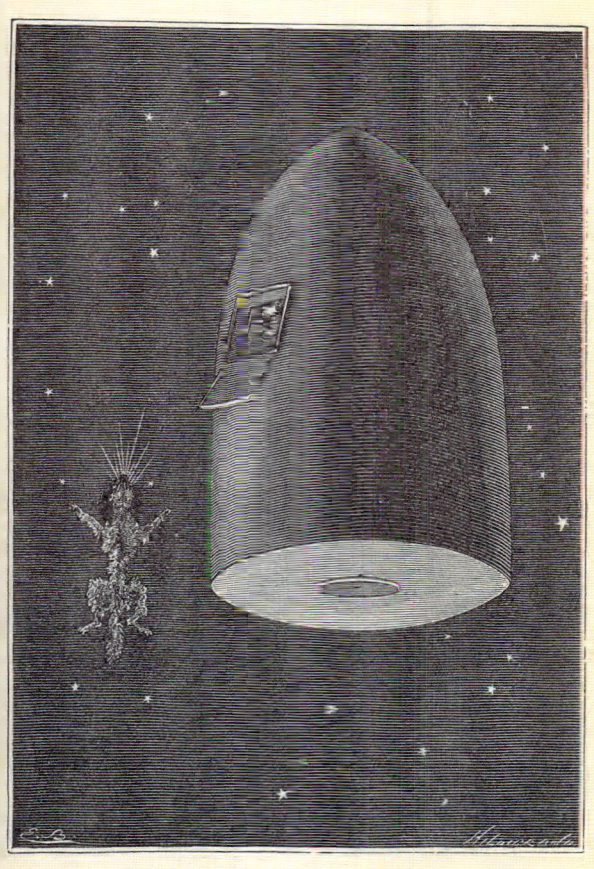

IT WAS THE BODY OF A SATELLITE.

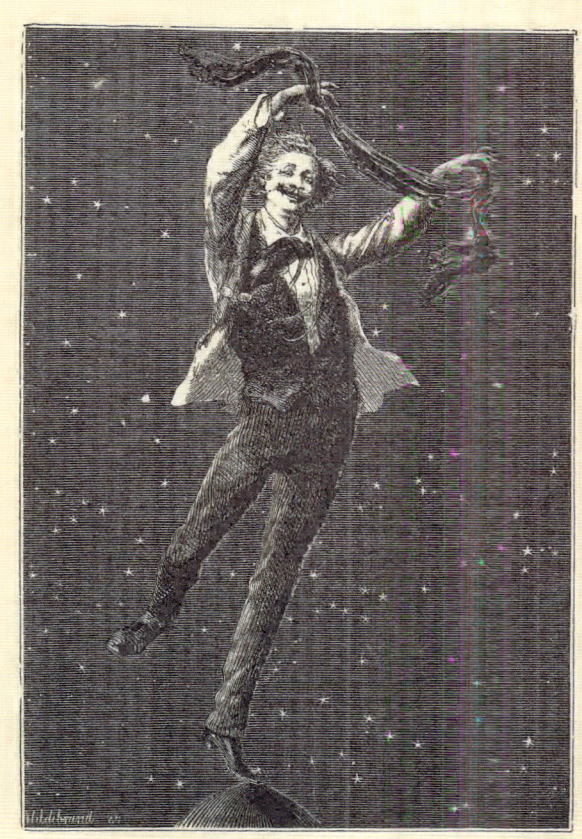

"I COULD HAVE VENTURED OUT ON THE TOE OF THE
PROJECTILE."

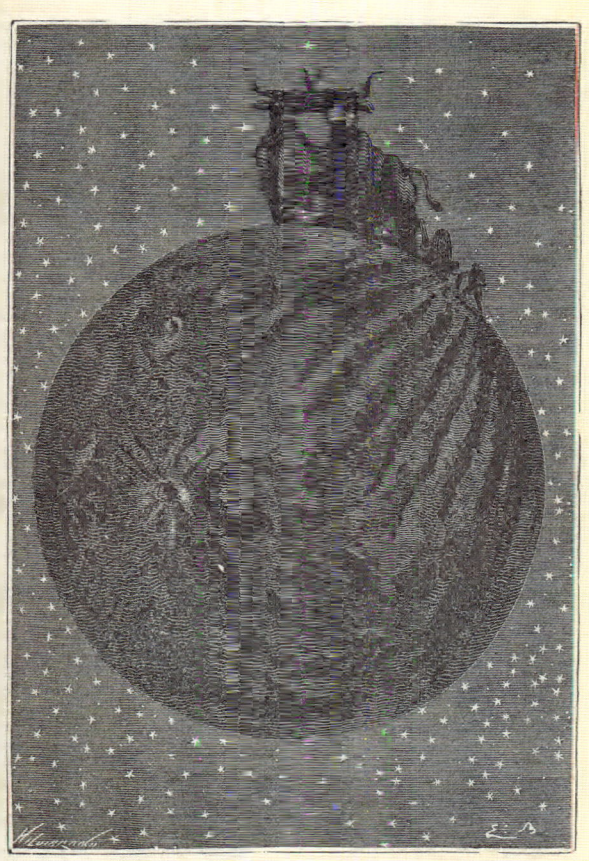

"WE'RE GOING DOWN."

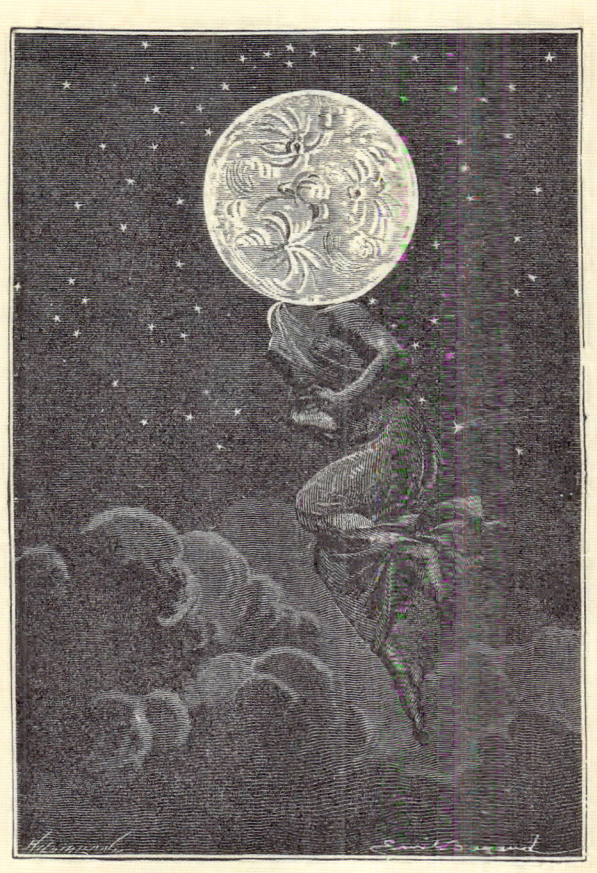

A VIOLENT CONTRACTION OF THE LUNAR CRUST.

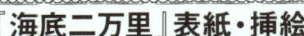

20.000 LIEUES SOUS LES MERS

JULES VERNE

VOYAGES EXTRAORDINAIRES

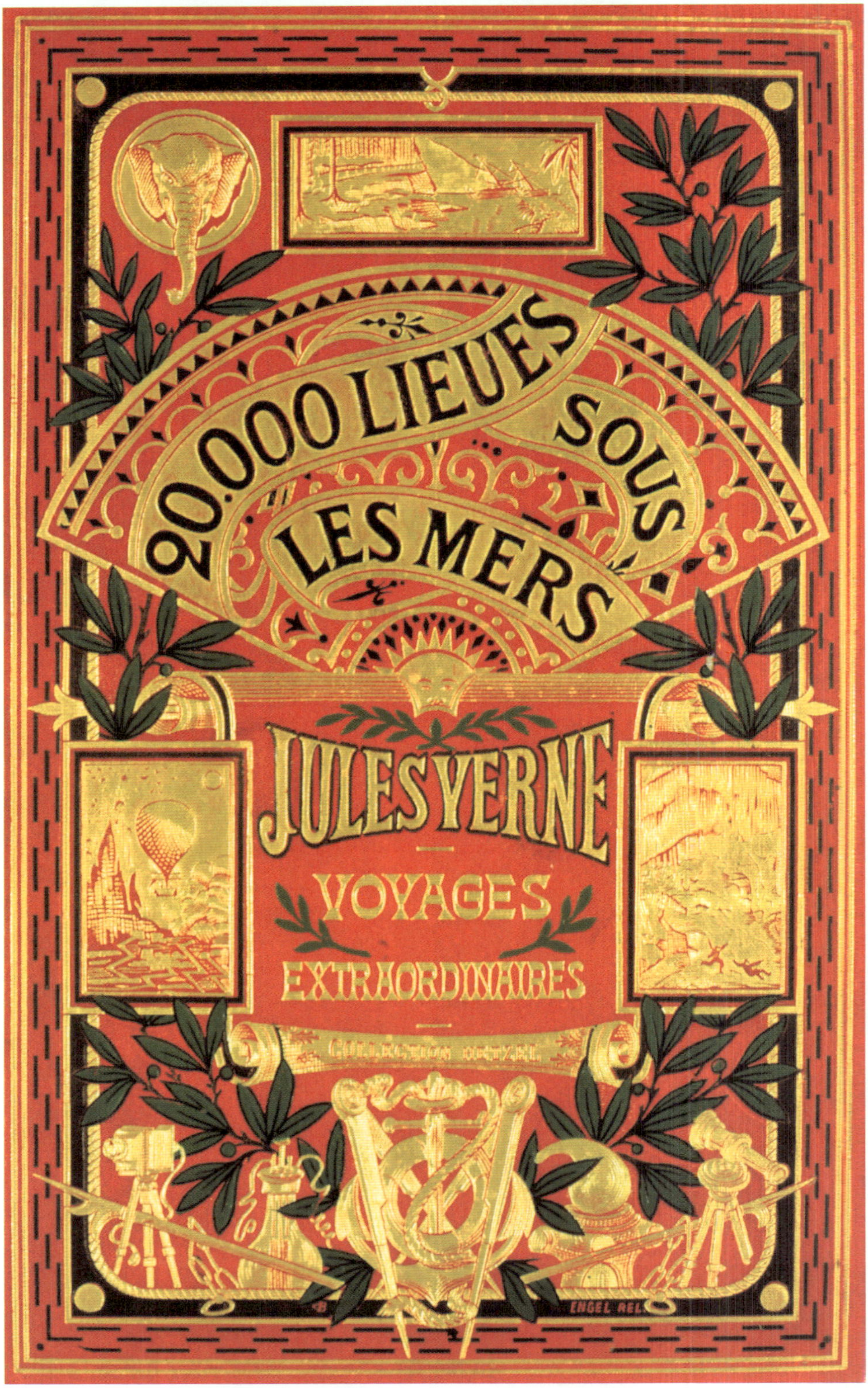

ヴェルヌの最も力のこもった作品である。深海に出没する怪物は実はネモ船長の潜水艦ノーチラス号であった。
地上世界を呪って海底に生きるネモのロマンティックな冒険物語である。

ジュール・ヴェルヌ著 Jules Verne ／ エドゥアール・リュー画 Édouard Riou、アルフォンス・ド・ヌーヴィル画 Alphonse de Neuville ／ 1870年
P178：写真提供：Getty Images、P179：RDA/PPS通信社、P180-181：英語版 ／ アメリカ、ボストン公共図書館蔵

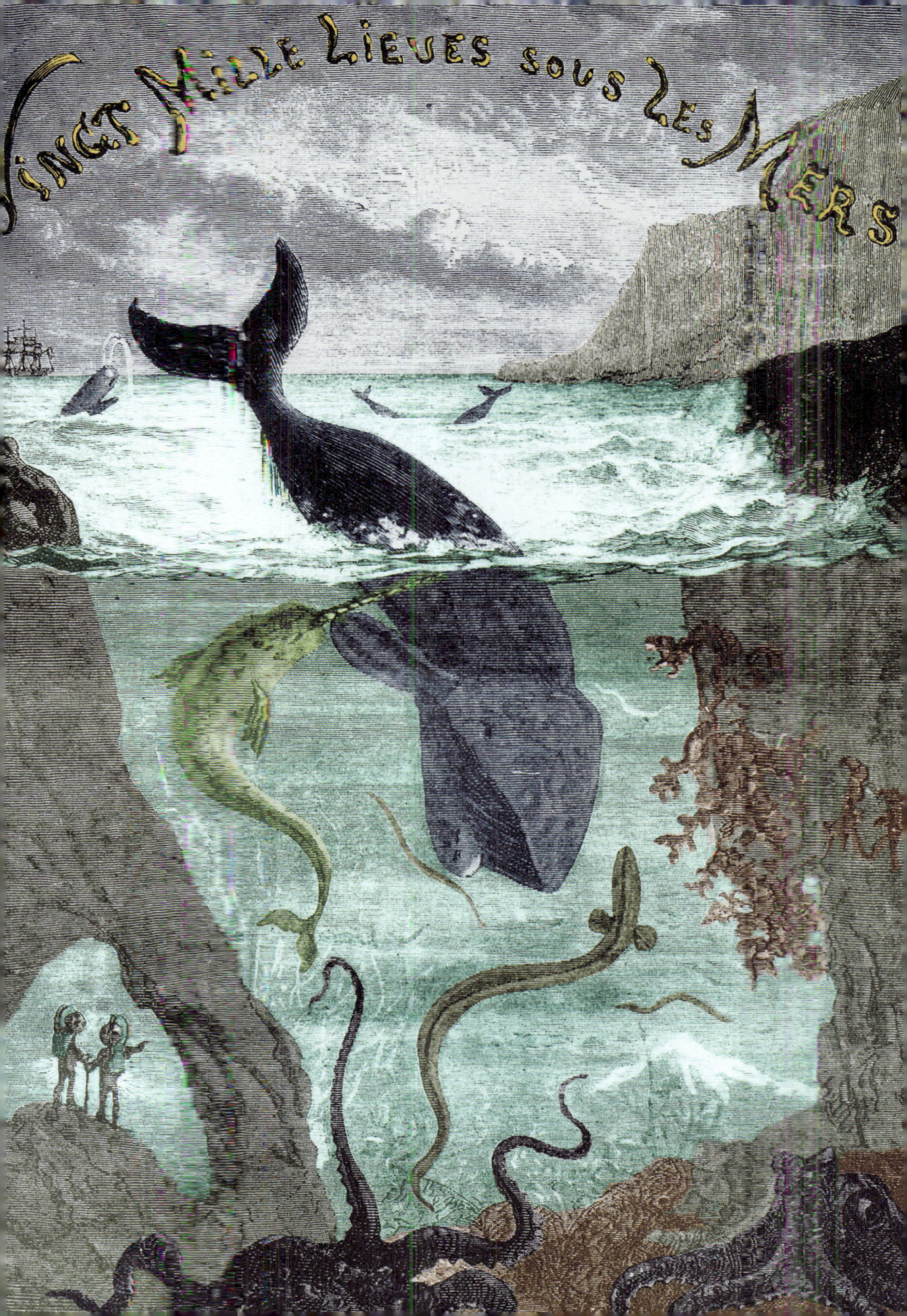

VINGT MILLE LIEUES SOUS LES MERS

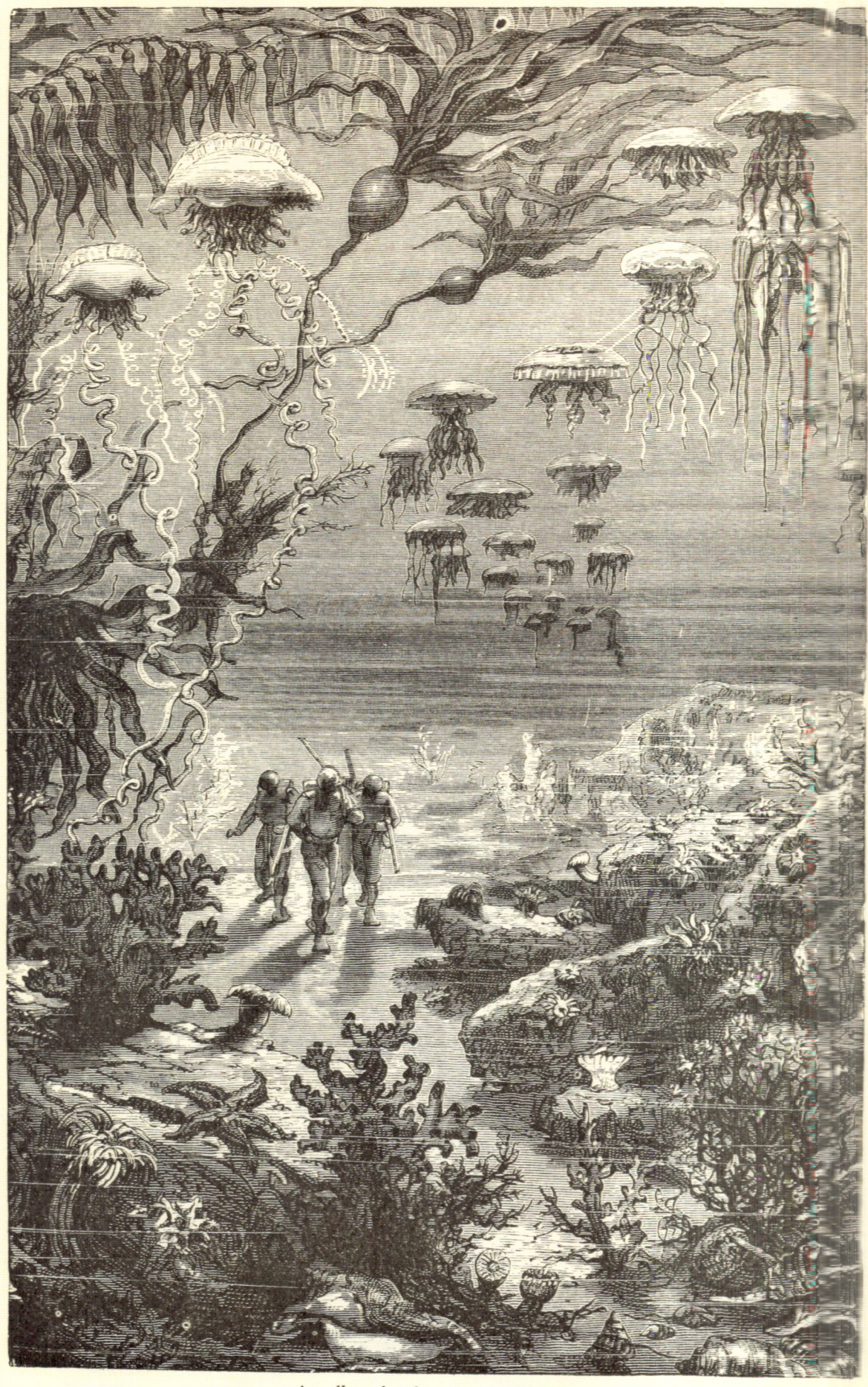

A walk under the waters. — *Page 86.*

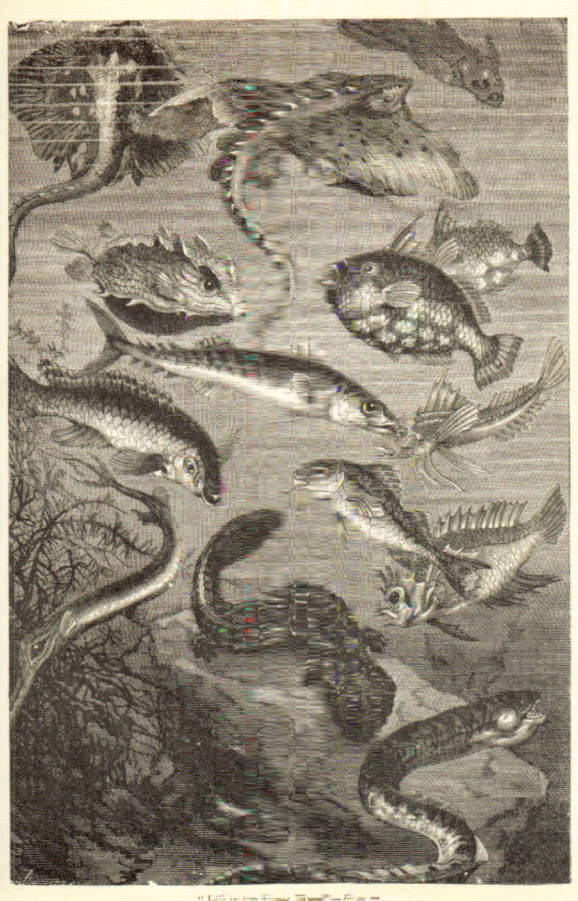

"Life in the deep sea."—Page 71.

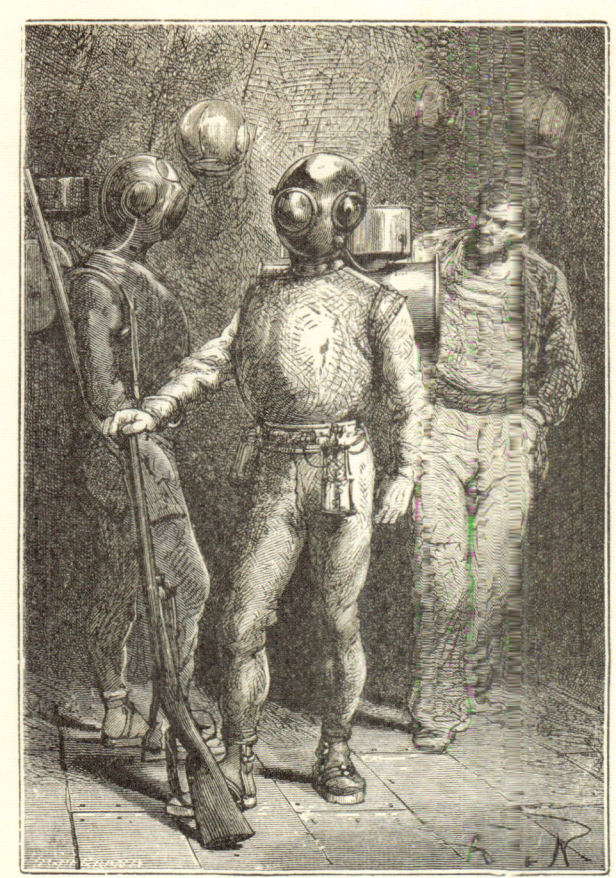

"I was ready to set out."—Page 85.

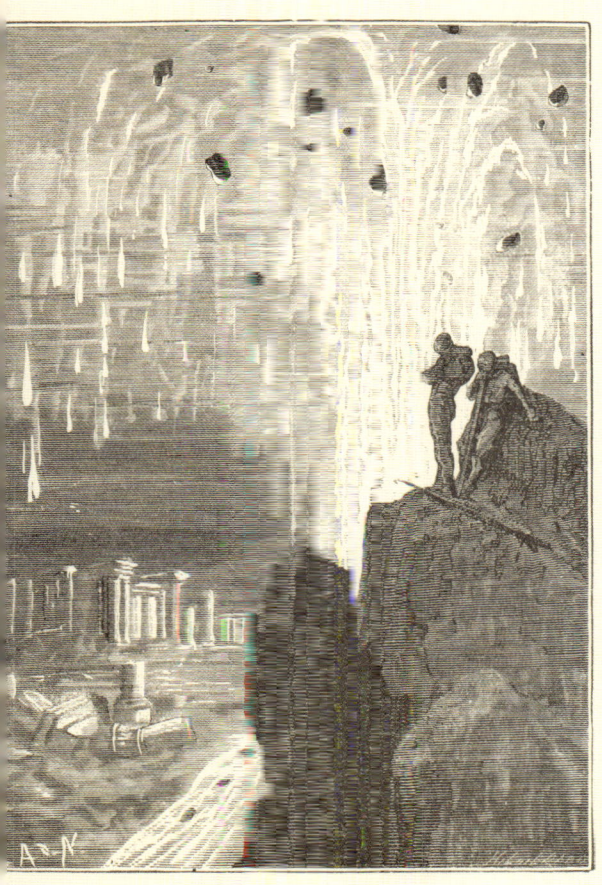

"There, under my eyes, ruined, destroyed, lay a town."—Page 210.

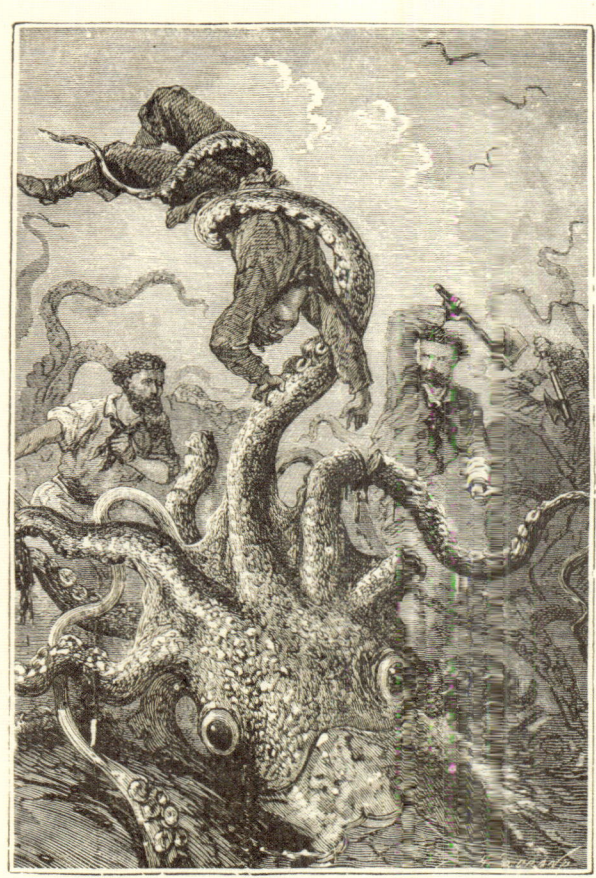

"Only one of its arms wriggled in the air, brandishing the victim like a feather."—Page 272.

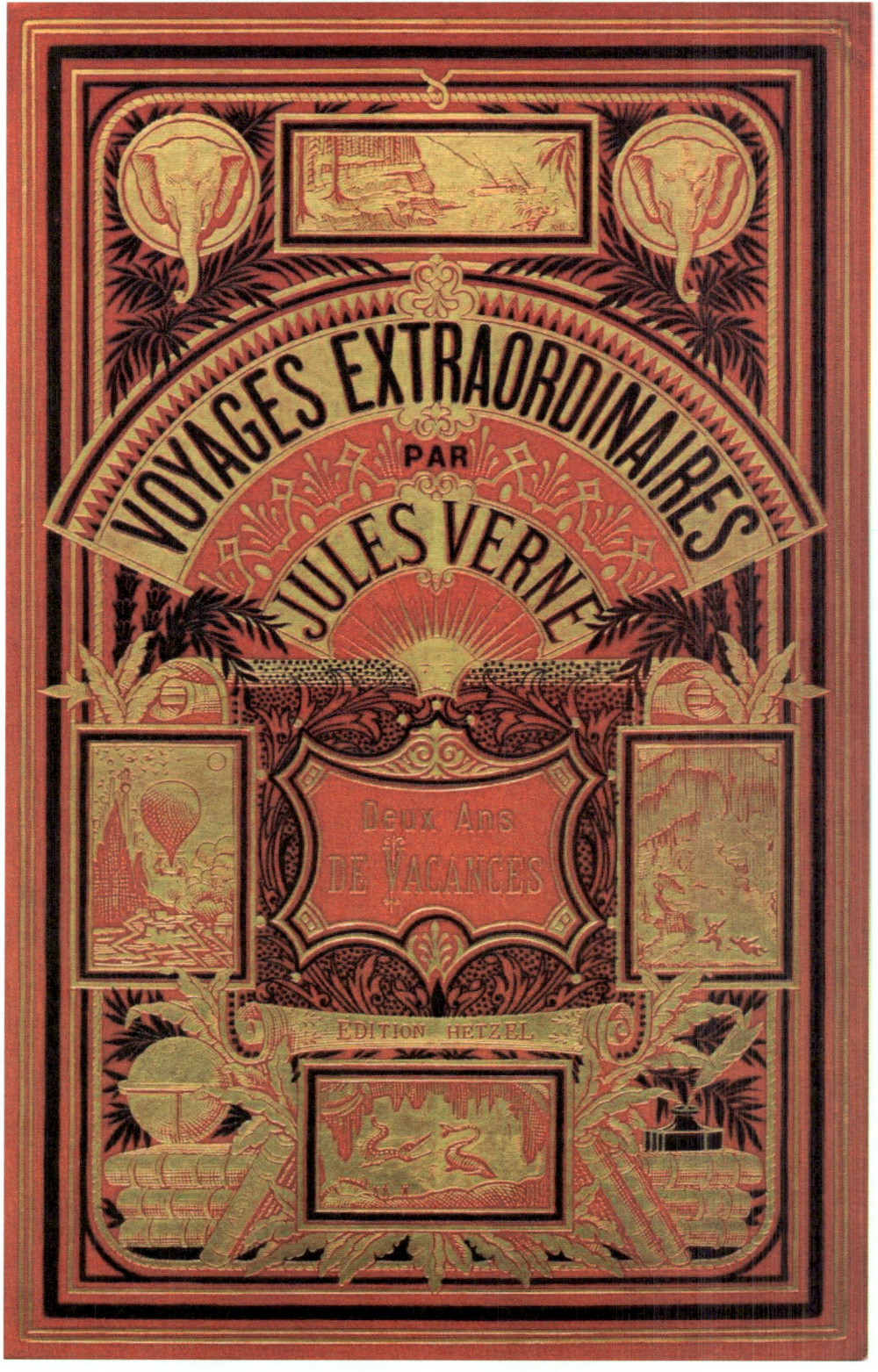

原題は「二年間の休暇」である。少年たちが漂流し、無人島で2年間暮らす。おそらくヴェルヌの中で最も読まれた少年文学である。少年と冒険という2つのキーワードをヴェルヌは巧みにつないだ。19世紀は少年たちの想像世界を開いた。

P182-183：ジュール・ヴェルヌ著 Jules Verne／レオン・ベネット画 Léon Benett／1888年／フランス、フランス国立図書館蔵

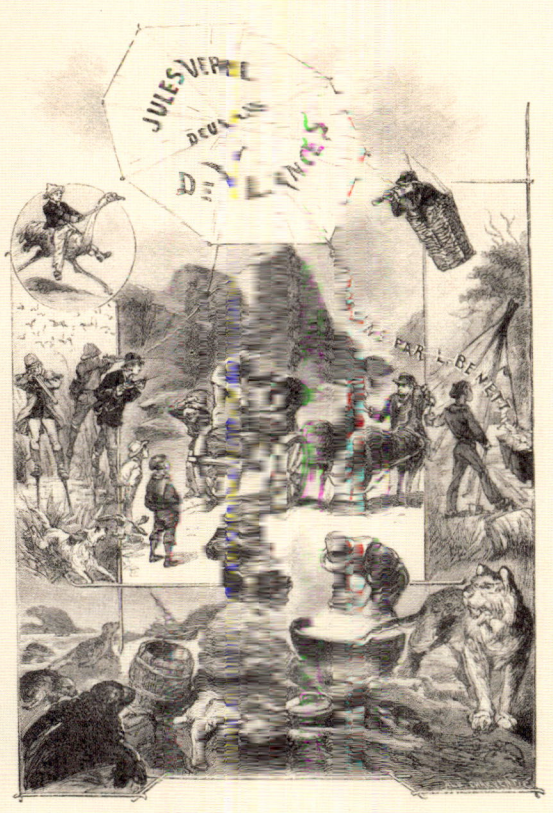

JULES VERNE
deux ans
DE VACANCES

VOYAGES PAR L. BENETT

DEUX ANS DE VACANCES

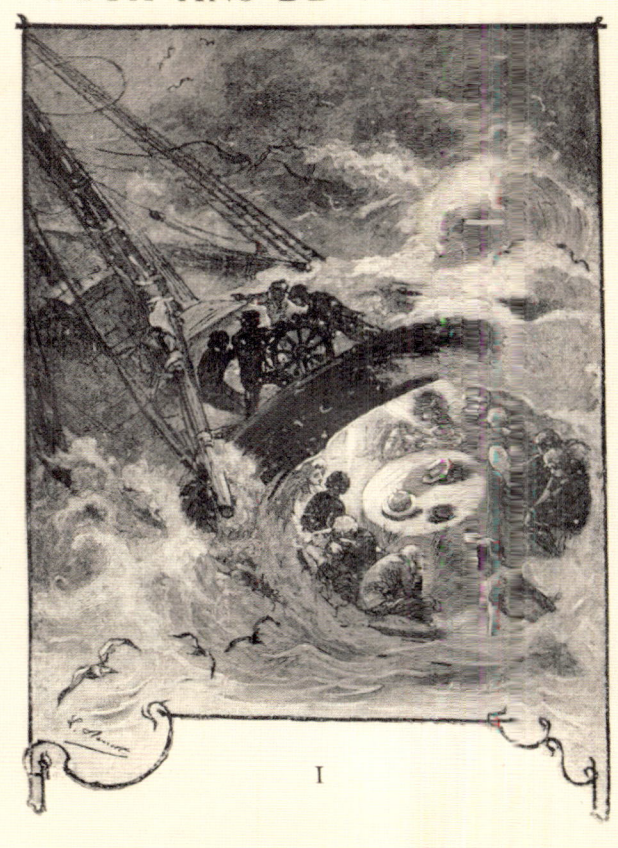

I

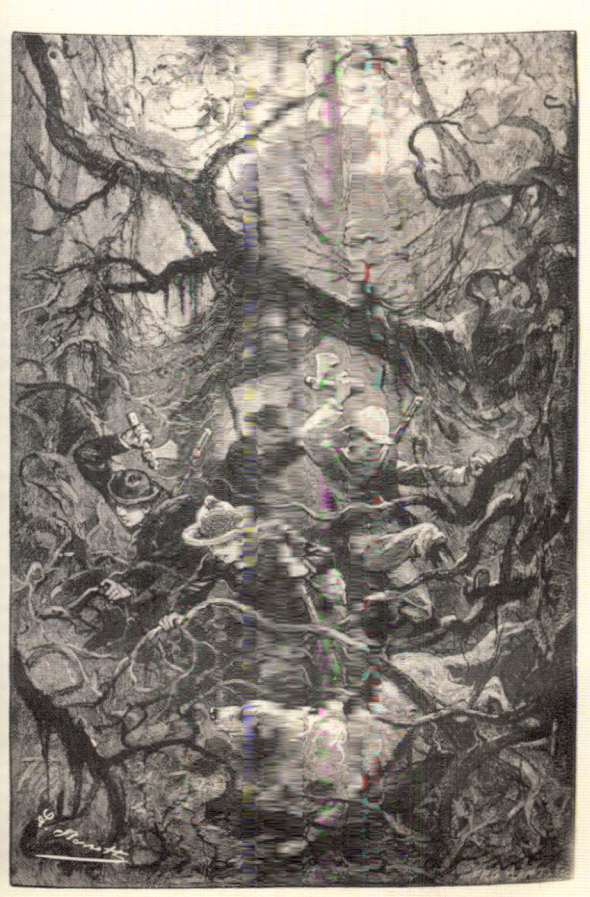

Ils durent se frayer un passage à la hache. (Page 108.)

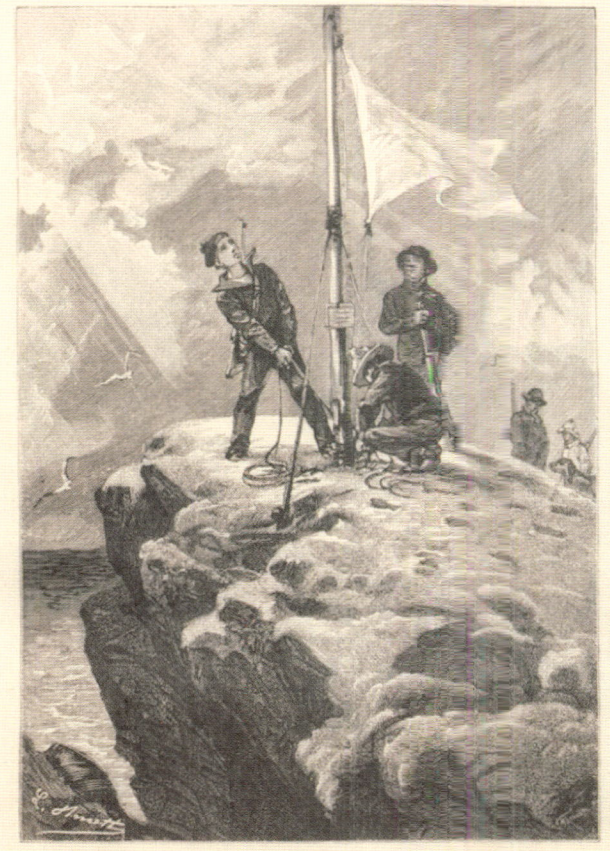

Baxter s'occupa de rehisser un pavillon neuf. (Page 20.)

COVER AND INSIDE PAGES OF BOOK "AROUND THE WORLD IN EIGHTY DAYS"

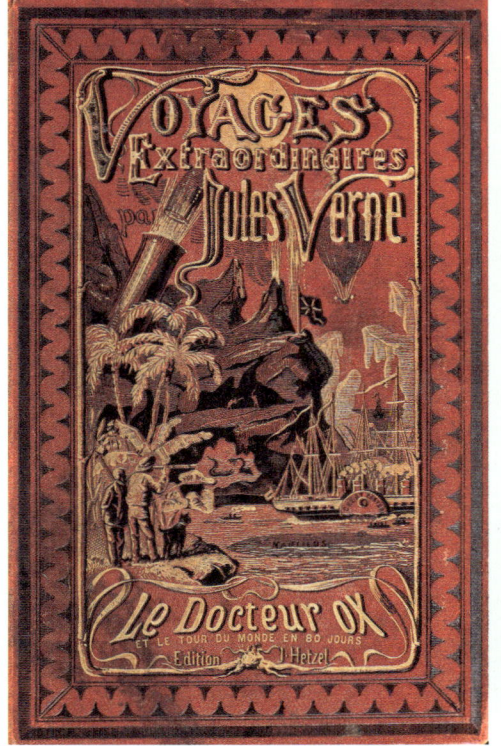

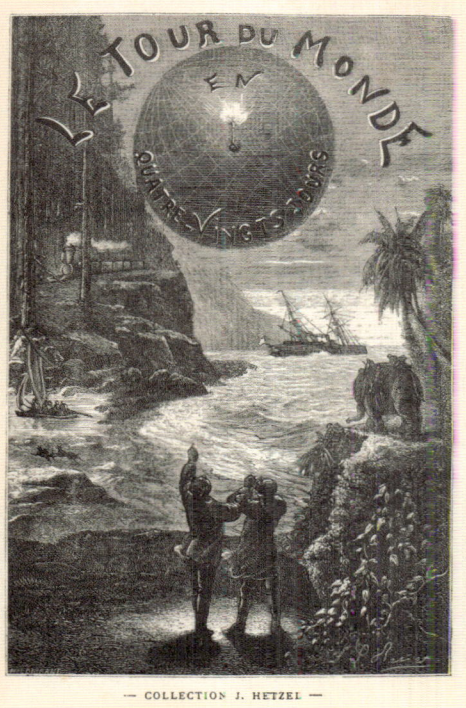

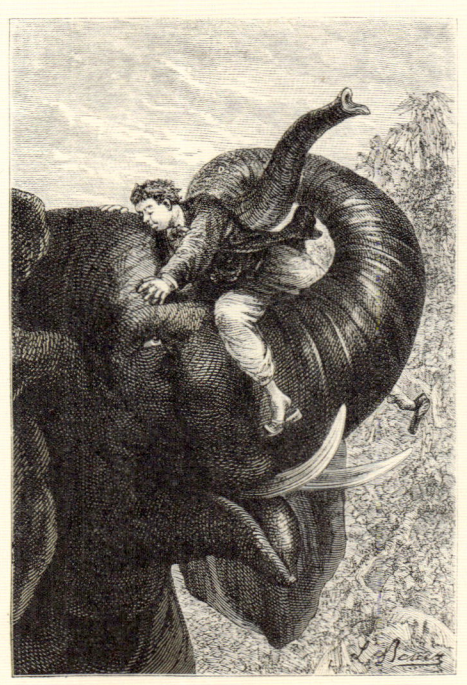

PASSEPARTOUT NOT AT ALL FRIGHTENED. Page 103.

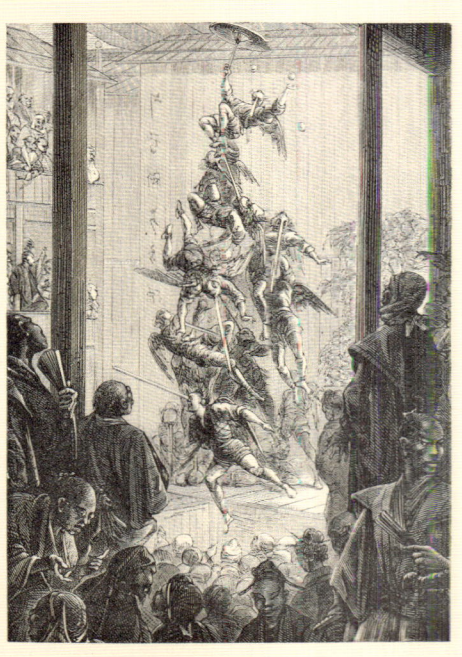

THE MONUMENT COLLAPSED LIKE A CASTLE OF CARDS. [Page 292.

ヴェルヌの最も楽しい作品。英国紳士フィリアス・フォッグが、80日間で世界を1周できるか、というかけに挑戦し、
従僕パスパルトゥーを連れて世界をまわる。そのてんやわんやの珍道中である。

ジュール・ヴェルヌ著 Jules Verne / レオン・ベネット画 Léon Benett、アルフォンス・ド・ヌーヴィル画 Alphonse de Neuville / 1873年
P184上段左：写真提供：Getty Images、P184上段右・下段2点：英語版／アメリカ、ニューヨーク公共図書館蔵

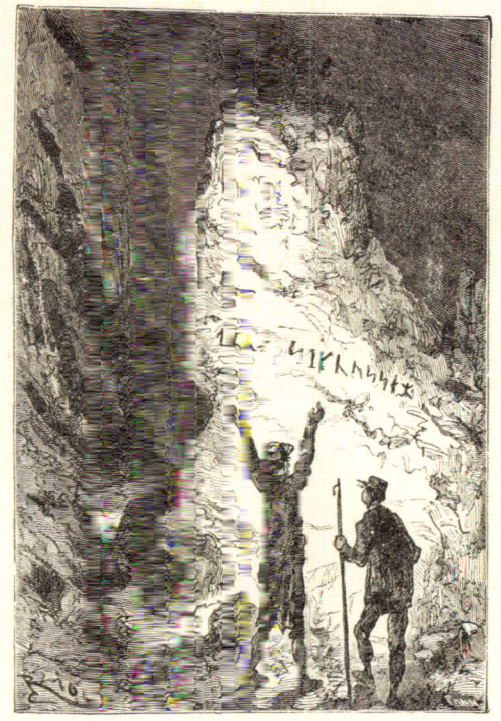

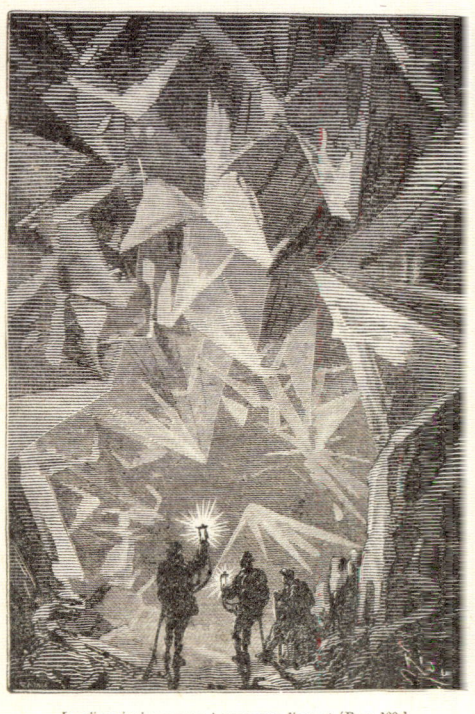

Je m'imaginais voyager à travers un diamant. (Page 109.)

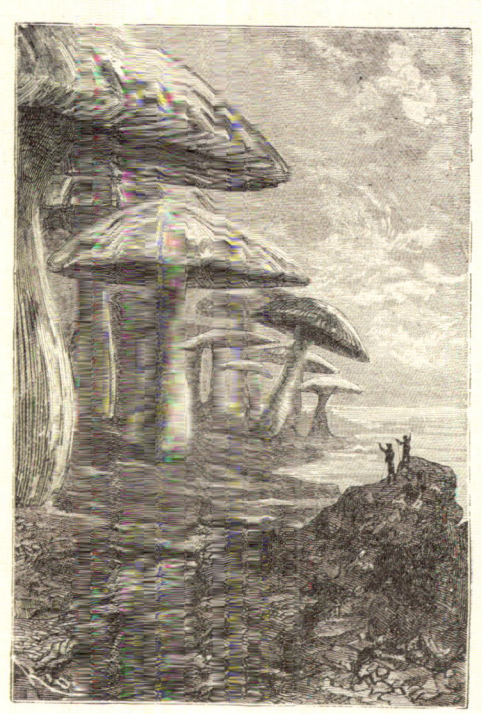

C'est une forêt de champignons, dit-il. (Page 142.)

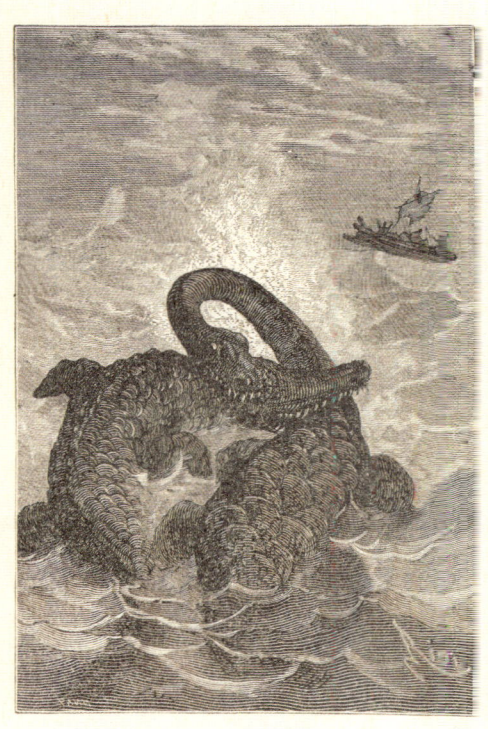

Ces animaux s'attaquent avec fureur. (Page 161.)

鉱物学者リーデンブロック教授が、アイスランドの死火山の噴火口から地底に入り、地球の中心をさぐる。怪を連ねた冒険旅行である。19世紀には、地球の内部がどうなっているかが研究され、空洞説なども出た。

ジュール・ヴェルヌ著 Jules Verne ／ エドゥアール・リュー画 Édouard Riou ／ 1864年 ／ アートハーベスト蔵

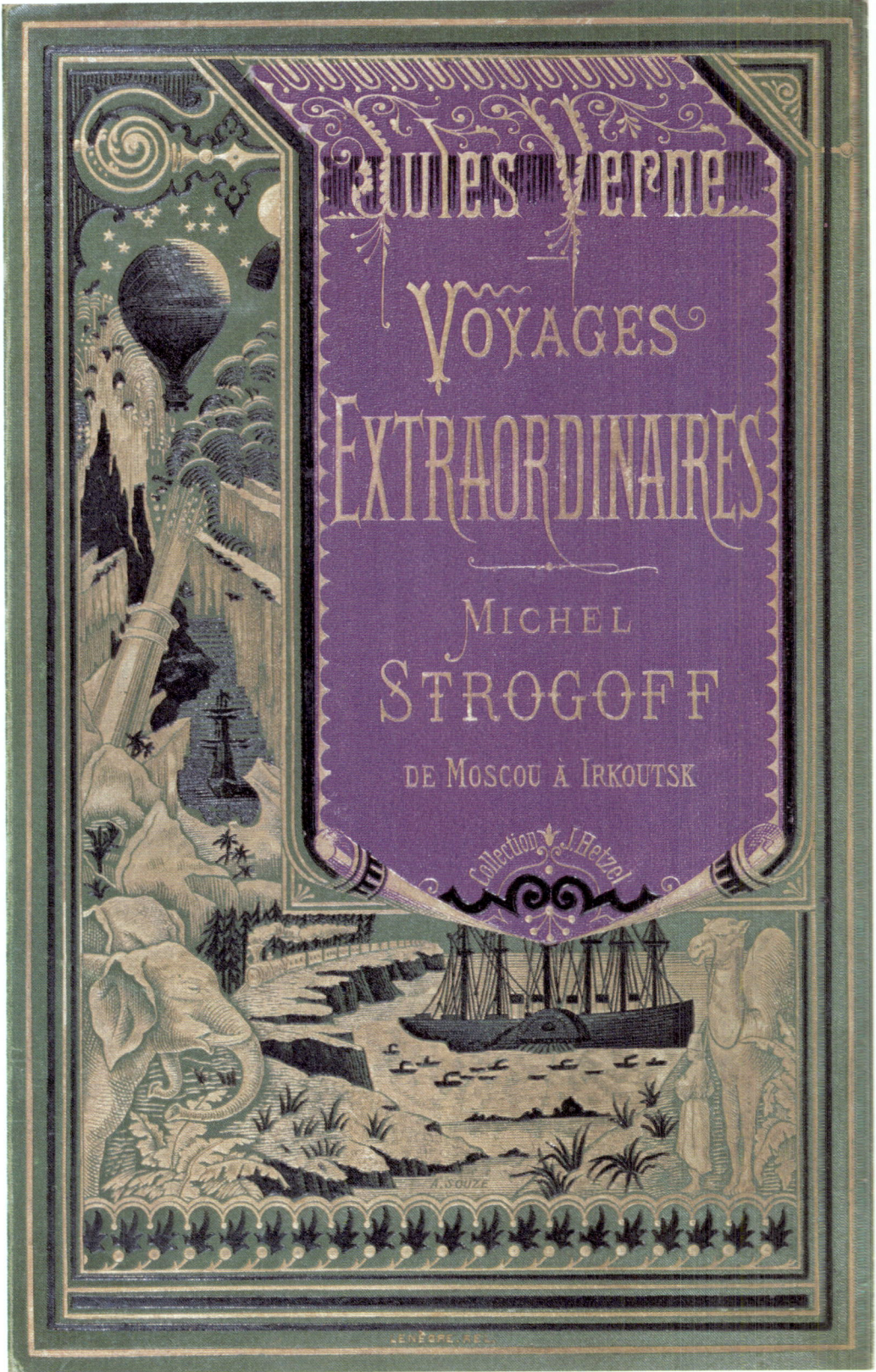

JULES VERNE

VOYAGES EXTRAORDINAIRES

MICHEL STROGOFF

DE MOSCOU À IRKOUTSK

Collection J. Hetzel

ジュール・ヴェルヌ著 Jules Verne / ジュール・フェラー画 Jules Férat / 1876年 / Bridgeman Images/PPS通信社

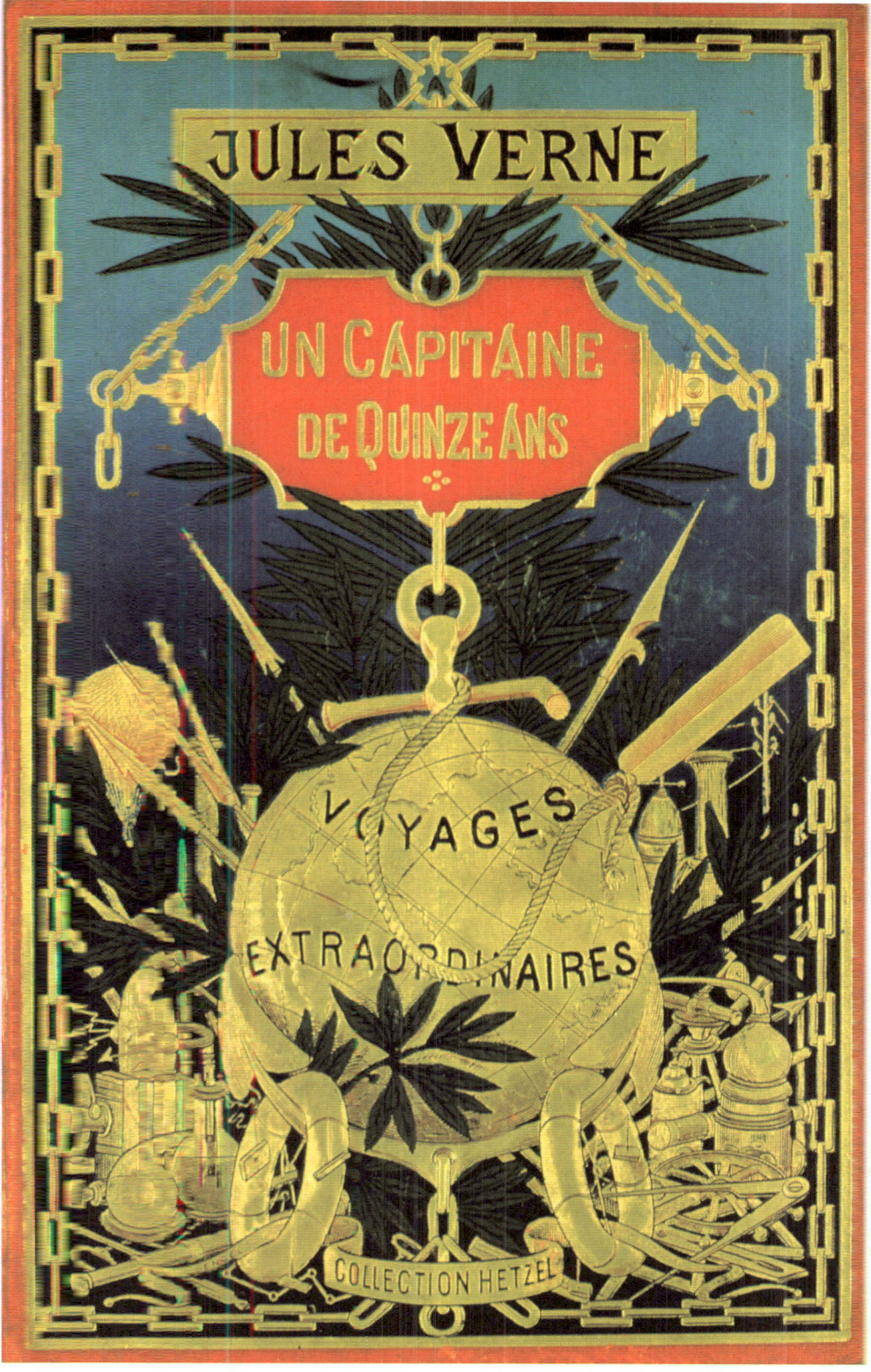

15歳の少年が船長として見事に航海する。ヴェルヌはこの時、息子がいうことを聞かないことに悩んでいて、主人公の少年に理想的な息子を描いたという。ヴェルヌは少年を主人公にするのが得意であった。〈少年〉というのもスチームパンクの特徴かもしれない。

ジュール・ヴェルヌ著 Jules Verne / アンリ・メイヤー画 Henri Meyer / 1878年 / 写真提供：Getty Images

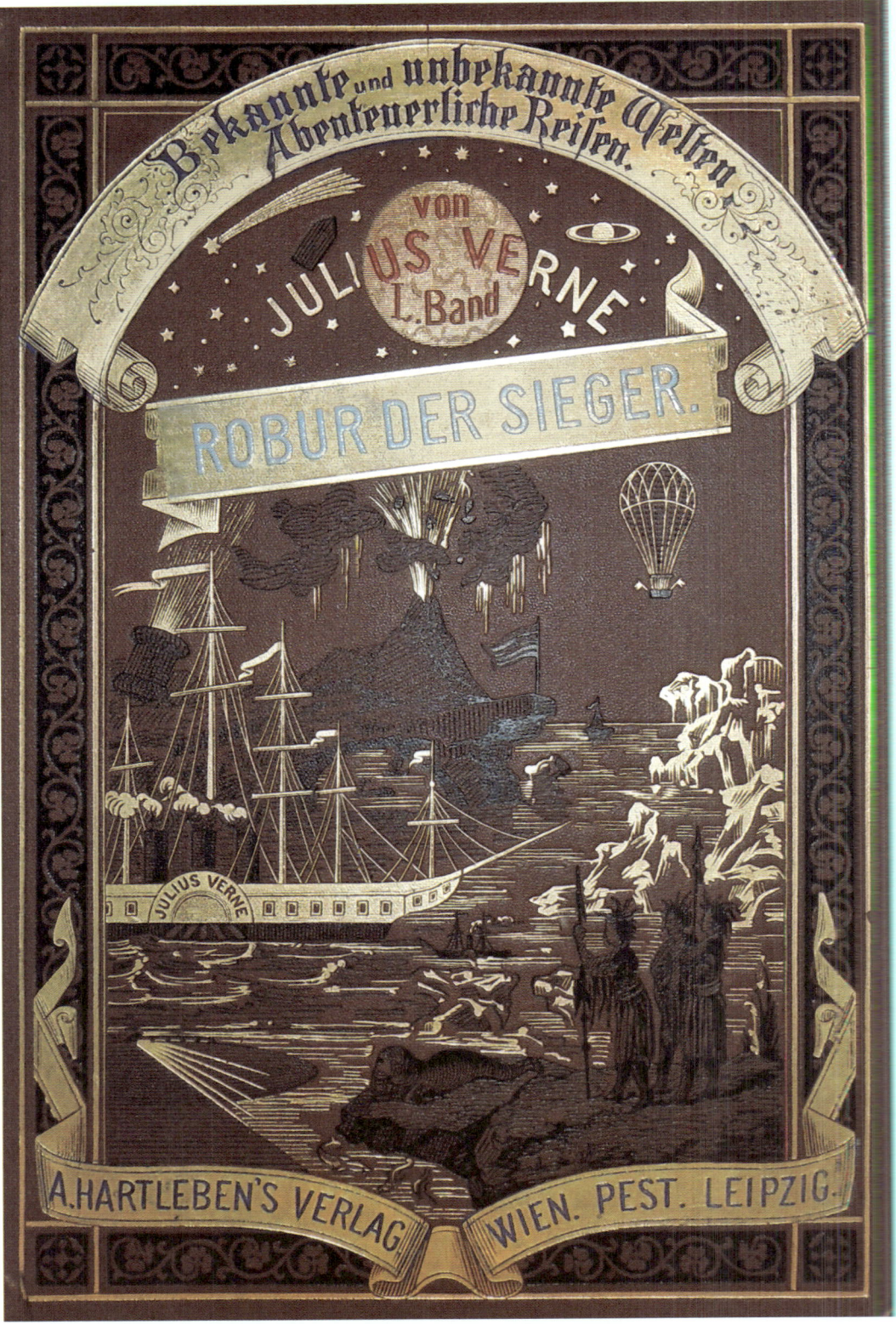

Bekannte und unbekannte Welten. Abenteuerliche Reisen.

von JULIUS VERNE I. Band

ROBUR DER SIEGER.

JULIUS VERNE

A. HARTLEBEN'S VERLAG. WIEN. PEST. LEIPZIG.

ロビュールは気球に代わる新しい飛行体を発明する。ヘリコプターのようなものである。そのアルバトロス号で彼は世界を1周する。
気球は風まかせで、自由に運転できないという欠点があった。飛行機の時代が迫っていた。

P188-191：ジュール・ヴェルヌ著 Jules Verne／レオン・ベネット画 Léon Benett／1886年、P188：ドイツ語版／個人蔵、P189-191：英語版／アメリカ、カリフォルニア大学工書館蔵

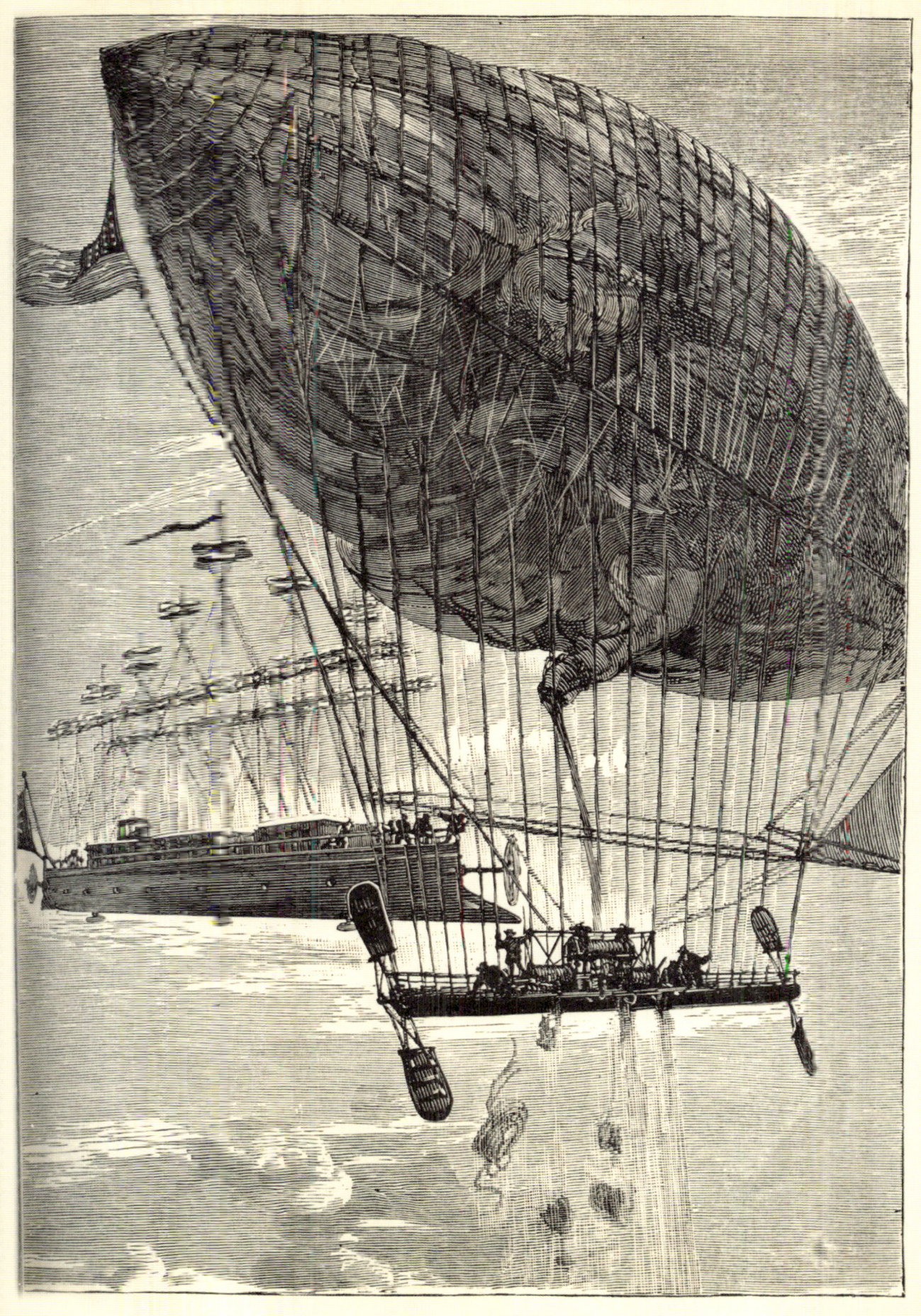

He was going to save her crew.

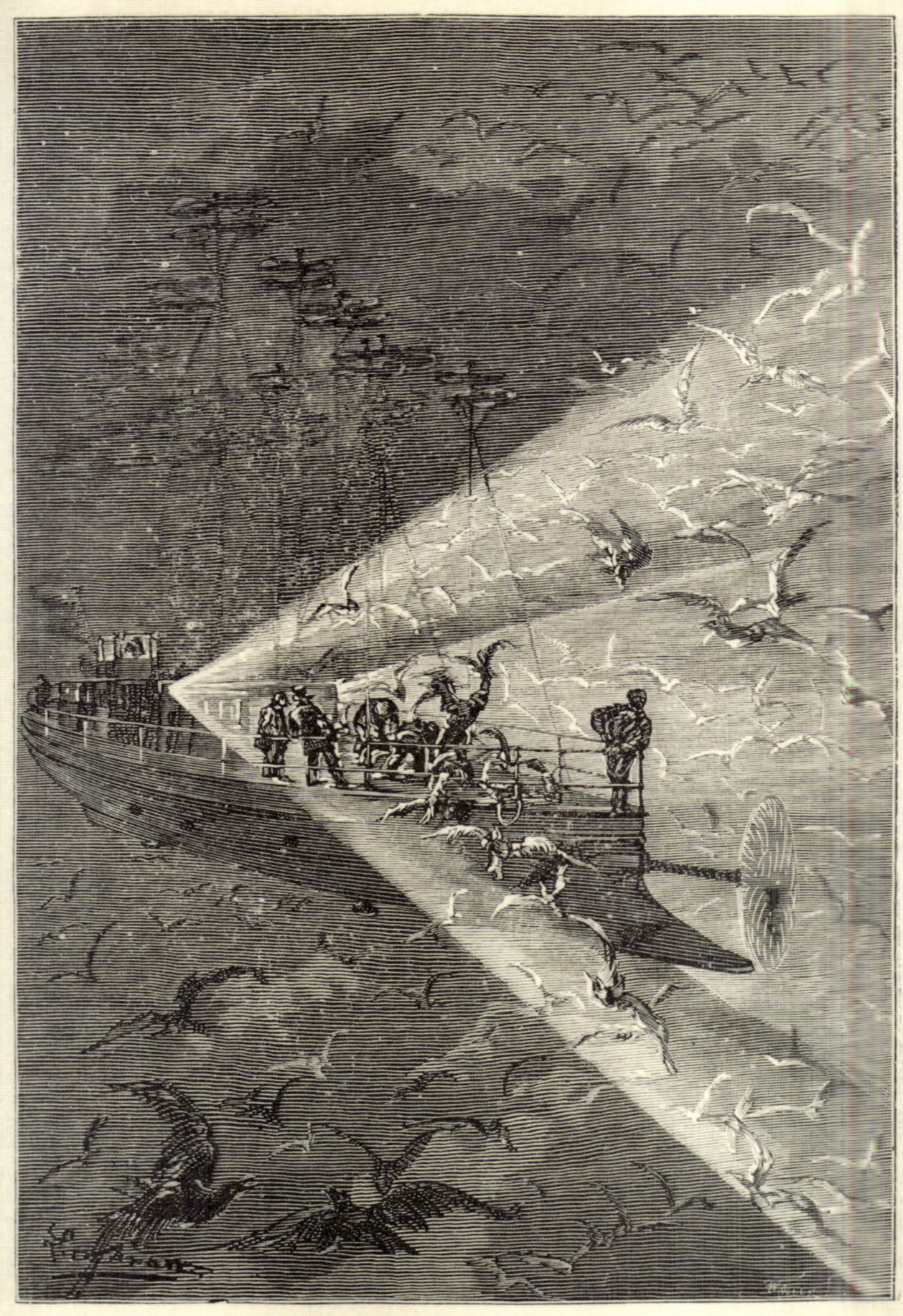

Here was work for the cook.

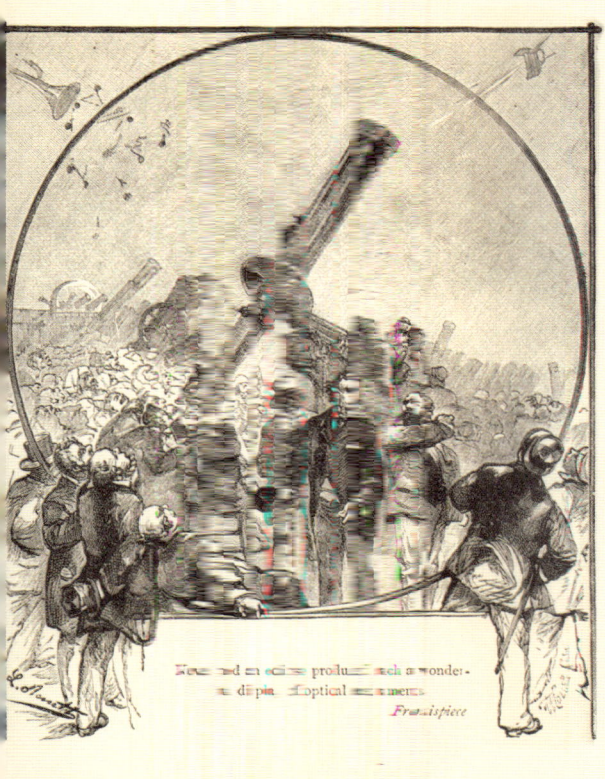

Never had an eclipse produced such a wonder-
ful display of optical instruments.

Frontispiece

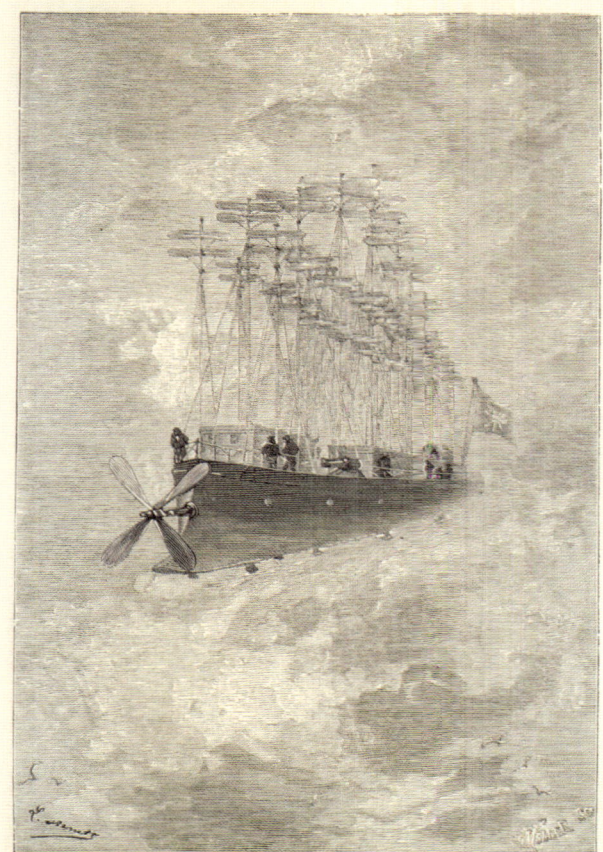

The Clipper of the Clouds.

Page 64.

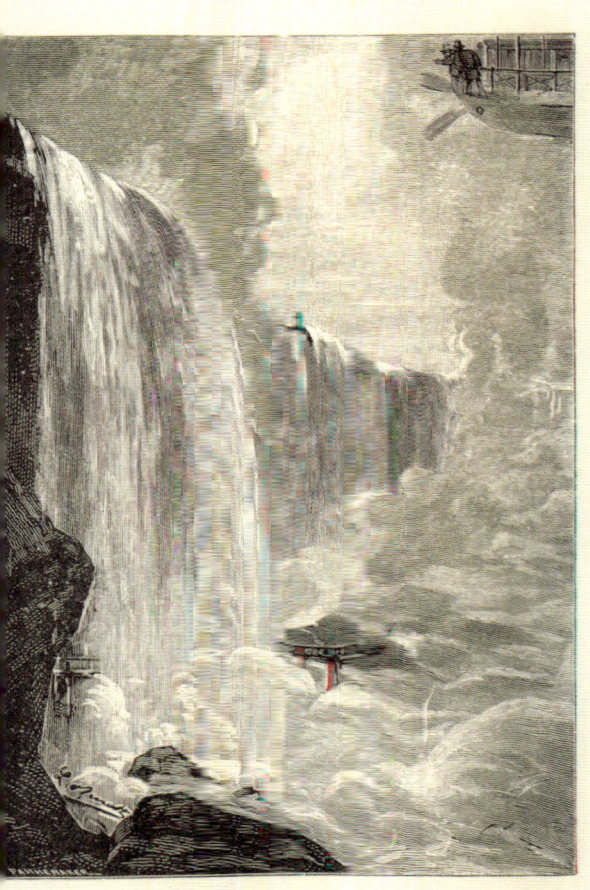

The Falls of Niagara.

Page 81.

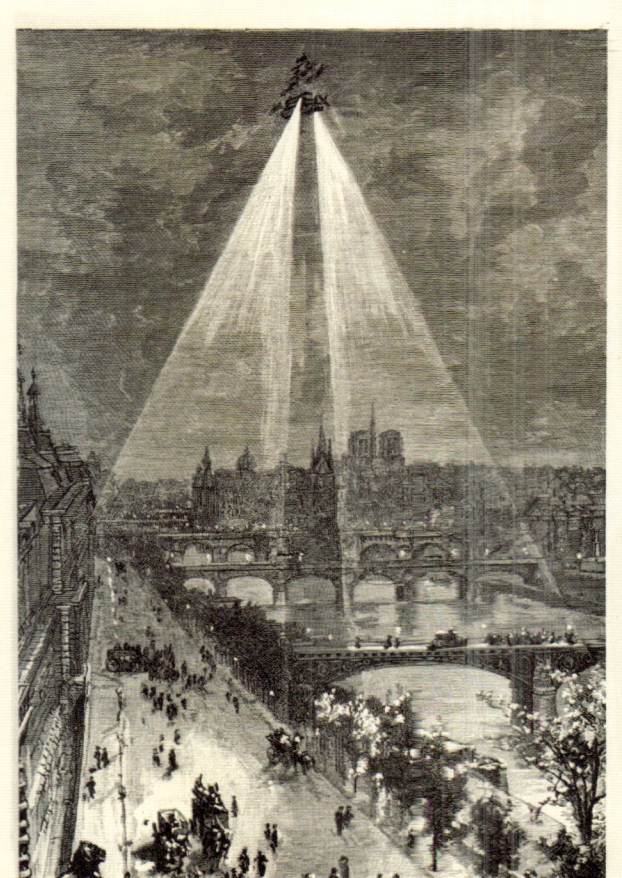

The lamps of the Albatross were turned on.

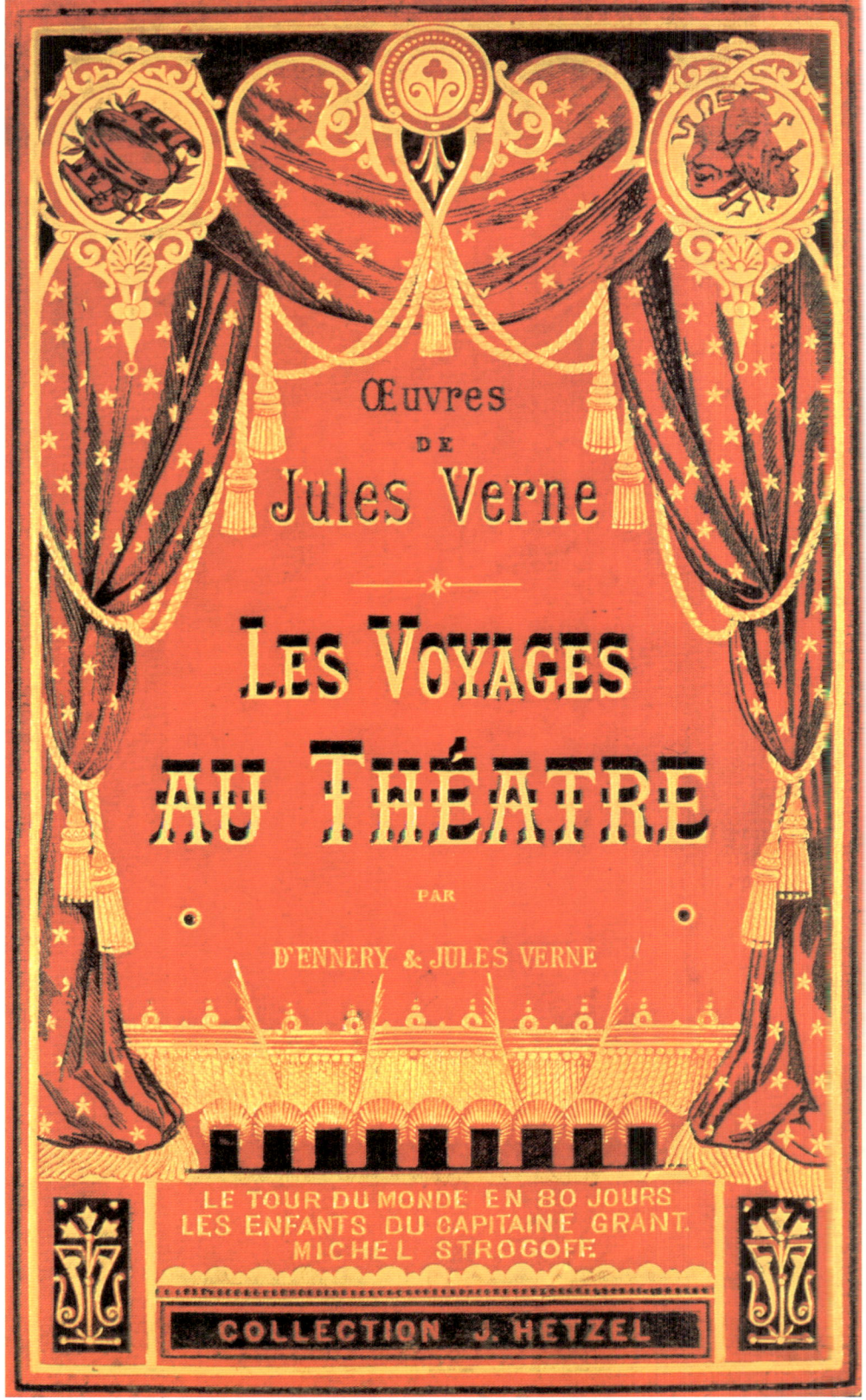

ジュール・ヴェルヌ著 Jules Verne、アドルフ・デンリー著 Adolphe d'Ennery / 1881年 / 写真提供：Getty Images

COVER OF BOOK "MASTER OF THE WORLD"

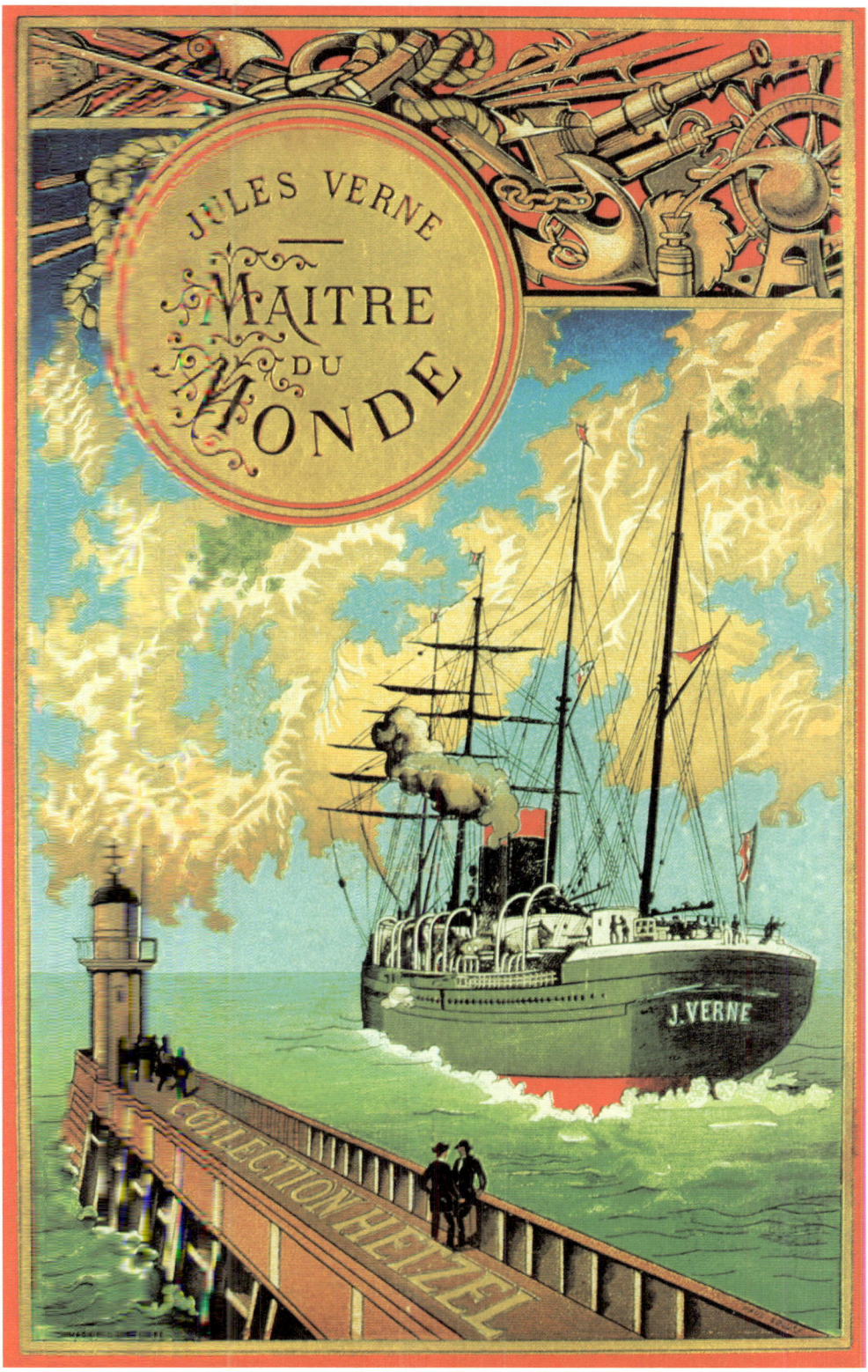

株式会社が世界を支配する。ここにも飛行機の発明者ロビュール（P188-191）があらわれる。彼のエプヴァント号は、空、陸、海のどこでも運行できる万能の乗り物である。そのような機械を使って、見えない組織が世界を支配する。

ジュール・ヴェルヌ著 Jules Verne ／ レオン・ベネット画 Léon Benett ／ 1904年 ／ 写真提供：Getty Images

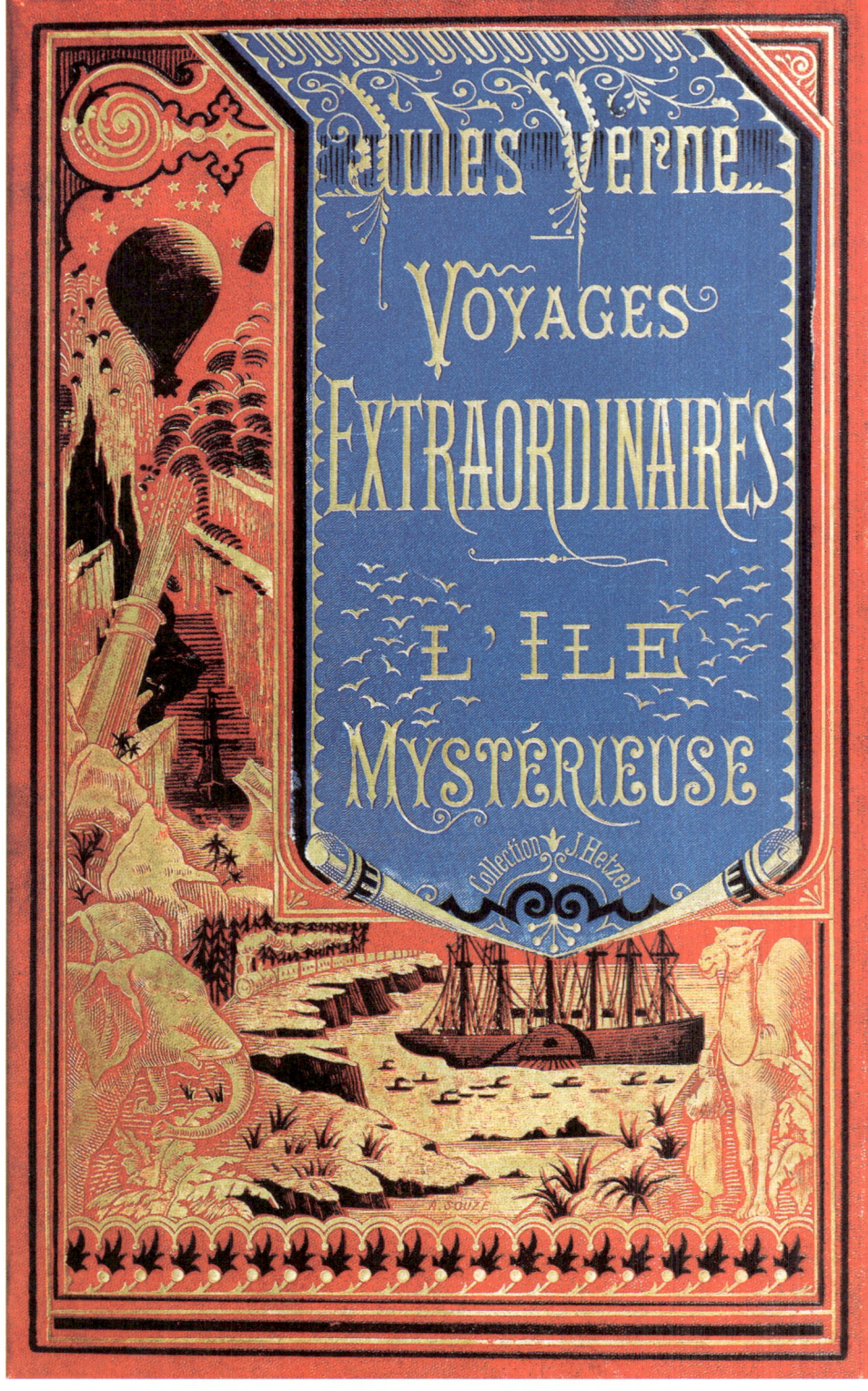

『海底二万里』のネモ船長がひそむ島である。ここに5人の漂流者が流れつき、自給自足で発明的な、
理想の共同体を築こうとする。島の奥底にひそむネモは、漂流者たちには神秘的な存在となる。

ジュール・ヴェルヌ著 Jules Verne／ジュール・フェラー画 Jules Férat／1875年
P194・P195上段左：写真提供：Getty Images、P195上段右・下段2点：フランス、フランス国立図書館蔵

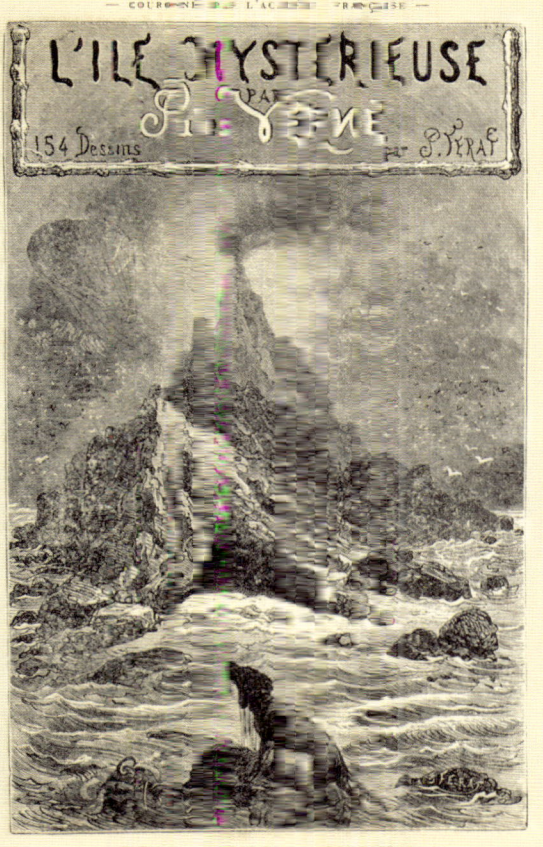

LES VOYAGES EXTRAORDINAIRES

L'ILE MYSTÉRIEUSE par J. VERNE

154 Dessins par J. FÉRAT

COLLECTION HETZEL

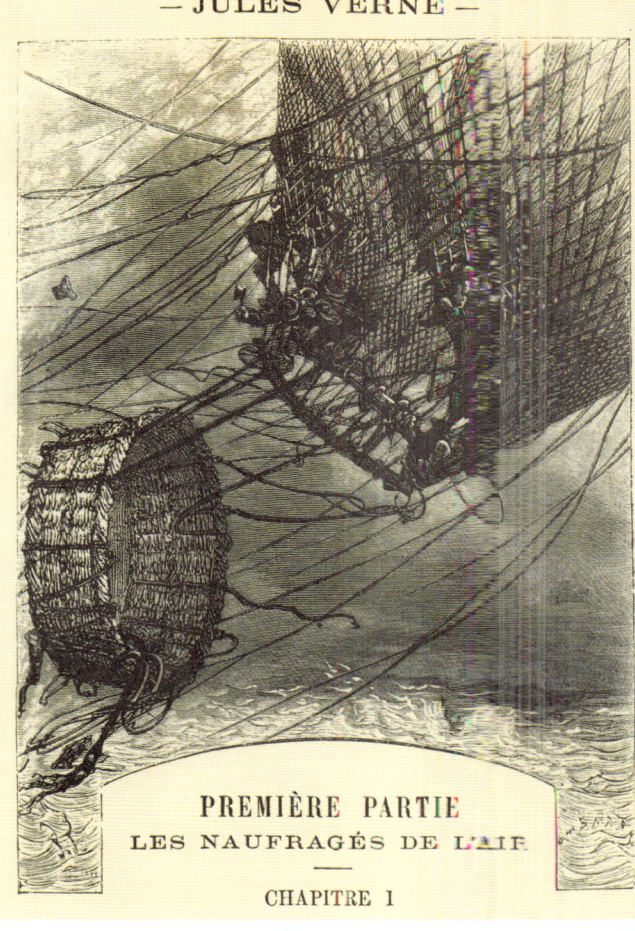

— JULES VERNE —

PREMIÈRE PARTIE

LES NAUFRAGÉS DE L'AIR

CHAPITRE I

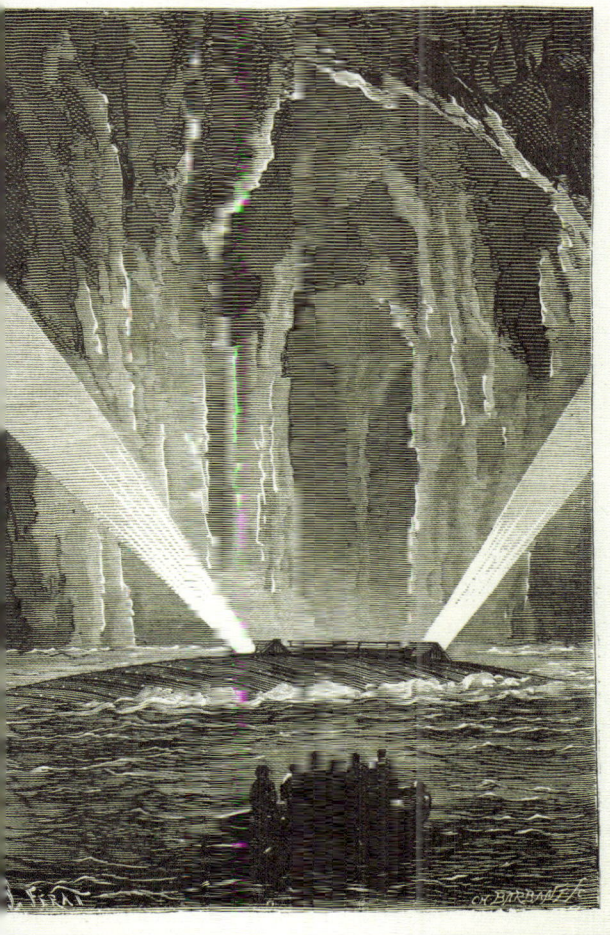

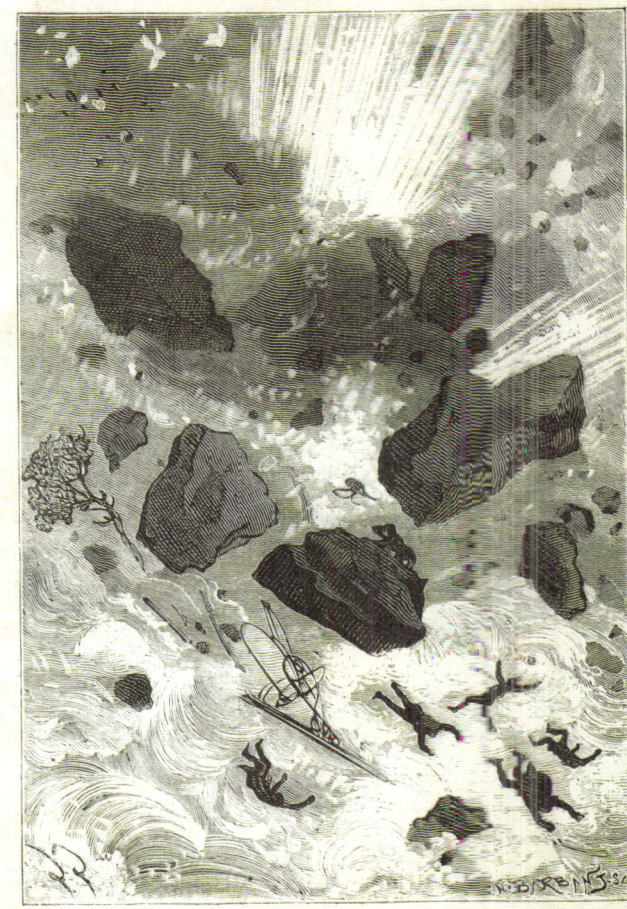

INSIDE PAGES OF BOOK "FOR THE FLAG"

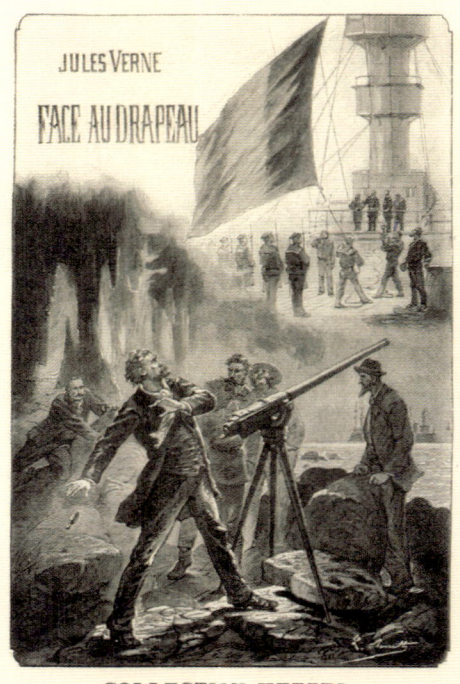

— LES VOYAGES EXTRAORDINAIRES —

JULES VERNE

FACE AU DRAPEAU

COLLECTION HETZEL

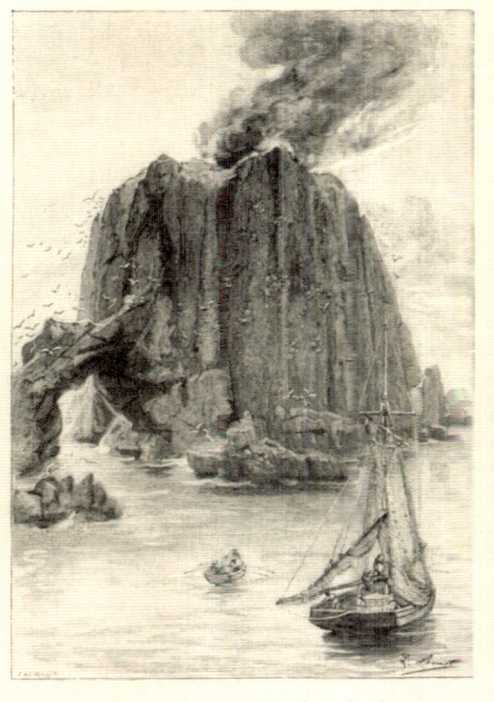

Back-Cup, qui émerge tout d'un bloc... (Page 29.)

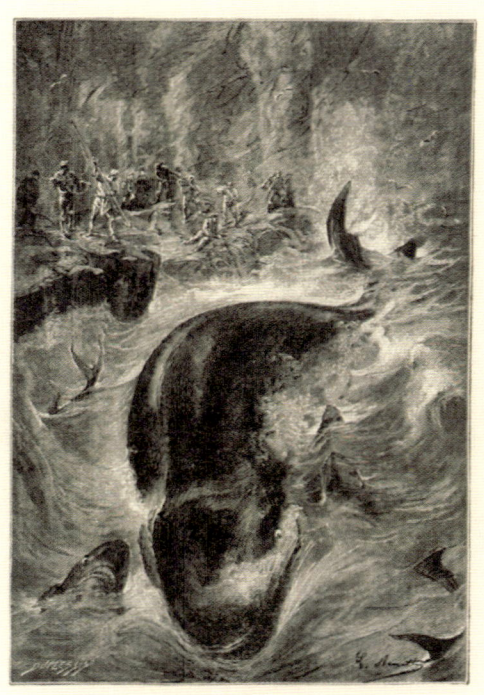

La baleine plonge, remonte, émerge. (Page 142.)

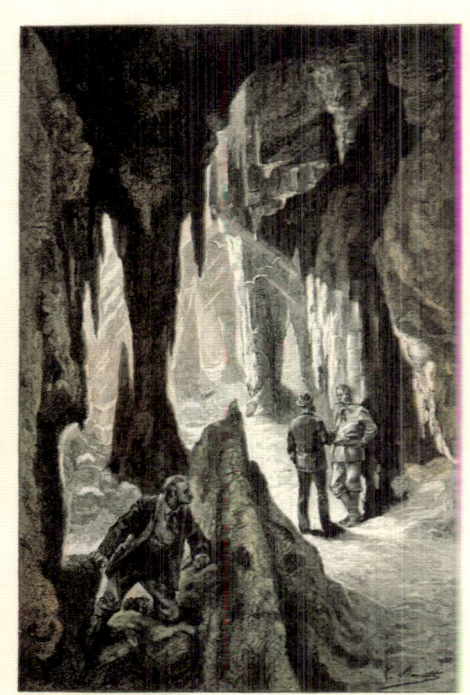

« CE BRAVE HOMME M'INTÉRESSE. » (Page 15s.)

晩年の暗黒小説。トマ・ロック博士が発明したロケット弾を海賊ケル・カラージュが奪い、バック・カップ島で世界征服を企む。
世界戦争が起きるのだろうか。マッド・サイエンティストの発明とそれを利用する陰謀家の物語。

ジュール・ヴェルヌ著 Jules Verne / レオン・ベネット画 Léon Benett / 1896年 / フランス、フランス国立図書館蔵

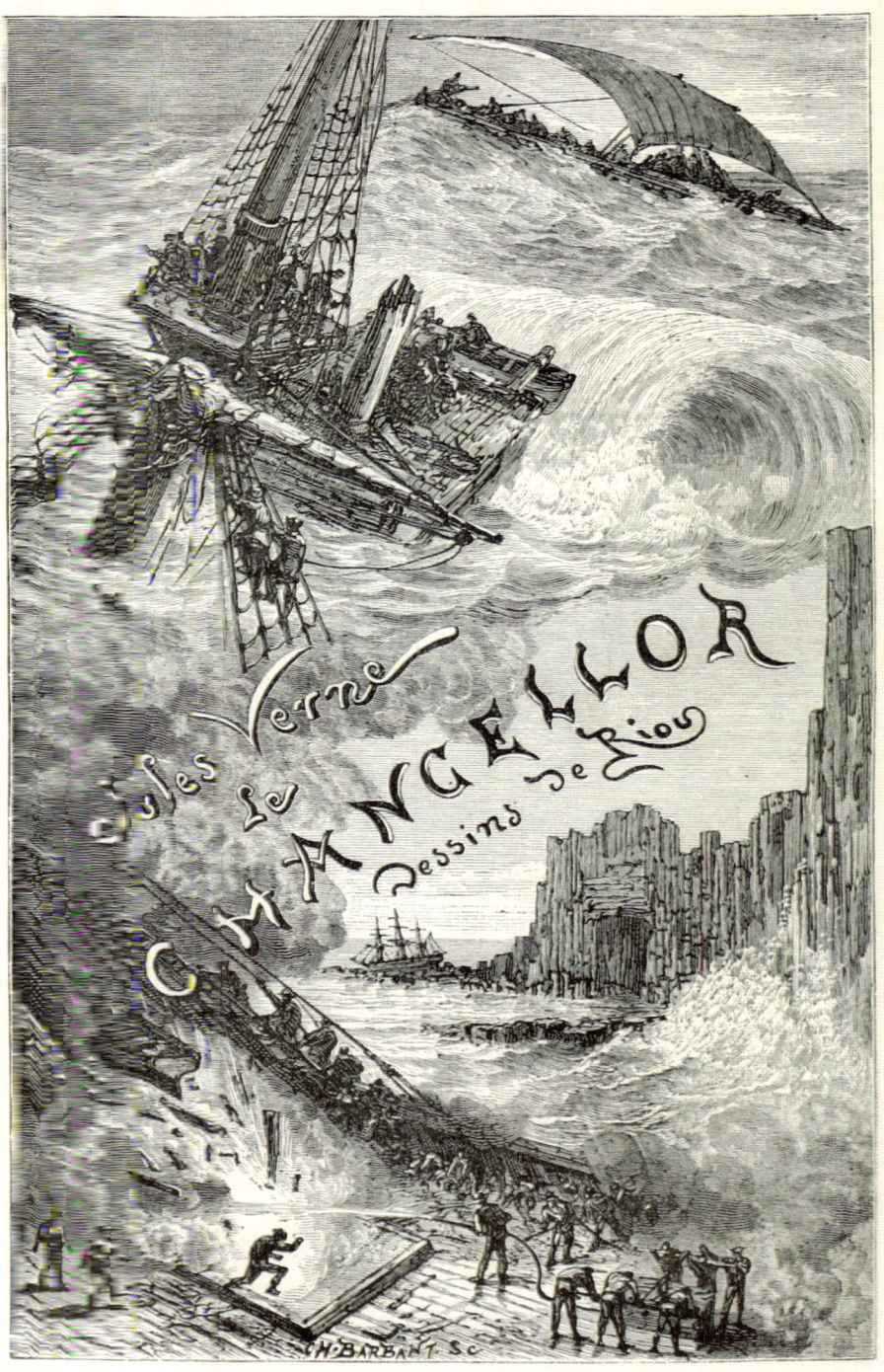

— LES VOYAGES EXTRAORDINAIRES —

— J. HETZEL, ÉDITEUR —

ジェリコーの「メデューズ号の筏」（P55上段）をヒントにしている。沈没した船から筏で逃れた人々が飢えのため
共喰いまでしたという悲惨な事件をあつかっている。海を漂う筏は、この時代の脅迫観念であった。

ジュール・ヴェルヌ著 Jules Verne ／ エドゥアール・リュー画 Édouard Ricu ／ 1874年 ／ フランス、フランス国立図書館蔵

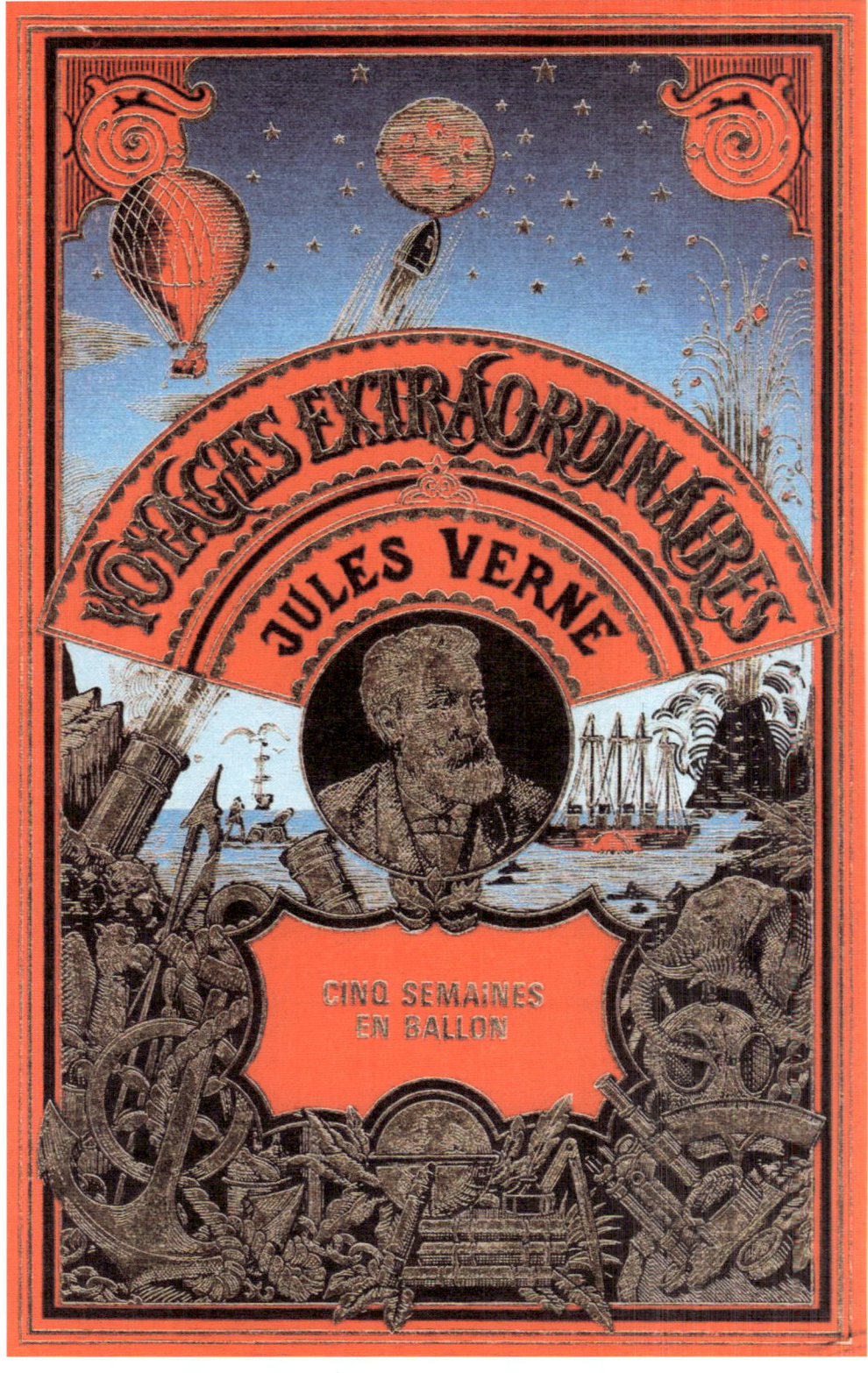

ヴェルヌの処女作である。暗黒大陸といわれたアフリカを気球で飛ぶ。バートン、リヴィングストンなどの
アフリカ探検家が活躍になっていた。それらの知識をうまく織り込みながら、ヴェルヌはアフリカを紹介してゆく。

P198-199：ジュール・ヴェルヌ著 Jules Verne ／ エドゥアール・リュー画 Édouard Riou ／ 1863年、P198：個人蔵、P199：アートハーベスト蔵

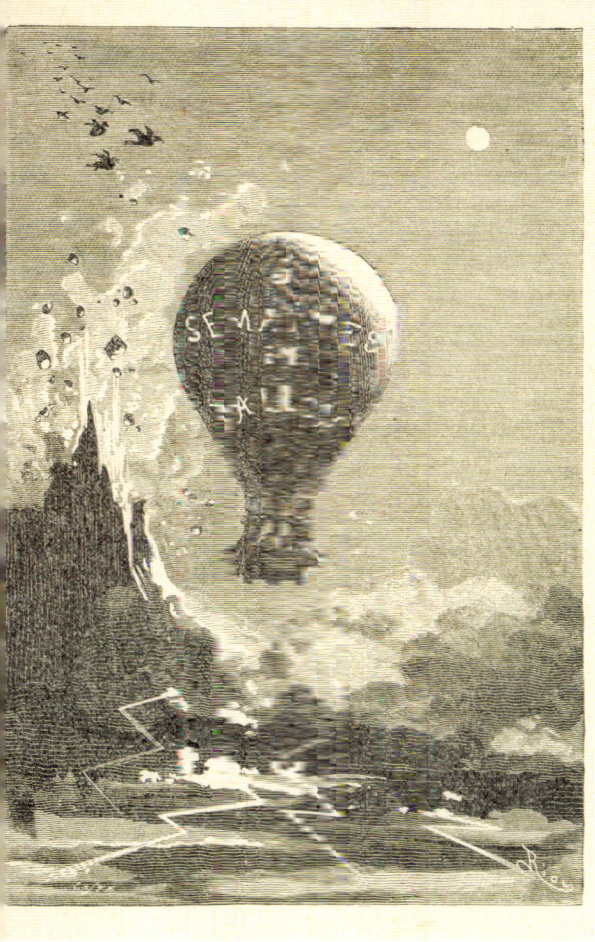

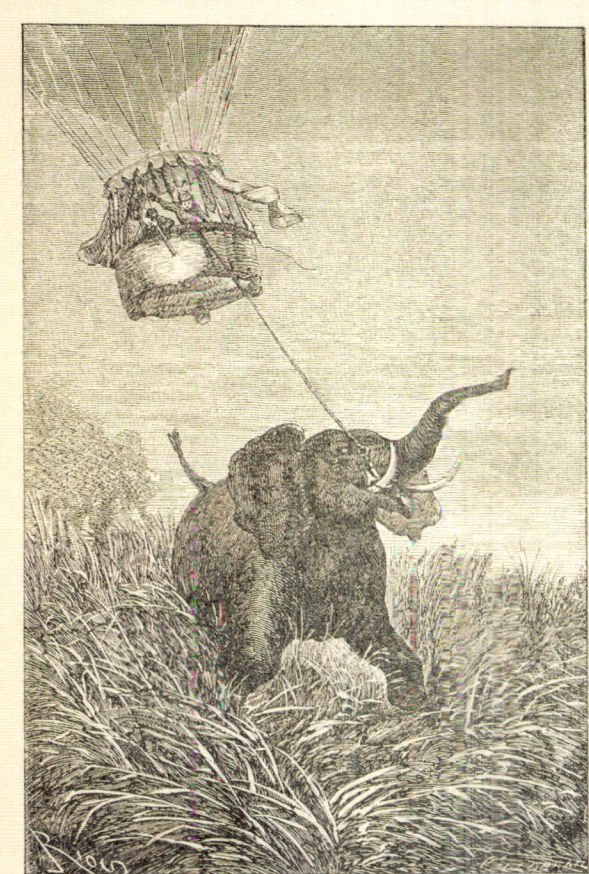

LE *VICTORIA* REMORQUÉ PAR UN ÉLÉPHANT

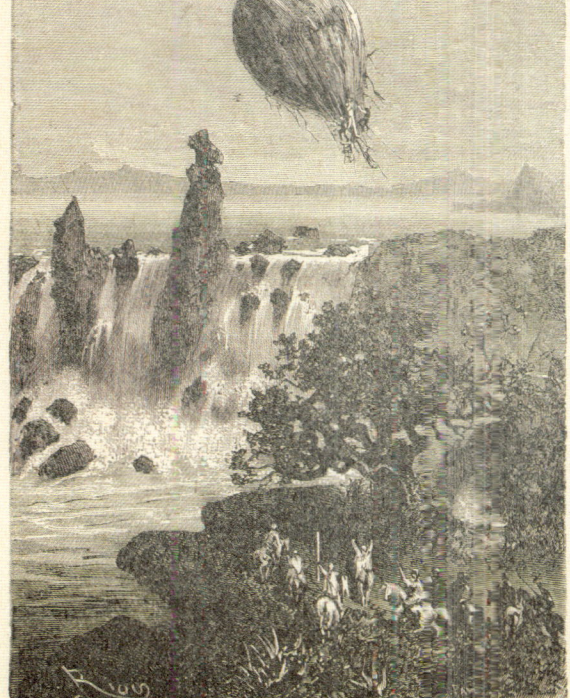

Les cataractes de Gouina.

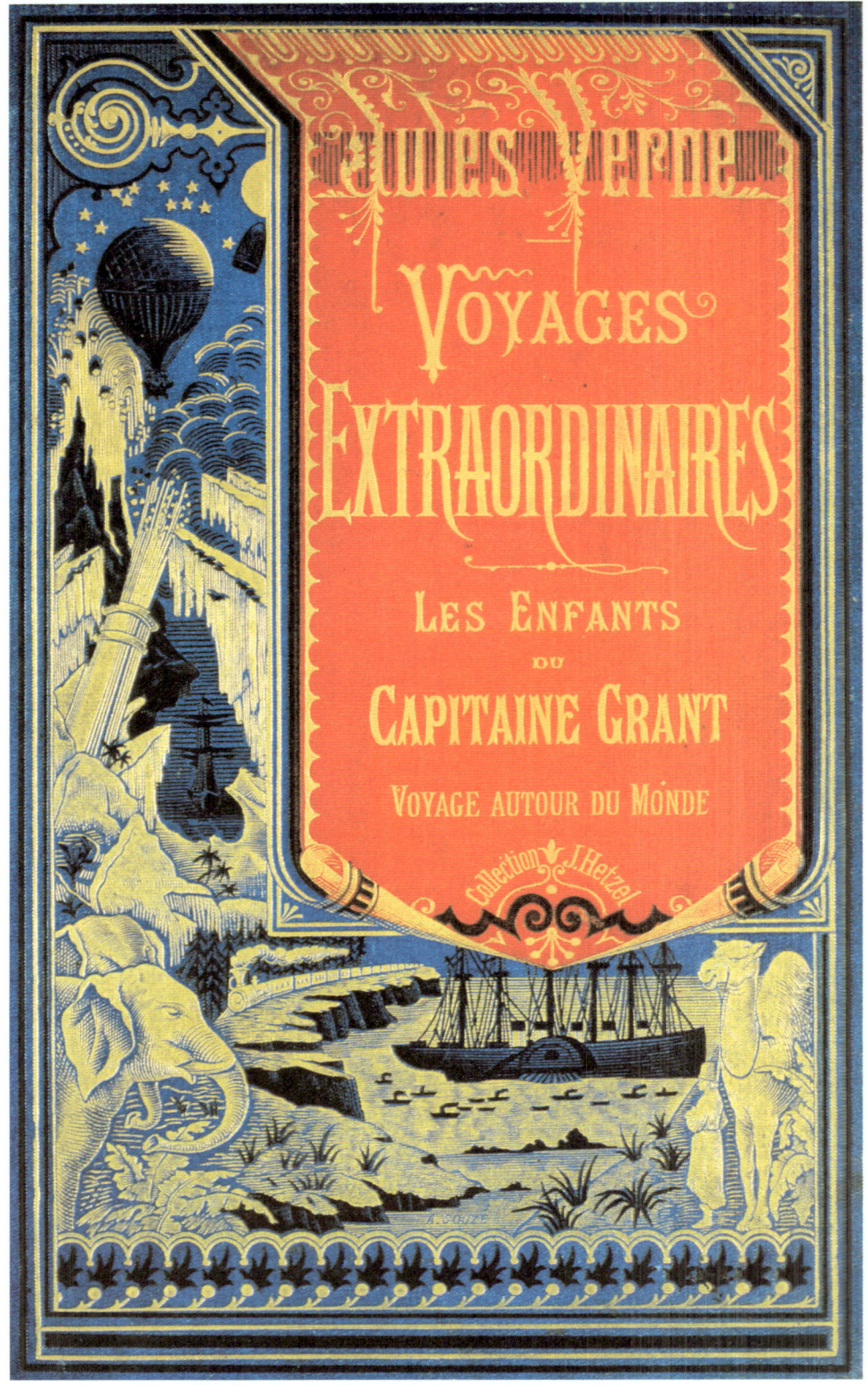

父であるグラント船長をさがして、姉（メアリ）、弟（ロバート）が地球を1周する。
南緯37度線に沿って、パタゴニア、オーストラリア、ニュージーランドをめぐる。熱帯旅行案内である。

P200-201：ジュール・ヴェルヌ著 Jules Verne ／ エドゥアール・リュー画 Édouard Riou ／ 1868年、P200：写真提供：Getty Images、P201：akg-images/PPS通信社

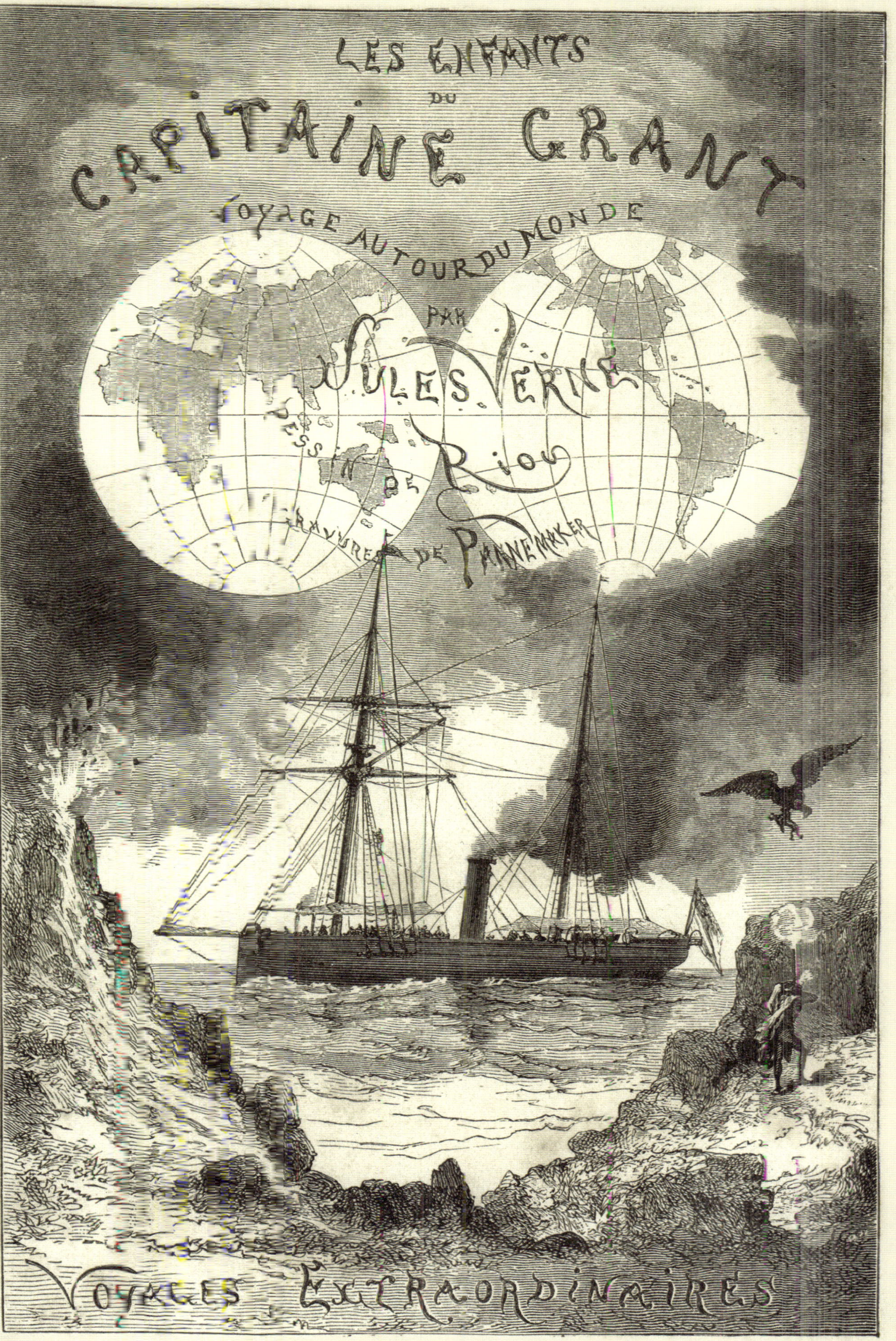

LES ENFANTS

DU

CAPITAINE GRANT

VOYAGE AUTOUR DU MONDE

PAR

JULES VERNE

DESSINS DE RIOU

GRAVURES DE PANNEMAKER

VOYAGES EXTRAORDINAIRES

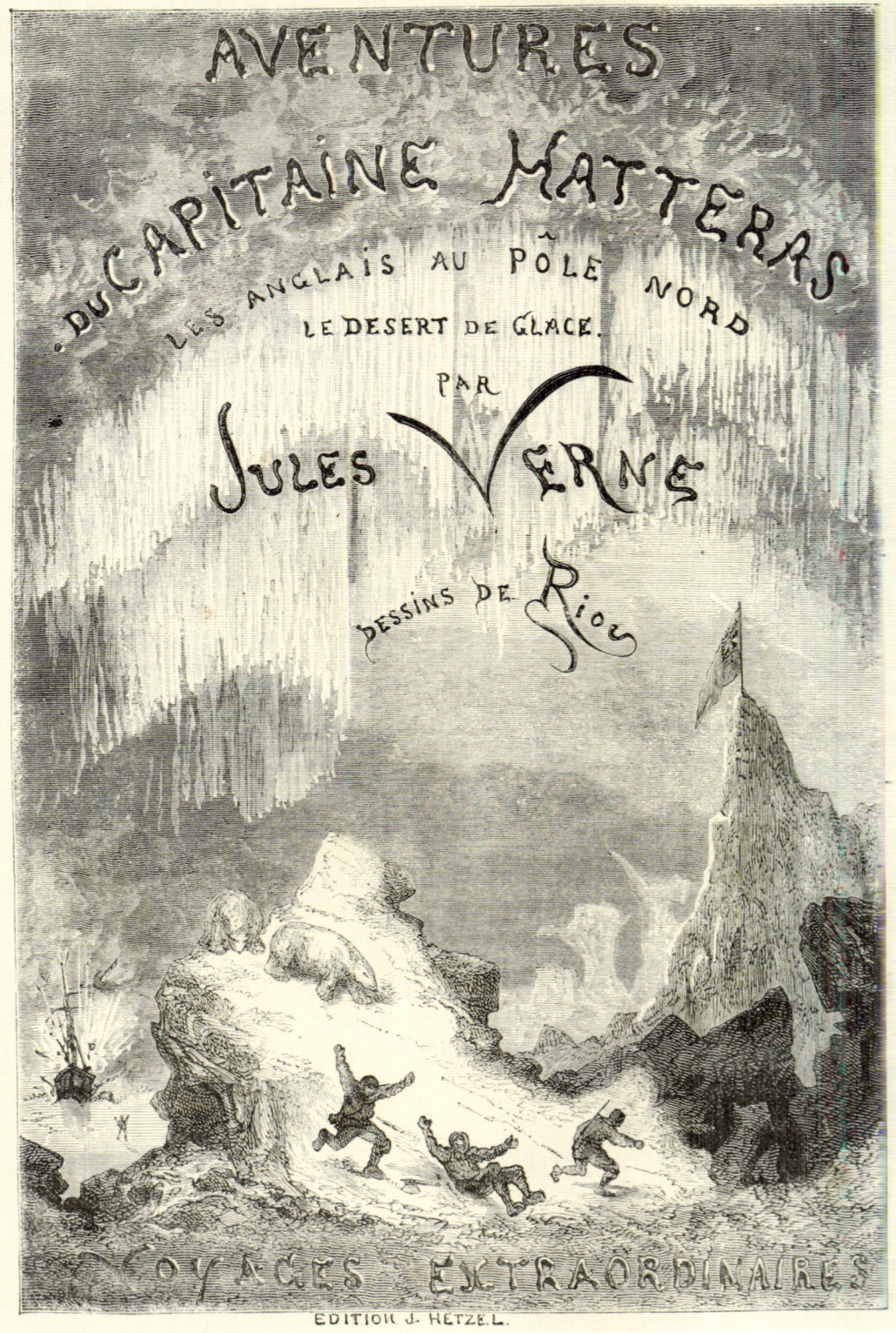

北極という人間を近づけない地に魅せられたハテラス船長は、そこを征服しようとし、船員たちに見離され、狂気にとらわれる。
北極探検もこの時代のニュースであった。英雄的な船長の像は『海底二万里』（P178-181）のネモ船長にもあらわれる。

P202-203：ジュール・ヴェルヌ著 Jules Verne ／ エドゥアール・リュー画 Édouard Riou ／ 1866年 ／ カナダ、オタワ大学蔵

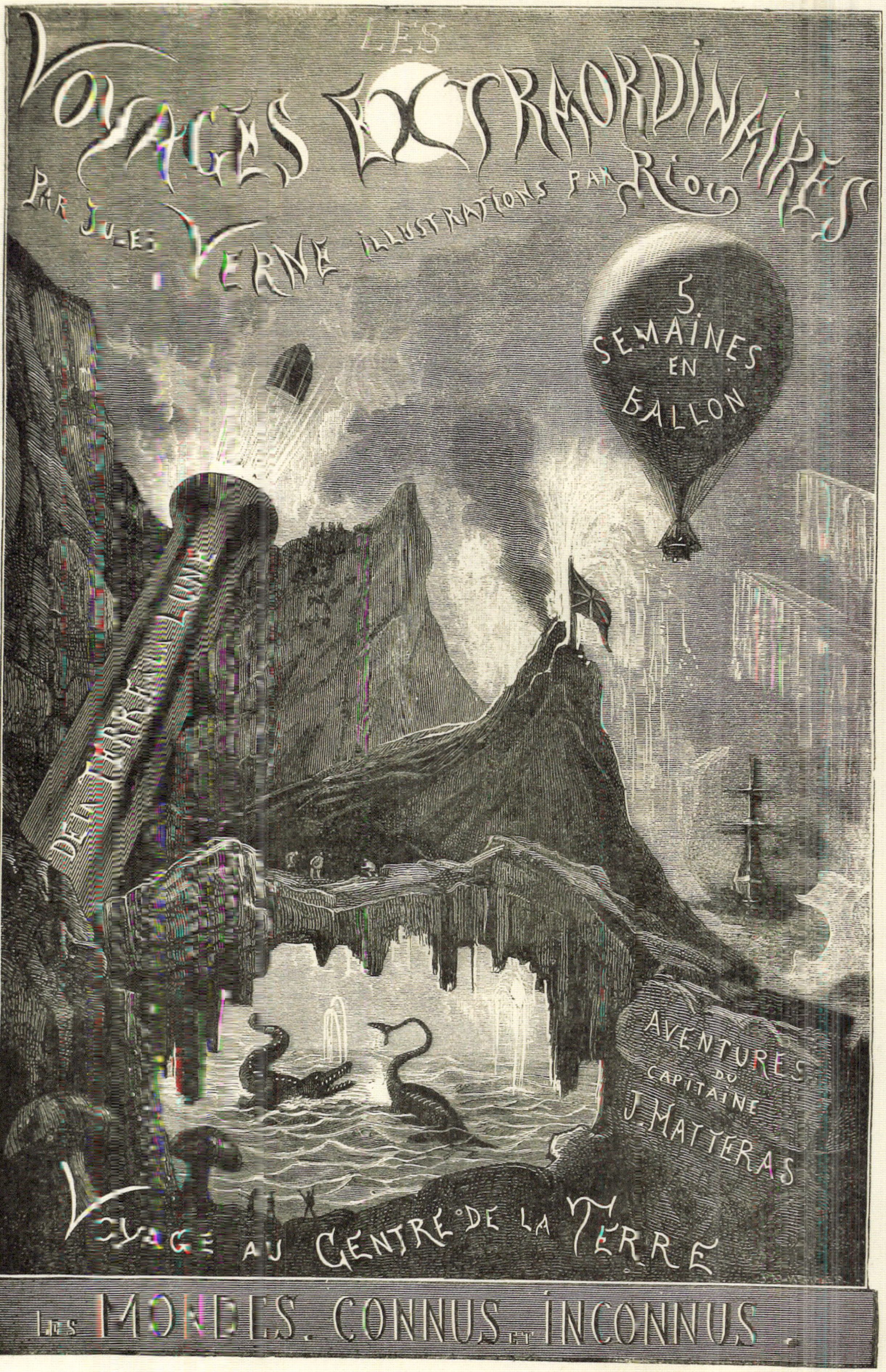

LES VOYAGES EXTRAORDINAIRES

PAR JULES VERNE ILLUSTRATIONS PAR RIOU

5. SEMAINES EN BALLON

DE LA TERRE A LA LUNE

AVENTURES DU CAPITAINE J. HATTERAS

VOYAGE AU CENTRE DE LA TERRE

LES MONDES CONNUS ET INCONNUS

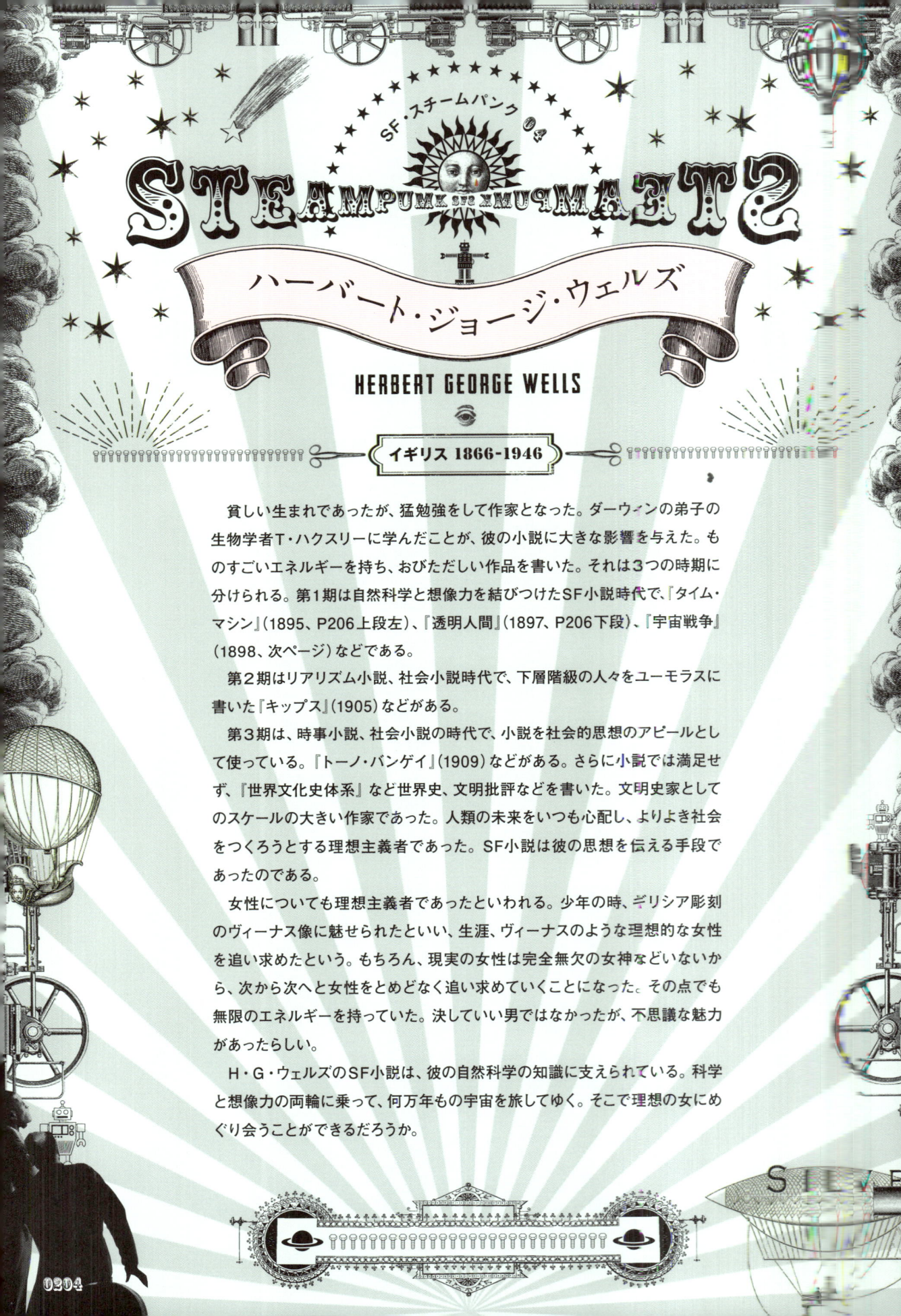

SF・スチームパンク 04

STEAMPUNK SF

ハーバート・ジョージ・ウェルズ

HERBERT GEORGE WELLS

イギリス 1866-1946

貧しい生まれであったが、猛勉強をして作家となった。ダーウィンの弟子の生物学者T・ハクスリーに学んだことが、彼の小説に大きな影響を与えた。ものすごいエネルギーを持ち、おびただしい作品を書いた。それは3つの時期に分けられる。第1期は自然科学と想像力を結びつけたSF小説時代で、『タイム・マシン』(1895、P206上段左)、『透明人間』(1897、P206下段)、『宇宙戦争』(1898、次ページ)などである。

第2期はリアリズム小説、社会小説時代で、下層階級の人々をユーモラスに書いた『キップス』(1905)などがある。

第3期は、時事小説、社会小説の時代で、小説を社会的思想のアピールとして使っている。『トーノ・バンゲイ』(1909)などがある。さらに小説では満足せず、『世界文化史体系』など世界史、文明批評などを書いた。文明史家としてのスケールの大きい作家であった。人類の未来をいつも心配し、よりよき社会をつくろうとする理想主義者であった。SF小説は彼の思想を伝える手段であったのである。

女性についても理想主義者であったといわれる。少年の時、ギリシア彫刻のヴィーナス像に魅せられたといい、生涯、ヴィーナスのような理想的な女性を追い求めたという。もちろん、現実の女性は完全無欠の女神などいないから、次から次へと女性をとめどなく追い求めていくことになった。その点でも無限のエネルギーを持っていた。決していい男ではなかったが、不思議な魅力があったらしい。

H・G・ウェルズのSF小説は、彼の自然科学の知識に支えられている。科学と想像力の両輪に乗って、何万年もの宇宙を旅してゆく。そこで理想の女にめぐり会うことができるだろうか。

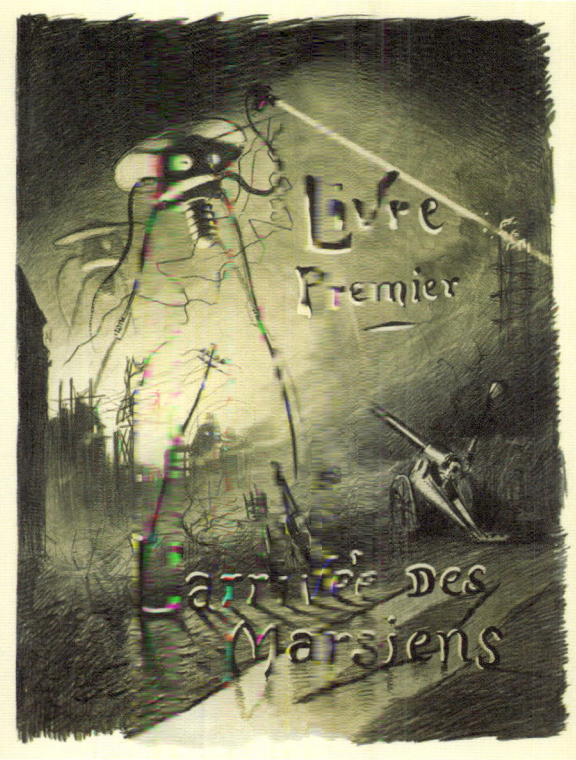

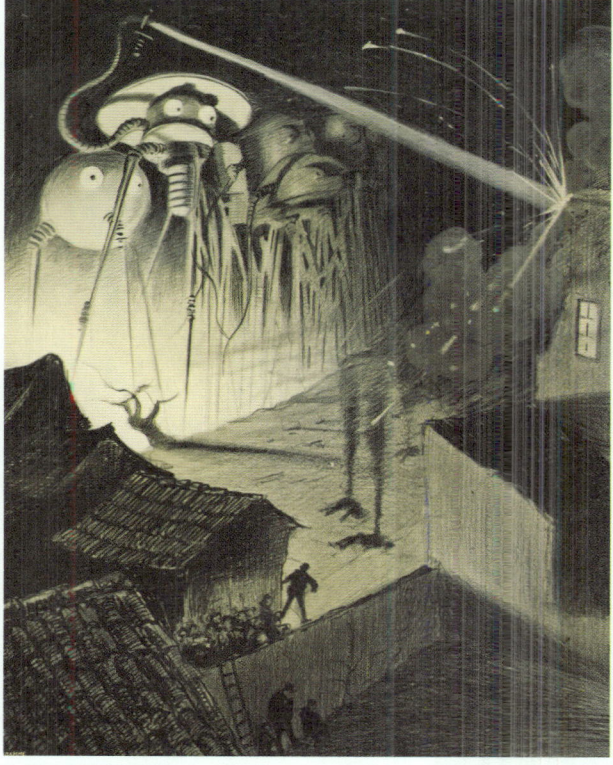

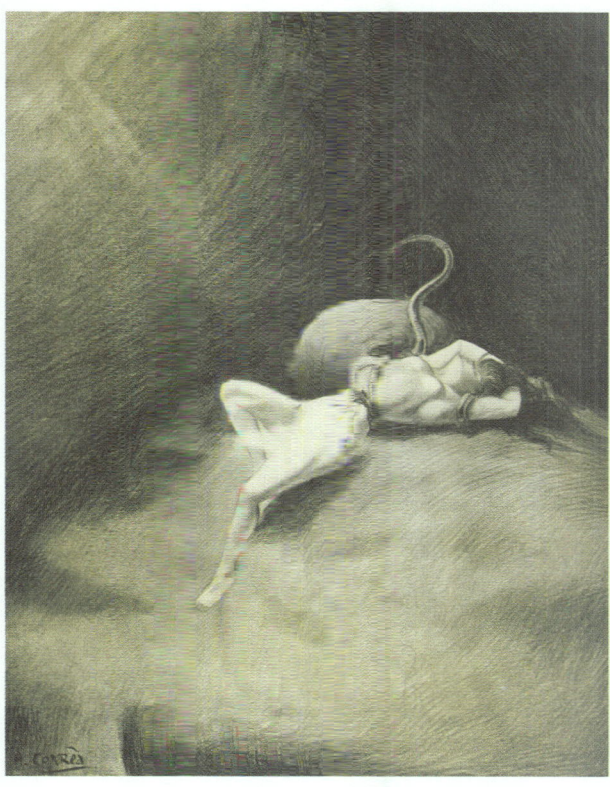

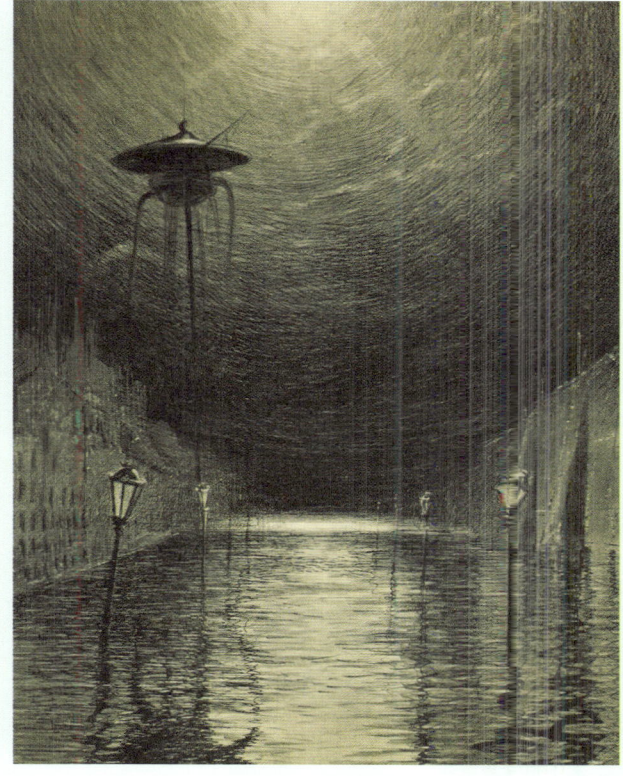

火星に運河のような筋が見出され、火星に人がいるという説がはやった。これはその火星人が地球を攻撃する物語である。
1898年に書かれたこの本は1906年にベルギーで出されたアルヴィン・コレアがくらげのような火星人を描いている。

ハーバード・ジョージ・ウェルズ著 Herbert George Wells ／ エンリケ・アルヴィン・コレア画 Henrique Alvim Corrêa ／ 1906年 ／ アメリカ、デューク大学図書館蔵

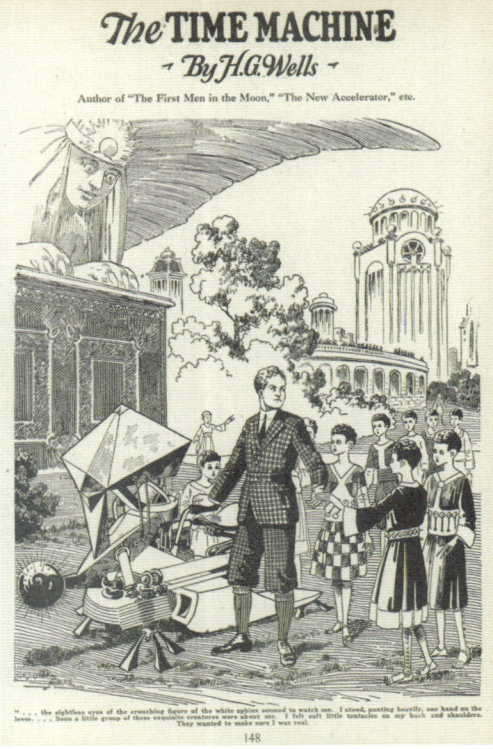

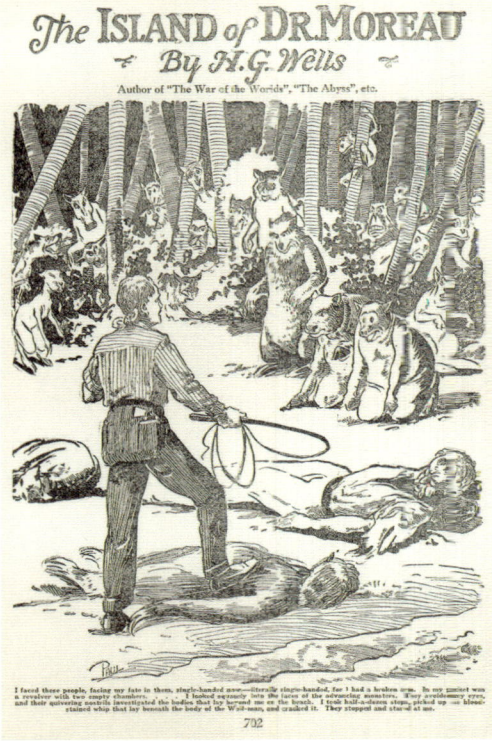

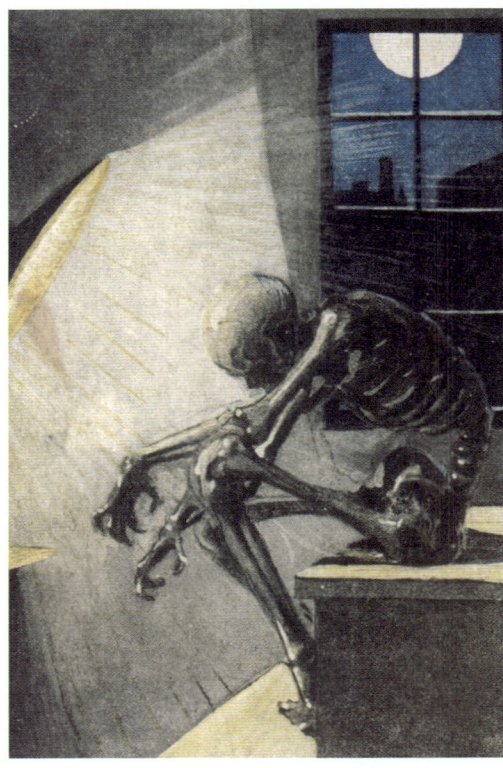

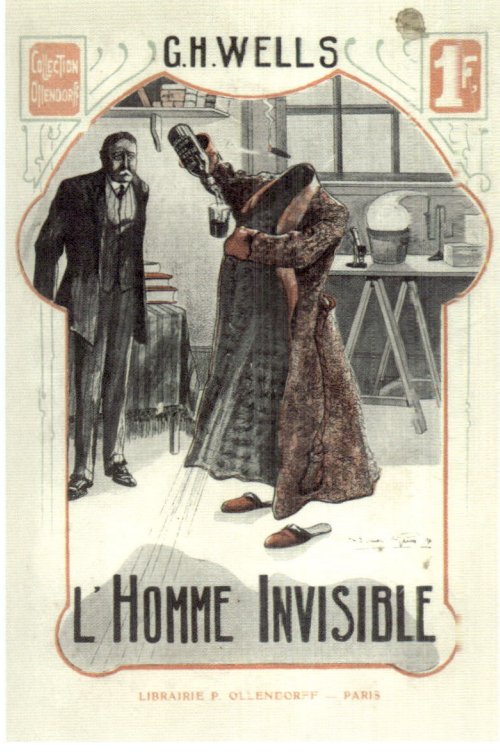

「タイム・マシン」で未来に飛ぶ。80万年先で、人間は獣になっていた。3千万年先では、人間も他の生物も絶滅していた。
『透明人間』になる薬をマッド・サイエンティストが発明した。透明になって、人間はどうなるのか。

上段2点：雑誌『アメージング・ストーリーズ』掲載／フランク・R・ポール画 Frank R. Paul ／ 上段左：1927年／ Mary Evans／PPS通信社、上段右：1926年／三菱
下段2点：ハーバート・ジョージ・ウェルズ著 Herbert George Wells ／ 下段左：1912年／ Mary Evans／PPS通信社、下段右：1911年／ Bridgeman Images／PPS通信

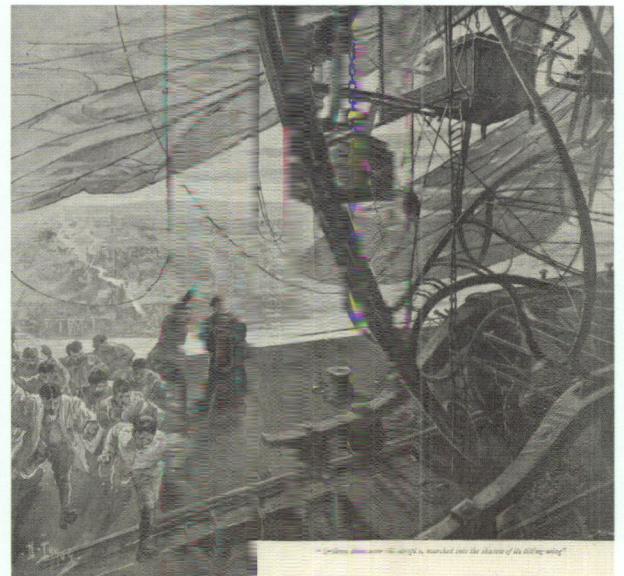

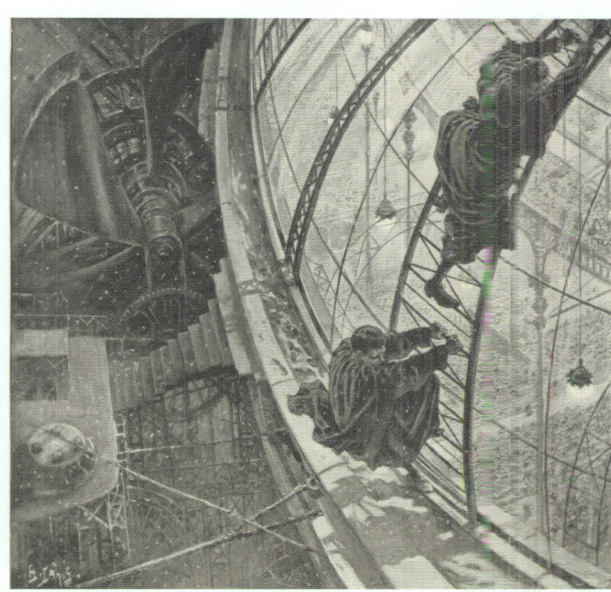

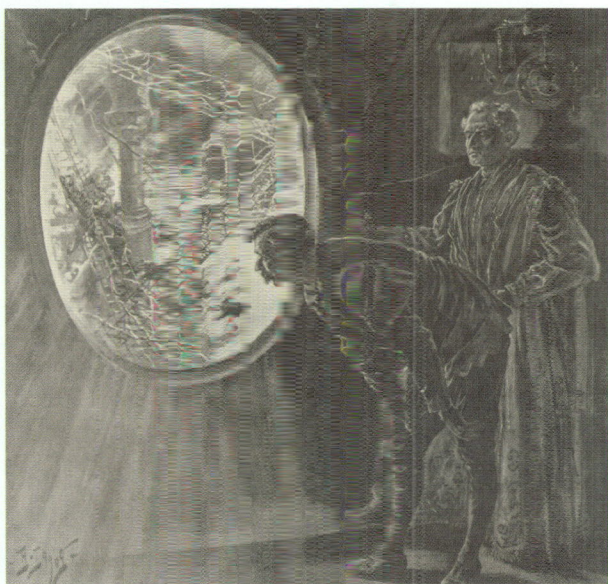

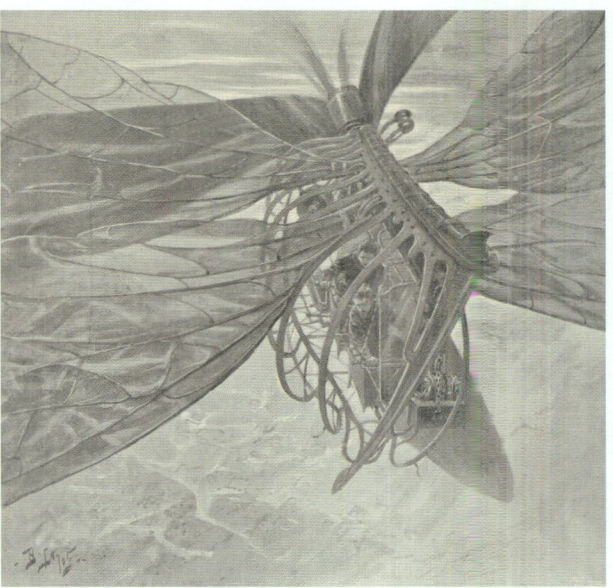

眠りについていた人々が300年後に目覚める。どんな世になっているだろうか。
一ばし、異様な都市が待ち構えている。そこにスリーパーたちはどのように適応してゆくのか。

雑誌『ザ・グラフィック』掲載／アンリ・ラノー画 Henri Lanos ／ 1899年刊／個人蔵

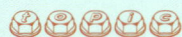

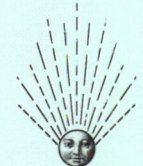

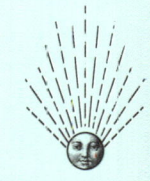

〈スチームパンク〉映画史
"STEAMPUNK" FILM HISTORY

　〈スチームパンク〉映画を選んでみたい。あくまで私の独断と偏見からである。

　1926年、フリッツ・ラング監督の「メトロポリス」からはじめよう。メタリックに輝くアンドロイド・マリアのイメージの不思議な美しさに呪縛されてしまう。

　1950年代にはジュール・ヴェルヌ原作の映画がつづいた。映画が最もすばらしかった時代だ。まず「海底二万哩」(1954)。ディズニー映画で、リチャード・フライシャー監督である。潜水艦ノーチラス号のネモ船長をジェームズ・メイソンが演じていた。カーク・ダグラスが共演であった。海底の世界がわくわくさせた。巨大イカの襲撃などのスリリングなシーンを覚えている。

　そして『八十日間世界一周』(1956)。マイケル・アンダーソン監督で、デヴィッド・ニーヴンと喜劇俳優カンティンフラスのコンビが世界をめぐる。1872年のロンドンからはじまる。

　ヴェルヌ原作映画では、チェコ映画『悪魔の発明』(1957)が傑作である。カレル・ゼマン監督で、実写とアニメの組み合わせである。

　少し前史に手間どってしまった。20世紀末からの、〈スチームパンク〉をはっきりした映画としては「ワイルド・ワイルド・ウエスト」(1999)がある。2003年からはじまった「パイレーツ・オブ・カリビアン」のシリーズではジョニー・デップが〈スチームパンク〉の仮装パーティーをくり広げる。

　日本は、〈ゴスロリ〉とともに〈スチームパンク〉でも先駆的である。宮崎駿は、「天空の城ラピュタ」(1986)で『ガリヴァー旅行記』などにモチーフを得た、日本の〈スチームパンク〉映画の先駆けとなった。ダイアナ・ウィン・ジョーンズ原作の「ハウルの動く城」(2004)では〈スチームパンク〉をはっきり意識している。この年には大谷克洋の「スチームボーイ」もつくられ、ヴィクトリア朝のロンドンが舞台となった。

　〈スチームパンク〉は、ヴィクトリア朝と現代日本を開いたのである。

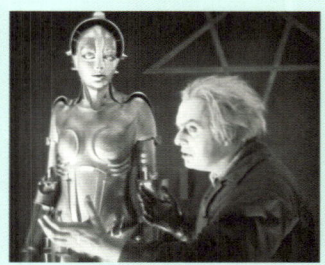

映画「メトロポリス」の
アンドロイド・マリア
監督：フリッツ・ラング / 1927年

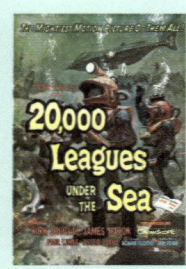

映画「海底二万哩」
ポスター
1954年

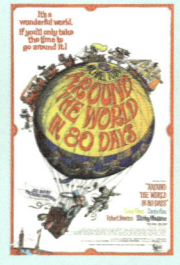

映画「八十日間
世界一周」ポスター
1956年

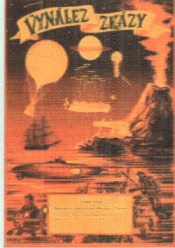

映画「悪魔の発明」
ポスター
1957年

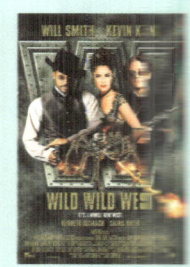

映画「ワイルド・ワールド
・ウエスト」ポスター
1999年

CHAPTER 3

ロンドンのアンダーワールド

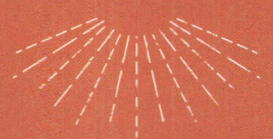

THE LONDON UNDERWORLD

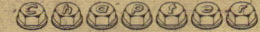

ロンドンのアンダーワールド

THE LONDON UNDERWORLD

ロンドンの夜の世界が目覚める

19世紀に都市は明るくなる。ガス灯そして電灯によって照明されるようになる。それによって昼間だけに限定されていた生活が夜の時間を持つようになる。都市の人々は夜、外に出るようになる。夜遅くまで開いてる店、酒場が発達してくる。ナイトクラブと呼ばれる夜の遊び場があらわれる。

大都市ロンドンやパリは眠らない都市になっていく。昼と夜というはっきりした区切りはあいまいになってゆく。しかしそれは楽しいことばかりではなく、それまで闇にひそんでいたとんでもない化け物を呼び出す危険をはらんでいた。

ヴィクトリア朝は、ヴィクトリア女王の下、道徳がやかましかった。しかし昼の道徳は深夜になるとゆるんでしまって、悪徳や犯罪が横行するようになった。昼間まじめな人々も夜には破目をはずし、朝まで遊び呆けたのである。

道徳的なヴィクトリア朝は巨大なアンダーワールドを抱え、そこでは快楽と悪徳が百鬼夜行していた。そのような夜の世界をヴィクトリア朝の人々はのぞきこみ、魅せられた。

画家たちも、見えるようになってきた夜の都市風景を描いた。ロンドンの夜景で注目されるのはジェームズ・マクニール・ホイッスラー（P215-217）である。「ノクターン：青と金色──オールド・バターシー・ブリッジ」(1872-75年、P216)、「黒と金色のノクターン：落下する花火」(1875年、P217)でロンドンの幻想的な夜景を描いた。

ロンドンのクリモーン・ガーデンの打ち上げ花火を描いた「黒と金色のノクターン」について、ジョン・ラスキンは絵の具をぶちまけたような絵だと非難し、ホイッスラーが訴えて、裁判になった。ラスキンはホイッスラーが魅せられた夜の世界を認めなかったのである。

オスカー・ワイルドのロンドン

ジョン・ラスキンやウィリアム・モリスがヴィクトリア朝の昼のアーティストとするど、ホイッスラーとオスカー・ワイルドは夜のアーティストであった。ヴィクトリア朝は昼と夜の二重性によって面白いのである。

ワイルドは1879年にオックスフォード大学を卒業してロンドンにやってきた。ちょうどこの年に、ロンドンに電気による街灯がつけられる。それから1897年までフイリーにロンドンにいた。しかし、ホモセクシュアル・スキャンダルによって逮捕され、その後、フランスに亡命しなければならなかった。

1879年から1897年の間に、ロンドンの電化は進み、ロンドンのナイト・ライフは最高潮に達した。ワイルドはきらびやかにその時代を駆けぬけた。彼のゴシック的な、エキセントリックな美学は、『サロメ』に結実し、そこからオーブリー・ビアズリーの青の花を開花させたのである(P221)。

ワイルドはロンドンの悪徳に戯れ、ついにパンドラの箱を開け、怪物や悪霊を解放してしまった。

エンタテインメントとしての殺人

ヴィクトリア朝ほど殺人や犯罪に魅せられた時代はなかった。犯罪ニュースに人々は群がり、あらゆる犯罪について知りたがった。ロンドンは犯罪都市であるとともに、人々はそれをエンターテインメントとして楽しんだのである。

『ロンドン・ニュース』のような絵入り新聞は、犯罪や事故の記事であふれた。さらにその記事は、〈メロドラマ〉といわれる音楽入りの芝居になって上演された。そして犯罪小説、探偵小説として大衆に読まれた。シャーロック・ホームズの時代なのである。殺人はエンターテインメントになったのである。

ヴィクトリア朝は犯罪の話にとり憑かれる。その特徴はセンセーショナリズムとセンチメンタリズムである。こわがらせ、泣かせる。おそらくそこには、ヴィクトリア朝に新聞や小説の読者、メロドラマの観客として新しく登場してきた〈女性〉の大きな力があるのではないだろうか。彼女たちがセンセーショナリズムとセンチメンタリズムを支え、両手で顔をかくしながら、指の間からこっそり、こわいものをのぞいていたのである。

真夜中に目覚めたヴィクトリア朝の夜の想像力の中に、女性も新しい自由を感じたのである。

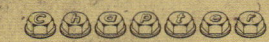

THE LONDON UNDERWORLD

LONDON AT NIGHT

During the nineteenth century, nights became brighter. First gas and then electric lamps provided lighting. Activities once restricted to daytime became possible at night. In cities, night became a time for people to go out. Shops stayed open until the wee hours. Pubs flourished. Entertainment spots called night clubs appeared

Big cities like London and Paris became cities that never slept. The boundary between day and night blurred. But fun was not the whole story. The night was dangerous, filled with the risk of calling up horrific monsters that had long lurked in the dark.

During the Victorian Era, in the reign of Queen Victoria, there was a lot of noise about virtue. But the strict morality of day became looser at night. Vice and crime became rampant. Those hampered by censorious eyes during the day could play the fool until morning.

The moralistic Victorian Era embraced a gigantic underworld in which demonic pleasures and vices flourished. And people were fascinated by glimpses of that underworld.

Artists painted pictures of nighttime city scenes. One whose nighttime landscapes of London attracted particular attention was James McNeill Whistler. His fantastical landscapes include *Nocturne: Blue and Gold — Old Battersea Bridge* (1872-1875) and *Nocturne in Black and Gold — The Falling Rocket* (1875).

The *Nocturne in Black and Gold* depicted a fireworks rocket rising over Cremorne Gardens in London. John Ruskin savagely criticized the painting as nothing more than paint thrown on the canvas. Whistler took him to court over that defamation. Ruskin, however, refused to recognize Whistler's case for the fascinating appeal of the world at night.

OSCAR WILDE'S LONDON

John Ruskin and William Morris were artists whose art depicted the Victorian Era's daytime. Whistler and Oscar Wilde's art depicted its night. It is interesting how day and night had such radically different characters during the Victorian Era.

Wilde graduated from Oxford University and moved to London in 1879. That was, coincidentally, the year in which electric street lights were installed in London, where Wilde lived until 1897. Then, after being arrested for homosexuality, he fled to France.

During 1879 to 1897, his years in London, the electrification of the city progressed. London night life reached its high tide. Wilde was, for his times, a dazzling figure. His Gothic, eccentric aesthetic bore fruit in his Salome and inspired the blossoming of Aubrey Beardsley's flowers of evil.

Wilde flirted with London's vices. When he opened Pandora's box, he released its monsters and evil spirits.

MURDER AS ENTERTAINMENT

No period has been more fascinating than the Victorian Era for murder and crime. People flocked to crime-related news, eager to learn more about them. London was not just a crime-filled city in these years. Crime became entertainment.

The illustrated tabloid *London News* was full of stories about crimes and scandals. Many of the stories were then turned into plays presented with musical accompaniment: melodramas. Crime novels and detective novels found mass audience. This was the era of Sherlock Holmes. Murder had become entertainment.

The Victorian Era was enthralled by crime stories. Sensationalism and sentimentalism were the hallmarks of these tales. They made one shiver and weep. Perhaps the emergence of women as readers of newspapers and novels and as the audience for melodramas played a role in those developments. Women, buying into sensationalism and sentimentalism, hid their faces with their hands but peered between their fingers at these scary subjects.

In Victorian imaginings of what went on when people were awake at night, women also found a new freedom.

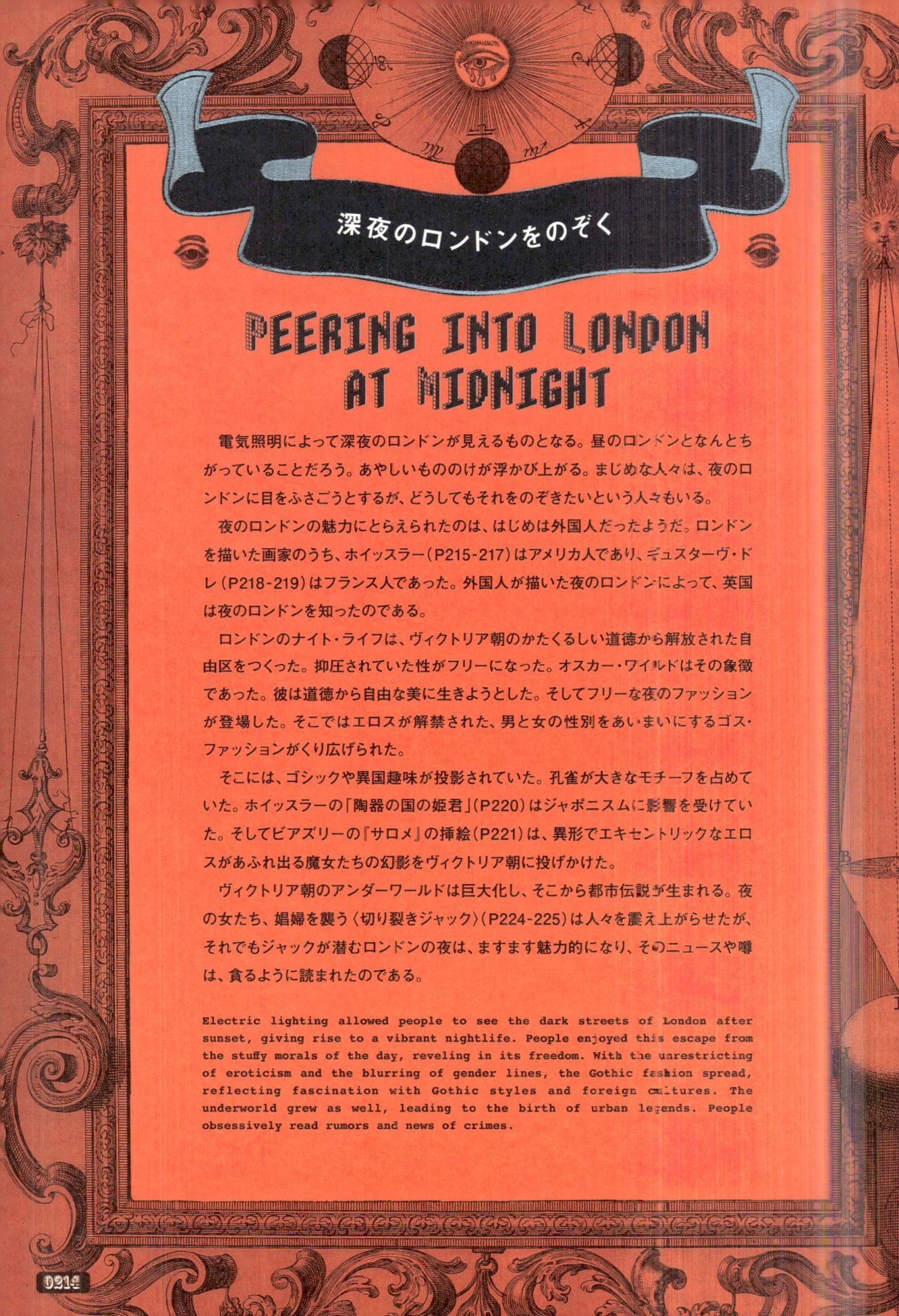

PEERING INTO LONDON AT MIDNIGHT

電気照明によって深夜のロンドンが見えるものとなる。昼のロンドンとなんとちがっていることだろう。あやしいもののけが浮かび上がる。まじめな人々は、夜のロンドンに目をふさごうとするが、どうしてもそれをのぞきたいという人々もいる。

夜のロンドンの魅力にとらえられたのは、はじめは外国人だったようだ。ロンドンを描いた画家のうち、ホイッスラー（P215-217）はアメリカ人であり、ギュスターヴ・ドレ（P218-219）はフランス人であった。外国人が描いた夜のロンドンによって、英国は夜のロンドンを知ったのである。

ロンドンのナイト・ライフは、ヴィクトリア朝のかたくるしい道徳から解放された自由区をつくった。抑圧されていた性がフリーになった。オスカー・ワイルドはその象徴であった。彼は道徳から自由な美に生きようとした。そしてフリーな夜のファッションが登場した。そこではエロスが解禁された、男と女の性別をあいまいにするゴス・ファッションがくり広げられた。

そこには、ゴシックや異国趣味が投影されていた。孔雀が大きなモチーフを占めていた。ホイッスラーの「陶器の国の姫君」（P220）はジャポニスムに影響を受けていた。そしてビアズリーの『サロメ』の挿絵（P221）は、異形でエキセントリックなエロスがあふれ出る魔女たちの幻影をヴィクトリア朝に投げかけた。

ヴィクトリア朝のアンダーワールドは巨大化し、そこから都市伝説が生まれる。夜の女たち、娼婦を襲う〈切り裂きジャック〉（P224-225）は人々を震え上がらせたが、それでもジャックが潜むロンドンの夜は、ますます魅力的になり、そのニュースや噂は、貪るように読まれたのである。

Electric lighting allowed people to see the dark streets of London after sunset, giving rise to a vibrant nightlife. People enjoyed this escape from the stuffy morals of the day, reveling in its freedom. With the unrestricting of eroticism and the blurring of gender lines, the Gothic fashion spread, reflecting fascination with Gothic styles and foreign cultures. The underworld grew as well, leading to the birth of urban legends. People obsessively read rumors and news of crimes.

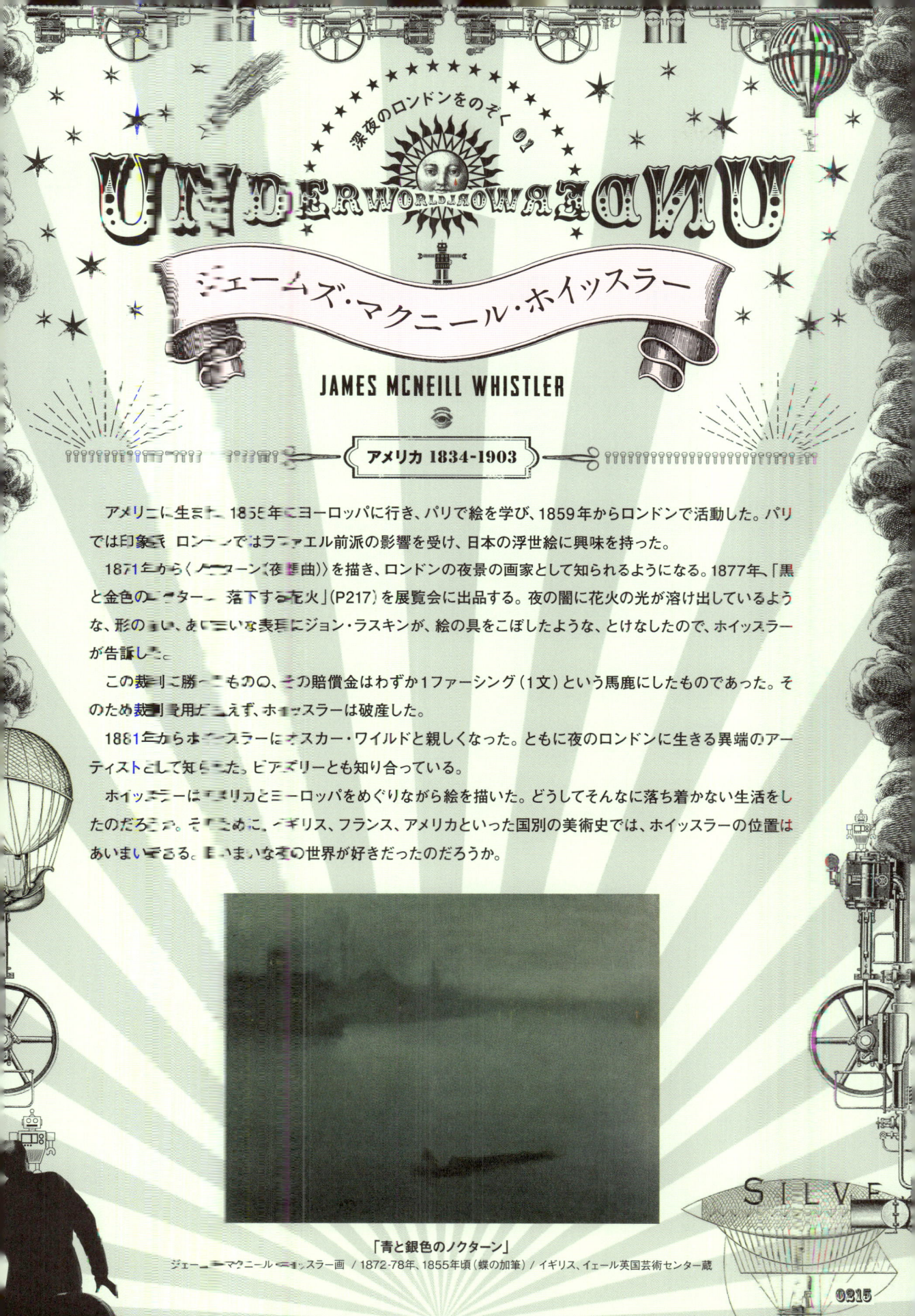

UNDERWORLD

ジェームズ・マクニール・ホイッスラー

JAMES MCNEILL WHISTLER

アメリカ 1834-1903

アメリカに生まれ、1855年にヨーロッパに行き、パリで絵を学び、1859年からロンドンで活動した。パリでは印象派、ロンドンではラファエル前派の影響を受け、日本の浮世絵に興味を持った。

1871年から〈ノクターン（夜想曲）〉を描き、ロンドンの夜景の画家として知られるようになる。1877年、「黒と金色のノクターン 落下する花火」（P217）を展覧会に出品する。夜の闇に花火の光が溶け出しているような、形のない、あいまいな表現にジョン・ラスキンが、絵の具をこぼしたような、とけなしたので、ホイッスラーが告訴した。

この裁判に勝ったものの、その賠償金はわずか1ファーシング（1文）という馬鹿にしたものであった。そのため裁判費用が払えず、ホイッスラーは破産した。

1881年からホイッスラーはオスカー・ワイルドと親しくなった。ともに夜のロンドンに生きる異端のアーティストとして知られた。ビアズリーとも知り合っている。

ホイッスラーはアメリカとヨーロッパをめぐりながら絵を描いた。どうしてそんなに落ち着かない生活をしたのだろう。そのために、イギリス、フランス、アメリカといった国別の美術史では、ホイッスラーの位置はあいまいである。あいまいなその世界が好きだったのだろうか。

SILVE

「青と銀色のノクターン」
ジェームズ・マクニール・ホイッスラー画 / 1872-78年、1855年頃（蝶の加筆）/ イギリス、イェール英国芸術センター蔵

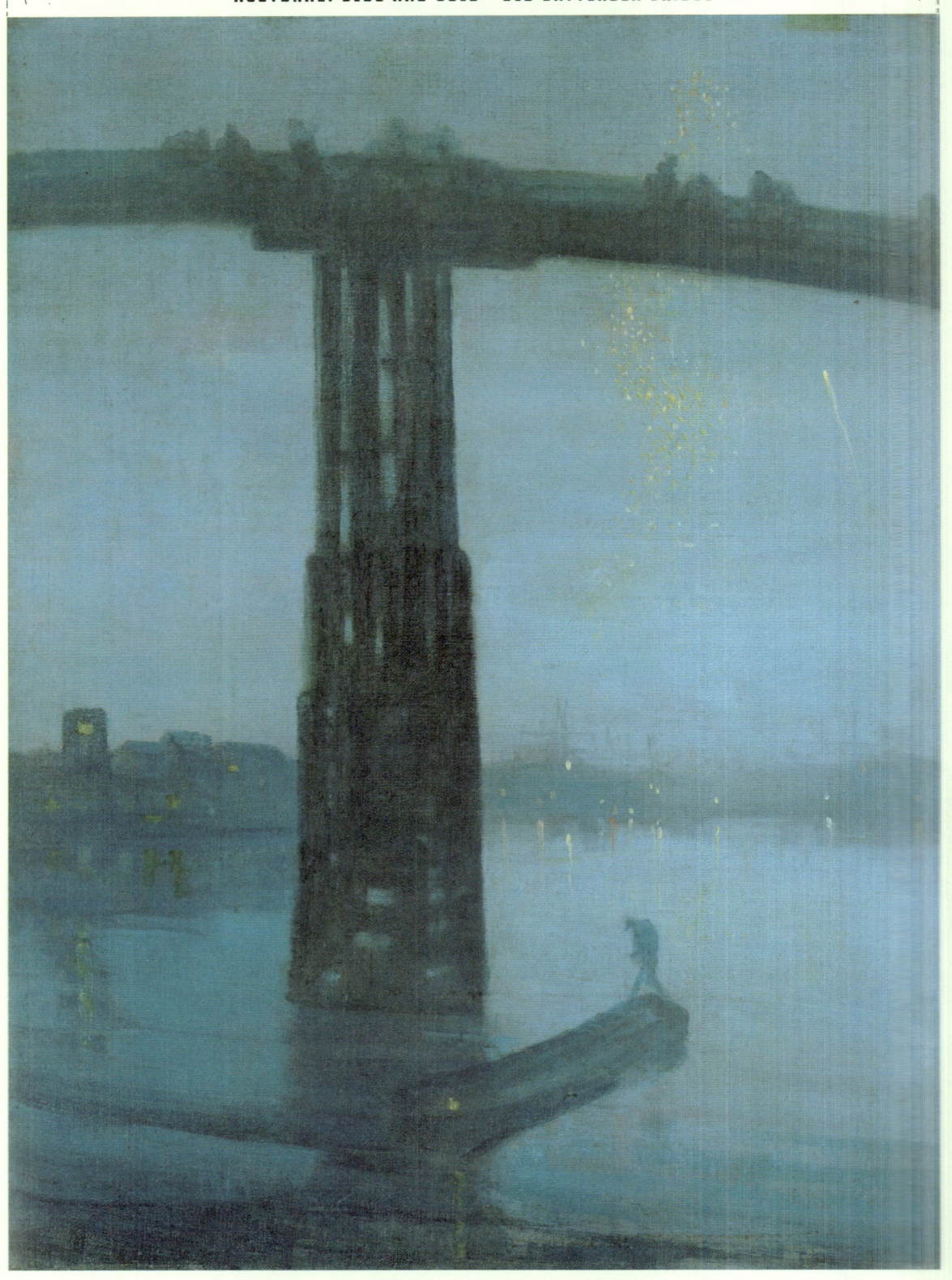

ロンドンのバターシーとチェルシーをつなぐ橋である。広重の『名所江戸百景』の
「京橋竹がし」の影響を受けているといわれる。浮世絵を直して、夜のロンドンの風景が発見される。

ジェームズ・マクニール・ホイッスラー画 James McNeill Whistler / 1872-75年 / イギリス、テート美術館蔵

これも広重の『名所江戸百景』の「両国花火」にヒントを得たといわれる。
ホイッスラーは、星のはっきりした形や意味から解放された夜の自由な光と影を描こうとした。

ジェームズ・マクニーレ・ホイッスラー画　James McNeill Whistler / 1875年 / アメリカ、デトロイト美術館蔵

UNDERWORLD わざわい

深夜のロンドンをのぞく

ギュスターヴ・ドレ

GUSTAVE DORÉ

フランス 1832-83

　ドレは〈最後のロマン主義者〉といわれる。1850年から80年にかけて活躍した。彼はドイツとの国境地帯アルザスで生まれた。1847年、15歳でパリに出てきた。独学であったが絵がうまく、あらゆるジャンルの絵が描けたので、たちまち売れっ子になり、『ル・モンド・イリュストレ』などの雑誌を飾った。

　1855年、バルザックの『風流滑稽譚』が認められ、ダンテの『神曲』(1861-66)、『ドン・キホーテ』(1863などの挿絵を描いた。しかし、ドレに注目したのはフランスよりイギリスであった。1867年から、彼はイギリスで主に活動するようになる。

　ドレはロンドンで新聞『ロイズ・ウィークリー・ニュースペーパー』の編集者ウィリアム・ブランチャード・ジェロルドと親しくなる。ジェロルドはドレに、ロンドンを描かないかとすすめた。2人はロンドンを歩きまわり、1872年に『ロンドン巡礼』が出版された。

　ドレはだれかの作品を説明する挿絵に不満だったらしい。『ロンドン巡礼』は、ロンドンを自分で見て、その好きなシーンを自由に描くことができた。またブランチャードの案内で、華やかな社交界シーンだけでなく、スラムなどのアンダーワールドの部分をたくさん描くことができた。

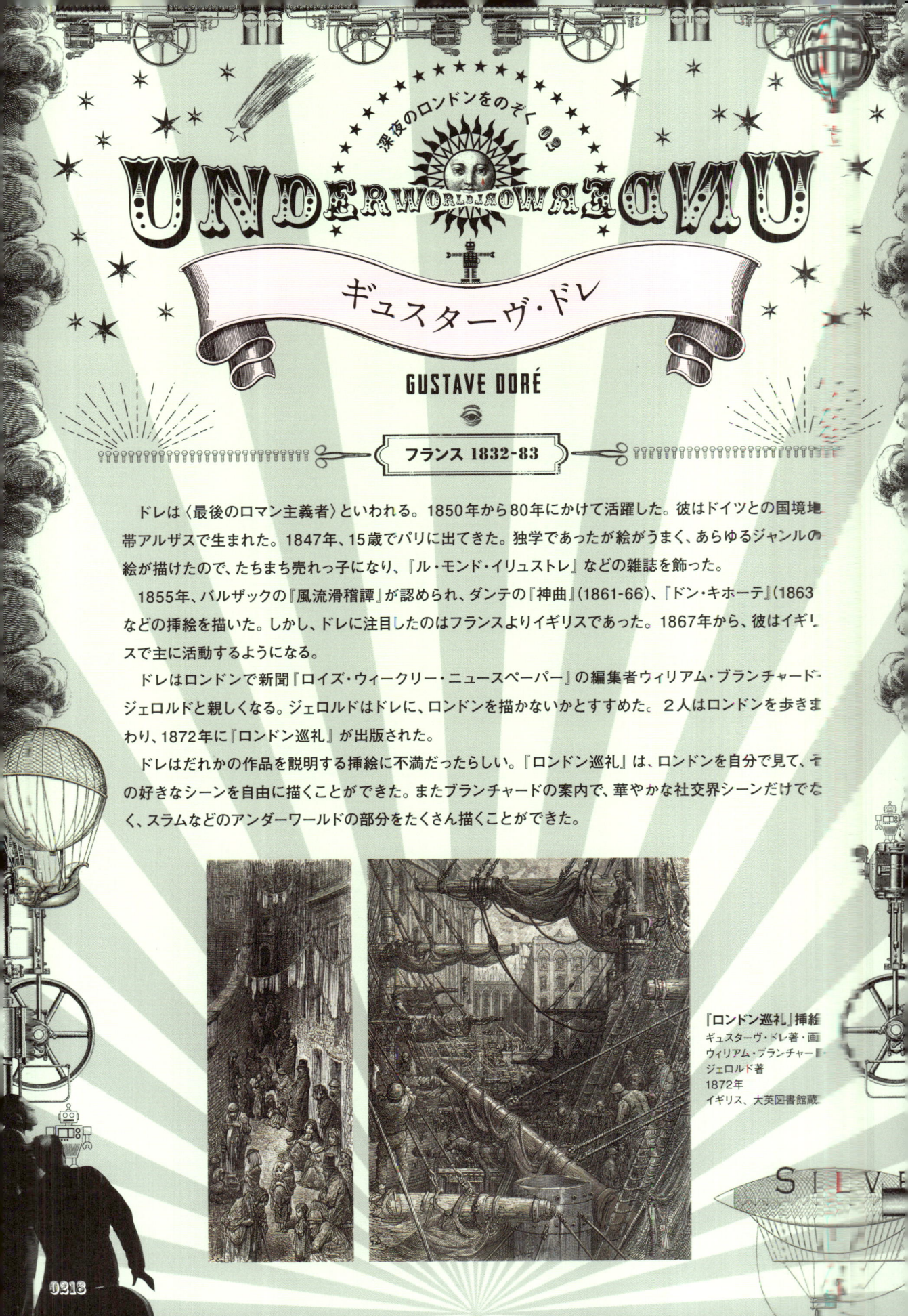

『ロンドン巡礼』挿絵
ギュスターヴ・ドレ著・画
ウィリアム・ブランチャード・
ジェロルド著
1872年
イギリス、大英図書館蔵

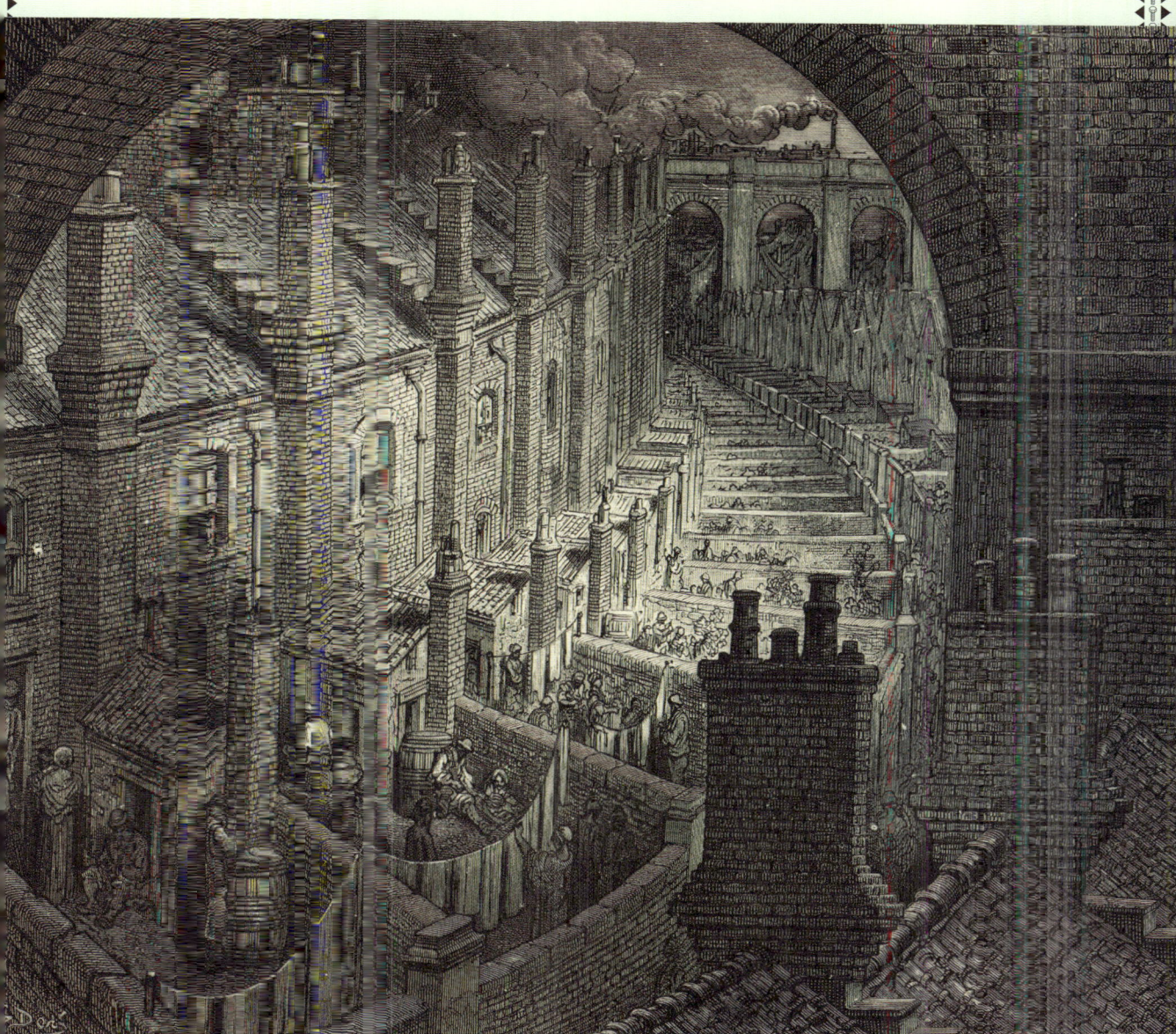

上、キャノン・ストリートからチャリング・クロスまで高架鉄道になっていて、列車はスラムの上を通過してゆく。
ロンドンの裏側をのぞいているドレを案内したブランチャードは、ロンドンの表よりは、労働者たちの働くシーンなどを
記したようである。ドレは〈労働〉という、それまで絵画のテーマにとりあげられなかった世界を描いた。

ギュスターヴ・ドレ画 Gustave Doré／ウィリアム・ブランチャード・ジェロルド著 William Blanchard Jerrold／1872年／イギリス、大英図書館蔵

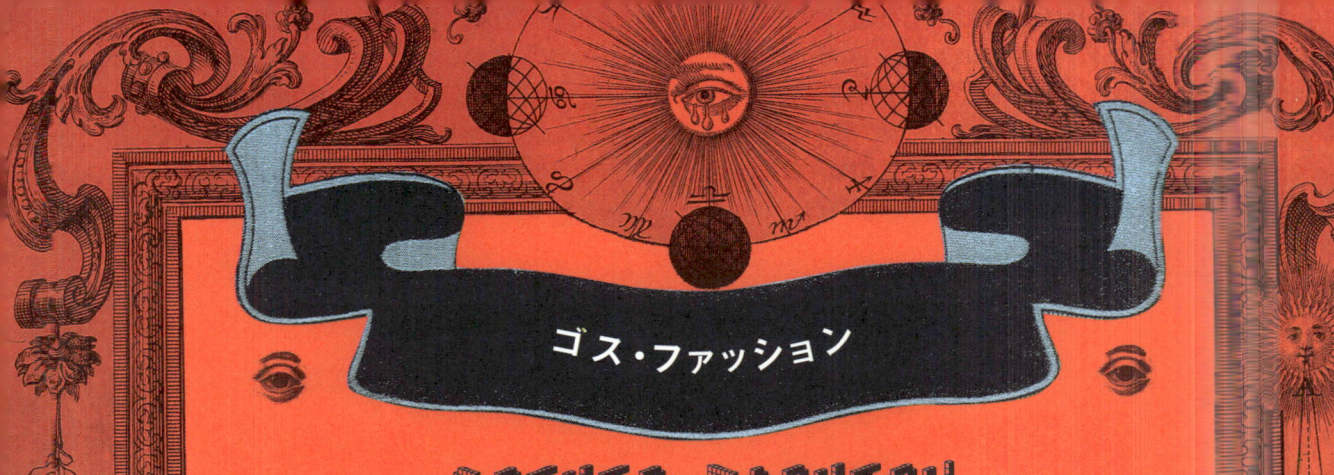

ゴス・ファッション

GOTHIC FASHION

　ヴィクトリ朝では表向き、ファッションはいっさい刺激的であってはならなかった。女性は肉体が存在しないかのように、すべてをかくしていた。性的なものは表現してはならなかった。

　そのような表向きに対して、裏の世界があった。まじめなヴィクトリア朝紳士は、性的欲求を娼婦たちに求めていたのである。ヴィクトリア朝ほど、売春がはやり、ポルノグラフィがつくられたことはなかった。

　この時代にあれほど浮世絵が人気があったのも、異国の女、日本の遊女などにあこがれたからである。日本には性のユートピアがある、と信じられていたのである。ヴィクトリア朝の、コルセットによろわれたフォーマルなファッションに対して、日本のキモノは性的解放のシンボルであった。

　ラファエル前派は中世のゆるやかなドレスをリヴァイヴァルさせた。しかしまだ、抑制的であった。ビアズリーはその遠慮を嘲笑的にはねのけ、ゴシック的、グロテスク的、異国的なゴス・ファッションを露出させる。そこではヴィクトリア朝がエロスに与えた強い罪悪感への挑戦が見られる。

　女たちは突然、謎めいたモンスターに変身する。そのような変身するファッションの魔女は、大都市のアンダーワールドにひそみつつ、いつでも〈ゴス〉として再生してくる。

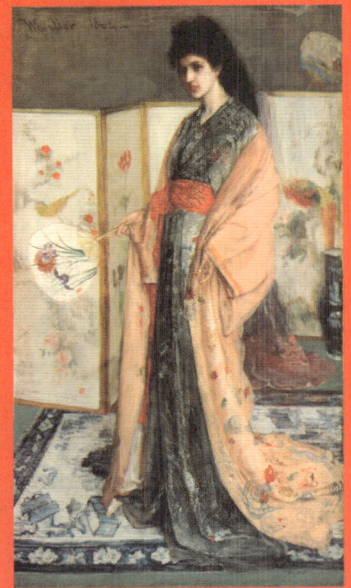

「陶器の国の姫君」
ジェームズ・マクニール・ホイッスラー画
1863-65年 / アメリカ、フリーア美術館蔵

During the Victorian Era, on the surface, fashion was not permitted any sexual expression. In the underworld, however, prostitution reigned and pornography flowed. Women suddenly became mysterious monsters, fashionable witches lurking in the underworld of the great city, persisting throughout the ages as "Goths."

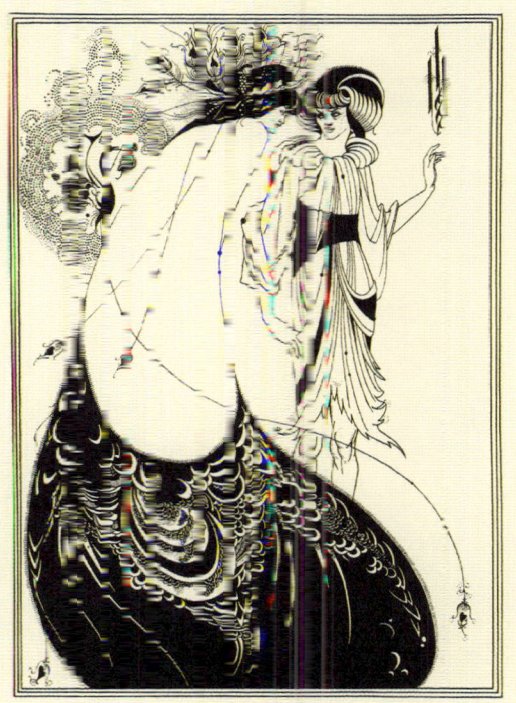

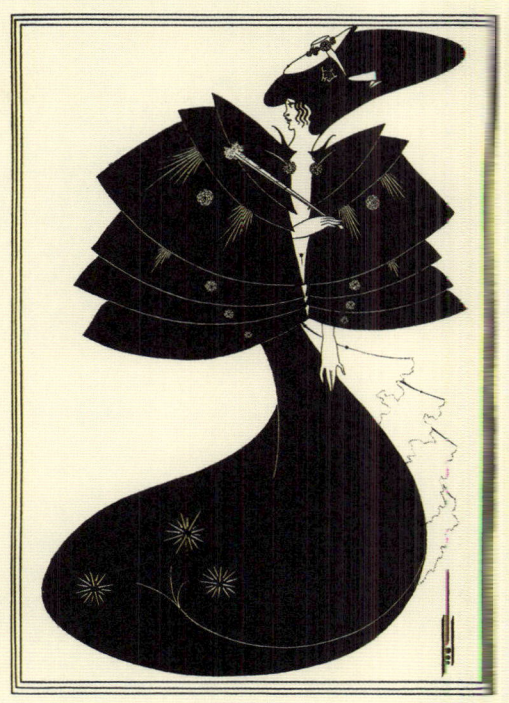

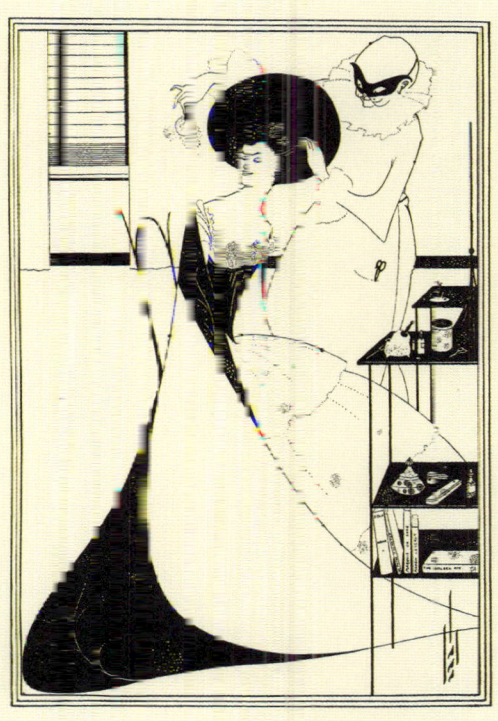

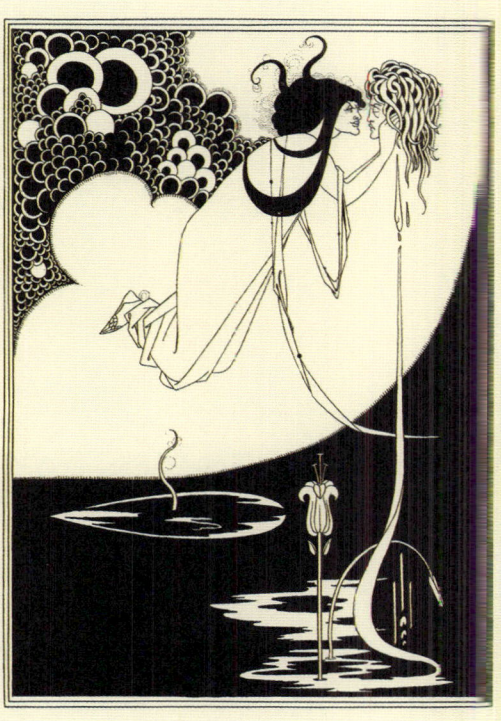

前ページの「陶器の国の姫君」を描いたホイッスラーはパリで仲間の画家たちからジャポニスムを教えられたらしい。キモノの女たちに西洋の女にはないエロスが感じられた。彼はロンドンのフレデリック・レイランドのロンドンの家のために、この絵を飾った「ピーコック・ルーム」をデザインした。このビアズリーは、ジャポニスムとゴシックを融合し、まったくオリジナルなファッションを『サロメ』でつくり出した。演劇が好きで舞台衣裳に関心を持つビアズリーはファッションの表現主義ともいえる強いアピールをそのドレスから放っている。

オーブリー・ビアズリー画 Aubrey Beardsley / オスカー・ワイルド著 Oscar Wilde / 1894年 / 個人蔵

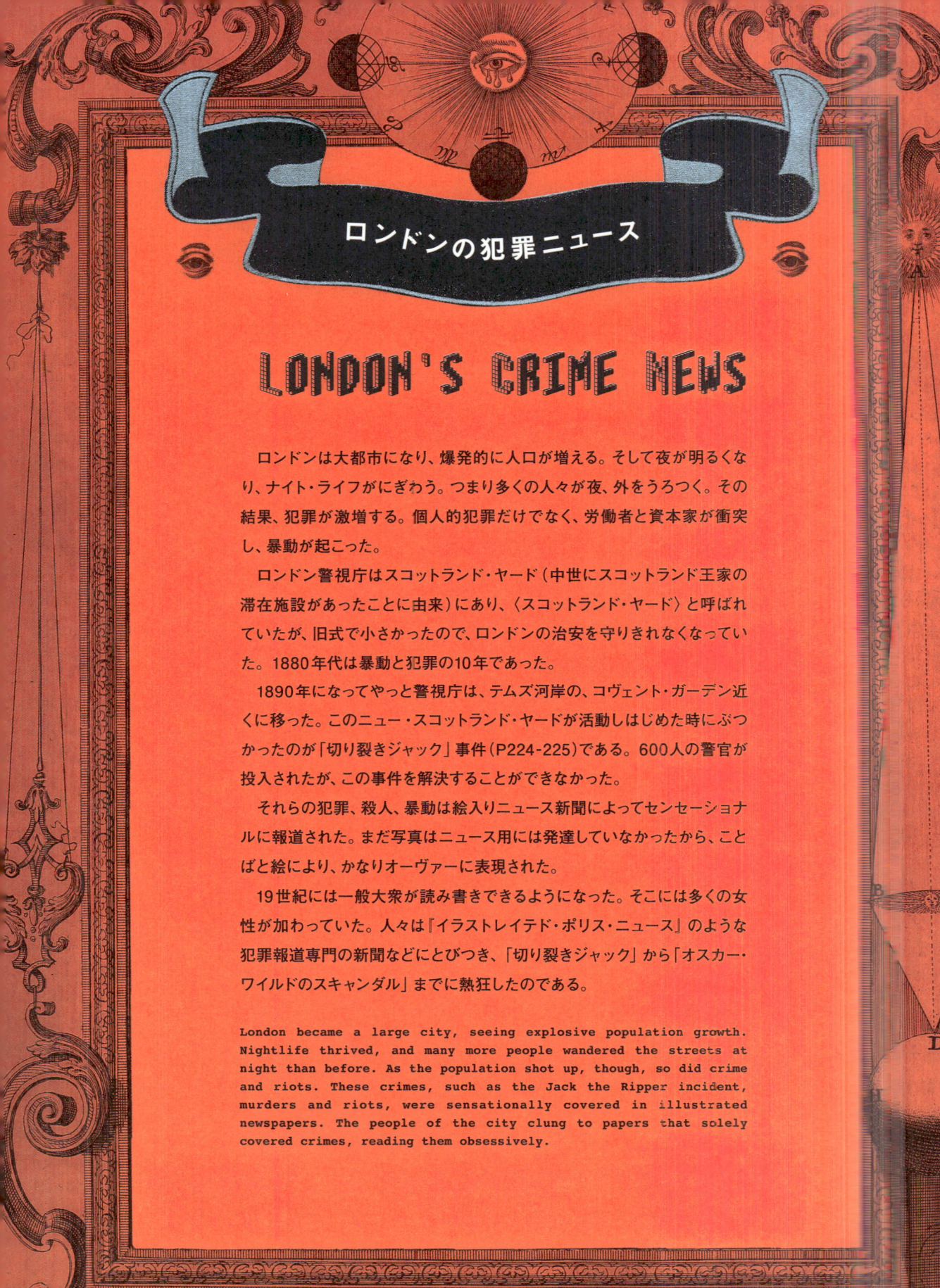

ロンドンの犯罪ニュース

LONDON'S CRIME NEWS

　ロンドンは大都市になり、爆発的に人口が増える。そして夜が明るくなり、ナイト・ライフがにぎわう。つまり多くの人々が夜、外をうろつく。その結果、犯罪が激増する。個人的犯罪だけでなく、労働者と資本家が衝突し、暴動が起こった。

　ロンドン警視庁はスコットランド・ヤード（中世にスコットランド王家の滞在施設があったことに由来）にあり、〈スコットランド・ヤード〉と呼ばれていたが、旧式で小さかったので、ロンドンの治安を守りきれなくなっていた。1880年代は暴動と犯罪の10年であった。

　1890年になってやっと警視庁は、テムズ河岸の、コヴェント・ガーデン近くに移った。このニュー・スコットランド・ヤードが活動しはじめた時にぶつかったのが「切り裂きジャック」事件（P224-225）である。600人の警官が投入されたが、この事件を解決することができなかった。

　それらの犯罪、殺人、暴動は絵入りニュース新聞によってセンセーショナルに報道された。まだ写真はニュース用には発達していなかったから、ことばと絵により、かなりオーヴァーに表現された。

　19世紀には一般大衆が読み書きできるようになった。そこには多くの女性が加わっていた。人々は『イラストレイテド・ポリス・ニュース』のような犯罪報道専門の新聞などにとびつき、「切り裂きジャック」から「オスカー・ワイルドのスキャンダル」までに熱狂したのである。

London became a large city, seeing explosive population growth. Nightlife thrived, and many more people wandered the streets at night than before. As the population shot up, though, so did crime and riots. These crimes, such as the Jack the Ripper incident, murders and riots, were sensationally covered in illustrated newspapers. The people of the city clung to papers that solely covered crimes, reading them obsessively.

UNDERWORLD 現わくう

ロンドンC都市伝説 I「スウィーニー・トッド」

SWEENEY TODD

〈 イギリス 19世紀中頃 〉

　ロンドンC薄暗街にいわーるフリート・ストリートに"スウィーニー・トッド"といわれる床屋があった。実をいうと この天屋が実在 したかどうかわからない。19世紀のはじめ頃だというが、ロンドンには多くの外国人がやってくるようになった。ロンドンに着いて、まずひげを当たってもらおうとこの店に入る。椅子に座って、こんとした時、突然床が開いて、客ごと椅子は地下に落ちる。首の骨を折って即死するか、もし生きていても、主人が下りてきて、剃刀で首をかっ切る。

　この上下室は、反対側のベル・ヤードにあるミセス・ラヴェットの地下室につながっている。ここに運ばれた死体に切り刻まれて肉パーにされ、ミセス・ラヴェットの店で売られる。

　このグロテンクな話は、1847年にメロドラマになって上演された。それ以来、〈スウィーニー・トッド〉はくりかえし上演や映画になり、今に伝えられている。

　いつしらこんなホラー話が好きな新聞街でつくられた噂が都市伝説になったのかもしれない。人肉入りパイというカニバリズム（人肉食）のテーマは、ヴィクトリア朝にとり憑いていた。人間は怪物へと変身するのだろう。

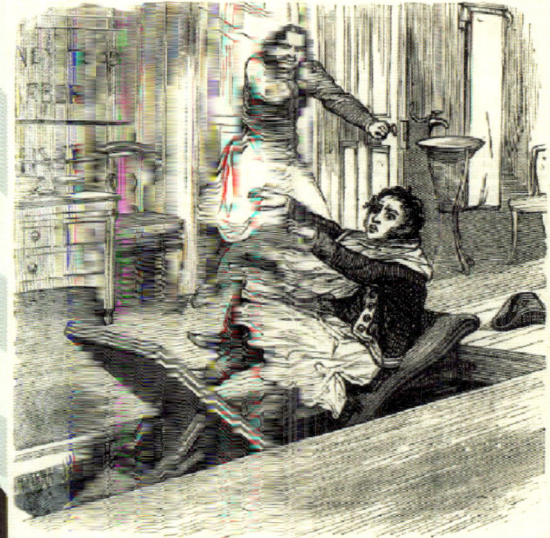

1840年代 ジョージ・ディビーヒットの演劇《スウィーニー・トッド》

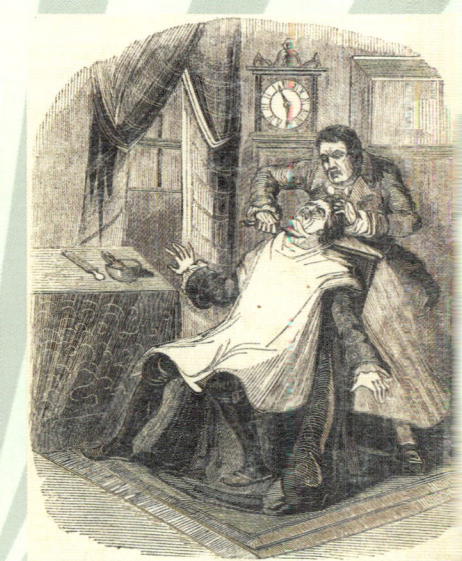

1846-47年にイギリスの犯罪雑誌『ピープルズ・ピリオーイカ』で連載されたスウィーニー・トッドが登場する物語の挿絵

UNDERWORLDNOWAZONU

ロンドンの都市伝説 II 「切り裂きジャック」

JACK THE RIPPER

イギリス 1888

　世紀末のロンドンの未解決事件は、語り継がれて都市伝説となった。今でも、ジャック・ザ・リッパーはだれだったか、という犯人さがしの本が出されている。

　イースト・エンドで5人の娼婦が殺された。彼女たちの下腹部は切り裂かれていた。イースト・エンドは大ロンドンの成長とともにあらわれた大スラムであり、ロンドンの下腹部であった。そこでは犯罪と売春がはびこっていた。

　ロンドンはイースト・エンドの環境改善を迫られていた。「切り裂きジャック」事件は、まさにロンドンの下腹部をえぐり、その矛盾を暴露したのであった。

　1888年、イースト・エンドのホワイトチャペルでメアリー・アン・ニコルズが殺された。1週間後にアーニー・チャップマンが殺された。つづいて、エリザベス・ストライド、キャサリン・エドウッズがつづけて殺された。そしてメアリー・ケリーが殺された。

　新聞社に、「おれのナイフは鋭い、うまくやってのけるぞ」といった犯人かららしい手紙が届いた。まさにヴィクトリア朝の劇場型殺人で、犯人は観客を意識し、観客は、演技を見たかったのである。その手紙に〈リッパー（切り裂き魔）〉とサインしてあった。

　そこで事件は終わり、犯人は消えてしまった。真犯人さがしは100年以上つづいている。ヴィクトリア女王の孫のプリンス・アルバート・ヴィクターだとか画家ウォルター・リチャード・シッカートだといったおどろくべき説もある。

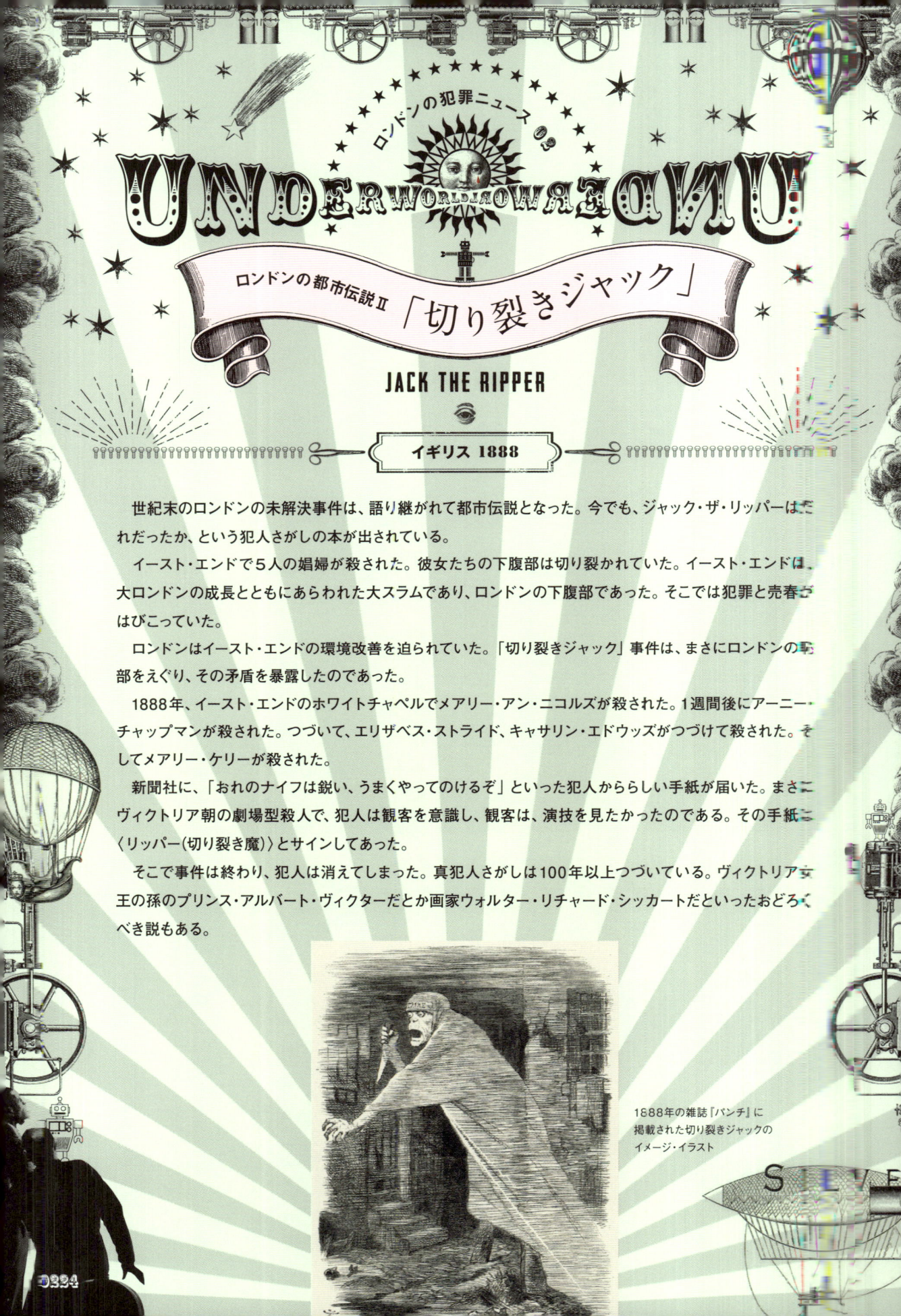

1888年の雑誌『パンチ』に
掲載された切り裂きジャックの
イメージ・イラスト

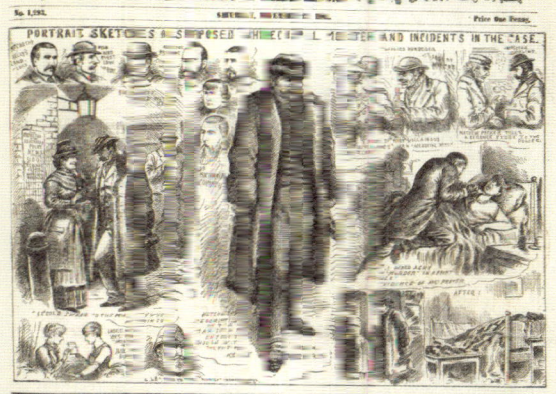
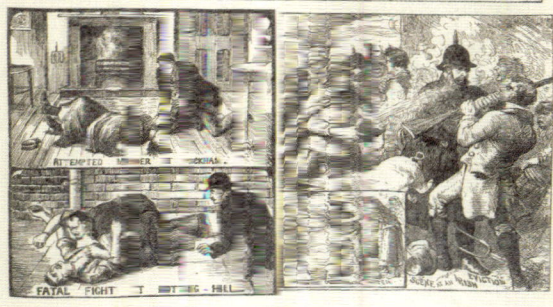
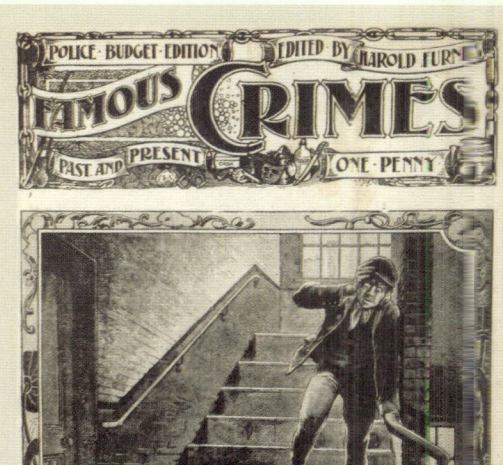
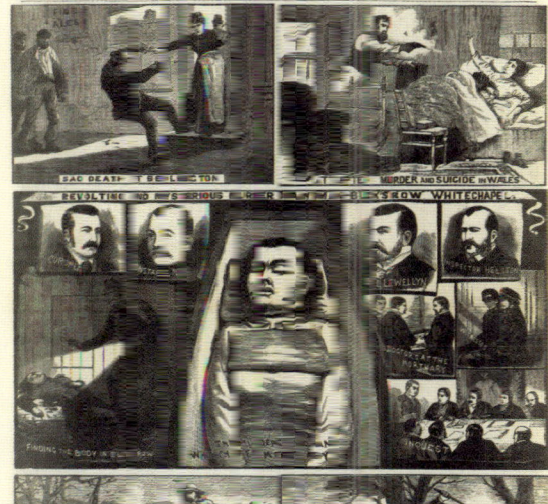
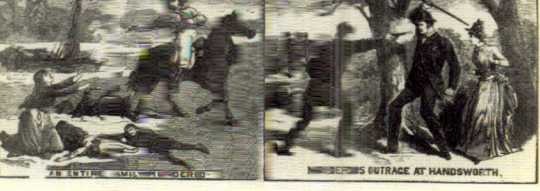
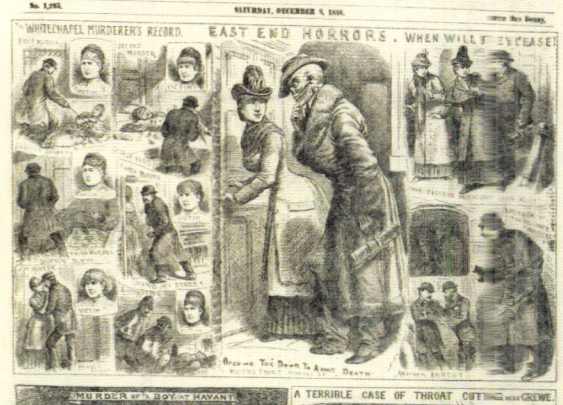
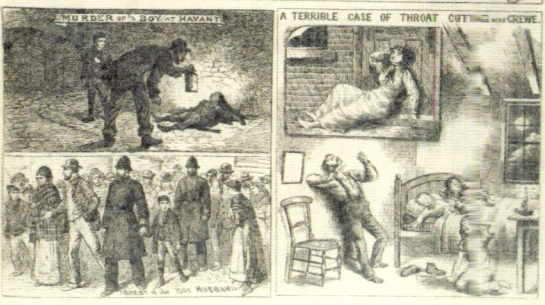

上段左、下段左右：新聞『イラストレイテド・ポリス・ニュース』記事 / 1888年、上段右：雑誌『フェイマス・クライム』挿絵 / 1888年
Bridgeman Images/PPS通信社、下段右：akg-images/PPS通信社

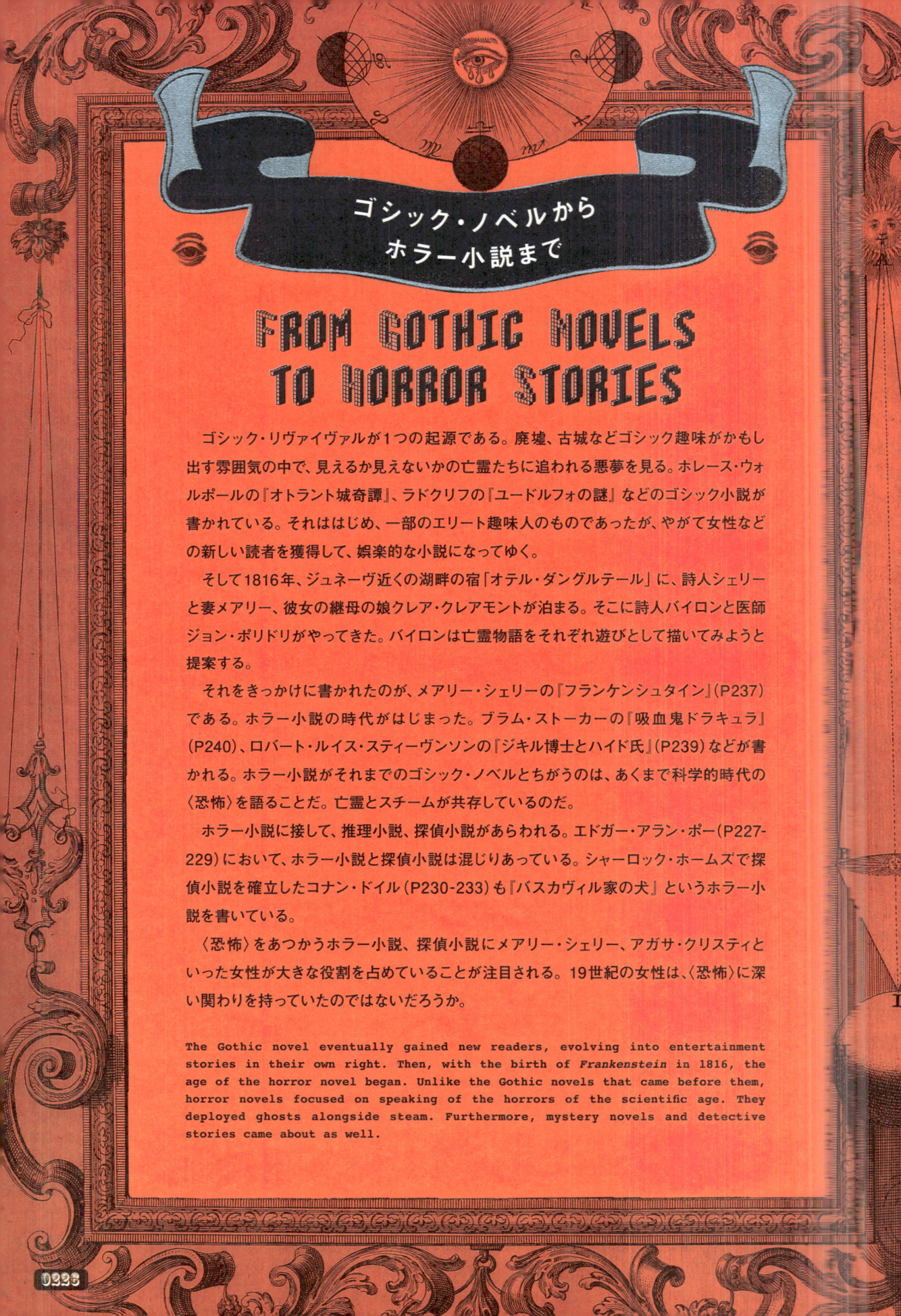

FROM GOTHIC NOVELS TO HORROR STORIES

ゴシック・リヴァイヴァルが1つの起源である。廃墟、古城などゴシック趣味がかもし出す雰囲気の中で、見えるか見えないかの亡霊たちに追われる悪夢を見る。ホレース・ウォルポールの『オトラント城奇譚』、ラドクリフの『ユードルフォの謎』などのゴシック小説が書かれている。それははじめ、一部のエリート趣味人のものであったが、やがて女性などの新しい読者を獲得して、娯楽的な小説になってゆく。

そして1816年、ジュネーヴ近くの湖畔の宿「オテル・ダングルテール」に、詩人シェリーと妻メアリー、彼女の継母の娘クレア・クレアモントが泊まる。そこに詩人バイロンと医師ジョン・ポリドリがやってきた。バイロンは亡霊物語をそれぞれ遊びとして描いてみようと提案する。

それをきっかけに書かれたのが、メアリー・シェリーの『フランケンシュタイン』(P237)である。ホラー小説の時代がはじまった。ブラム・ストーカーの『吸血鬼ドラキュラ』(P240)、ロバート・ルイス・スティーヴンソンの『ジキル博士とハイド氏』(P239)などが書かれる。ホラー小説がそれまでのゴシック・ノベルとちがうのは、あくまで科学的時代の〈恐怖〉を語ることだ。亡霊とスチームが共存しているのだ。

ホラー小説に接して、推理小説、探偵小説があらわれる。エドガー・アラン・ポー(P227-229)において、ホラー小説と探偵小説は混じりあっている。シャーロック・ホームズで探偵小説を確立したコナン・ドイル(P230-233)も『バスカヴィル家の犬』というホラー小説を書いている。

〈恐怖〉をあつかうホラー小説、探偵小説にメアリー・シェリー、アガサ・クリスティといった女性が大きな役割を占めていることが注目される。19世紀の女性は、〈恐怖〉に深い関わりを持っていたのではないだろうか。

The Gothic novel eventually gained new readers, evolving into entertainment stories in their own right. Then, with the birth of *Frankenstein* in 1816, the age of the horror novel began. Unlike the Gothic novels that came before them, horror novels focused on speaking of the horrors of the scientific age. They deployed ghosts alongside steam. Furthermore, mystery novels and detective stories came about as well.

HORROR STORIES

エドガー・アラン・ポー

EDGAR ALLAN POE

アメリカ 1809-49

　ボストンに生まれた。両親を失い、ジョン・アランの養子となった。ヴァージニア大学に学び、ウェストポイント陸軍士官学校に入った。1832年に作家として出発した。ウォルポールの『オトラント城奇譚』などゴシック・ノベルに強い影響を受けた。

　1836年、13歳のヴァージニアと結婚した。しかし彼女は1847年に24歳で亡くなった。ポーは身のまわりの親しい人たちの死につきまとわれている。

　1837年『ナンタケット島出身のアーサー・ゴードン・ピムの物語』、1843年『黄金虫』を出した。1845年、『盗まれた手紙』を出し、探偵小説の出発点となった。1845年の『大鴉』によって詩人としての名声を得た。

　ポーは『モルグ街の殺人』、『盗まれた手紙』などでデュパンという探偵を生み出した。そして、少しにぶい相棒というパターンをつくった。これはコナン・ドイルのホームズとワトソン、アガサ・クリスティのエルキュール・ポワロとヘイスティングズというコンビに受け継がれている。

　しかし、このような名探偵コンビ、天才と凡人の組み合わせは、実は私の自我の二重化なのかもしれない。私と私自身の分裂こそ恐怖と幻想の源泉なのだ。分身も〈スチームパンク〉のキーワードである。

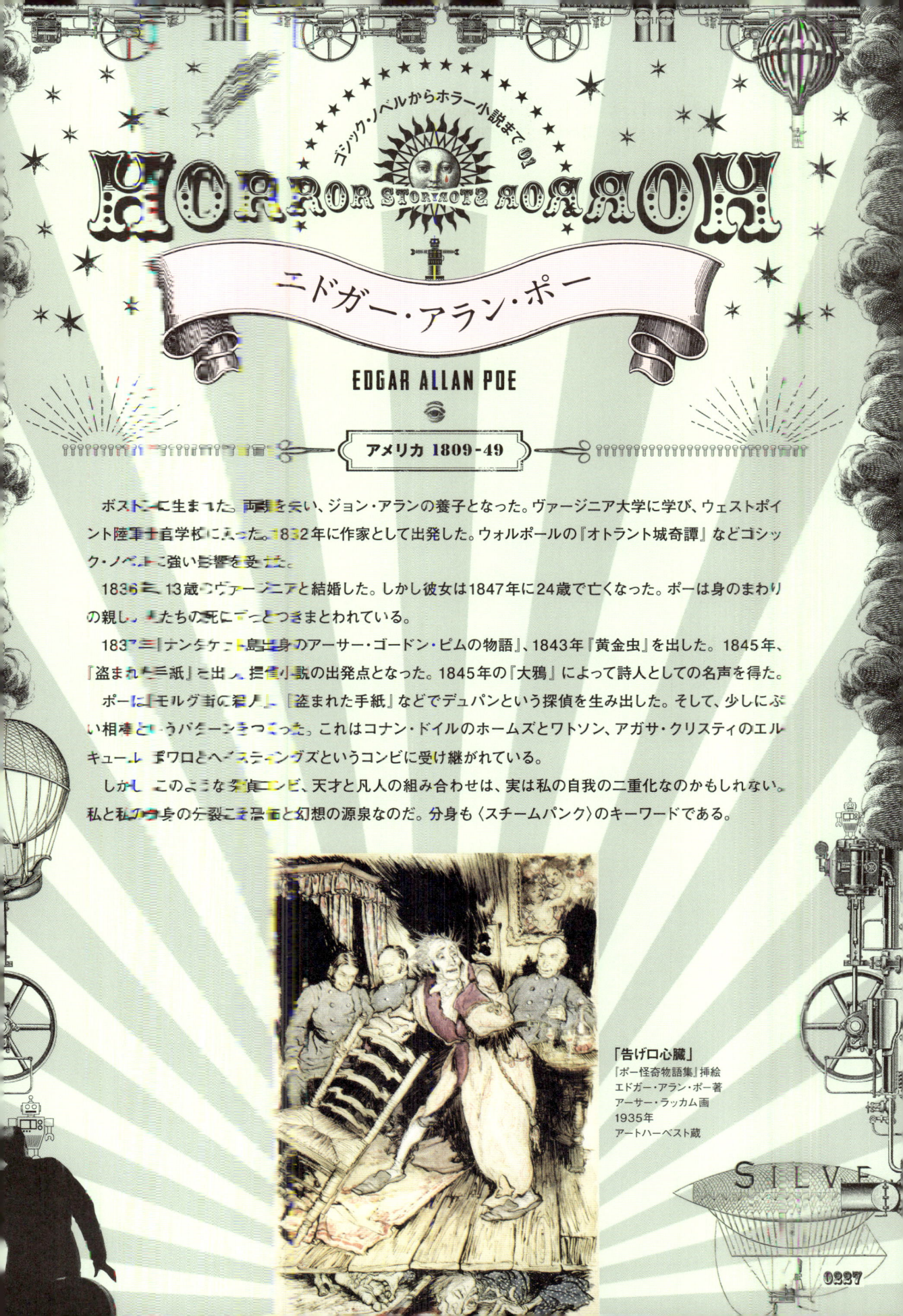

「告げ口心臓」
『ポー怪奇物語集』挿絵
エドガー・アラン・ポー 著
アーサー・ラッカム 画
1935年
アートハーベスト蔵

SILVE

ARTHUR RACKHAM: INSIDE PAGES OF BOOK "POE'S TALES OF MYSTERY AND IMAGINATION"

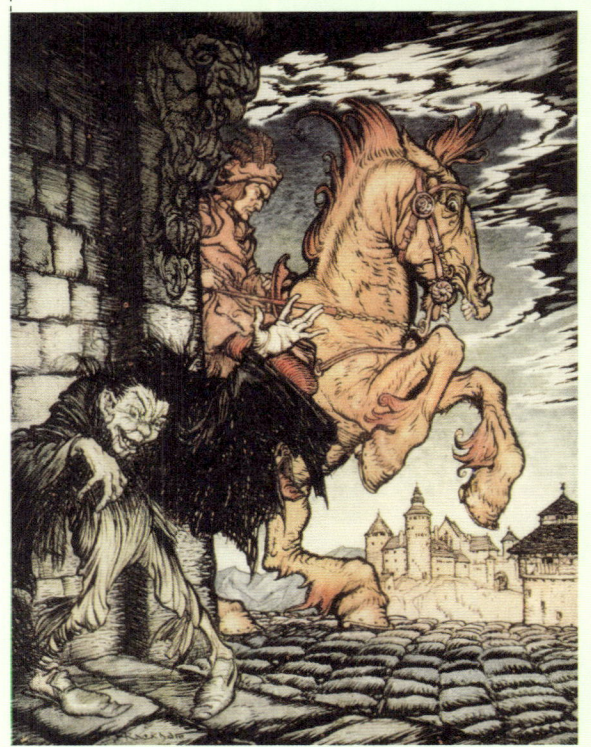

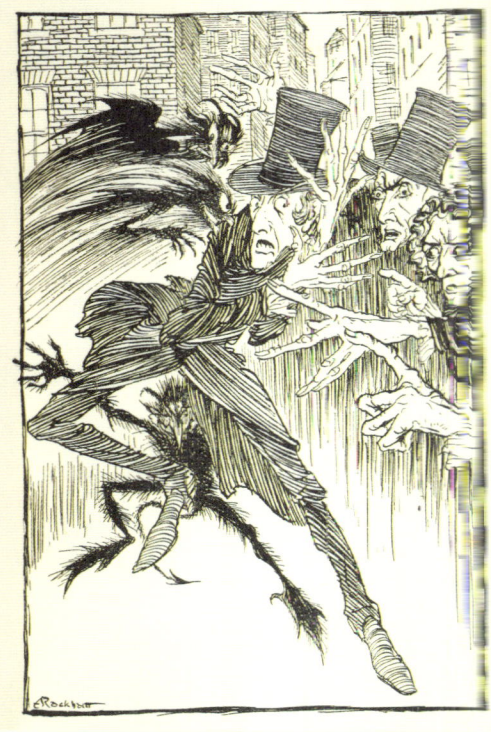

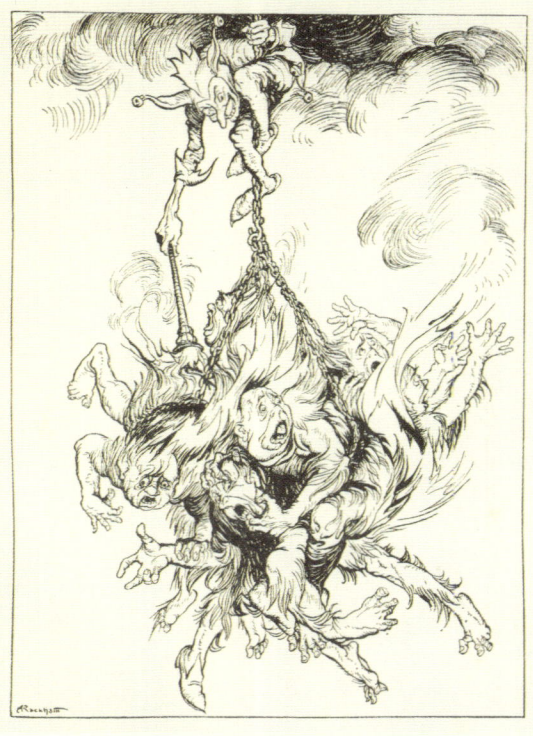

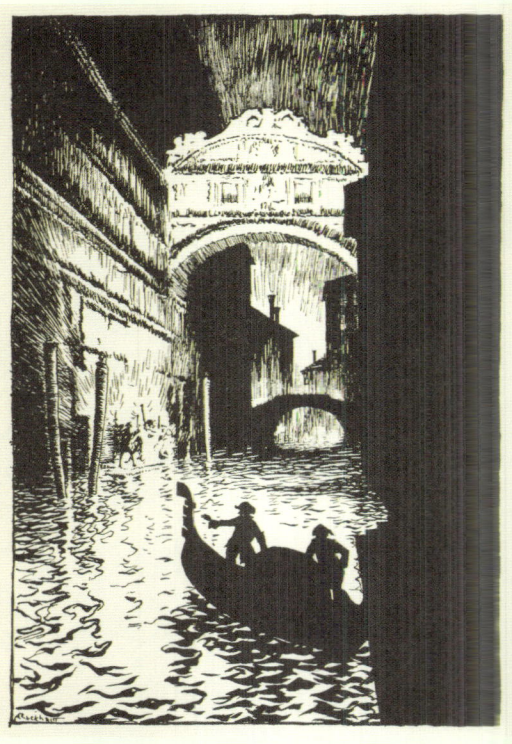

ポーの作品は多くのイラストレーターを刺激し、オーブリー・ビアズリー、ハリー・クラーク、ヒース・ロビンソンなどが手がけていた。
ラッカムは、ポーの不気味なイメージを描くのをためらっていたが、晩年にアメリカの読者のためにポーを描いた。
恐さの中にユーモラスな雰囲気が出ていて、ラッカムらしい。

上段左：「メッツェンガーシュタイン」、上段右：「天邪鬼」、下段左：「ハネカエル」、下段右：「約束ごと」
エドガー・アラン・ポー著 Edgar Allan Poe ／ アーサー・ラッカム画 Arthur Rackham ／ 1935年 ／ アートハーベスト蔵

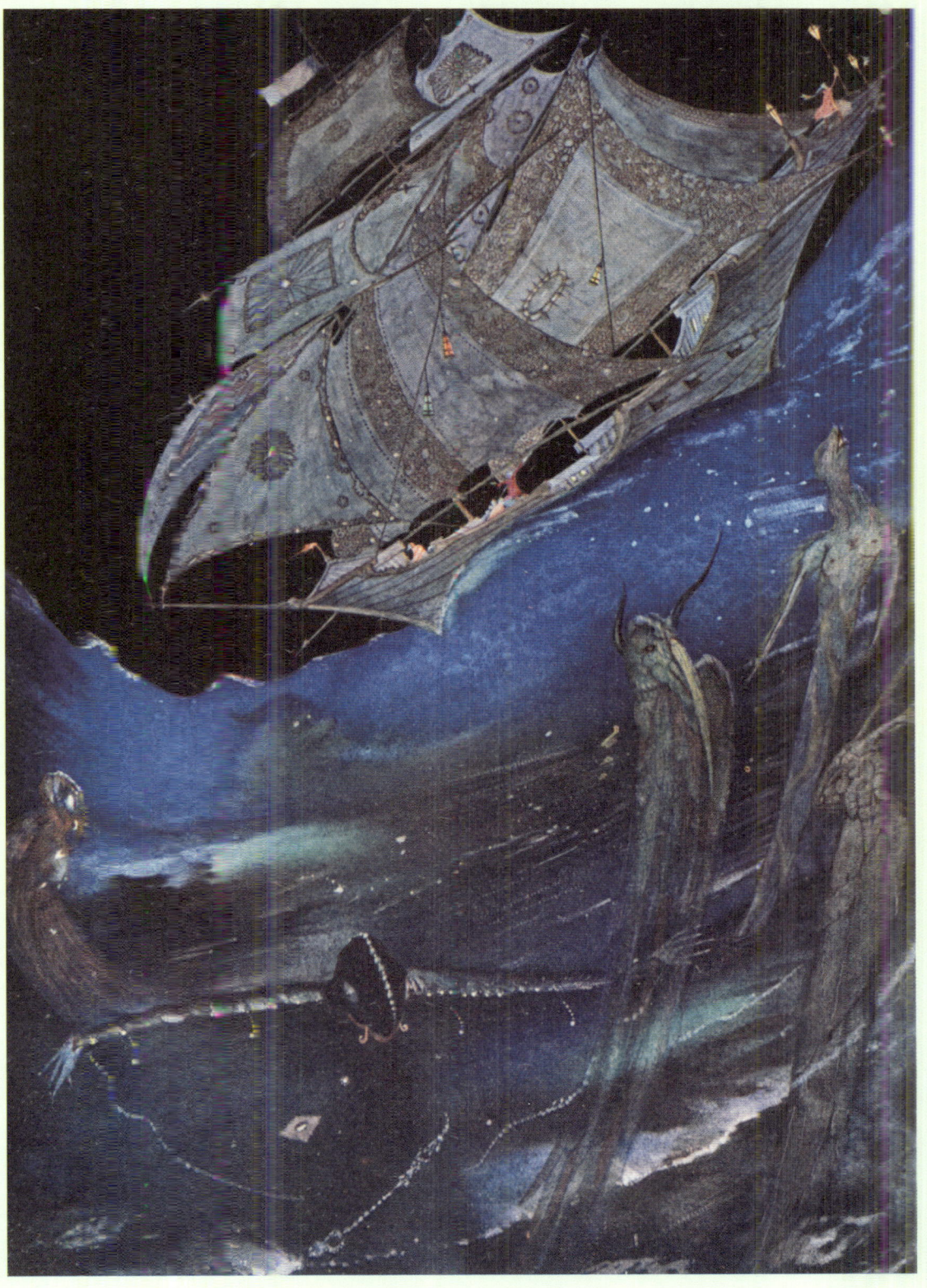

ラークのためらいに対し、クラークはポーこそ私の絵にふさわしいテーマであると感じた。
ビアズリーが描きかけたポーの幻想世界は、クラークによって完成されている。

『瓶の中の手紙』／エドガー・アラン・ポー著 Edgar Allan Poe ／ ハリー・クラーク画 Harry Clarke ／ 1923年 ／ 個人蔵

DETECTIVE STORY

アーサー・コナン・ドイル

ARTHUR CONAN DOYLE

イギリス 1859-1930

　ドイルは医者になったが、あまりはやらなかったので、探偵小説を書きはじめたという。彼はポーの『盗まれた手紙』などに出てくるデュパンという、しろうとでディレッタントの探偵に魅せられて、シャーロック・ホームズをつくり出した。直接のモデルは彼がエディンバラ大学医学校で学んだベル博士であった。人間観察と推理を博士から学んだ。

　ドイルはチャールズ・ダーウィンの進化論から大きな影響を受けた。自然も人間も進化する。その変化をディテールの観察から推理することができる。これがホームズの方法に応用される。

　ドイルはホームズものだけでなく、『失われた世界』などの空想科学小説も書いている。変貌するロンドンに起こる奇怪な事件の中で変わりゆく人間をドイルはのぞきこむ。

　ホームズに代表される〈探偵〉は日常的なロンドンの中に奇怪な事件をとり出して見せる。〈探偵〉は、ロンドンにいるが、ロンドンを外から見ている。また〈探偵〉はアマチュアであることでプロ（警察）が解決できない謎を解くことができる。

　ホームズが今も読まれる秘密は、そこにある。私たちはアマチュアであるホームズとともに、まるで今のようにロンドンを見ることができる。

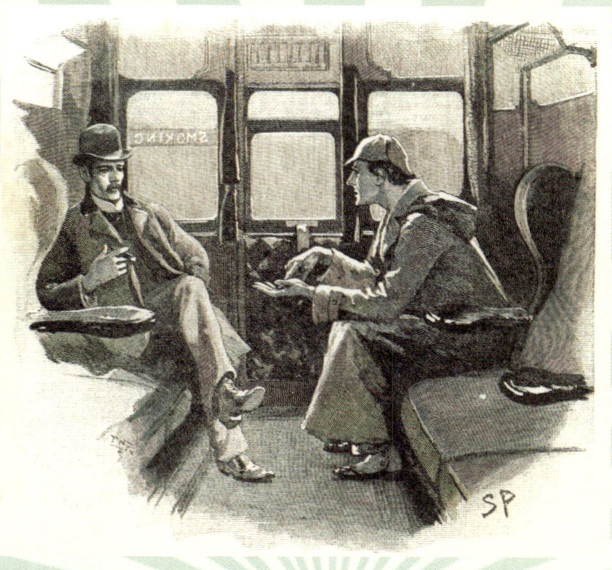

P230：『白銀号事件』挿絵
アーサー・コナン・ドイル著
シドニー・パジェット画
1892年
個人蔵

P231：「シャーロック・
ホームズと12の事件」
シドニー・パジェット画
写真提供：Getty Images

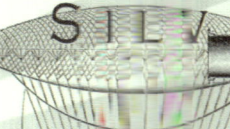

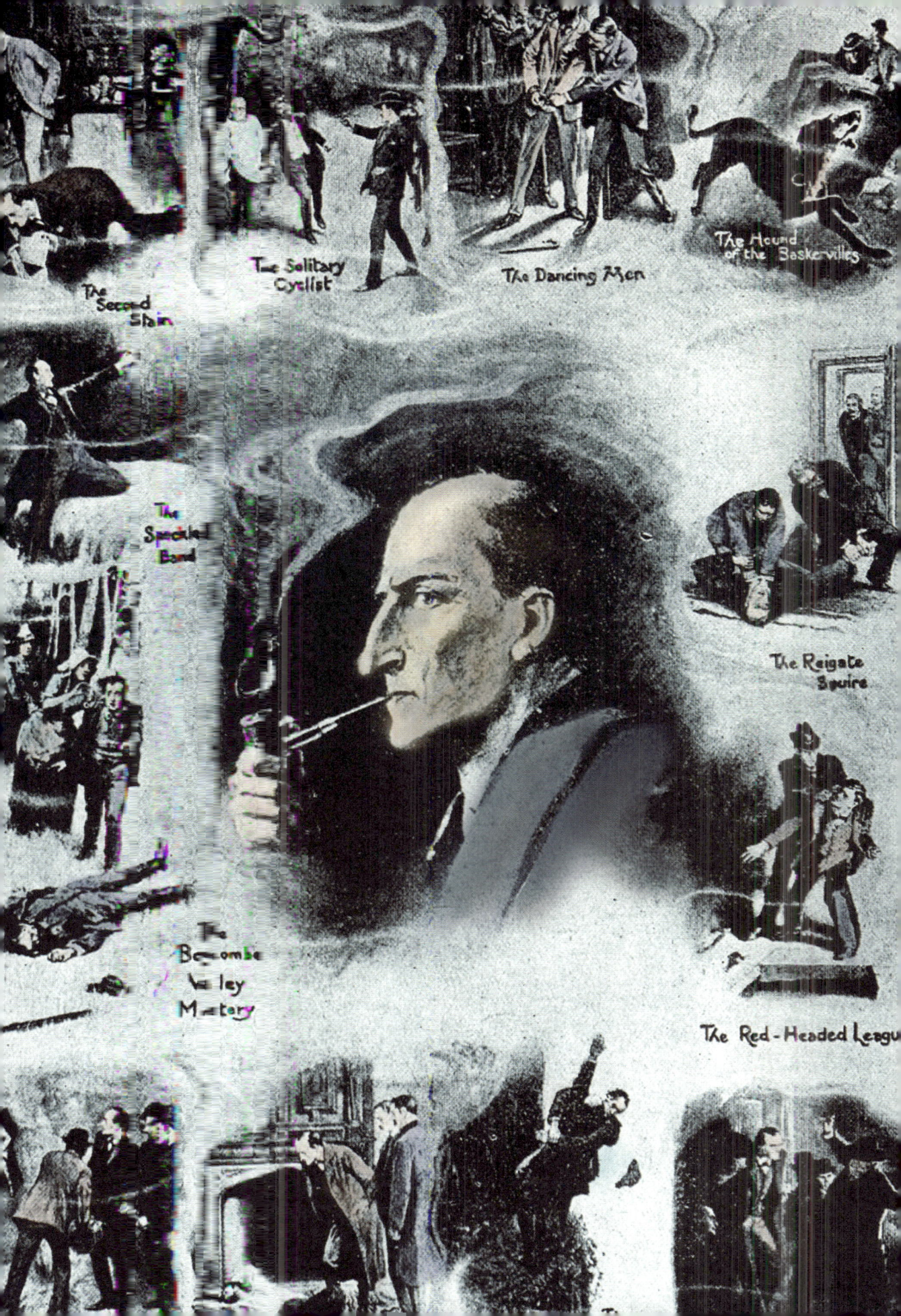

The Second Stain

The Solitary Cyclist

The Dancing Men

The Hound of the Baskervilles

The Speckled Band

The Reigate Squire

The Boscombe Valley Mystery

The Red-Headed League

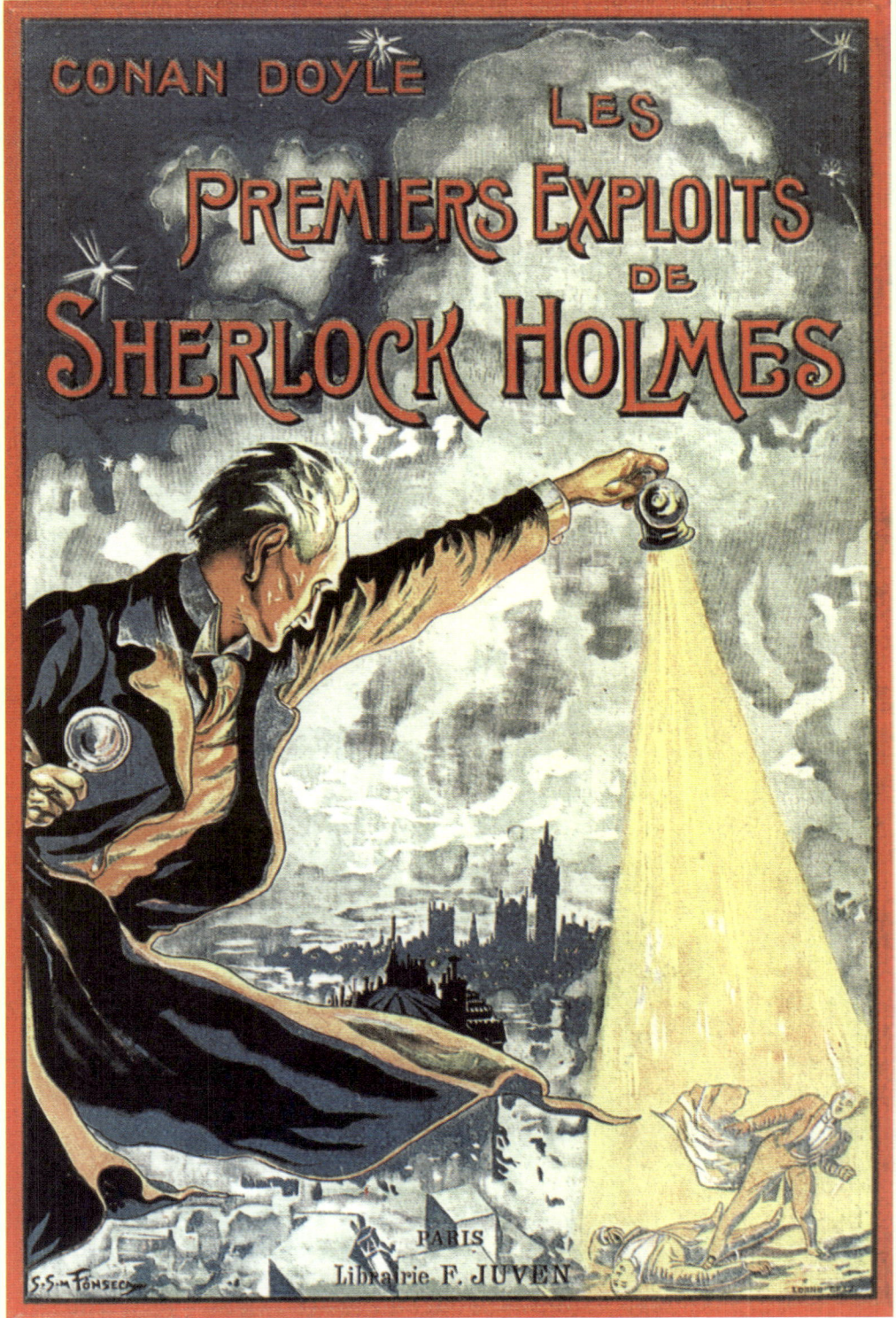

CONAN DOYLE

LES PREMIERS EXPLOITS DE SHERLOCK HOLMES

PARIS
Librairie F. JUVEN

ホームズは1887年の『緋色の研究』で登場するが、1891年から『ストランド・マガジン』誌に連載されるようになって評判になった。
『ストランド』の連載「シャーロック・ホームズの冒険」の挿絵のシドニー・パジェットによってホームズのイメージがつくられてゆく。
鳥打帽、パイプ、インヴァネス・ケープ、拡大鏡、ヴァイオリンなどの鼓動がそろってくる。

P232：アーサー・コナン・ドイル著 Arthur Conan Doyle ／ 1909年 ／ 写真提供：Getty Images
P233：アーサー・コナン・ドイル著 Arthur Conan Doyle ／ シドニー・パジェット画 Sidney Paget ／ 1893年 ／ 写真提供：Getty Images

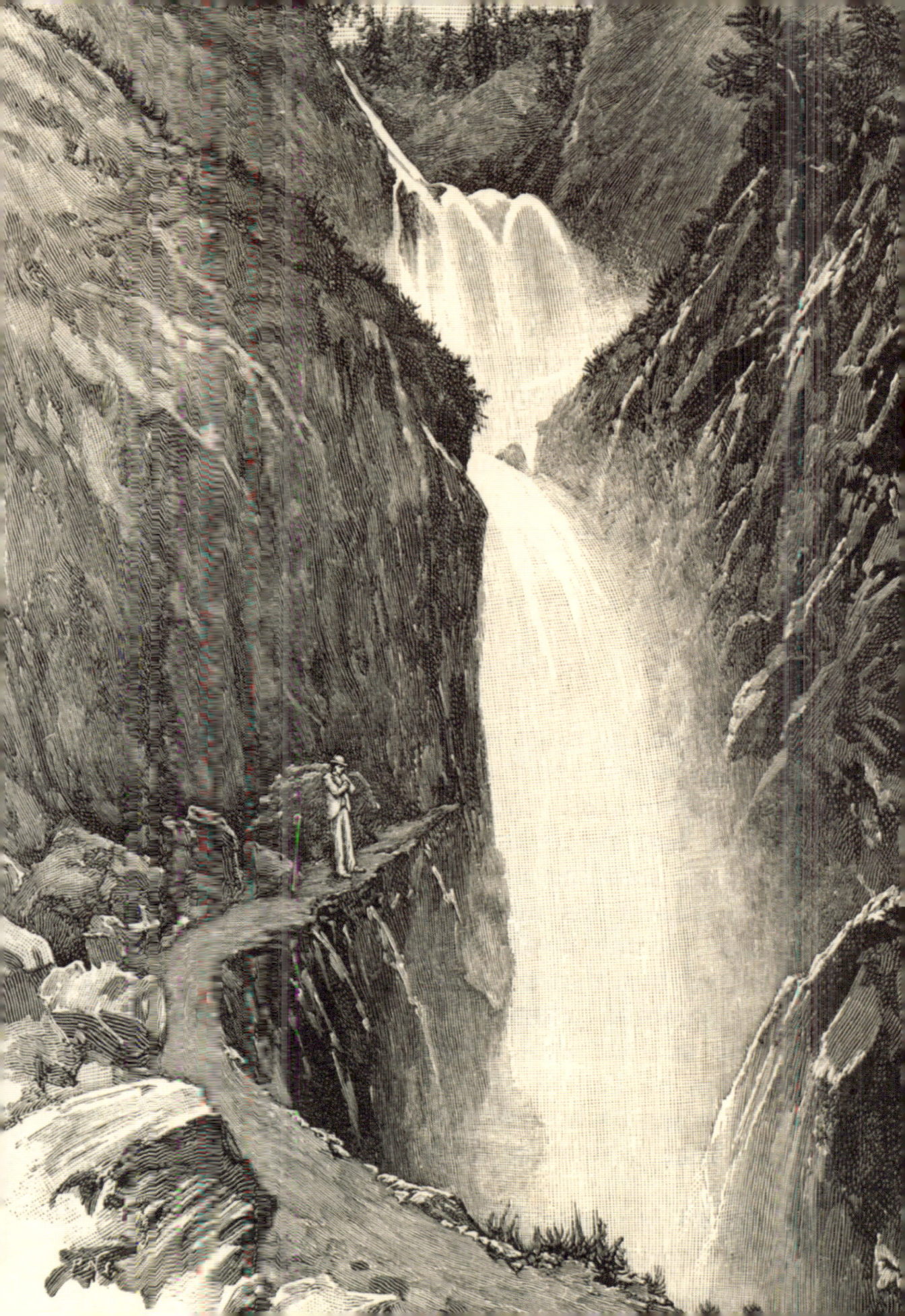

アガサ・クリスティ

AGATHA CHRISTIE

イギリス 1890-1976

　イギリスのデヴォンシャーに生まれ、学校に行かず、自宅で学び、本を読むのが好きな少女であった。8歳からホームズものなどの探偵小説を読みふけった。17歳の時、ガストン・ルルーの『黄色い部屋の秘密』に刺激され、自分で探偵小説を書こうとした。

　アーチボルド・クリスティ大尉と結婚した。1916年に処女作『スタイルズ荘の怪事件』を書いた。ポワロ探偵が初登場する。しかし、1920年になってはじめて出版された。1926年、『アクロイド殺し』が出た。この年、母が没し、夫との仲も危機にあったこともあって、謎の失踪事件を起こし、ヨークシャーで発見される。心神喪失状態であったともいわれ、また宣伝のための狂言だったともいわれた。ともかくこの事件で彼女の名は知られた。

　1928年、アーチボルドと離婚し、1930年、メソポタミア旅行で知り合った考古学者マックス・マローワンと再婚した。1930年代は作品が豊作で、『オリエント急行の殺人』(1934)、『そして誰もいなくなった』(1939)などが発表された。

　クリスティはエンタテインメントとしてのミステリー作家とされているが、メアリー・シェリー、エミリー・ブロンテなどのヴィクトリア朝ホラー小説の女性作家の系譜の中で見直すと、大衆的娯楽の下に、ゴシック的恐怖が沈んでいることがわかる。

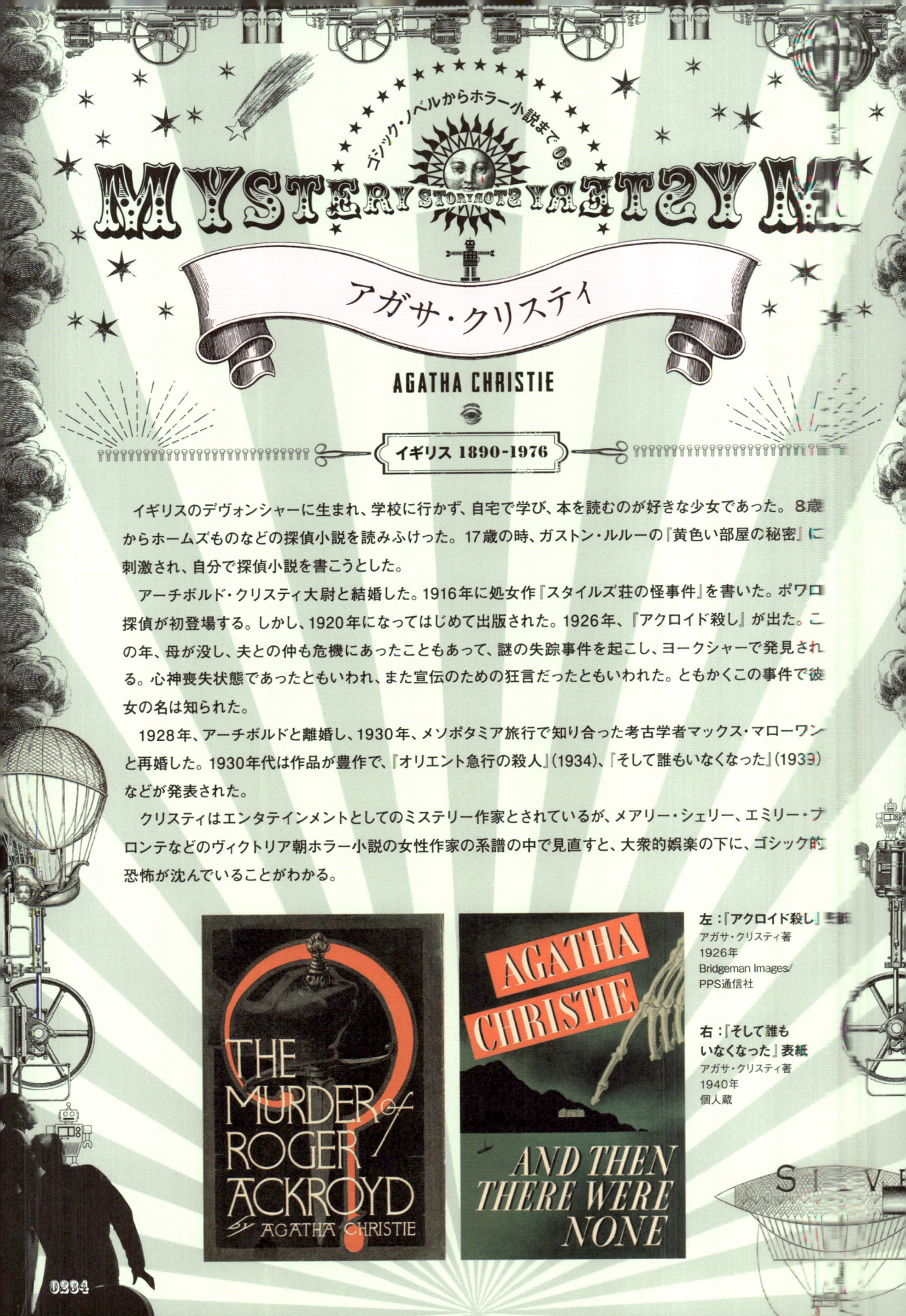

左：『アクロイド殺し』
アガサ・クリスティ著
1926年
Bridgeman Images/
PPS通信社

右：『そして誰も
いなくなった』表紙
アガサ・クリスティ著
1940年
個人蔵

THE MURDER of ROGER ACKROYD
by AGATHA CHRISTIE

AGATHA CHRISTIE
AND THEN THERE WERE NONE

COVER OF BOOK "MURDER ON THE ORIENT EXPRESS (MURDER IN THE CALAIS COACH)"

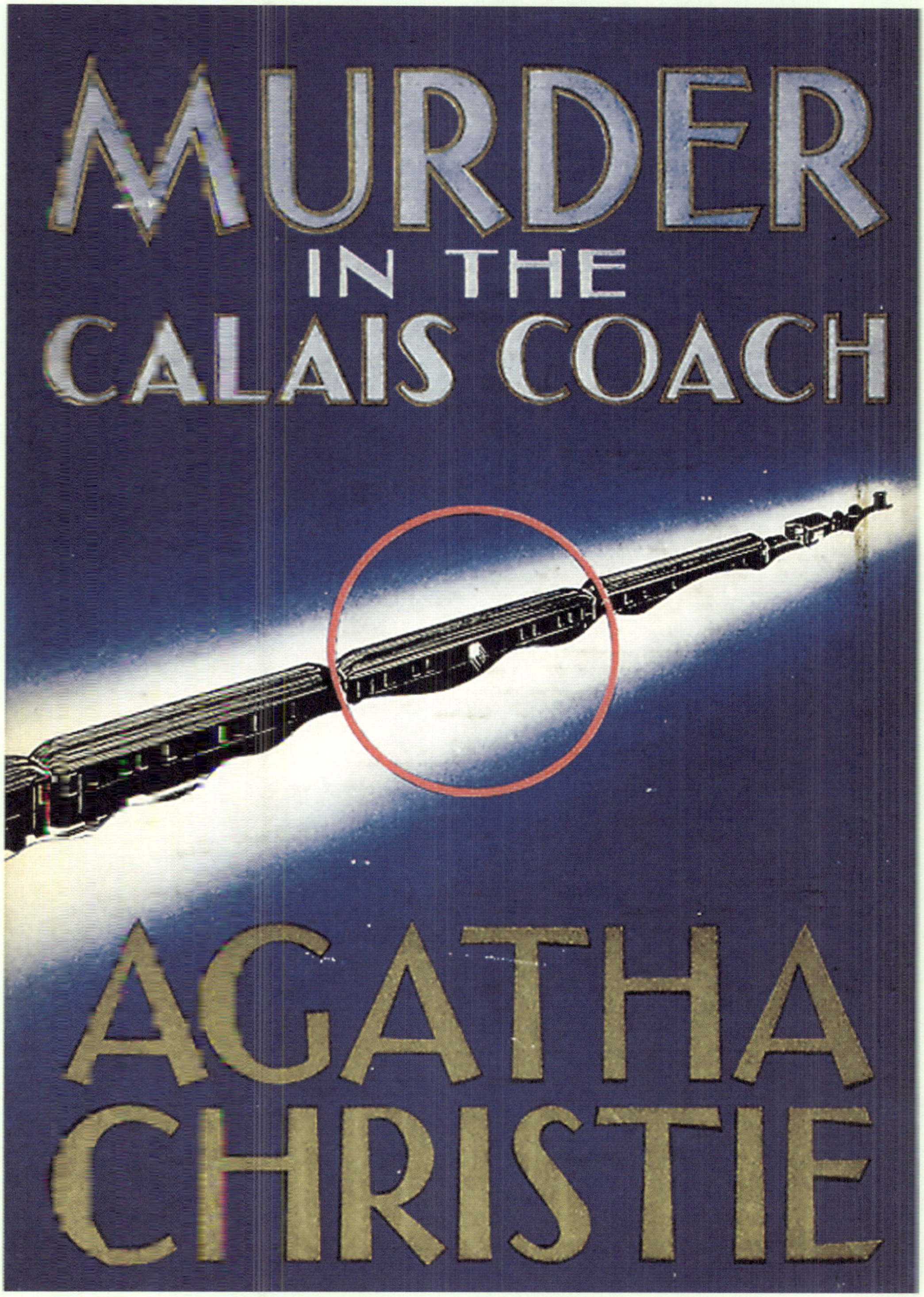

MURDER
IN THE
CALAIS COACH

AGATHA
CHRISTIE

クリスティーは1920年にミステリー作家としてデビューする。彼女はモダン・ガールの時代、アール・デコ・スタイルを反映している。
そのテリトリーはロンドンをこえ、郊外、リゾート地、海外観光地へ広がり、エジプト、メソポタミアなどへの旅、
モダン・ガールの風俗などがその作品の背景となり、ヴィクトリア朝と現代をつなぐのである。
この本の表紙タイトルは別題で、フランスのカレー（Calais）がオリエント急行の発着地だったことから、
この列車は「Calais Coach」と呼ばれたようである。

アガサ・クリスティ著 Agatha Christie ／ 1934年 ／ Bridgeman Images／PPS通信社

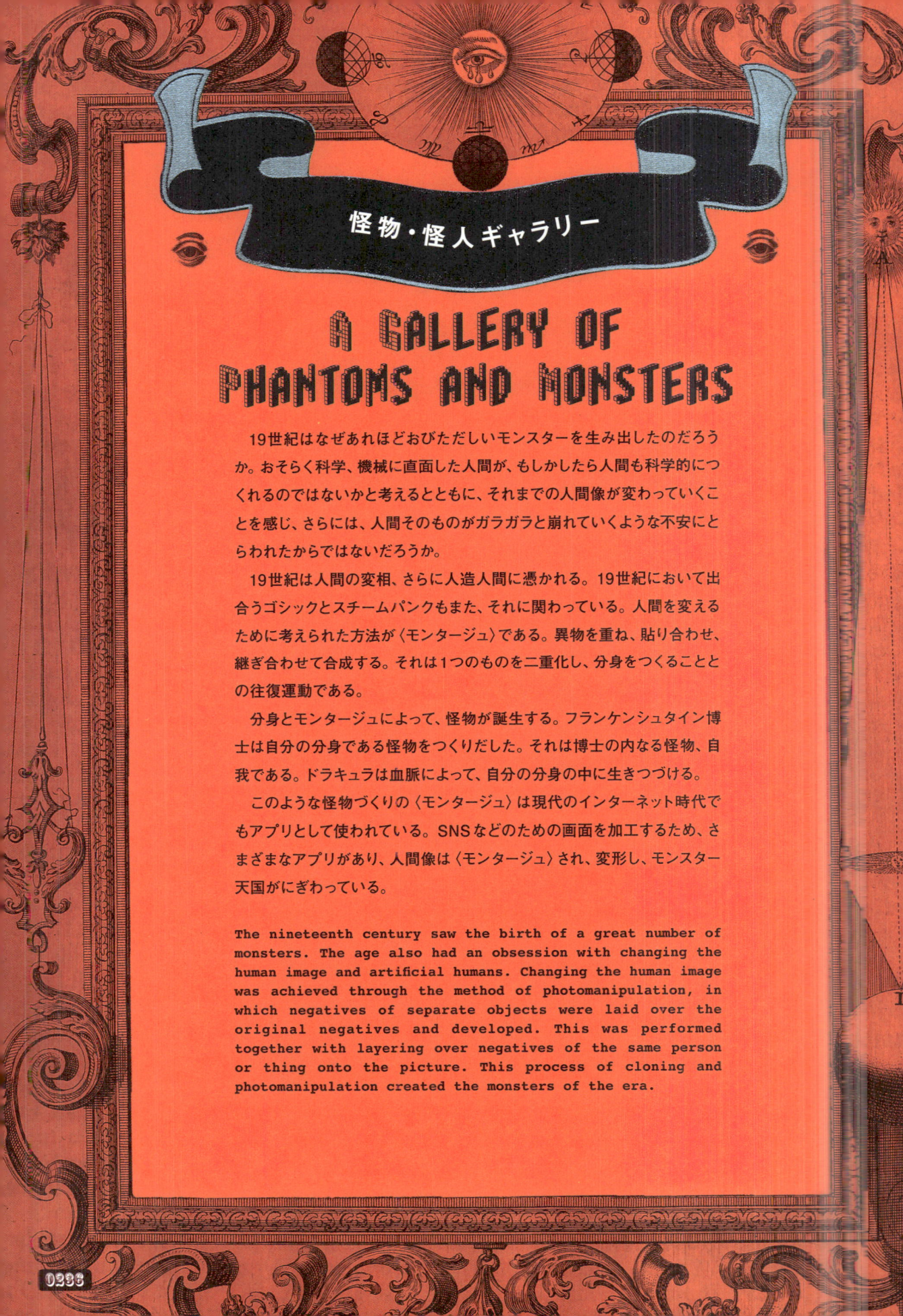

怪物・怪人ギャラリー

A GALLERY OF
PHANTOMS AND MONSTERS

19世紀はなぜあれほどおびただしいモンスターを生み出したのだろう
か。おそらく科学、機械に直面した人間が、もしかしたら人間も科学的につ
くれるのではないかと考えるとともに、それまでの人間像が変わっていくこ
とを感じ、さらには、人間そのものがガラガラと崩れていくような不安にと
らわれたからではないだろうか。

19世紀は人間の変相、さらに人造人間に憑かれる。19世紀において出
合うゴシックとスチームパンクもまた、それに関わっている。人間を変える
ために考えられた方法が〈モンタージュ〉である。異物を重ね、貼り合わせ、
継ぎ合わせて合成する。それは1つのものを二重化し、分身をつくることと
の往復運動である。

分身とモンタージュによって、怪物が誕生する。フランケンシュタイン博
士は自分の分身である怪物をつくりだした。それは博士の内なる怪物、自
我である。ドラキュラは血脈によって、自分の分身の中に生きつづける。

このような怪物づくりの〈モンタージュ〉は現代のインターネット時代で
もアプリとして使われている。SNSなどのための画面を加工するため、さ
まざまなアプリがあり、人間像は〈モンタージュ〉され、変形し、モンスター
天国がにぎわっている。

The nineteenth century saw the birth of a great number of
monsters. The age also had an obsession with changing the
human image and artificial humans. Changing the human image
was achieved through the method of photomanipulation, in
which negatives of separate objects were laid over the
original negatives and developed. This was performed
together with layering over negatives of the same person
or thing onto the picture. This process of cloning and
photomanipulation created the monsters of the era.

UNDERWORLD

メアリー・シェリー『フランケンシュタイン』

MARY SHELLEY'S "FRANKENSTEIN"

イギリス 1818

フランケンシュタイン博士は人造人間をつくろうとして怪物をつくってしまう。怪物に追われ、さまよい、人間に復讐しようとする。初期の怪物は人間的だが、主にボリス・カーロフ主演で映画化され、頭に縫い目のある怪物像がつくられてゆく。ホラー映画の代表的なキャラクターである。

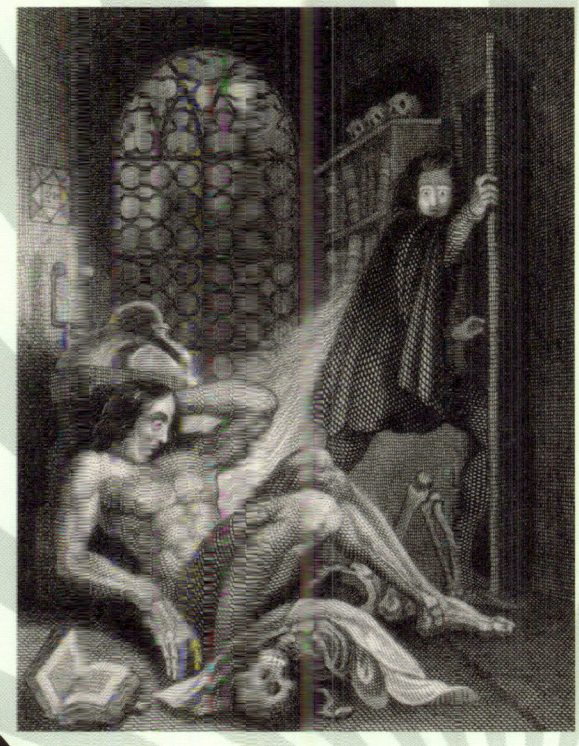

『フランケンシュタイン』挿絵
メアリー・シェリー著／1831年／個人蔵

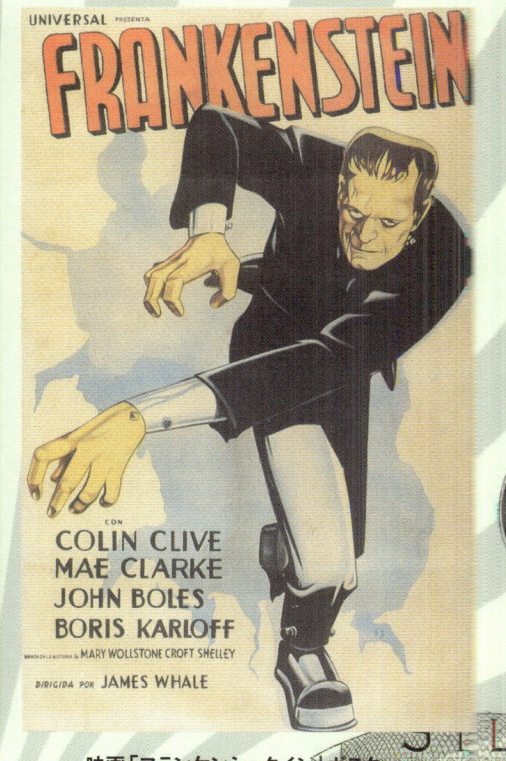

映画『フランケンシュタイン』ポスター
ボリス・カーロフ主演／1931年／個人蔵

UNDERWORLD

エミリー・ブロンテ『嵐が丘』

EMILY BRONTË'S "WUTHERING HEIGHTS"

イギリス 1847

　ヒースクリフという怪物が嵐が丘の館の3代にわたる家族を、その妄執で責めさいなむ。その館に泊まった旅人が、真夜中にガラス窓をたたき、ガラスを割って血まみれな手を突っ込む、青ざめた死霊の娘を見るシーンがある。ヴィクトリア期の女性たちの抱えていた内なる怪物の夜である。

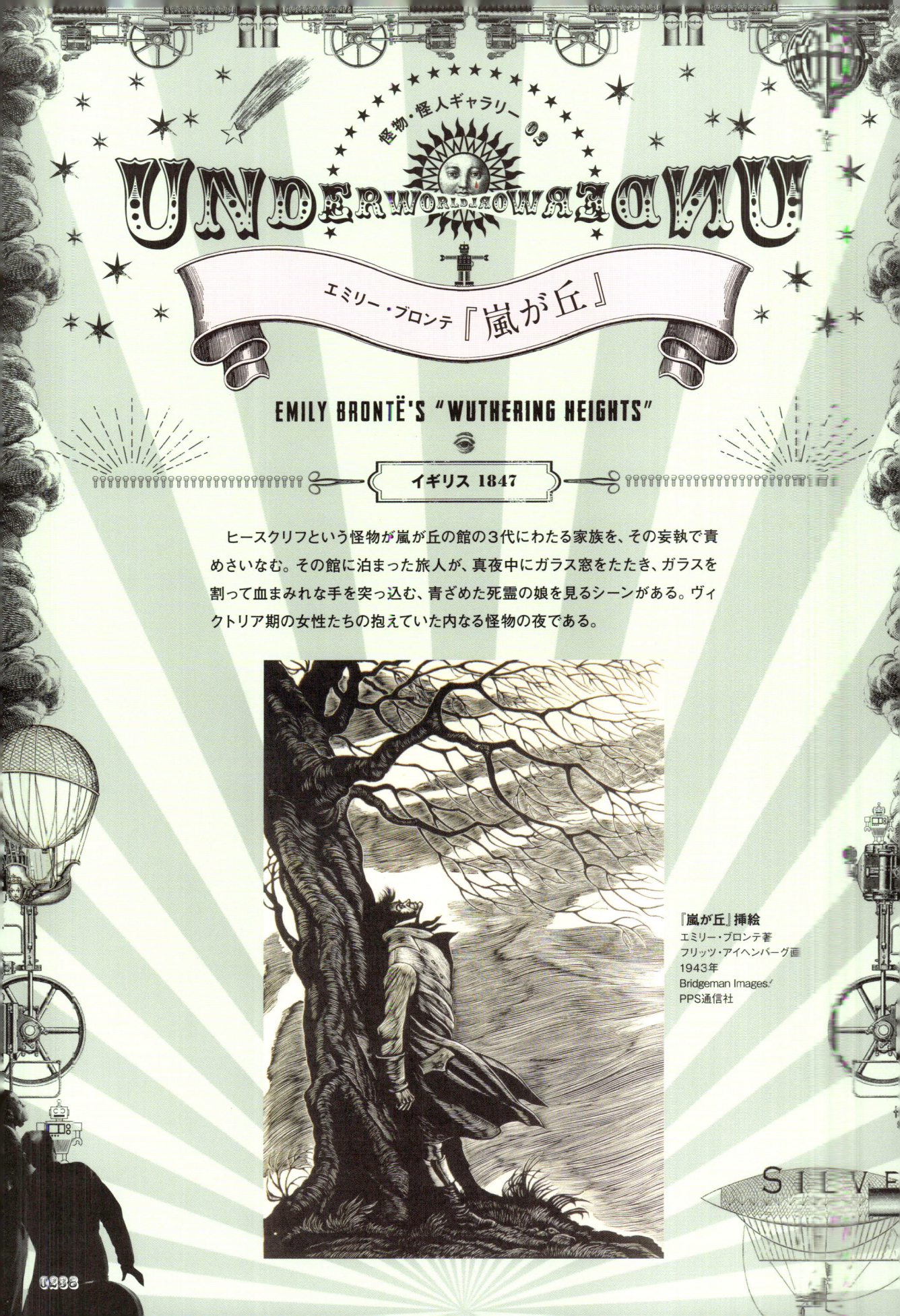

『嵐が丘』挿絵
エミリー・ブロンテ著
フリッツ・アイヘンバーグ
1943年
Bridgeman Images.
PPS通信社

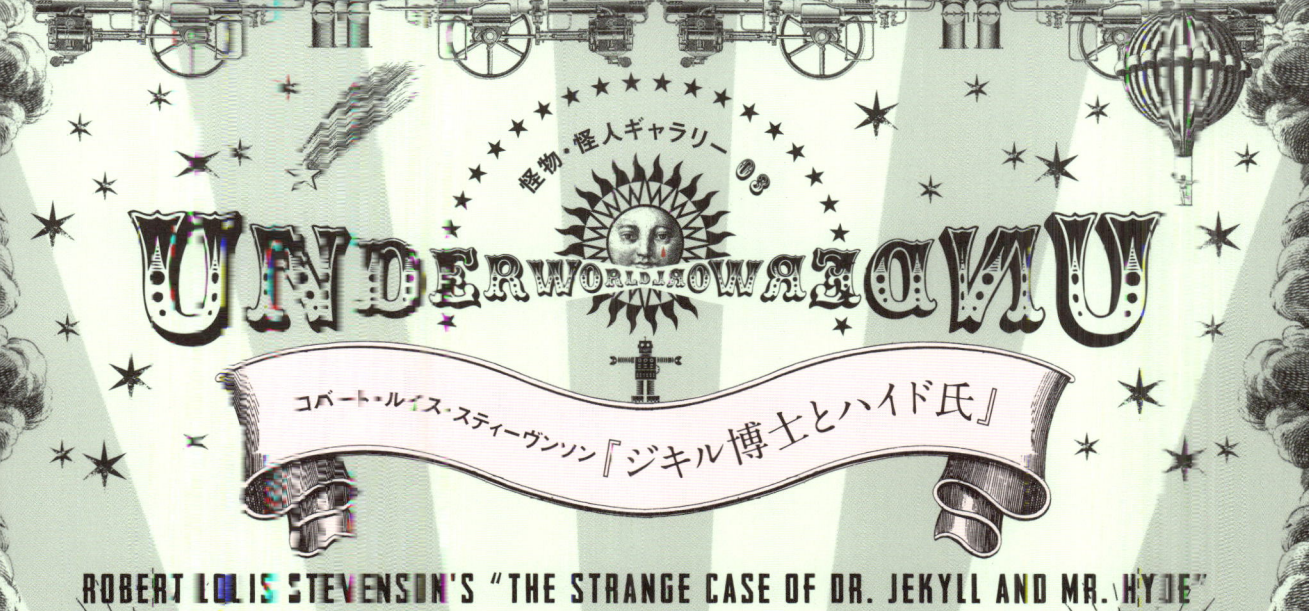

怪物・怪人ギャラリー 08

UNDERWORLDAOWAZONU

『ロバート・ルイス・スティーヴンソン『ジキル博士とハイド氏』

ROBERT LOUIS STEVENSON'S "THE STRANGE CASE OF DR. JEKYLL AND MR. HYDE"

イギリス 1886

二重人格の代名詞のような作品である。ジキル博士は人間を変身させる薬をつくり、それを飲んでもう1人の自分、ハイド氏に変身する。ハイド氏は「私の中に眠っていた野獣」であり、ロンドンの夜をさまよい、殺人を犯す。

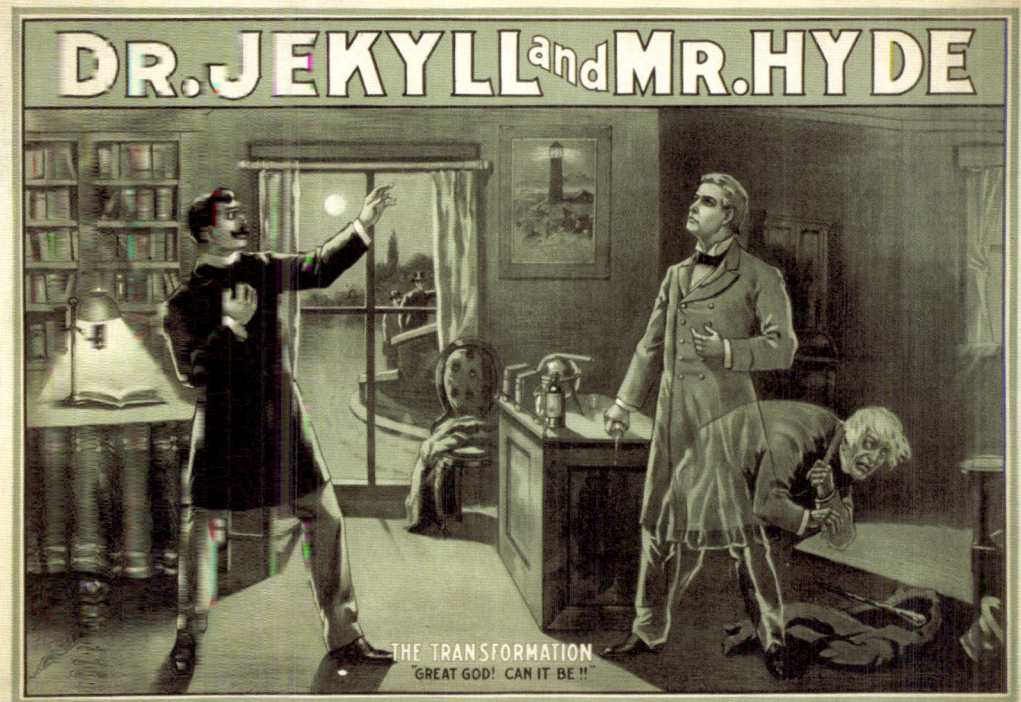

『ジキル博士とハイド氏』ポスター
1880年 / 個人蔵

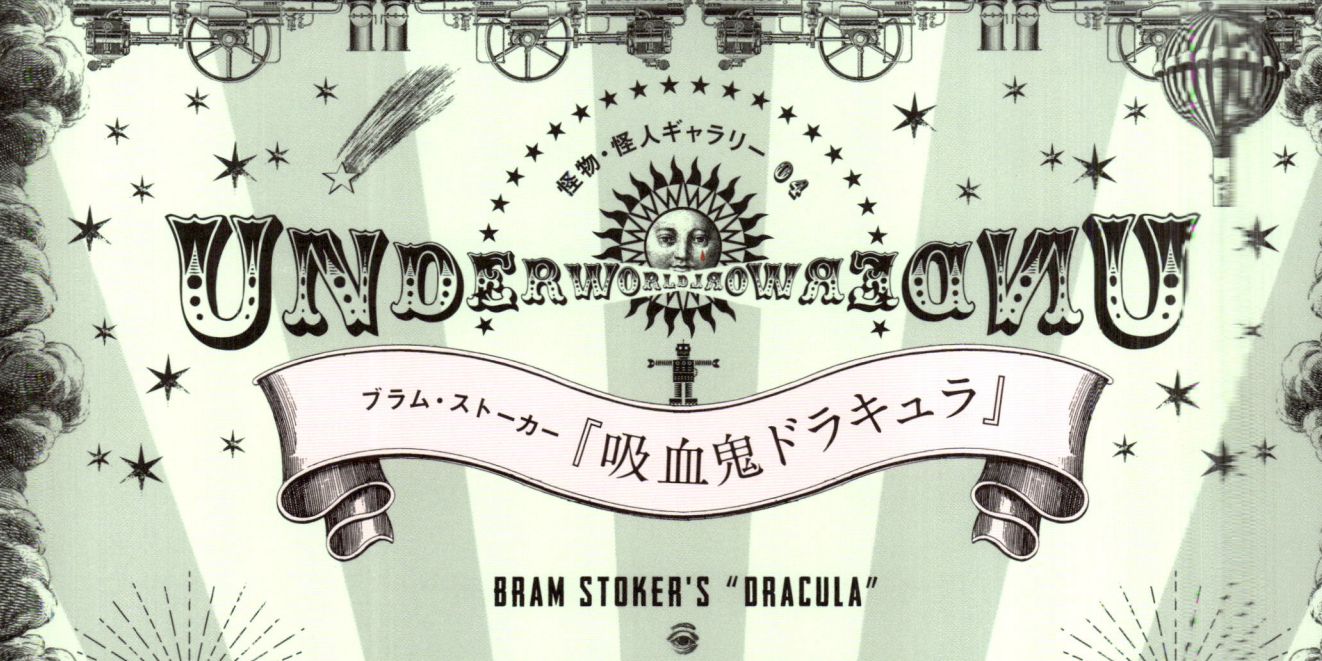

UNDERWORLD

ブラム・ストーカー『吸血鬼ドラキュラ』

BRAM STOKER'S "DRACULA"

イギリス 1897

トランシルヴァニアの古城から吸血鬼ドラキュラがイングランドにやってくる。そして人々の血を吸い、永遠の命を生きる。ゴシック的中世からあらわれるドラキュラは〈血脈〉によって現代の遺伝子学にまでつながってくる。血を吸う蝙蝠（こうもり）や毒蜘蛛のイメージとともに描かれている。

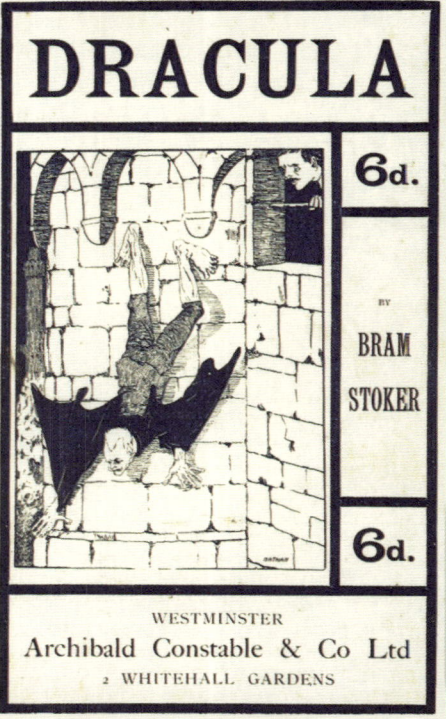

『吸血鬼ドラキュラ』表紙
ブラム・ストーカー著 / 1901年 / 個人蔵

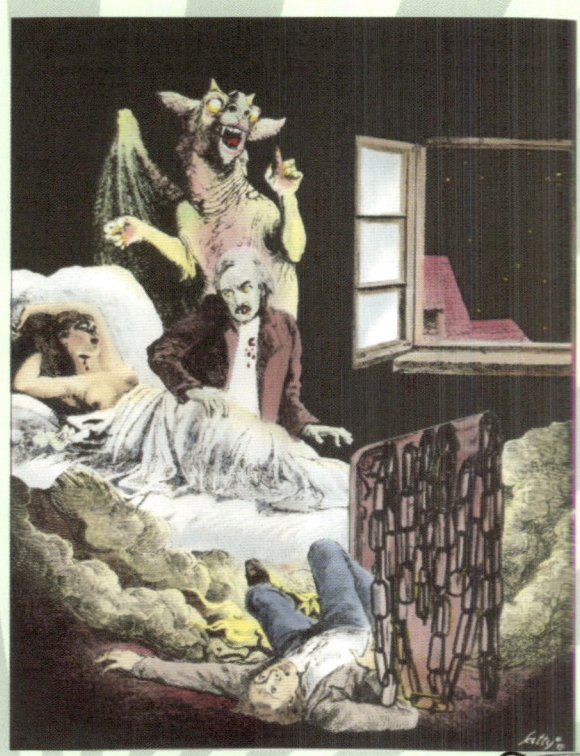

ドラキュラ伯爵と
ルーシー・ウェステンラのイラスト
『吸血鬼ドラキュラ』のための挿絵
ブラム・ストーカー著 / 1897年 / 個人蔵

UNDERWORLD SHOWAZONU

『オペラ座の怪人』

GASTON LEROUX'S "THE PHANTOM OF THE OPERA"

フランス 1909

ルルーは1907年、『黄色い部屋の秘密』でデビューした。ホームズものに影響を受けた『オペラ座の怪人』はオペラ座という、ゴシックやバロックの空間にひそむ亡霊の話である。オペラ、仮面、劇場の大階段、奈落、天井裏といった場所の面白さが魅力である。

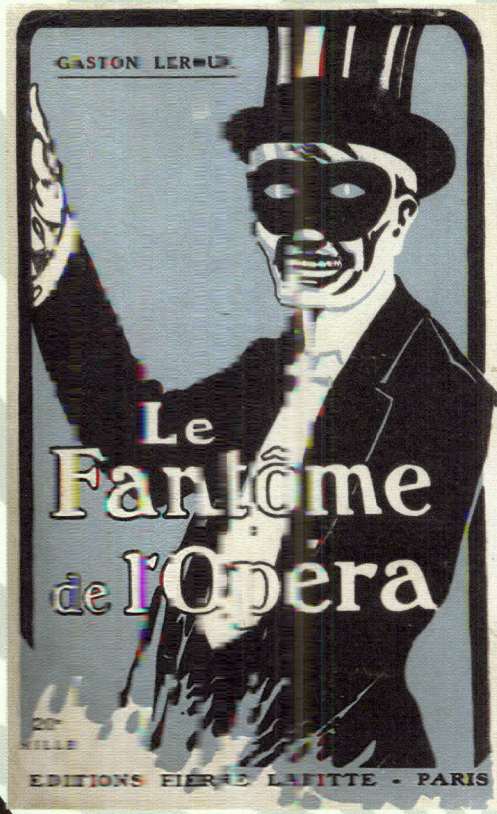

『オペラ座の怪人』表紙
ガストン・ルルー著 / 1910年 / 個人蔵

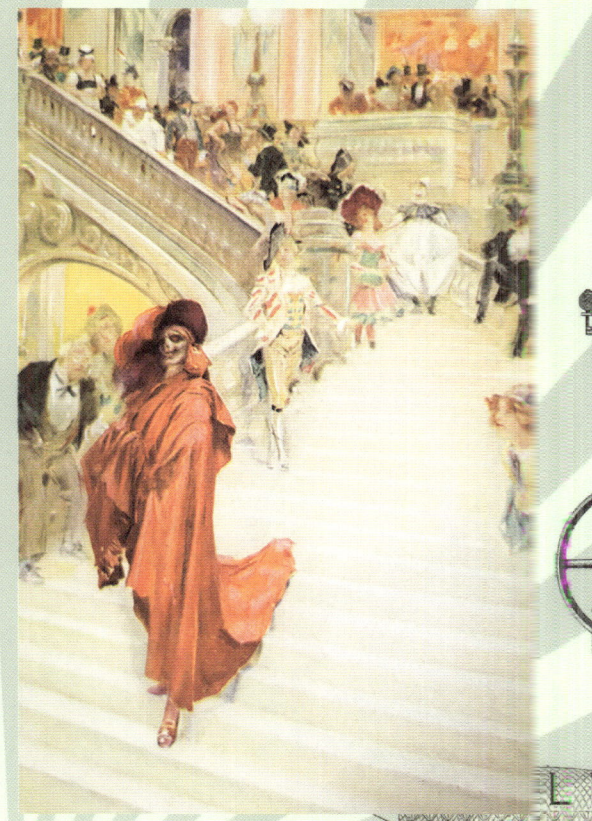

『オペラ座の怪人』挿絵
ガストン・ルルー著
アンドレ・カステーニャ画 / 1911年 / 個人蔵

UNDERWORLD

ワシントン・アーヴィング「スリーピー・ホロウの伝説」

WASHINGTON IRVING'S "SLEEPY HOLLOW"

アメリカ 1820

アーヴィングはアメリカ生まれで、ヨーロッパ滞在中に短篇集『スケッチ・ブック』を発表し、イギリスで認められた。その中に収録された「スリーピー・ホロウの伝説」はニューヨークのハドソン川地区の伝説で、首なし騎士が馬に乗って走るという妖魔の土地伝説である。ラッカムは木々や山が化け物のような伝説が得意だった。科学の世界に古い伝説があふれて出してくる。

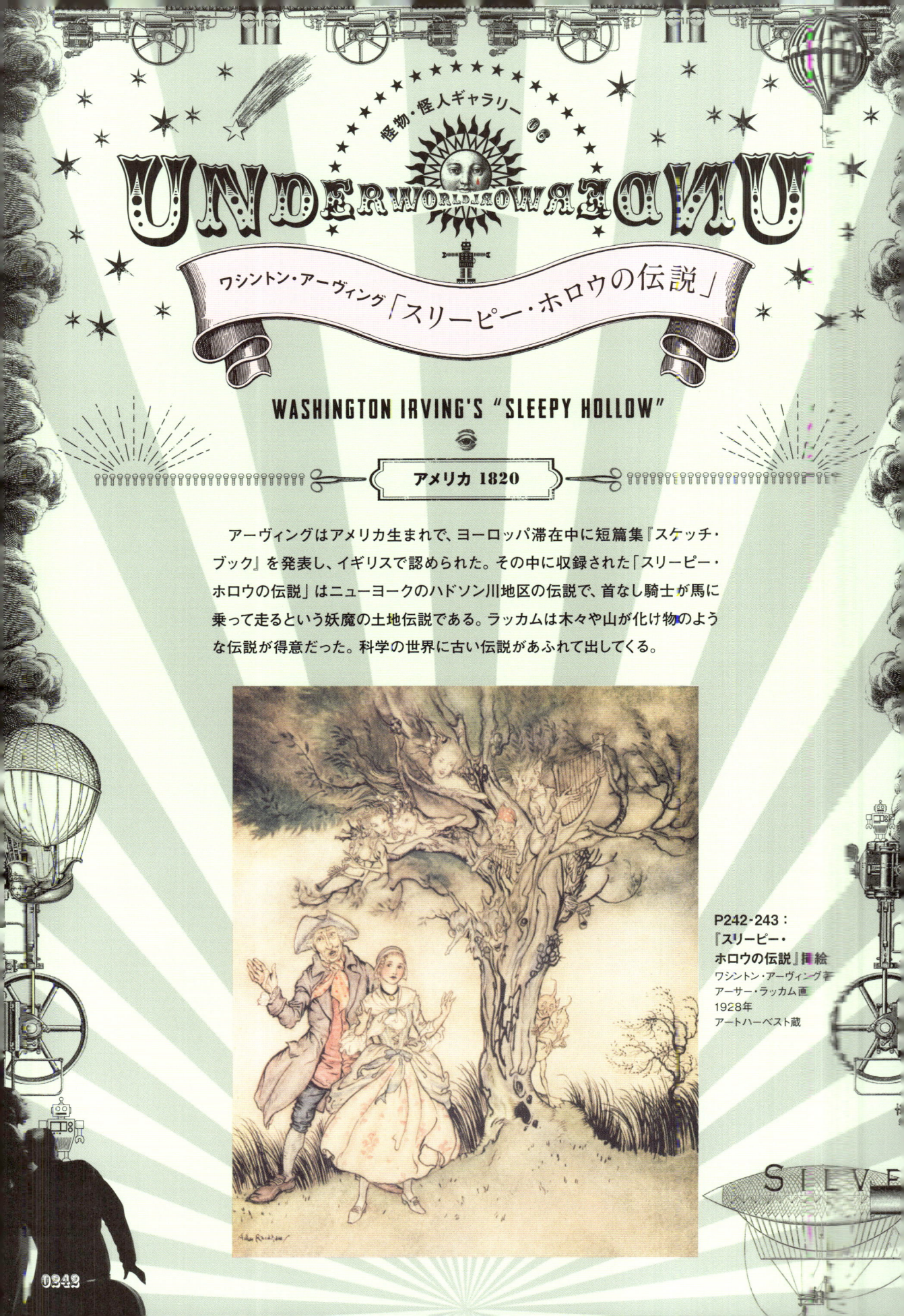

P242-243：
『スリーピー・ホロウの伝説』挿絵

ワシントン・アーヴィング 著
アーサー・ラッカム 画
1928年
アートハーベスト蔵

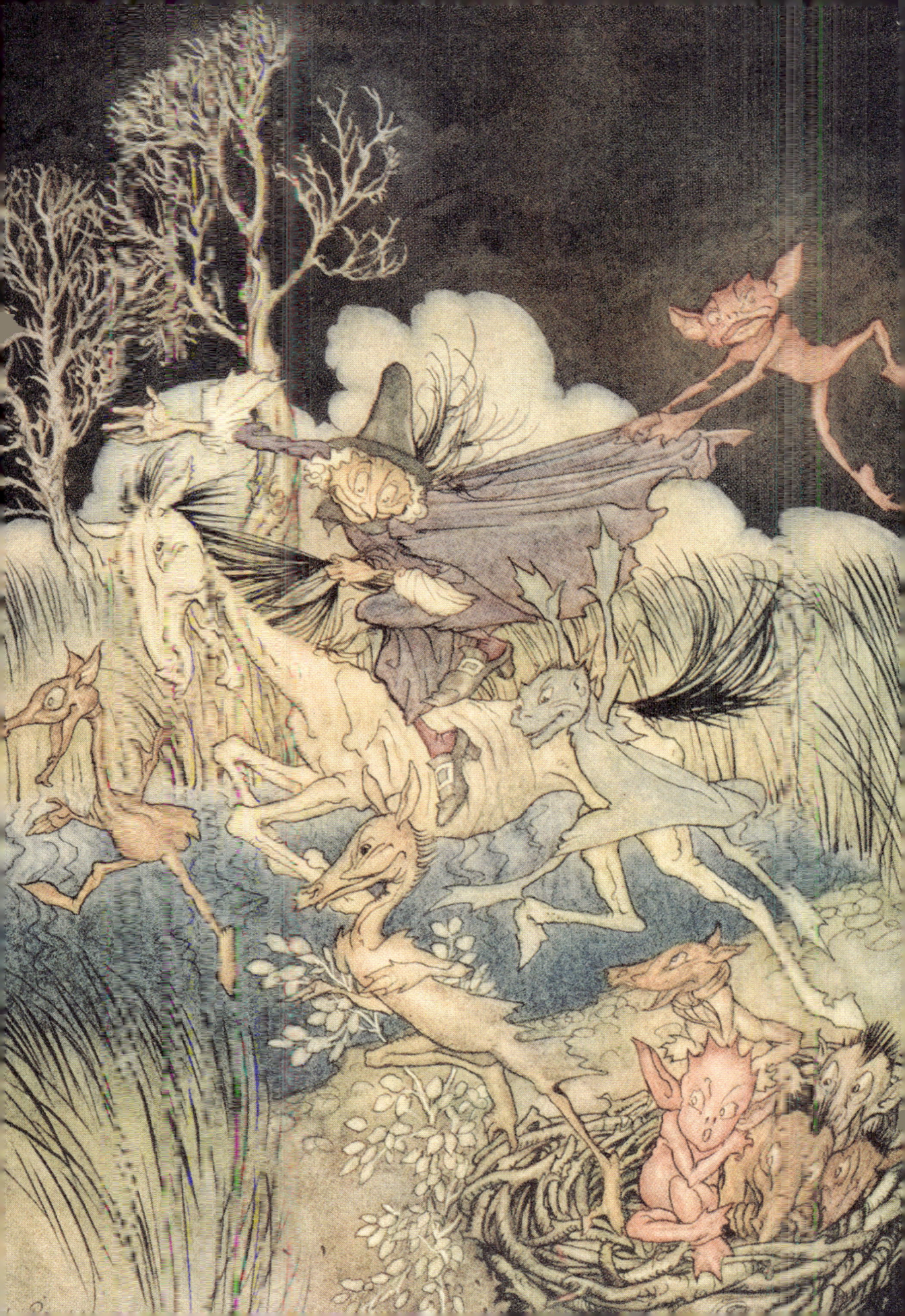

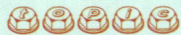

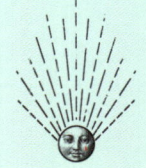

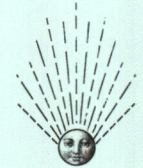

ロボットと人形
ROBOT AND DOLL

　19世紀は科学の世紀であり、発明の世紀であった。そして、人間をつくれるだろうかという問題にとり憑かれた。人間をつくるというのもいろいろなレベルがあった。人間に似たような形、人形から、人造人間までの段階である。たとえばフランケンシュタインは、形は怪奇であるが、人間のように運動し、人間のように考え、感情を持つことができる。

　人造人間というとロボットの語が浮かんでくる。カレル・チャペックは1920年に『ロボット（R.U.R.）』を書いた。ロボットはロボタ（労働）から来ている。働く人である。人間の労働者の代わりに、疲れを知らないロボットに働かせる。そのようなロボットをロッスム父子が発明し、さらにロボットを量産する工場がつくられる。

　この本を読んでみると、ロッスムという2代の科学者は、父と子で大きなちがいがあった。父は人間とまったく同じものをつくろうとした。それは複雑すぎて、あまりうまくいかなかった。息子のロッスムは割り切って考え、人間ほど高度な知性を持った存在ではなく、機械的な労働ができる程度のシンプルなロボットを大量生産することにした。しかしやがて、ロボットは人間を圧倒してゆく。

　バーナード・ショーは、人間そっくりな美しい女の像をつくり、それに魂を入れようとする『ピグマリオン』を書いた。19世紀以来、人間は自分に似た姿、人間もどきをつくるのに熱中し、ロボットや人形のさまざまなイメージを投げかけてきた。

　〈ゴシック〉は、ありとあらゆる人間の影におびえ、また魅せられてきた。人間のような姿のロボットはアンドロイドと呼ばれる。アンドロイドは涙を流すだろうか。人形はいつか人間になるだろうか。

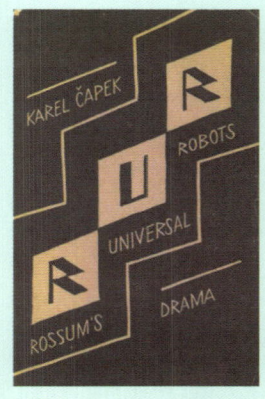

『ロボット（R.U.R.）』初版表紙
カレル・チャペック著／1920年

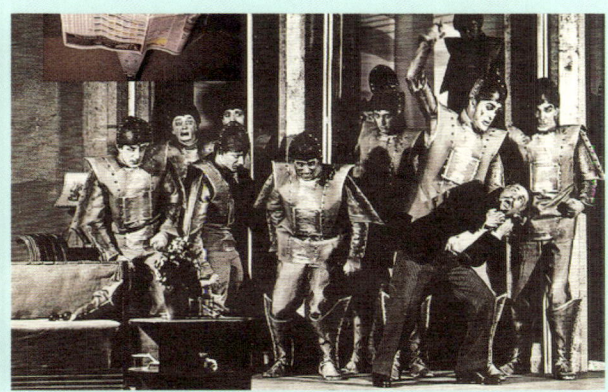

演劇「ロボット（R.U.R.）」の一場面
1921年

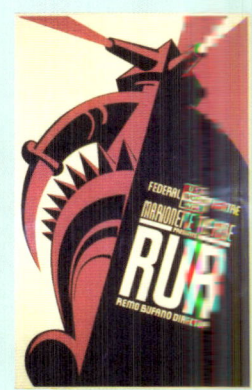

マリオネット劇場の演劇
「ロボット（R.U.R.）」ポスター
1936-39年

CHAPTER
4

ファンタジー挿絵の世界
ワンダーランドの冒険

THE WORLD
OF
FANTASY ILLUSTRATION
ADVENTURES IN WONDERLAND

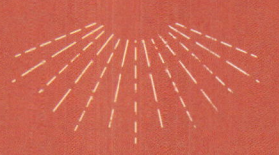

ファンタジー挿絵の世界
ワンダーランドの冒険

THE WORLD OF FANTASY
ILLUSTRATION
ADVENTURES
IN WONDERLAND

　19世紀は〈子どもの世界〉を発見する。そのことは実は、〈ゴシック・リヴァ
イヴァル〉と重なっている。昔話が甦ってくる。人間の子ども時代の復活なの
だ。「今、ここ」という現在に拘束されている人間が、解放されて、どんな時代、
どんな国にも自由に往来する想像力を持つ。ワンダーランドに旅立てるのだ。
　『不思議の国のアリス』(P251-257)、『ピーター・パン』(P258-265)は大人
を子どもの世界に連れていくのだ。〈ファンタジー〉という、ワンダーランドへの
乗り物に乗って、19世紀は走り出す。煙を吐いて走る蒸気機関車も、そのよう
な〈ファンタジー〉の乗り物なのだ。
　おとぎ話、ファンタジーの物語は、中世の装飾写本のように、絵で飾られる。
19世紀は印刷技術を発達させ、絵入り本の黄金時代を開幕させた。挿絵は、
手描き(ハンドクラフト)と機械印刷との見事な融合にふさわしい表現なのだ。
　子どもの絵本は19世紀の視覚世界を大きく広げた。それは子どものための
空間をつくったが、その面白さに刺激されて、大人もワンダーランドに出かける
ようになったのである。昔話、おとぎ話は大人も読むようになったのである。
19世紀には、大人と子どもの文学が分かれるが、それは逆に、大人と子どもの
境界線を自由にとりはずすことを可能にしたのである。私たちは子どもの時読
んだ『不思議の国のアリス』を大人になってまた読んで、その新しい次元を楽
しむことができる。
　〈スチームパンク〉はヴィクトリア朝にタイムスリップする。そこでいつか見た
ようななつかしい世界に出会うのだ。そしておどろくべきことにヴィクトリア朝
と現在は、妙にしっくりと重なりあってしまう。私たちはヴィクトリア朝と今を
モンタージュし、二重のまなざしを楽しんでいるのだ。『不思議の国のアリス』、

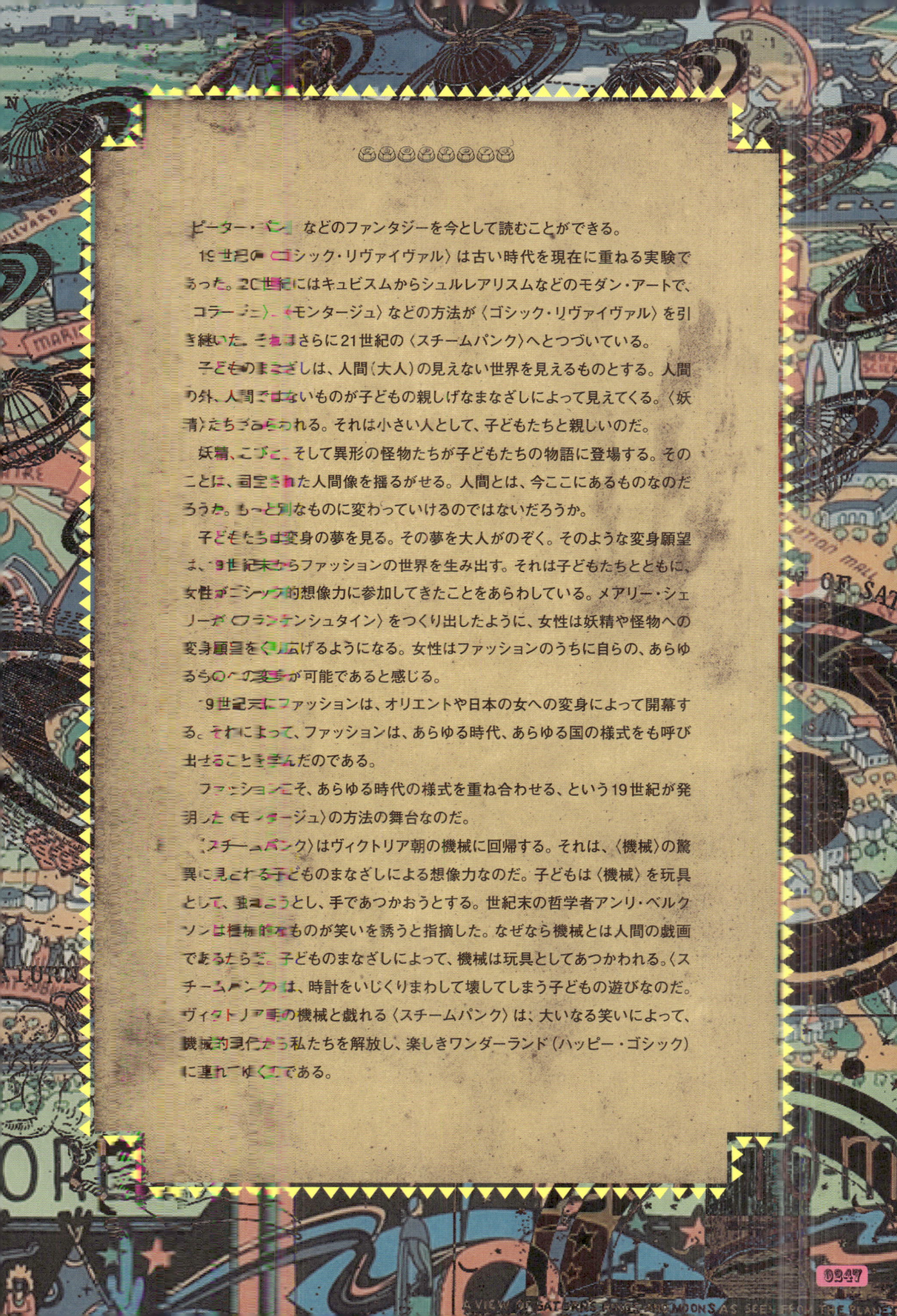

ピーター・パンなどのファンタジーを今として読むことができる。

19世紀の〈ゴシック・リヴァイヴァル〉は古い時代を現在に重ねる実験であった。20世紀にはキュビスムからシュルレアリスムなどのモダン・アートで、〈コラージュ〉〈モンタージュ〉などの方法が〈ゴシック・リヴァイヴァル〉を引き継いだ。それはさらに21世紀の〈スチームパンク〉へとつづいている。

子どものまなざしは、人間（大人）の見えない世界を見えるものとする。人間の外、人間ではないものが子どもの親しげなまなざしによって見えてくる。〈妖精〉たちがあらわれる。それは小さい人として、子どもたちと親しいのだ。

妖精、こびと、そして異形の怪物たちが子どもたちの物語に登場する。そのことは、固定された人間像を揺るがせる。人間とは、今ここにあるものなのだろうか。もっと別なものに変わっていけるのではないだろうか。

子どもたちは変身の夢を見る。その夢を大人がのぞく。そのような変身願望は、19世紀末からファッションの世界を生み出す。それは子どもたちとともに、女性がゴシック的想像力に参加してきたことをあらわしている。メアリー・シェリーが〈フランケンシュタイン〉をつくり出したように、女性は妖精や怪物への変身願望をくり広げるようになる。女性はファッションのうちに自らの、あらゆるものへの変身が可能であると感じる。

19世紀末にファッションは、オリエントや日本の女への変身によって開幕する。それによって、ファッションは、あらゆる時代、あらゆる国の様式をも呼び出せることを学んだのである。

ファッションこそ、あらゆる時代の様式を重ね合わせる、という19世紀が発明した〈モンタージュ〉の方法の舞台なのだ。

〈スチームパンク〉はヴィクトリア朝の機械に回帰する。それは、〈機械〉の驚異に見とれる子どものまなざしによる想像力なのだ。子どもは〈機械〉を玩具として、独占しようとし、手であつかおうとする。世紀末の哲学者アンリ・ベルクソンは機械的なものが笑いを誘うと指摘した。なぜなら機械とは人間の戯画であるからだ。子どものまなざしによって、機械は玩具としてあつかわれる。〈スチームパンク〉は、時計をいじくりまわして壊してしまう子どもの遊びなのだ。ヴィクトリア朝の機械と戯れる〈スチームパンク〉は、大いなる笑いによって、機械的なものから私たちを解放し、楽しきワンダーランド（ハッピー・ゴシック）に連れてゆくのである。

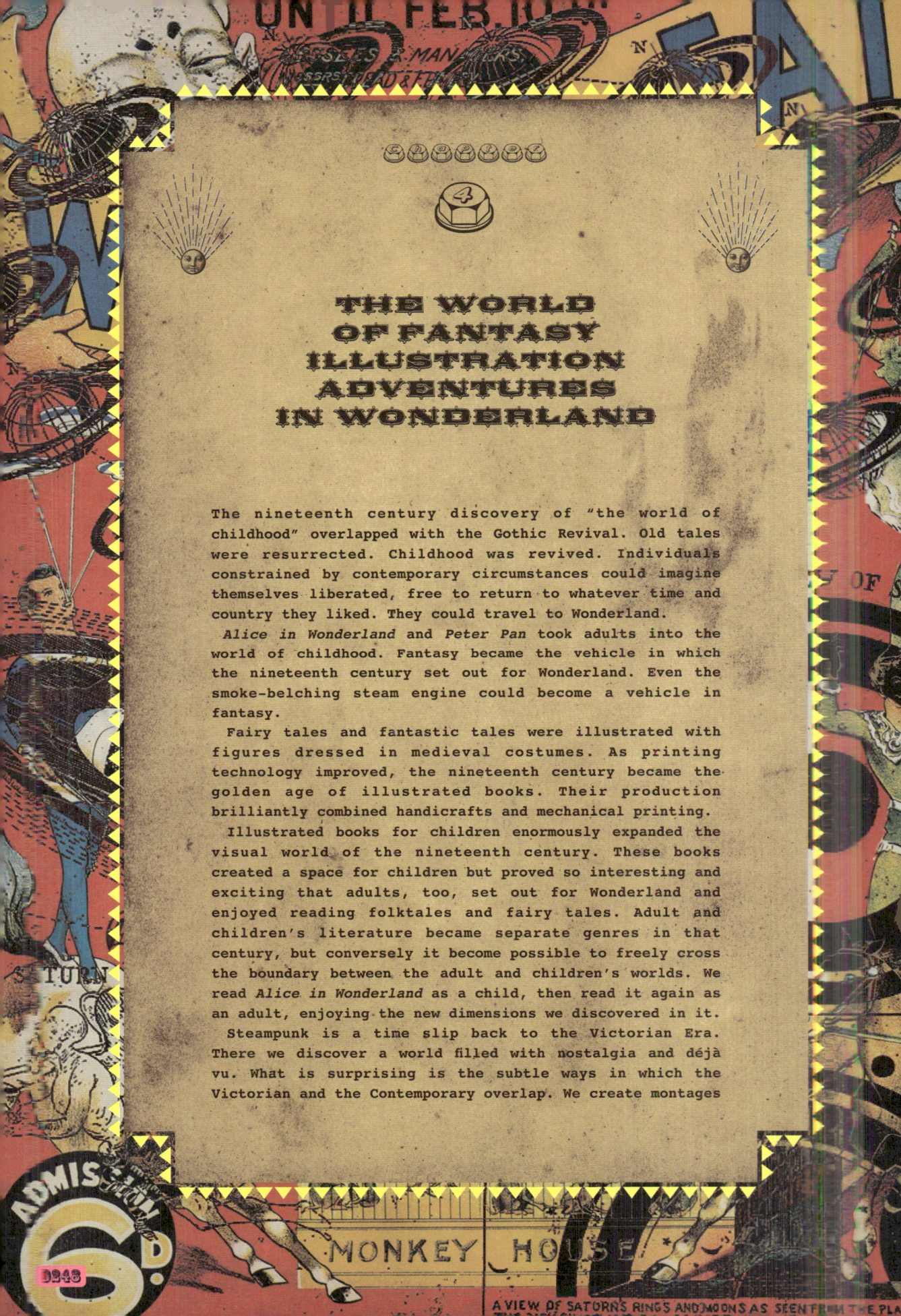

THE WORLD OF FANTASY ILLUSTRATION ADVENTURES IN WONDERLAND

The nineteenth century discovery of "the world of childhood" overlapped with the Gothic Revival. Old tales were resurrected. Childhood was revived. Individuals constrained by contemporary circumstances could imagine themselves liberated, free to return to whatever time and country they liked. They could travel to Wonderland.

Alice in Wonderland and *Peter Pan* took adults into the world of childhood. Fantasy became the vehicle in which the nineteenth century set out for Wonderland. Even the smoke-belching steam engine could become a vehicle in fantasy.

Fairy tales and fantastic tales were illustrated with figures dressed in medieval costumes. As printing technology improved, the nineteenth century became the golden age of illustrated books. Their production brilliantly combined handicrafts and mechanical printing.

Illustrated books for children enormously expanded the visual world of the nineteenth century. These books created a space for children but proved so interesting and exciting that adults, too, set out for Wonderland and enjoyed reading folktales and fairy tales. Adult and children's literature became separate genres in that century, but conversely it become possible to freely cross the boundary between the adult and children's worlds. We read *Alice in Wonderland* as a child, then read it again as an adult, enjoying the new dimensions we discovered in it.

Steampunk is a time slip back to the Victorian Era. There we discover a world filled with nostalgia and déjà vu. What is surprising is the subtle ways in which the Victorian and the Contemporary overlap. We create montages in which both eras merge; our dual gaze sees both now and then. We can now read *Alice in Wonderland* and *Peter Pan* as contemporary fantasy.

During the nineteenth century, the Gothic Revival experimented overlapping past and present. In the twentieth century, Cubism, Surrealism and other modern art movements embraced the techniques of montage and collage, continuing what the Gothic Revival had begun. Then, in the twenty-first century, Steampunk continued the experiment.

Children see world invisible to adults. Children become familiar with non-human beings. Fairies appear, and these miniature people make friends with children.

In children's stories, fairies, little people, and strangely shaped monsters appear. They shake our fixed image of humanity. Are humans just the creatures we know today? Couldn't we change into far more different beings?

Children see metamorphoses in dreams. Adults sneak peaks at those dreams. This desire for metamorphosis appeared in the world of fashion starting at the end of the nineteenth century. Women began to participate with children in the world of Gothic imagination. Women's desire to transform into fairies or monsters, as in Mary Shelley's *Frankenstein*, became widespread. Through fashion, women felt the possibility to transform themselves into whatever they liked.

The world of fashion began at the end of the century with metamorphoses into Oriental or Japanese women. Fashion learned how to evoke the styles of any era, any country. It was the stage on which the nineteenth-century discovery of montage, of combining styles of any era, started.

Steampunk is a return to the machines of the Victorian Era. There we can imagine children in awe of the machine. Like children, we can make machines out of toys, to touch and manipulate. It was the fin de siècle philosopher Henri Bergson who pointed out that mechanical movements elicit laughter, because machines are comic portrayals of people. Through the eyes of children, machines are perceived as toys. Steampunk is rooted in nostalgia for childhood's playing with clockwork toys. By playing with Victorian Era machines, Steampunk elicits gales of laughter, liberating us from our too mechanical present and drawing us into the fun-filled Wonderland we might call Happy Gothic.

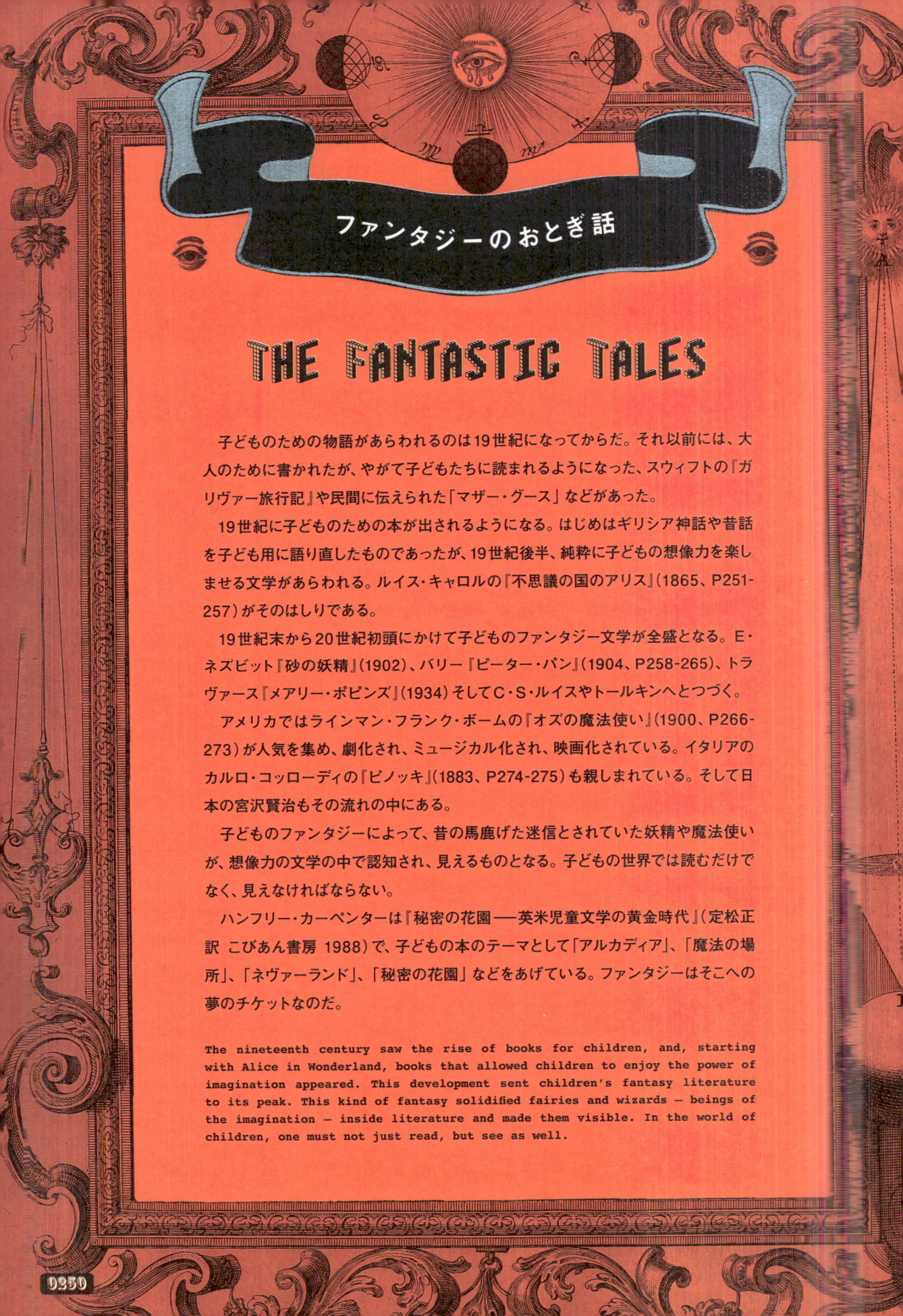

THE FANTASTIC TALES

　子どものための物語があらわれるのは19世紀になってからだ。それ以前には、大人のために書かれたが、やがて子どもたちに読まれるようになった、スウィフトの『ガリヴァー旅行記』や民間に伝えられた「マザー・グース」などがあった。

　19世紀に子どものための本が出されるようになる。はじめはギリシア神話や昔話を子ども用に語り直したものであったが、19世紀後半、純粋に子どもの想像力を楽しませる文学があらわれる。ルイス・キャロルの『不思議の国のアリス』（1865、P251-257）がそのはしりである。

　19世紀末から20世紀初頭にかけて子どものファンタジー文学が全盛となる。E・ネズビット『砂の妖精』（1902）、バリー『ピーター・パン』（1904、P258-265）、トラヴァース『メアリー・ポピンズ』（1934）そしてC・S・ルイスやトールキンへとつづく。

　アメリカではラインマン・フランク・ボームの『オズの魔法使い』（1900、P266-273）が人気を集め、劇化され、ミュージカル化され、映画化されている。イタリアのカルロ・コッローディの『ピノッキ』（1883、P274-275）も親しまれている。そして日本の宮沢賢治もその流れの中にある。

　子どものファンタジーによって、昔の馬鹿げた迷信とされていた妖精や魔法使いが、想像力の文学の中で認知され、見えるものとなる。子どもの世界では読むだけでなく、見えなければならない。

　ハンフリー・カーペンターは『秘密の花園──英米児童文学の黄金時代』（定松正訳　こびあん書房 1988）で、子どもの本のテーマとして「アルカディア」、「魔法の場所」、「ネヴァーランド」、「秘密の花園」などをあげている。ファンタジーはそこへの夢のチケットなのだ。

The nineteenth century saw the rise of books for children, and, starting with Alice in Wonderland, books that allowed children to enjoy the power of imagination appeared. This development sent children's fantasy literature to its peak. This kind of fantasy solidified fairies and wizards — beings of the imagination — inside literature and made them visible. In the world of children, one must not just read, but see as well.

WONDERLAND

ルイス・キャロル『不思議の国のアリス』

LEWIS CARROLL'S "ALICE'S ADVENTURES IN WONDERLAND"

イギリス 1865

子どもファンタジーの原典である。すべてはここからはじまった。オックスフォード大学の数学教師チャールズ・ドジソンは1862年、リデル学寮長の娘ロリーナ、アリス、イーディスを連れてボート遊びをし、この話を語って聞かせ、1865年にルイス・キャロルのペンネームで『不思議の国のアリス』が出版された。

キャロルは大人たちの間では緊張してどもったりしたという。しかし子どもたちといると、リラックスして、次々と面白い話が浮かんできたという。

キャロルが影響を受けたのはエドワード・リアという詩人である。彼のナンセンス詩は、常識的世界をひっくり返すグロテスクな笑いをもたらした。〈ナンセンス〉という方法は、ゴシック的なグロテスク、不気味さなどにつながっている。すべてが突然、壊れて消え去り、無になってしまう。そのような転換、無化がアリスの物語にも現れている。

さまざまな画家が〈アリス〉を描いてきた。〈アリス〉は、クールで自由で、時に残酷な、笑いを誘う、子どものまなざしを意味している。〈アリス〉こそ〈ハッピー・ゴシック〉の象徴であるかもしれない。その絵には爽快な笑いがあふれている。

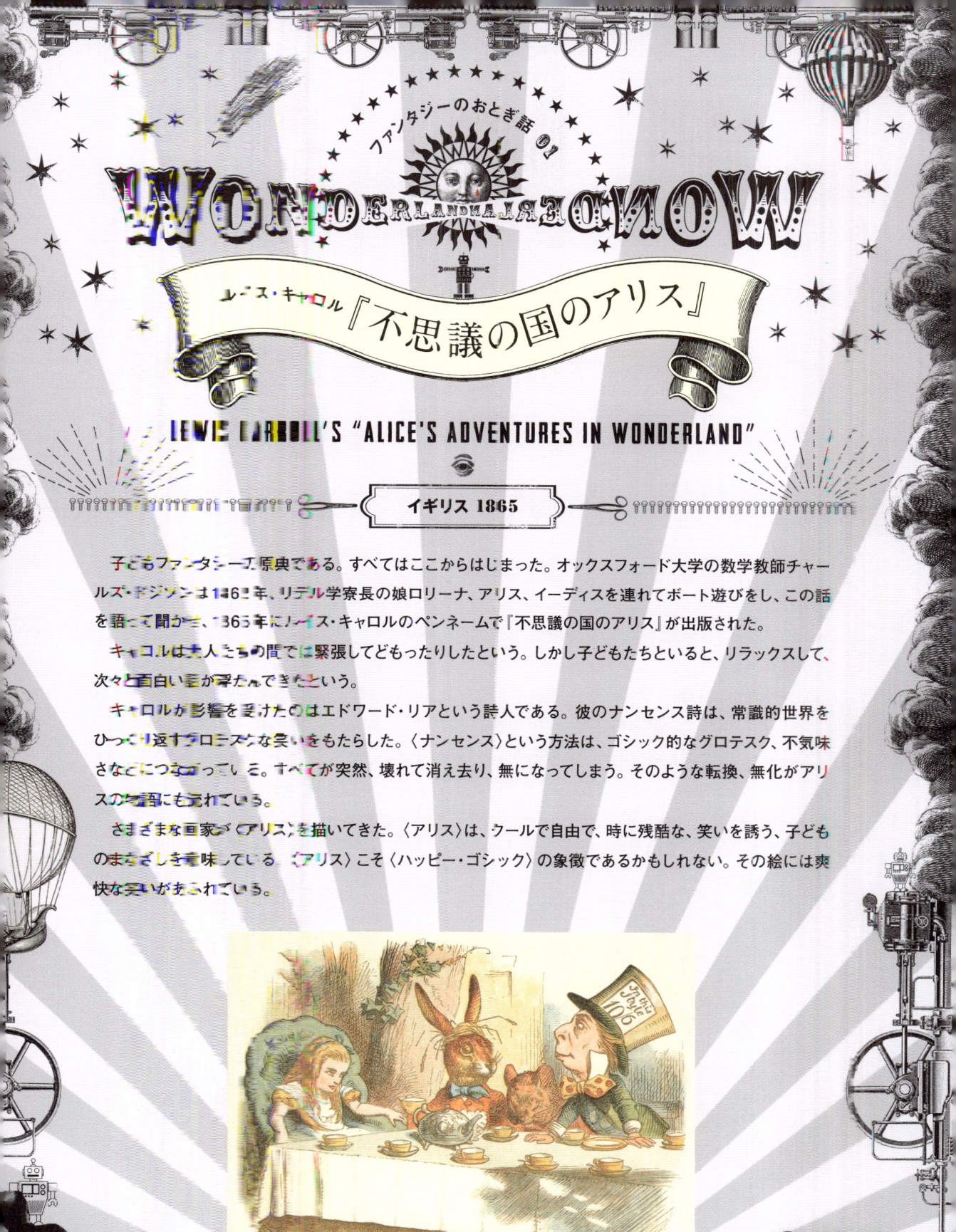

『子ども部屋のアリス』挿絵
ジョン・テニエル画 / ルイス・キャロル著 / 1890年 / アートハーベスト蔵

ARTHUR RACKHAM: INSIDE PAGES OF BOOK "ALICE'S ADVENTURES IN WONDERLAND"

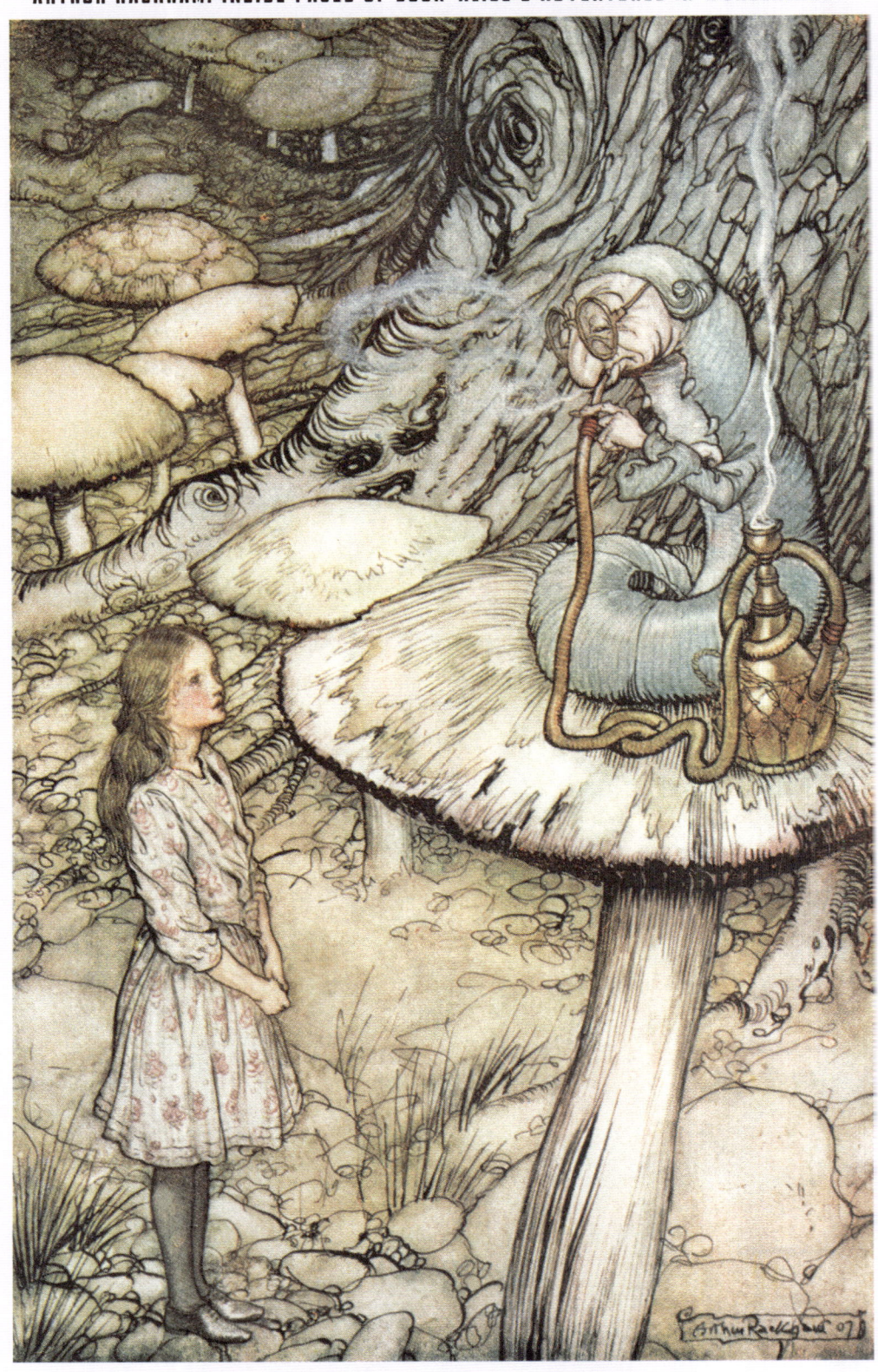

テニエルに比べてラッカムのアリスはちょっと大人びて女性らしい。絵の全体はゆるやかな曲線を描き、
アール・ヌーヴォーの影響を受けている。人間、動物、植物が流れる線の中で融合され、なめらかである。

P252-253：アーサー・ラッカム画 Arthur Rackham ／ ルイス・キャロル著 Lewis Carroll ／ 1907年 ／ アートハーベスト蔵

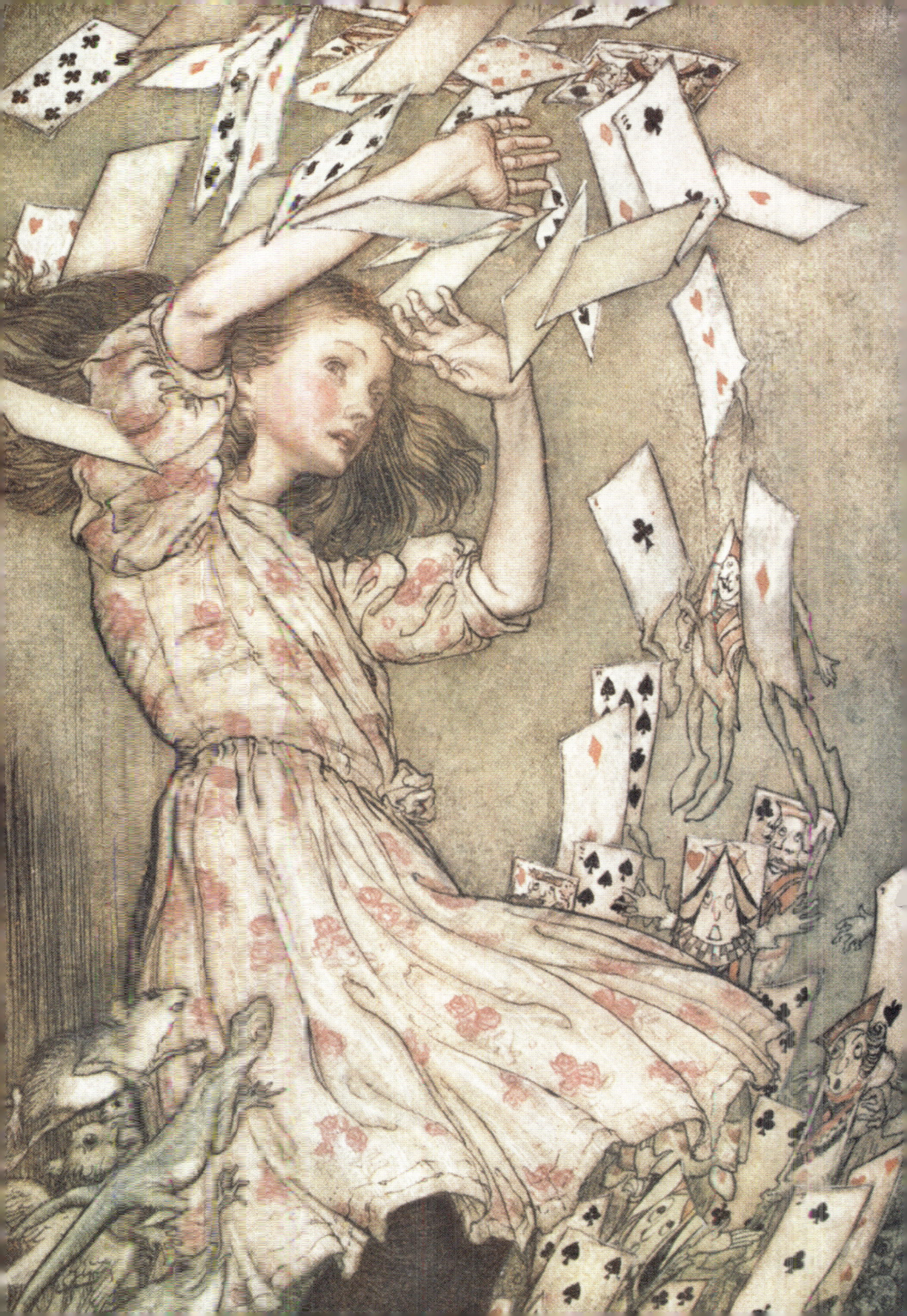

GWYNEDD HUDSON: INSIDE PAGES OF BOOK "ALICE'S ADVENTURES IN WONDERLAND"

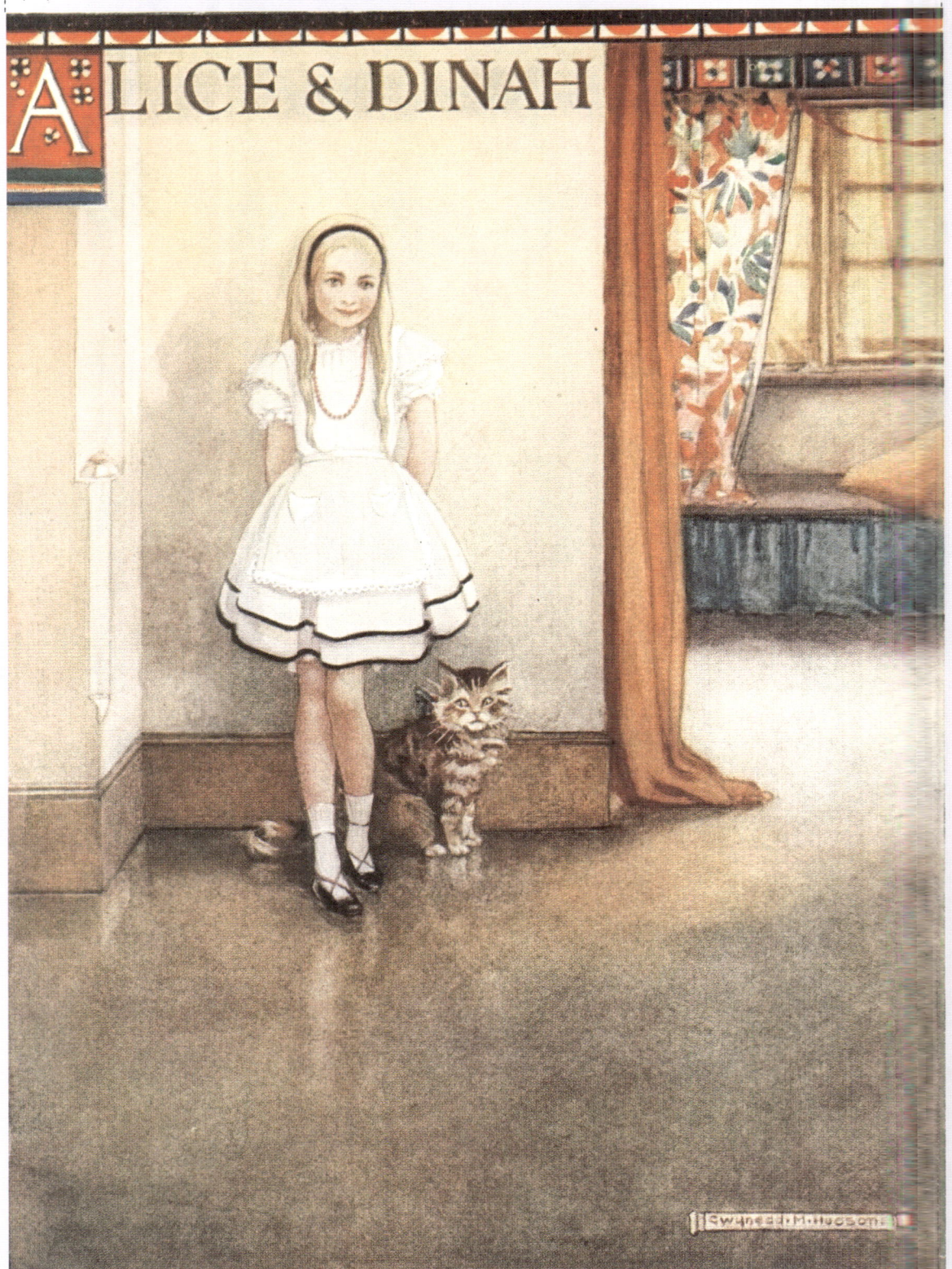

グウィネス・ハドソンはブライトンの美術学校で学び、サセックス州で活動した。1912年から1925年にかけて、
妖精物語の挿絵を描いた。『ピーター・パン』(1925、P258-260)の挿絵もある。モダンな少女趣味である。

P254-255：グウィネス・ハドソン画 Gwynedd Hudson ／ ルイス・キャロル著 Lewis Carroll ／ 1922年 ／ アメリカ、アメリカ議会図書館蔵

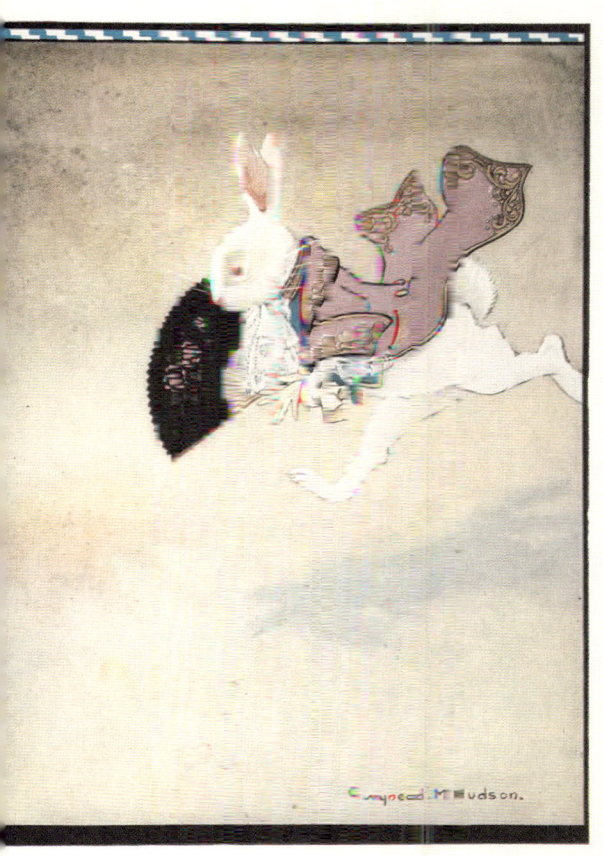

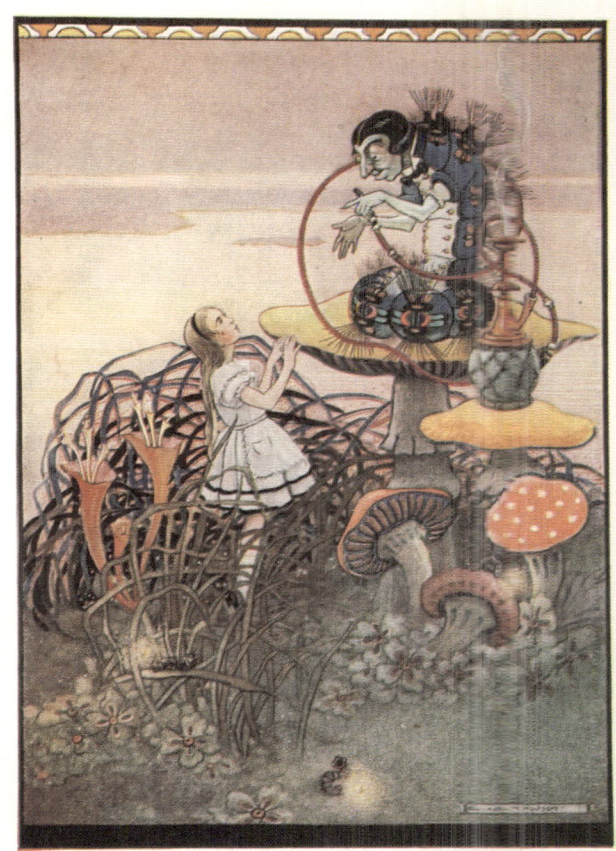

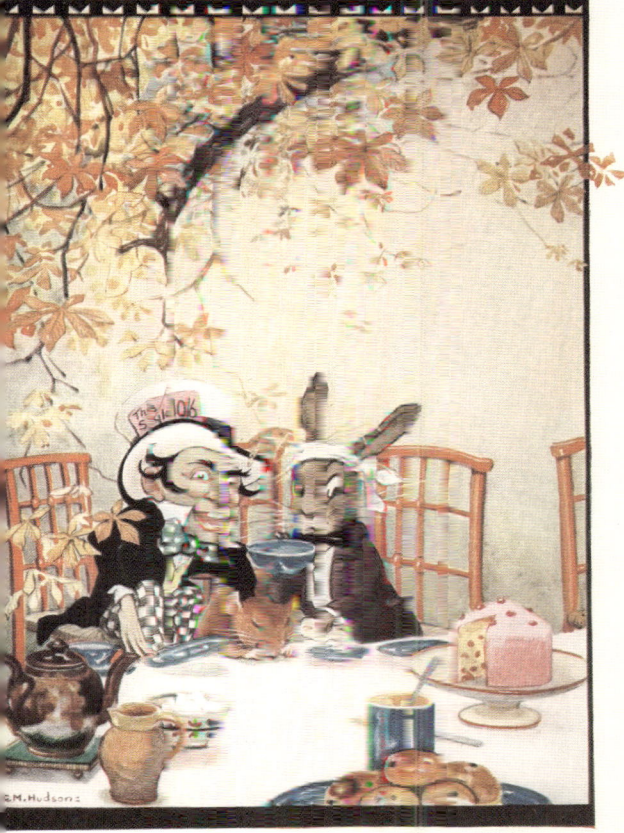

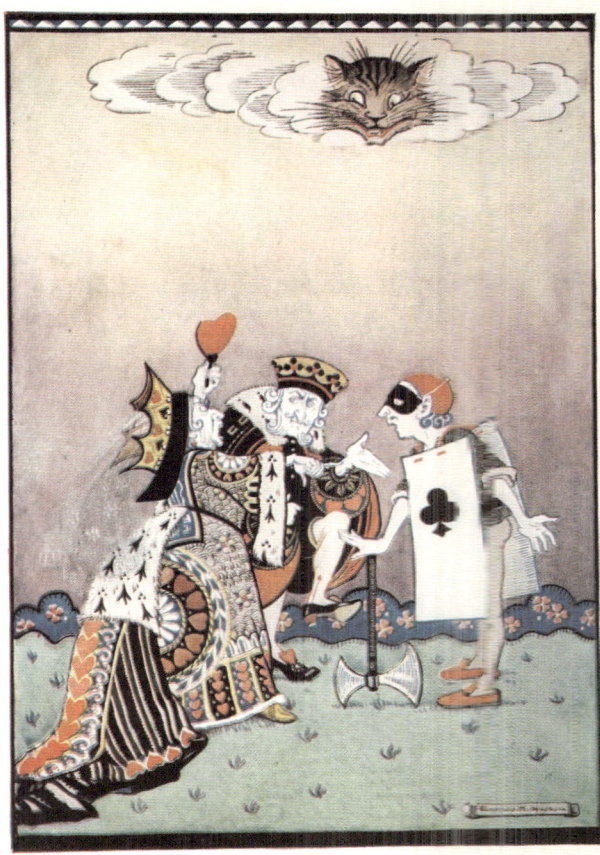

JOHN TENNIEL: COVER AND INSIDE PAGES OF BOOK "THE NURSERY "ALICE"

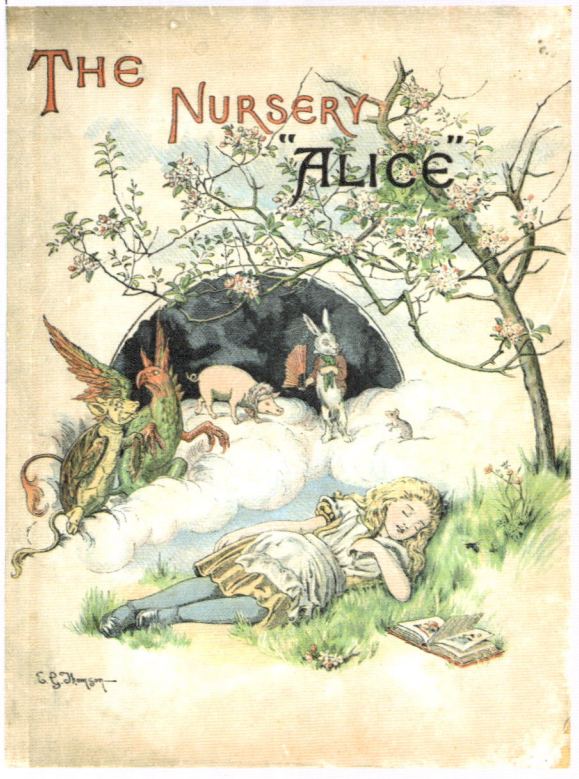

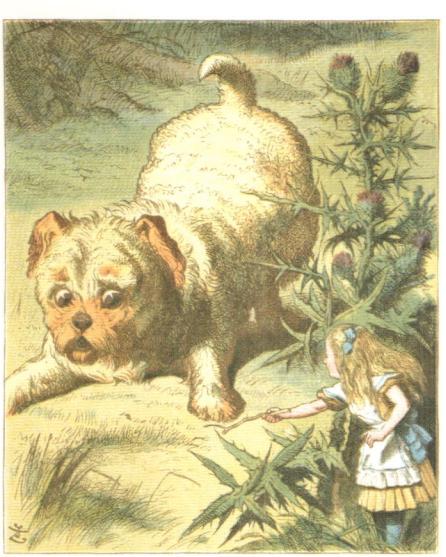

THE DEAR LITTLE PUPPY.

course we thought Dash would be *quite* sure to like it very much, too.

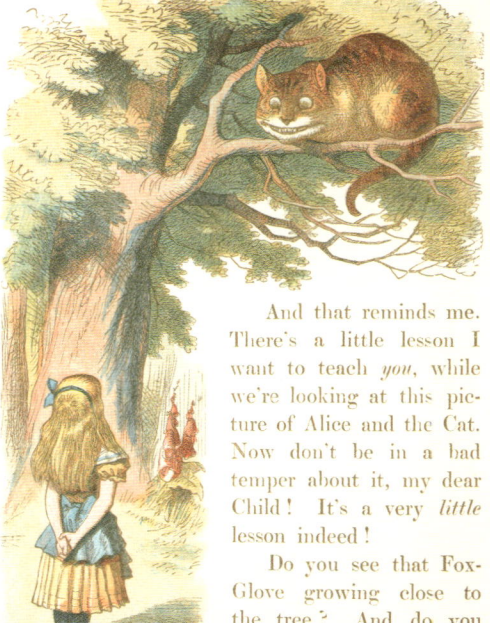

And that reminds me. There's a little lesson I want to teach *you*, while we're looking at this picture of Alice and the Cat. Now don't be in a bad temper about it, my dear Child! It's a very *little* lesson indeed!

Do you see that Fox-Glove growing close to the tree? And do you know why it's called a *Fox*-Glove? Perhaps you

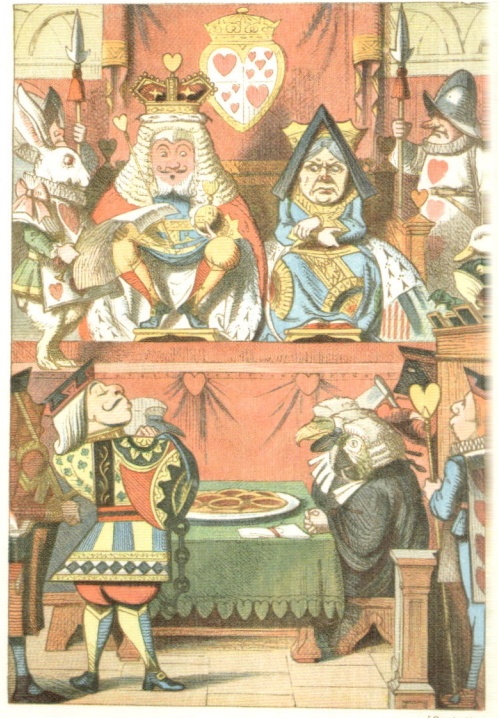

テニエルのアリスものの挿絵があまりに好評だったので、彩色版がつくられた。
テニエルの指示で別の画家が手彩色した。まだカラー印刷が発達しない時代の絵本である。

ジョン・テニエル画 John Tenniel ／ ルイス・キャロル著 Lewis Carroll ／ 1890年 ／ アートハーベスト蔵

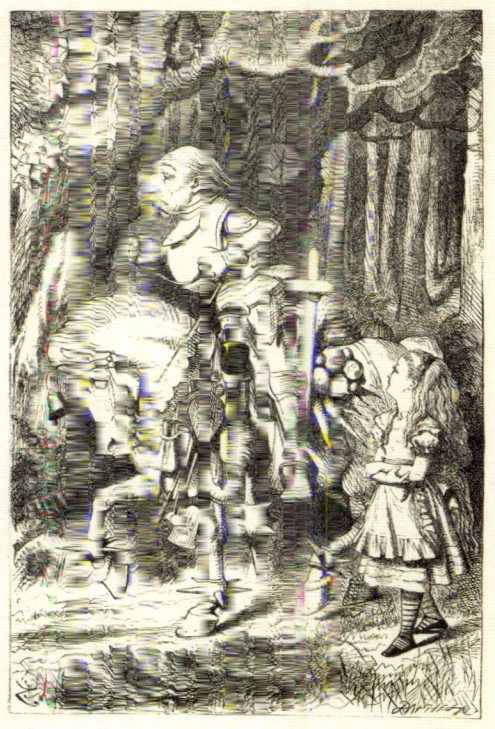

LOOKING-GLASS HOUSE.   23

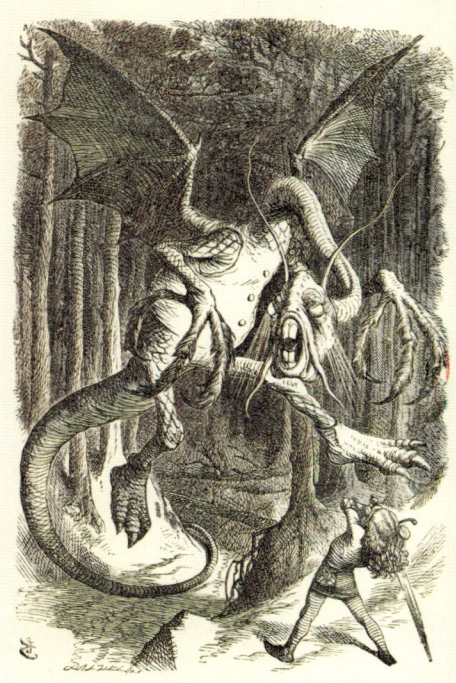

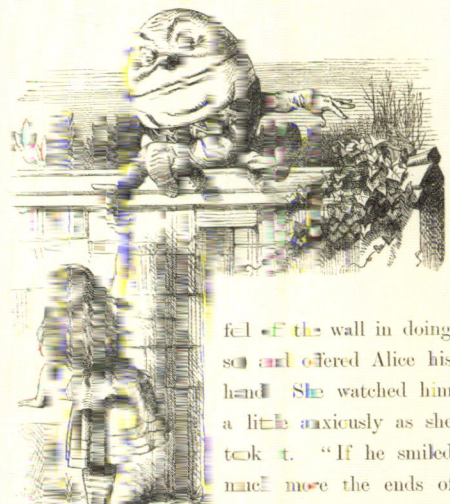

18   HUMPTY DUMPTY.

fell off the wall in doing
so, and offered Alice his
hand. She watched him
a little anxiously as she
took it. "If he smiled
much more the ends of
his mouth might meet
behind," she thought:
"and then I don't know what would happen
to his head! I'm afraid it would come off!"
"Yes, all his horses and all his men," Humpty

212   QUEEN ALICE.

"I ca'n't stand
this any longer!"
she cried, as she
jumped up and
seized the table-
cloth with both
hands: one good
pull, and plates,
dishes, guests, and

ユーモラスでシュールで、ちょっとグロテスクなテニエルの絵は『不思議の国のアリス』にぴったりであった。ロマンティックなラッカムの
アリスとは対照的に、テニエルがつくり出した怪物たちのおかしなイメージは、その後の画家が無視できないものとなった。

ジョン・テニエル画 John Tenniel／ルイス・キャロル著 Lewis Carroll／1907年／アートハーベスト蔵

WONDERLAND NOW

ジェームス・マシュー・バリー『ピーター・パン』

J. M. BARRIE'S "PETER PAN"

イギリス 1911

　バリーはスコットランド生まれで、ロンドンに出て作家となった。彼は小さな子どもたちが好きだった。そ
の1人は友人の娘マーガレット・ヘンリーで、バリーを「私のお友だち（フレンディ）」と呼んだが、「レ」がうま
くいえないので、ウェンディといった。彼女はわずか6歳で亡くなった。『ピーター・パン』に出てくる、ウェ
ンディは彼女がモデルである。ピーター・パンのモデルはやはり友人の子どもたち、5人兄弟が使われた。
同時に、決して大人にならない子どもピーター・パンは作者自身が重ねられている。

　『ピーター・パン』ははじめ芝居として書かれ、上演された。そして大人と子どもの両方に評判になった。
その影響は、絵本などとは比較にならないほど大きかった。子ども部屋に妖精をあふれさせたのは『ピー
ター・パン』だったといわれている。ビアトリクス・ポターなども『ピーター・パン』の舞台を見て、妖精に目
覚めたという。

　『ピーター・パン』は戯曲から物語化されて絵本となった。アーサー・ラッカムのものがよく知られている
（P262-265）。それはいつまでも年をとらない男の子と女の子、永遠なる子ども時代というユートピアを伝
えている。

　19世紀の〈永遠の少年〉の夢は、1920年までつづいた。そして100年後にまた甦ってきた。

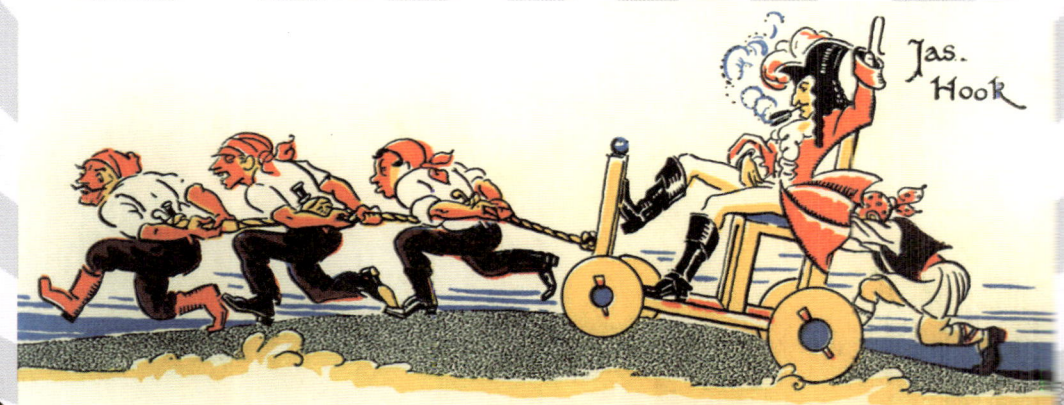

『ピーター・パンとウェンディ』挿絵
グヴィネズ・ハドソン画 / ジェームス・マシュー・バリー著 / 1931年 / 写真提供：Getty Images

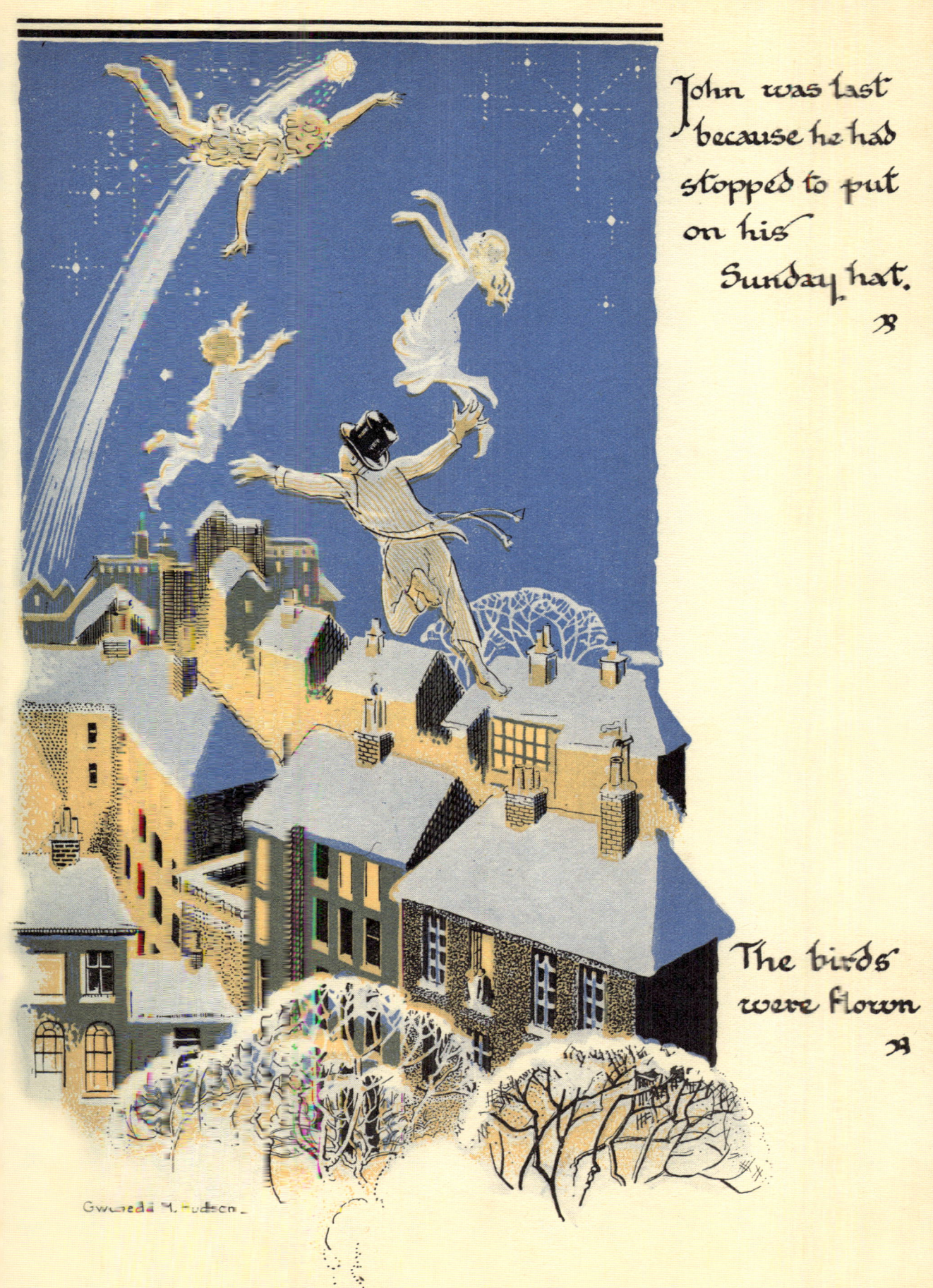

John was last
because he had
stopped to put
on his
Sunday hat.

The birds
were flown

Gwynedd M. Hudson

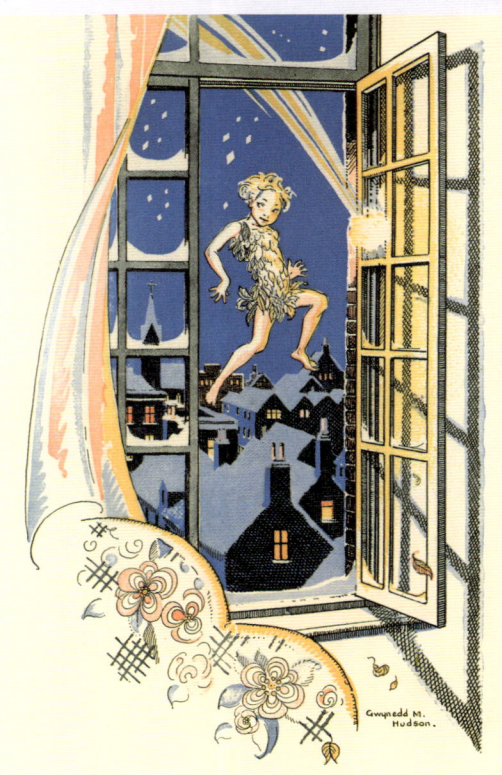

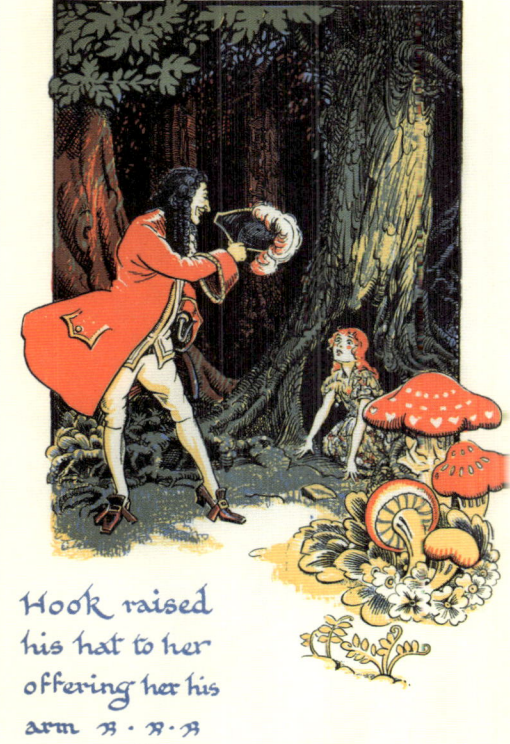

Hook raised
his hat to her
offering her his
arm

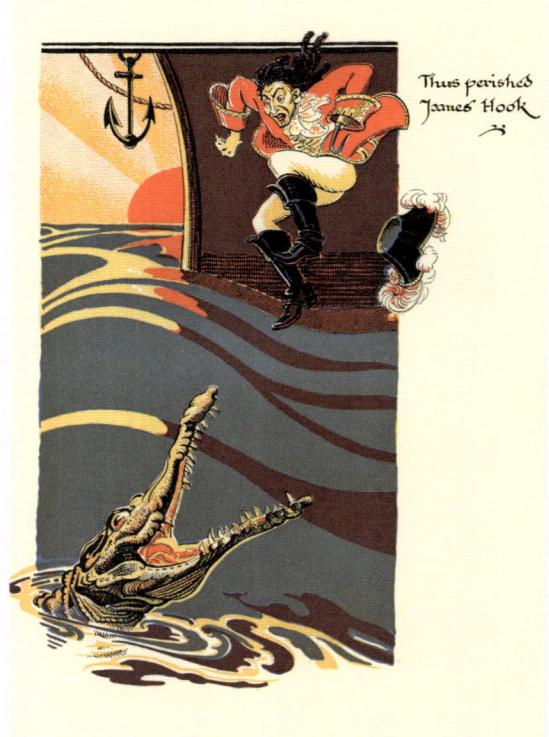

Thus perished
James Hook

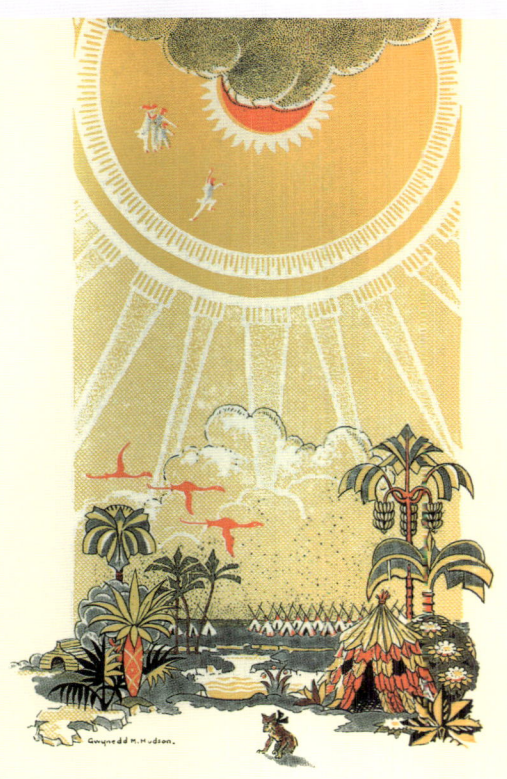

ハドソンの後期の作品で、まったくモダン・スタイルになっている。アール・デコの装飾パターンが散らされ、
動きもスピーディで、初期の『不思議の国のアリス』(P254-255)と同一の画家とは思えないほどだ。

P259-260：グウィネズ・ハドソン画 Gwynedd Hudson／ジェームス・マシュー・バリー著 J. M. Barrie／1931年／写真提供：Getty Images

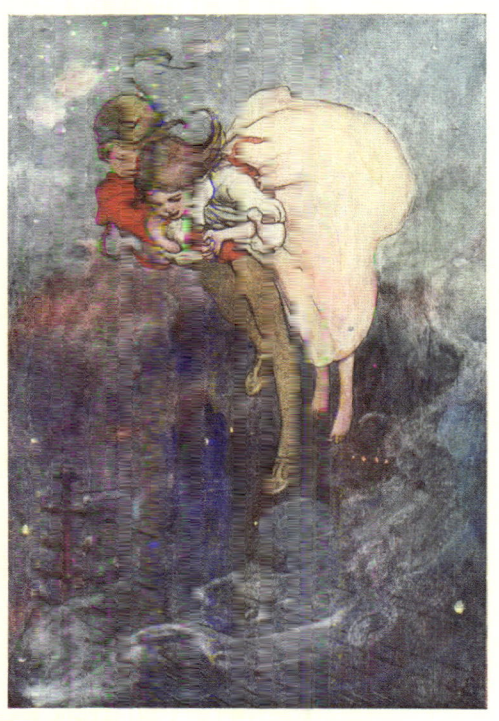

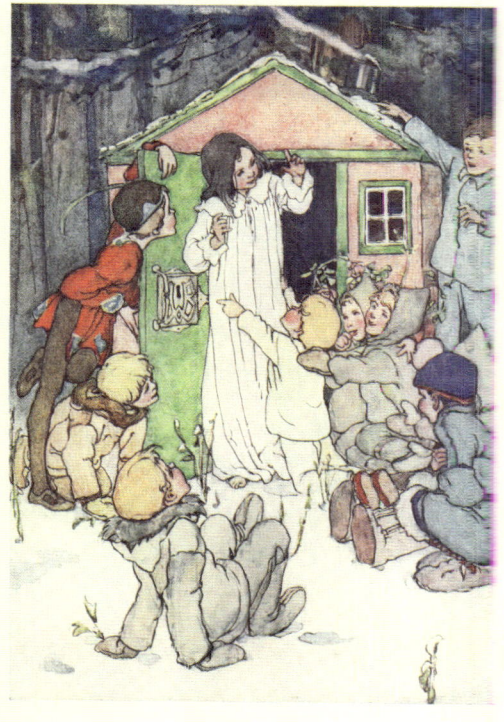

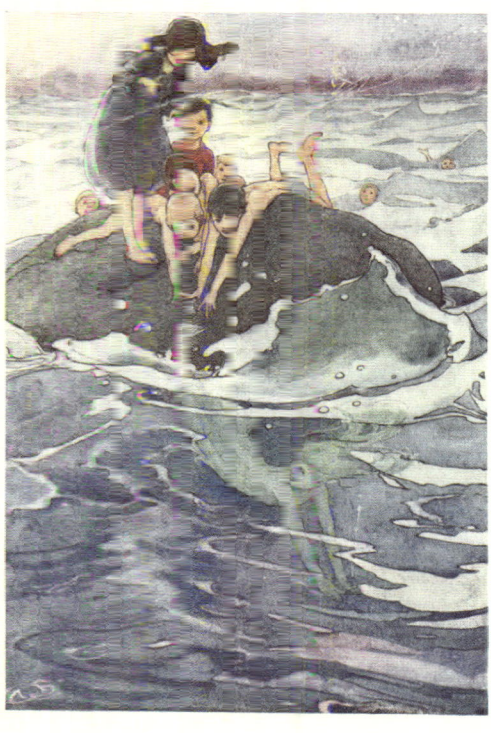

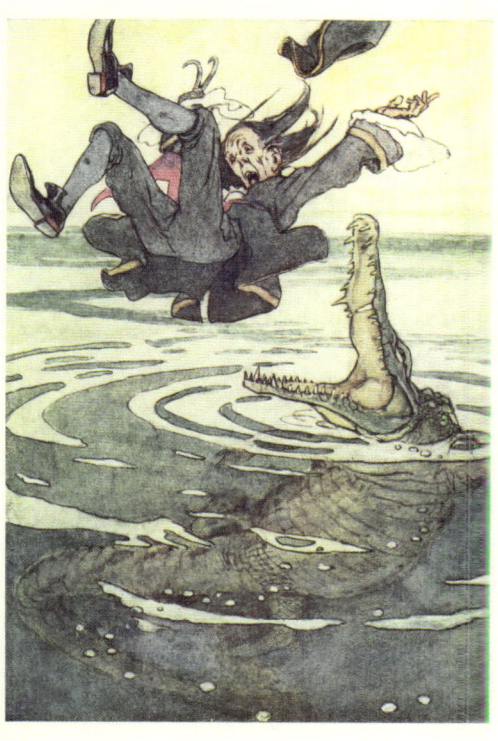

ウッドワードは子ども本の画家で、ラッカムの同時代に活躍した。ロマンティックで少女趣味であり、
ラッカムほどの深みはないが、ヴィクトリア期の雰囲気を伝える愛らしい作品である。

アリス・E・ウッドワード画 Alice E. Woodward / ジェームス・マシュー・バリー著 J. M. Barrie / 1907年 / アメリカ、ボストン公共図書館蔵

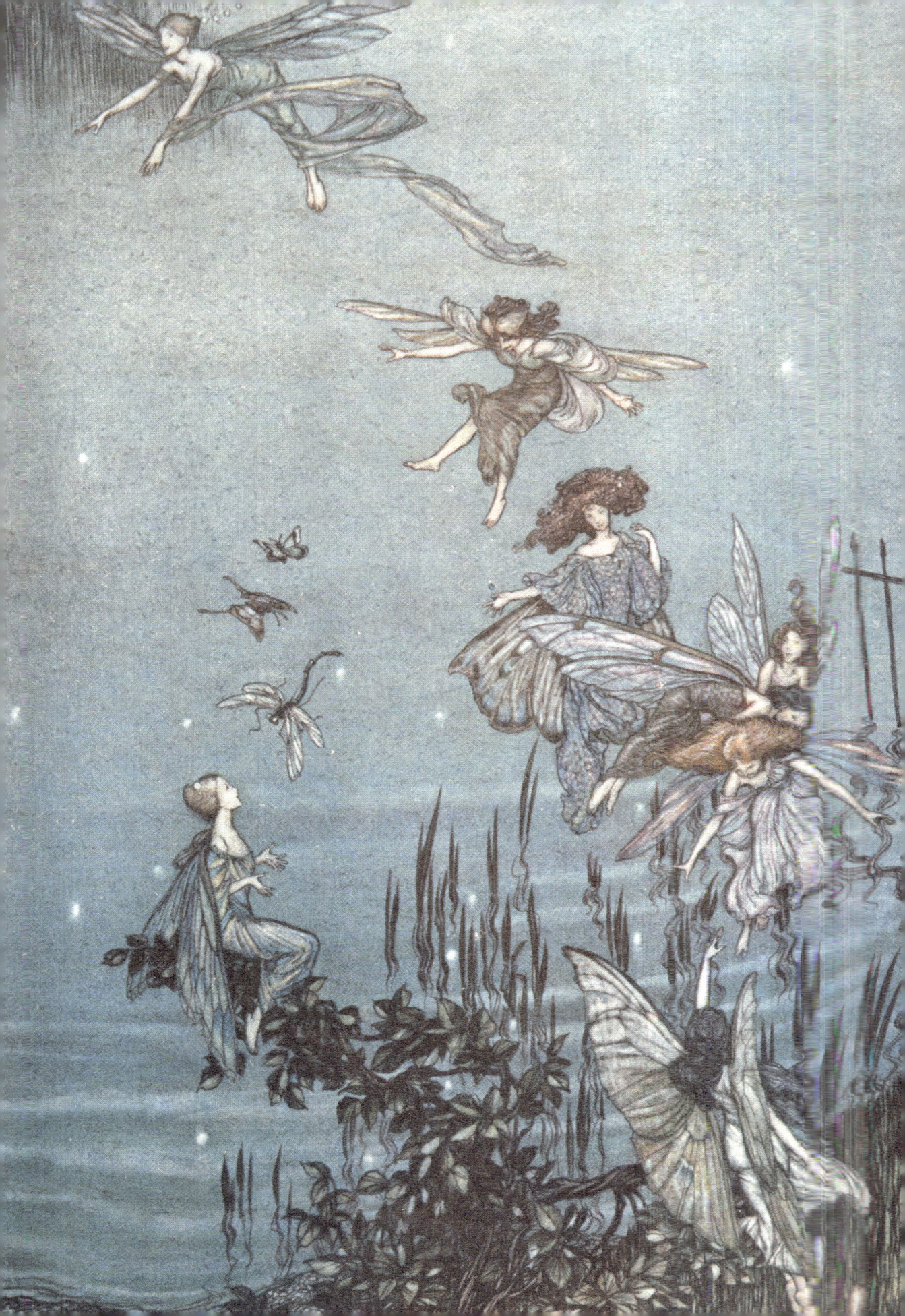

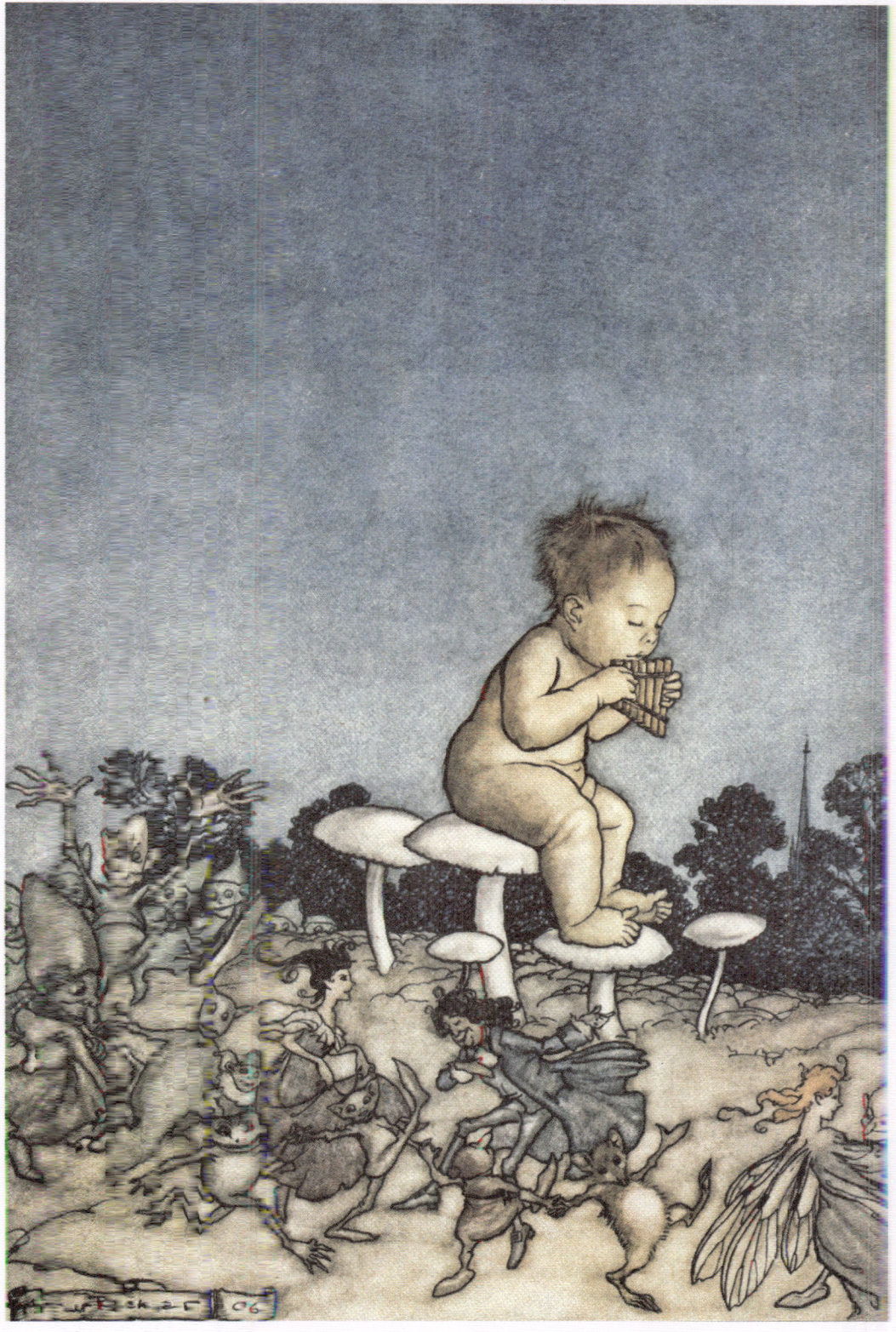

ラッカムの傑作である。ケンジントン公園をめぐり、その森や池を写生して、その風景の中のピーター・パンを描き、舞台のピーター・パンではまったく見られないシーンをつくり出した。原作者バリーも感激したという。

図262・263：アーサー・ラッカム画 Arthur Rackham／ジェームス・マシュー・バリー著 J. M. Barrie／1909年／アートハーベスト蔵

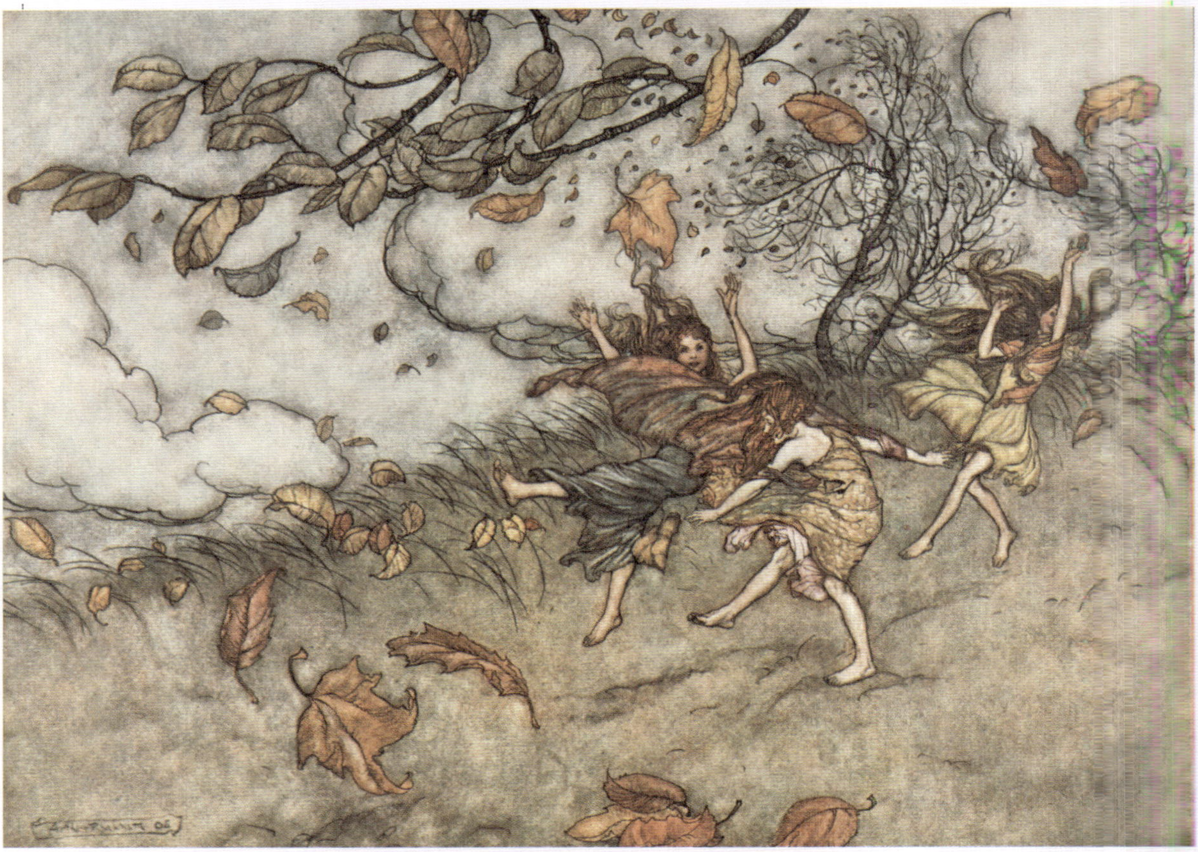

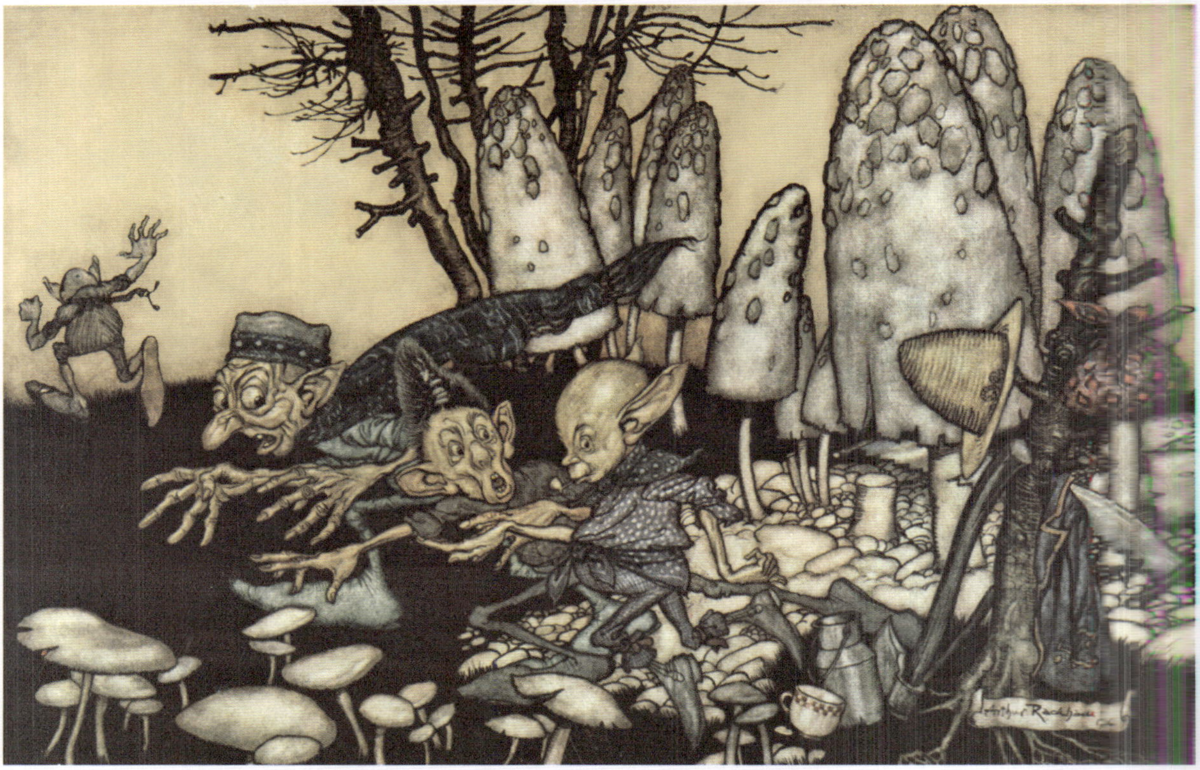

P264-265：アーサー・ラッカム画 Arthur Rackham / ジェームス・マシュー・バリー著 J. M. Barrie / 1909年 / アートハーベスト蔵

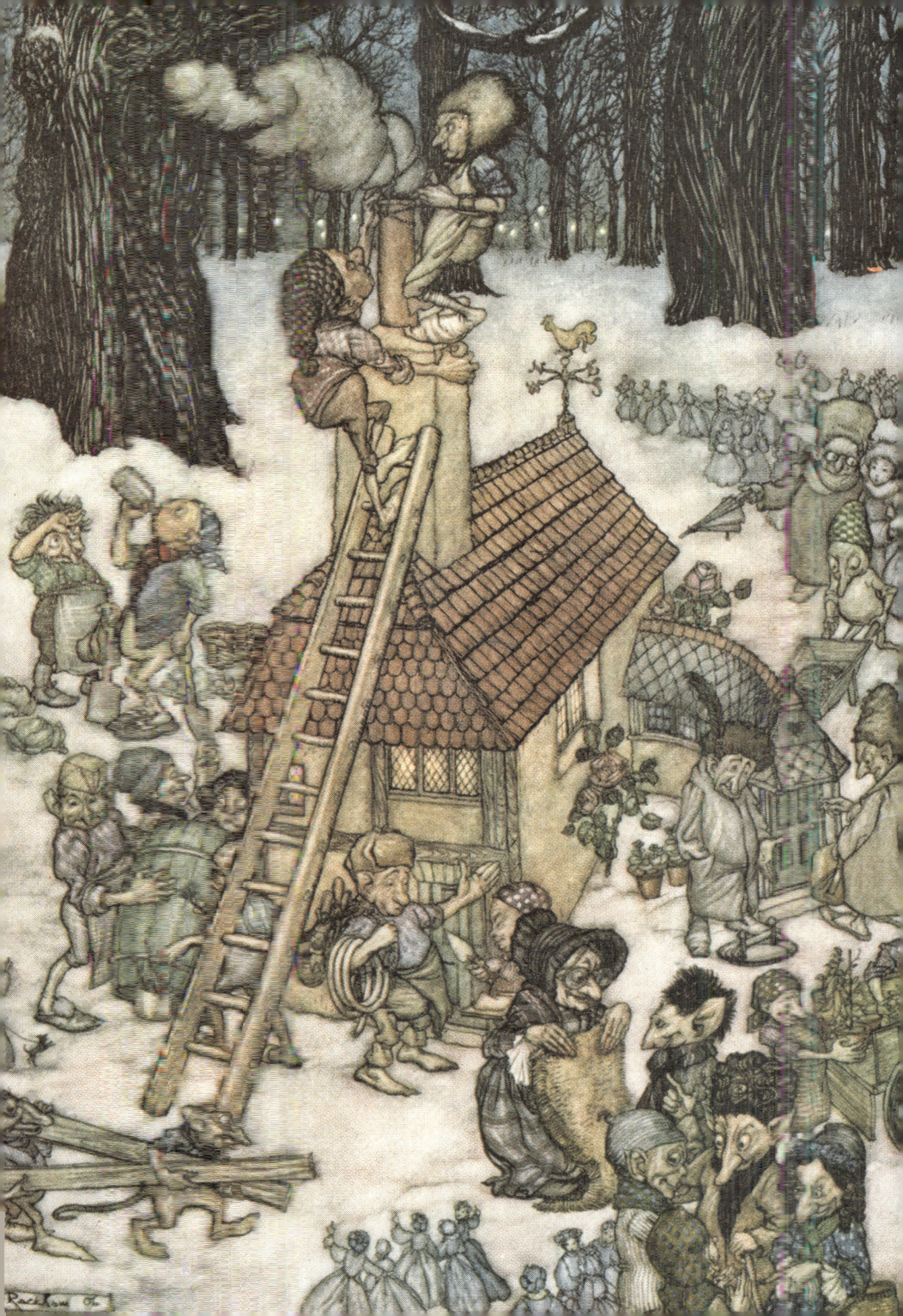

WONDERLAND WONDER

ライマン・フランク・ボーム『オズの魔法使い』

LYMAN FRANK BAUM'S "THE WONDERFUL WIZARD OF OZ"

アメリカ 1900

　アメリカ国産の、アメリカで最も好まれたおとぎ話といわれる。ボームはニューヨークで裕福な石油商人の息子として生まれた。ジャーナリストとなり、児童文学者として1897年にデビューする。

　1900年、画家W・W・デンスローと組んで『オズの魔法使い』を出した。はじめは「エメラルド・シティ」という題であった。それが大ヒットしたので、〈オズ〉のシリーズを書き、さらにその映画化を企画してハリウッドに行った。1939年につくられた映画「オズの魔法使」は大ヒットした。ジュディ・ガーランドが演じるドロシーは竜巻で魔法の国へ飛ばされる。帰るためにはエメラルド・シティに住む魔法使いに会わなければならない。臆病なライオン、脳のないカカシ、心のないブリキ人形とともに、あらゆる困難を切り抜けてゆく少女の冒険の物語である。ガーランドが歌う「オーヴァー・ザ・レインボウ」もまた印象的である。

　『オズの魔法使い』は、アメリカが不況に苦しんでいる時に、勇気を与えたといわれる。苦境を乗り越えてゆくドロシーの冒険はアメリカ的なのだ。ボームはこの物語を、1894年の飢饉の思い出をもとに書いたという。19世紀末の苦しい時代のおとぎ話が今に重ねられて、人々をはげますのである。

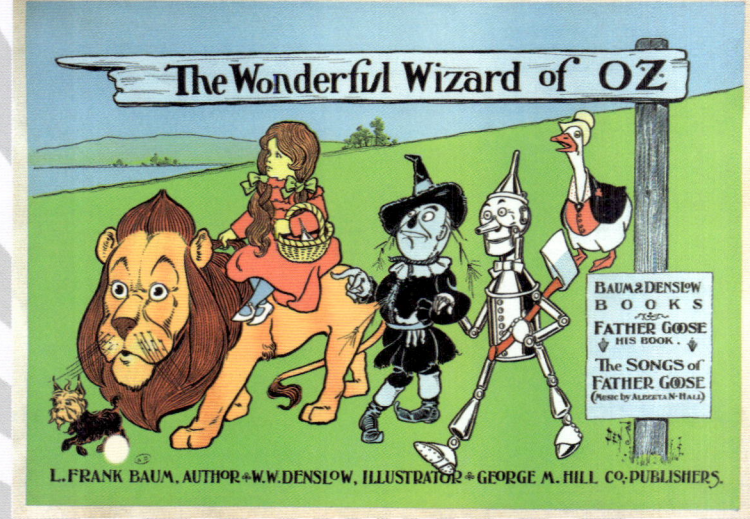

ナンセンス詩集『ファーザー・グース、彼の本』の歌集
W・W・デンスロウ画 / ライマン・フランク・ボーム著 / 1900年頃 / Bridgeman Images/PPS通信社

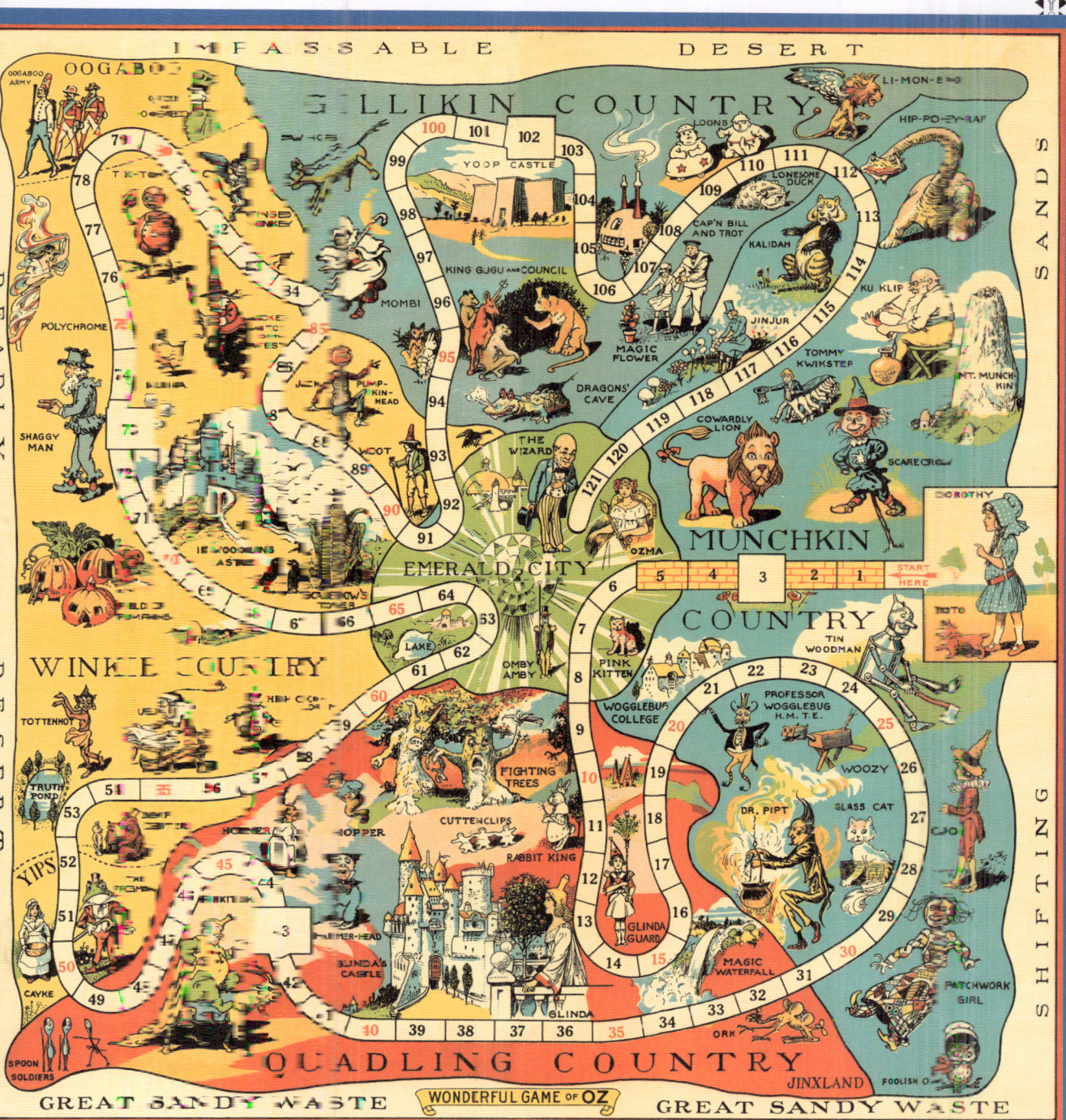

『オズの魔法使い』ははじめW・W・デンスローの挿絵で出された（前ページ）。そのあまりの人気のなさに他の画家も起用されるようになった。特にシリーズを通してジョン・R・ニールが中心となったようである。デンスローは輪郭のはっきりしたオーソドックスな絵であるが、ニールは輪郭のない、流れるようなタッチの、絵画的なスタイルである。

オズの魔法使いに登場するすべての場所とキャラクターが出てくるボード・ゲーム / 1921-39年頃 / 写真提供：Getty Images

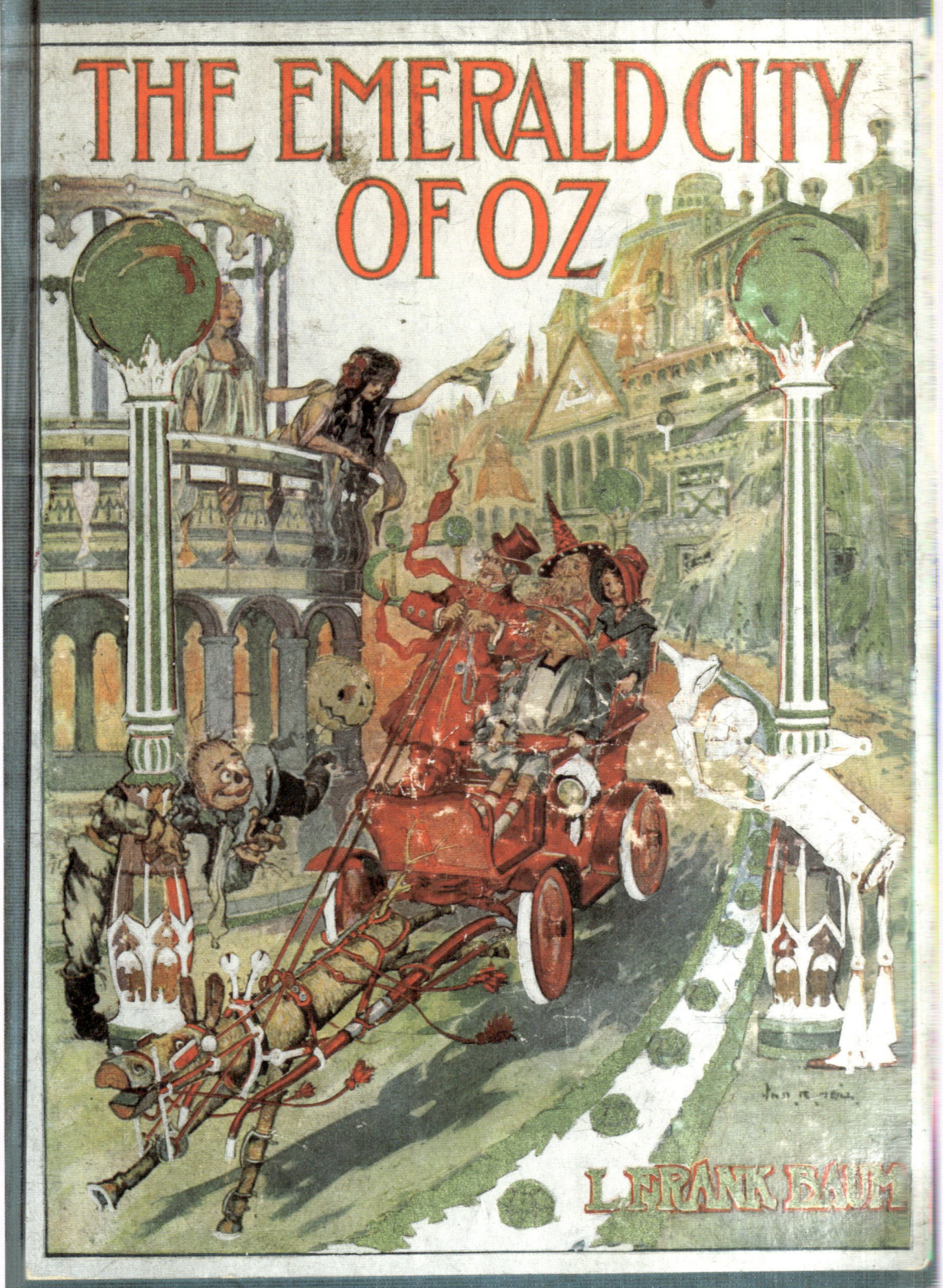

P268-269：ジョン・R・ニール画 John R. Neill ／ ライマン・フランク・ボーム著 Lyman Frank Baum ／ 1910年頃 ／ アメリカ、ニューヨーク公共図書館蔵

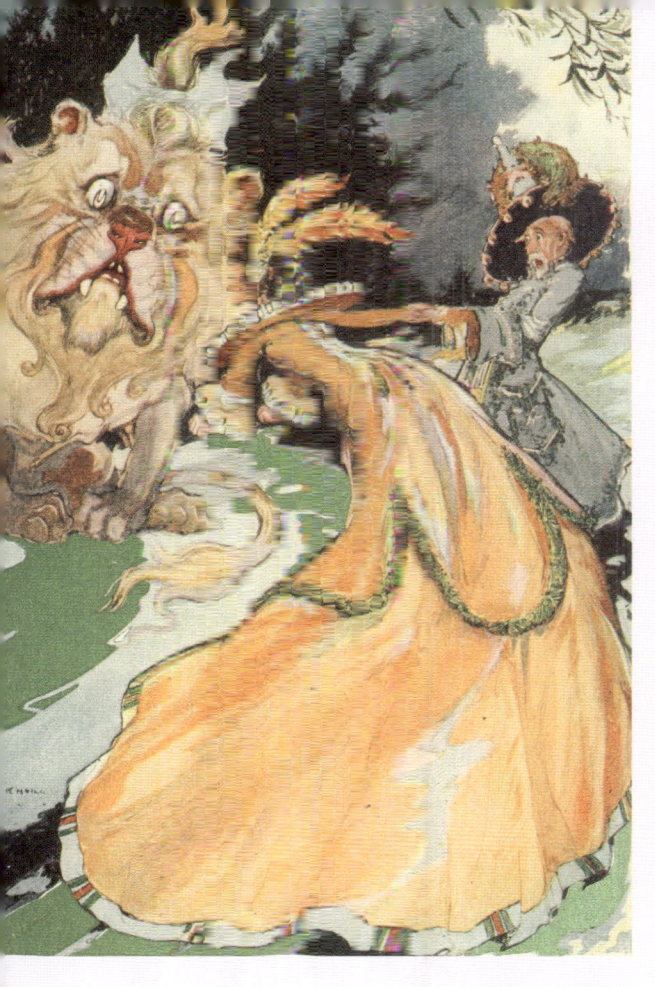

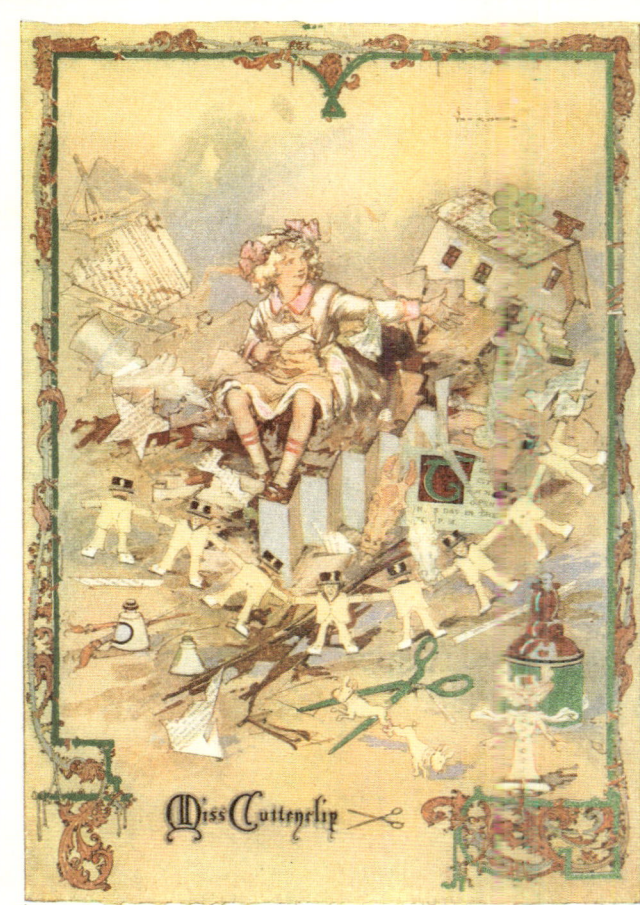

Miss Cuttenclip

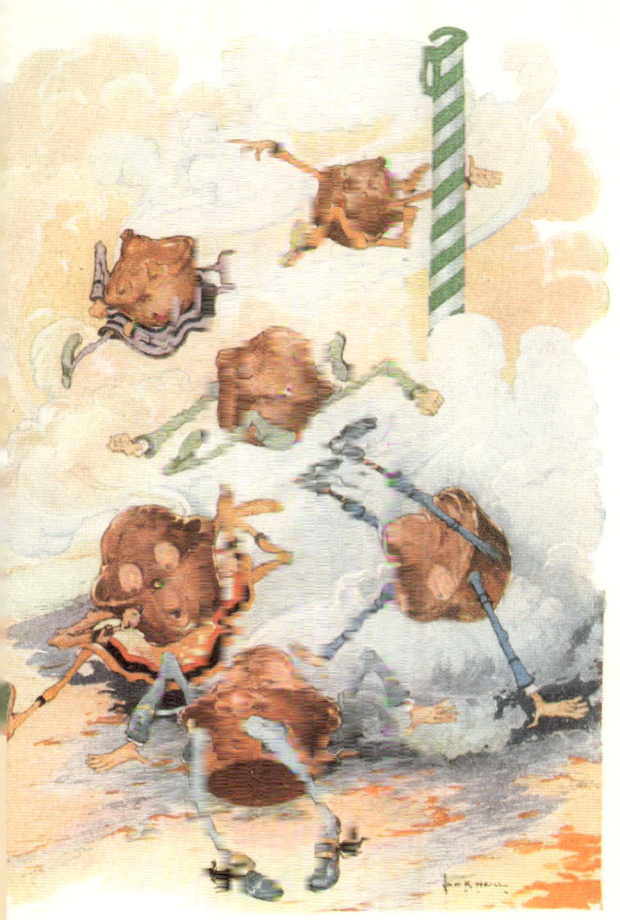

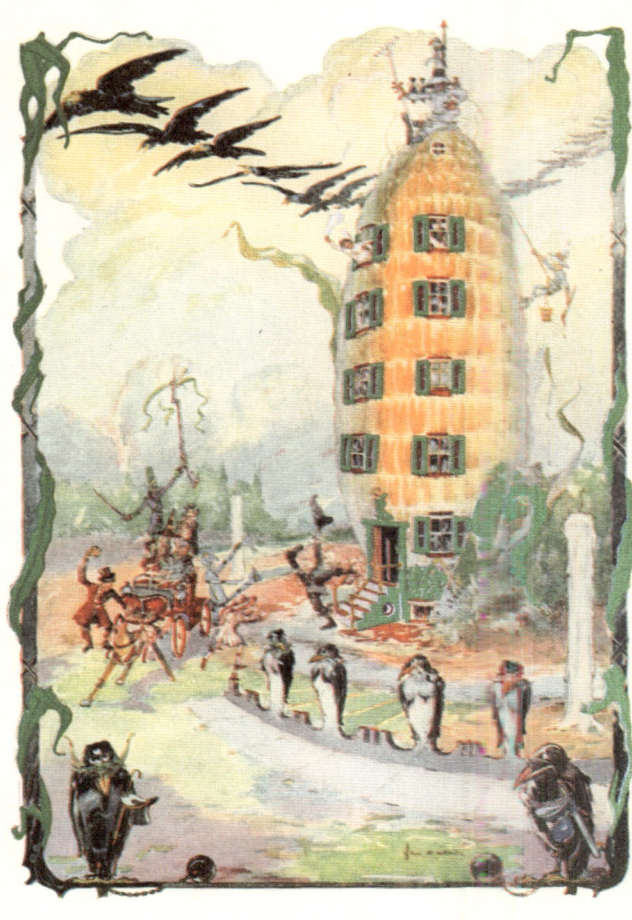

JOHN R. NEILL: COVER AND INSIDE PAGES OF BOOK "DOROTHY AND THE WIZARD IN OZ"

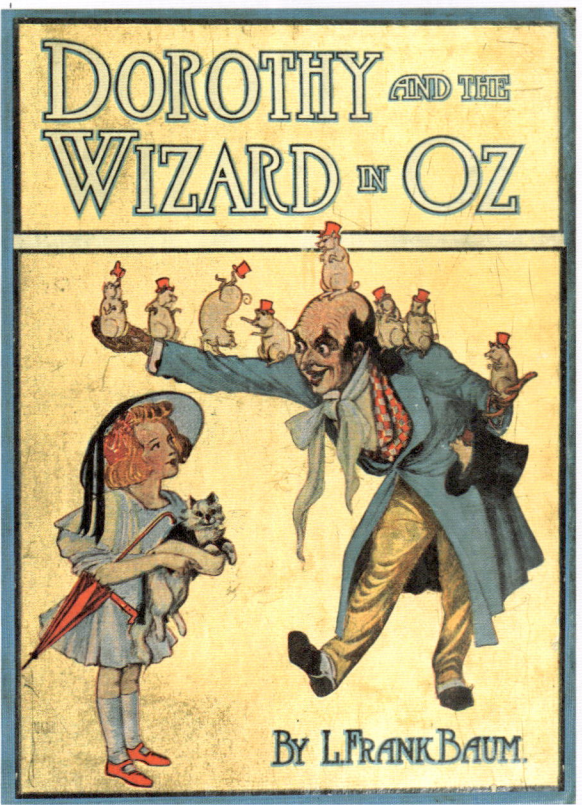

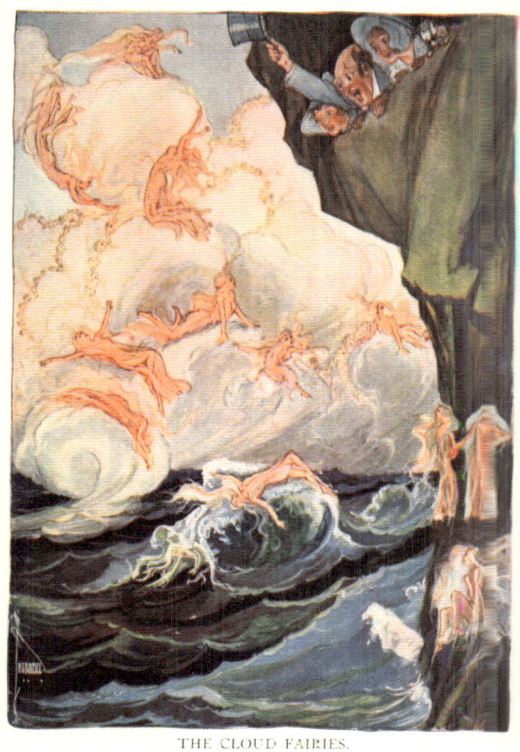

THE CLOUD FAIRIES.

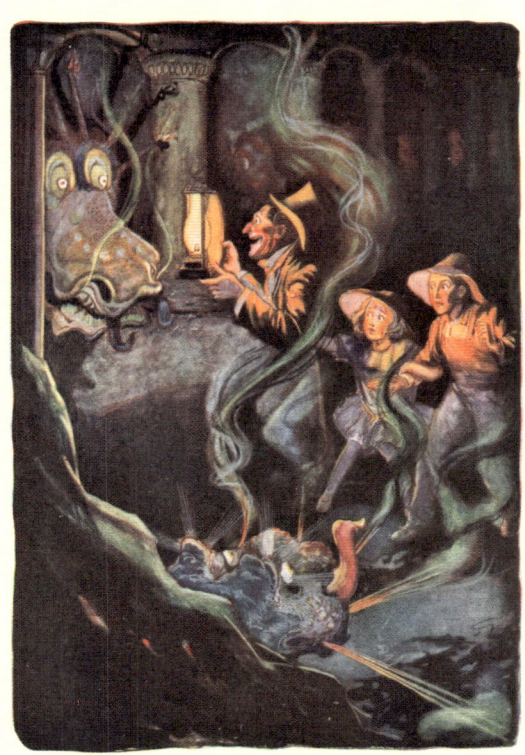

"WHY IT'S A DRAGON!"

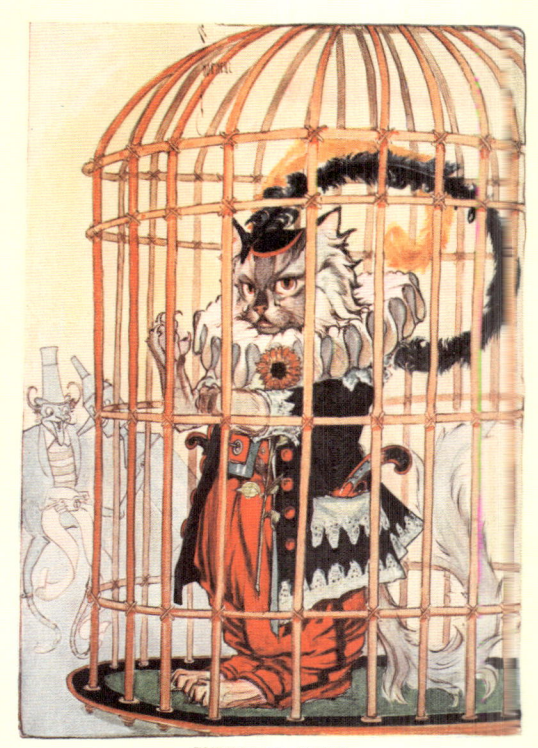

EUREKA IN COURT.

ジョン・R・ニール画 John R. Neill / ライマン・フランク・ボーム著 Lyman Frank Baum / 1908 年頃 / アメリカ、ニューヨーク公共図書館蔵

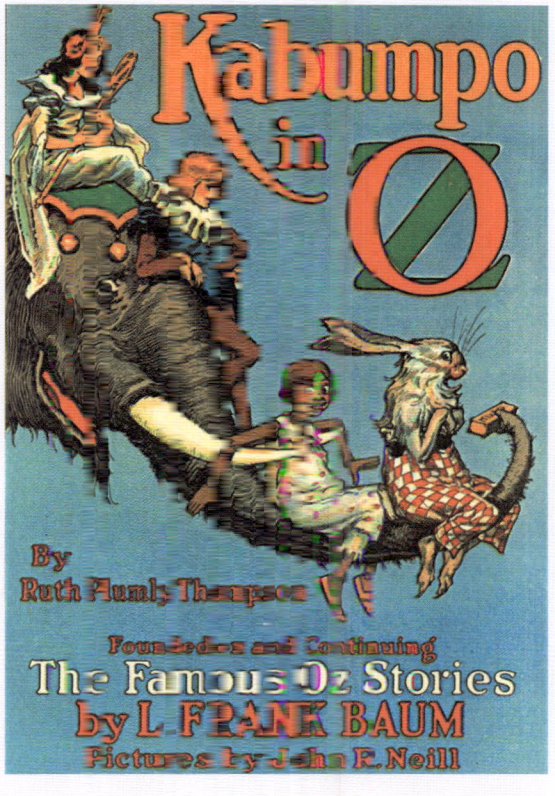

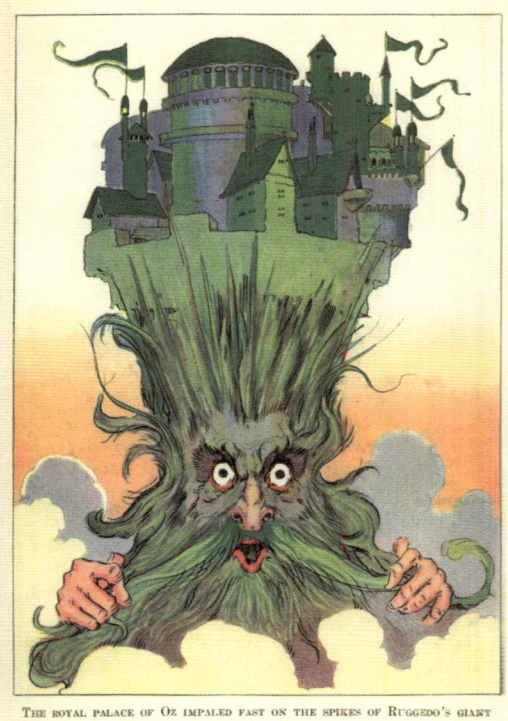

THE ROYAL PALACE OF OZ IMPALED FAST ON THE SPIKES OF RUGGEDO'S GIANT HEAD — Page 129

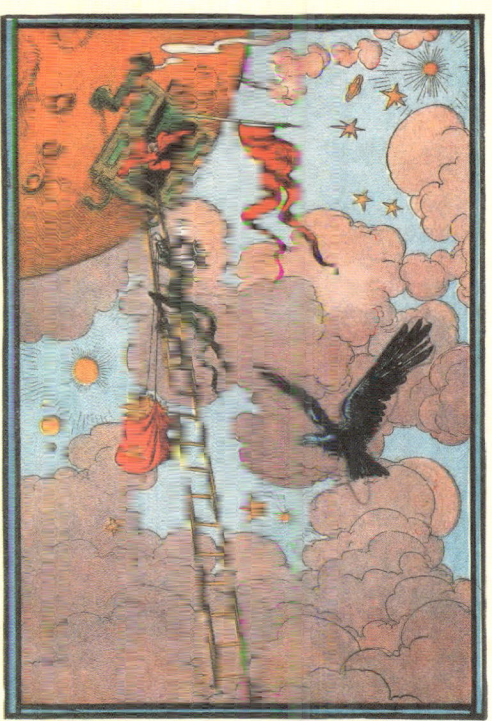

AFTER TIMKEN GETS THE MOON

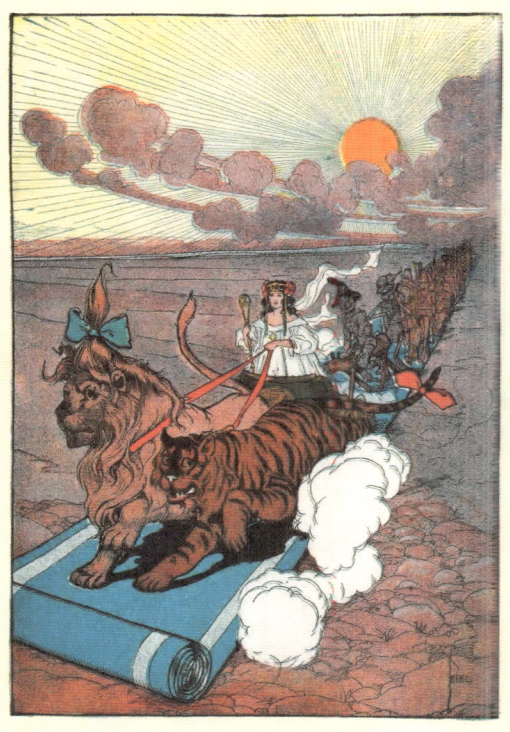

THE MAGIC CARPET

上段：ジョン・R・ニール画 John R. Neill／ルース・プラムリー・トンプソン著 Ruth Plumly Thompson 、ライマン・フランク・ボーム著 Lyman Frank Baum
1922年／アメリカ、ニューヨーク公共図書館蔵
下段：ジョン・R・ニール画 John R. Neill／ライマン・フランク・ボーム著 Lyman Frank Baum ／ 1907年／アメリカ、スミソニアン協会図書館

JOHN R. NEILL: COVERS OF THE OZ BOOKS

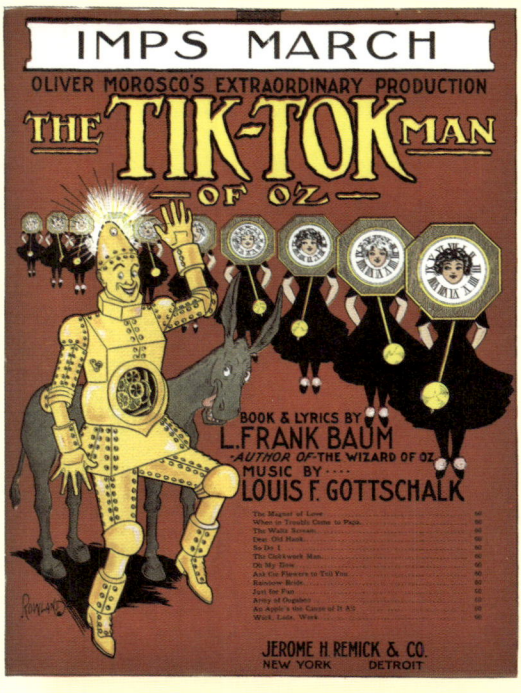

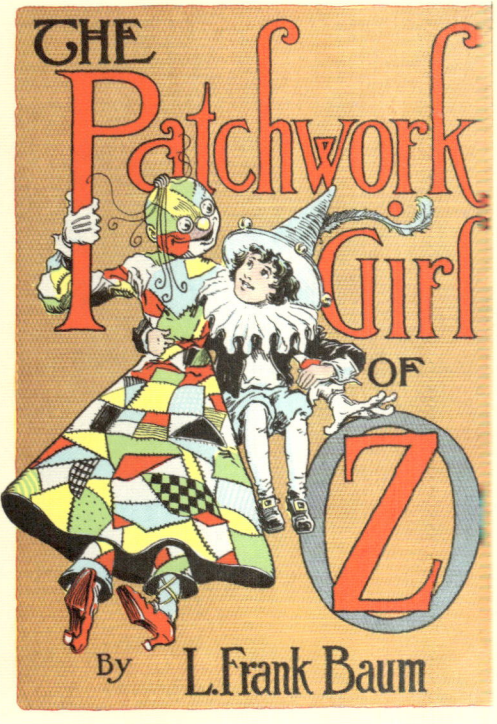

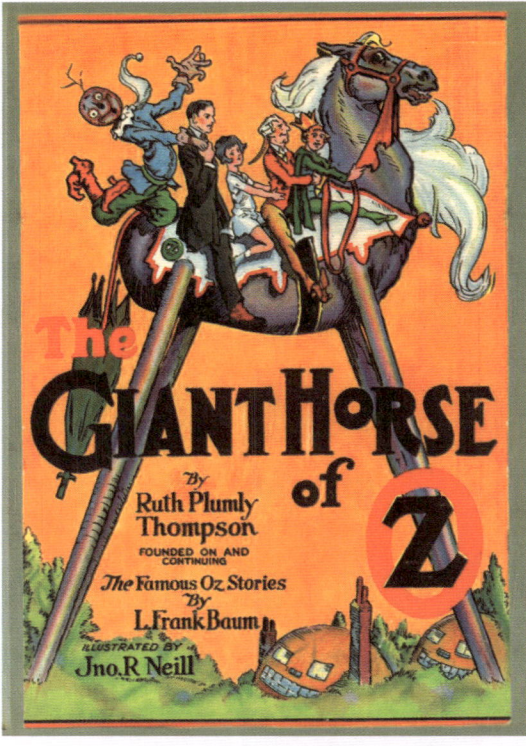

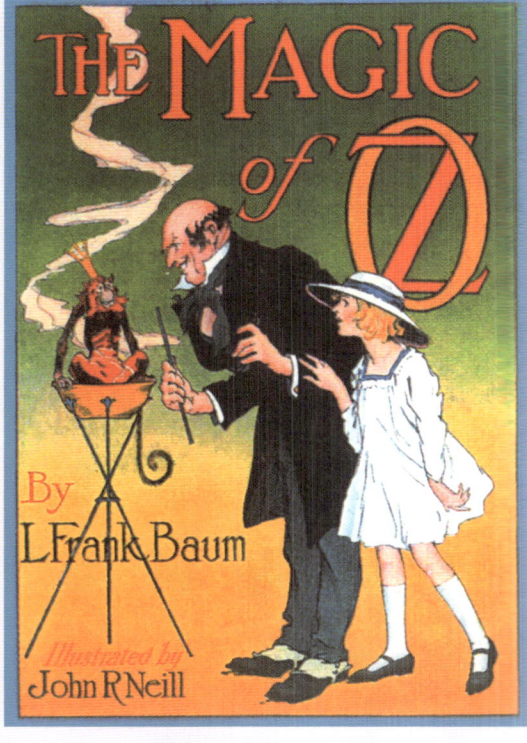

クラシックなデンスローの絵（P266）に対して、ニールはモダンな『オズの魔法使い』を描いた。
ドロシーはいかにもアメリカ的な少女である。シリーズ化し、表紙も雑誌のように派手なデザインである。

P272上段左：『オズのチクタク』（1914年）、P272上段右：『オズのつぎはぎ娘』（1913年）、P272下段左：『オズの巨大馬』（1928年）、
P272下段右：『オズの魔法くらべ』（1919年）、P273上段左：『オズの消えたプリンセス』（1917年）、
P273上段右：『オズのグリンダ』（1920年）、P273下段左：『オズ王家の本』（1921年）、P273下段右：『オズの腹ペコのトラ』（1926年）

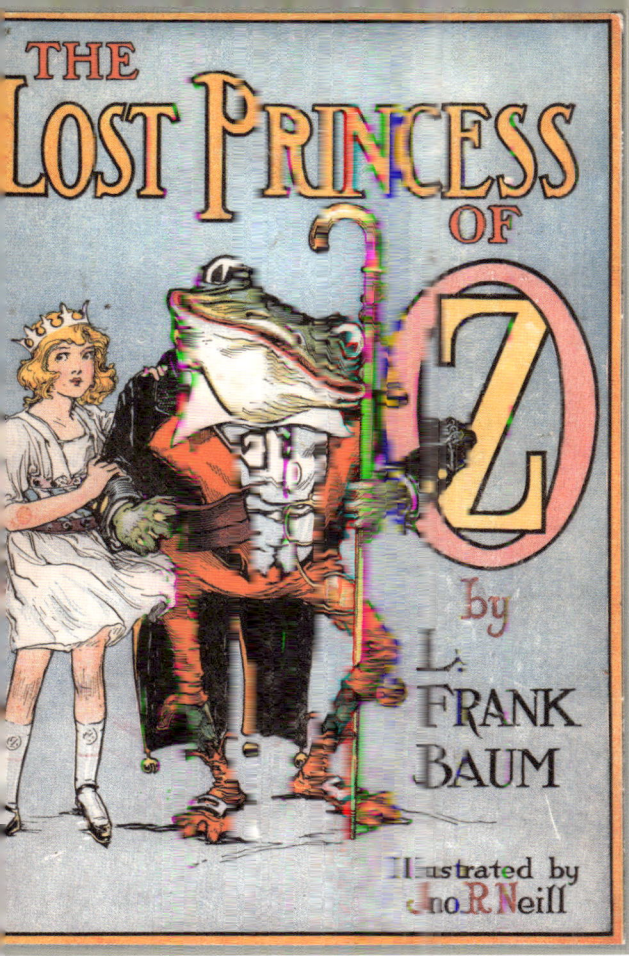

THE LOST PRINCESS OF OZ

by L. FRANK BAUM

Illustrated by Jno R Neill

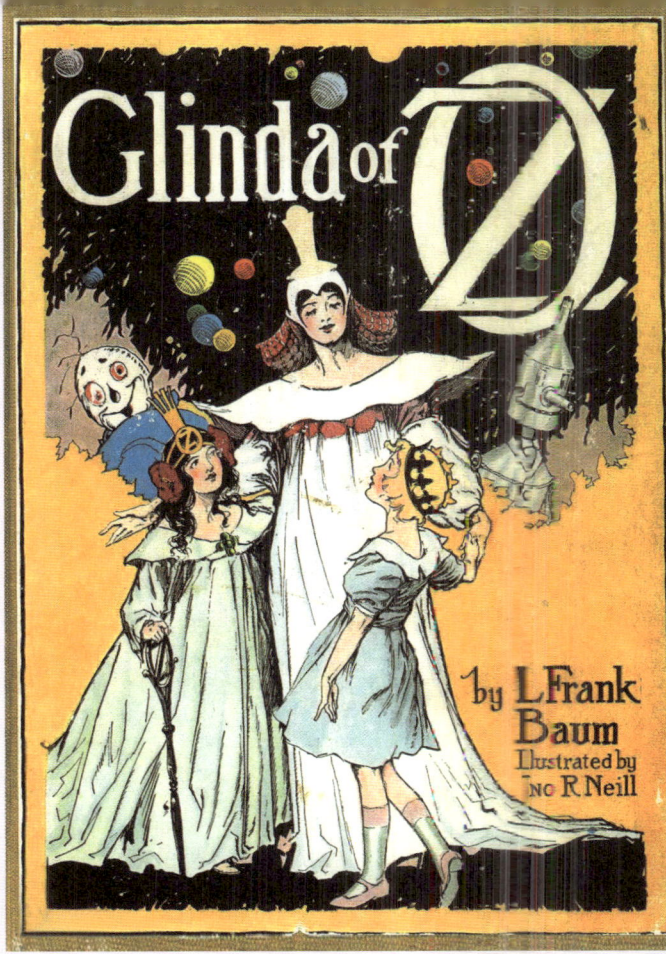

Glinda of OZ

by L Frank Baum

Illustrated by Jno R Neill

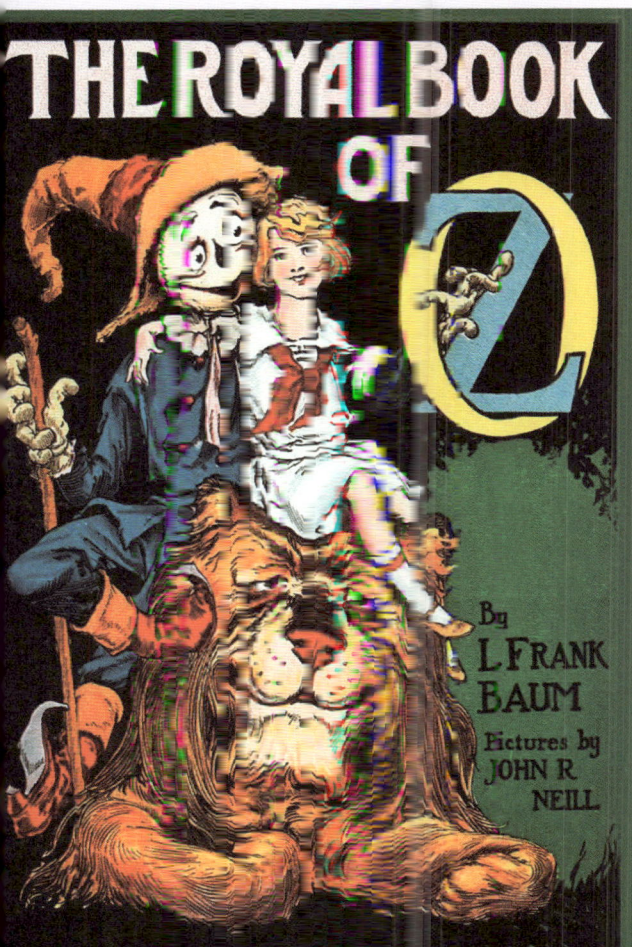

THE ROYAL BOOK OF OZ

By L. FRANK BAUM

Pictures by JOHN R NEILL

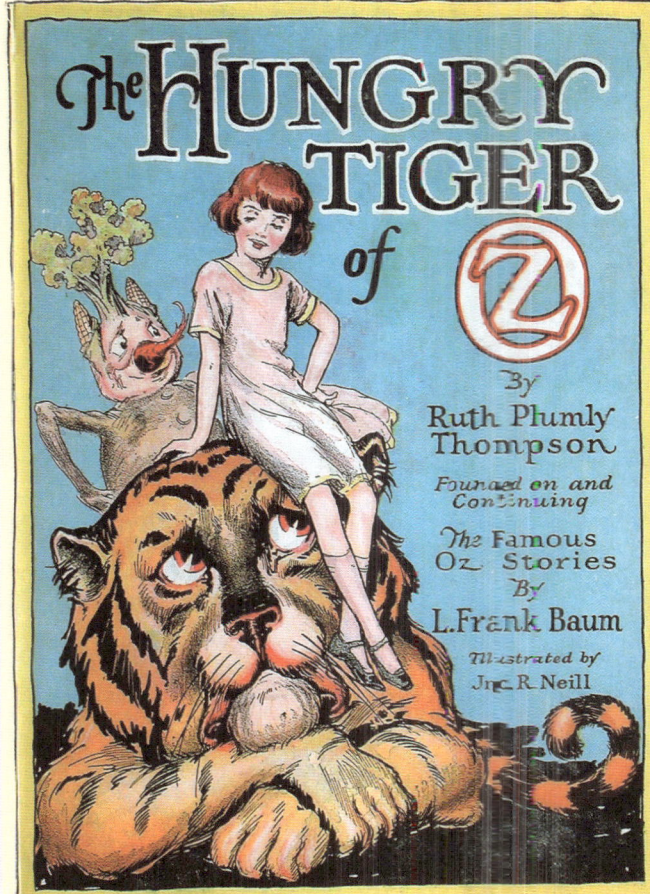

THE HUNGRY TIGER OF OZ

By Ruth Plumly Thompson

Founded on and Continuing The Famous Oz Stories By L. Frank Baum

Illustrated by Jno R. Neill

WONDERLAND NOW

カルロ・コッローディ『ピノッキオの冒険』

CARLO COLLODI'S "THE ADVENTURES OF PINOCCHIO"

イタリア 1883

コッローディはイタリアの児童文学者で1848年のイタリア統一・独立運動に参加した熱烈な愛国主義者であった。政治的な文章を書き、未来の国民教育のために児童文学の活動をした。1880年『児童新聞』に『ピノッキオの冒険』を連載した。

木の人形ピノッキオの物語で、嘘をつくと鼻がどんどんのびてしまう。その冒険のうちに人間として成長してゆく。イタリアの人形芝居などから発想されている。19世紀は〈人形〉のイメージがはやった時代であった。人間の形をしたもの、つくられた人間、ロボットなど、人間の変身がさまざまな興味をひいた。木でつくった人形が人間のように心を持つことができるだろうか。人形のぎくしゃくした動きは笑いを誘い、あらためて人間らしさについて考えさせた。

歌舞伎では、人間が人形を演じる〈人形ぶり〉があり、19世紀末にはおびただしい〈人形〉イメージがはやる。バレエ・リュス（ロシア・バレエ団）でニジンスキーが踊った《ペトルーシュカ》には、木人形〈ピノッキオ〉のイメージが通じている。

『ピノッキオ』は人間と人形を重ねる〈スチームパンク〉のはしりであった。玩具としての〈人形〉の面白さと謎めいた奇怪さがずっと私たちをとらえて放さない。

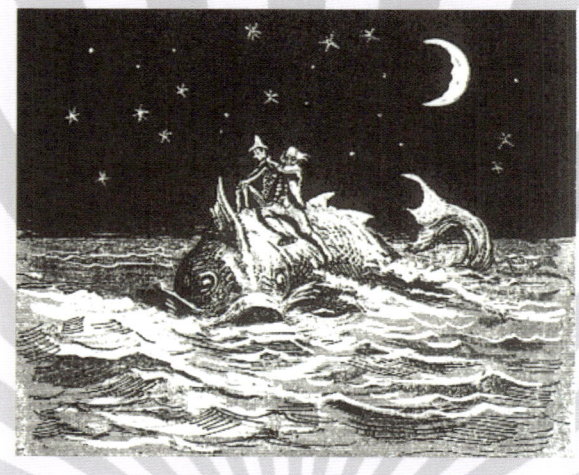

ピノッキオとゼペットじいさん

『ピノッキオの冒険』挿絵 / エンリコ・マッツァンティ画 / カルロ・コッローディ著 / 1883年

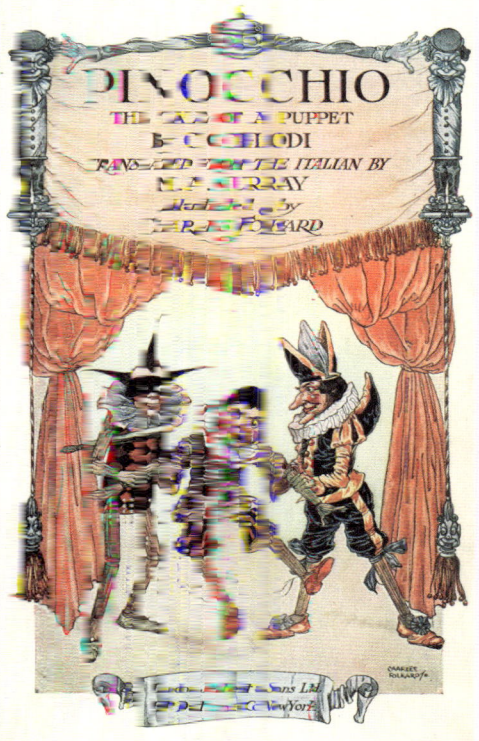

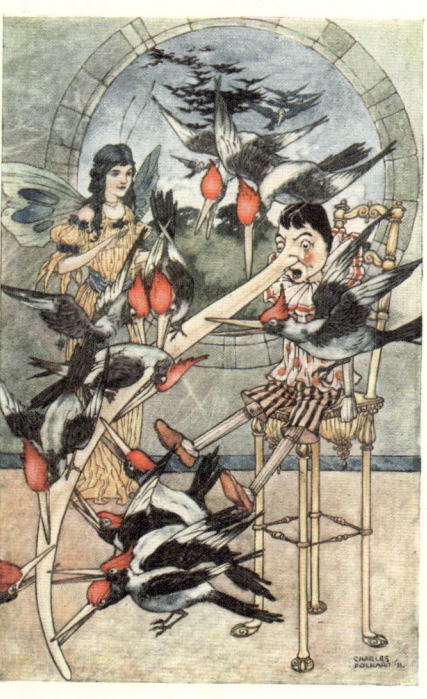

They immediately perched on Pinocchio's nose and began to peck at it.

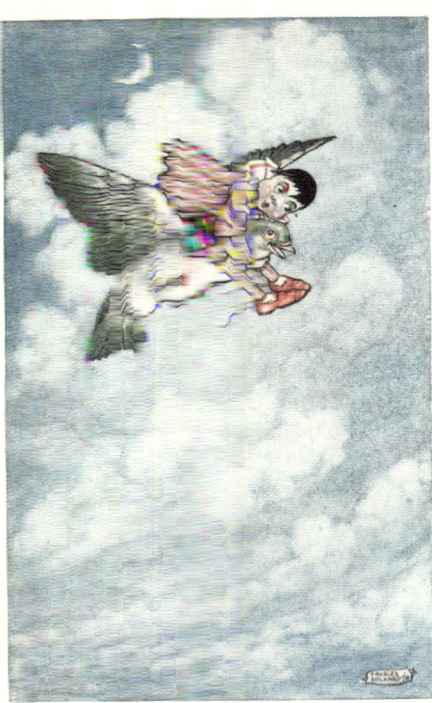

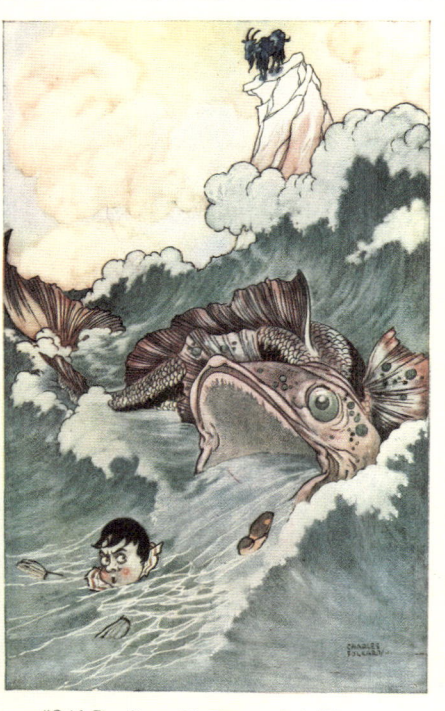

The ...... they almost touched the clouds.

"Quick, Pinocchio . . .," but it was too late! The monster had overtaken him.

英訳された『ピノッキオ』でフォーカードの挿絵である。フォーカードは挿絵画家であったが、奇術師でもあったというから、人形の物語にはふさわしかったかもしれない。『デイリー・メール』紙で、挿絵を描いていた。ユーモラスで諷刺的な画風である。

チャールズ・フォーカード Charles Folkard / カルロ・コッローディ著 Carlo Collodi / 1911年 / アメリカ、ニューヨーク公共図書館蔵

WONDERLAND NOW

ジョナサン・スウィフト『ガリヴァー旅行記』

JONATHAN SWIFT'S "GULLIVER'S TRAVELS"

イギリス 1726

　スウィフトはアイルランドのダブリンに生まれた。時代を諷刺する社会批評家として知られた。アイルランドはイングランドから差別され、政治的圧服を受けた。そのような厳しい状況の中で諷刺文学の傑作『ガリヴァー旅行記』を書いた。

　スウィフトの生涯は2人の女性に占められている。エスター・ジョンソンは22歳のスウィフトが会った時、まだ8歳であったが、それ以来、彼女が死ぬまで、30年以上、つき合いつづけた。彼の作品ではステラと呼ばれる。もう1人もやはりエスター（・ヴァナミリー）で作品ではヴァネッサと呼ばれる。スウィフトが40歳〇頃、21歳下であった。やがて2人のエスターとともに3人の共同生活をした。

　『ガリヴァー旅行記』は、4部からなり、こびと国リリパット、巨人国プロブディナグ、飛行島ラピュータ、馬の国フウイヌムをめぐってゆく。18世紀に書かれた先駆的な〈スチームパンク〉物語といえるだろう。それぞれ痛烈な社会批判を持っているが、現代においては人間とこびとや巨人などとの奇想天外な比較によって、想像力を刺激してくれる。第4部では人間は汚らしい畜獣ヤフーに転落し、馬の方が高等である国で暮らさなければならないのである。

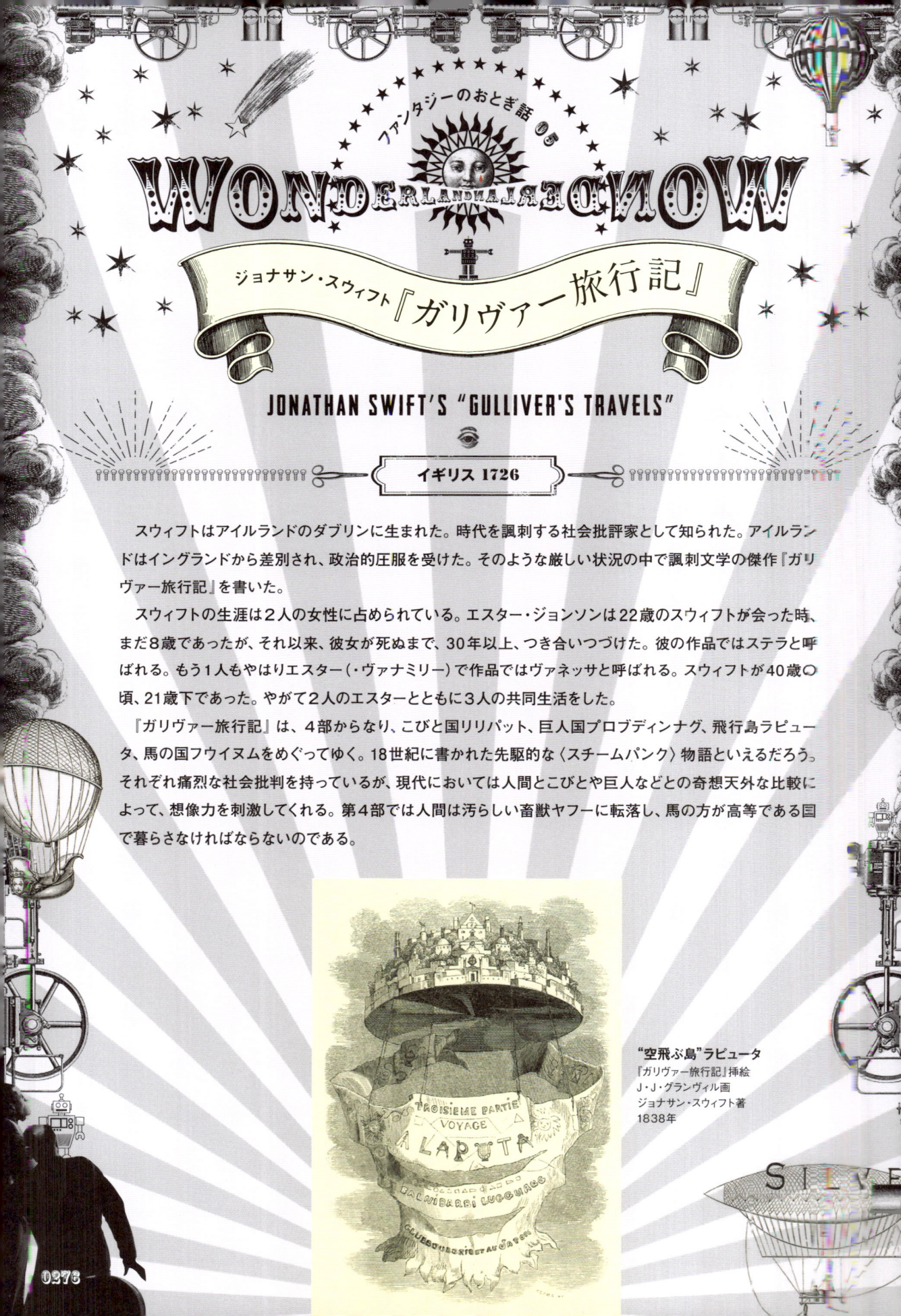

"空飛ぶ島"ラピュータ
『ガリヴァー旅行記』挿絵
J・J・グランヴィル画
ジョナサン・スウィフト著
1838年

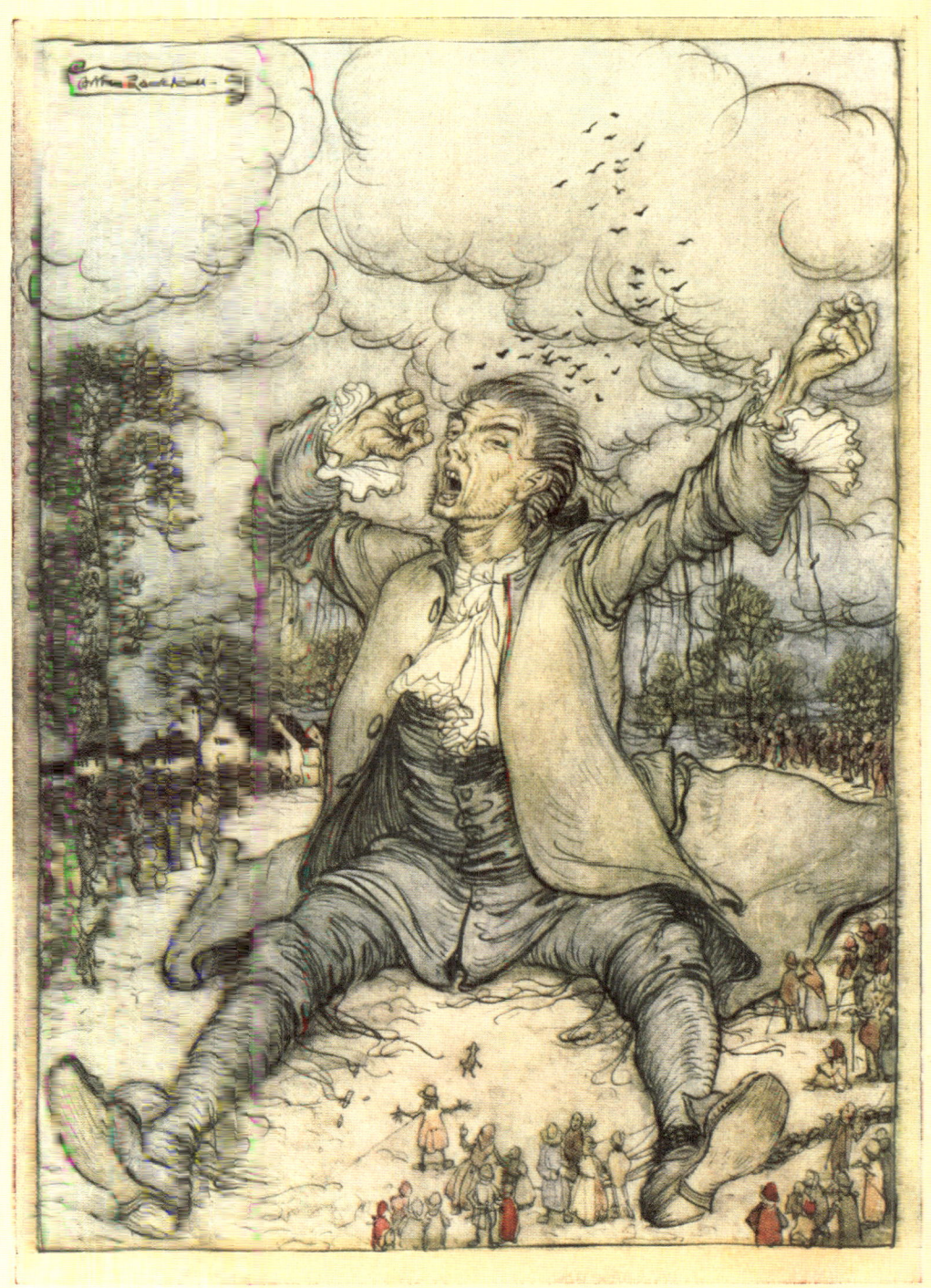

GULLIVER RELEASED FROM THE STRINGS
RAISES AND STRETCHES HIMSELF

挿絵の黄金時代に、アーサー・ラッカムとアルベール・ロビダがそれぞれ描いている。ラッカムは暗い色調でリアルであるが、ロビダ 284ページ は明るくおしゃれなガリヴァーを描いている。英国とフランスのとらえ方のちがいが面白い。

アーサー・ラッカム画 Arthur Rackham / ジョナサン・スウィフト著 Jonathan Swift / 1899年頃 / アメリカ、ニューヨーク公共図書館蔵

ALBERT ROBIDA: COVER AND INSIDE PAGES OF BOOK "GULLIVER'S TRAVELS"

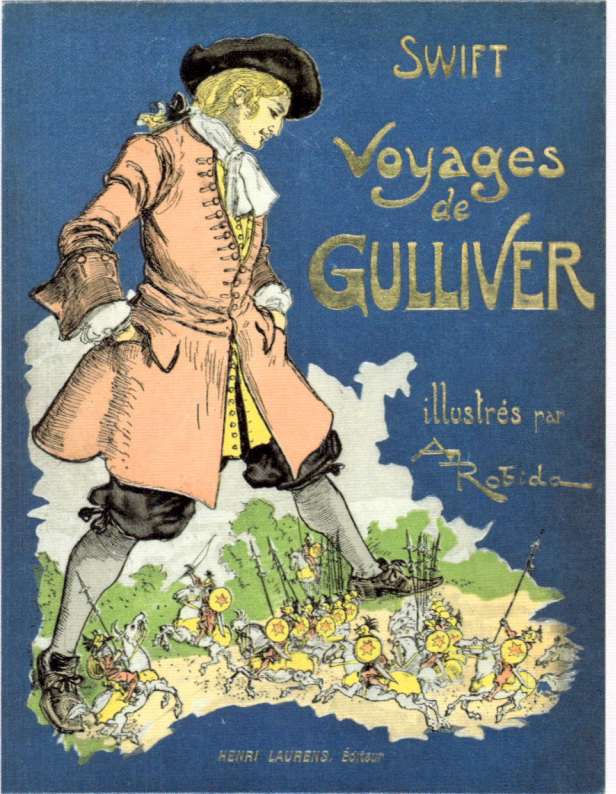

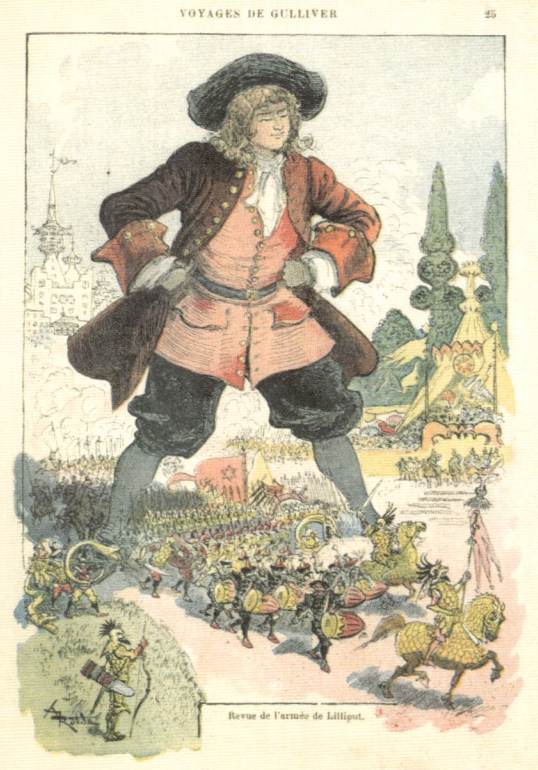

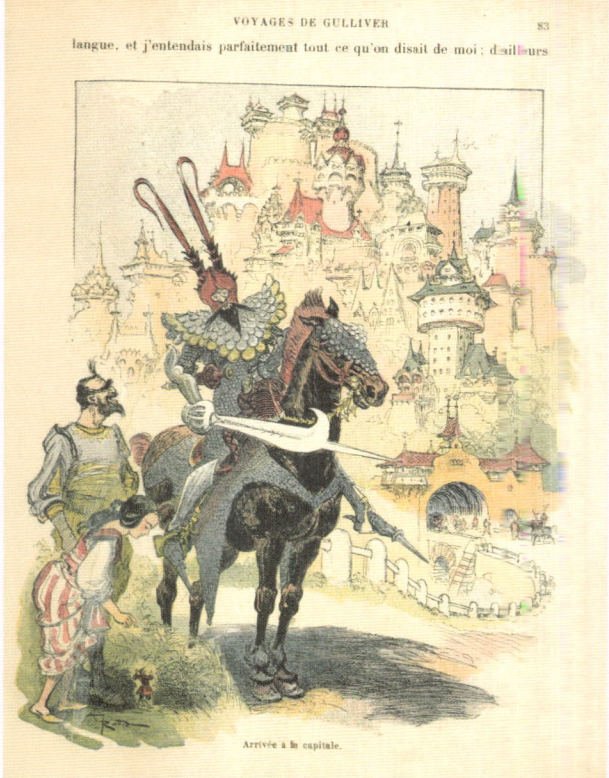

アルベール・ロビダ画 Albert Robida ／ ジョナサン・スウィフト著 Jonathan Swift ／ 1933年 ／ フランス、フランス国立図書館蔵

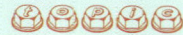

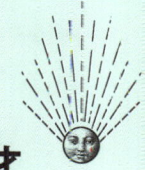

ティム・バートン ── 〈スチームパンク〉の天才
TIM BURTON
A GENIUS OF "STEAMPUNK"

「シザーハンズ」(1990) を見た時びっくりした。手がハサミになっている男の話だ。しかし、20世紀末から浮上する〈スチームパンク〉現象をたどってみると、これはまさに、その典型であったことが理解できる。人体と金属、身体に刺したピン、そして身体に接合されたハサミ、ティム・バートンは〈スチームパンク〉の世界をめぐっていくのである。

ハサミ男の役にジョニー・デップが選ばれたことも奇跡的である。それ以来、彼は〈スチームパンク〉を全身にあふれ出させる演技を見せ、「パイレーツ・オブ・カリビアン」へといたっている。

ティム・バートンは子どもの頃、「ゴジラ」にあこがれ、そのヌイグルミ役者になりたいと思ったそうである。ゴジラへの変身願望のうちに、彼の〈スチームパンク〉への夢が予告されている。

絵がうまくて、ハロウィンにはお化けや骸骨の絵を描くアルバイトをしたという。そしてアニメーターとなり、TV映画などをつくって、その異色の才能を認められ、「ビートルジュース」(1988) をヒットさせ、「バットマン」(1989) をつくり、「シザーハンズ」で〈スチームパンク〉世界を確立する。「スリーピー・ホロウ」(1999) ではアーサー・ラッカム(P242-243)の幻想が甦える。ジョニー・デップが演じるマッド・サイエンティストのイメージはきわめてスチームパンキーである。

2005年の「チャーリーとチョコレート工場」、2007年の「スウィーニー・トッド」と、ジョニー・デップと組んだマッド・ヴィクトリアン・ファンタジー映画がつづく。

さらに、バートンはアーサー・ラッカムの世界に入っていく。「アリス・イン・ワンダーランド」(2010) がCGの最新技術によって製作される。ジョニー・デップはマッド・ハッター役である。ティム・バートンは〈ハッピー・ゴシック〉を華やかに開幕させる。

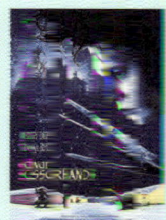

映画「シザー
ハンズ」ポスター
1990年

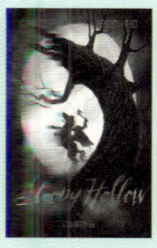

映画「スリーピー・
ホロウ」ポスター
1999年

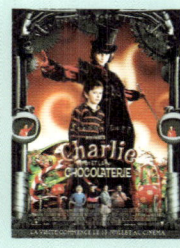

映画「チャーリーと
チョコレート工場」
ポスター
2005年

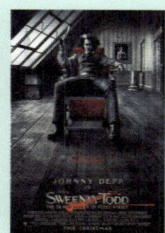

映画「スウィーニー・
トッド フリート街の
悪魔の理髪師」ポスター
2007年

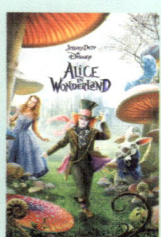

映画「アリス・
イン・ワンダー
ランド」ポスター
2010年

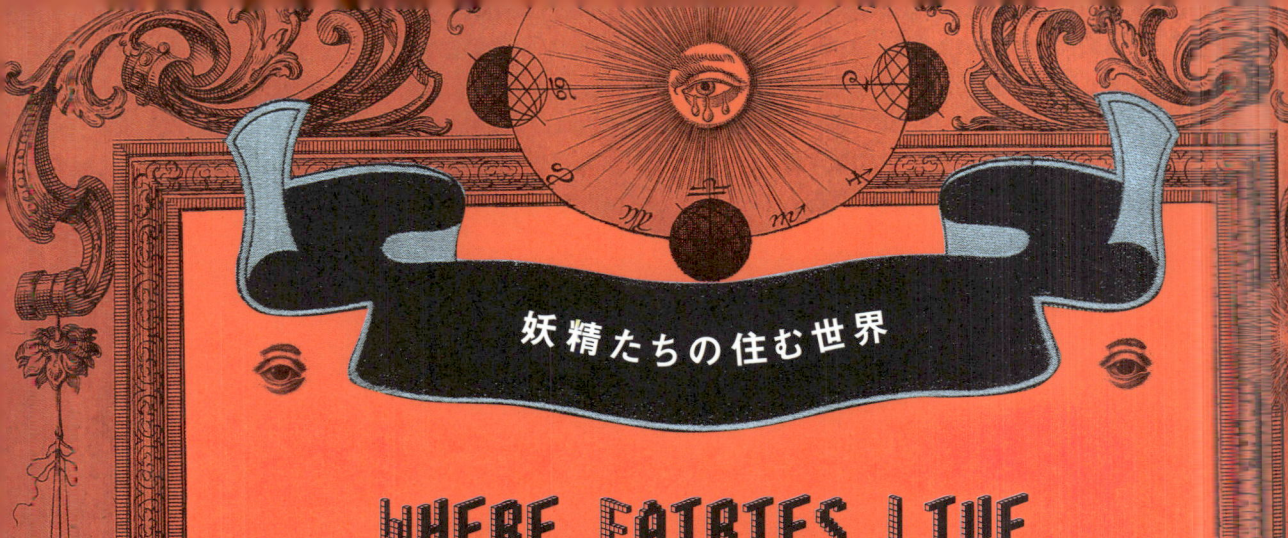

WHERE FAIRIES LIVE

　妖精たちはいつ、いなくなったのだろう。キャサリン・ブリッグズ『イギリスの妖精 ―― フォークロアと文学』（石井美樹子・山内玲子訳 筑摩書房 1991）によると、「いまから1世代前、つまり第1次世界大戦前までは、こういった妖精たちはみな、まだ見つかった。妖精を信じる人は、人目につかないが、いまもあちこちにいる。もし、妖精たちが、そういった人々の口を、昔のように封じなければ、いまでも、ほとんど妖精が見つかるに違いない。」

　つまり妖精は、いなくなったりせず、ずっと生きているようである。妖精はこれまで、何度もいなくなったといわれてきた。まずキリスト教がヨーロッパに広まった時、妖精は追放され、こわいもの、魔物とされた。語ってはならないものであった。

　ルネサンスになって、詩人たちが妖精を語りはじめる。スペンサーの『仙女王』、シェイクスピアの『真夏の夜の夢』などが書かれる。しかし17世紀にはフェアリー詩は形式的な恋愛詩のようなものとなり、衰退してしまう。しばらく妖精は見えないものとなった。

　妖精がもどってくるのは19世紀、ロマン主義においてである。スコット、キーツなどが妖精をとりあげる。キーツは「ナイチンゲールに寄せるオード」で「見捨てられたフェアリーの国」についてうたっている。19世紀の妖精ブームは第1次世界大戦までつづいた。挿絵の黄金時代（世紀末から第1次世界大戦まで）は、19世紀の妖精ブームの最後の波であった。

　その最後の波において、多くの女性画家が妖精を描いた。ロマンティックで感傷的な少女趣味によって甘くせつない妖精が無数にあらわれたが、世界大戦の嵐で吹き散らされてゆく。

Fairies live forever. They returned in the nineteenth century when Romanticists Scott, Keats, and others brought them up in their works. The fairy boom lasted until the First World War and was the final wave of the Golden Age of Illustration, which lasted from the end of the century until WWI. Many female painters drew fairies, and though countless sweet, yearning fairies graced the pages of the land, they were all blown away by the winds of global war.

フローレンス・アンダーソン画『ゆりかごの船』挿絵（次ページ）
FLORENCE ANDERSON: INSIDE PAGE OF BOOK "THE CRADLE SHIP"
フローレンス・アンダーソン画 Florence Anderson ／ エディス・ハウズ著 Edith Howes ／ 1916年 ／ Mary Evans/PPS通信社

FLORENCE ANDERSON: "IN THE FAIRY RING"

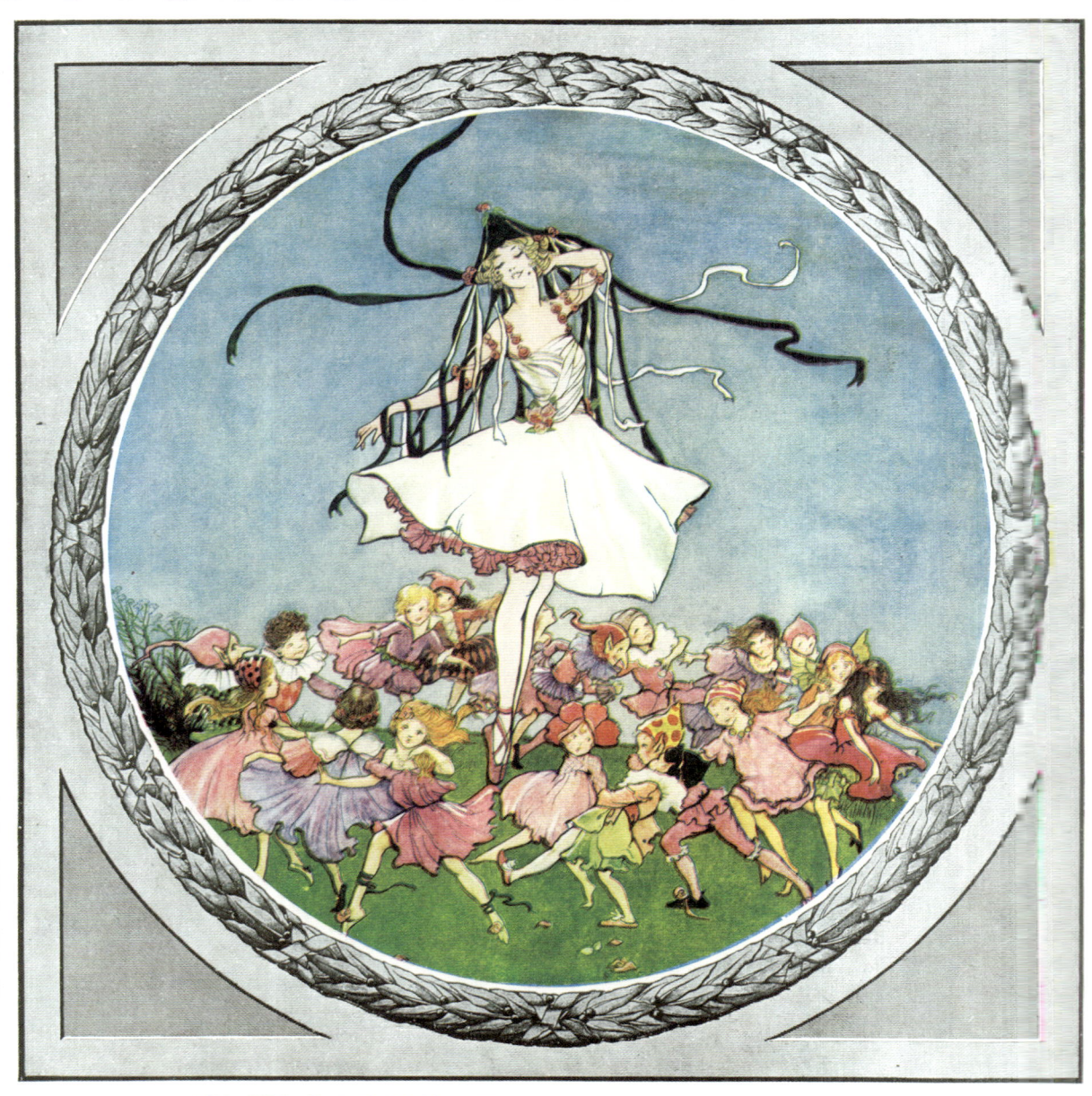

"IN THE FAIRY RING." *From a Drawing in Colour by Florence Anderson*

第1次大戦以後の、モダンな妖精画である。すでに妖精はいなくなりつつあるが、消えゆく妖精を惜しんで、
妖精のイラストレーションがあふれた。画家の多くは女性であった。妖精はスタイリッシュで、モダン・ガール風である。
ドイル（P284-285）などの細密な自然描写は失われ、妖精は住む場を失って、宙に浮いているようだ。

フローレンス・アンダーソン画 Florence Anderson / 1918年 / Mary Evans/PPS通信社

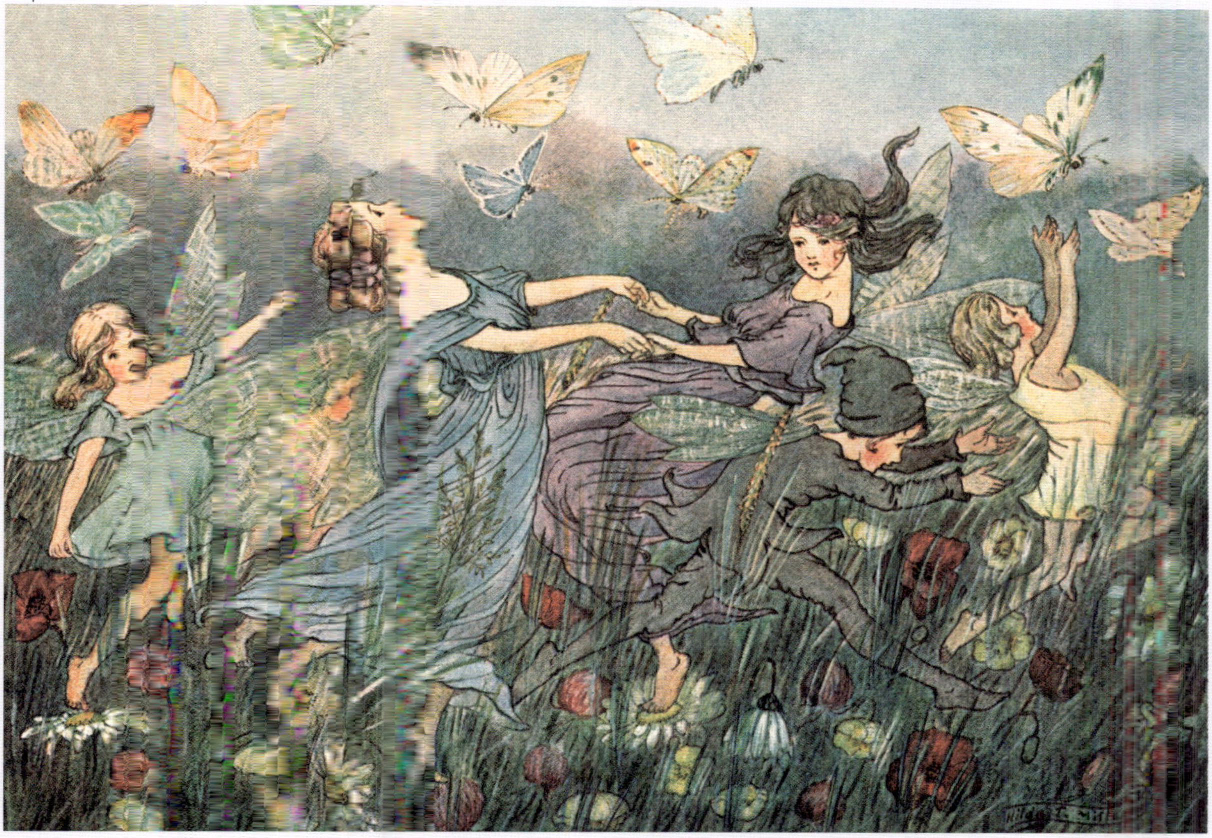

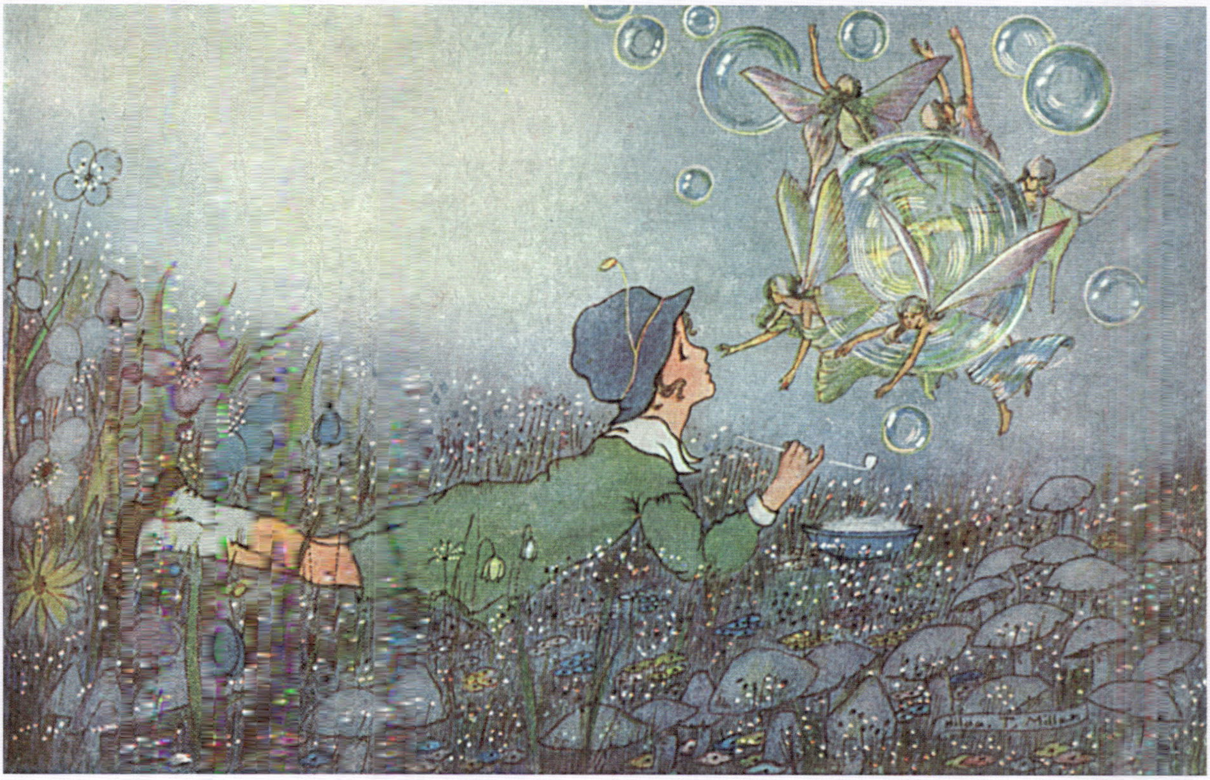

上下共 ヒルダ・ミラー画 Hilda Miller / ローズ・フィルマン著 Rose Fyleman / 1923年 / Mary Evans/PPS通信社

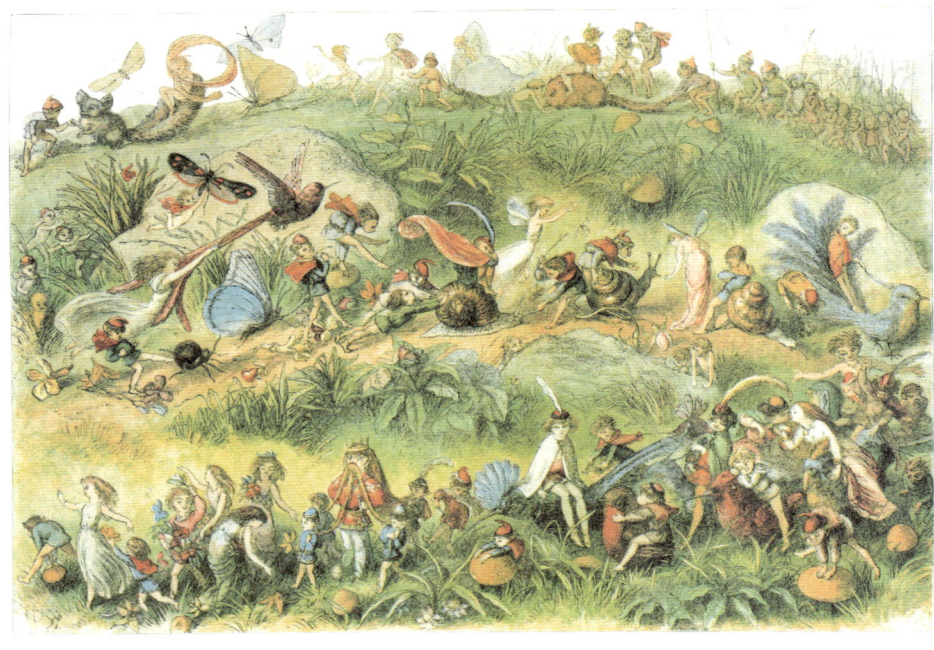

Triumphal March of the Elf-King.

This important personage, nearly related to the Goblin family, is conspicuous for the length of his hair, which on state occasions it requires four pages to support. Fairies in waiting strew flowers in his path, and in his train are many of the most distinguished Trolls, Kobolds, Nixies, Pixies, Wood-sprites, birds, butterflies, and other inhabitants of the kingdom.

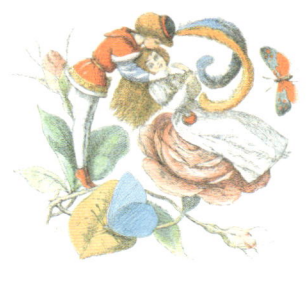

Flirting.

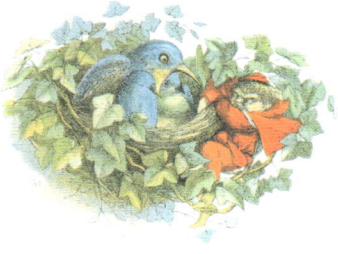

Climbing.

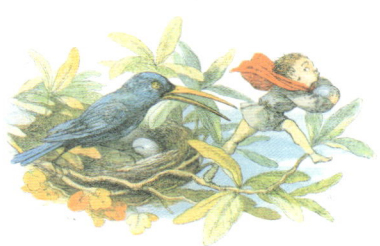

Stealing.

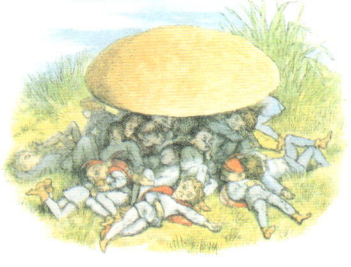

Reposing.

『パンチ』誌の最絵を描いていたが、グリム童話の挿絵をきっかけに妖精画家の先駆者となった。昆虫ぐらいのサイズで妖精を描き、自然の花や木の中にミニチュアのように登場させている。風景と妖精のとりあわせが楽しく、色彩がすばらしい。

P284-285：リチャード・ドイル画 Richard Doyle ／ 詩：ウィリアム・アリンガム William Allingham ／ 1870年 ／ 個人蔵

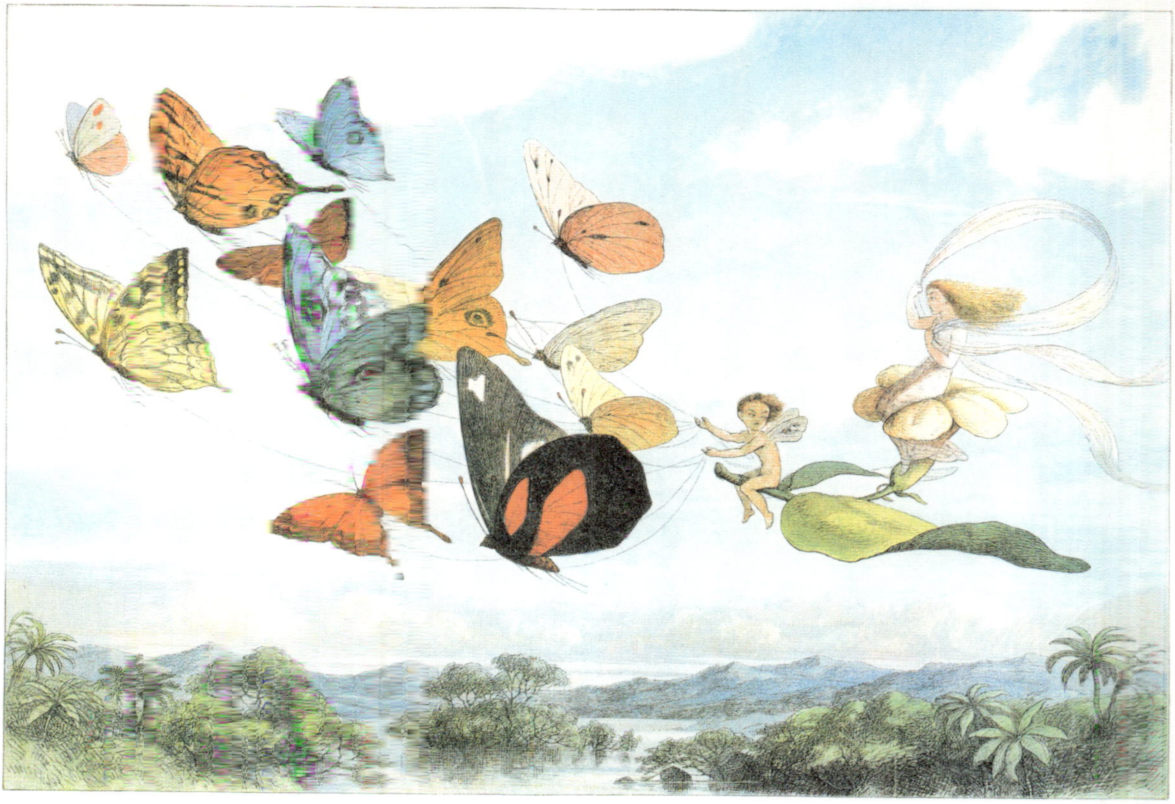

The Fairy Queen takes an airy drive in a light carriage, a twelve-in-hand, drawn by thoroughbred butterflies.

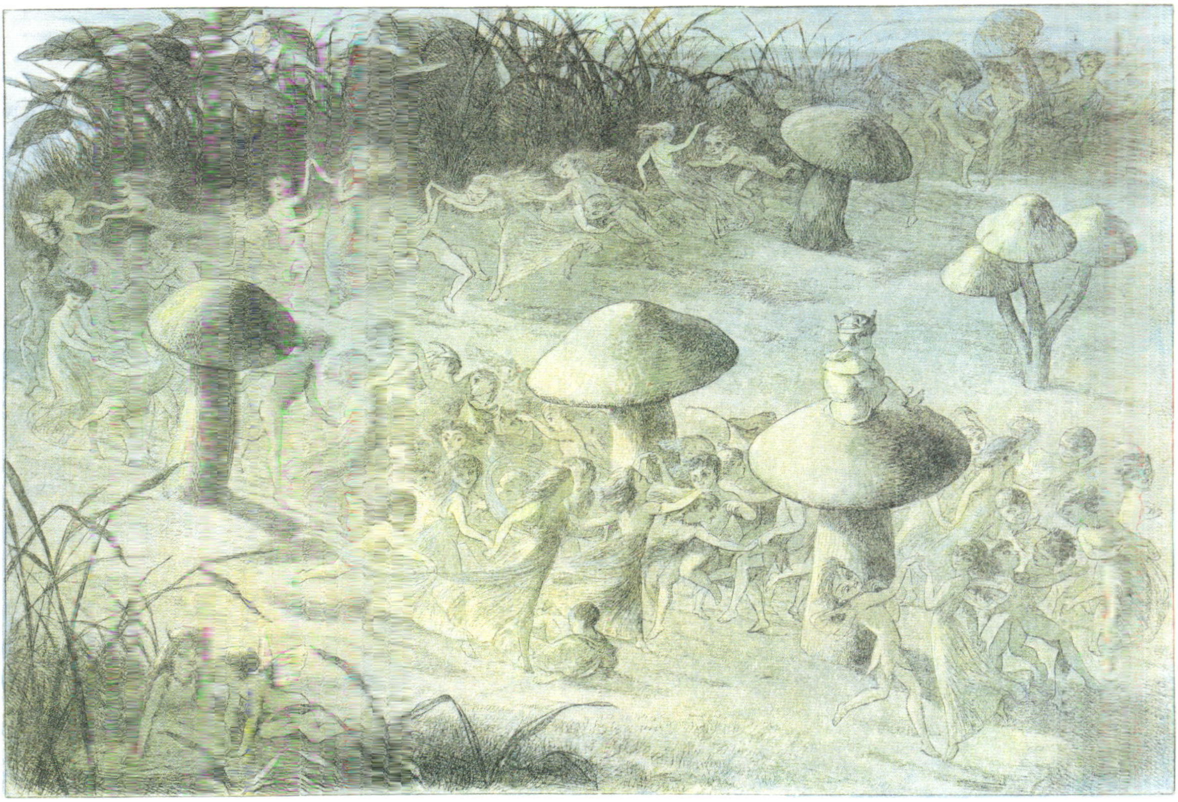

An Elfin Dance by Night appears in the lower half of the picture and there at a Fairy Queen may be seen seated in the foreground, and it looks as if she and the Fairy King, who has gone up upon the toadstool, and turned his back upon her, have had "words," but that the King whispering in her ear brings a message of reconciliation; and that is why the Elves, an amiable race, are showing their joy by dancing like mad.

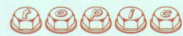

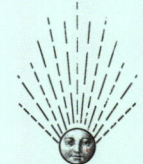
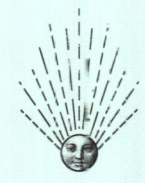

ファンタジーの復活

REVIVAL OF FANTASY WORLD

19世紀に、ゴシック・ノヴェルズなどの影響下にファンタジー文学が生まれる。ウィリアム・モリスはその出発点であった。第1次世界大戦の嵐によって、ファンタジーの世界は失われたように見えた。

しかしモリスの流れは、オックスフォードの文学グループ〈インクリングス（インクの子ら）〉によってひそかに受け継がれていた。その中心はC・S・ルイスで、北欧伝説やモリスに魅せられた。彼はもの言う動物たちの国の物語を書いた。

ルイスに刺激を受けたグループの1人がJ・R・R・トールキンであった。彼は1937年に『ホビットの冒険』を書いた。中つ国（ミドルアース）という空想世界で、ホビット（ドワーフ、こびと）、ドラゴン、魔法使いが冒険をくり広げる。ルイスにはげまされて、それをふくらませ、『指輪物語』という大長篇を1949年に完成させた。

一方ルイスは、「動物の国」のテーマから『ナルニア国ものがたり』全7巻（1950-56）を書いた。

『指輪物語』と『ナルニア国ものがたり』は、第2次世界大戦後のファンタジー文学の復活をあらわしていた。

2つを比べると、『ナルニア国ものがたり』は文学的でオーソドックスである。それに対して『指輪物語』はイメージ性が強く、その意味で現代的である。中つ国の地図は克明に示され、登場人物はキャラクター化されている。つまり、ロール・プレイング・ゲームにきわめて近いのである。『指輪物語』には非常に詳細な解説、情報がつけられ、データ化されている。

『指輪物語』はその後、ファンタジー物語のゲーム化に大きな影響を与えた。ファンタジーは、〈スチームパンク〉の世界に流れ込んだのである。

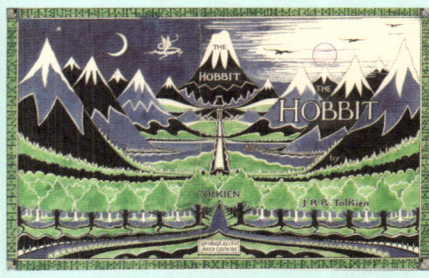

『指輪物語』初版本カバーのための絵
J・R・R・トールキン画

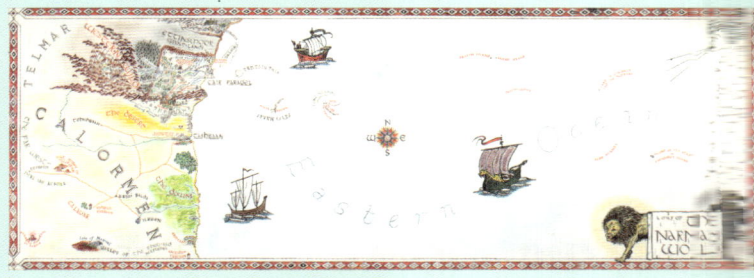

『ナルニア国ものがたり』のナルニア国の地図の絵
C・S・ルイス画

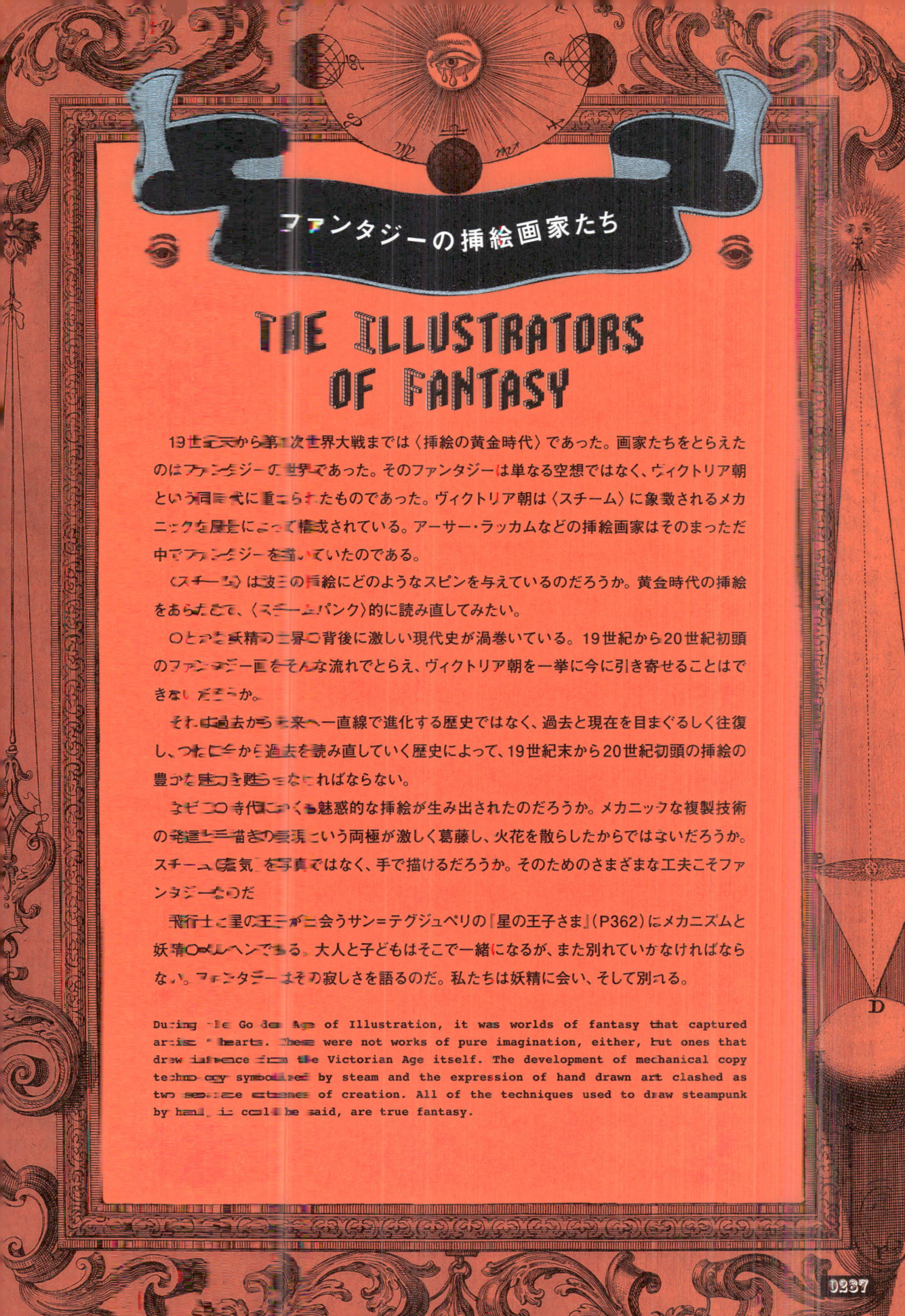

ファンタジーの挿絵画家たち

THE ILLUSTRATORS OF FANTASY

19世紀末から第一次世界大戦までは〈挿絵の黄金時代〉であった。画家たちをとらえたのはファンタジーの世界であった。そのファンタジーは単なる空想ではなく、ヴィクトリア朝という同時代に重ねられたものであった。ヴィクトリア朝は〈スチーム〉に象徴されるメカニックな展開によって構成されている。アーサー・ラッカムなどの挿絵画家はそのまっただ中でファンタジーを描いていたのである。

〈スチーム〉は挿絵にどのようなスピンを与えているのだろうか。黄金時代の挿絵をあらためて、〈スチームパンク〉的に読み直してみたい。

ひとつの妖精の背景の背後に激しい現代史が渦巻いている。19世紀から20世紀初頭のファンタジー画をそんな流れでとらえ、ヴィクトリア朝を一挙に今に引き寄せることはできないだろうか。

それは過去から未来へ一直線で進化する歴史ではなく、過去と現在を目まぐるしく往復し、つねに今から過去を読み直していく歴史によって、19世紀末から20世紀初頭の挿絵の豊かな魅力を甦らせなければならない。

なぜこの時代にこんな魅惑的な挿絵が生み出されたのだろうか。メカニックな複製技術の発達と手描きの表現という両極が激しく葛藤し、火花を散らしたからではないだろうか。スチーム＝蒸気を写真ではなく、手で描けるだろうか。そのためのさまざまな工夫こそファンタジーなのだ。

飛行士と星の王子が出会うサン＝テグジュペリの『星の王子さま』(P362)にメカニズムと妖精のメルヘンである。大人と子どもはそこで一緒になるが、また別れていかなければならない。ファンタジーはその寂しさを語るのだ。私たちは妖精に会い、そして別れる。

During the Golden Age of Illustration, it was worlds of fantasy that captured artists' hearts. These were not works of pure imagination, either, but ones that drew influence from the Victorian Age itself. The development of mechanical copy technology symbolized by steam and the expression of hand drawn art clashed as two separate extremes of creation. All of the techniques used to draw steampunk by hand, it could be said, are true fantasy.

FANTASY

ファンタジーの挿絵画家たち 01

アーサー・ラッカム

ARTHUR RACKHAM

イギリス 1867-1939

挿絵の黄金時代を代表する画家である。

「ラッカム・スタイル、そのグロテスクな木、怪物、森の中のおとぎ話、そしてクラシックな娘たちなどで、彼はシェイクスピア、ハンス・アンデルセン、グリム兄弟、ルイス・キャロルの世界を描いた。」(ロドニー・エンゲン『魅せられし時代 ──ビアズリー、デュラック、その同時代人 1890-1930』2007)

1867年、ロンドンに生まれ、ランベス美術学校の夜学に通った。そこでローレンス・ハウスマン、チャールズ・リケッツなどの未来のイラストレーターたちと出会った。ラッカムは雑誌の挿絵を描き、1898年、『インゴルズビー伝説』(P302)で挿絵画家として出発する。ビアズリーの『アーサー王の死』の挿絵に強い影響を受けた。またドイツのデューラー、ボス(ボッシュ)、グリューネヴァルト、アルトドルファーなどの幻想的風景からも学んでいる。そして、フランスのドーミエ(P78)から諷刺的な表現もとり入れた。

1904年、『リップ・ヴァン・ウィンクル』の挿絵によって認められ、ラッカムは一挙に有名になる。1906年の『ピーター・パン』(P262-265)では豊かな色彩がほどこされている。

ファンタジーと自然描写がラッカムの特徴である。現実と夢が重ねられ、まるで本当の世界のように空想があらわれる。

An artist representative of the Golden Age of Illustration. Born in London in 1876, he met the illustrators of the future in art school, such as Laurence Housman and Charles Ricketts. Strongly influenced by Aubrey Beardsley, he applied different techniques to his pictures, such as German fantastical landscapes, and French satire. His work in *Rip Van Winkle* in 1904 catapulted him to fame. Rackham's specialties lay in fantasy and nature, and his worlds, a combination of dream and reality, felt truly convincing.

『ワンダー・ブック』挿絵　INSIDE PAGE OF BOOK "A WONDER BOOK" (次ページ)

アーサー・ラッカム画　Arthur Rackham / ナサニエル・ホーソーン著 Nathaniel Hawthorne / 1922年 / アートハーベスト蔵

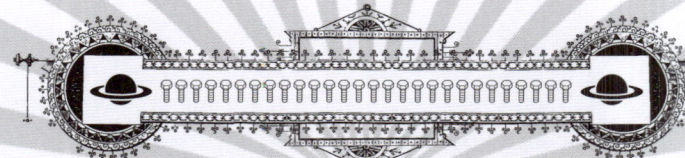
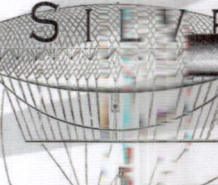

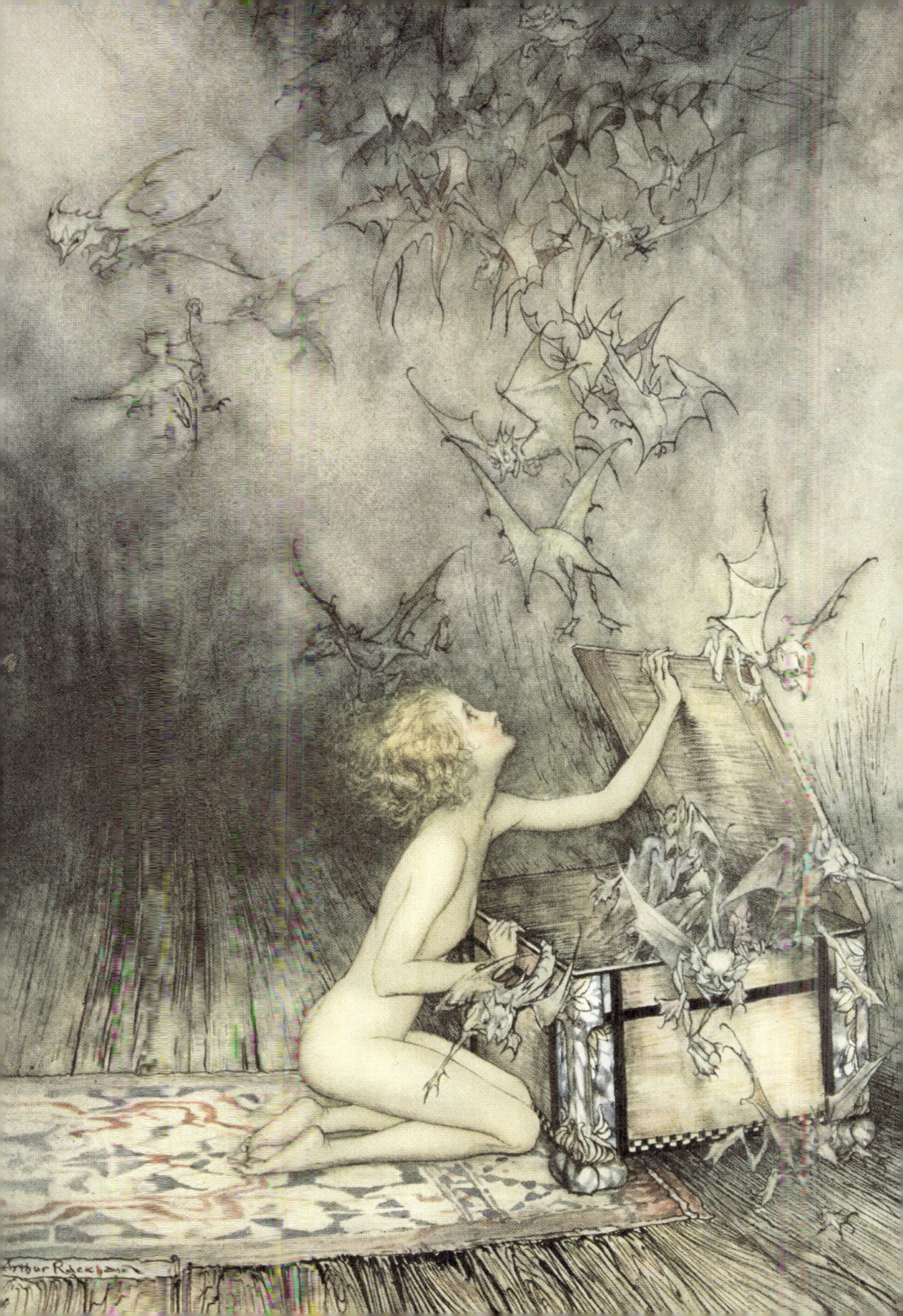

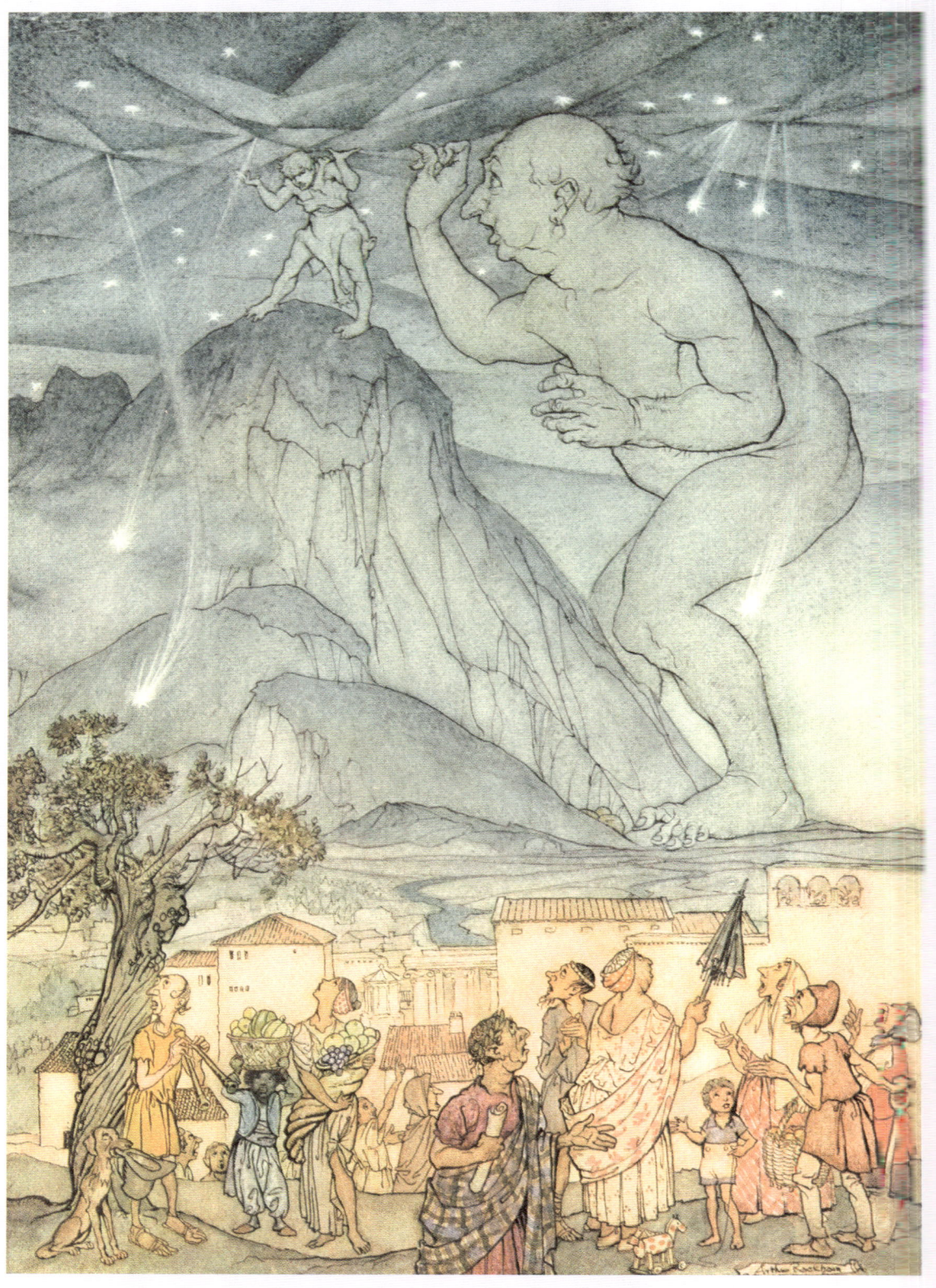

ナサニエル・ホーソーンが少年少女のために書いたギリシア・ローマ神話集である。
ラッカム後期の作品で、魔物の箱をあけてしまうパンドラ（前ページ）などはモダン・ガール風である。

P290-291：アーサー・ラッカム画　Arthur Rackham ／ ナサニエル・ホーソーン著 Nathaniel Hawthorne ／ 1922年 ／ アートハーベスト蔵

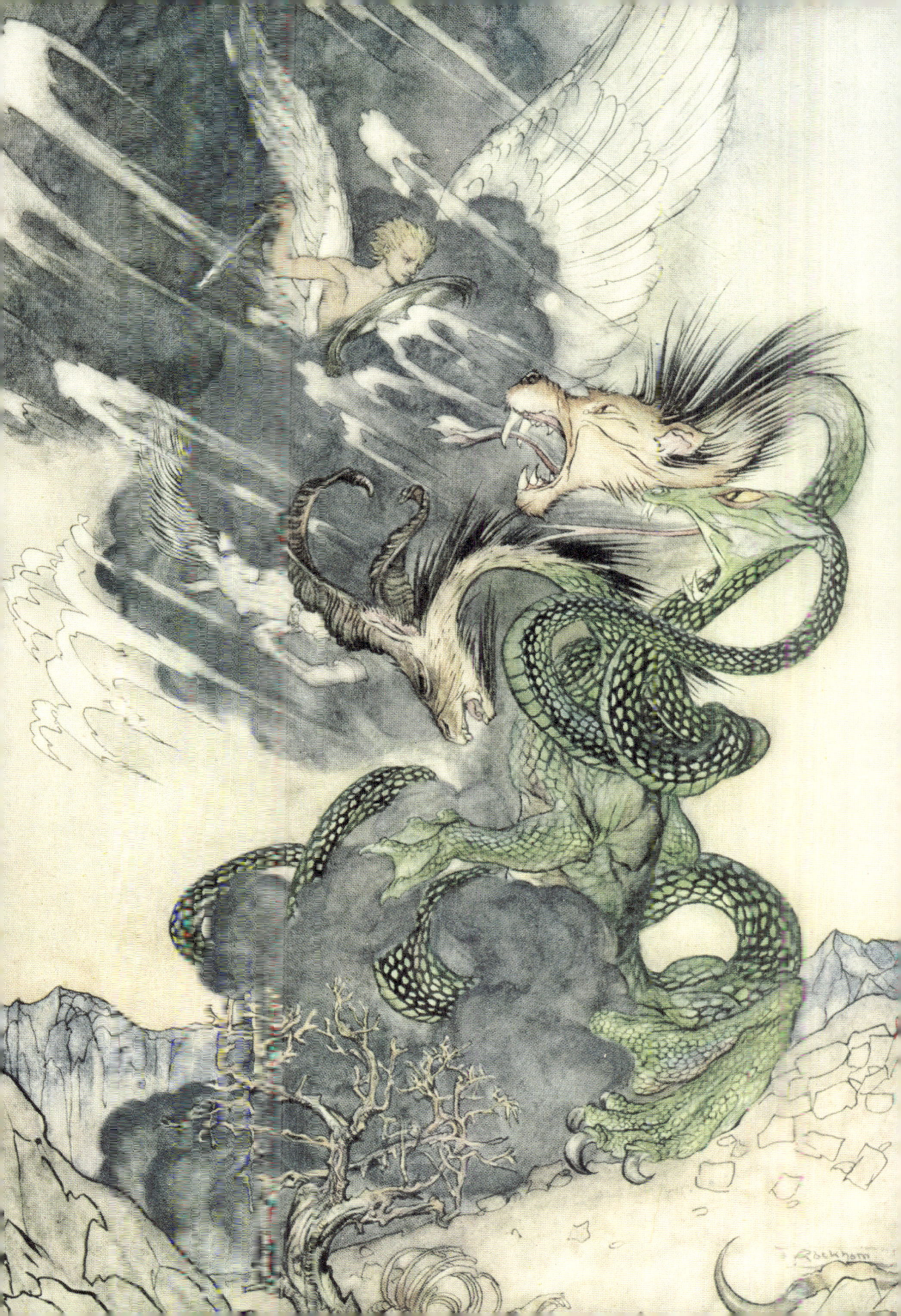

INSIDE PAGES OF BOOK "A WONDER BOOK"

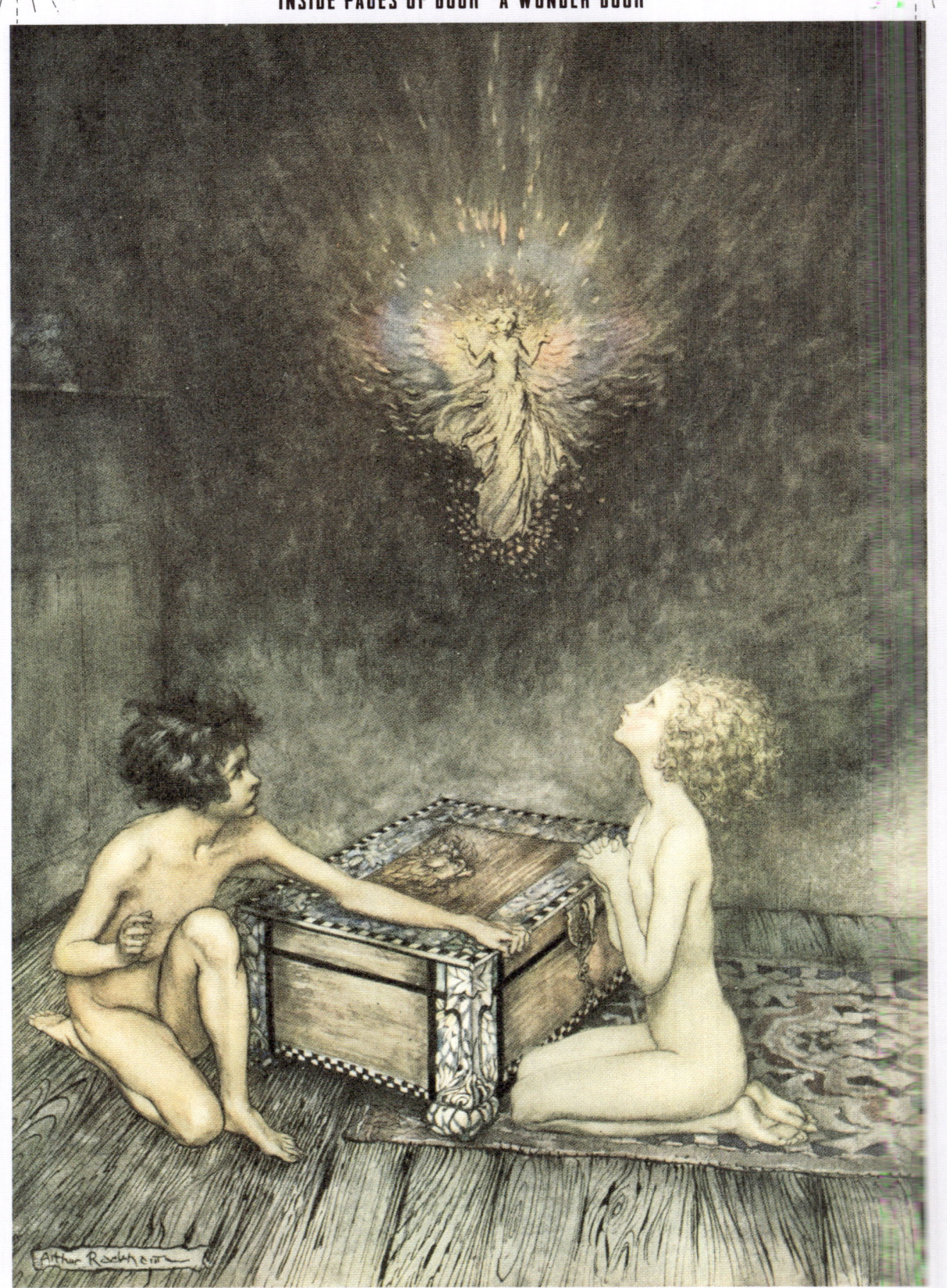

アーサー・ラッカム画 Arthur Rackham ／ ナサニエル・ホーソーン著 Nathaniel Hawthorne ／ 1922年 ／ アートハーベスト蔵

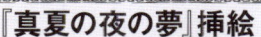

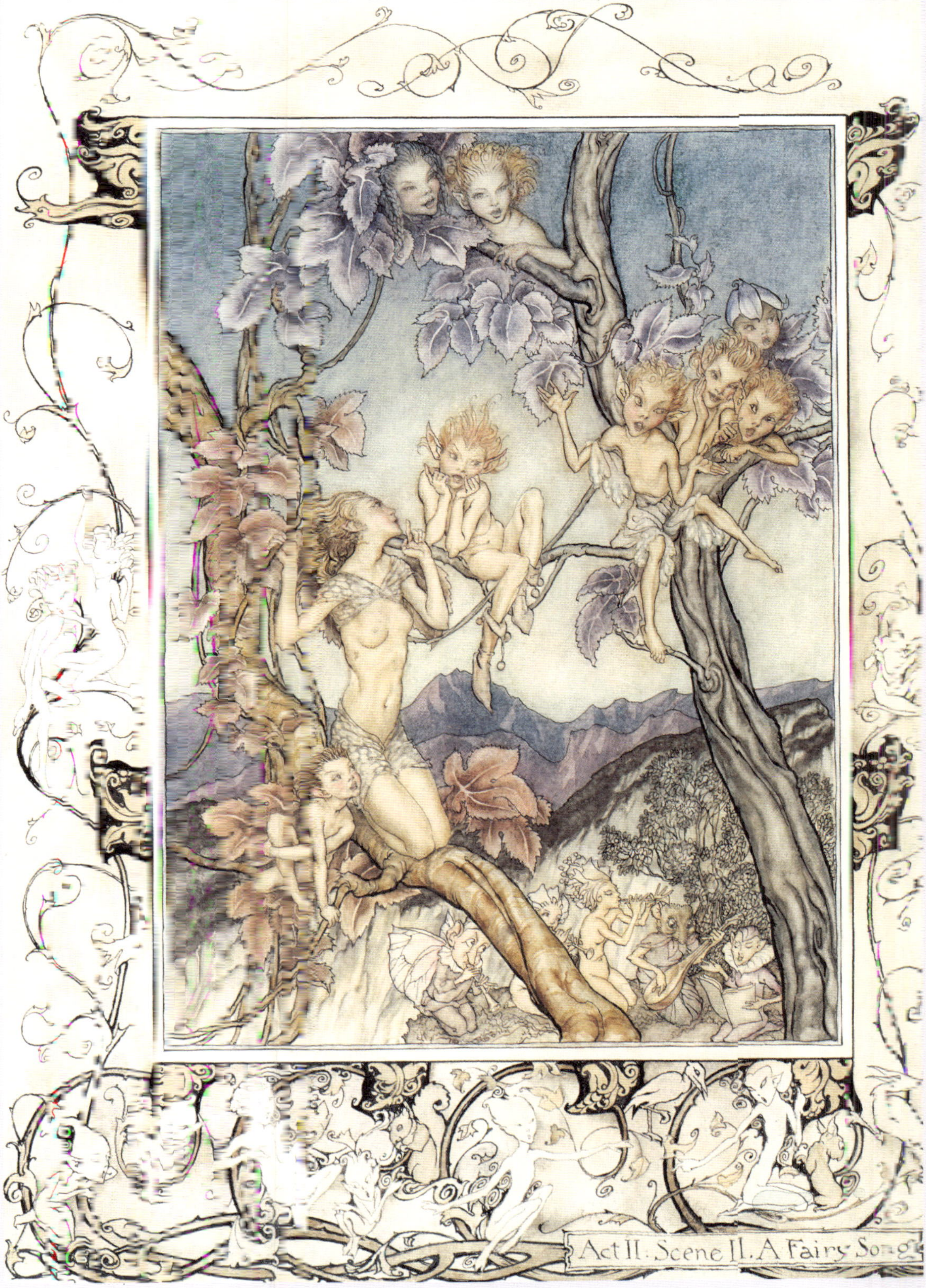

Act II. Scene II. A Fairy Song

ラ―ナ―はシェクスピ―の物語を得意としている。『真夏の夜の夢』では特に夜のシーンがすばらしい。
暗い宙に浮かぶ宝石のような光のきらめきは幻想的だ。木々の根はまるで怪物のようにはいまわっている。

ア―ナ―・ラックハム画 Arthur Rackham／ウィリアム・シェイクスピア著 William Shakespeare／1908年／The Bridgeman Art Library／アフロ

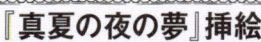

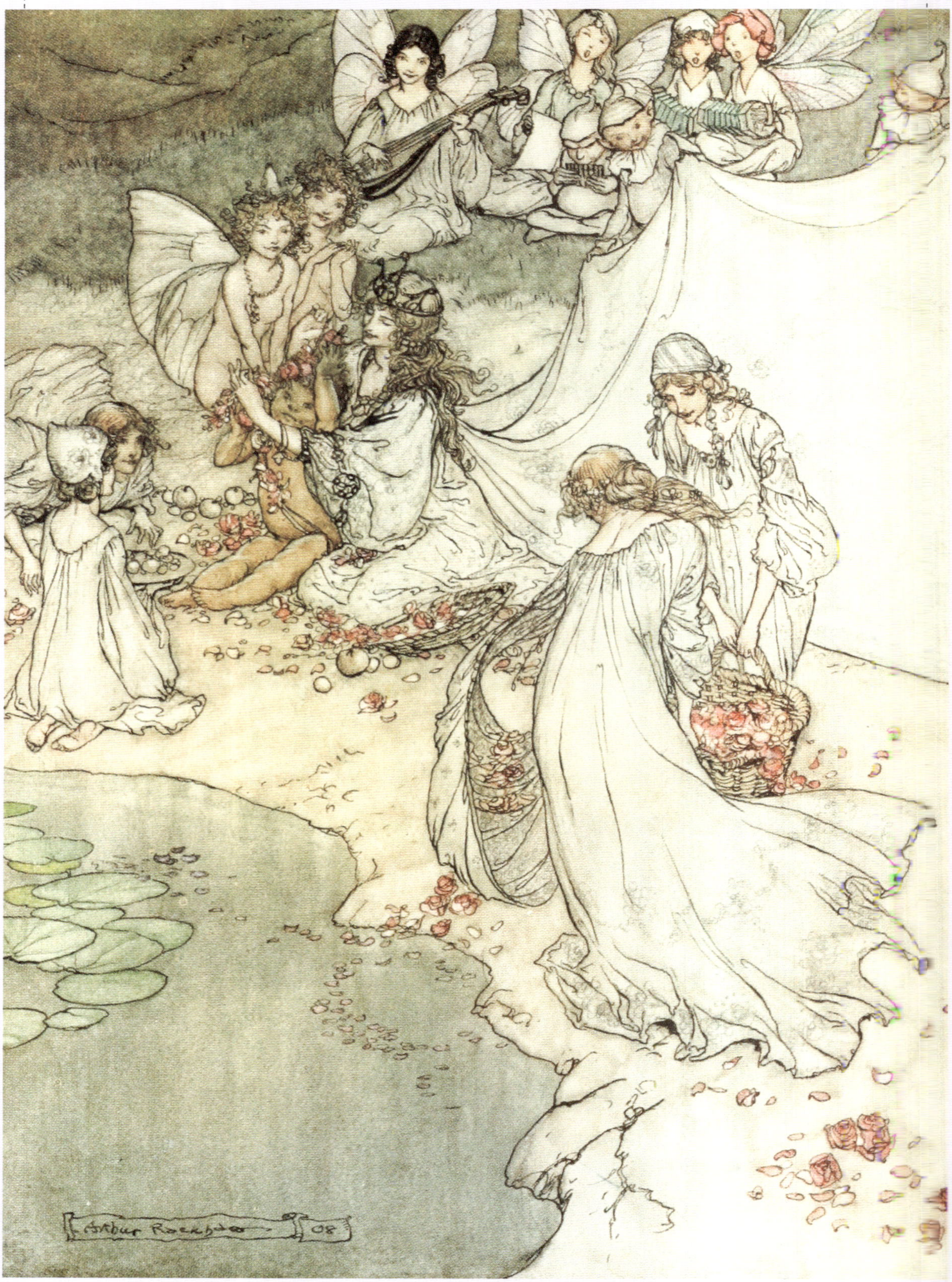

P294-295：アーサー・ラッカム画　Arthur Rackham / ウィリアム・シェイクスピア著 William Shakespeare / 1914年 / アメリカ、カリフォルニア大学図書館蔵

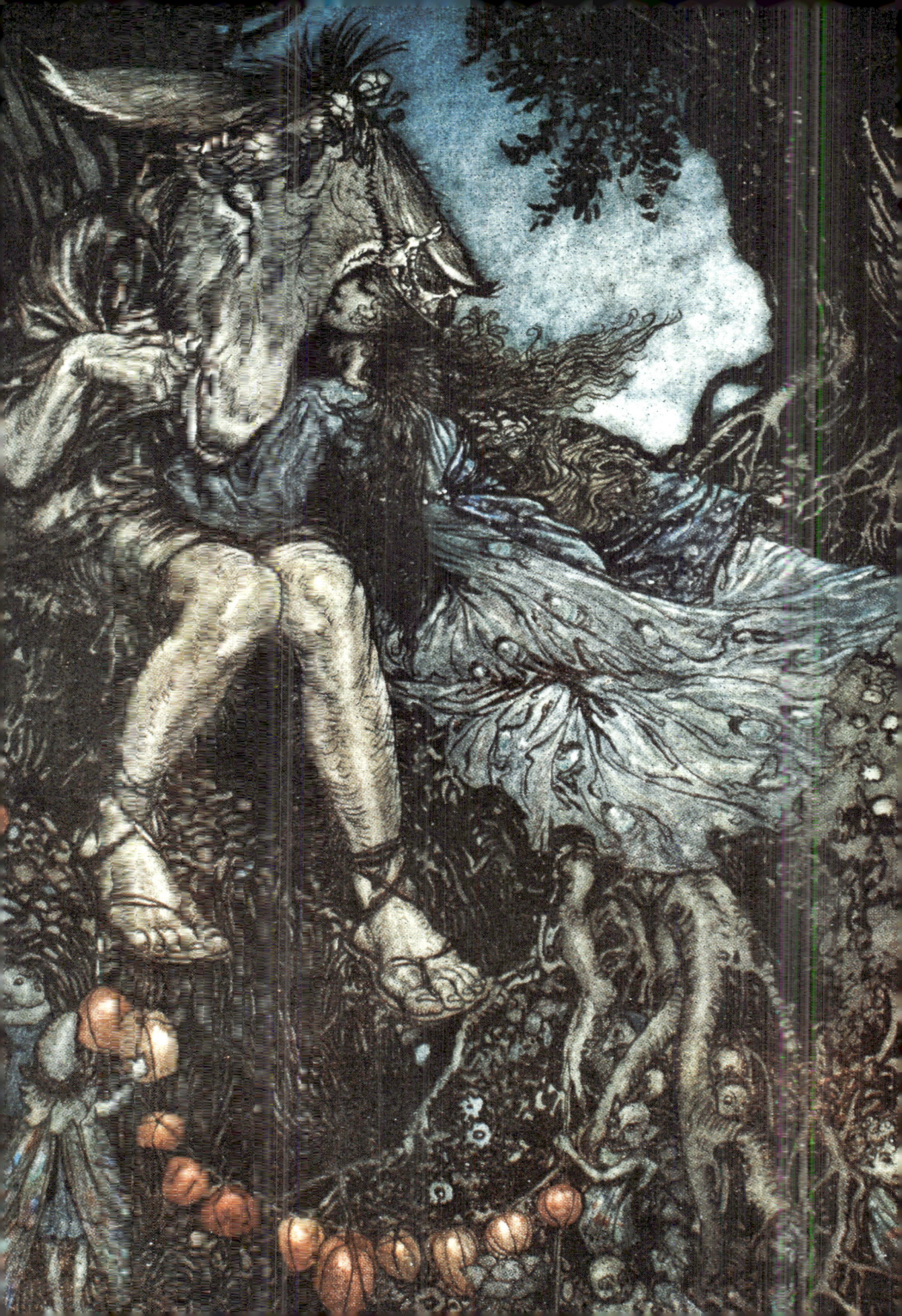

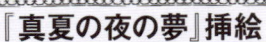

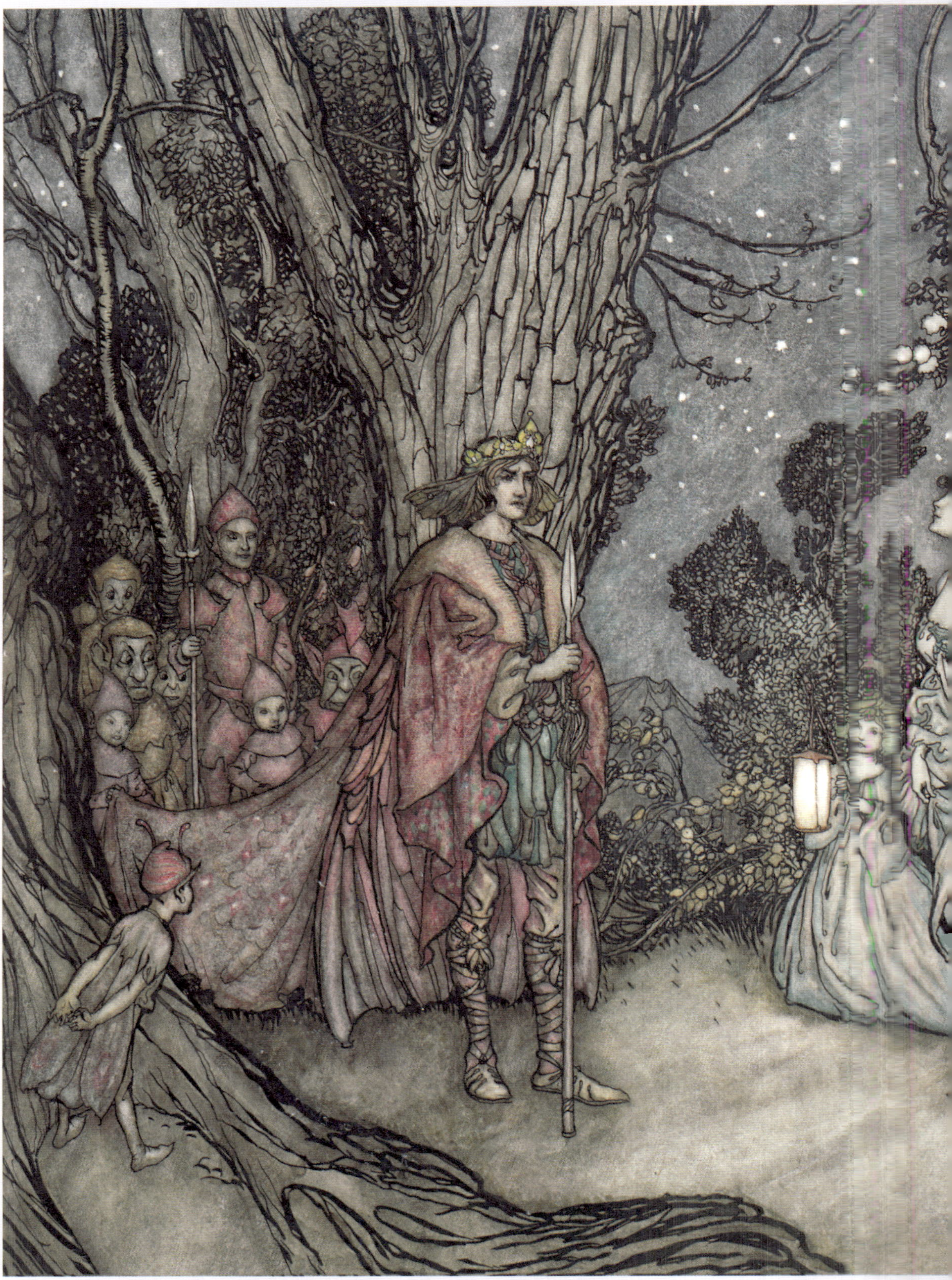

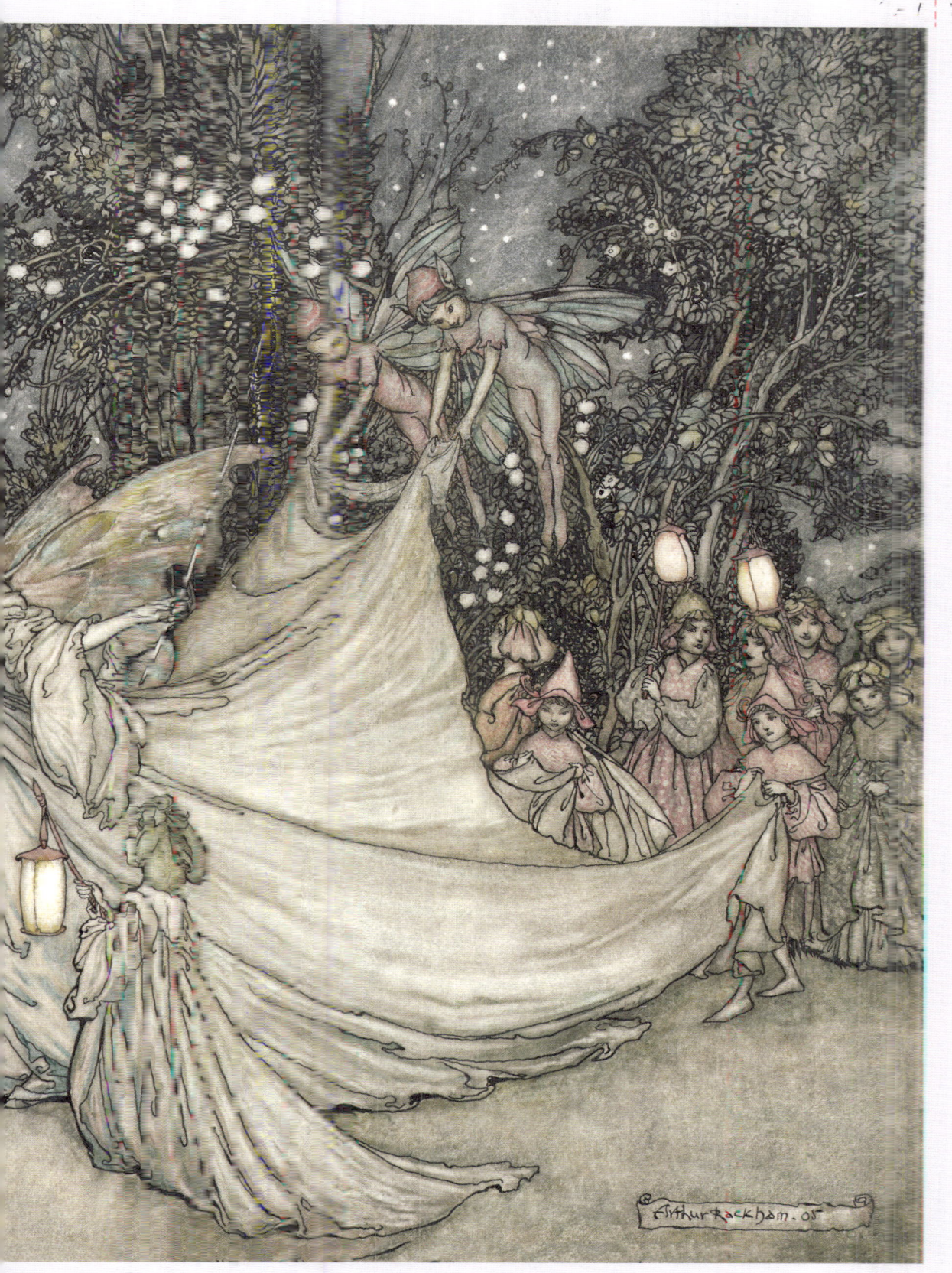

アーサー・ラッカム画 Arthur Rackham／ウィリアム・シェイクスピア著 William Shakespeare／1905年／The Bridgeman Art Library／アフロ

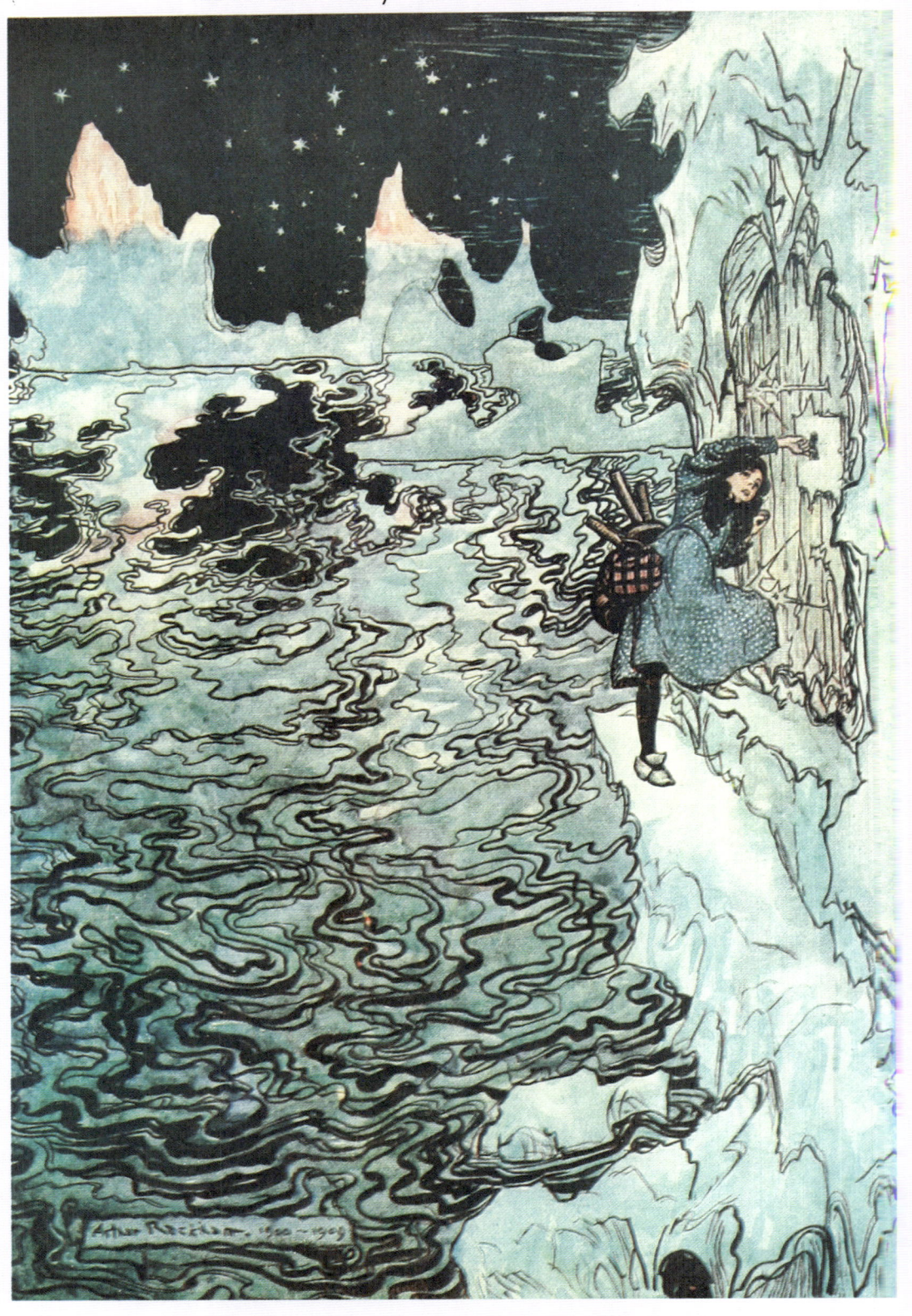

グリム童話集における北方の暗い森のメルヘンはラッカムにぴったりだった。
リアルな人物像とそれを包む自然の流動的で目をくらますようなサイケデリックな空間の対比がすばらしい。

『グリム童話集』挿絵 ／ アーサー・ラッカム画 Arthur Rackham ／ グリム兄弟著 Brother Grimm ／ 1922年 ／ P298：アメリカ、ニューヨーク公共図書館蔵、P299：主人

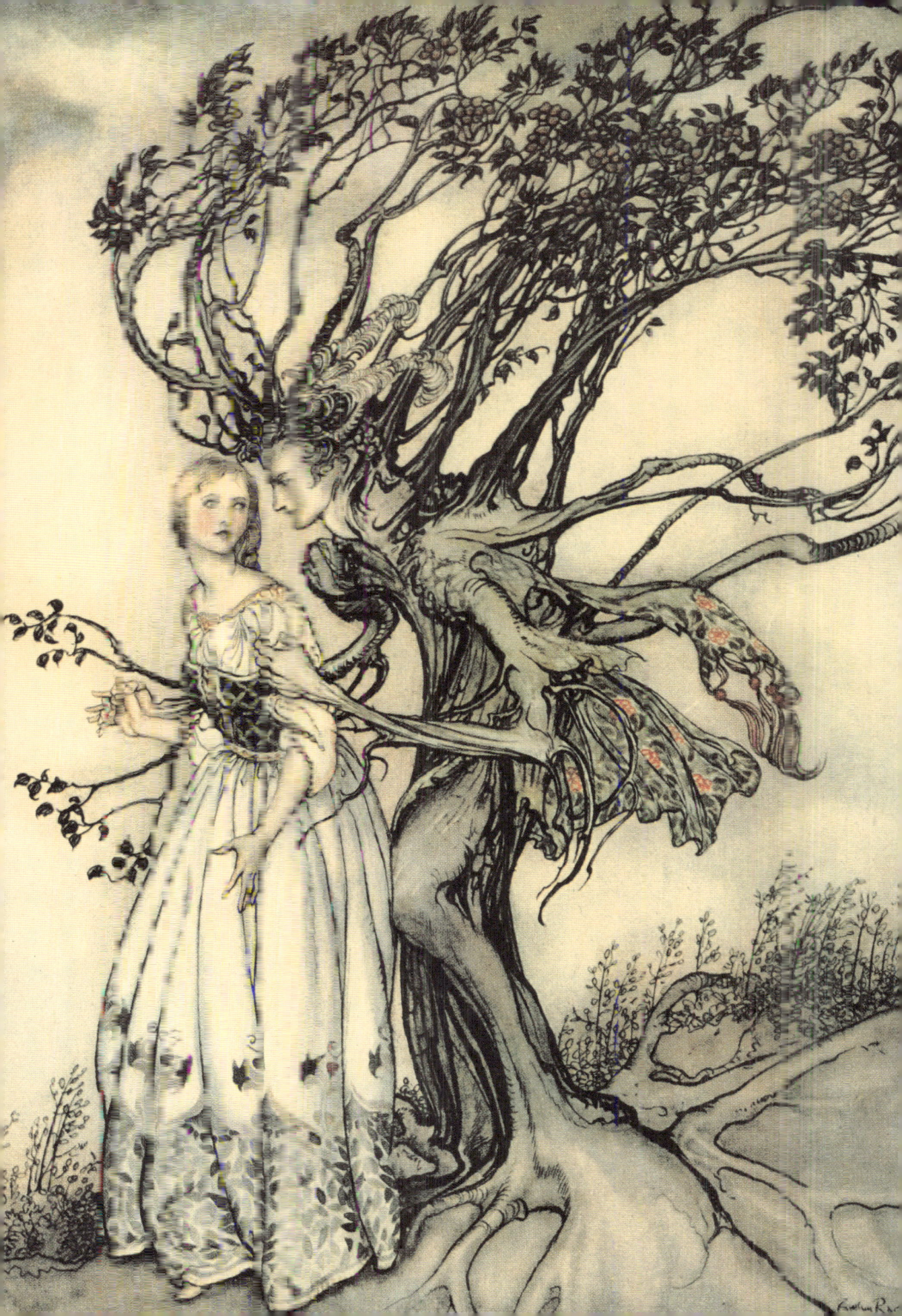

INSIDE PAGES OF BOOK "MOTHER GOOSE"

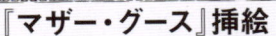

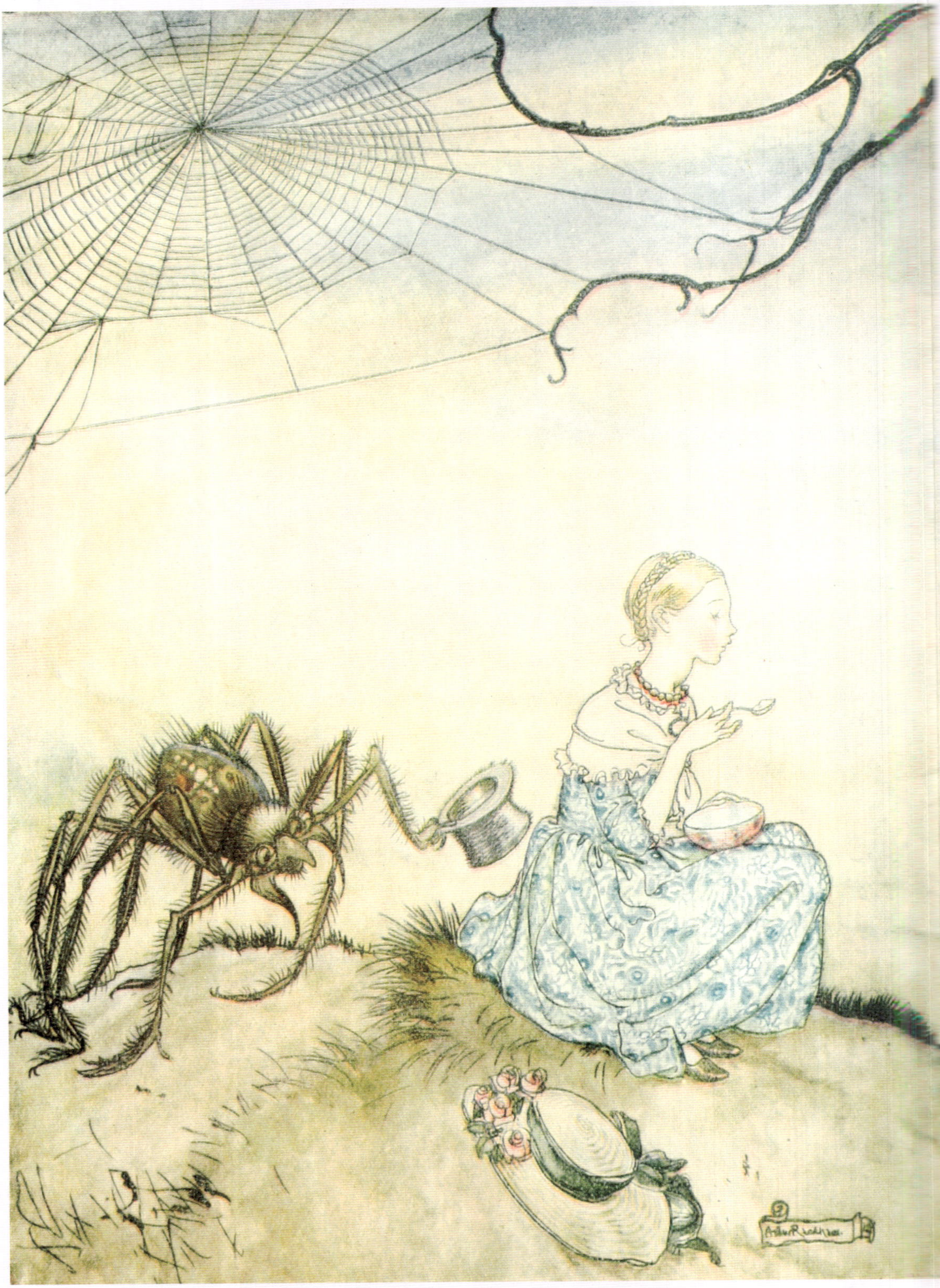

ラッカムの最盛期の作品で、細密な描写、グロテスクでユーモラスな人物像などで楽しませる。
〈マザー・グース〉は、イラストレーターの想像力を遊ばせるテーマであったようだ。

P300·301：アーサー・ラッカム画　Arthur Rackham ／ 1913年 ／ アメリカ、ニューヨーク公共図書館蔵

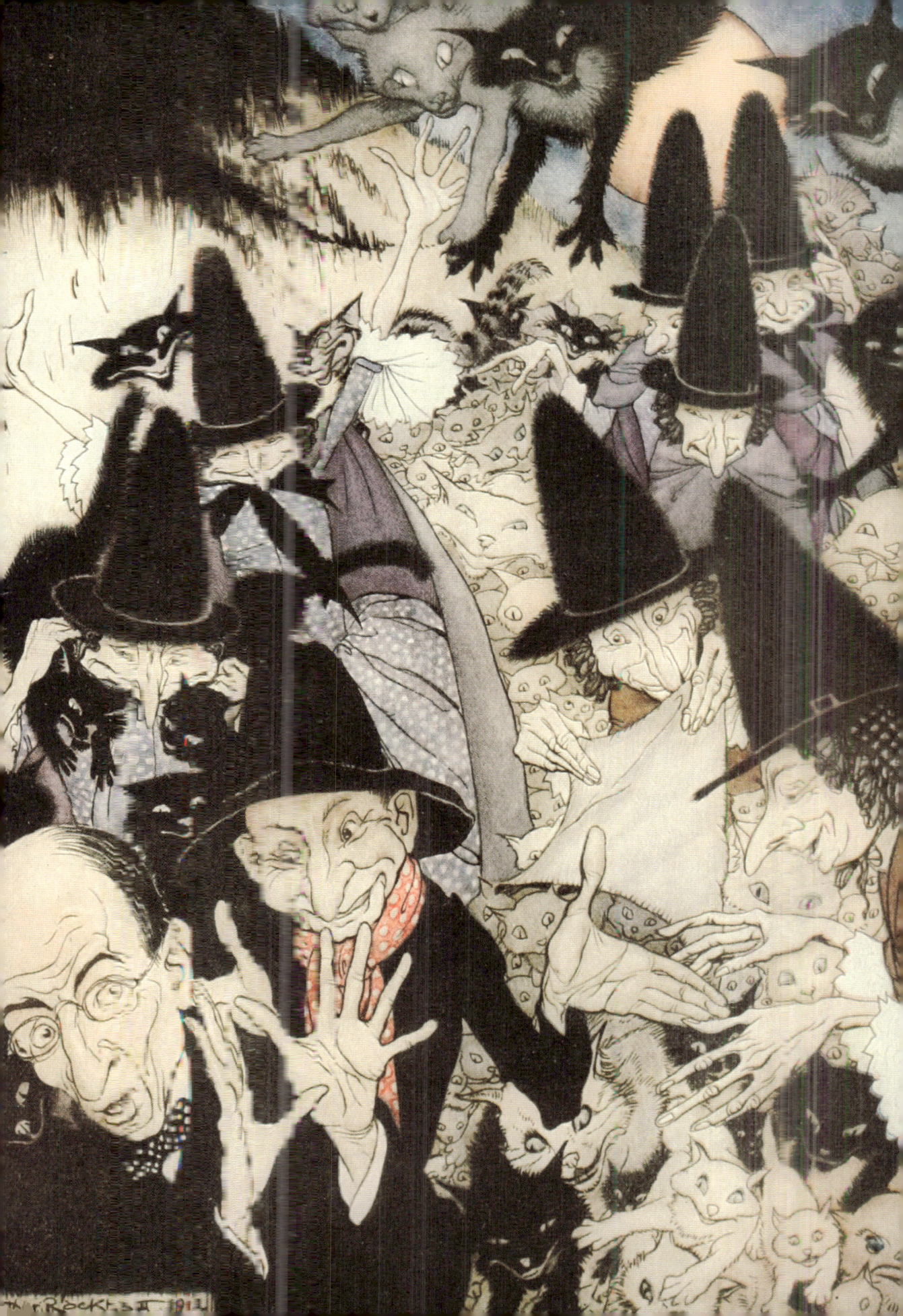

INSIDE PAGE OF BOOK "THE INGOLDSBY LEGENDS"

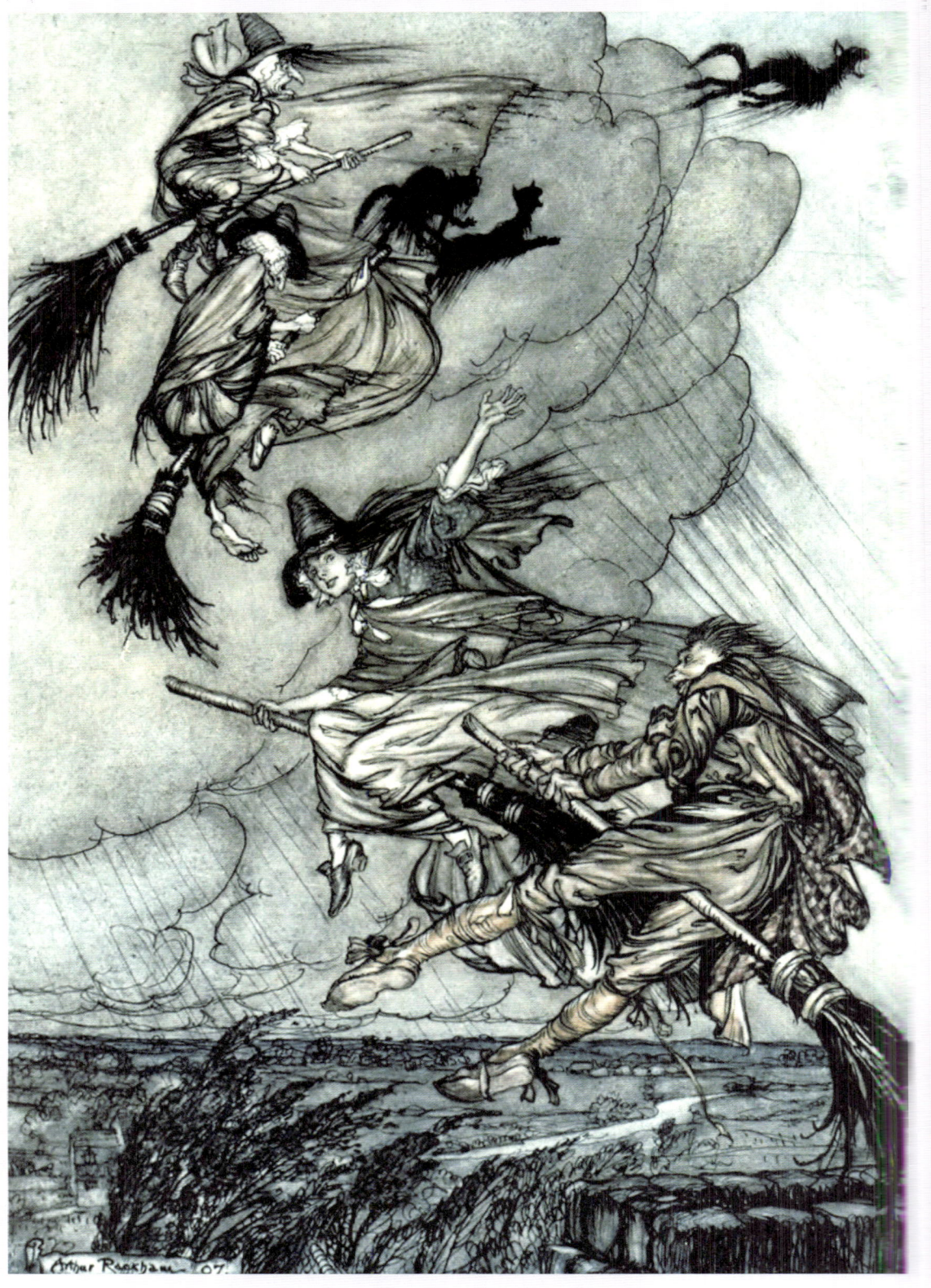

トマス・インゴルズビーのホラー物語集である。ラッカムは1898年にモノクロで描いているが、
これはカラー版としてあらためて描かれている。太い黒い線が力強く残っている。

アーサー・ラッカム画　Arthur Rackham ／ トマス・インゴルズビー著 Thomas Ingoldsby ／ 1907年 ／ アメリカ、カリフォルニア大学図書館蔵

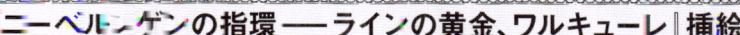

『ニーベルンゲンの指環 ── ラインの黄金、ワルキューレ』挿絵

INSIDE PAGE OF BOOK "THE RHEINGOLD AND THE VALKYRIE"

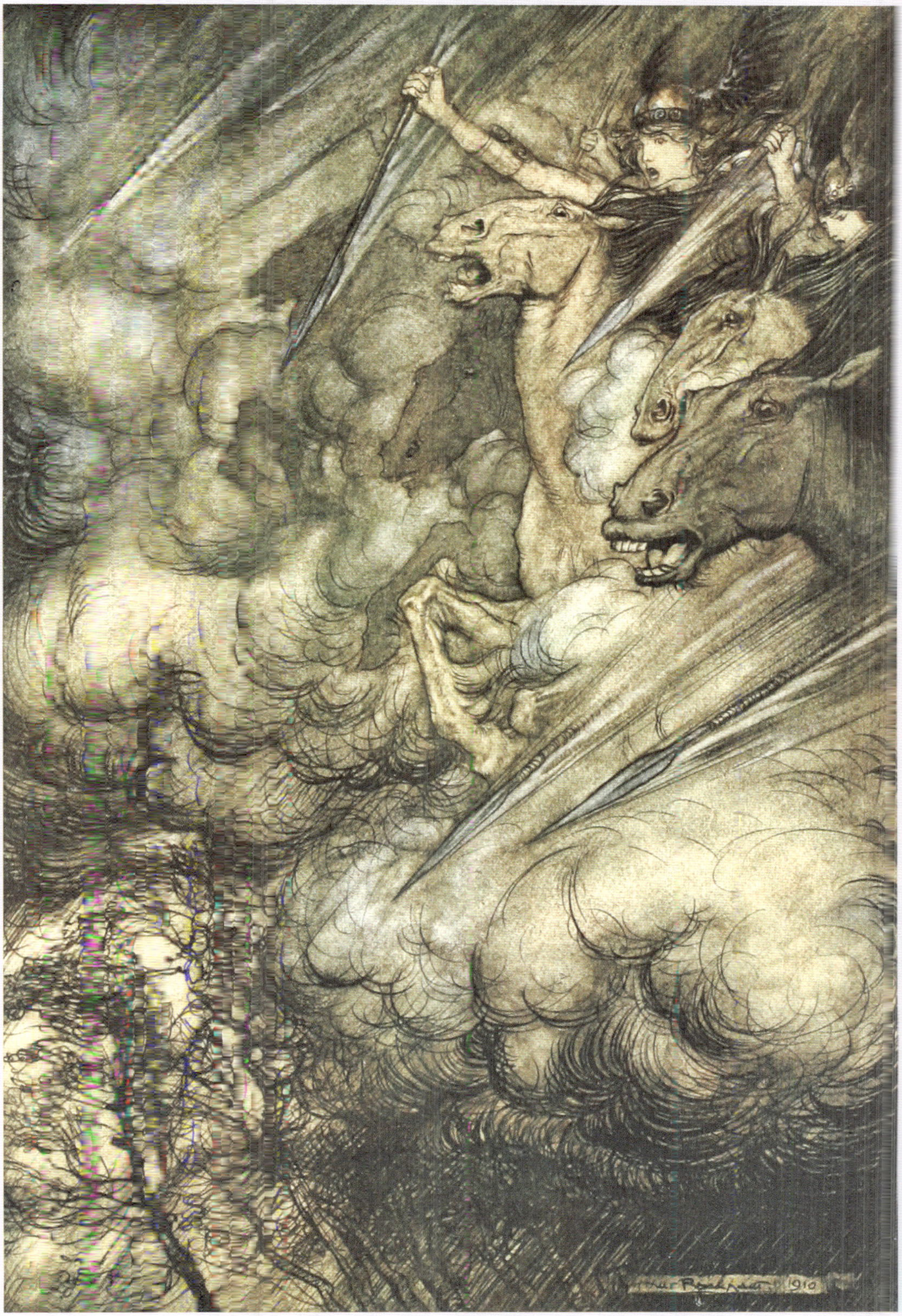

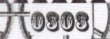

19世紀末、英国においてワーグナーのオペラ・ブームがあった。ビアズリーも描いている。
『ドイツの世界に魅せられた』ラッカムは、『ニーベルンゲンの指環』4部作を描いた。壮大なゴシック・ロマンである。

アーサー・ラッカム画 Arthur Rackham / リヒャルト・ワーグナー著 Richard Wagner / 1910年 / アメリカ、ニューヨーク公共図書館蔵

FANTASY ARTIST

ハインリヒ・レフラー＆ヨゼフ・ウルバン

HEINRICH LEFLER & JOSEPH URBAN

オーストリア 1863-1919／1872-1933

　19世紀末、グスタフ・クリムトを中心とするウィーン分離派が結成された時、その周辺にいた若い芸術家たちである。レフラーは画家であり、グラフィック・アーティストであった。ウルバンは建築家であり、グラフィック・デザイナーでもあった。2人は従兄弟だったこともあって、共同制作をした。

　クリムトがヨゼフ・ホフマンとともにウィーン工房を結成すると、2人もそこに参加した。

　しかしウルバンは1911年にアメリカに渡り、舞台デザイナーとして活躍し、フローレンツ・ジーグフェルド・フォリーズ（アメリカのレヴュー）の舞台を手がけ、1917年からニューヨーク・メトロポリタン・オペラの舞台デザイナーとなり、ブロードウェイからハリウッドにいたる舞台や映画のデザインに広い影響を与えた。ウルバンはアメリカのデザイナーとして有名で、そのウィーン時代はほとんど忘れられてしまった。ウィーンの世紀末はハリウッドにつながっているようだ。

　ウィーン時代にレフラーとウルバンは共同で楽しい絵本をつくっている。2人はオーブリー・ビアズリーが好きだった。彼らの挿絵には舞台を見ているような空間構成が見られる。世紀末の挿絵はレヴューや映画のデザインの源泉だったかもしれない。

Lefler was a painter and graphic artist, while Urban was an architect and graphic designer. When Gustav Klimt started the Wiener Werkstatte with Josef Hoffman, the two joined as well. Urban moved to America in 1911, finding work as a stage designer. The two were cousins, making whimsical picture books together during their time at the Wiener Werkstatte. Their illustrations were structured so that it felt like you were looking at a stage. In fact, the illustrations at the turn of the century were probably the source of the movie and revue designs that would follow.

「えんどう豆の上に寝たお姫さま」 THE PRINCESS ON THE PEA （次ページ）

『アンデルセン・カレンダー』挿絵／ハインリヒ・レフラー＆ヨゼフ・ウルバン画 Heinrich Lefler & Joseph Urban
ヒューゴ・サラス著 Hugo Salus／1911年／Bridgeman Images/PPS通信社

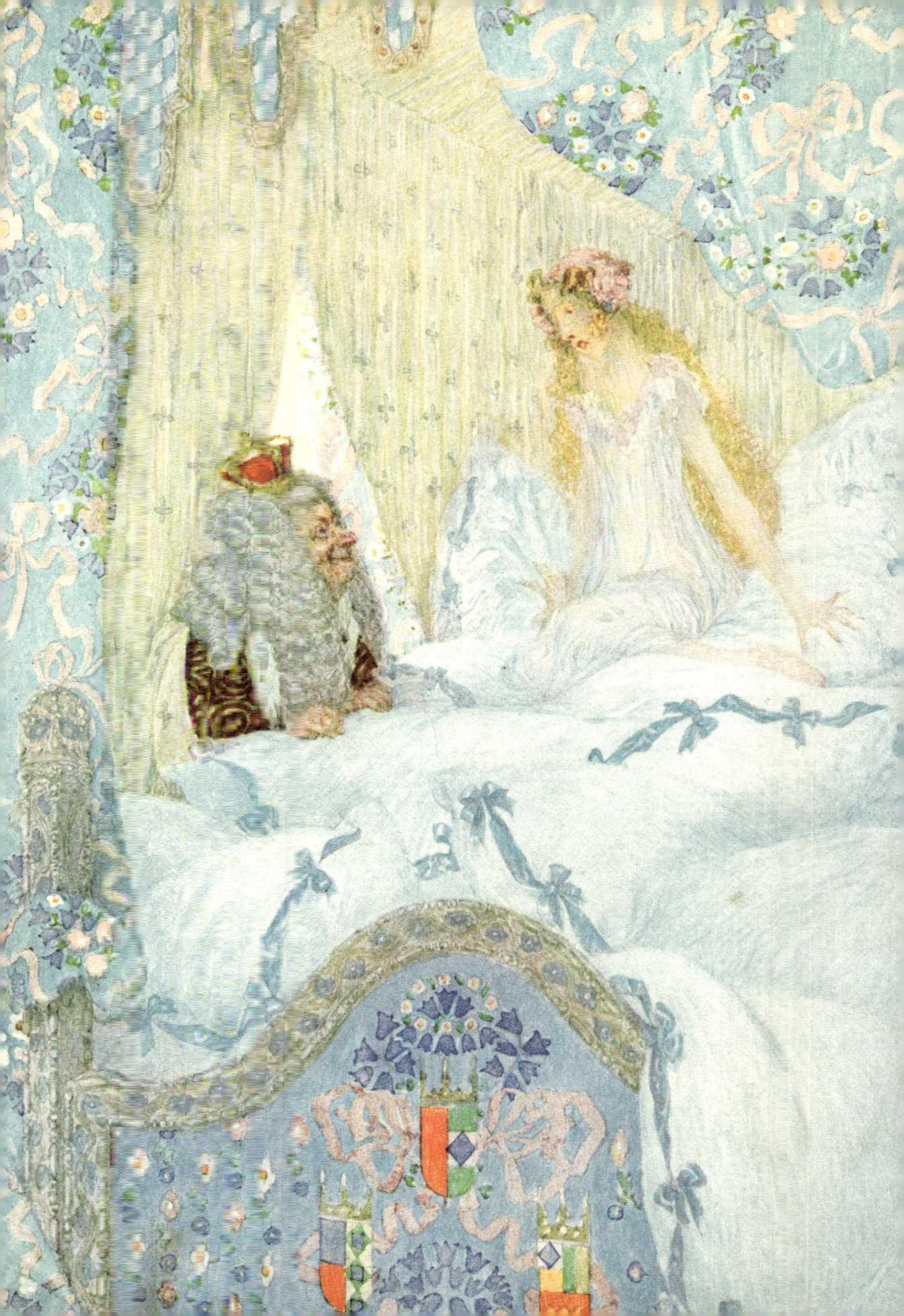

THE TRAVELLING COMPANION

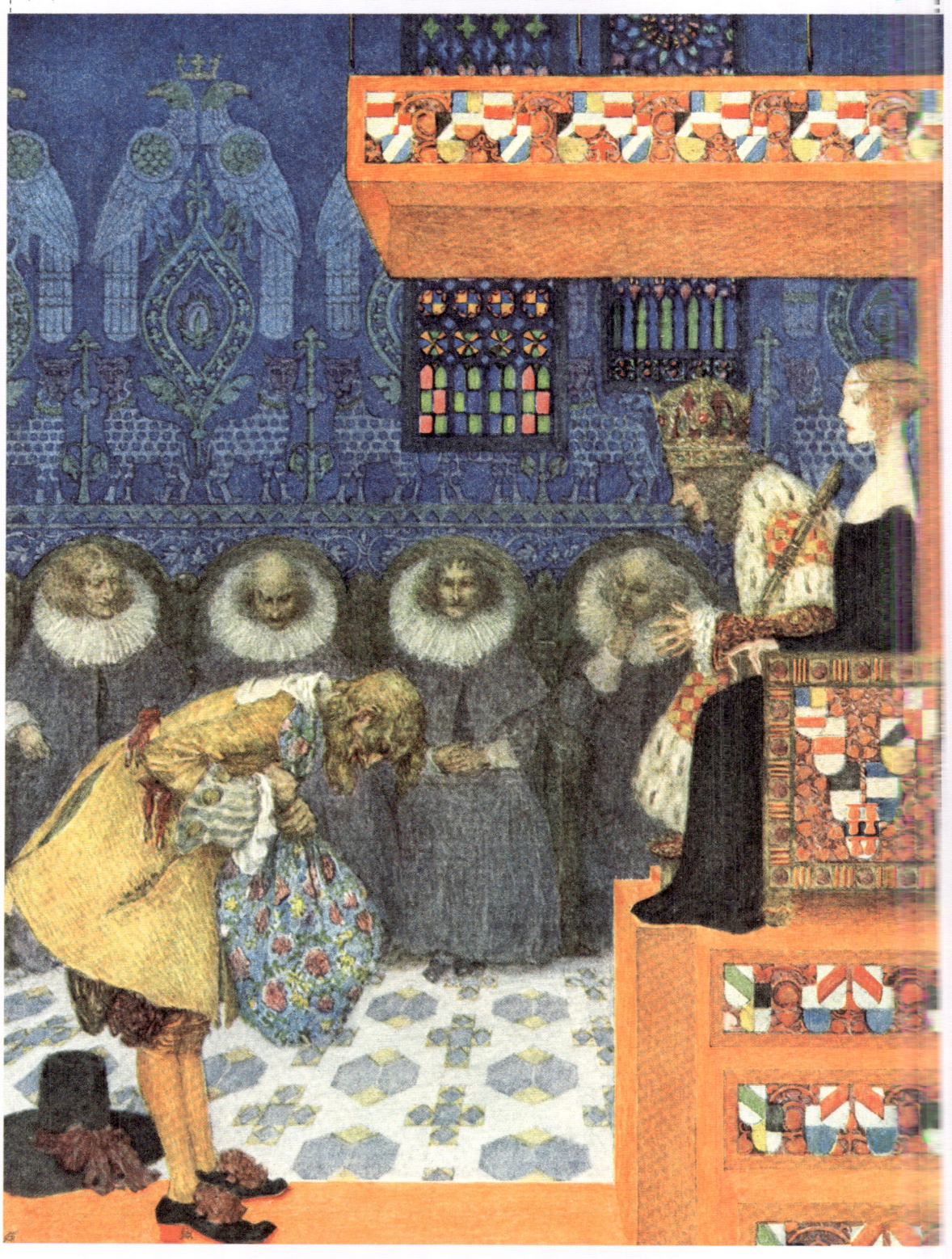

ウルバンがアメリカに出発する年に出ている。ウィーンへのお別れだったろうか。
クリムトを思わせる装飾的構成、格子状のシンメトリックな画面など、ウィーン工房のデザインを感じさせる。

『アンデルセン・カレンダー』挿絵 / ハインリヒ・レフラー＆ヨゼフ・ウルバン画 Heinrich Lefler & Joseph Urban

ヒューゴ・サラス著 Hugo Salus / 1911年 / Bridgeman Images/PPS通信社

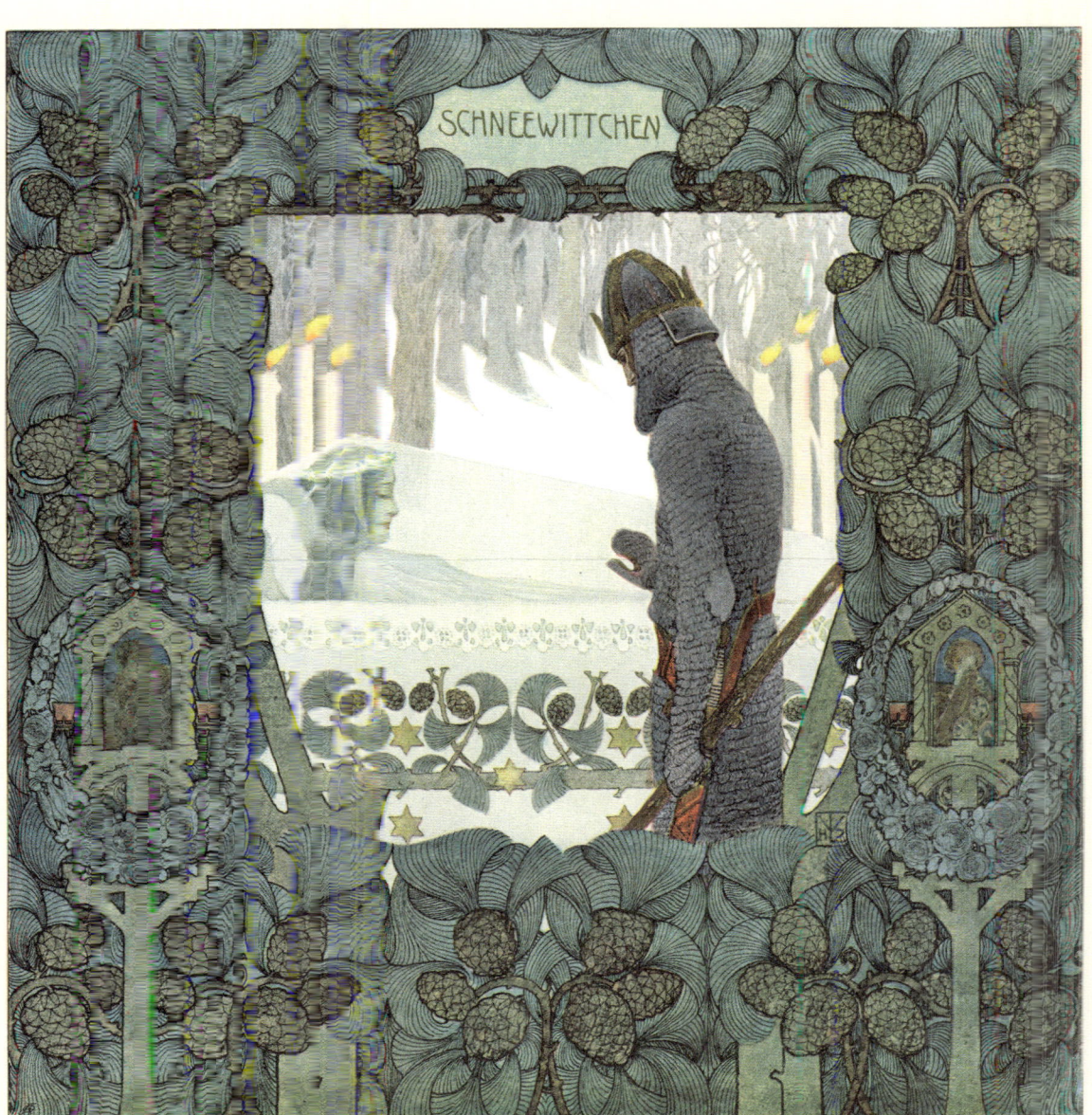

SCHNEEWITTCHEN

ヴィーン世紀末の耽美な書籍芸術が見られる。フレームには東洋的な宝相華のような華文様が連なっている。
ウィリアム・モリス風の葉文のフレームの中に中世騎士像が描かれている。

グリム童話集「白雪姫」 ハインリヒ・レフラー＆ヨゼフ・ウルバン画 Heinrich Lefler & Joseph Urban
グリム兄弟著 Brother Grimm / 1905年 / Bridgeman Images/PPS通信社

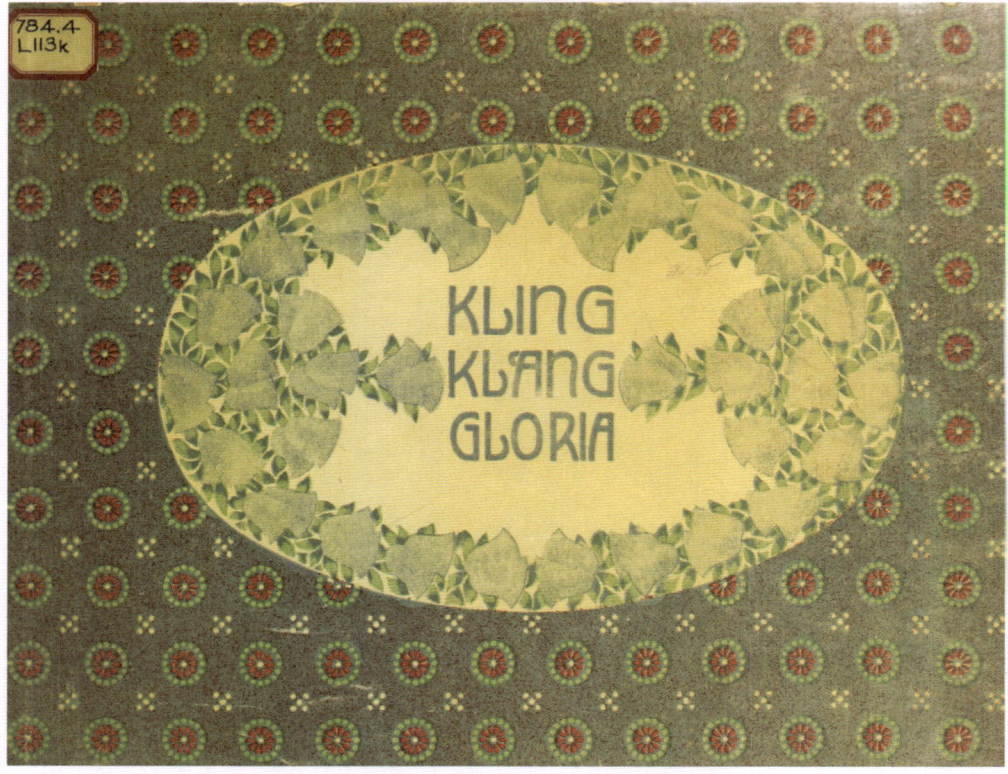

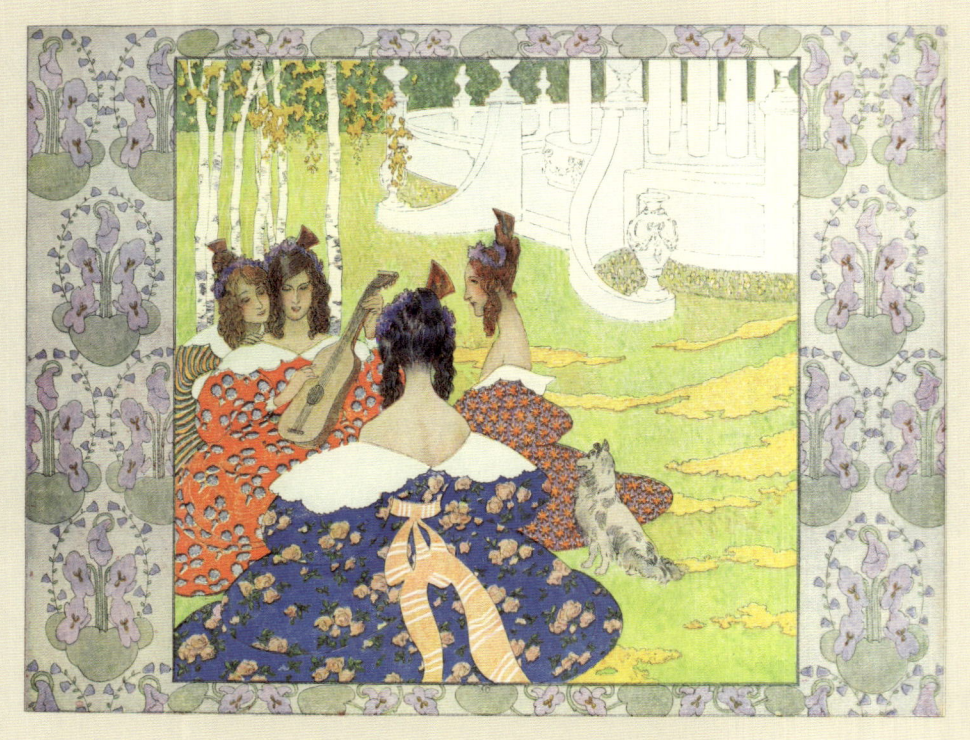

歌集である。すでにウルバンはアメリカに行き、レフラーは没しているので、以前に描かれたものをまとめたのだろう。
平面的な空間分割、装飾性などウィーン世紀末のさまざまな傾向を楽しめる。

P308-311：ハインリヒ・レフラー＆ヨゼフ・ウルバン画 Heinrich Lefler & Joseph Urban / 1921年 / アメリカ、イリノイ大学アーバナ・シャンペーン校蔵

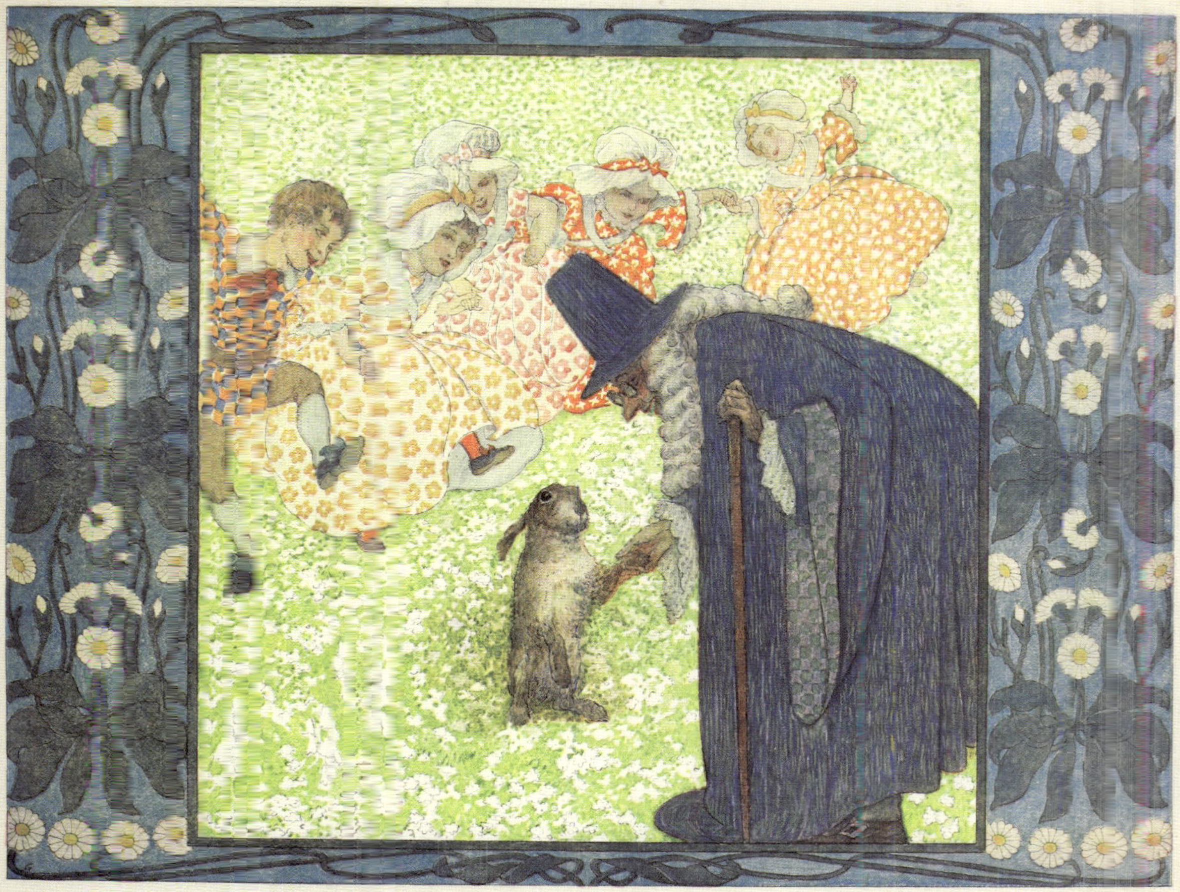

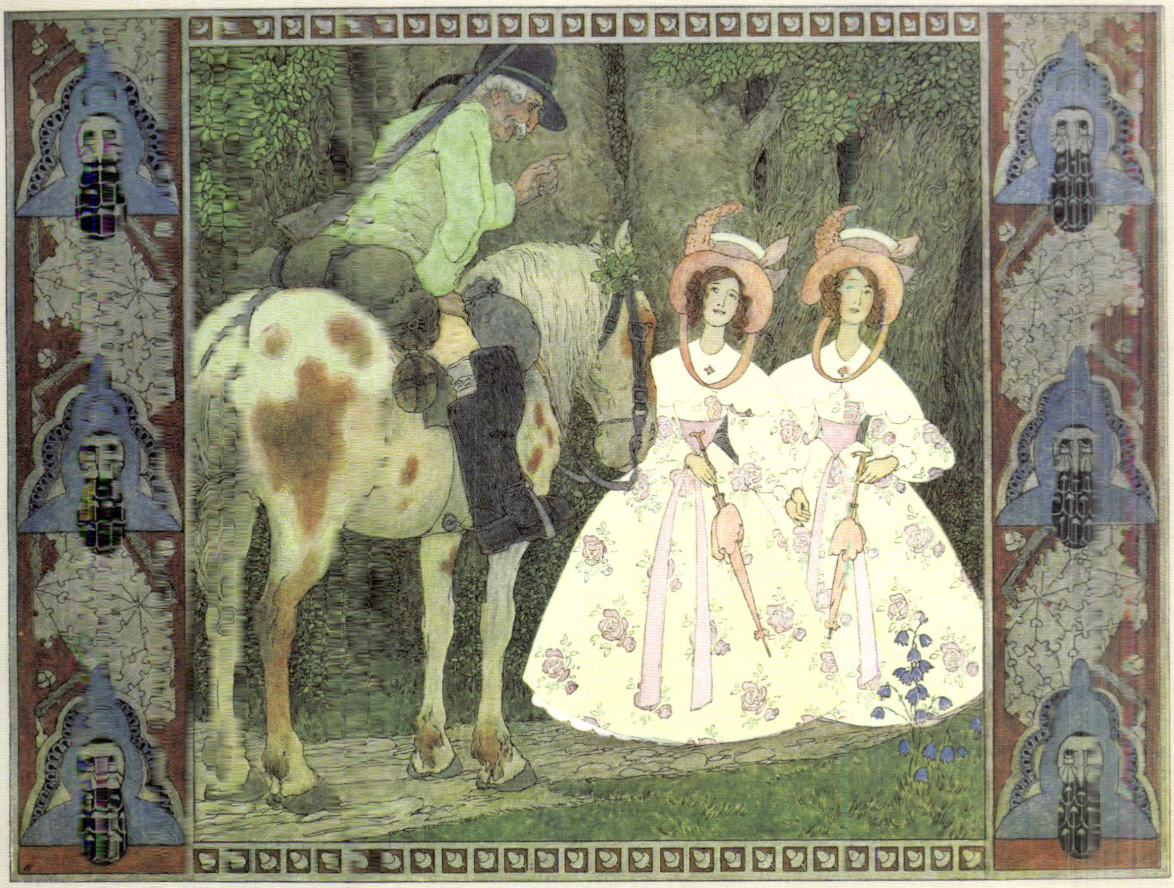

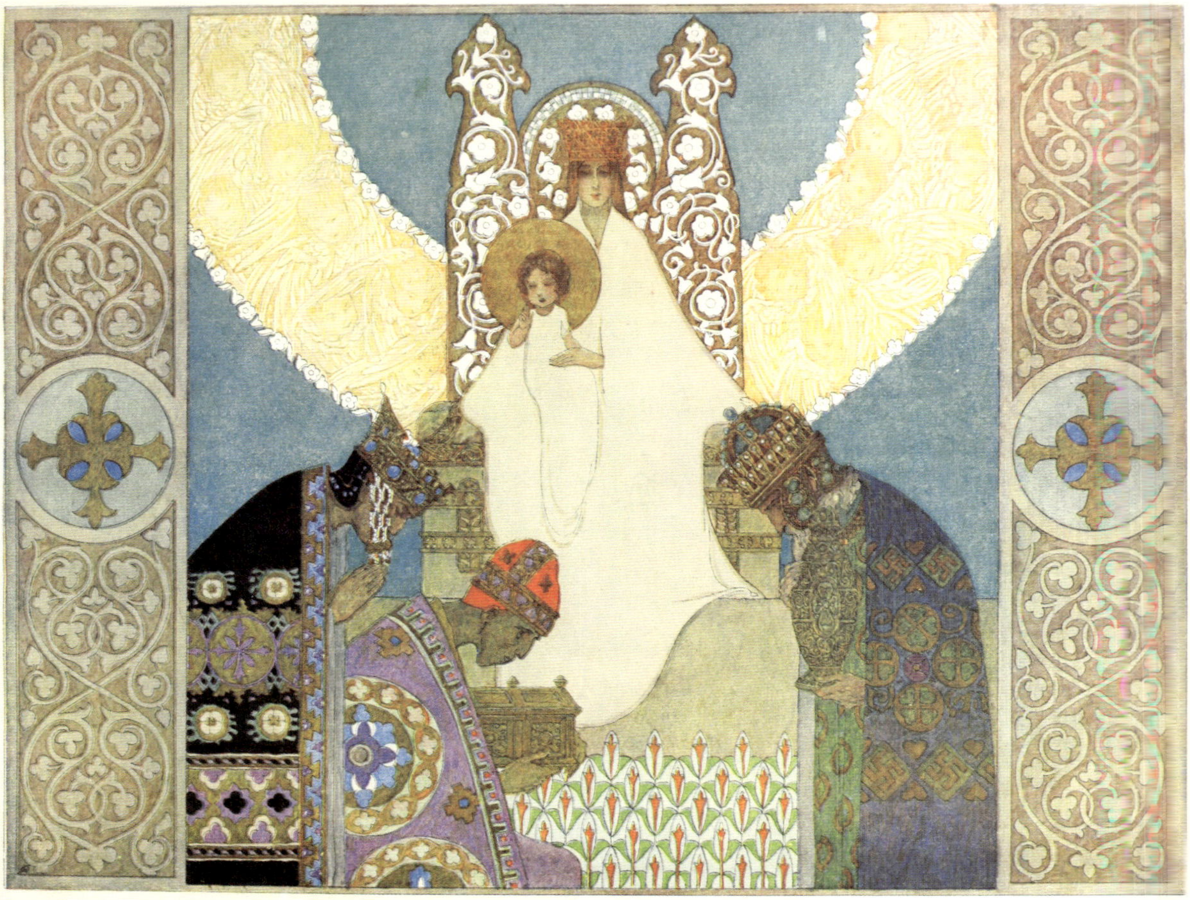

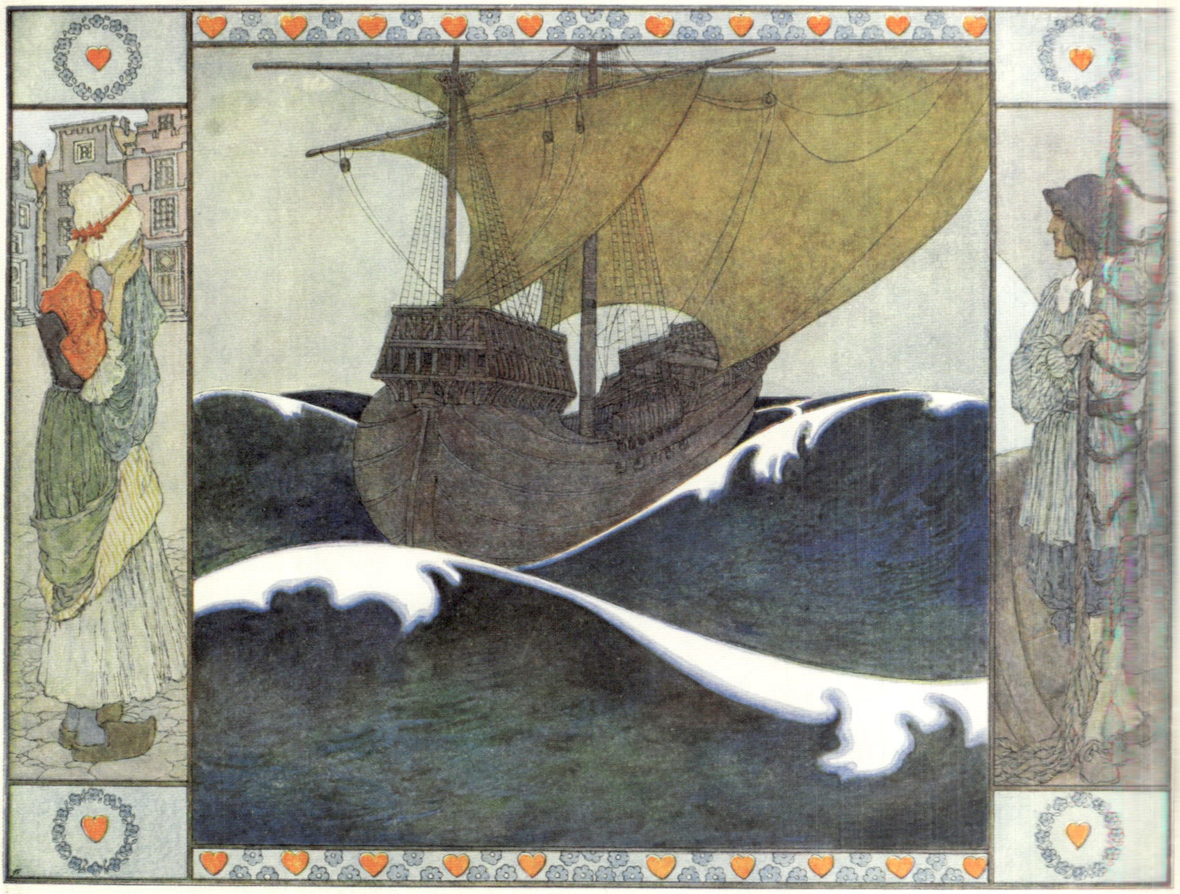

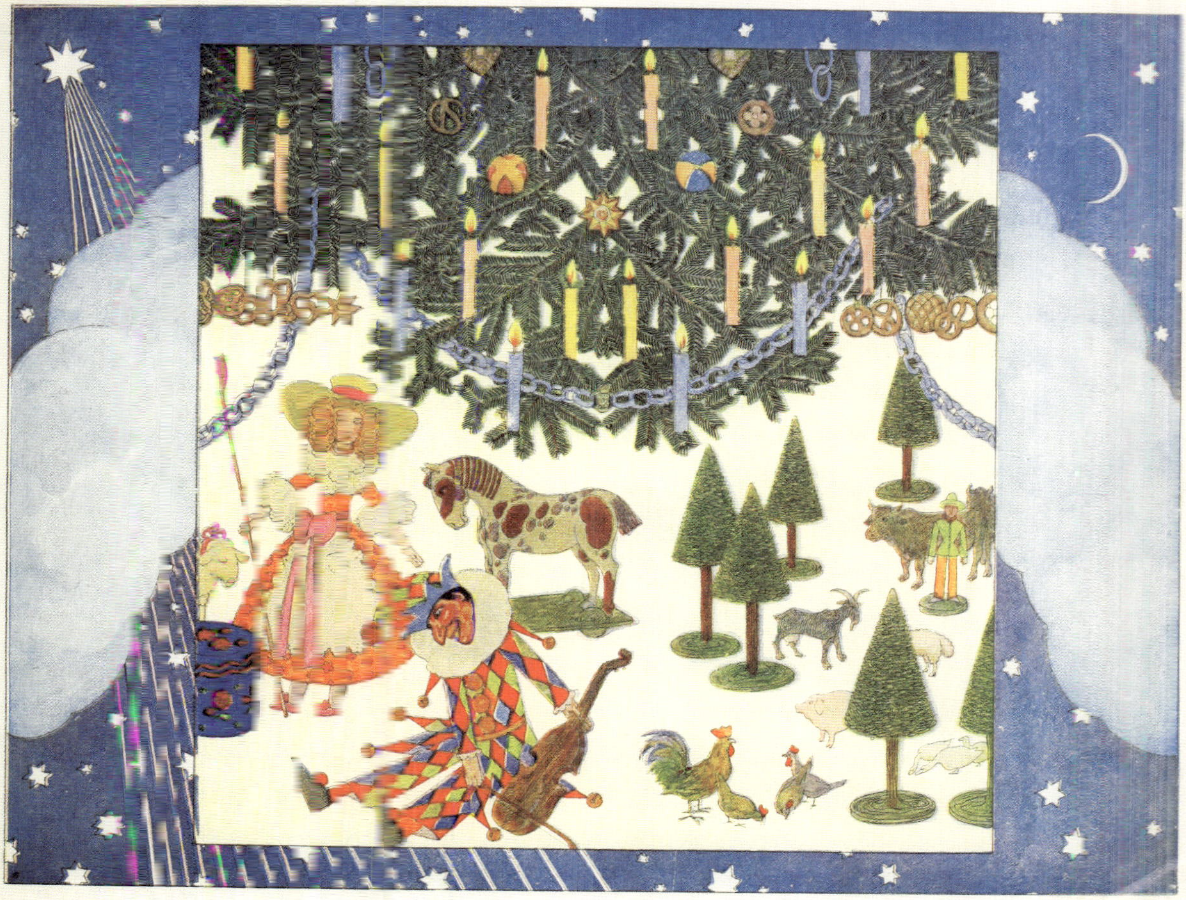

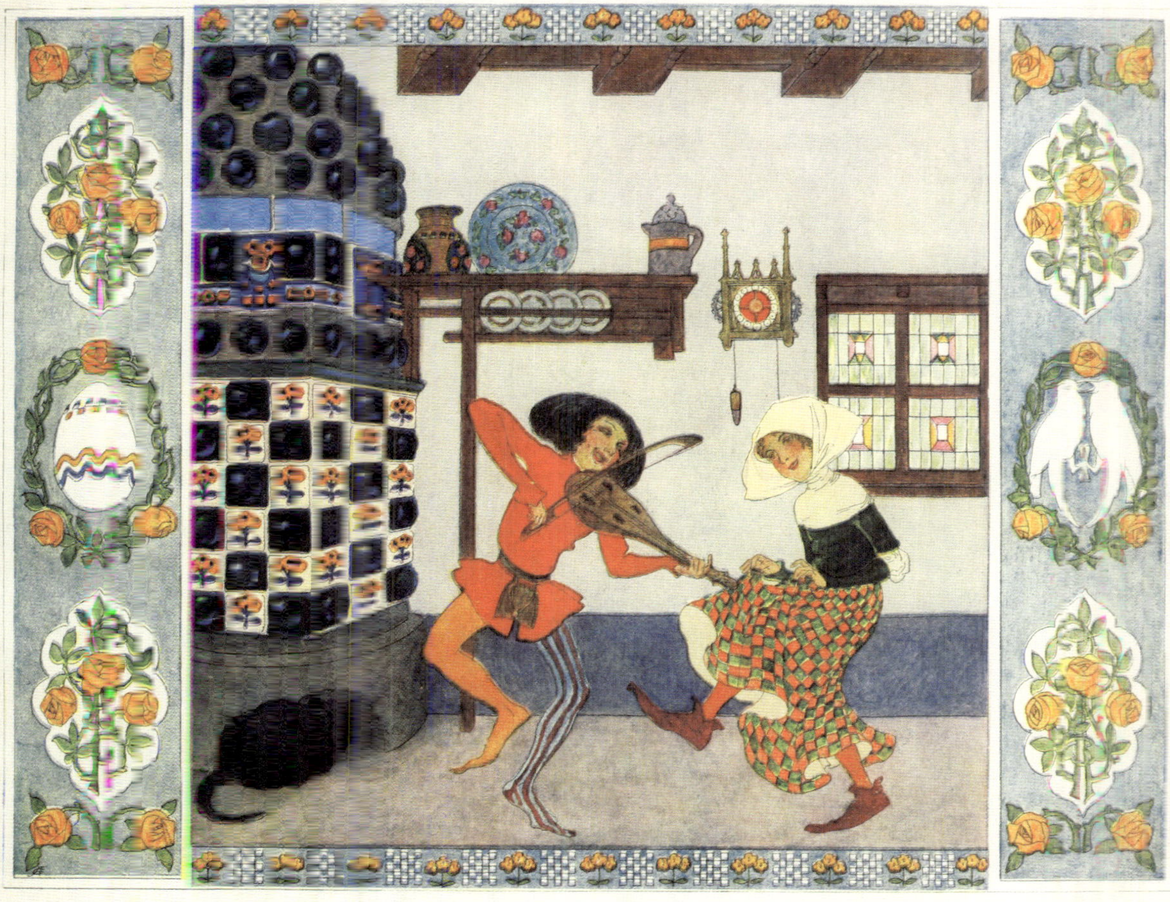

FANTASMAN

ファンタジーの挿絵画家たち

チャールズ・ロビンソン

CHARLES ROBINSON

〈 イギリス 1870–1937 〉

　黄金時代の挿絵画家の中でも、ラッカム、デュラック、ニールセンはやや大人っぽいのに対して、ロビンソン兄弟は、子どもらしい無邪気さがあふれている。それだけに、子どもっぽい、単純な絵と見られて、これまでアートとしてあまり評価されてこなかった。しかし〈スチームパンク〉という、子どもらしい、底ぬけの笑いと、イメージのいたずら、そしてメカニックなものへの好奇心などが見えてくる。

　チャールズ・ロビンソンはロンドンで生まれた。印刷一家で、版画家、イラストレーター、彫版師、印刷工まですべてそろっていた。ロビンソン兄弟もそれぞれ見事なイラストレーターになった。兄のトーマス・ヒース・ロビンソン、チャールズ・ロビンソン、そして弟のウィリアム・ヒース・ロビンソンである。

　兄弟の中でも、チャールズは最も画家らしい作品をつくった。ビアズリー、リケッツ、ロバート・アニング・ベルなどを参考にしながら、彼は子どもの世界をひたすら描いた。彼は6人の子どもを持ち、その子たちをモデルにした。妖精などのテーマではラッカムを参考にした。ゴシック趣味やデューラー的表現などである。

　チャールズの絵では、なによりもその線が美しい。まるで刺繍の飾りのように画面を走っている。

Among the illustrators of the Golden Age, the Robinson brothers' pictures were particularly filled with a childish innocence. Because of this, they were seen as childish and simple, and not well regarded as art. However, steampunk's childish, boundless smiles, mischievousness, and fascination towards things mechanical makes for a good fit with their pictures. Among the brothers, Charles made the most artistic works. He continued to solely draw the worlds of children throughout his career. More than anything, his lines are truly beautiful, looking like detailed, sewn patterns dancing across the page.

「夜の王国」 A KINGDOM FOR A NIGHT （次ページ）

雑誌『マイ・マガジン』挿絵 / チャールズ・ロビンソン画 Charles Robinson
1924年 / Mary Evans/PPS通信社

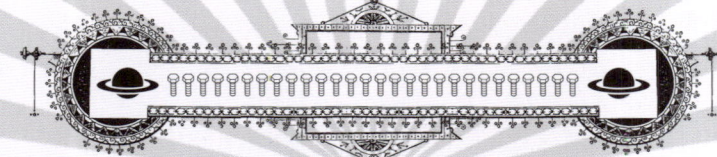

A KINGDOM FOR A NIGHT

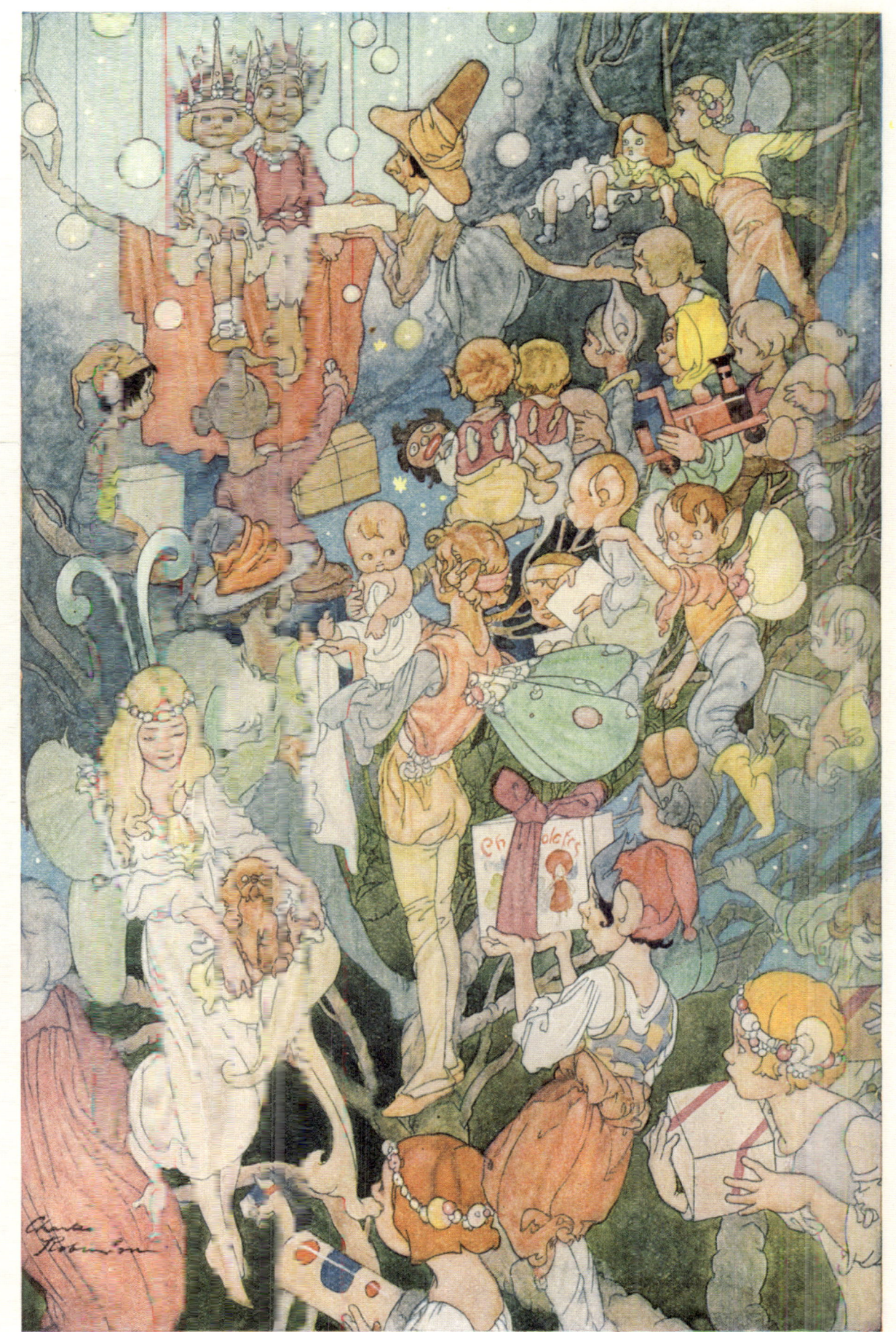

TWO LITTLE MORTALS ONE MIDSUMMER'S EVE

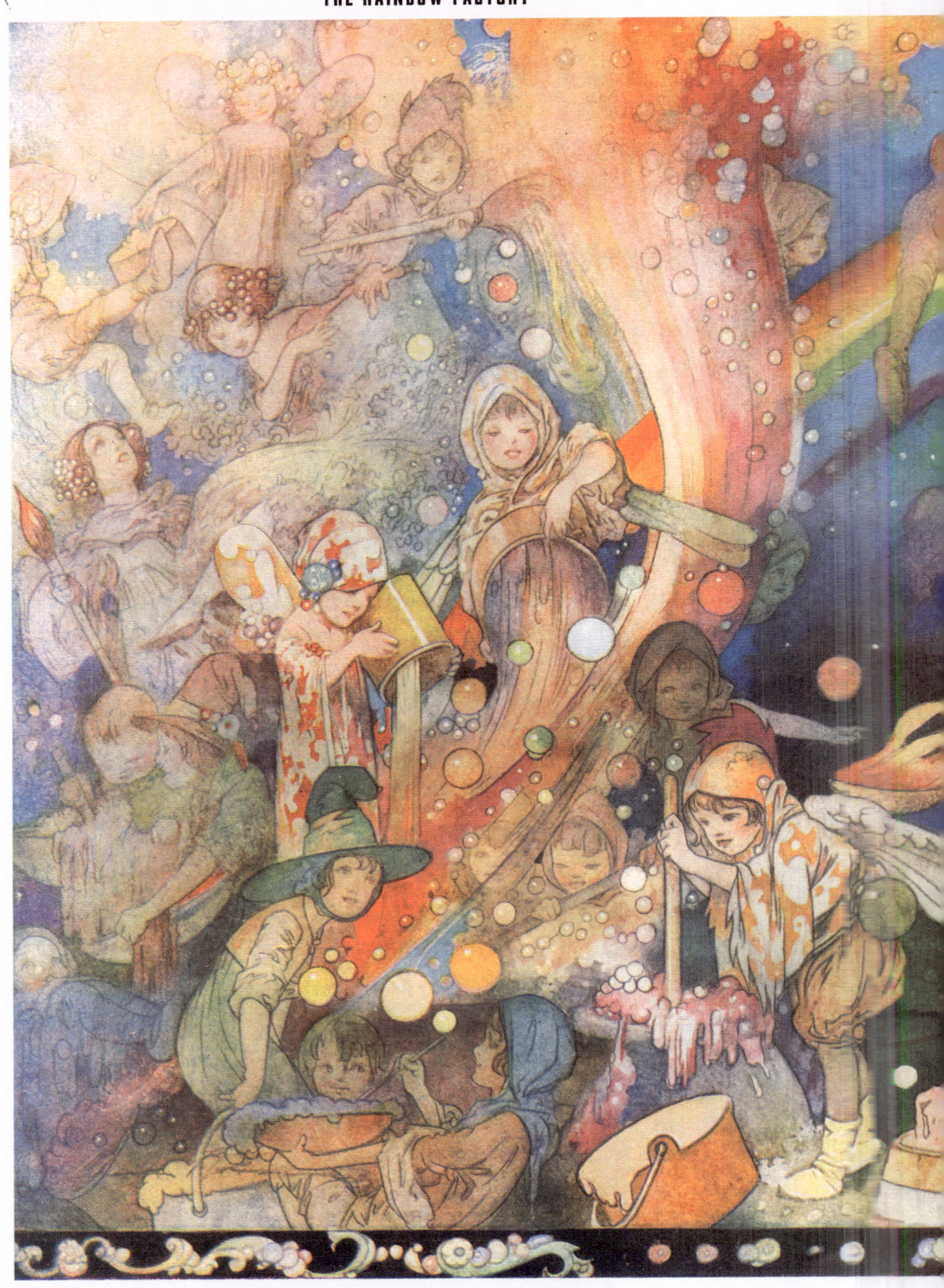

チャールズ・ロビンソンは画面いっぱいに子ども、こびと、妖精などがあふれている絵が好きだった。それぞれ色とりどりの服を着て、群衆が1つの花束のようになっている。見る人はまなざしをあちこち走らせ、子どもたちの迷路に入りこむ。

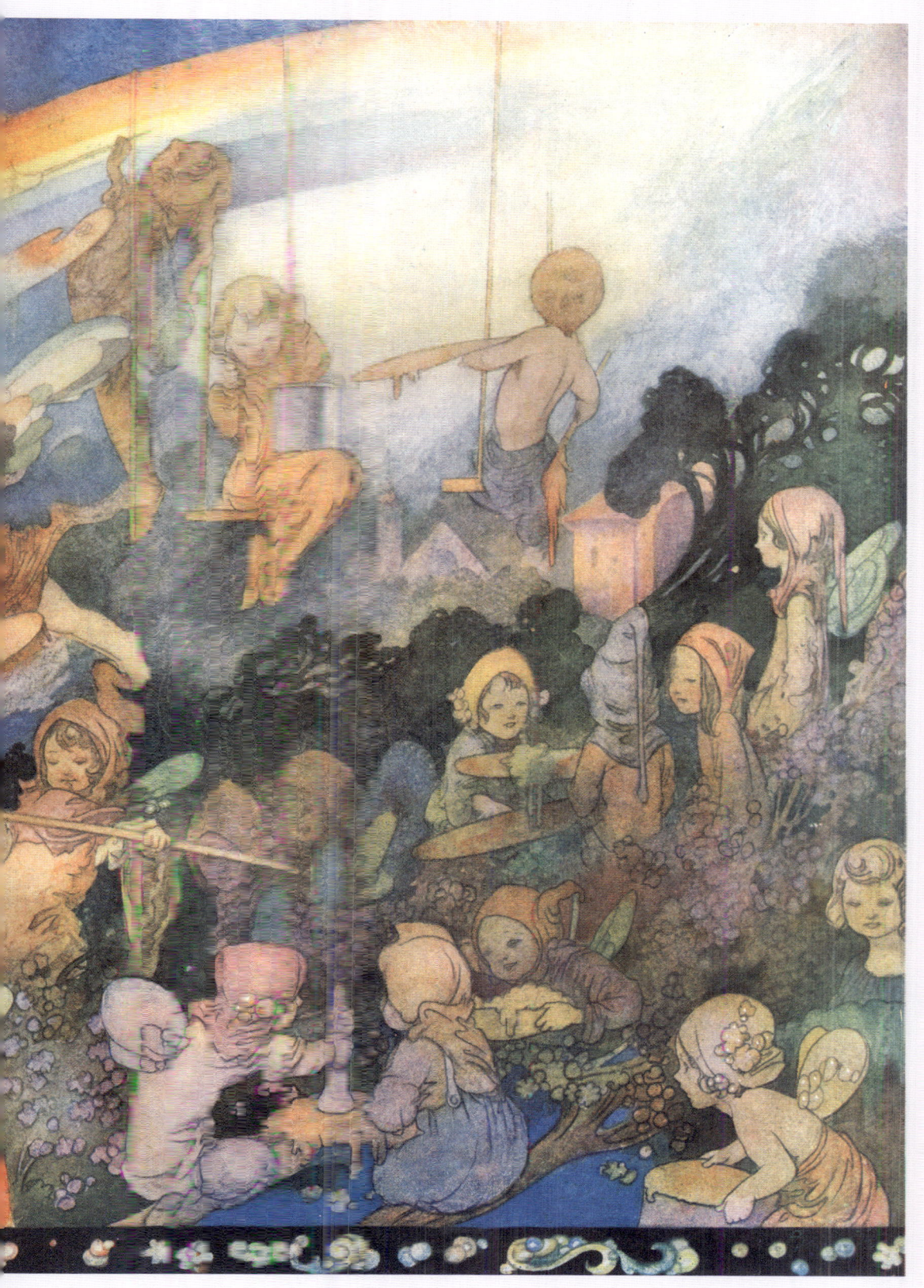

雑誌『ザ・グラフィック』クリスマス号 挿絵 / チャールズ・ロビンソン画 Charles Robinson / 1926年 / Mary Evans/PPS通信社

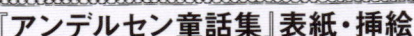
COVER AND INSIDE PAGES OF BOOK "FAIRY TALES FROM HANS CHRISTIAN ANDERSEN"

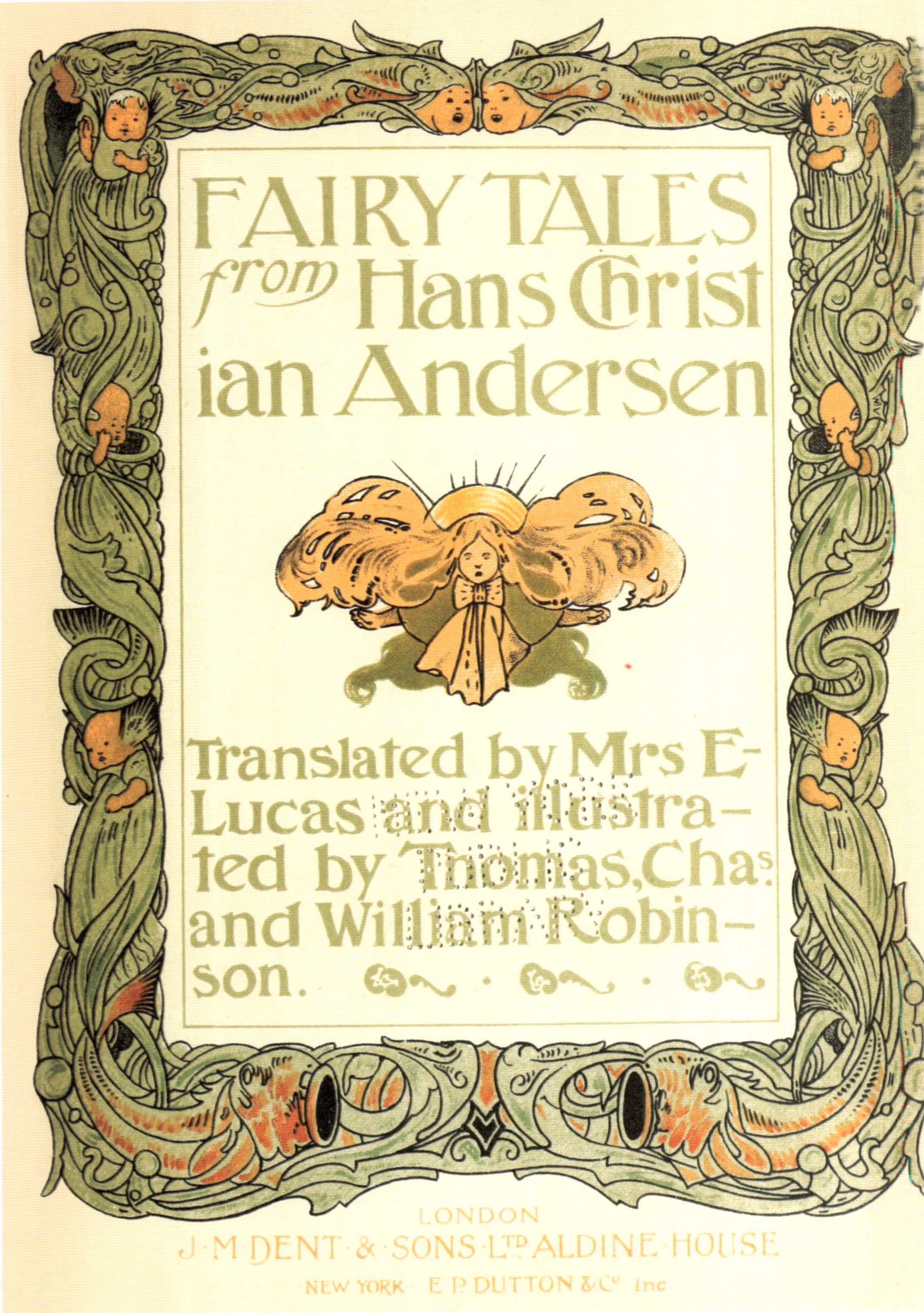

FAIRY TALES from Hans Christian Andersen

Translated by Mrs E-Lucas and illustra-ted by Thomas, Chas. and William Robin-son.

LONDON
J·M·DENT·&·SONS·Lᵗᴰ·ALDINE·HOUSE
NEW YORK · E. P. DUTTON & Cᵒ Inc

これはトーマス、チャールズ、ウィリアムの共作である。ロマンティックなチャールズ、クラシックなトーマス、ダイナミックなウィリアムといったちがいを楽しむことができる。女の子はチャールズが、男の子はウィリアムが好きかもしれない。

P316-317：チャールズ＆トーマス・ヒース＆ウィリアム・ヒース・ロビンソン画 Charles & Thomas Heath & William Heath Robinson
ハンス・クリスチャン・アンデルセン著 Hans Christian Andersen / 1899年 / アメリカ、ニューヨーク公共図書館蔵

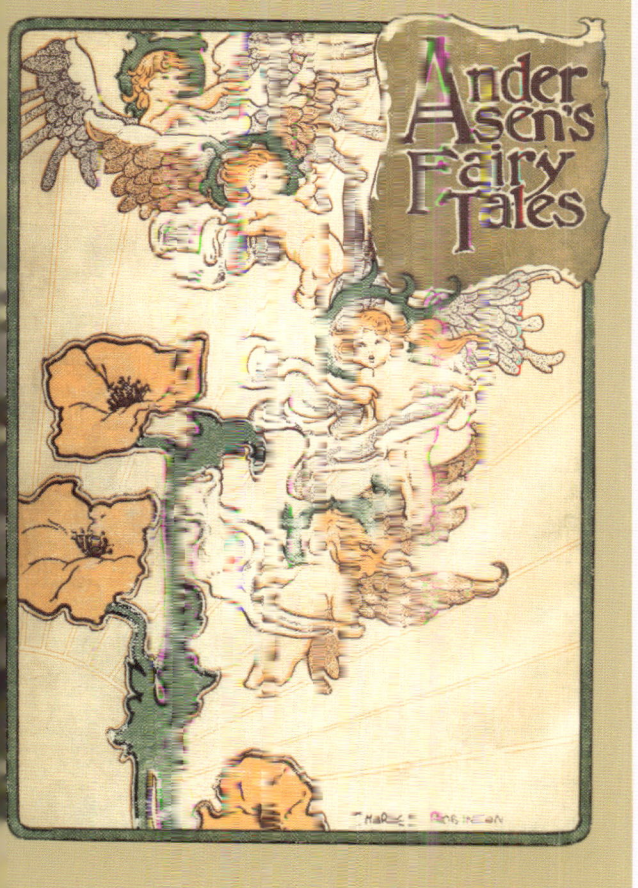

Andersen's Fairy Tales

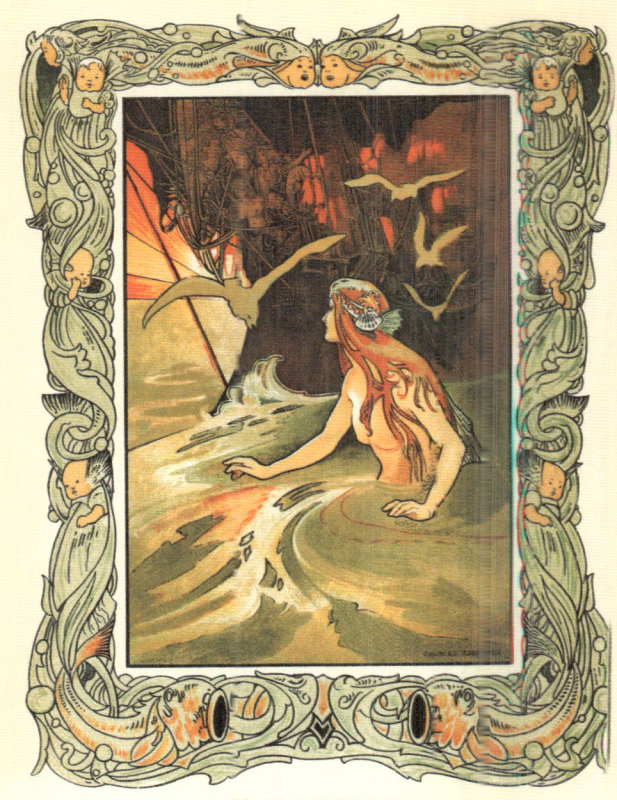

THE MERMAID

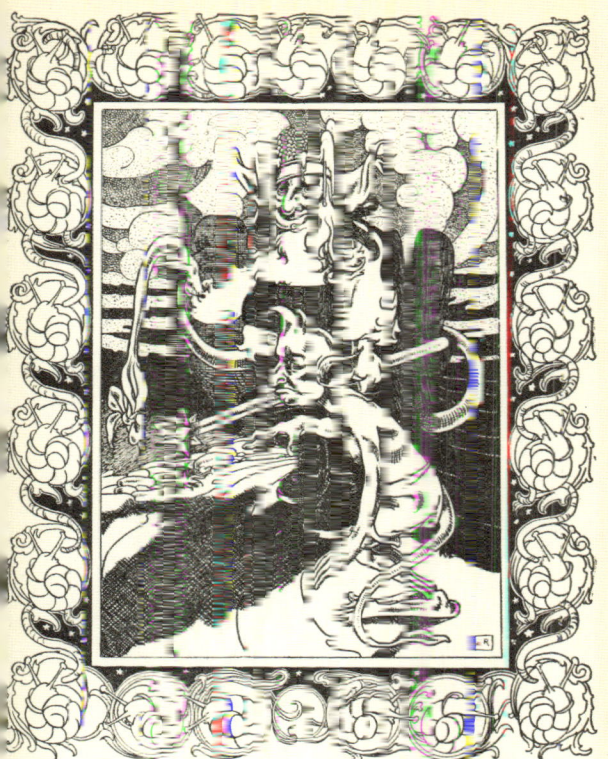

The Trold chieftain for the Dovrefield wore
a Crown of hardened Icicles and Fir-cones

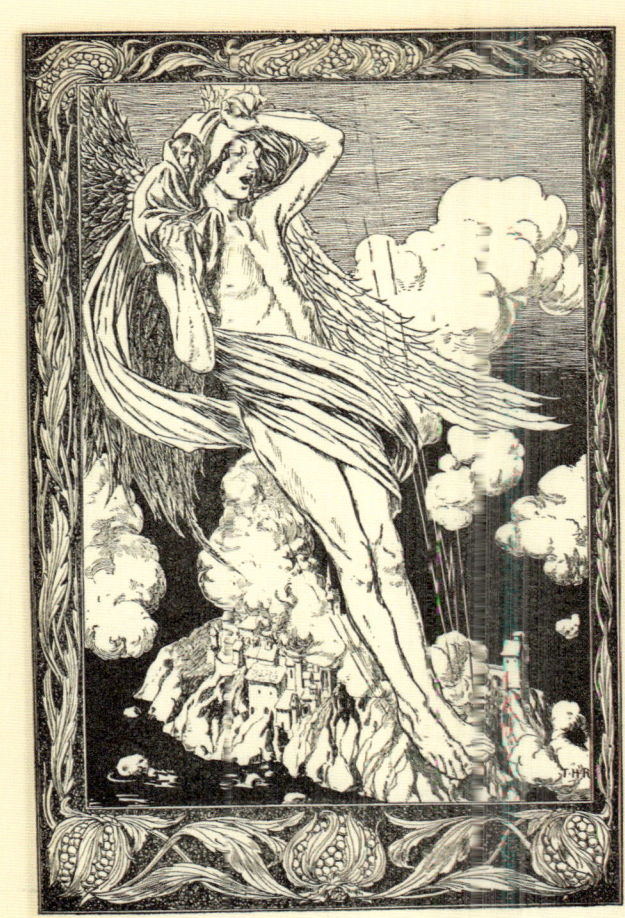

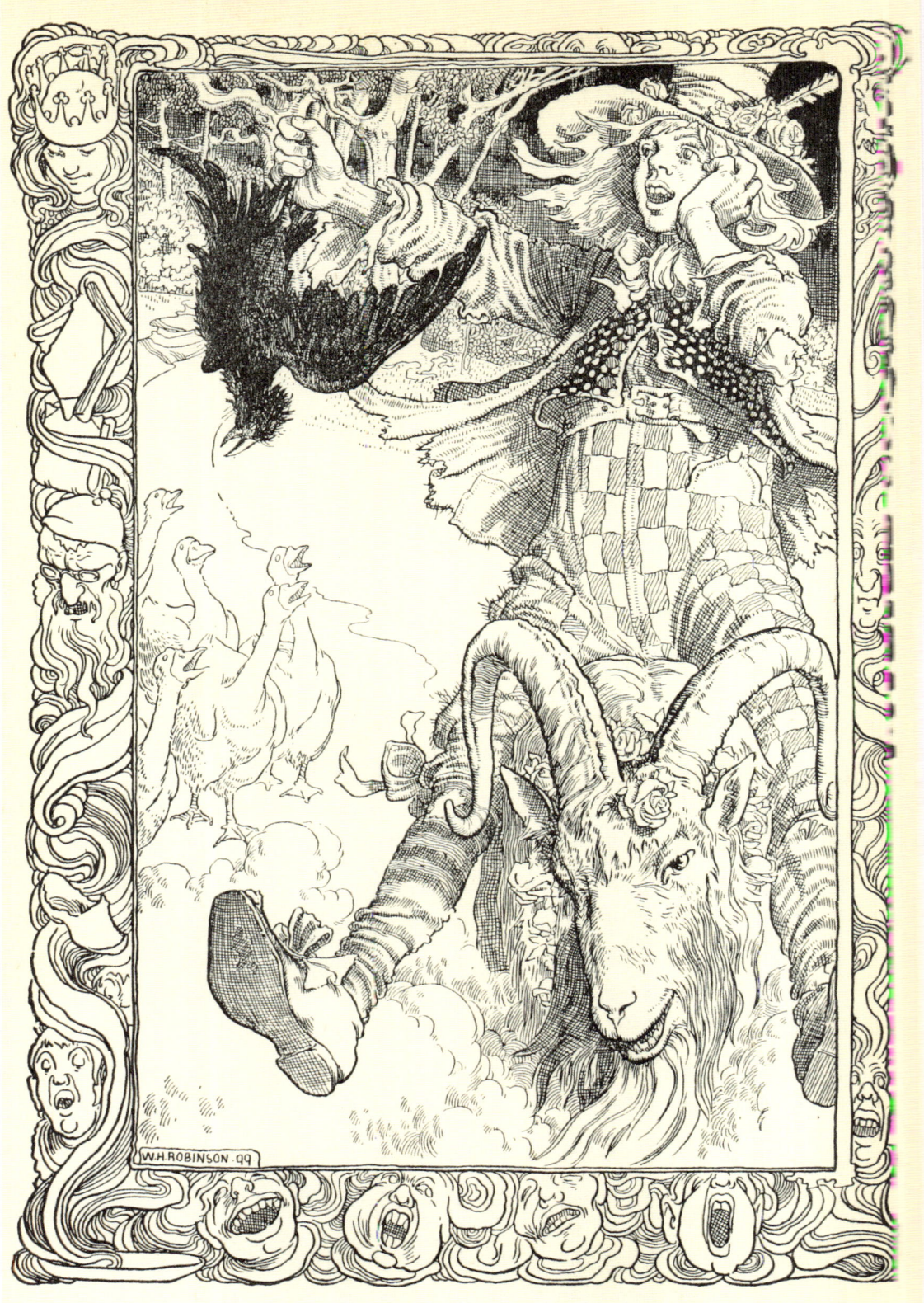

P318-319：チャールズ＆トーマス・ヒース＆ウィリアム・ヒース・ロビンソン画 Charles & Thomas Heath & William Heath Robinson
ハンス・クリスチャン・アンデルセン著 Hans Christian Andersen / 1899年 / アメリカ、ニューヨーク公共図書館蔵

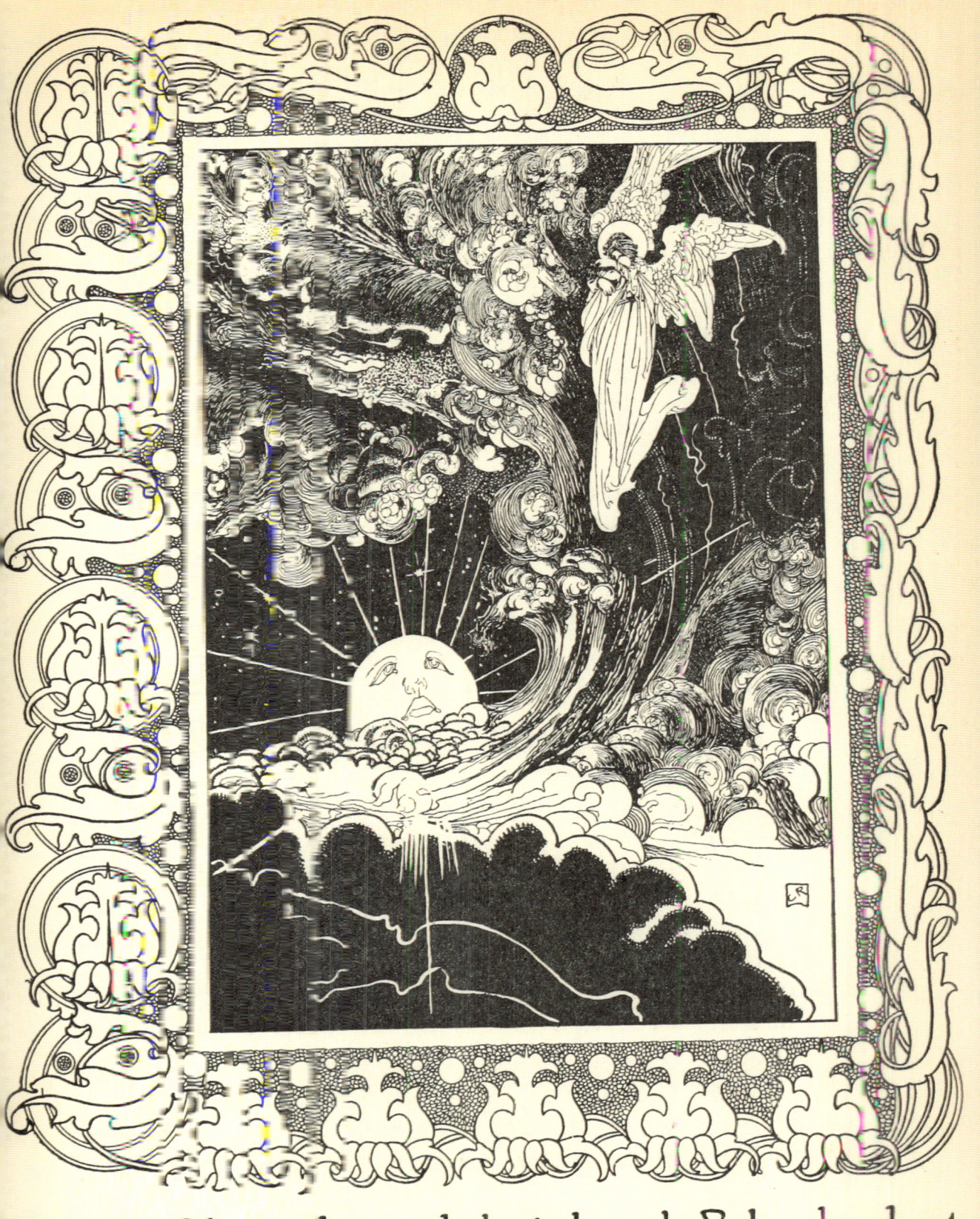

The Children clasped their hands & looked at each other "It must be God sending the Baby!"

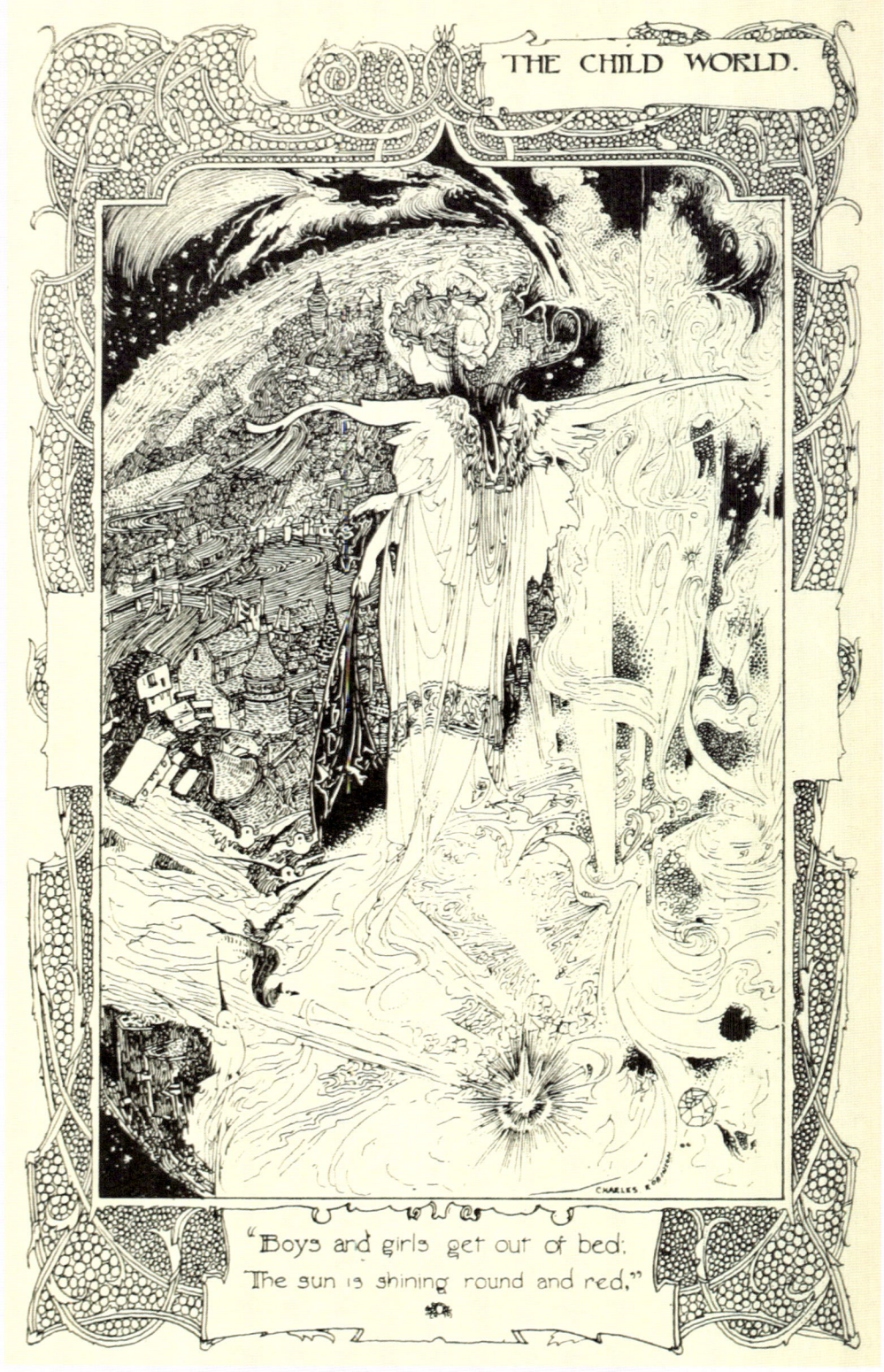

THE CHILD WORLD.

"Boys and girls get out of bed:
The sun is shining round and red,"

刺繍のように繊細な、チャールズの線の魔術を楽しむことができる。ビアズリーの影響が感じられ、
特にビアズリー後期のロココ趣味が伝えられている。しかしあくまで無邪気な子どもたちの世界である。

P320-321：チャールズ・ロビンソン画 Charles Robinson ／ ガブリエル・セトゥン著 Gabriel Setoun / 1896年 / アメリカ、アメリカ議会図書館蔵

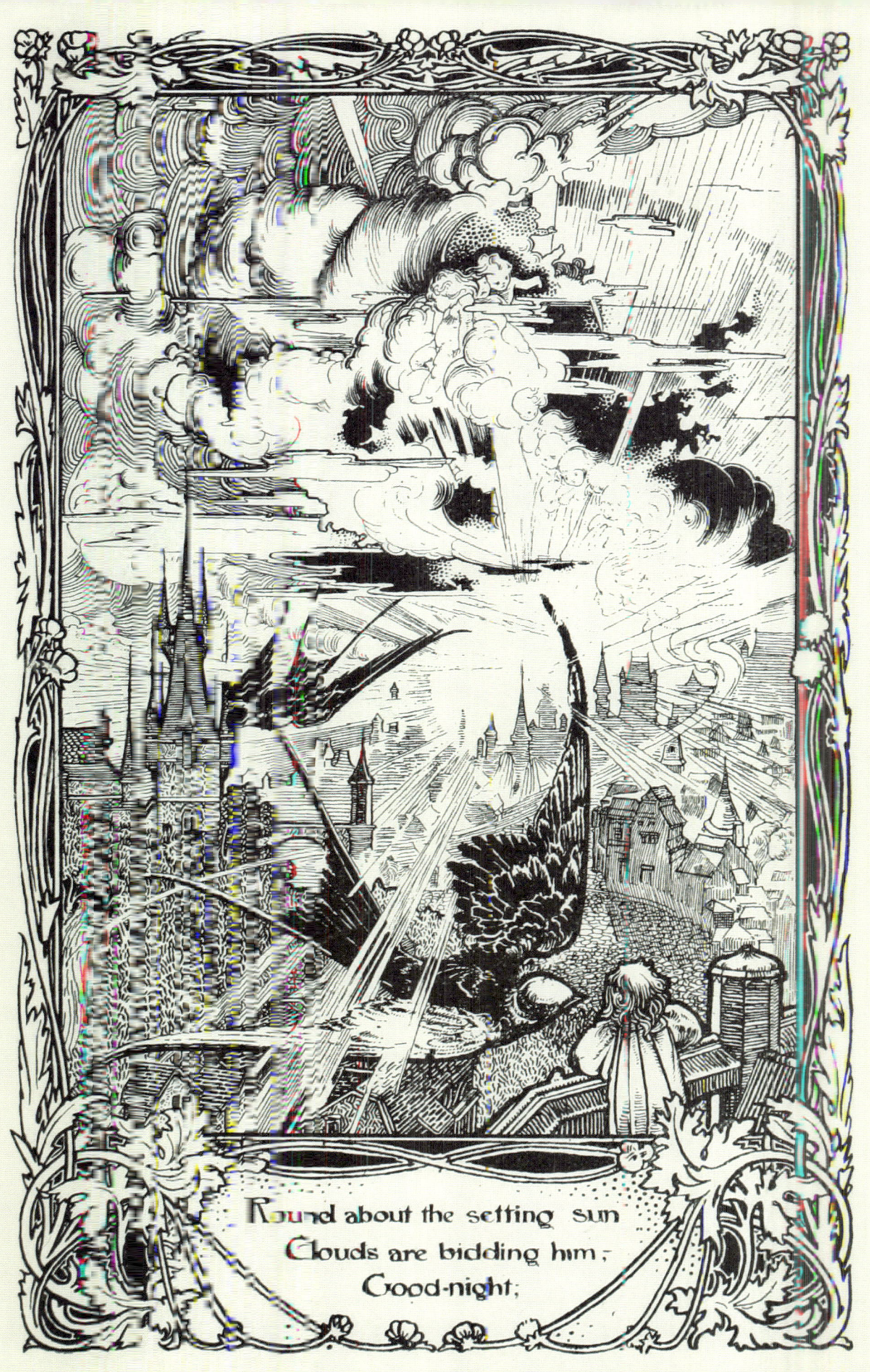

Round about the setting sun
Clouds are bidding him Good-night;

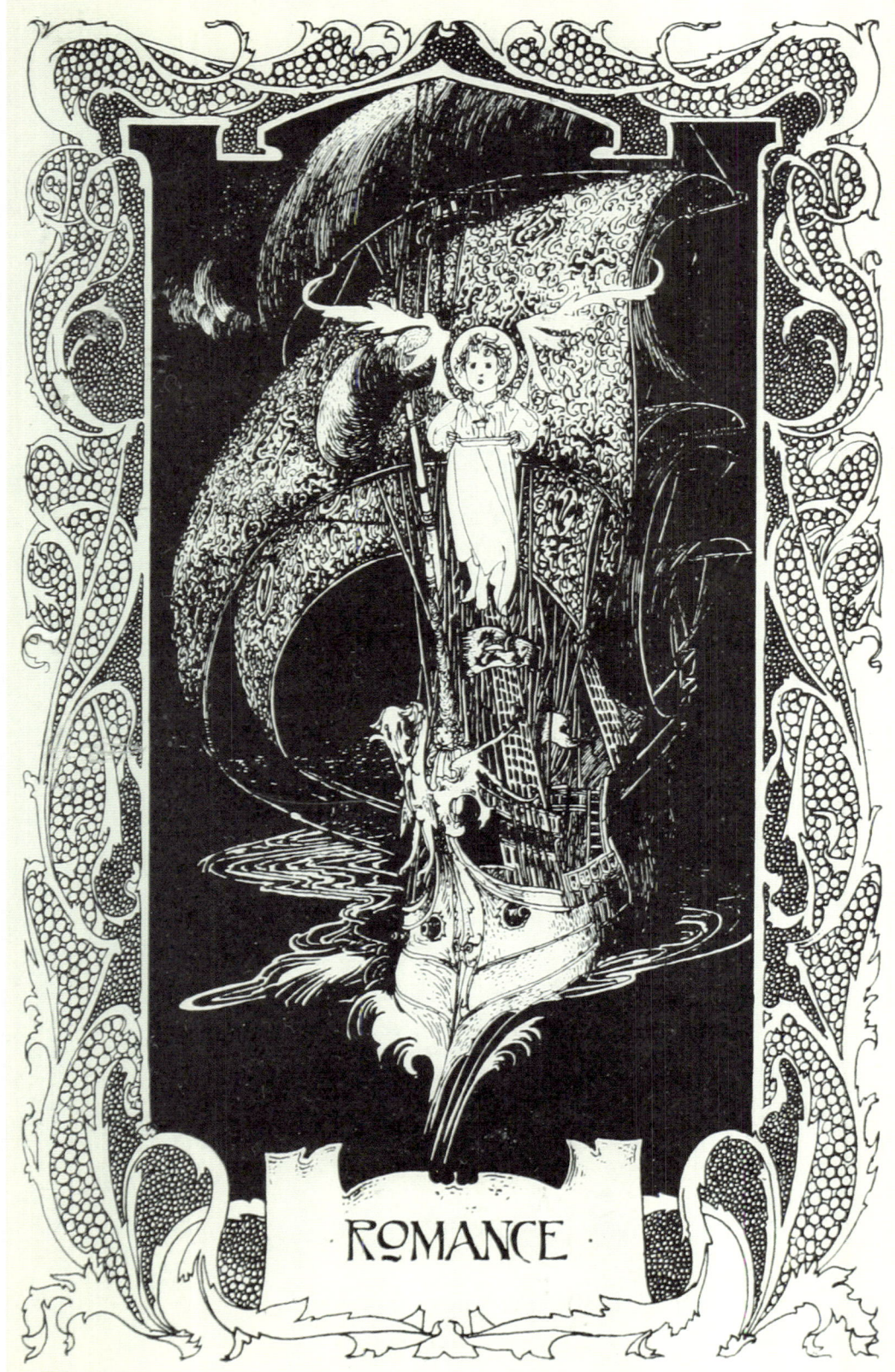

ROMANCE

P322-323：チャールズ・ロビンソン画 Charles Robinson ／ ガブリエル・セトゥン著 Gabriel Setoun ／ 1896年 ／ アメリカ、アメリカ議会図書館蔵

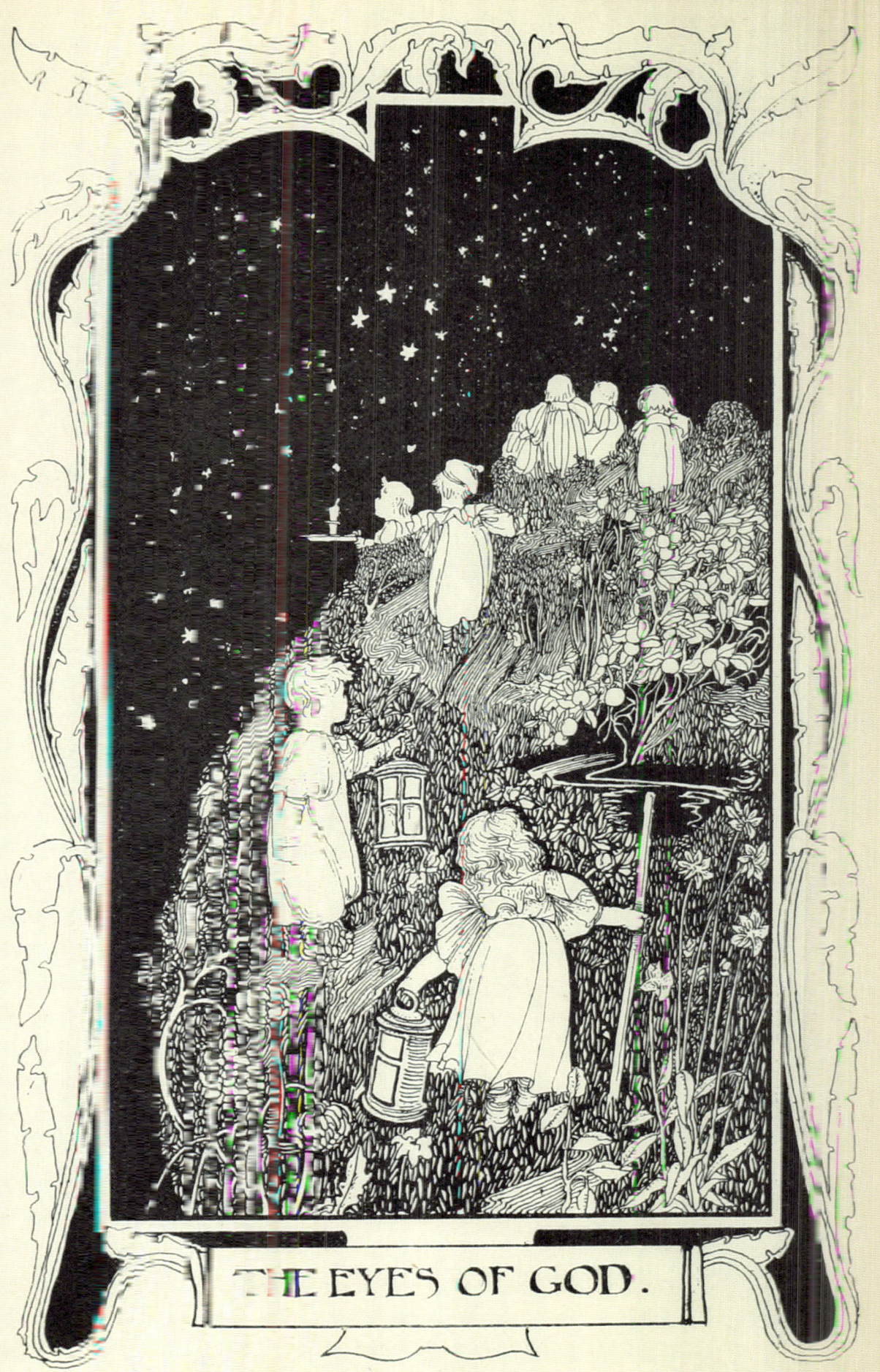

THE EYES OF GOD.

COVER AND INSIDE PAGES OF BOOK "THE REIGN OF KING OBERON"

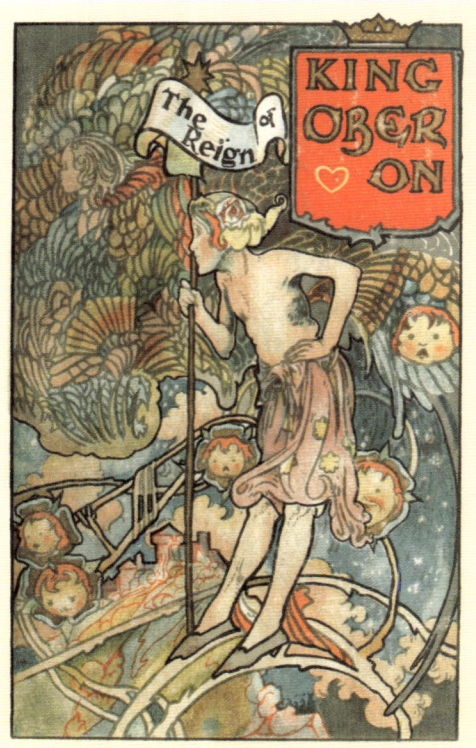

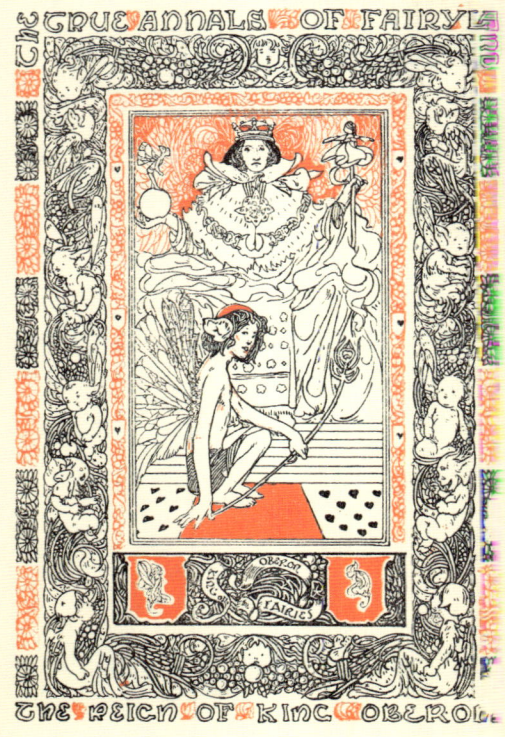

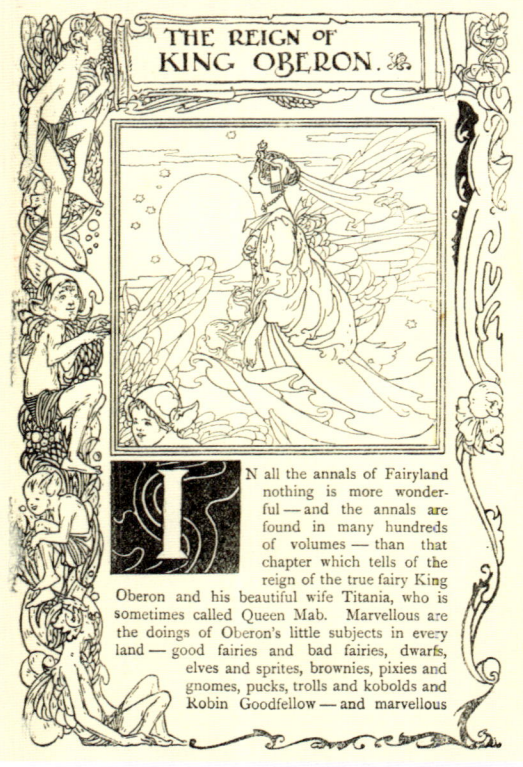

N all the annals of Fairyland nothing is more wonderful — and the annals are found in many hundreds of volumes — than that chapter which tells of the reign of the true fairy King Oberon and his beautiful wife Titania, who is sometimes called Queen Mab. Marvellous are the doings of Oberon's little subjects in every land — good fairies and bad fairies, dwarfs, elves and sprites, brownies, pixies and gnomes, pucks, trolls and kobolds and Robin Goodfellow — and marvellous

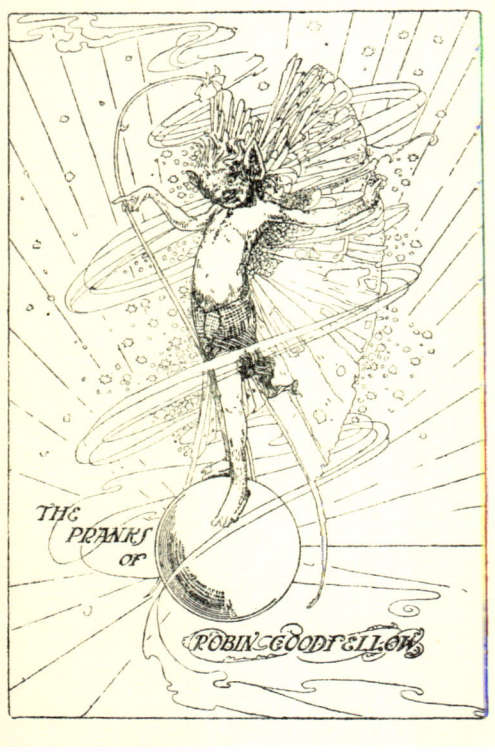

オーベロンは妖精王で、3歳の子どもぐらいの大きさといわれる。フランスの中世騎士物語に出てくるが、英国に伝えられた。シェイクスピアの『真夏の夜の夢』に登場する。ウィリアム・モリスのケルスコット・プレスの本を意識したブック・デザインとなっている。

P324-325：チャールズ・ロビンソン画 Charles Robinson / ウォルター・ジェロルド著 Walter Jerrold / 1902年頃 / アメリカ、ニューヨーク公共図書館蔵

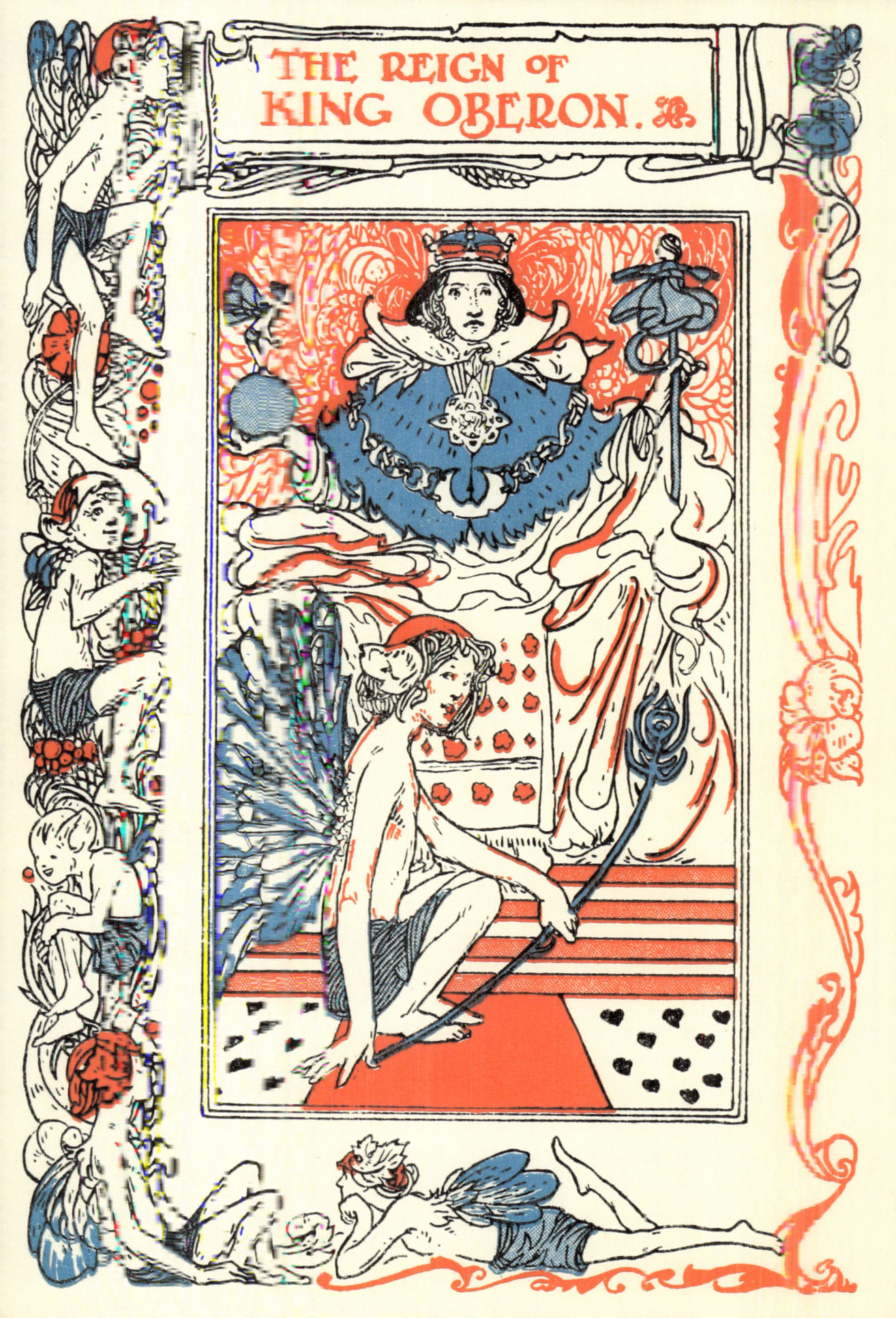

THE REIGN OF KING OBERON.

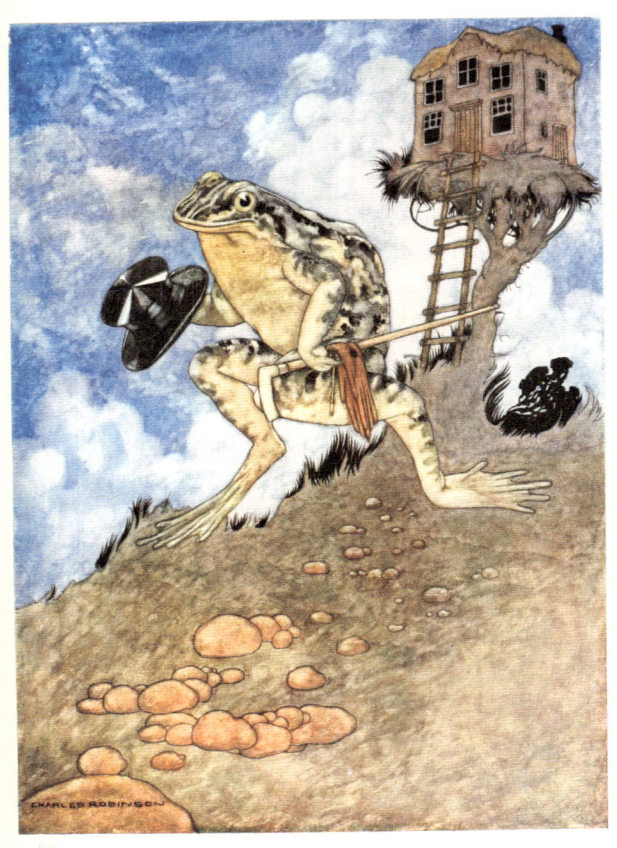

"A FROG HE WOULD A-WOOING GO"

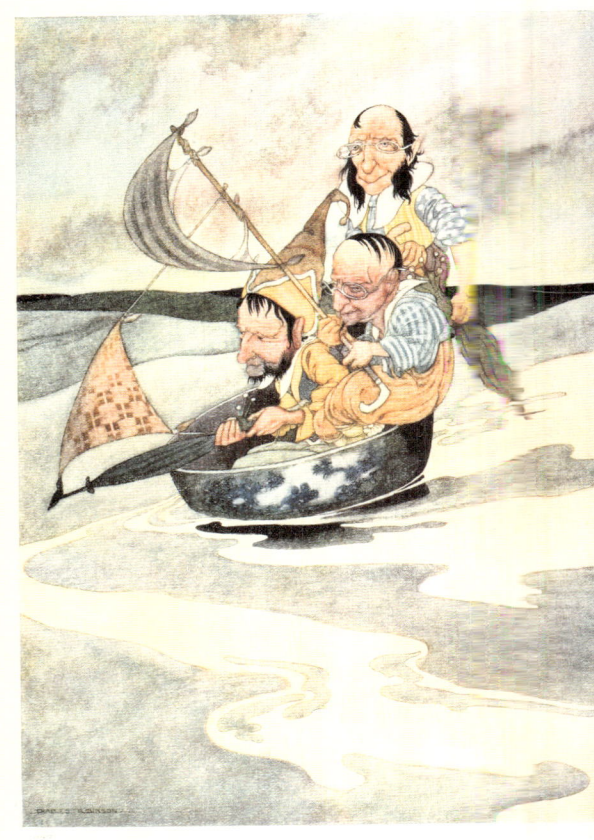

THE WISE MEN OF GOTHAM

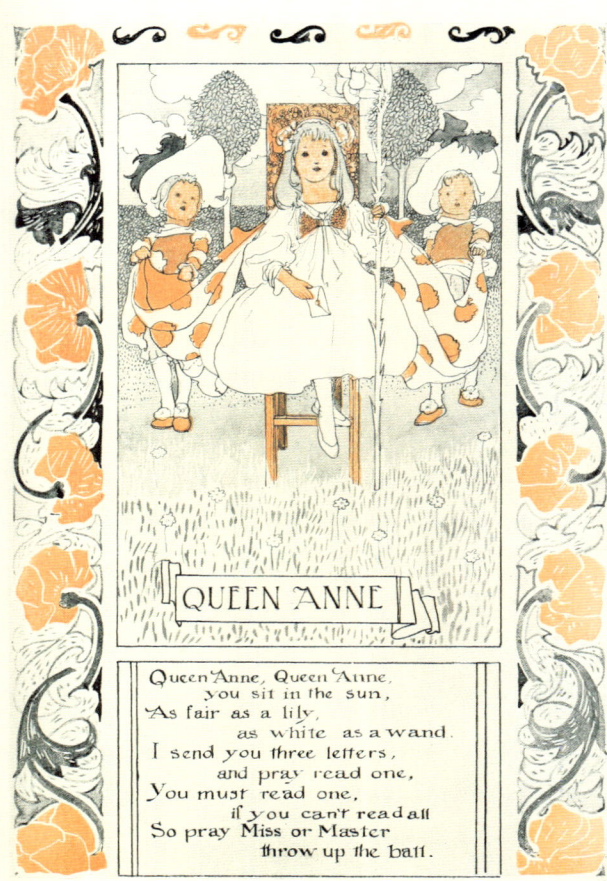

QUEEN ANNE

Queen Anne, Queen Anne,
         you sit in the sun,
As fair as a lily,
         as white as a wand.
I send you three letters,
         and pray read one,
You must read one,
         if you can't read all
So pray Miss or Master
         throw up the ball.

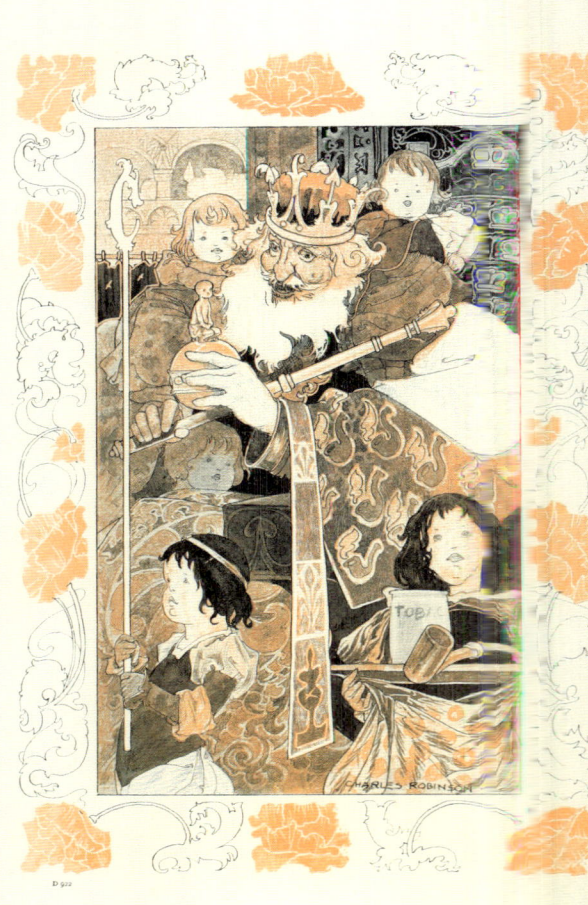

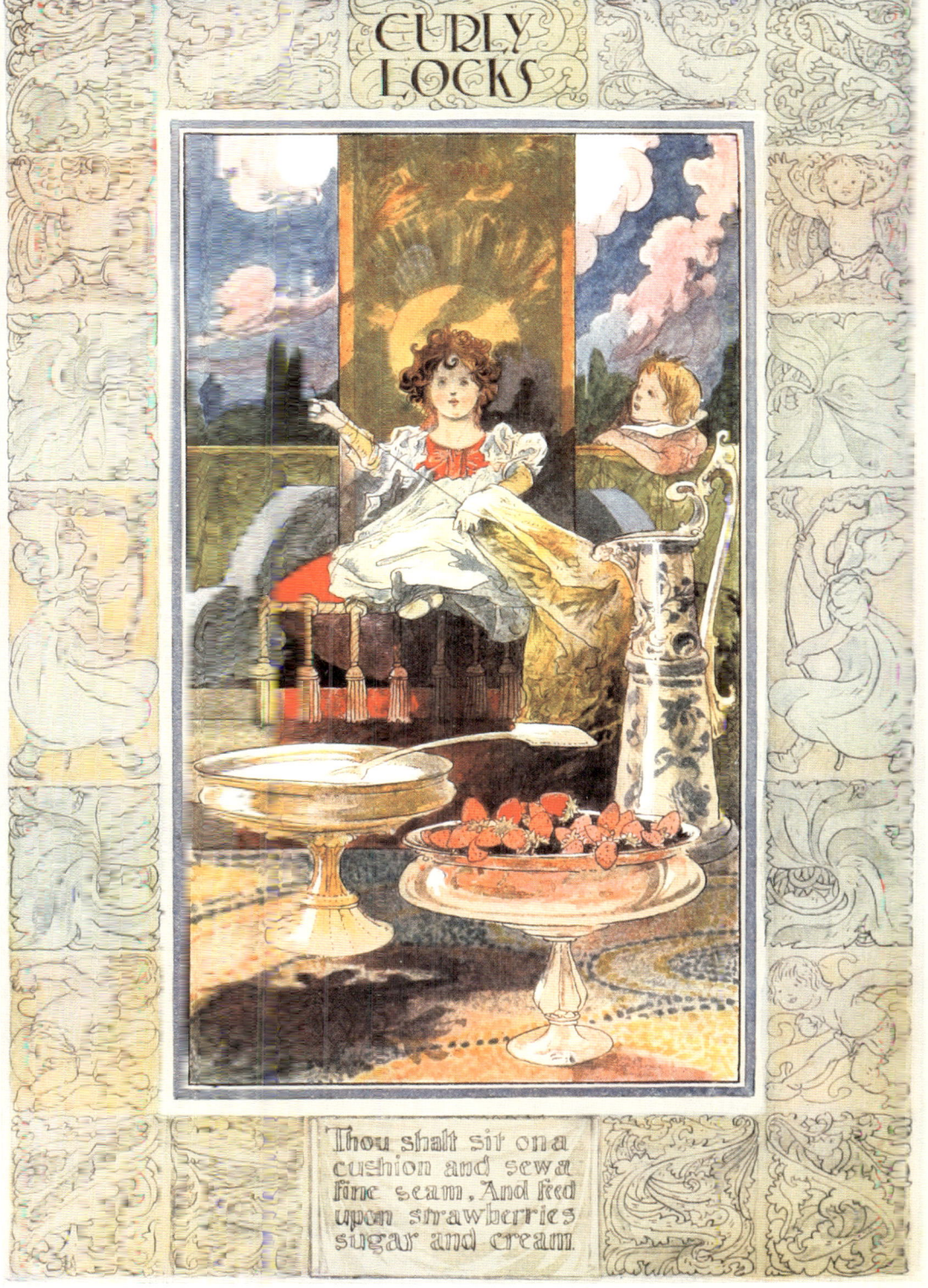

CURLY LOCKS

Thou shalt sit on a cushion and sew a fine seam, And feed upon strawberries sugar and cream.

ニールスが生き生きとテーマである。どの絵にも、いかにも子どもたちが喜びそうな見せ場がある。
こうもり傘で飛ぶシーンと理屈ぬきに楽しい。ひたすら子どもにおどろきを与えることを考えていた画家なのだろう

P328-329 チャールズ・ロビンソン Charles Robinson / ウォルター・ジェロルド著 Walter Jerrold / 1903年頃 / アメリカ、ニューヨーク公共図書館蔵

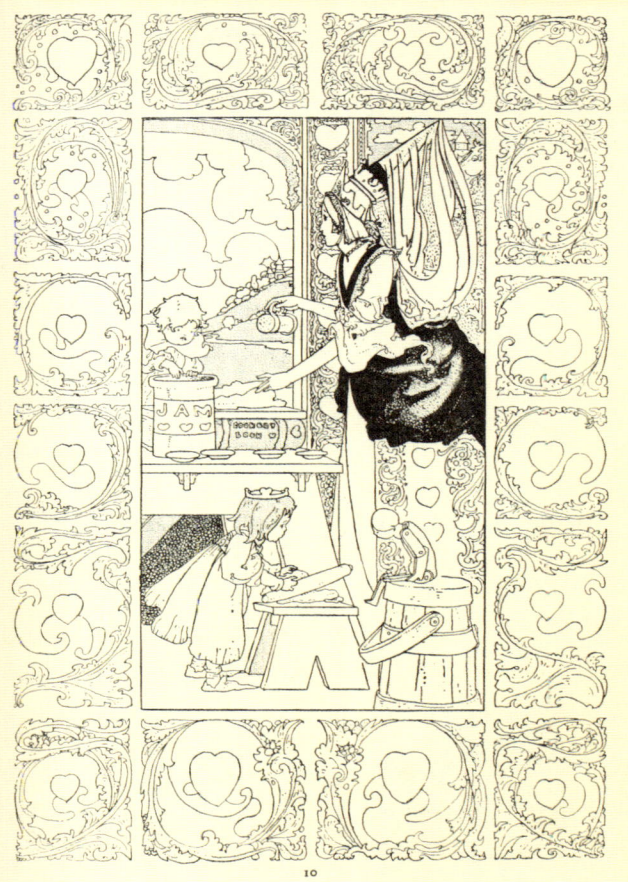

LENGTHENING DAYS

As the days grow longer

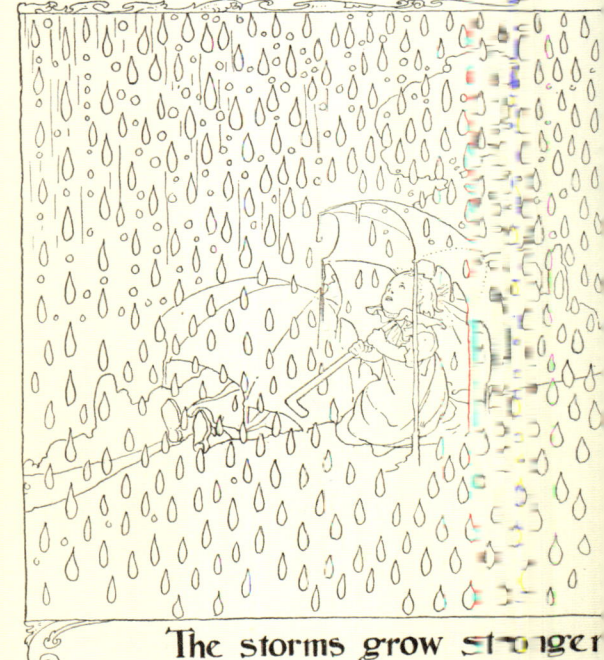

The storms grow stronger

TWINKLE, TWINKLE LITTLE STAR

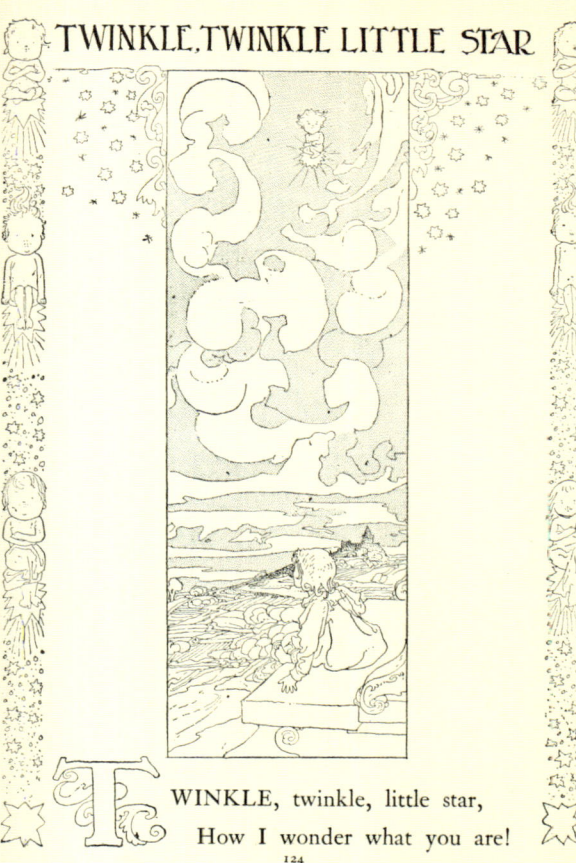

TWINKLE, twinkle, little star,
How I wonder what you are!

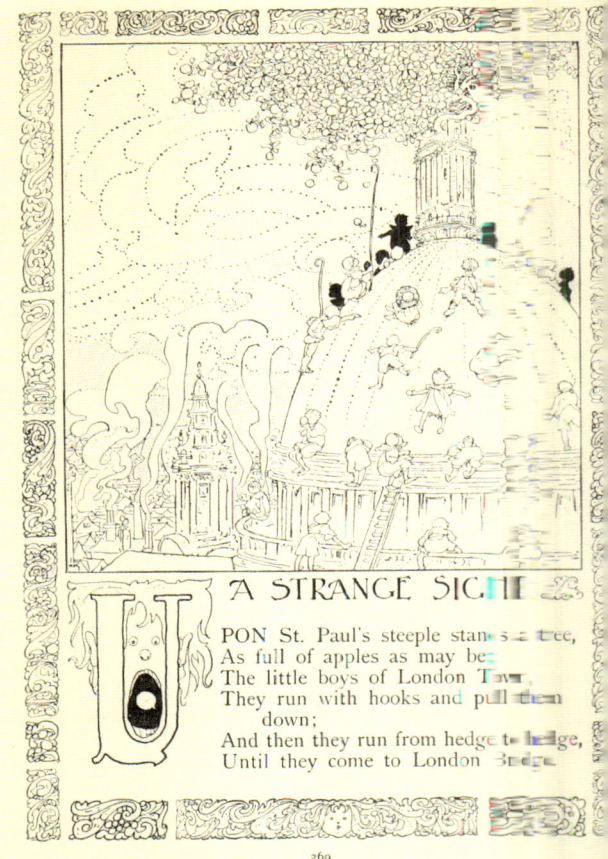

A STRANGE SIGHT

UPON St. Paul's steeple stands a tree,
As full of apples as may be;
The little boys of London Town
They run with hooks and pull them
down;
And then they run from hedge to hedge,
Until they come to London Bridge.

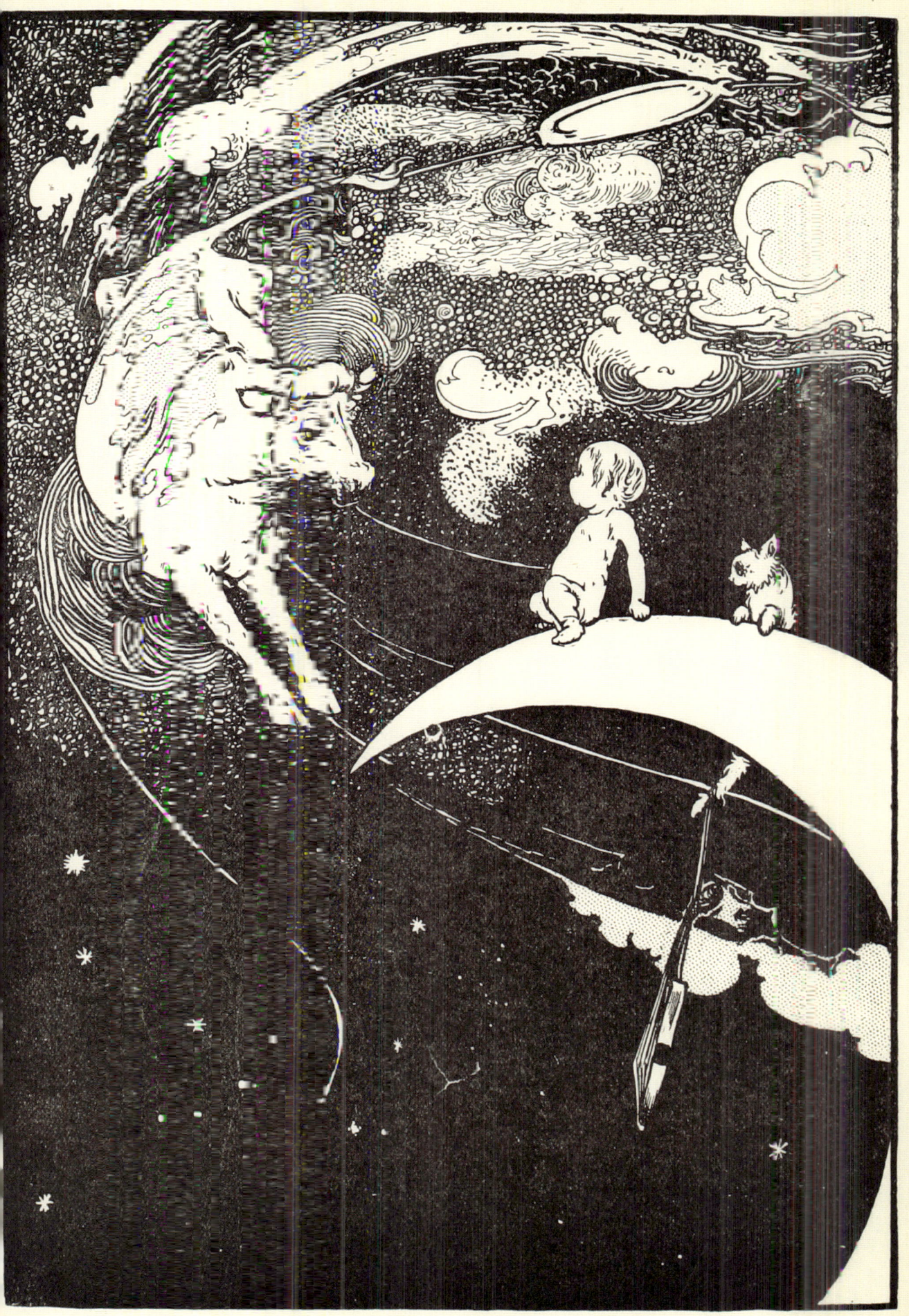

FANTASY ARTIST

ファンタジーの挿絵画家たち 04

ウィリアム・ヒース・ロビンソン

WILLIAM HEATH ROBINSON

〈 イギリス 1872-1944 〉

　チャールズ（P312-329）の弟である。はじめに風景画家になりたいと思ったが、経済的理由で、兄にならってグラフィック・アーティストとなった。挿絵画家として、兄たちとはちがってなかなかうまくいかず、漫画を描きはじめる。

　さらに、メカニックな要素がそこに加えられ、彼の特徴となる。20世紀のはじめ、さまざまな機械が諷刺の対象となり、機械的なものをからかう傾向が出てくる。これは〈スチームパンク〉を予告していた。

　ウィリアム・ヒースは、コミックとまじめな挿絵の両方を描くようになる。このような幅広さが彼の特徴となる。彼は挿絵の黄金時代にややおくれて出発した。ラッカム（P288-303）やエドマンド・デュラックのよき時代は去り、第1次世界大戦にぶつかり、豪華絵本は売れなくなった。

　そのため、彼は豪華絵本よりコミックで稼ぐことになった。戦時中、ドイツ軍をやっつける珍発明などの絵を描いた。したがって、ロビンソン兄弟の中で彼は最も〈スチームパンク〉的な絵を描いている。

　1920、30年代、ウィリアムはコミック画中心に活動した。そして〈ガジェット・キング〉と呼ばれた。なんと彼は〈スチームパンク〉的な王様だったのである。彼は〈ガジェット（がらくた機械）〉を集めたハウス・ミュージアムをつくり、マッド・サイエンティスト、イラストレーターとして生きた。ヴィクトリア朝と〈スチームパンク〉を彼はつないでいる。

Charles' younger brother. Unlike his older brothers, he was not blessed with much success and resorted to drawing both comical and serious illustrations. Since luxurious picture books sold less due to the First World War, from 1920 to 1930 he made a living through comical illustrations. As he drew, he came to be called the Gadget King. And for a good reason, too—he was something of a steampunk king. He made a house museum of gathered gadgets and lived as a mad scientist illustrator. Through his life and work, William drew a link between the Victorian Era and steampunk.

「妖精が丘」 ELFIN-MOUNT （次ページ）

『アンデルセン童話集』挿絵 / ウィリアム・ヒース・ロビンソン画 William Heath Robinson
ハンス・クリスチャン・アンデルセン著 Hans Christian Andersen / 1913年 / アメリカ、ニューヨーク公共図書館蔵

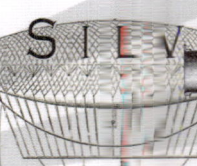

SILVE

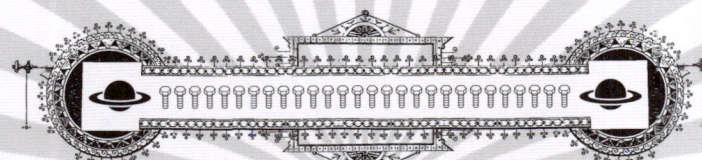

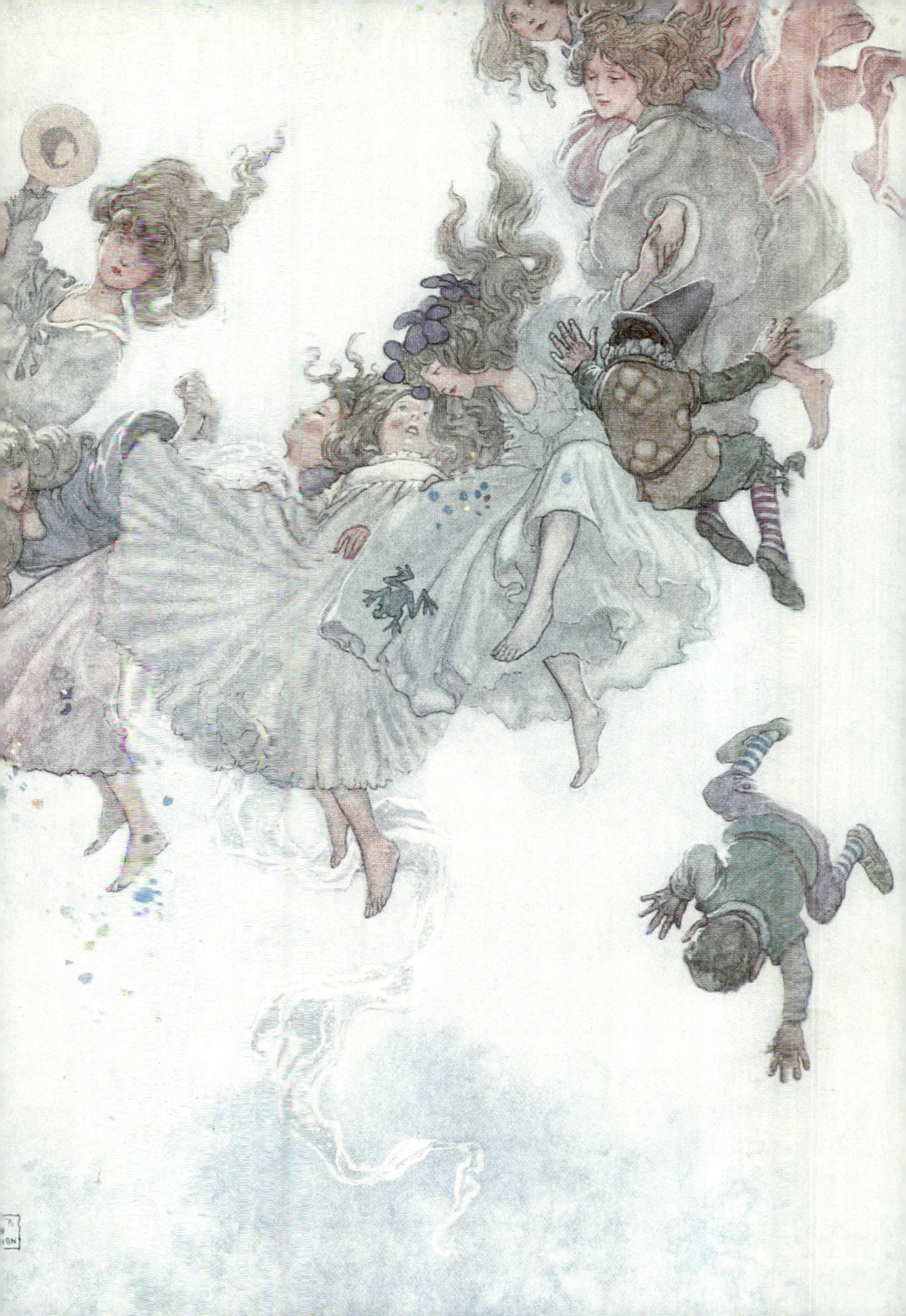

THE SNOW QUEEN / THE LITTLE MERMAID

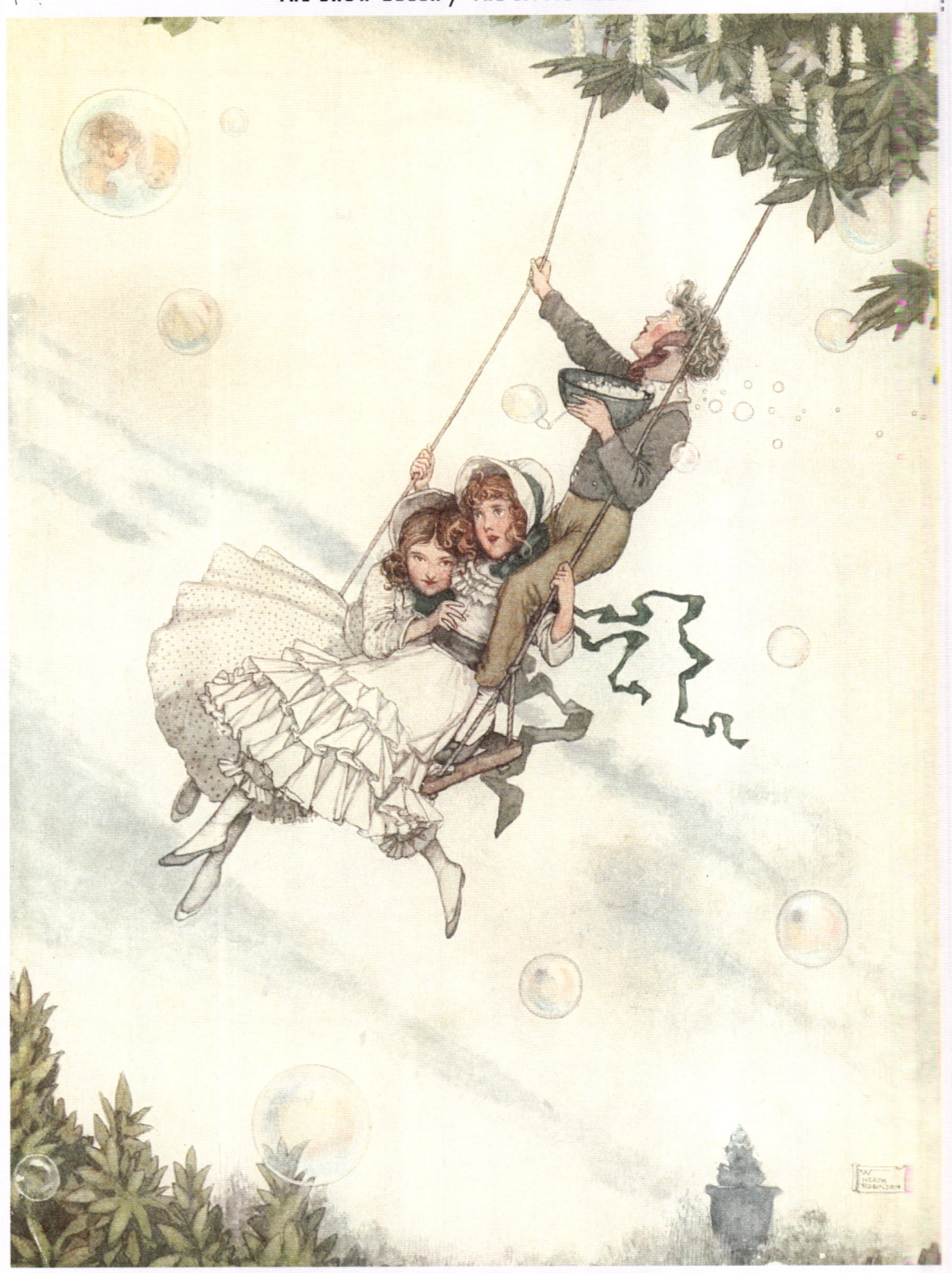

ウィリアムの絵の特徴は、空に浮かんだり飛んだりするのが好きなことだ。
『アンデルセン童話集』でも空をバックに、飛んでいるような絵が多い。無重力状態こそ彼が求める空間なのだろうか。

P332-333：『アンデルセン童話集』挿絵 ／ ウィリアム・ヒース・ロビンソン画 William Heath Robinson
ハンス・クリスチャン・アンデルセン著 Hans Christian Andersen ／ 1913年 ／ アメリカ、ニューヨーク公共図書館蔵

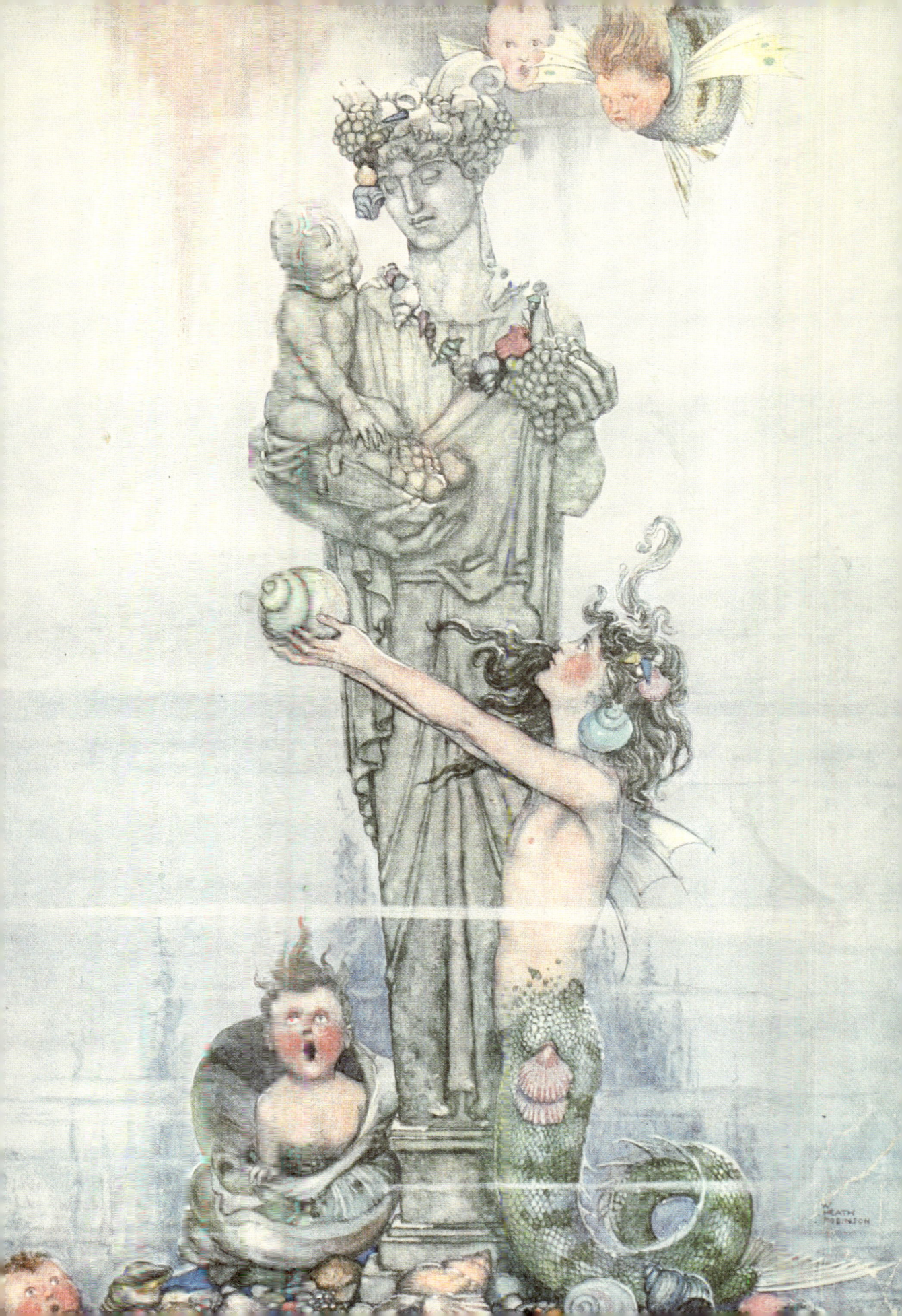

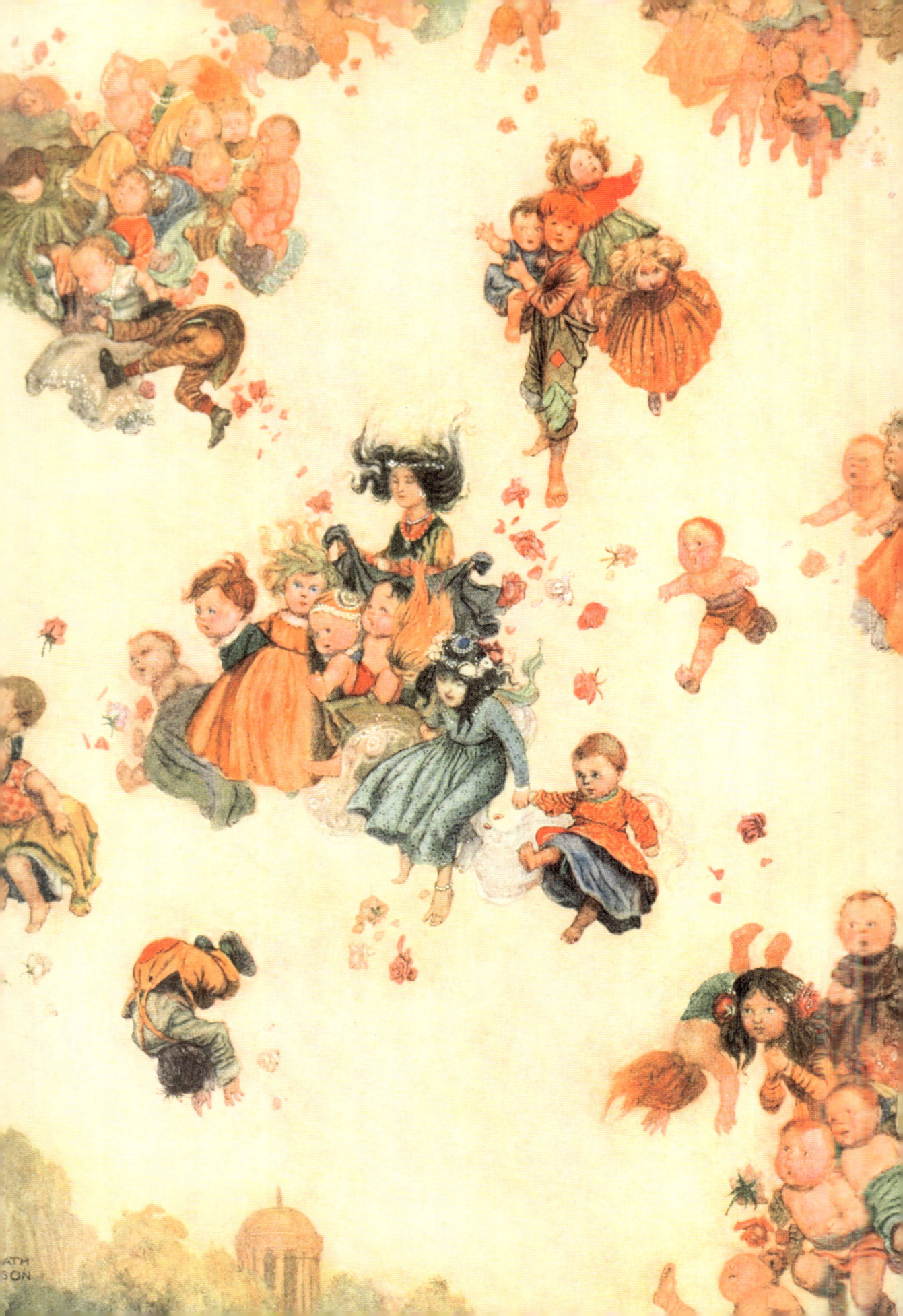

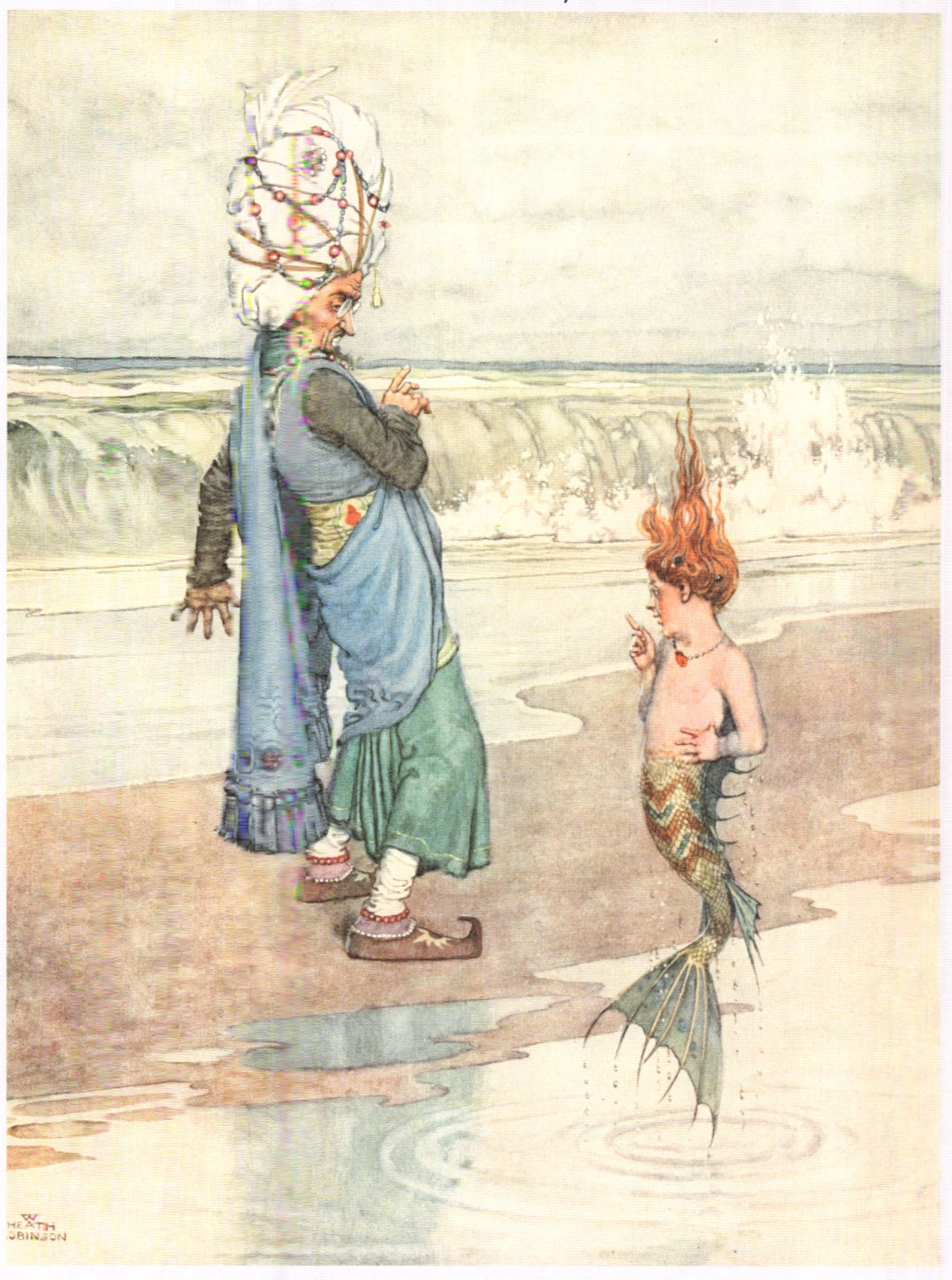

ビルは子どもであるが、旅で出会った、困っている人を助けてゆく。
ここでもみんな空に浮かんでいる。空、高いところなどを浮遊するのがウィリアムの夢なのだろう。
この本と『アンデルセン童話集』(P331-333)、『真夏の夜の夢』(P338-340)は彼のまじめな絵本である。

P334-335：『世話人ビル』挿絵 ／ ウィリアム・ヒース・ロビンソン著・画 William Heath Robinson
1912年 ／ アメリカ、ニューヨーク公共図書館蔵

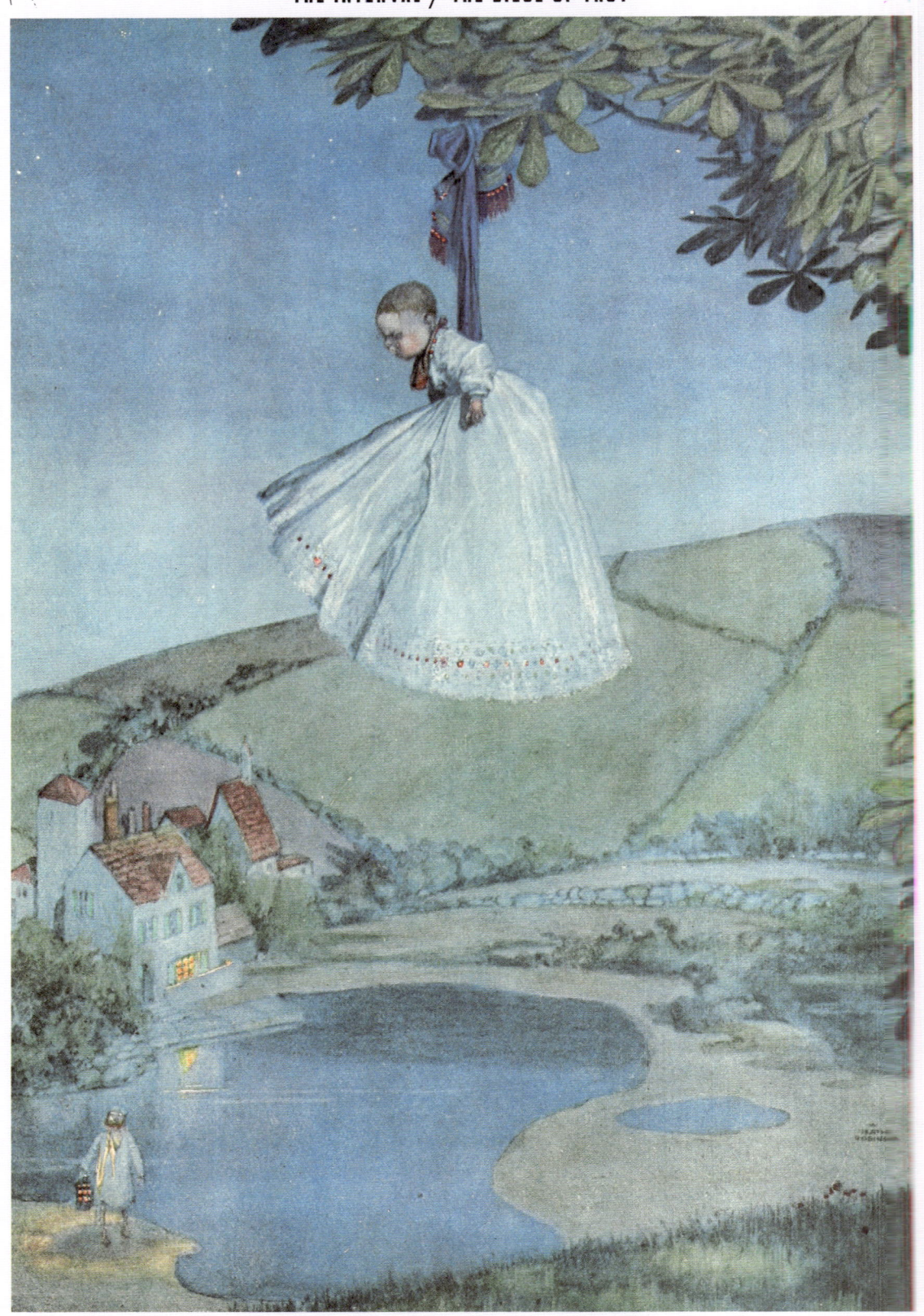

P336-337：『世話人ビル』挿絵 ／ ウィリアム・ヒース・ロビンソン著・画 William Heath Robinson
1912年 ／ アメリカ、ニューヨーク公共図書館蔵

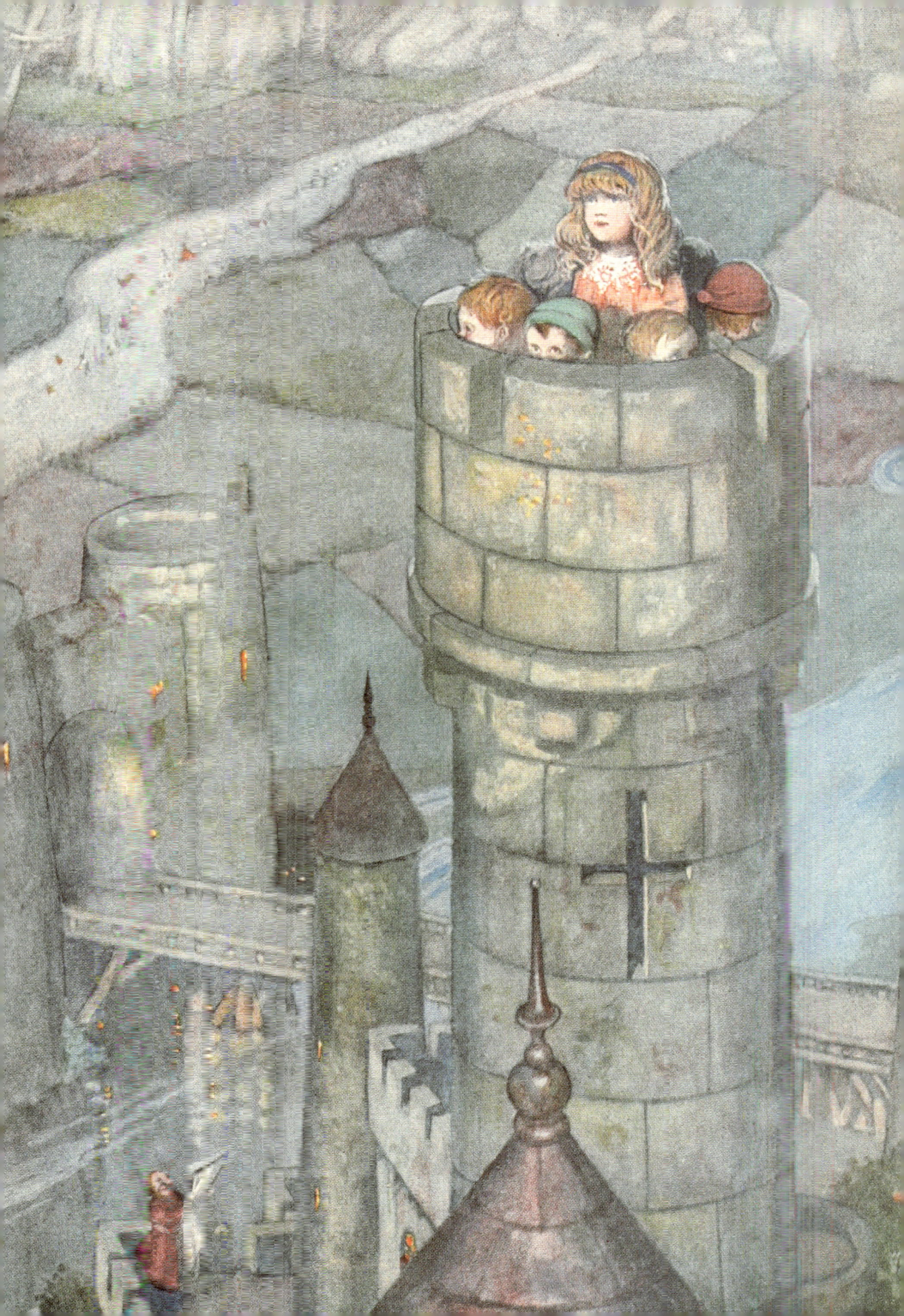

INSIDE PAGES OF BOOK "SHAKESPEARE'S COMEDY OF A MIDSUMMER NIGHT'S DREAM"

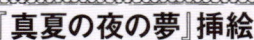

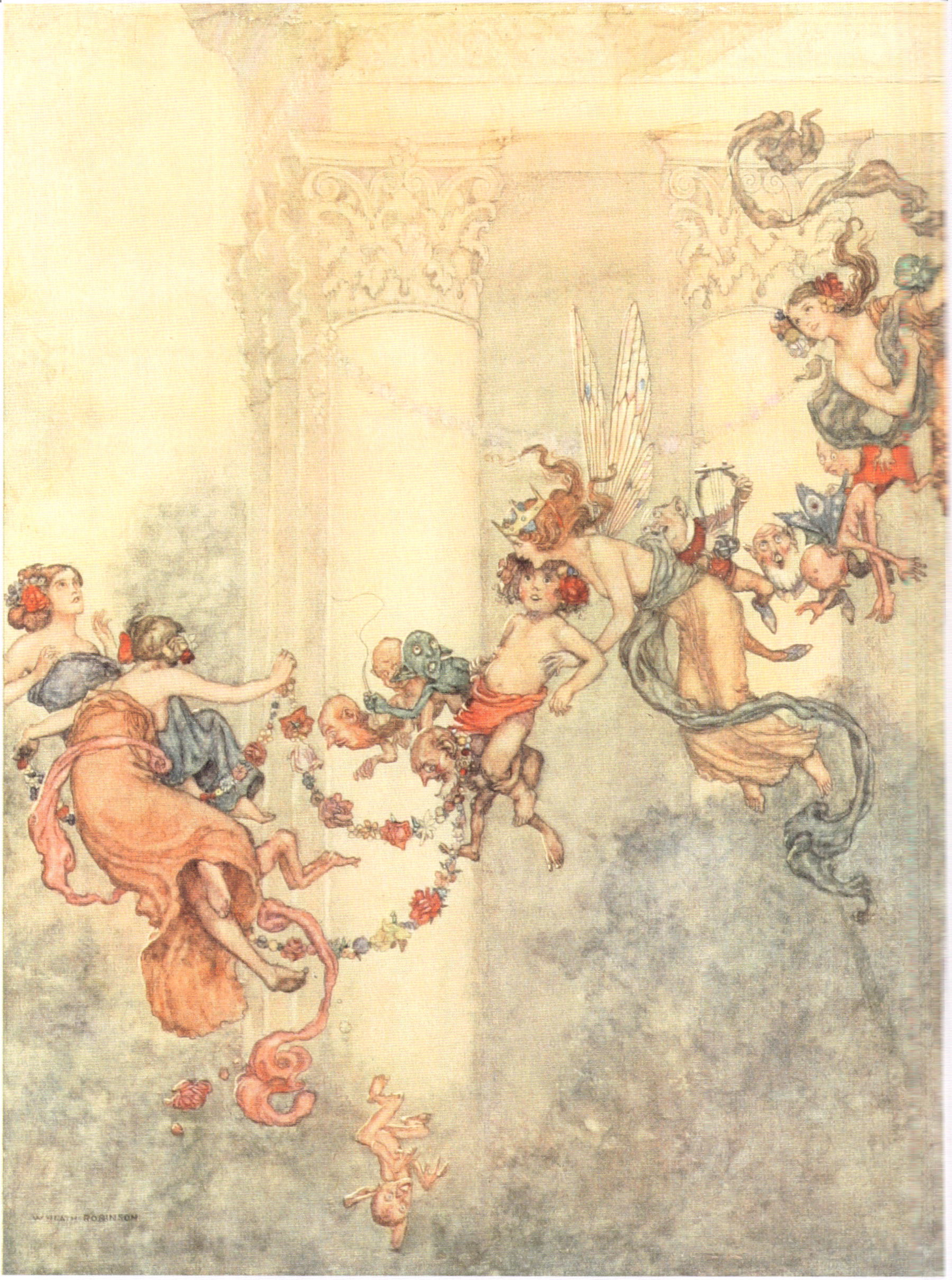

ラッカムの『真夏の夜の夢』（P293-297）と比べると軽やかで透明で、宙に浮かんでいる。ここでは昼の明るい空だけでなく、
夜の空も描かれていて、鮮やかな対比を見せる。ウィリアムにおいては夜も澄んで、静寂に沈んでいる。

P338-339：ウィリアム・ヒース・ロビンソン画 William Heath Robinson ／ ウィリアム・シェイクスピア著 William Shakespeare ／ 1914年 ／ アメリカ、ニューヨーク公共図書館蔵

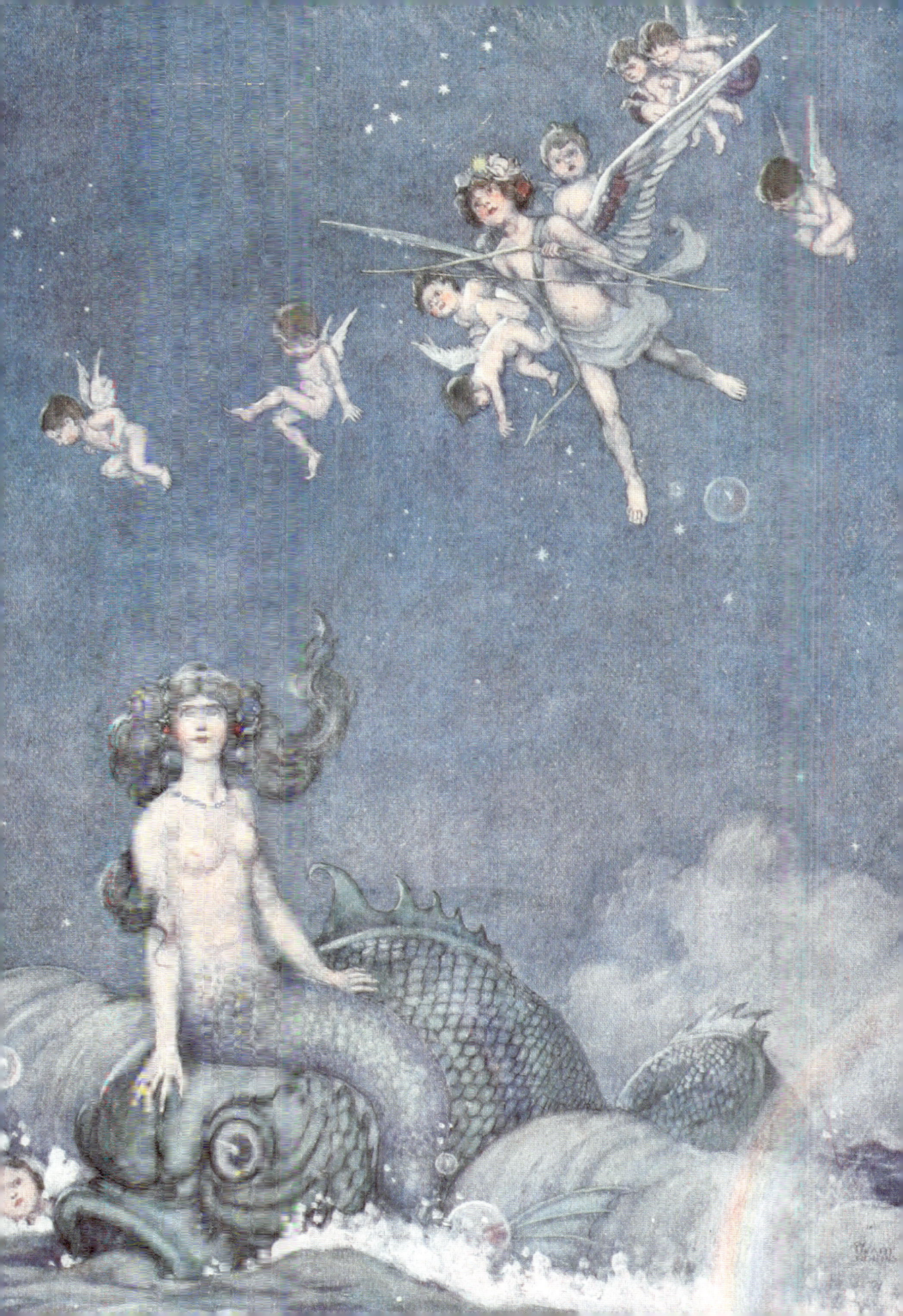

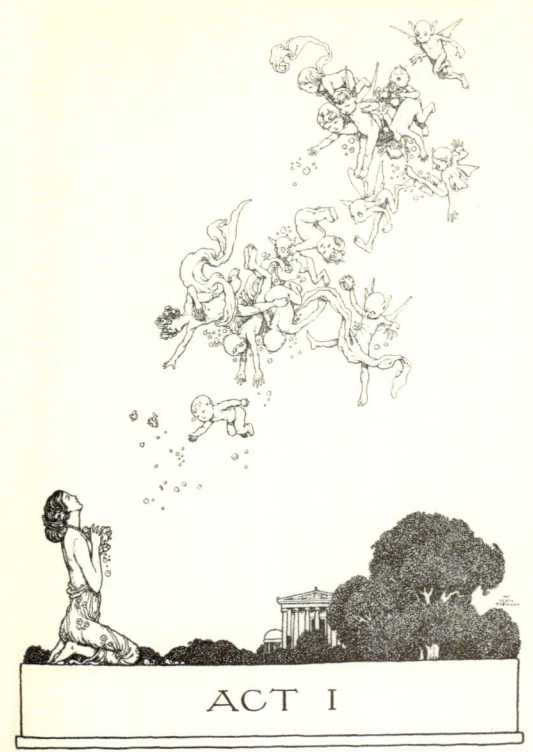

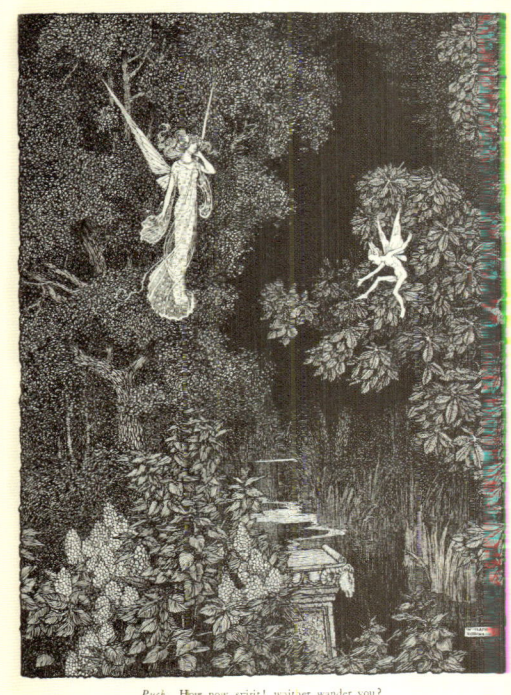

Puck. How now, spirit! whither wander you?

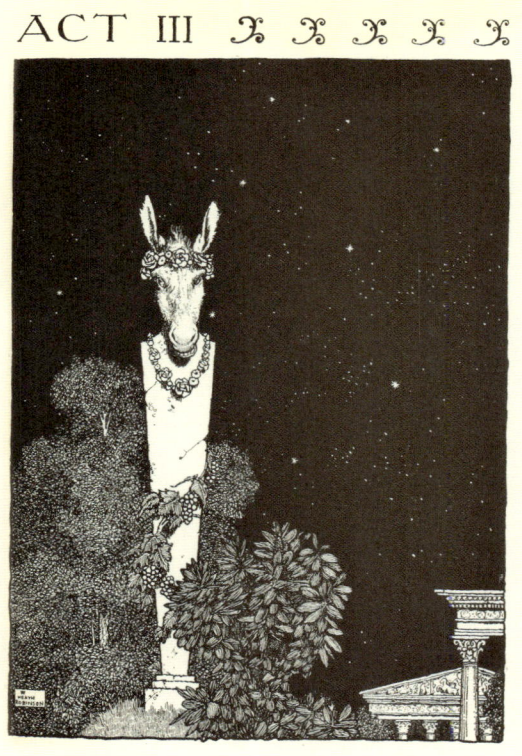

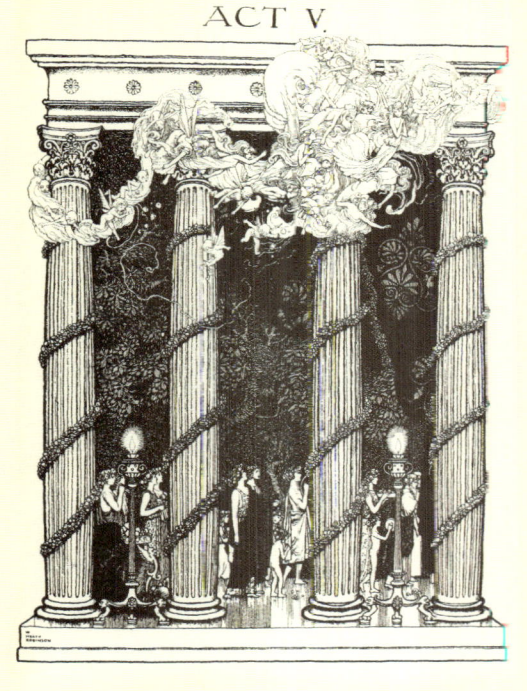

ウィリアム・ヒース・ロビンソン画 William Heath Robinson ／ ウィリアム・シェイクスピア著 William Shakespeare ／ 1914年 ／ アメリカ、ニューヨーク公共図書館蔵

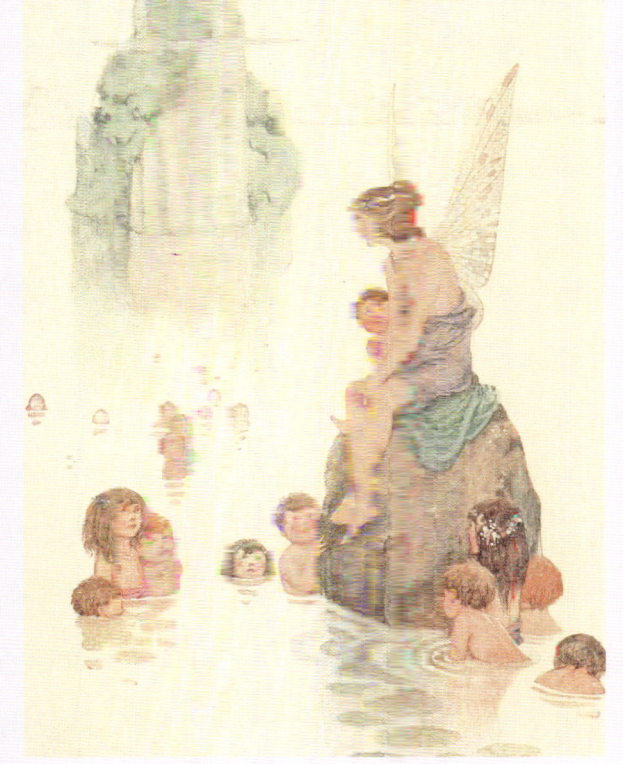

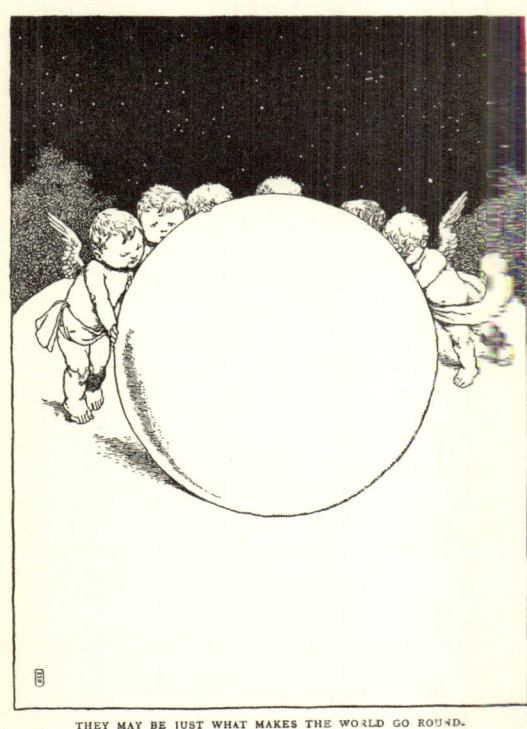

THEY MAY BE JUST WHAT MAKES THE WORLD GO ROUND.

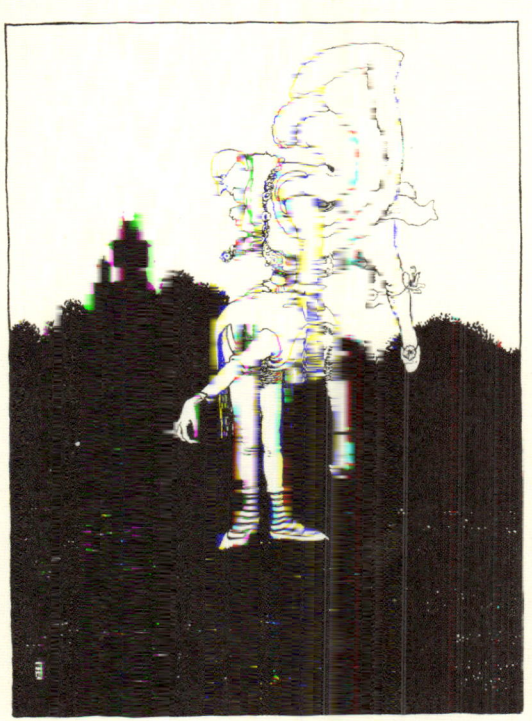

AND PLAYED LEAP-FROG WITH THE DOWN-CLERK.

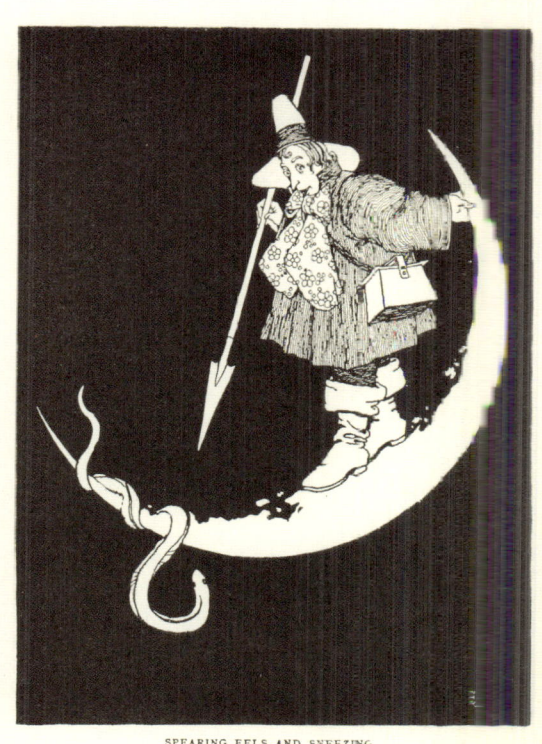

SPEARING EELS AND SNEEZING

チャールズ・キングスレーの『水の子どもたち』の挿絵である。男の子がなにかを逃れて水に落ちる。
そこで妖精たちのいる妖精国に入ってゆく。ここでも飛行や水中（もう1つの空）のシーンがある。

ウィリアム・ヒース・ロビンソン画 William Heath Robinson ／ チャールズ・キングスレー著 Charles Kingsley ／ 1915年 ／ アメリカ、ニューヨーク公共図書館

AERIAL LIFE

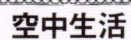

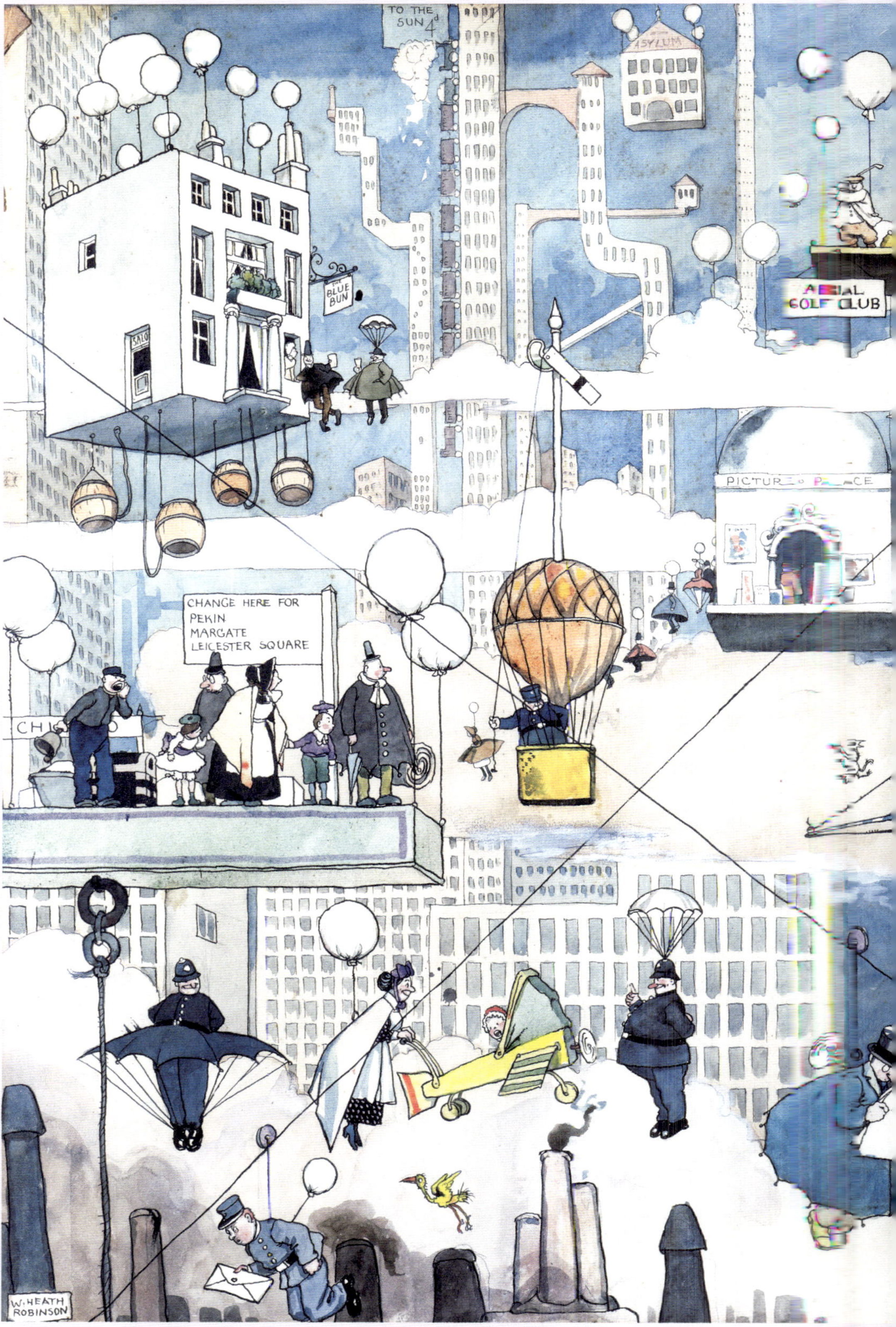

空中に架けられた未来都市の図である。ウィリアムは気球から飛行機に至る、空を飛ぶ時代の入口にいて、
空中都市を夢想していたようだ。SF的な想像力のはしりであり、ル・コルビジエなどの未来的都市計画とつながっている。

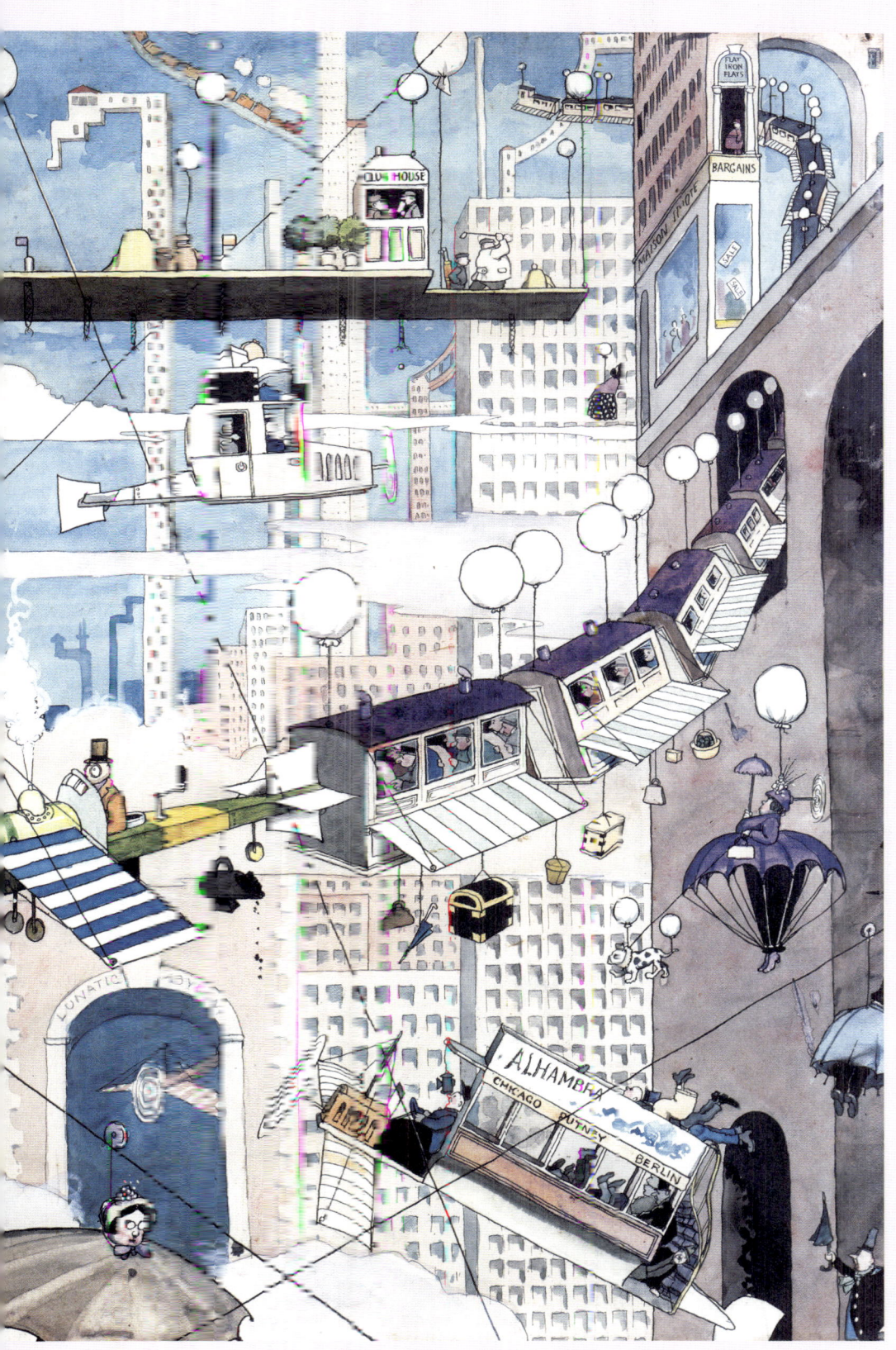

ウィ──ース・ロビンソン画 William Heath Robinson / 1918年 / Bridgeman Images/PPS通信社

定期市の日

THE FAIR DAY

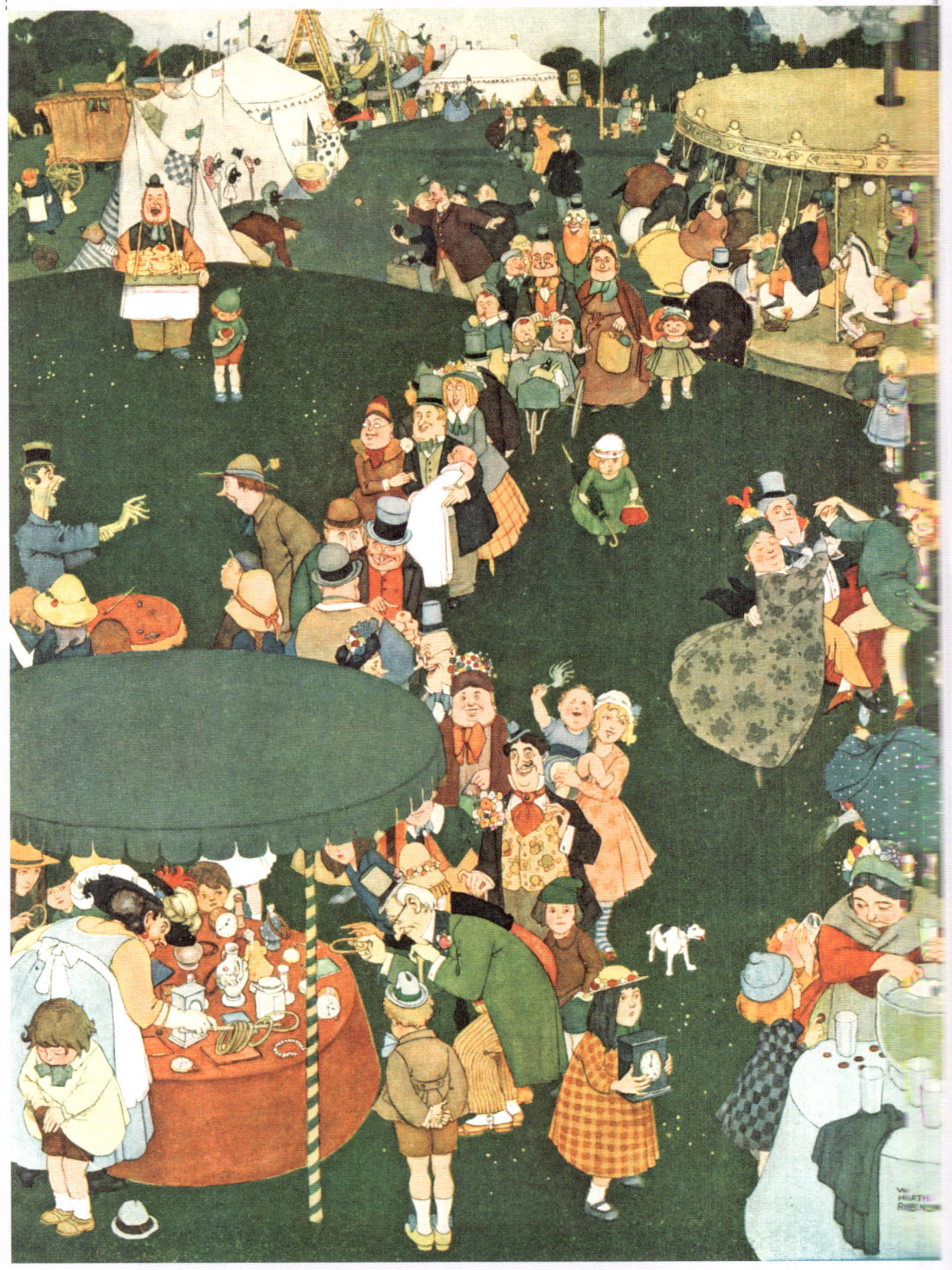

バザーが開かれ、人が集っている。いろんな人、いろんなかっこうの人がいる。空からの視点で描かれている。
逆に、緑の空をバックに人々が浮かんでいるとも見える。一挙に眺められず、1つずつ時間をかけて見ていかなければならない。

ウィリアム・ヒース・ロビンソン画 William Heath Robinson ／ 1925年 ／ 写真提供：Getty Images

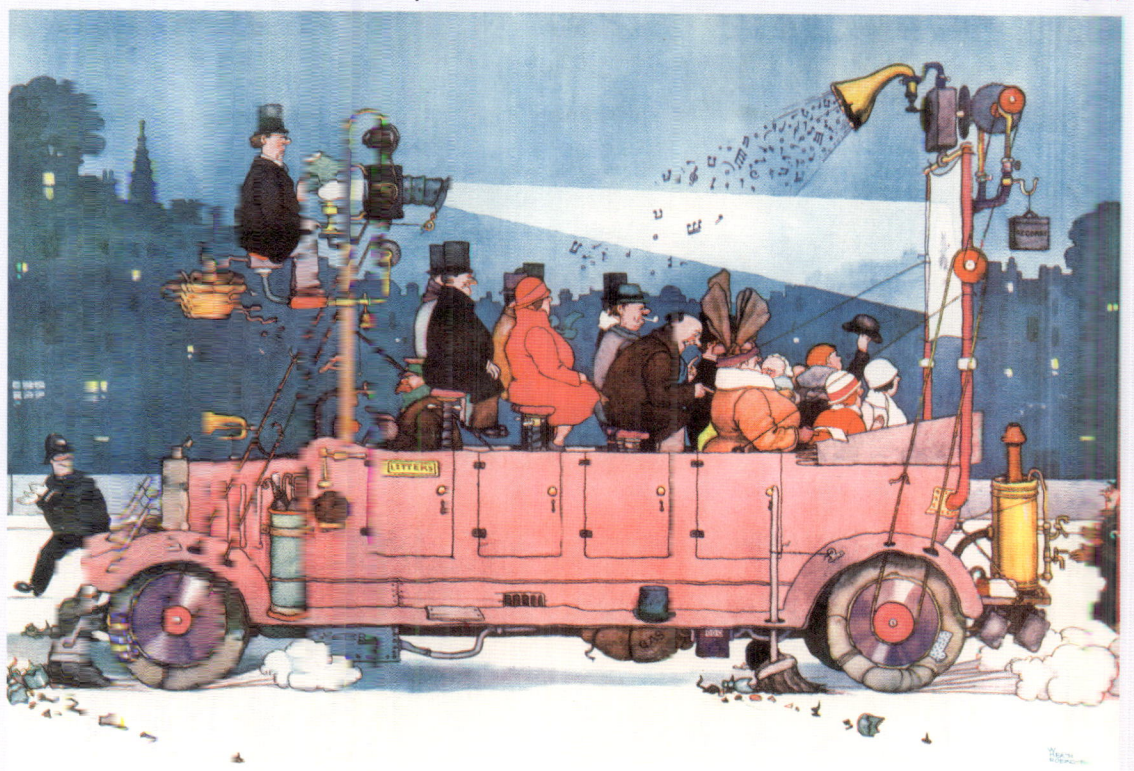

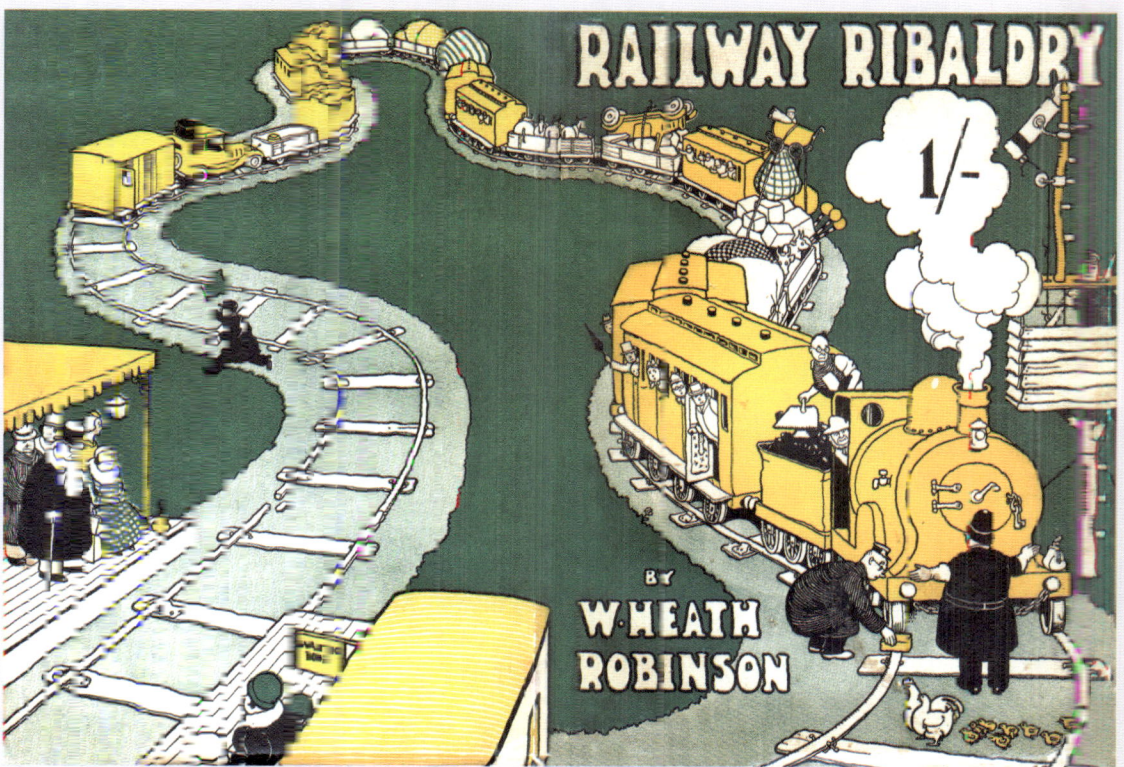

上段は、バスの上で映画を上映している。乗ったまま、走りながら映画が見られる。
ウィリアムの発明ガジェットのシリーズである。しかも雪が積もっている。雪かきしながら走り、映画を映す。

上段：ウィリアム・ヒース・ロビンソン画 William Heath Robinson / Mary Evans/PPS通信社、上段：雑誌『見物人』挿絵 / 1926年、下段：1935年

THE IDEAL HOME

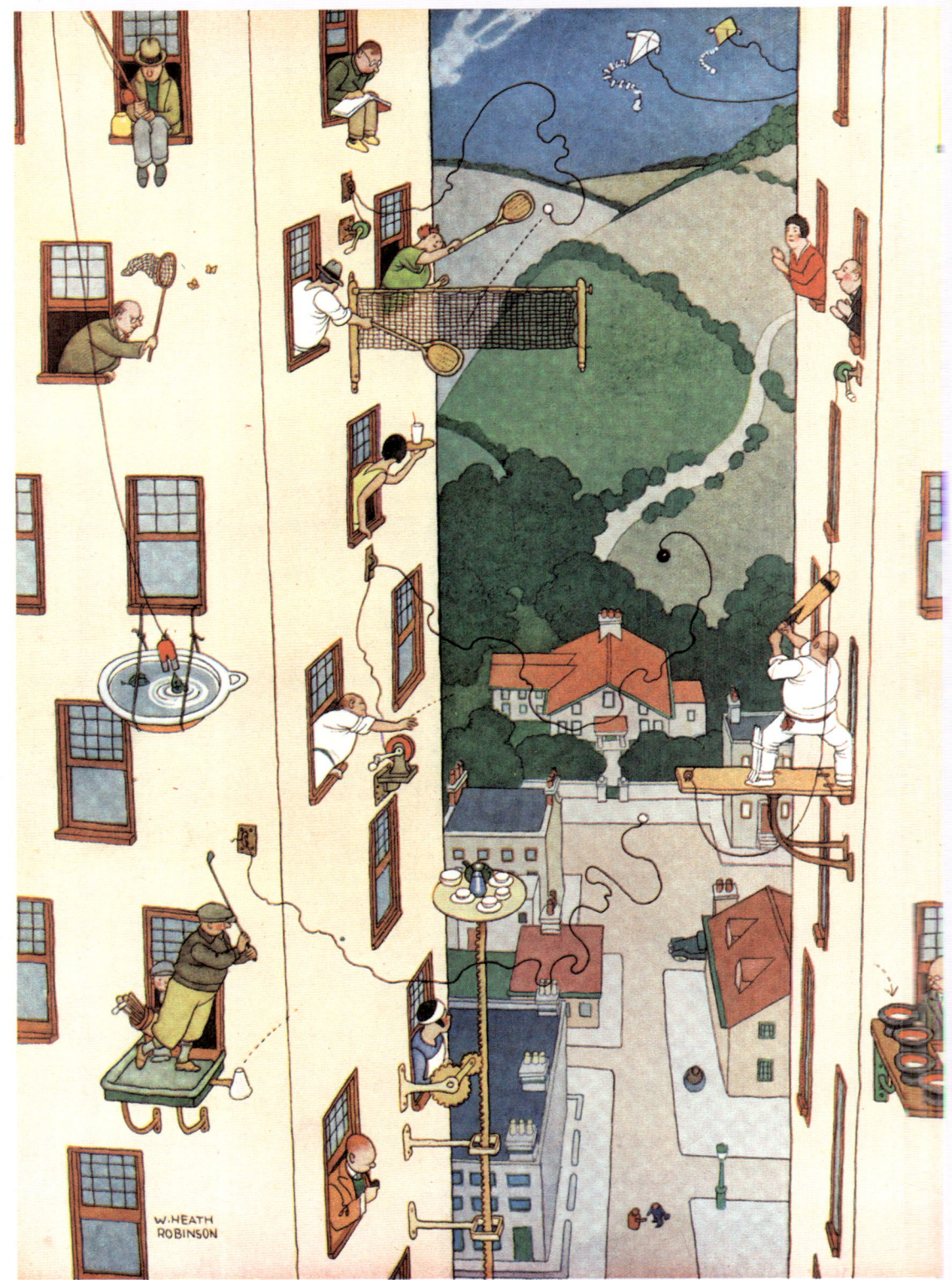

W·HEATH ROBINSON

ウィリアムはとんでもない仕掛けで笑わせる「アイデアル・ホーム（理想の家）」シリーズを描いた。こんなことができる便利な家を
つくろうというのである。上段はビルの窓でゴルフやテニスなどの野外スポーツができたら、という漫画である。
他にも飛ぶ家など、おかしな未来住宅が描かれている。

P346-347：雑誌『スケッチ』挿絵 ／ ウィリアム・ヒース・ロビンソン画 William Heath Robinson ／ 1933年 ／ Mary Evans/PPS通信社

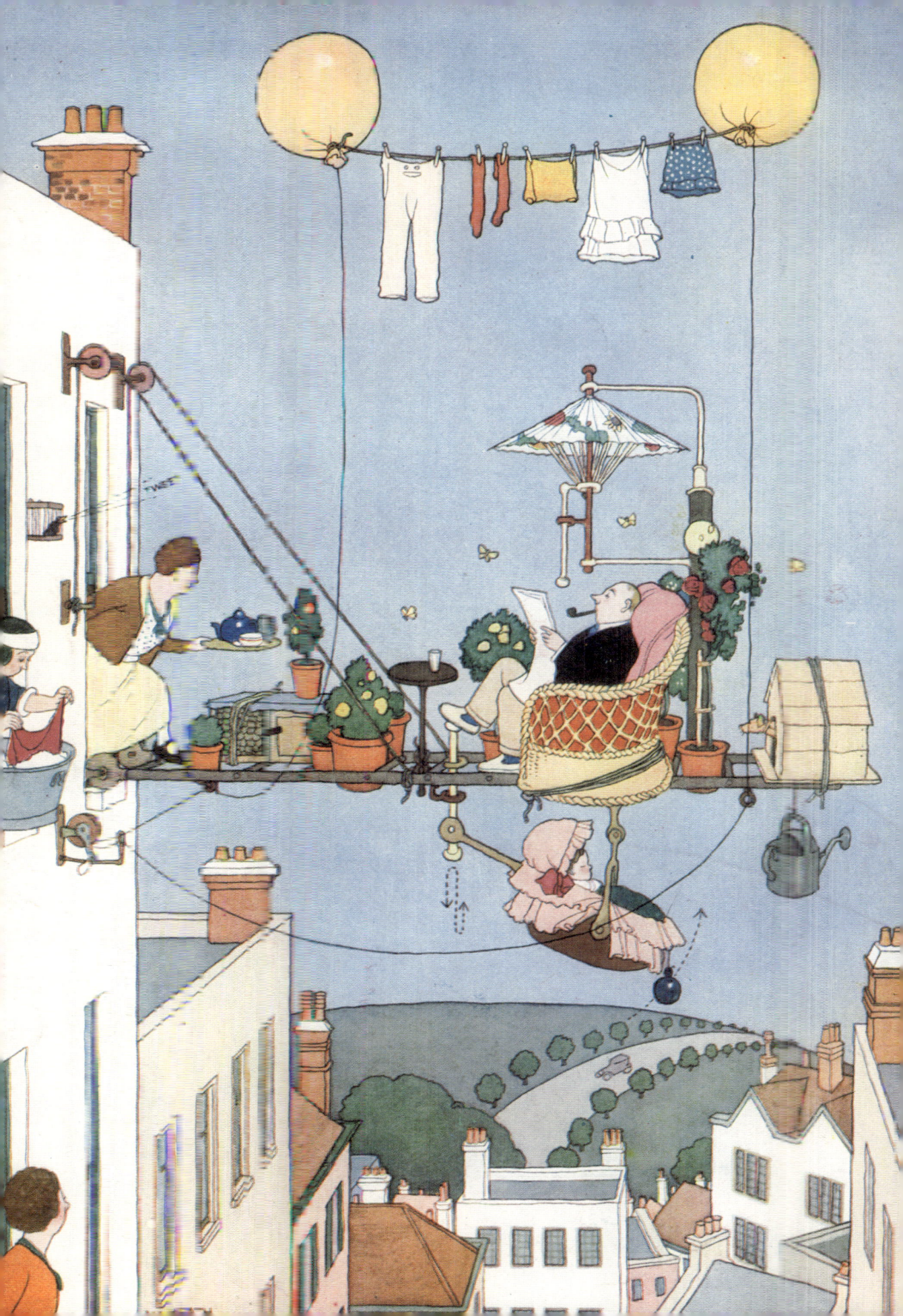

FUNNY GADGET INVENTIONS

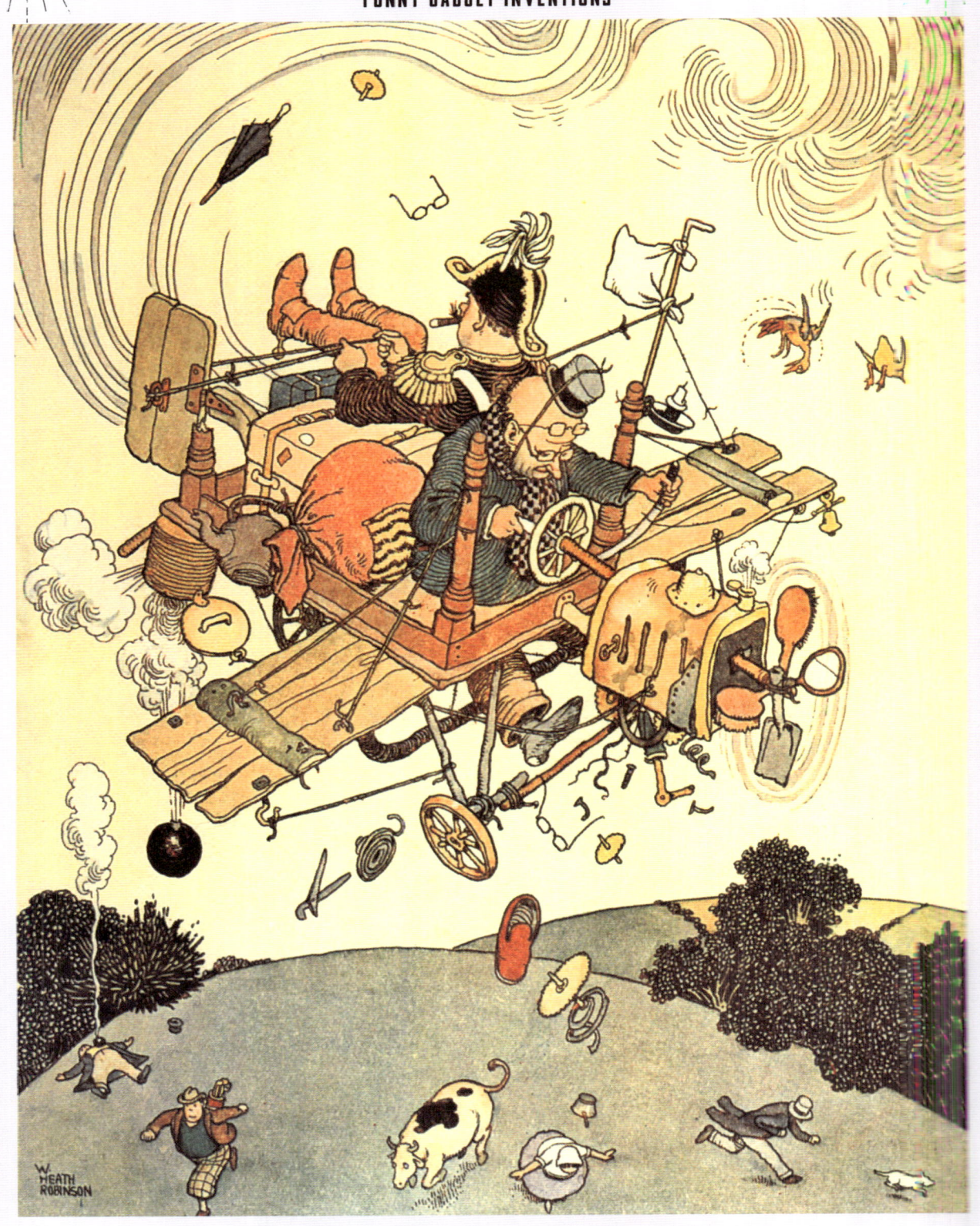

ガラクタを集めた手づくりの飛行機である。ネジがはずれたりして、今にもばらばらになりそうだ。
おかしな２人がそれで空中旅行をしている。ヒースの絵は今にも動きそうだ。多くのアニメ映画を刺激している。

ウィリアム・ヒース・ロビンソン画 William Heath Robinson ／ P348：1930 年代 ／ Bridgeman Images/PPS 通信社
P349 上段左右・下段左：雑誌『見物人』挿絵 Illustration for Magazine "The Bystander" ／ Mary Evans/PPS 通信社
1925 年（P349 上段 2 点）、1926 年（P349 下段左）、P349 下段右：1919 年 ／ 写真提供：Getty Images

"For this Relief, Much Tanks"

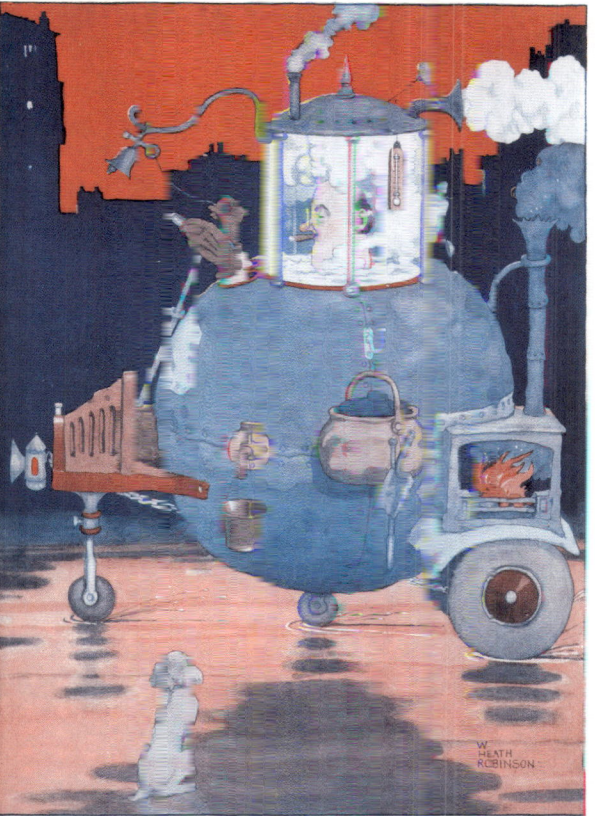

The new Heath Robinson Patent Improved Flat Range. This desirable, self-contained utensil, jewelled in every hole, is certain of a ready sale this Christmas ... enables ... not only to arrive at the entire mean equable temperature, but to ... the ...

A Complete Wash-Out

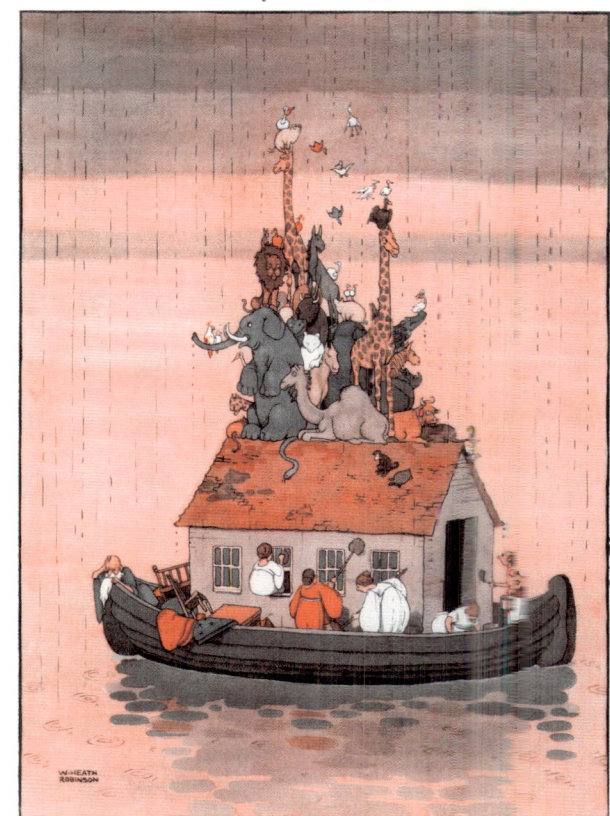

THE TRIALS OF SPRING-CLEANING AS ENDURED ON THE ... RK

A Terrible Blow!

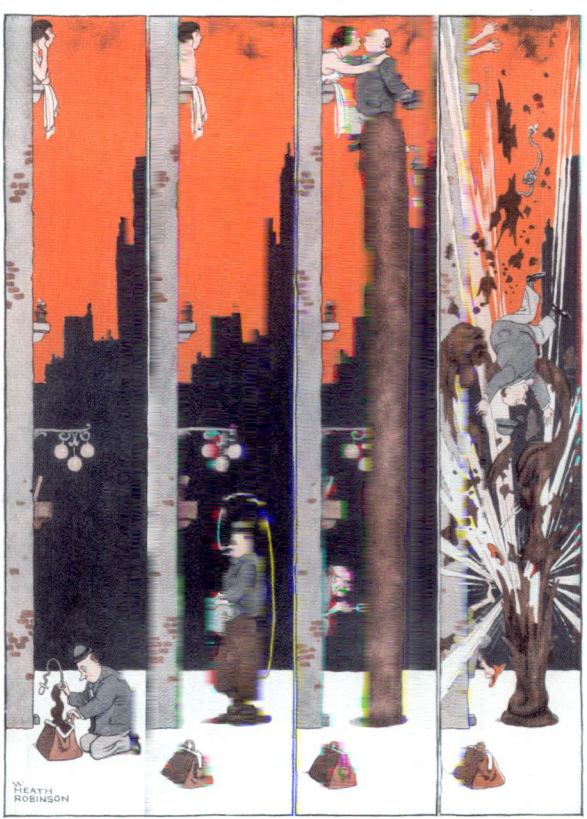

The sad story of ... romance told in four moving chapters

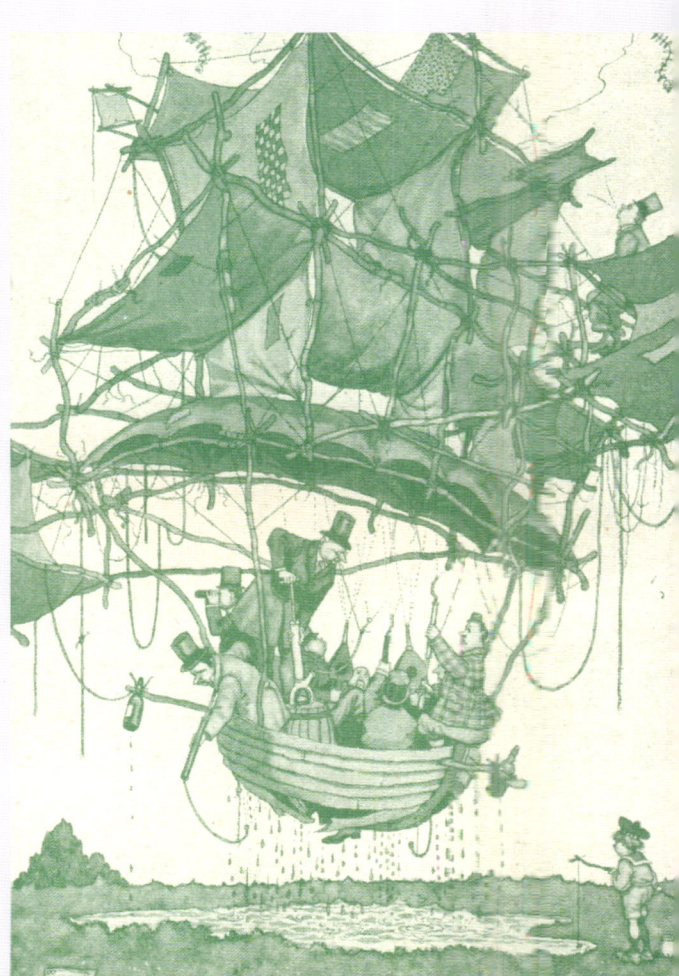

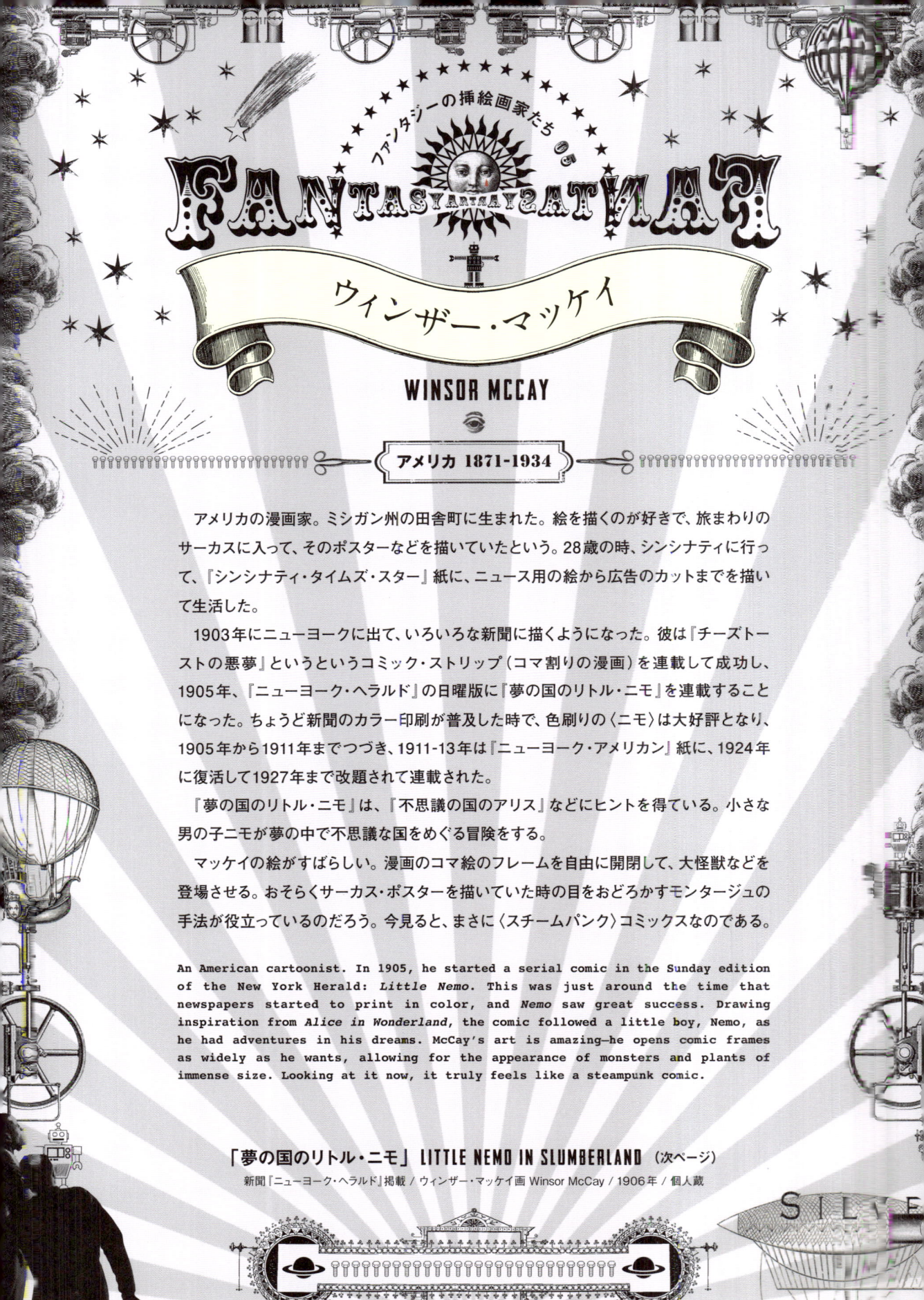

FANTASY

ウィンザー・マッケイ

WINSOR MCCAY

アメリカ 1871-1934

　アメリカの漫画家。ミシガン州の田舎町に生まれた。絵を描くのが好きで、旅まわりのサーカスに入って、そのポスターなどを描いていたという。28歳の時、シンシナティに行って、『シンシナティ・タイムズ・スター』紙に、ニュース用の絵から広告のカットまでを描いて生活した。

　1903年にニューヨークに出て、いろいろな新聞に描くようになった。彼は『チーズトーストの悪夢』というというコミック・ストリップ（コマ割りの漫画）を連載して成功し、1905年、『ニューヨーク・ヘラルド』の日曜版に『夢の国のリトル・ニモ』を連載することになった。ちょうど新聞のカラー印刷が普及した時で、色刷りの〈ニモ〉は大好評となり、1905年から1911年までつづき、1911-13年は『ニューヨーク・アメリカン』紙に、1924年に復活して1927年まで改題されて連載された。

　『夢の国のリトル・ニモ』は、『不思議の国のアリス』などにヒントを得ている。小さな男の子ニモが夢の中で不思議な国をめぐる冒険をする。

　マッケイの絵がすばらしい。漫画のコマ絵のフレームを自由に開閉して、大怪獣などを登場させる。おそらくサーカス・ポスターを描いていた時の目をおどろかすモンタージュの手法が役立っているのだろう。今見ると、まさに〈スチームパンク〉コミックスなのである。

An American cartoonist. In 1905, he started a serial comic in the Sunday edition of the New York Herald: *Little Nemo*. This was just around the time that newspapers started to print in color, and *Nemo* saw great success. Drawing inspiration from *Alice in Wonderland*, the comic followed a little boy, Nemo, as he had adventures in his dreams. McCay's art is amazing—he opens comic frames as widely as he wants, allowing for the appearance of monsters and plants of immense size. Looking at it now, it truly feels like a steampunk comic.

「夢の国のリトル・ニモ」 LITTLE NEMO IN SLUMBERLAND （次ページ）
新聞『ニューヨーク・ヘラルド』掲載 / ウィンザー・マッケイ画 Winsor McCay / 1906年 / 個人蔵

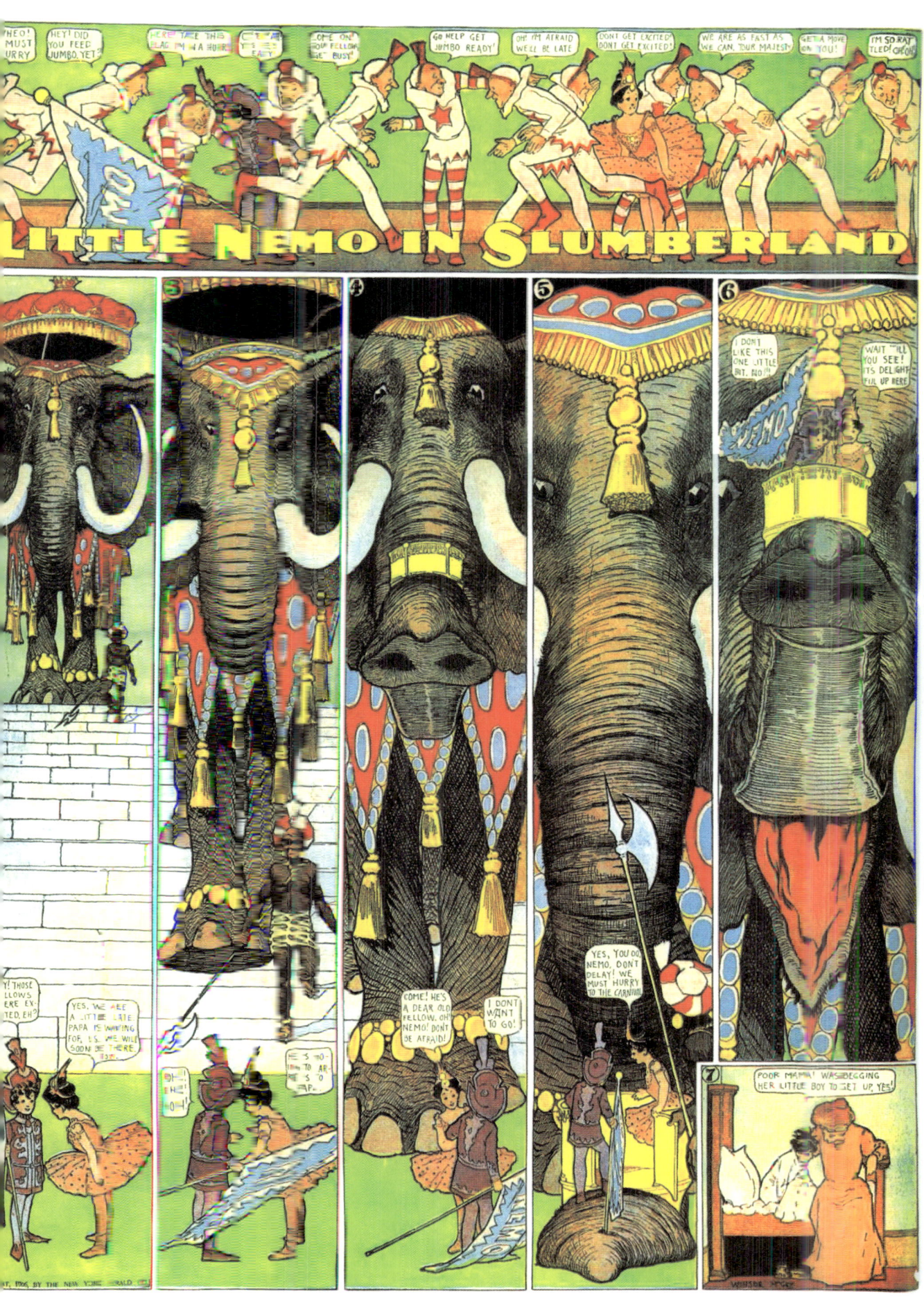

LITTLE NEMO IN SLUMBERLAND

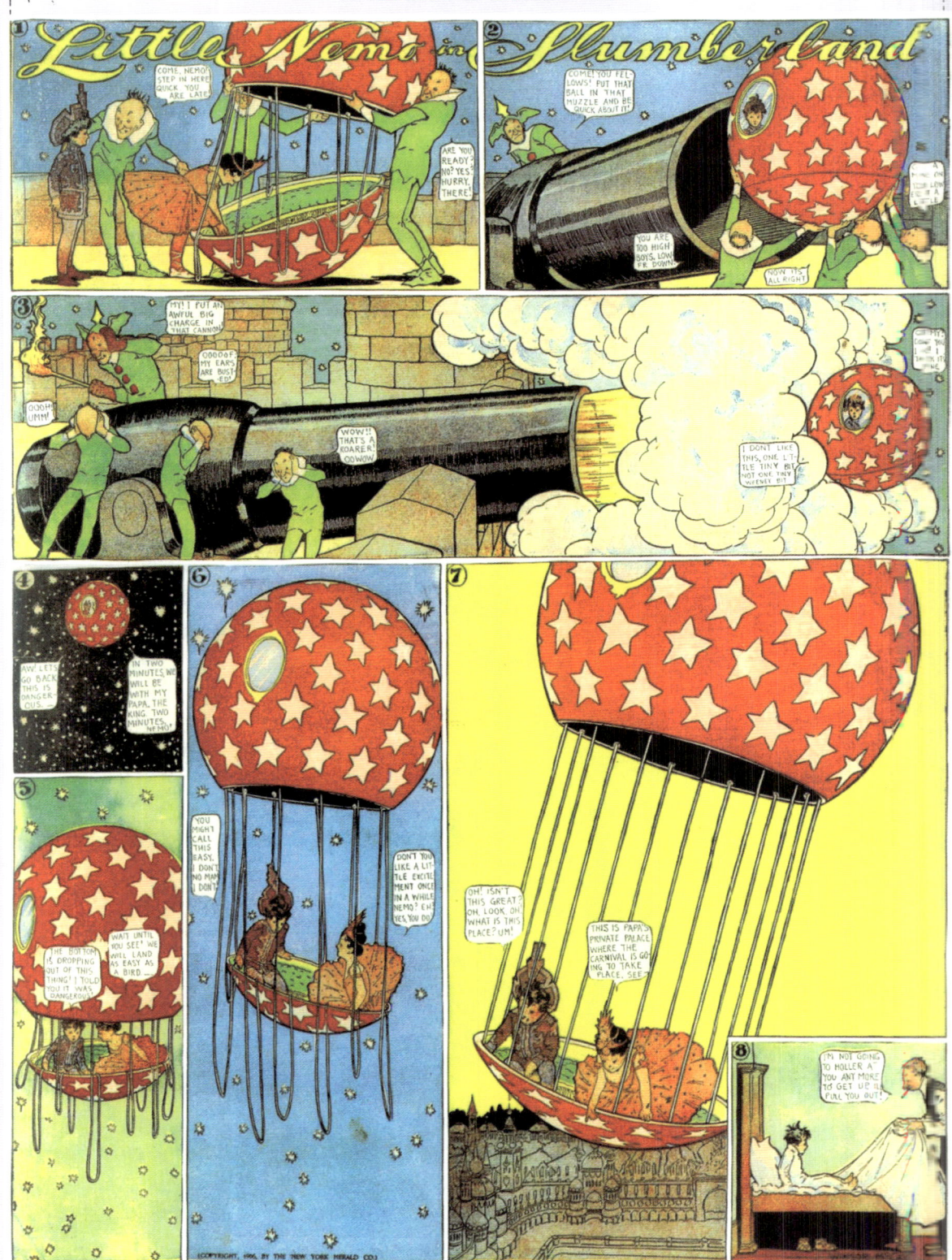

ニモは夢の国のお姫さまのとロケットに乗って空に打ち上げられる。花火のようである。
旧型のロケットの赤い地と星マークが鮮やかだ。メタリックな大砲とともに〈スチームパンク〉である。

P352-353：新聞『ニューヨーク・ヘラルド』掲載 / ウィンザー・マッケイ画 Winsor McCay / 1906年 / 個人蔵

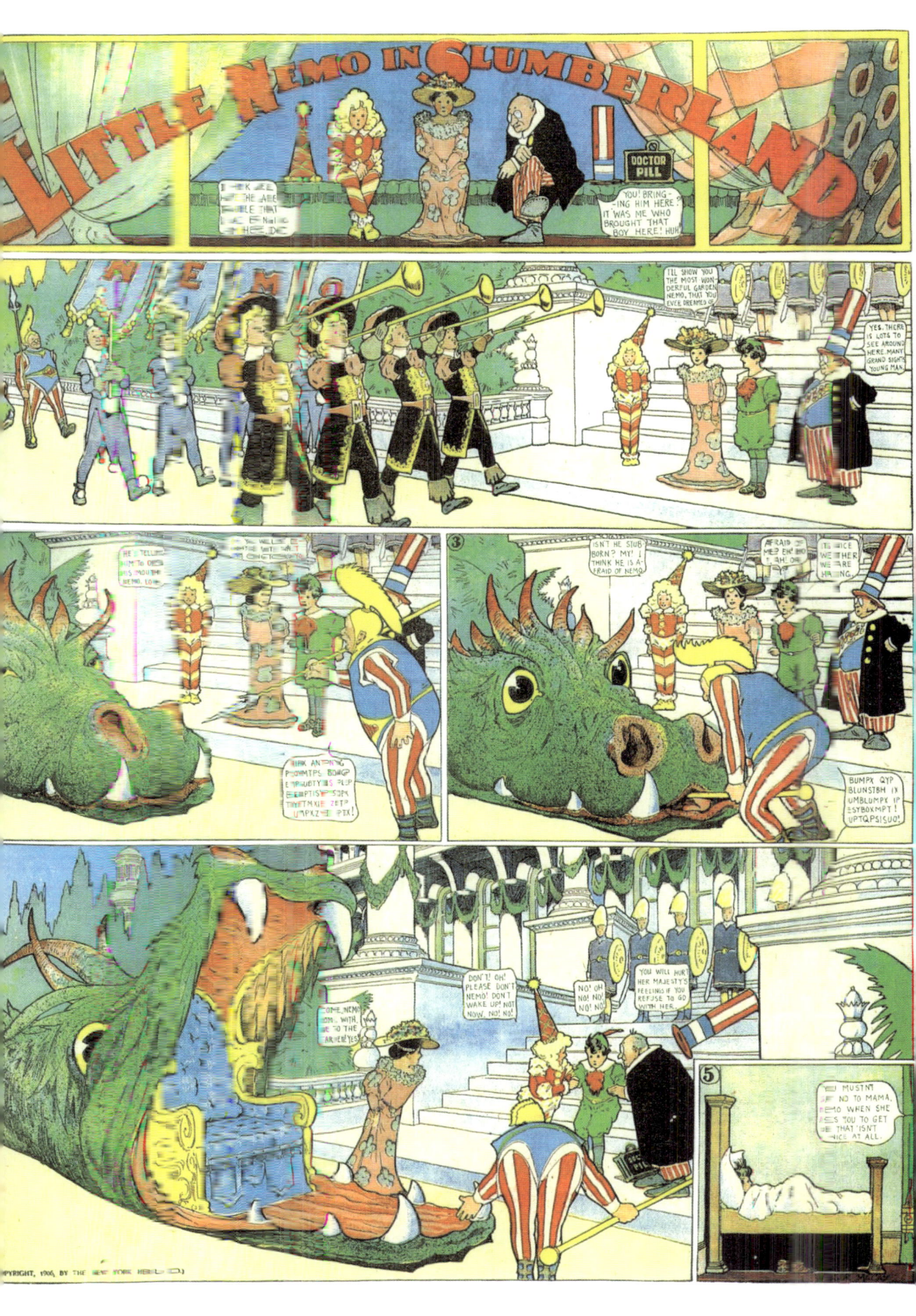

LITTLE NEMO IN SLUMBERLAND

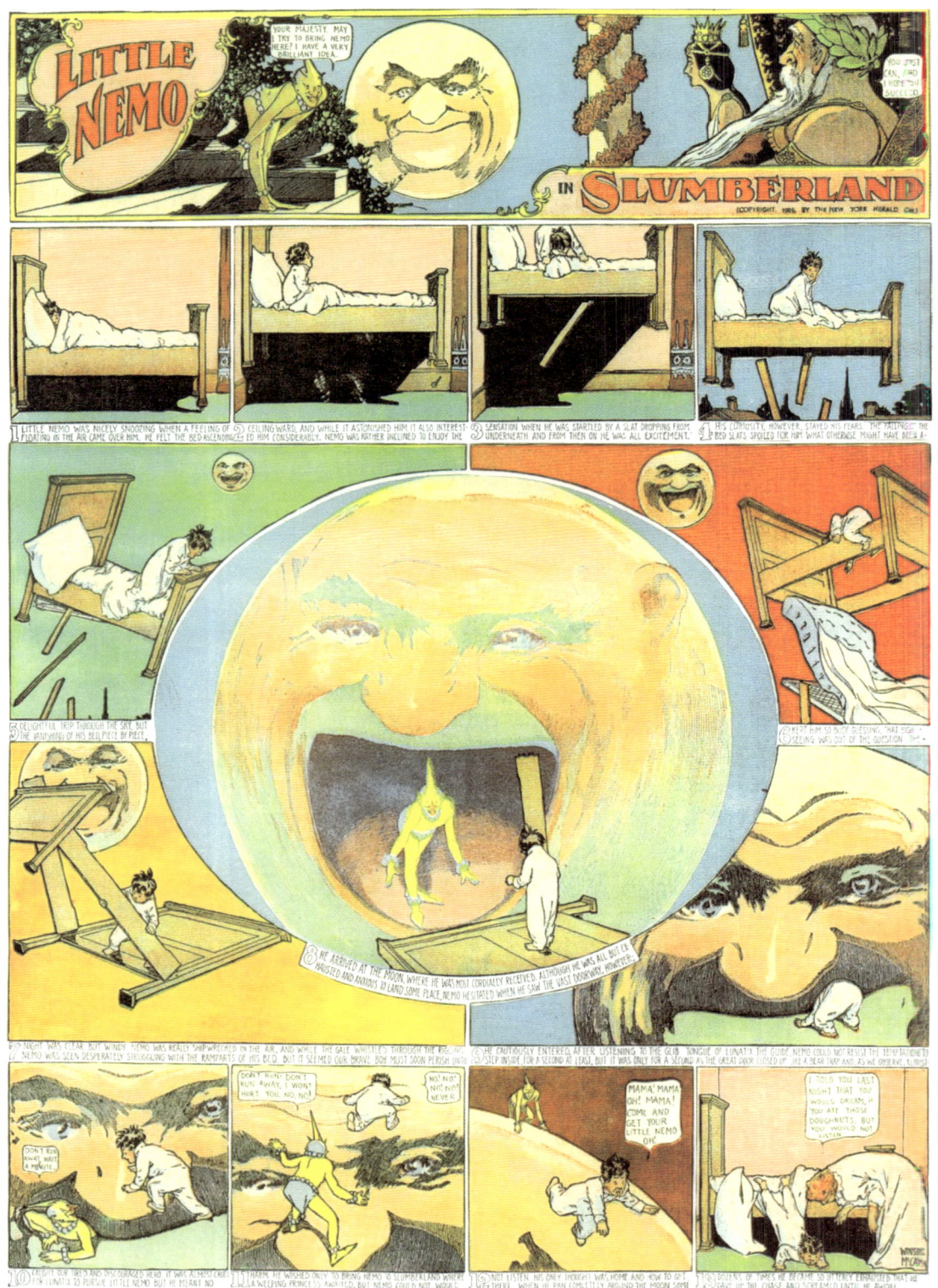

ニモは月に招かれる。ジュール・ヴェルヌ風だ。月は大きな顔をしている。
コマ絵のフレームを自在に変えて、巨大な月の円を中央に置いている。驚異と笑いが広がってくる。

新聞『ニューヨーク・ヘラルド』掲載 ／ ウィンザー・マッケイ画 Winsor McCay ／ P354・P355上段左右：1905年、P355下段左右：1906 ／ 個人蔵

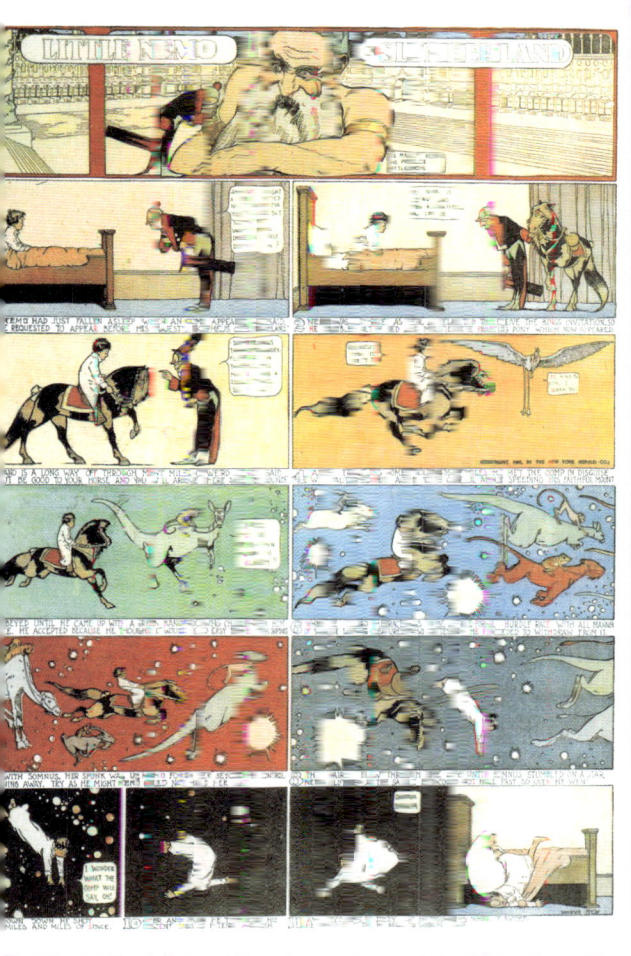
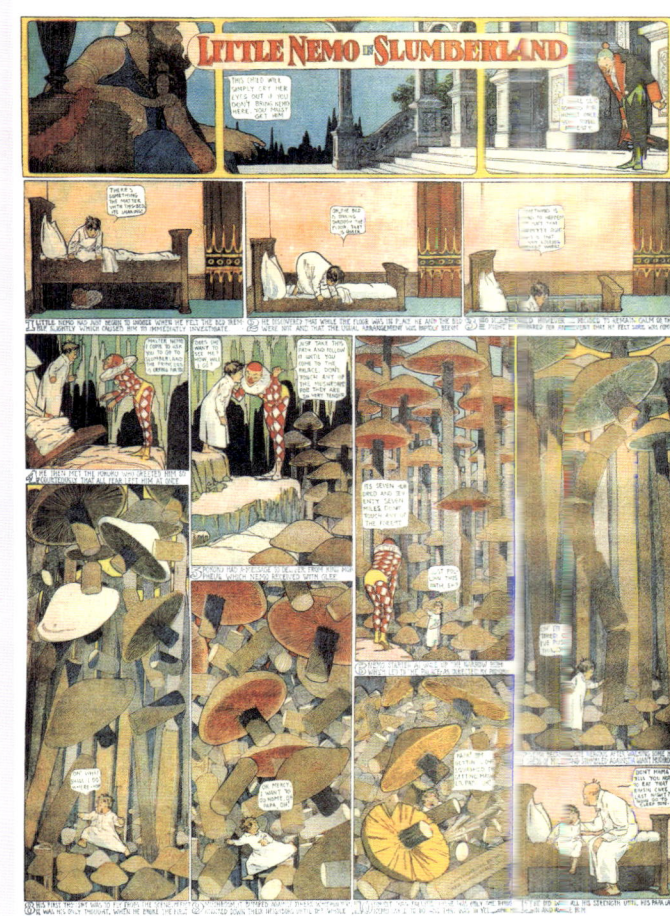
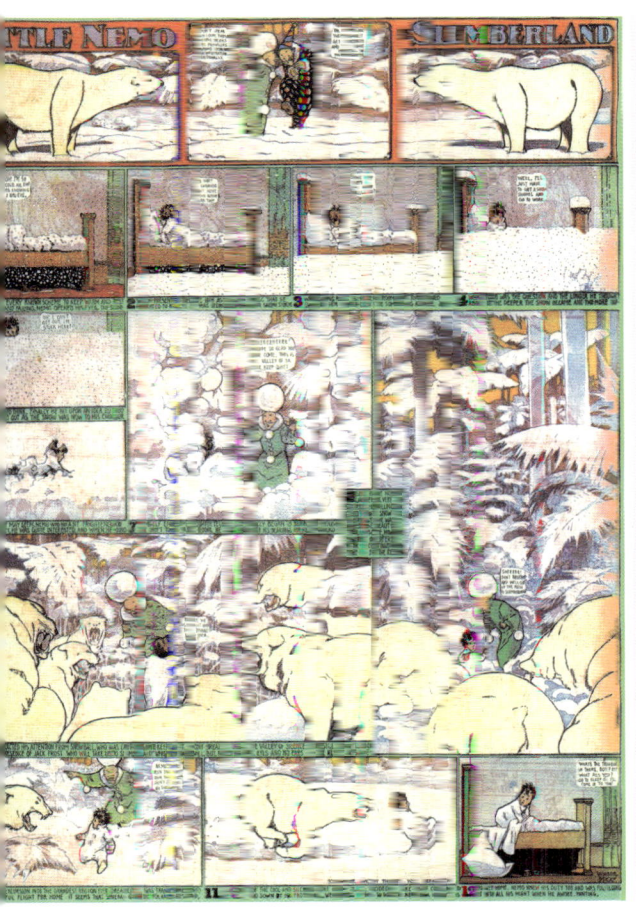
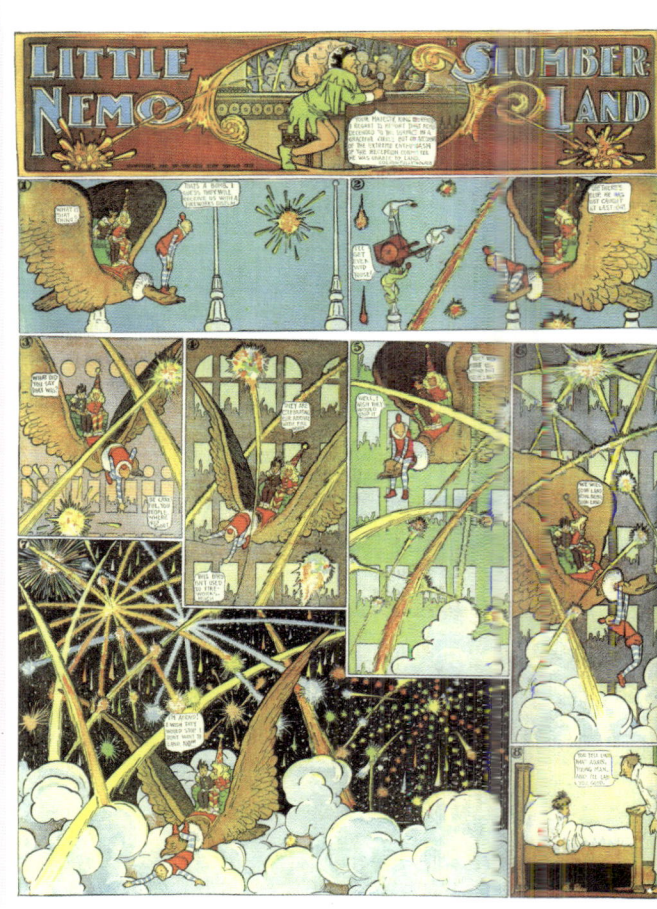

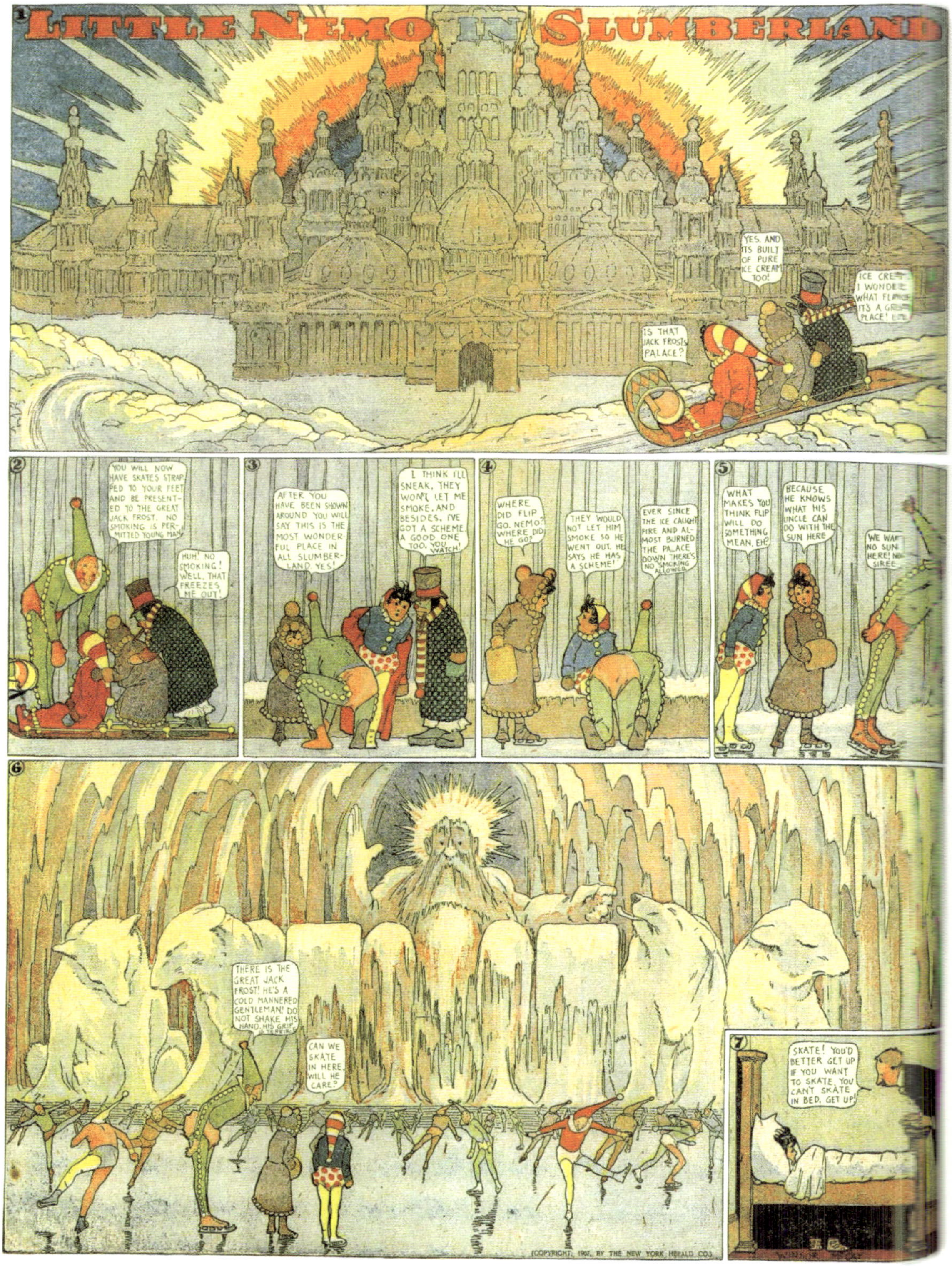

LITTLE NEMO IN SLUMBERLAND

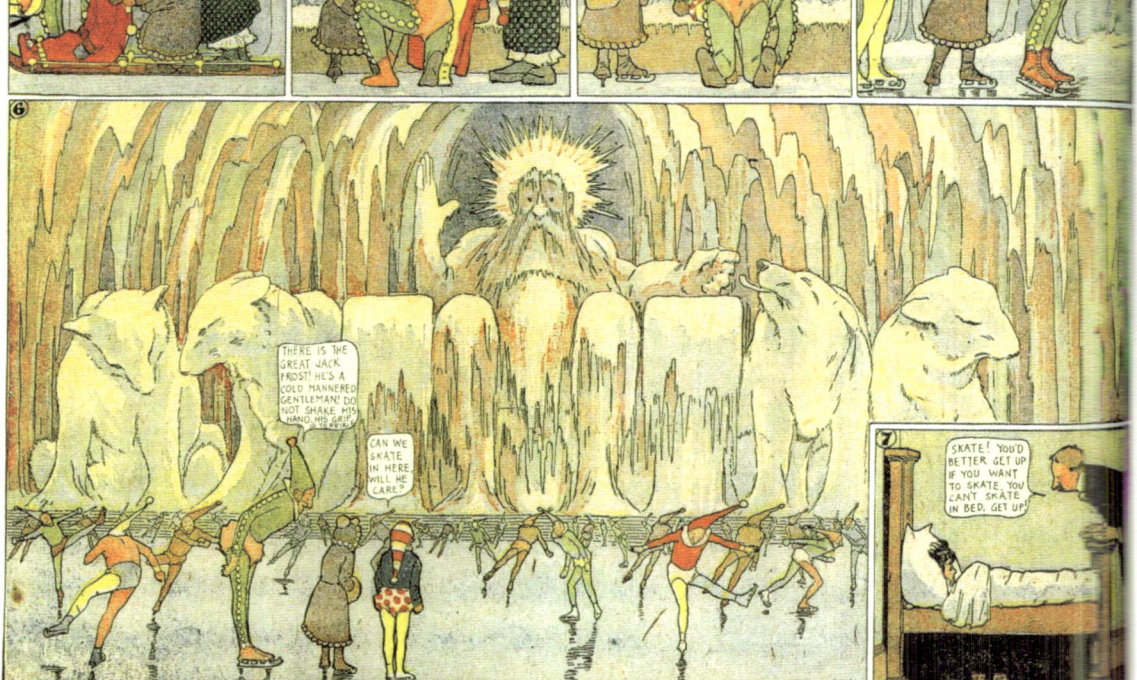

極北、酷寒の国へニモはやってくる。王はジャック・フロスト（氷の大王）である。氷の宮殿はアイスクリームのようだ。
ジャック・フロストがあらわれる。大広間はスケート・リンクになっている。

新聞『ニューヨーク・ヘラルド』掲載 ／ ウィンザー・マッケイ画 Winsor McCay ／ P356・P357上段2点：1907年、P357下段2点：1908年

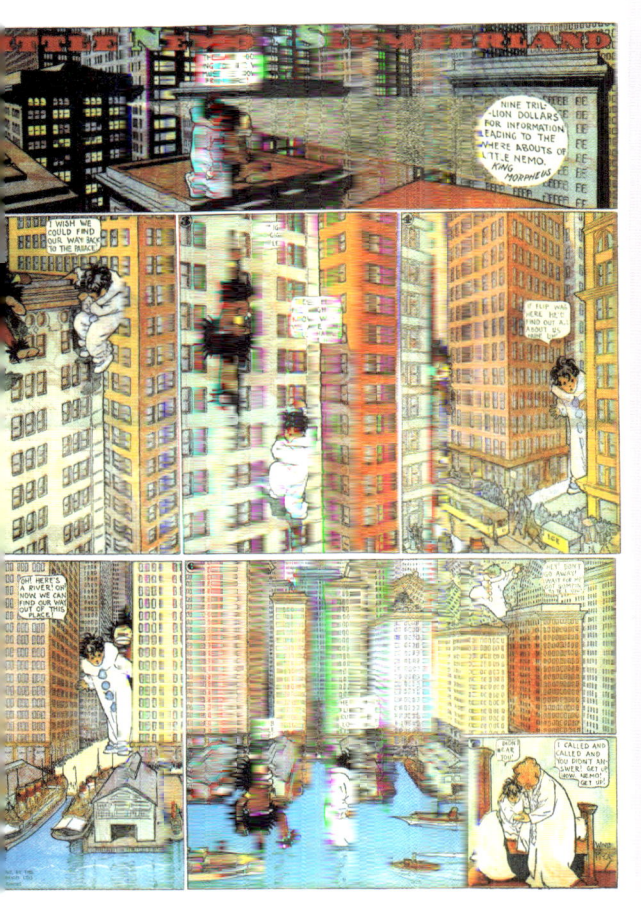
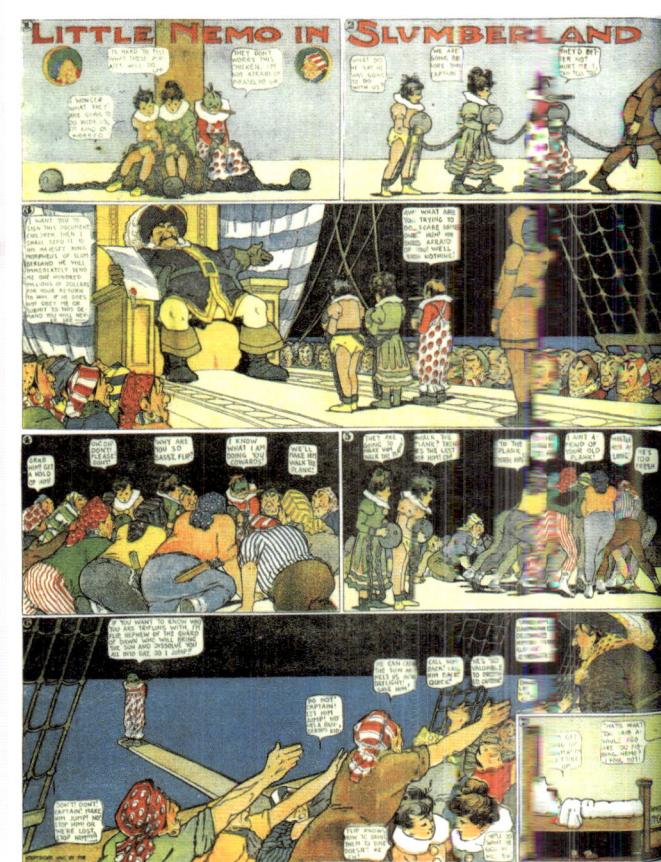
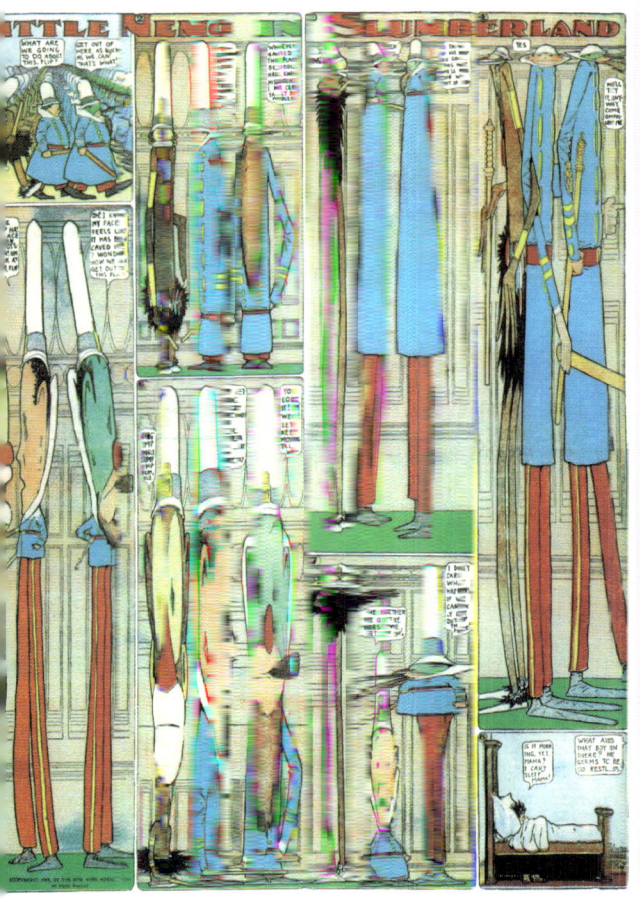
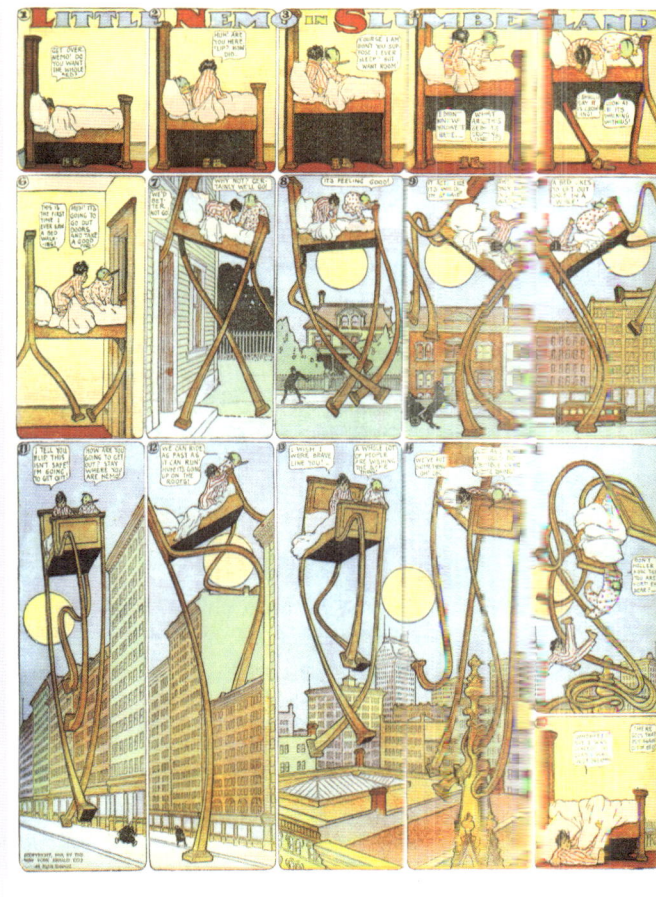

LITTLE NEMO IN SLUMBERLAND

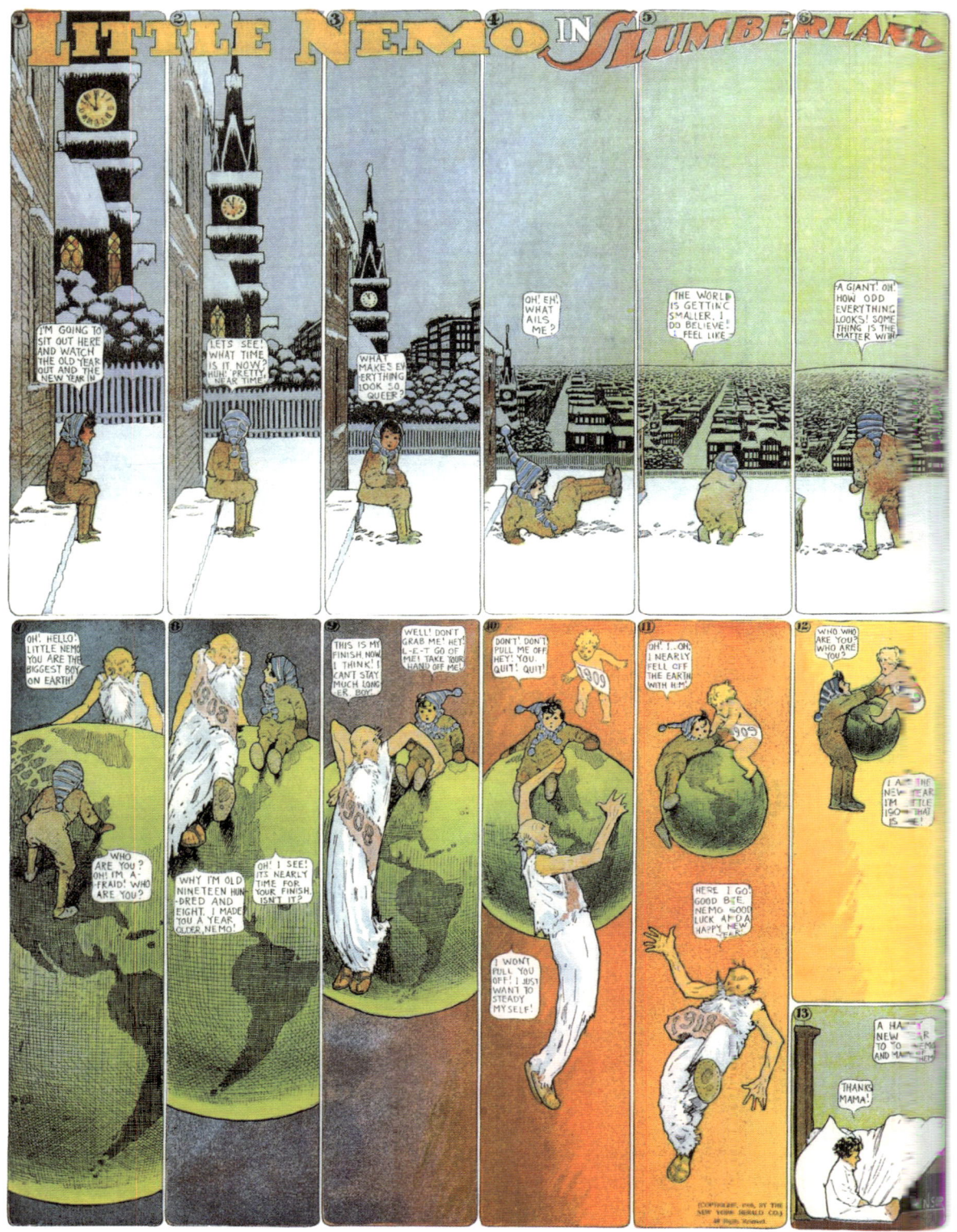

夢の国でなにか巨大なものに出会う。それは恐竜の背中だったり、ニューヨークの摩天楼だったりする。
サンタ・クロースが巨大なプレゼントの山とともに空から落ちてきたりする。その大混乱の細部をマッケイは楽しげに描いている。

新聞『ニューヨーク・ヘラルド』掲載 / ウィンザー・マッケイ画 Winsor McCay / 1908年 / 個人蔵

夢の国のリトル・ニモ

LITTLE NEMO IN SLUMBERLAND

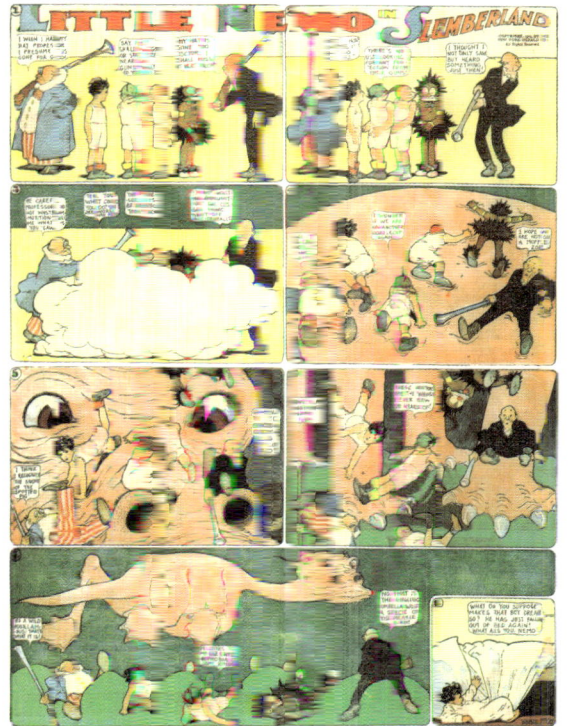

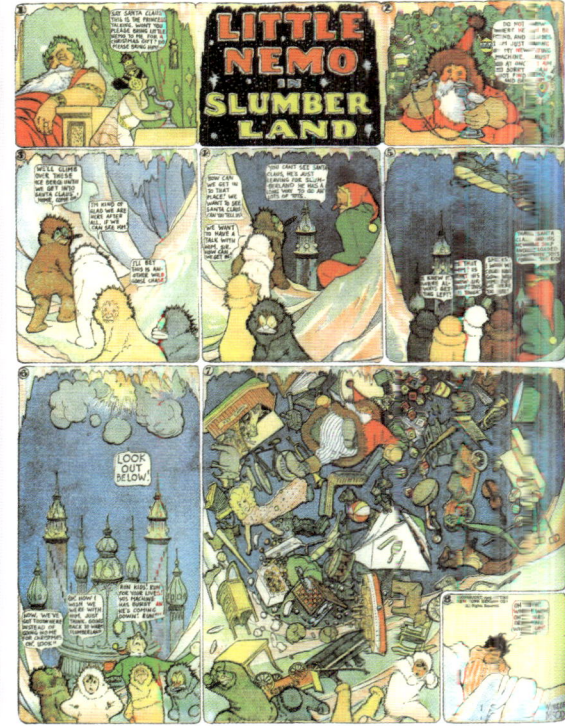

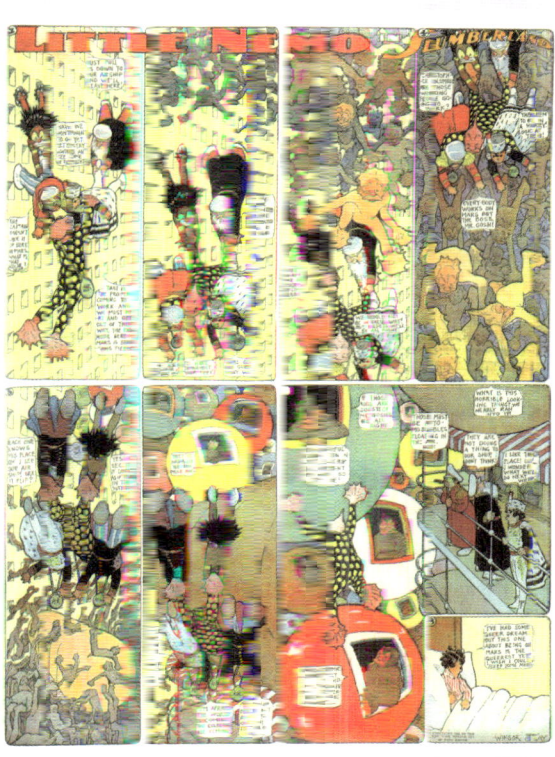

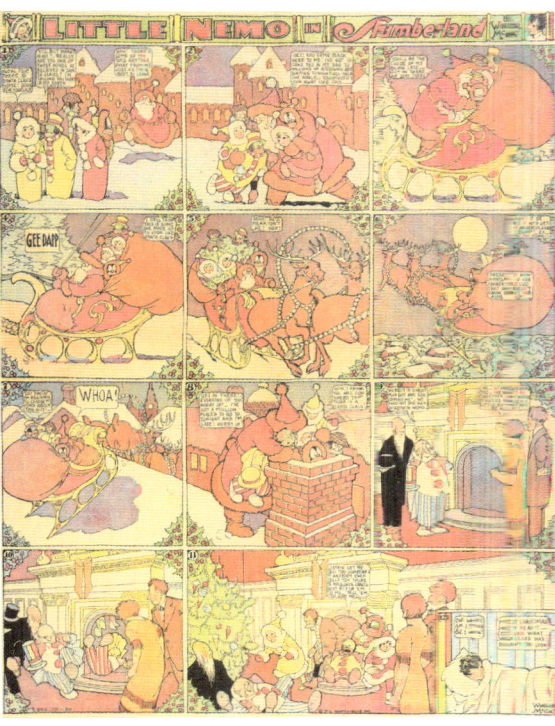

リトル・ニモは夢の国を行く。そこには恐竜のいた時代から現代都市までが一緒に存在している。
そこでは機械でさえ、愛すべき怪獣であるかのように見える。ニモの子どもの目が、人間のすべての歴史を凝縮している。

新聞『ニューヨーク・ヘラルド』掲載 / ウィンザー・マッケイ画 Winsor McCay /
P359上段左右：1909年、P359下段左：1910年、P359下段右：1926年 / 個人蔵

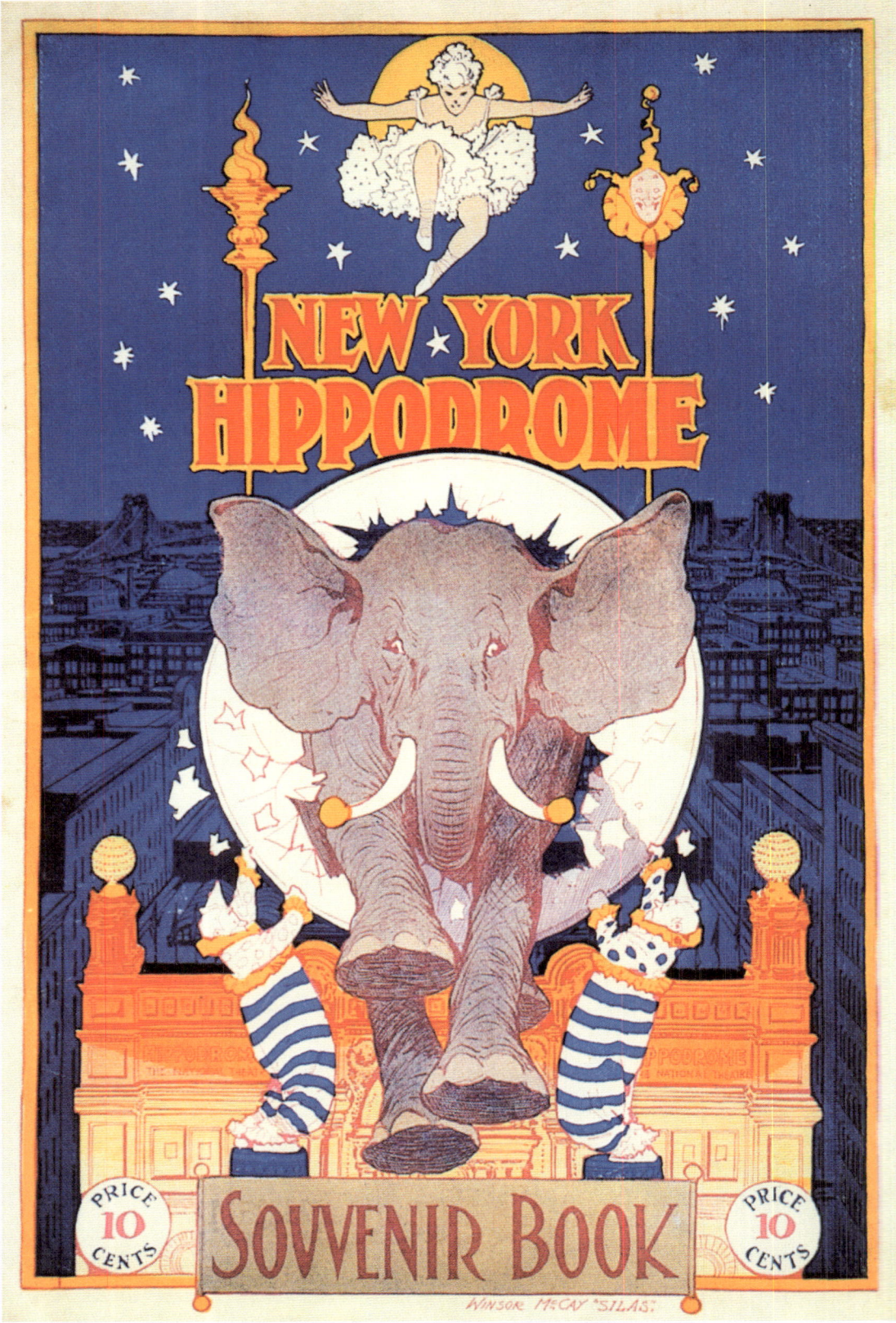

ウィンザー・マッケイ画 Winsor McCay / 1908年頃 / 個人蔵

LITTLE SAMMY SNEEZE

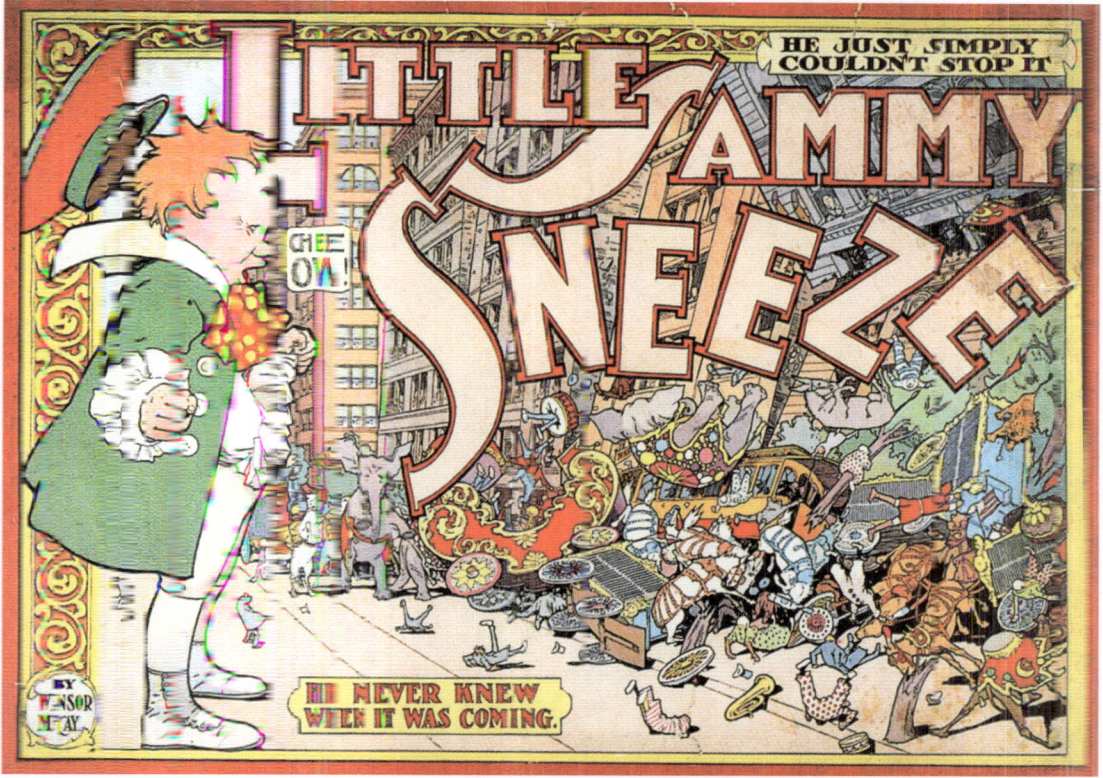

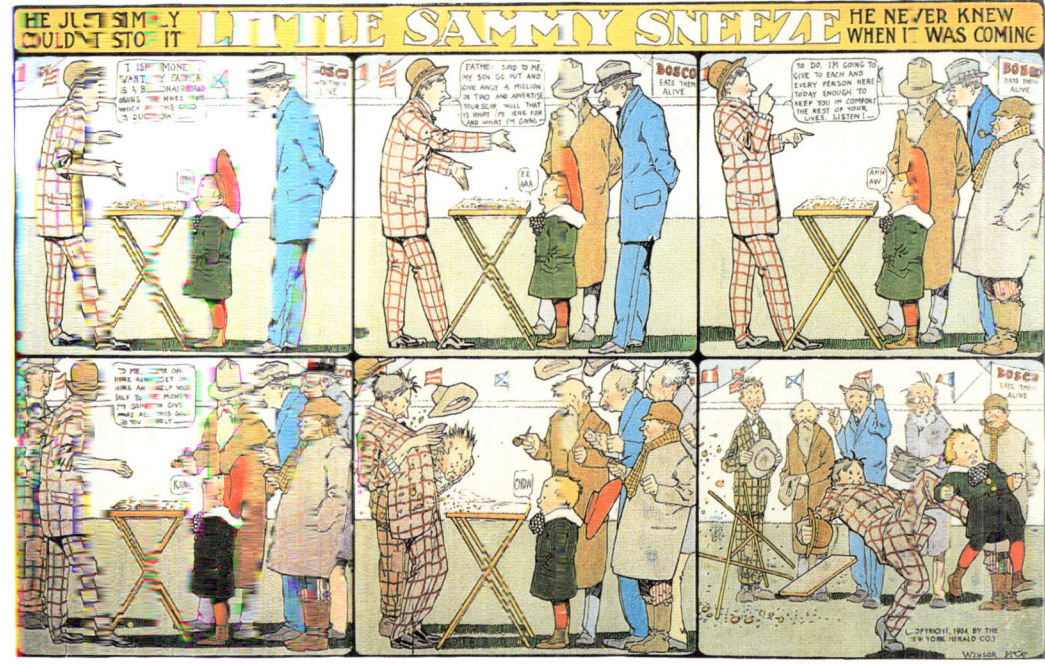

リトル・サミーがくしゃみをするとすべてが吹っとび、大混乱となる。すべてをひっくりかえすショックは、機械的なものを解放する大笑い、カタルシスをもたらす。くしゃみは〈スチームパンク〉である。

上段：フランス語版の広告 / ウィンザー・マッケイ画 Winsor McCay / 1905年 / 個人蔵
下段：新聞『ニューヨーク・ヘラルド』掲載 / ウィンザー・マッケイ画 Winsor McCay / 1904年 / 個人蔵

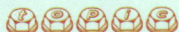

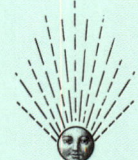

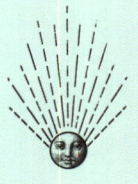

アントワーヌ・ド・サン＝テグジュペリ
ANTOINE DE SAINT-EXUPÉRY

　『星の王子さま』は〈スチームパンク〉だといったらおどろくだろうか。しかしこれは飛行機の操縦士と星の王子さまの話なのだ。メカニックと妖精のサハラ砂漠での出会い、それだけで十分〈スチームパンク〉の世界ではないだろうか。

　　サン＝テグジュペリは1912年、はじめて飛行機に乗り、飛行士になりたいと思う。1921年に飛行免許をとり、空を飛ぶ。その一方、小説を書きはじめた。やがて郵便機の飛行士となるが、砂漠への不時着事故を体験する。

　1931年に出した『夜間飛行』で作家として知られる。あちこちを飛行し、第2次世界大戦がはじまると、連合軍の偵察機を志願した。そして1944年、偵察機で飛び立ったが、地中海で消息を絶った。マルセイユ沖で墜落したと見られる。

　『星の王子さま』は1943年に出された。地中海に消える1年前である。主人公のように自分の星に帰っていったのだろうか。

　『星の王子さま』はまず、なにげなくスケッチした少年の絵からはじまったという。次々と絵を描きながら、それに物語がついていった。

　サン＝テグジュペリは、「飛ぶことと書くことはまったく同じだ」といったそうである。

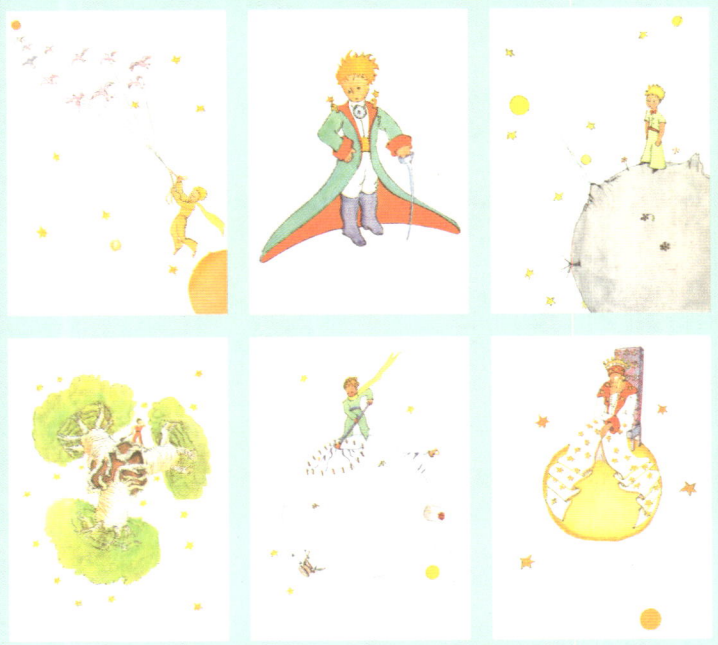

サン＝テグジュペリによる『星の王子さま』のための挿絵

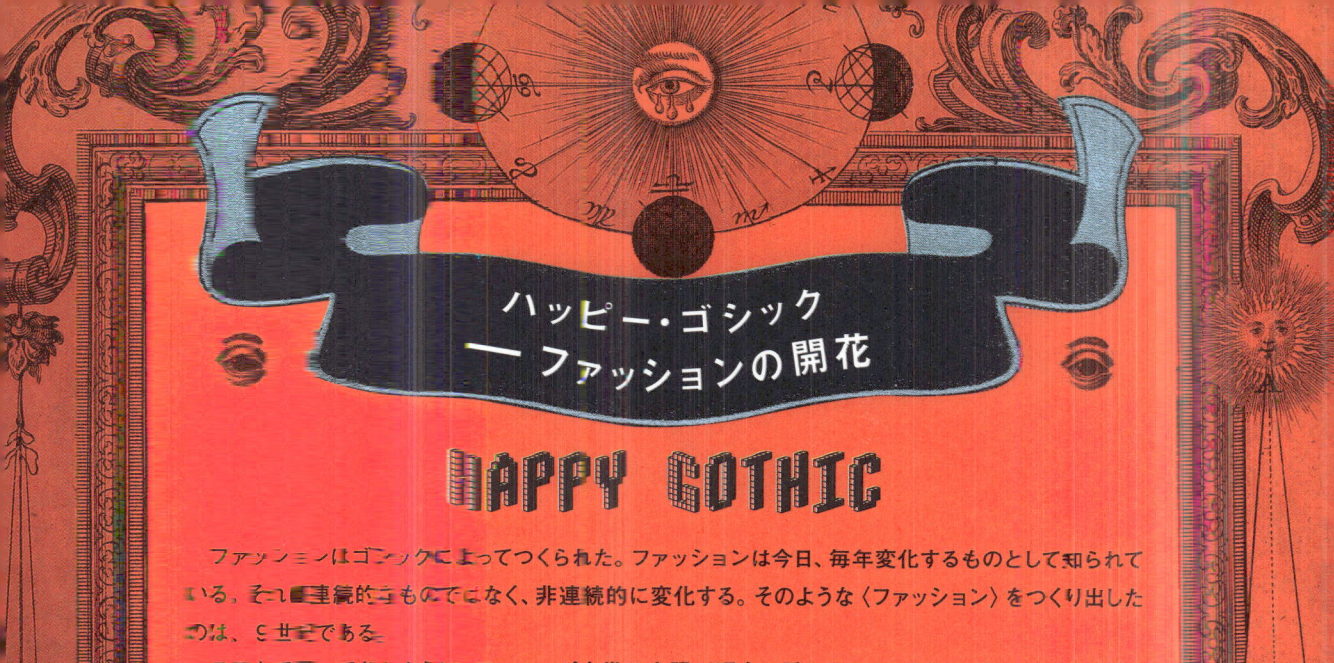

HAPPY GOTHIC

ハッピー・ゴシック ――ファッションの開花

ファッションはゴシックによってつくられた。ファッションは今日、毎年変化するものとして知られている。それは連続的なものでなく、非連続的に変化する。そのような〈ファッション〉をつくり出したのは、19世紀である。

ここまで言ってきたように、ヨーロッパ中世の衣服が現在に重ねられる。それがゴシック・リヴァイヴァルである。さらに、日本のキモノをヨーロッパの女性に着せる。そのような試みが、衣服の変化、〈ファッション〉を生み出すのだ。

そのような変化を加速したのは写真の発明であった。写真はヴィクトリア朝とほとんど同時、1830年代に発見される。そこでおそらくなにかのミスから〈二重露出〉現象が発見される。それからイメージを重ねる表現が生み出されたのだ。〈ゴシック・リヴァイヴァル〉、〈スチームパンク〉をモンタージュという方法で説明してきたが、写真の〈二重露出〉こそ、その見事な例なのである。

そのことに気づいたのは、アナイス・ニンの『ミノタウロスの誘惑』（大野朝子訳 水声社 2010）を読んだ時であった。主人公のリリアンは、世界が〈二重露出〉として見える。

「かつて発明の殿堂と一緒に写真を撮った時、ボタンの押し間違いで、リリアンは二重写しになってしまった。屹立した柱たちの姿が重なり、彼女の頭は巨大な蛇の王様の顎に挟まれた。横向きになったピラミッドの階段はリリアンの体に沿って渡してあるように見え、そのせいで彼女は石の中から浮かび上がる男の像のようになってしまった。」

マヤの遺書とリリアンは二重露出になってしまう。そのように彼女の身体は投げかけられるさまざまなイメージを投影される曲面的なスクリーンとなる。

19世紀にゴシックをはじめとして、オリエンタリズム、ジャポニスムなどの二重露出によって、衣服は解放され、どんな形にも変化できる可能性として〈ファッション〉を生み出したのである。

19世紀末のアール・ヌーヴォーはビアズリーからウィーン分離派にいたるまで、女性という曲線的なスクリーンに、さまざまなドレス・イメージを投げかけ、女性を変身させた。

そして20世紀初頭、ポール・ポワレなどのファッション革命により、19世紀のゴシック・リヴァイヴァルからモダン・ファッションがつくり上げられる。

しかし20世紀の後半、モダニズムの行きづまりがあらわれる。そこで、20世紀のゴシック・リヴァイヴァルが起きる。それはフェミニズムの運動と並行し、また〈パンク〉というカウンターカルチャーと関連する。パンク・ファッション、ゴスロリ・ファッションなどアンダーワールドからあふれ出した〈ゴス〉は、ヴィヴィアン・ウェストウッド、ジャン＝ポール・ゴルチエ、アレキサンダー・マックイーンなどへとつながる。

ヴィクトリア朝から100年後に復活した現代の〈ゴシック〉は、〈ハッピー・ゴシック〉として開花しつつある。ヴィクトリア朝の〈ゴシック〉と〈ハッピー・ゴシック〉の大きなちがいは、女性がより大きな役割を果たしていること、さらには、ジェンダーをこえて、両性的でさえあることだ。

HAPPY GOTHIC TODAY

アール・デコ・ゴシック

ART DECO GOTHIC

〈1910年代半ば - 30年代〉

　19世紀につくられた、中世から日本にいたるスタイルを重ねて変化してゆく衣服のイメージは、20世紀はじめのポール・ポワレなどによるファッション革命で、機械的にシステム化された。1910年代から20年代にかけての〈アール・デコ・スタイル〉は変化システムをつくったのである。

　流行服は複製化され、世界中に発信され、毎年形は変わることになり、ファッションはパリを中心に回転するというシステムが確立したのである。

　そのシステムを彩ったのはファッション・イラストレーターである。ジョルジュ・ルパープ、ジョルジュ・バルビエなどが、主にポショワールという型紙を使って彩色した。平面化され、アール・デコ・スタイルに様式化されて、それまでのリアルで3次元の女性像はメカニックに、人形のようにポーズしている。

　ポショワールは、女性像を平面化し、幾何学的でメカニックな様式化で、モデルのポーズ、さらには個性をパターン化し、一般化した。そのドレスはだれかのものではなく、すべての人のものなのだ。人間的モデルはマネキン人形へと一般化される。

　アール・デコはそのような、ヴィクトリア朝の機械を美的オブジェに変身させるスタイルなのだ。アール・ヌーヴォーはまだ機械と人間をうまく重ねられなかったが、アール・デコは極端な形で成功している。ファッション画でも、エルテなどは人間がメカニカルなパターンへと変身している。

　アール・デコは、人間と機械、装飾と機能が一瞬バランスをとった、奇跡的ともいえる時代のスタイルであった。しかし1930年代にはそのバランスは崩れ、装飾が排除されたエコノミックな形が圧倒的になる。表面はつるりとして、二重露出の複雑なマチエールは見えなくなる。〈ゴシック〉の終末である。

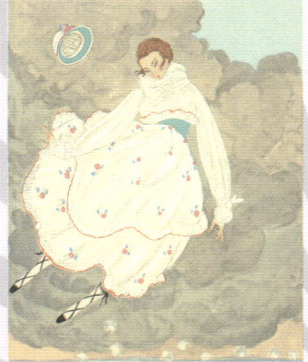

「1915年 ハリケーン」
ジョルジュ・ルパープ画 / 1915年

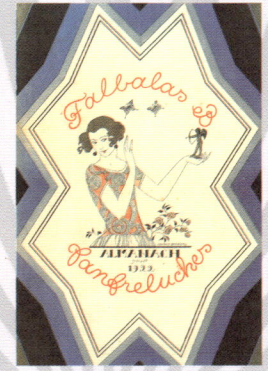

『ひだ飾りとレース飾り』表紙
ジョルジュ・バルビエ画 / 1922-26年

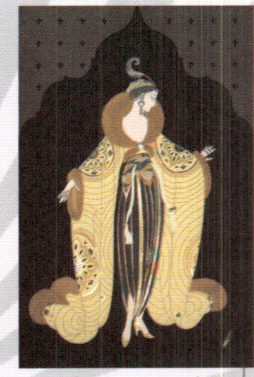

「モダン・ハーレム」
エルテ画 / 1927年

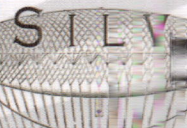

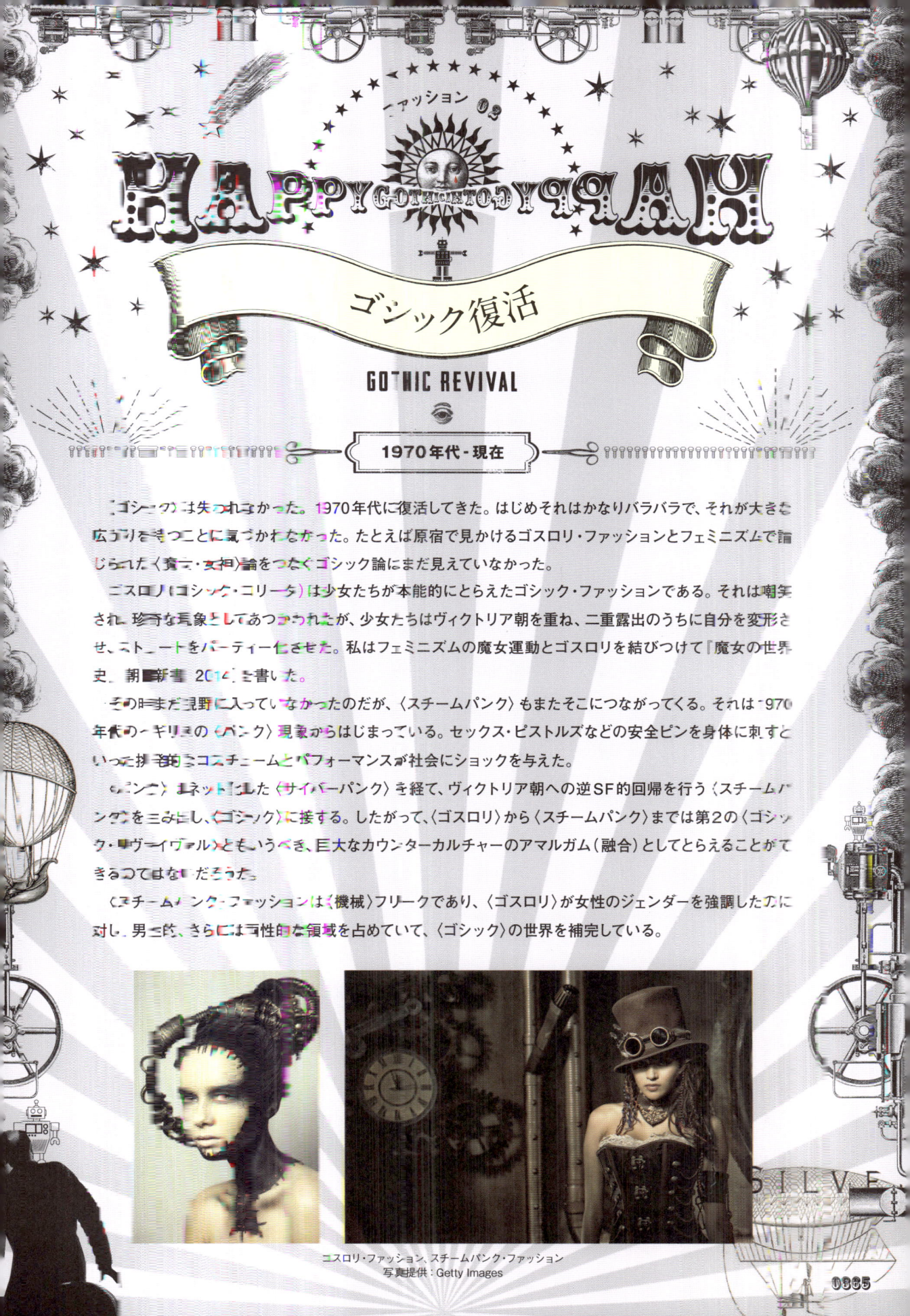

HAPPY GOTHIC TODAY

ゴシック復活

GOTHIC REVIVAL

1970年代 - 現在

ゴシックは失われなかった。1970年代に復活してきた。はじめそれはかなりバラバラで、それが大きな広がりをもつことに気づかれなかった。たとえば原宿で見かけるゴスロリ・ファッションとフェミニズムで論じられた〈貧女・女相〉論をつなぐゴシック論にまだ見えていなかった。

ゴスロリ（ゴシック・ロリータ）は少女たちが本能的にとらえたゴシック・ファッションである。それは嘲笑され、珍奇な現象としてあつかわれたが、少女たちはヴィクトリア朝を重ね、二重露出のうちに自分を変形させ、ストートをパーティー化させた。私はフェミニズムの魔女運動とゴスロリを結びつけて『魔女の世界史』朝日新書 2014 を書いた。

その時まだ視野に入っていなかったのだが、〈スチームパンク〉もまたそこにつながってくる。それは1970年代のイギリスの〈パンク〉現象からはじまっている。セックス・ピストルズなどの安全ピンを身体に刺すといった挑発的なコスチュームとパフォーマンスが社会にショックを与えた。

〈パンク〉はネット化した〈サイバーパンク〉を経て、ヴィクトリア朝への逆SF的回帰を行う〈スチームパンク〉を生みだし、〈ゴシック〉に接する。したがって、〈ゴスロリ〉から〈スチームパンク〉までは第2の〈ゴシック・リヴァイヴァル〉ともいうべき、巨大なカウンターカルチャーのアマルガム（融合）としてとらえることができるのではないだろうか。

〈スチームパンク〉・ファッションは〈機械〉フリークであり、〈ゴスロリ〉が女性のジェンダーを強調したのに対し、男性的、さらには両性的な領域を占めていて、〈ゴシック〉の世界を補完している。

ゴスロリ・ファッション、スチームパンク・ファッション
写真提供：Getty Images

HAPPY HAPPY

ファッション

GOTHIC TODAY

ゴシック・ファッションのデザイナーたち

GOTHIC FASHION DESIGNERS

1980年代-現在

　ゴスロリ、スチームパンクのファッションはストリートの、手づくりのものであり、アノニマス（無名、匿名）で、マイナーなものであったが、巨大な〈ゴシック〉現象としてメジャーとなり、ハイ・ファッションの世界にも侵入する。

　その代表的な例がアレキサンダー・マックイーンである。その閃光のような生涯は気になっていたが、うまく理解できないでいた。しかし、〈スチームパンク〉を考えるとともに、マックイーンへの興味が一気に高まってきた。2011年のニューヨークのメトロポリタン美術館の"サヴェッジ・ビューティ（野生の美女）"などのマックイーンのショーのテーマは、さまざまな時代や国を重ねる〈ゴシック〉リヴァイヴァルとして読めるのである。そこには少年少女たちの手づくりの〈ゴシック〉ファッションが貪欲に吸収され、洗練されている。

　マックイーンは「インスピレーションの場としては英国は世界で最高である。この国のアナーキー（無秩序、反体制）さは刺激的だ」とのべている（『ヴォーグ・オン・アレキサンダー・マックイーン』2011による）。つまり、1970年代のパンク、さらにはヴィクトリア朝のゴシックの英国を源泉としているのだ。

　マックイーン以前では、パンクから直接ヴィヴィアン・ウエストウッドがあらわれた。彼女が開いたパンク・ファッションの地平はうさんくさく思われながら、熱狂的に支持されつづけた。

　フランスではジャン＝ポール・ゴルチエが若者のカウンターカルチャーをとりあげ、マドンナのコスチュームを手がけ、ゴシック趣味を演出している。

　アレキサンダー・マックイーンは広大な〈ゴシック〉現象の荒野を疾駆し、その彼方に消えていった。

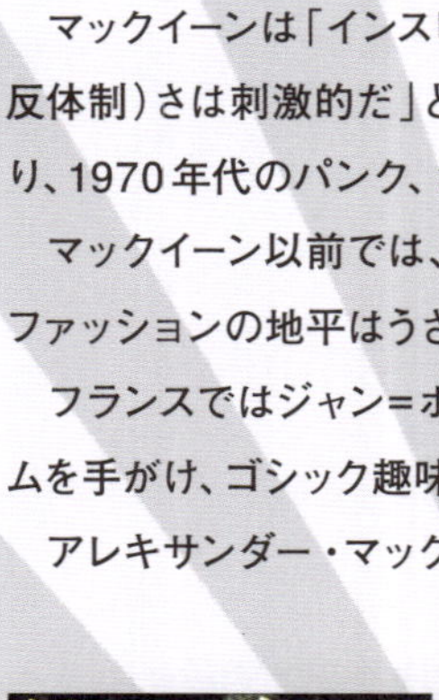

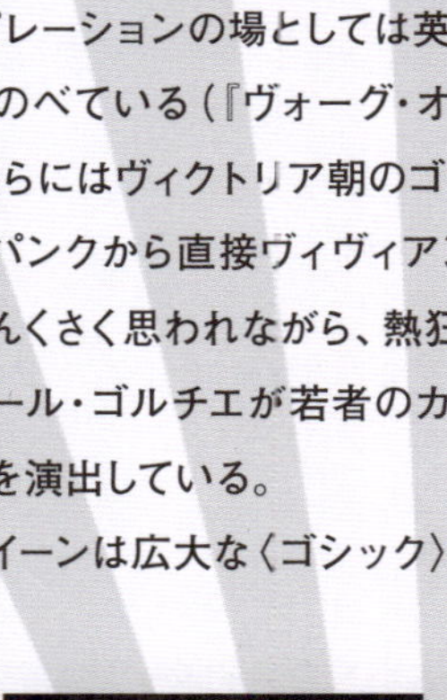

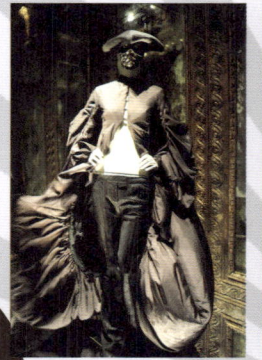

アレキサンダー・マックイーン 2011年「サヴェッジ・ビューティ」展
写真提供：Getty Images

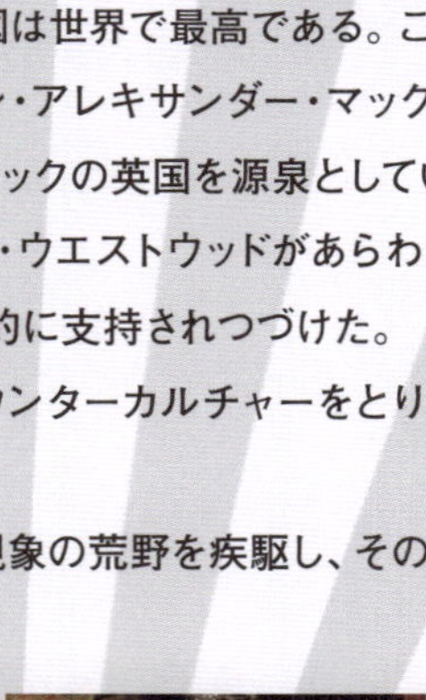

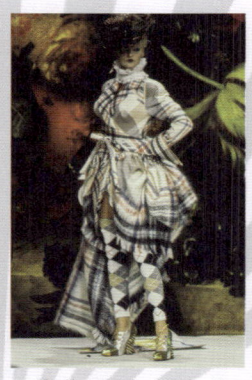

ヴィヴィアン・ウエストウッド
1995年秋コレクション
写真提供：Getty Images

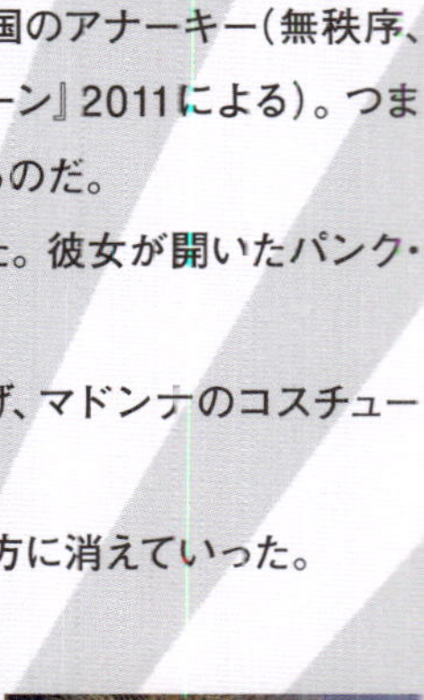

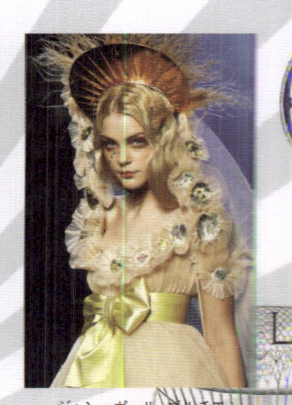

ジャン＝ポール・ゴルチエ
2007年春夏コレクション
写真提供：Getty Images

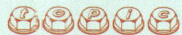

ガジェットの天国と地獄
GADGET HEAVEN AND HELL

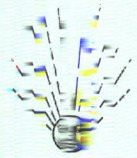

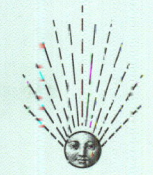

〈スチームパンク〉はガジェット（ガラクタ）に異様なほど執着を見せる。それは身のまわりの道具へのフェティシズム（呪物崇拝）である。メタリックなもの、光るもの、硬いものへのマニアックなこだわりはその例である。

特に好まれるガジェットとして、ヘア・エクステンション、ゴーグル、コルセット、懐中時計、手袋、ストッキング、ブーツ、靴、ゲートル、そしてありとあらゆるアクセサリーなどである。つまり身のまわりのものであり、共通しているのは、人間の身体を変形し、変身させようとする意図である。

まず変えやすいのはヘア・スタイルである。ニューヨークのヘア・デザイナー、キット・ストーンの〈ヘア・フォール〉などで剃り上げたり、一方に髪を長くたらしたりし、ヘアをまるでフォール（滝、噴水）のように見せる。そういえば、北朝鮮の金氏の頭も〈スチームパンク〉である。

フェティシズムというのは、全体ではなく部分への執着である。全体より部分を大事にする。パンクなどのカウンターカルチャー、サブカルチャーは、部分に執着する。それは全体への反抗ともできる。異様なもの、異端のものに熱中する。

パンクは1970年代にあらわれる。1960年代に共同体が崩れ、ミー・ディケイド（私個人の時代）になる。私たちの部分的な小さな世界にたてこもるのだ。

〈スチームパンク〉のガジェットは、そのような世界の破片なのだ。〈スチームパンク〉ガジェットの1つの極限はスマホである。人々はひらすら小さな世界をにぎりしめ、その小さなスクリーンに見入っている。

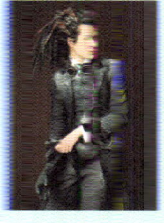

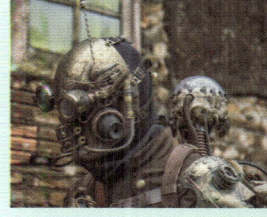

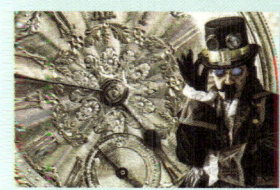

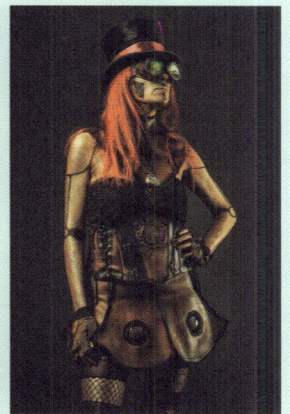

（上）
キット・ストーン
（下3点）
スチームパンクの
ガジェットの
ヴィジュアル・イメージ
写真提供：Getty Images

◆クレジット付記
本書に掲載した作家名、作品名は
一般的に知られている名称を掲載しています。
作家名（画家、著者）、制作年（書籍・雑誌等の場合は刊行年）、
所蔵先または提供先クレジットの順に記載しています。
書籍の発行年は初版年を記載しています。
雑誌・新聞等の発行年は初版に限らず、後年の版の場合があります。

◆Special Thanks （敬称略）
アートハーベスト
株式会社アフロ
株式会社ピーピーエス通信社
ゲッティイメージズ ジャパン株式会社

本書をまとめるにあたり、上記の方々をはじめ
たくさんのご皆様にご協力いただきました。
誠にありがとうございました。
心より感謝申し上げます。

THE ART OF FANTASY,
SCI-FI AND STEAMPUNK
HIROSHI UNNO

海野 弘 Hiroshi Unno

1939 年東京生まれ。評論家、作家。
早稲田大学ロシア文学科卒業。
平凡社に勤務。『太陽』編集長を経て、独立。
美術、映画、音楽、文学、都市論、
ファッションなど幅広い分野で執筆を行う。著書多数。

海野弘の本 （パイ インターナショナル刊）

『おとぎ話の幻想挿絵』
『優美と幻想のイラストレーター ジョルジュ・バルビエ』
『夢みる挿絵の黄金時代 フランスのファッション・イラスト』
『野の花の本 ボタニカルアートと花のおとぎ話』
『おとぎ話の古書案内』
『ロシアの挿絵とおとぎ話の世界』
『クラシカルで美しいパターンとデザイン ウィリアム・モリス』
『ヨーロッパの図像 神話・伝説とおとぎ話』
『ヨーロッパの装飾と文様』
『世紀末の光と闇の魔術師 オーブリー・ビアズリー』
『アイルランドの挿絵とステンドグラスの世界 ハリー・クラーク』
『チェコの挿絵とおとぎ話の世界』
『ロシア・アヴァンギャルドのデザイン 未来を夢見るアート』
『北欧の挿絵とおとぎ話の世界』
『マティスの切り絵と挿絵の世界』
『世界の美しい本』
『アルフォンス・ミュシャの世界 2つのおとぎの国への旅』
『オリエンタル・ファンタジー
アラビアン・ナイトのおとぎ話ときらめく装飾の世界』
『ヨーロッパの幻想美術 世紀末デカダンスと
ファム・ファタール（宿命の女）たち』
『ヨーロッパの図像 花の美術と物語』
『日本の装飾と文様』
『グスタフ・クリムトの世界 女たちの黄金迷宮』

ファンタジーとSF・スチームパンクの世界

2017 年 10 月 22 日　初版第 1 刷発行
2018 年 10 月 11 日　　　第 2 刷発行

解説・監修　海野 弘
アートディレクション　原条令子
デザイン　八田さつき
翻訳　マクレリー・ルシー（ザ・ワード・ワークス）
　　　ラバン
校閲　酒井清一
撮影　北郷 仁
編集　荒川佳織

発行人　三芳寛要
発行元　株式会社 パイ インターナショナル
〒170-0005　東京都豊島区南大塚 2-32-4
TEL 03-3944-3981　FAX 03-5395-4830
sales@pie.co.jp

印刷・製本　図書印刷株式会社